Thorn Gandir

I. H. Praßl

21.09.2018

Chroniken von Chaos und Ordnung 1

Thorn Gandir

Aufbruch

Wir wünschen dir chaotisches Lesevergnügen, liebe Sonja!

acabus

Praßl, J.H.: Die Chroniken von Chaos und Ordnung. Band 1: Thorn Gandir. Aufbruch, Hamburg, acabus Verlag 2017

4. Auflage
ISBN: 978-3-86282-210-2

Lektorat: Daniela Sechtig, acabus Verlag
Umschlaggestaltung: Marta Czerwinski, acabus Verlag
Umschlagmotiv, Illustrationen und Karten: © J.H. Praßl

Einige hier verwendeten Elemente wurden mit freundlicher Genehmigung des Verlages für Fantasy- und Science-Fiction-Spiele aus dem Fantasy-Rollenspiel MIDGARD übernommen.

Dieses Buch ist auch als E-Book erhältlich und kann über den Handel oder den Verlag bezogen werden.
PDF: ISBN 978-3-86282-211-9
ePub: ISBN 978-3-86282-212-6

Bibliografische Information der Deutschen Nationalbibliothek:
Die Deutsche Nationalbibliothek verzeichnet diese Publikation in der Deutschen Nationalbibliografie; detaillierte bibliografische Daten sind im Internet über http://dnb.d-nb.de abrufbar.

Der acabus Verlag ist ein Imprint der Diplomica Verlag GmbH,
Hermannstal 119k, 22119 Hamburg.

Widmung

Dieses Buch widmen wir folgenden Personen, die durch ihren Einsatz im Spiel und ihre Individualität zusammen mit uns die Welt Amalea zum Leben erweckten.

Chris: Für dein einzigartiges Charakterspiel. Du warst der Lichtblick in den düstersten Stunden.

Dominik: Für die Verkörperung der Skepsis innerhalb unserer kleinen Gruppe, die so manch interessanten Konflikt heraufbeschwor.

Kathi: Für deine unverschleierte Härte in der Umsetzung machthungriger Charaktere. Dein Sinn dafür, klare Verhältnisse zu schaffen, hat die Story ordentlich vorangetrieben.

Max: Für das Gebot der Vernunft in Zeiten des Chaos. Dein Sinn für Moral und Ordnung war erstaunlich inspirierend.

Alex, Boris, Georg, Gus, Gux, Hoink, Karin, Lili, Peter, Roli, Simona, Tom, … (um nur ein paar der „Vorausspieler“ zu nennen).

Eure Ideen, euer Einsatz und die liebevolle Ausgestaltung eurer Figuren sind uns nach wie vor eine unendliche Bereicherung für den Schritt vom Spiel zum Romanzyklus.

AMALEA

Valland
Aegir Meer
Moravod
Rawindra
Anbar
Ahan
Urruti
Küstenstaaten
Wermland
Chan
Dharduanain
Alba
Albion
Chryseia
Valianisches Imperium
Aschran
Thanatos
Erainn
Meer der Ruhe
200 km 0
1000 km

Kontinent AMINA

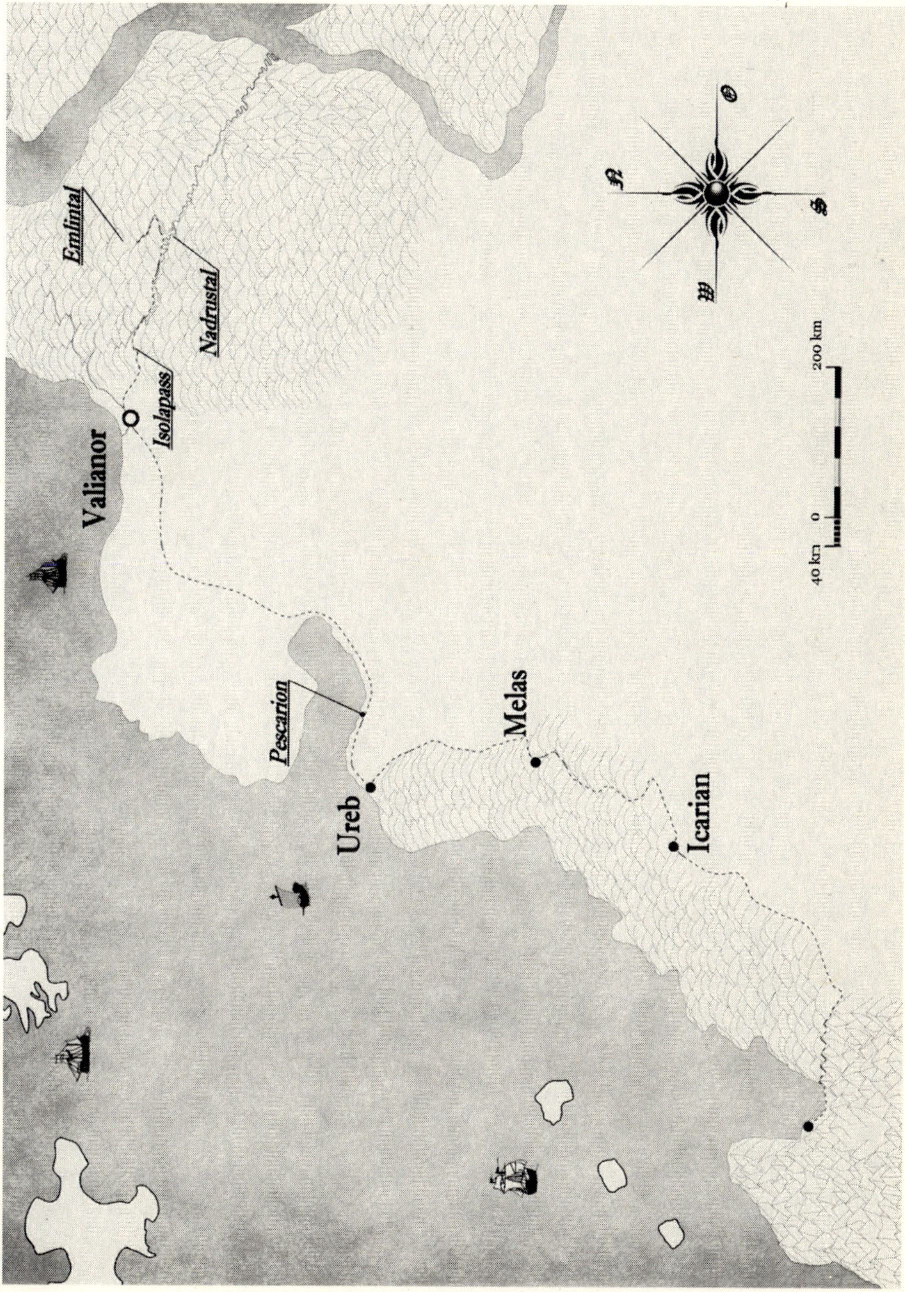

Aonadag, 1. Trideade im Trollmond/347 nGF

Mein Name ist ... Nein, das wäre schon zu viel gesagt.

Es ist unerheblich, wie ich heiße; unerheblich, wie man mich nennt. Denn noch bin ich ein Niemand.

Es ist zu früh für mich, offen zu sprechen, zu früh, die Dinge beim Namen zu nennen, denn im Schweigen offenbart sich vieles, das sich im Wort nie enthüllen wird. Im Schweigen offenbart sich eine Ahnung davon, dass die Welt größer ist, als wir zu begreifen imstande sind – dort zeigt sich unsere Sehnsucht, über die Grenzen des Verstandes hinauszugehen.

In der Stille liegt die Kraft der Bewegung, der Wunsch nach Größerem, der Trieb, etwas zu verändern. Und wir müssen etwas verändern, wir müssen uns bewegen.

Soviel zu dem, was ich denke.

Wer ich bin? Nun, das wird sich früher oder später zeigen. Heute jedenfalls nennt man mich *Lebensretter, Friedensstifter, Lichtbringer, Schlüssel zu Caeir Aun Isahara* ... und (denn es gibt immer auch eine zweite Seite der Medaille) *Todesverächter, Chaosbringer, Gottesfeind, Zerstörer von Caeir Urd* ...

Die meisten nennen mich aber einfach nur *Das Sandkorn.*

Ich denke, fürs Erste habe ich genug darüber verloren, wer oder was ich bin, selbst wenn es nichts über mich aussagt, und es wird auch noch eine ganze Weile dauern, bis ich mir darüber im Klaren bin, ob ich innerhalb der Pläne der mächtigsten unserer Wesen eine bestimmte Rolle spiele, von deren wahrer Natur ich selbst heute, acht Jahre nach meiner eigentlichen „Geburt", nur einen unmaßgeblichen Teil kenne.

Ich bin im Grunde noch gar nicht da. Denn zu jener Zeit, da alles begann, wusste noch nicht einmal ich, dass ich im Begriff war, in *die tückischen Fahrwasser der beiden Urmächte zu geraten, die unsere Welt zum Leben erweckten, oder dass ich irgendwann einmal zum Narren der herrschenden Fraktionen Amaleas werden würde.*

Alles, was ich verstand, war, dass ich einen Befehl zu befolgen hatte. Und die Verweigerung eines Befehls ist für jemanden wie mich nicht nur tödlich, sondern ein Ding der Unmöglichkeit. Zumindest verhielt es sich damals so und auch noch Jahre später. Genau genommen bin ich erst jetzt dabei, einen Befehl zu missachten und einen Weg zu beschreiten, der weit von alldem wegführt, was ich irgendwann einmal war.

Doch das Jetzt, von dem ich spreche, betrifft die Zeit nach der einzigartigen Begegnung, die sich am Ende des Anfangs zugetragen hat, am Ende jener Vorgeschichte, die ich hier zu klären gedenke.

Ich werde mich heute damit begnügen müssen, zu verstehen, wie alles begann und wie es zu jener Begegnung kommen konnte, die mich, meine Begleiter, ja, die ganze verdammte Welt in ein neues, ein seltsames und verstörendes Licht rückte.

Manches von dem, das mir auf meinem Weg begegnete, nahm ich für bare Münze, anderes kam mir zu Recht abwegig vor, wieder anderes erweckte meinen Zorn oder kostete mich nur ein müdes Lächeln. Aber eines habe ich am Ende begriffen:

Ich bin mehr, als ich sein sollte.

Amalea im Jahre 340 nach Gründung von Fiorinde

Tausend und dreihundertvierzig Jahre
nach Beginn der Chaoszeit.
Fünfhundert und sechzig Jahre
nach dem Höhepunkt der Chaosherrschaft.
Hundert und neunzig Jahre
nach der Vertreibung der Chaosmächte
aus den Gebieten des Nordens, des Ostens,
des Südens und des Westens.

Die Zeit der Dunkelheit ist vorüber. Die Völker Amaleas sind im Begriff, die Welt von den letzten Chaosanhängern zu befreien und den Göttern der *Ordnung* zu neuer Macht zu verhelfen.

Das nördlich gelegene **Alba** ist gespalten, das Elfenreich **Albion** gegründet und gefestigt. Während der Sieg der Elfen ihr Volk in die Unabhängigkeit führte und Alba seiner südlichen Gebiete beraubte, häufen sich die Konflikte zwischen den unter dem Banner des albischen Königs vereinten Clans. Die Instabilität der politischen Lage bedroht den Frieden zwischen den Clanaten.

Im südlichsten Teil Amaleas, dem Wüstengebiet **Aschran**, floriert der Handel. Die Nomaden und Stämme der aschranischen Wüste und die sesshaften Völker des Nordens leben in trügerischem Frieden. Der Dunkelmagier, der in weiten Teilen der Welt unter dem Namen Al'Jebal bekannt und gefürchtet ist, kontrolliert unbemerkt das Land.

Im **Valianischen Imperium**, der Republik nördlich von Aschran, setzt der Senat unter Führung des Vorsitzenden Antonius Virgil Testaceus alles daran, das Land zu neuem Ruhm und Glanz zu führen. Indes scheint ein Sklavenaufstand in den Minen des Emlin-Tals die Pläne des Senats zu vereiteln. Die vierzehnte Legion erleidet unter Führung eines albischen Waldläufers in der entscheidenden Schlacht eine Niederlage. Das Sklavenheer zieht gegen Valianor, Hauptstadt des Valianischen Imperiums und Sitz des Senats …

Flucht

Ein Nebel, so dicht wie das Gewebe einer Königsstola, lag blass und träge über dem Emlin-Tal. Sanfte Hügel drängten sich Schutz suchend an die steileren Hänge, die weit oben zu scharfkantigen, unpassierbaren Felswänden zusammenliefen. Das kleine Tal lag inmitten eines grauen, wild gewachsenen Gebirgslandes, das sich von der autonomen Provinz Shemora bis zu den von sanften Hügeln durchzogenen Ebenen um Valianor, der Hauptstadt des Valianischen Imperiums, hinzog.

Der Nebel nahm dem Morgen sein Licht. Er schob sich wie eine undurchdringliche Decke über das Tal und stemmte sich mit aller Gewalt gegen die Strahlen der aufgehenden Sonne, die verzweifelt versuchten, den dichten Schleier zu zerreißen, um das Resultat einer gewaltigen Schlacht zu enthüllen – einer Schlacht, die in der Nacht begonnen und mit der aufgehenden Sonne ein grausiges Ende gefunden hatte. Noch vor Tagesanbruch hatten sich Männer Auge in Auge gegenübergestanden, bereit, ihr Leben für ihre Ehre oder ihre Freiheit zu geben, bereit, für ihren Sieg in den Tod zu gehen.

Doch nur wenige wussten davon und kaum jemand kannte den eigentlichen, den wahren Grund für diese Schlacht.

Und der Nebel gab das Geheimnis nicht preis. Noch dämpfte er die Schreie der tödlich Verwundeten, verbarg er das von Blut verschmierte Gesicht eines gefallenen Kameraden, verhüllte das über den gefrorenen Boden verteilte Durcheinander von Mensch und Metall und verschluckte das Klirren der Rüstungen jener Männer, die den Sieg davongetragen hatten und nun plündernd über das Schlachtfeld zogen.

Auf den umliegenden Bergen hielt der Winter kalt und unnachgiebig den aufkeimenden Boten des Frühlings stand. Obwohl in den Tälern bereits die Schneeschmelze angebrochen war und hier und dort zarte Gräser durch die dünne Eisschicht drängten, breitete sich die dicke, weiße Decke immer noch über den Großteil der Berge aus und hinderte die Vegetation am Gedeihen.

Im Süden des Tals teilten sich die Felsen, um den Emlin passieren zu lassen, der sich über Tausende von Jahren tief in den harten Felsen gegraben hatte. Aufgrund der beginnenden Schneeschmelze brauste er mit solcher Kraft durch die Emlin-Schlucht, dass er kleinere Bäume vom Ufer mit sich riss, um sie weiter stromabwärts wieder zurückzulassen.

Dort, wo die Felsen zurückwichen, der Emlin sich weitete und seine Strömung zahmer wurde, trieben zwei große Fässer den Fluss entlang. Sie waren notdürftig mit einem Seil zusammengebunden und hüpften wie Korken hilflos von einer Welle zur anderen.

An manchen Stellen schrammten sie so knapp an den tödlichen Felskanten vorbei, dass das Holz gefährlich knirschte, doch die Fässer hielten stand.

Die Ufer des Emlin wurden flacher. Die Strömung beruhigte sich. Die beiden Fässer wurden langsamer und tanzten nicht mehr ungebändigt auf den Wassern. Da krachte es plötzlich und das Holz des ersten Fasses barst. Kleine Holzsplitter sirrten durch die Luft, als der Deckel ins Wasser geschmettert wurde. Eine Männerstimme drang aus dem Inneren des Fasses und übertönte kurzzeitig das Rauschen des Flusses.

„Wir gehen an Land!“

Es klang wie ein Befehl und die Reaktion folgte augenblicklich, als auch der Deckel des zweiten Fasses splitterte. Zwei schlanke Beine glitten ins Wasser, gefolgt von einer weiblichen Silhouette. Binnen weniger Augenblicke wurde die Frau von der Strömung erfasst und vom Sog nach unten gezogen. Gischt übersprühte ihr Gesicht, als sie ein Stück flussabwärts prustend wieder auftauchte und mit ganzer Kraft zu schwimmen begann.

Es platschte. Aus dem ersten Fass wuchtete sich ein Mann ins kalte Wasser und versuchte, das Fass zu packen, bevor der Fluss es mit sich riss. Von der Kälte des Wassers überrumpelt, atmete er ruckartig ein, verschluckte sich und hustete erbärmlich. Im letzten Augenblick bekam er den Rand des Fasses in die Finger und klammerte sich daran fest.

Dann mühte er sich damit ab, den restlichen Inhalt des Fasses freizubekommen.

Zwei Arme plumpsten ins kalte Nass. Erleichtert ergriff sie der Mann in Höhe der Ellenbogen und stemmte sich mit seinen Füßen gegen den Rand des Fasses, das sich gefährlich nach unten neigte. Er verlor den Halt und versank im Wasser. Als er prustend wieder an die Oberfläche kam, konnte er im letzten Moment das Seil packen, das die beiden Fässer verband, und den Behälter zu sich heranziehen. Dann ließ er das Seil los und umfasste den Oberkörper der im Inneren eingeschlossenen Frau. Mit aller Kraft zog er ihren reglosen Körper heraus, bis endlich ihr Kopf in der Öffnung erschien. Lange schwarze Haare glitten ins schäumende Nass und wanden sich wie Schlangen auf der Wasseroberfläche. Die feinen Gesichtszüge und spitzen Ohren einer Elfe wurden sichtbar. Um ihre Stirn wand sich ein schmutziger, blutdurchtränkter Verband.

Unterdessen näherte sich die andere Frau dem Ufer und begann hektisch nach etwas zu suchen, an dem sie sich festhalten konnte. Als der Ast einer Weide vorüberglitt, packte sie ihn und zog sich keuchend in die seichteren Ufergewässer, die hinter der Weide lieblich dahinplätscherten. Sie schaffte es gerade noch, sich über die Böschung zu schleppen und den kleinen Rucksack von ihren Schultern zu reißen. Dann sank sie zu Boden und blieb reglos liegen. Aus ihrem knielangen, schmutzigen Hemd und dem dünnen Ledermantel tropften Wasser und Blut.

Der Mann kämpfte noch immer mit dem Körper der reglosen Elfe und dem schwankenden Fass, das unter seinen Händen unruhig hin und her rollte. Schwer und leblos hing das blasse Gesicht der jungen Frau über den Rand des Fasses. Ihre Augen waren geschlossen, die Lippen blutleer. Fluchend mühte sich der Mann damit ab, sie vollständig aus dem Fass zu zerren, ohne ihren Kopf unter Wasser gleiten zu lassen. Als es ihm endlich gelungen war, stieß er das Fass von sich, schlang seine Arme um ihre Brust und begann gegen die Strömung anzukämpfen. Zielsicher schwamm er mit seiner schweren Last auf die Uferböschung zu, wobei er immer wieder von reißenden Strudeln nach unten gezogen wurde.

Die Lippen des Mannes waren vor Kälte blau angelaufen. Immer öfter holte ihn der Sog unter die Wasseroberfläche. Immer größer wurden die Abstände, in denen er Luft holen konnte. Doch der unbändige Wille, am Leben zu bleiben und das Leben der Frau in seinen Armen zu schützen, hielt ihn bei Kräften.

„Wo bist du?!", schrie er hustend die Böschung hinauf, der er sich langsam näherte.

Keine Antwort.

Plötzlich tauchte das Gesicht seiner Begleiterin zwischen den Büschen auf. Sie schlitterte halb zum Fluss hinunter, halb hastete sie am Ufer entlang, während sie den Mann im Auge behielt. An einer Stelle, wo ein kleines Felsplateau ins Wasser ragte, kam sie rutschend zum Stehen und legte sich flach auf den Bauch. Ihre Hände streckte sie so weit sie konnte über den Emlin hinaus.

„Schwimm so nah wie möglich an den Stein heran!", schrie sie, während der Mann in rasantem Tempo auf das Felsplateau zutrieb.

Er antwortete nicht, ruderte, mit der Linken den leblosen Körper umschlingend, hektisch auf die rettenden Hände zu. Doch seine eigene Hand war von der Kälte so taub, dass er nicht richtig zugreifen konnte und abrutschte. Unvermittelt ließ er die Elfe los und streckte die andere Hand nach seiner Begleiterin aus. Er krallte sich daran fest und schaffte es gerade noch, mit seinen Beinen die bewusstlose Elfe zu umklammern, die von der Strömung fast fortgerissen worden wäre. Eine Weile verharrte er schwer atmend, während seine Retterin auf dem Felsen die Zähne zusammenbiss.

Endlich packte der Mann mit seiner freien Hand die bewusstlose Elfe, zog sie zwischen sich und den Felsen und drückte sie so fest dagegen, wie es die Strömung erlaubte, die seine Beine immer wieder flussabwärts drücken wollte. Doch um sie am Felsen hochzuhieven, fehlte ihm die Kraft.

Flehend blickte er in die Augen seiner Begleiterin, aber sie reagierte nicht.

Sein Blick wurde zornig.

Die Frau zögerte. Schließlich griff sie der Bewusstlosen unter die Achseln und zog sie das letzte Stück über den Felsen. Kraftlos zog sich auch der Mann am Stein hoch, bevor er völlig erschöpft zusammenbrach und keuchend liegen blieb.

„Das hat uns gerade noch gefehlt!", zischte die Frau.

Mit einem abfälligen Blick auf die ohnmächtige Elfenkriegerin, kletterte sie über die Böschung und verschwand im Schatten der Bäume.

Der Mann wälzte sich schwer atmend auf den Rücken. Seine Hand fiel kraftlos auf die Brust der Elfe, die an seiner Seite lag. Die Erschöpfung machte ihn unfähig, sich aufzurichten oder auch nur seinen Mund aufzumachen. Er schloss die Augen und sog die kalte Morgenluft ein. Seine Hände fühlten sich taub an und in seinem Kopf hämmerte es. Das Blut, das noch vor Kurzem in seinem Gesicht geklebt hatte, hatte der Fluss fortgewaschen, aber seine Lederrüstung war immer noch mit roten Flecken übersät und hing zerrissen und lose an seinem zerschundenen Körper. Quer über seine Brust zog sich ein langer blutiger Schnitt. Um seine Hüften hing ein Lederbeutel. Ein Dolch steckte in einer Scheide, die über seinen Oberschenkel gebunden war, und an seinem Gürtel hing eine wasserdichte, lederne Rolle. Um den Rücken hatte er ein kleines Bündel geschnallt. Sonst hatte er nichts bei sich, abgesehen von der leblosen Elfe an seiner Seite.

Er atmete den Duft des feuchten Mooses ein und den modrigen Geruch der nassen Baumrinden. Mit der Natur erwachte in ihm ein Gefühl der Zuversicht, das sich langsam bis zu seinem Verstand vorarbeitete. Sie waren gerettet. Sie waren, so unglaublich es ihm in diesem Moment auch erschien, immer noch am Leben. Das prickelnde Glück darüber, sich atmen zu hören, seine zwar schmerzenden, aber dennoch funktionierenden Muskeln zu spüren, pulsierte warm und lebendig durch seine Adern.

Aber da war noch ein anderes Gefühl, das sich langsam an die Oberfläche arbeitete und sich schließlich wie ein Schatten über seinen Verstand legte. Kitayschas Verletzungen waren tödlich. Und als sie angegriffen wurde, war er nicht da gewesen. Er war nicht da gewesen, als ihr der Morgenstern über den Schädel gezogen worden war. Er war nicht da gewesen …

Seine klammen Finger glitten über den glatten, vom Wasser rund geschliffenen Felsen und krallten sich in das Hemd der Elfe. Er seufzte leise, als er ihren schwachen Atem vernahm.

Schließlich kämpfte er sich auf die Beine, hob die Kriegerin hoch und erklomm den Hang, über den sich seine Retterin abgesetzt hatte.

Er fand sie schließlich einige Schritte flussabwärts. Sie hatte sich einen geeigneten Platz gesucht, um ihre Kleider zu trocknen. Inmitten einer geduckt stehenden, kreisförmigen Baumgruppe, die unliebsamen Einblicken vorbeugte, riss sie sich das nasse Hemd vom Leib und rieb sich bibbernd die Oberarme. Als sie ihn bemerkte, wandte sie ihren Blick ab. Ohne Hemmungen schälte sie sich aus ihrer triefenden Hose, bis sie völlig nackt vor ihm stand.

„Was soll das, Thorn?“, blaffte sie ihn wütend an. „Du wärst ihretwegen fast ertrunken! Ihretwegen wären wir fast umgekommen!“

Mit einem verächtlichen Blick auf die Elfenkriegerin setzte sie hinzu: „Wir können sie nicht mitnehmen! Es muss dir doch klar sein, dass sie das nicht überlebt! Willst du mit ihr sterben, nach allem, was wir durchmachen mussten? Es war reines Glück, dass wir es bis hierhin geschafft haben! Willst du jetzt alles riskieren? Nur, um eine tote Elfe bis nach Valianor zu schleppen?“

Thorn maß sie mit ungerührtem Blick. Er kannte Rosmerta schon lange und manches Mal hatte er geglaubt oder zumindest gehofft, dass es unter ihrer kalten, berechnenden Fassade einen Funken Mitgefühl und Wärme gäbe. Tatsächlich gab es Momente, da war er sich dessen sicher. Doch dies war einer jener Augenblicke, da sie ihn eines Besseren belehrte. Sie war eine schöne Frau. Sie gehörte zu jener Sorte Frauen, die durch ihre bloße Anwesenheit einem Mann diesen selten dümmlichen Blick auf das Gesicht zaubern konnte. Doch Thorn zählte sich nicht zu ihnen. Zwischen Rosmertas liebreizende Erscheinung und ihre zum Teil faszinierende Scharfsinnigkeit, mit der sie ihn immer wieder überraschte, schob sich ein kalter, roher und manchmal grausamer Eigensinn, der sich wie ein Schatten über ihr schönes Gesicht legte und ihn gewaltsam auf Distanz hielt.

„Solange du mit *mir* gehst, spielst du nach *meinen* Regeln“, sagte er nüchtern. „Du wirst dich wohl oder übel mit ihr abfinden müssen. Andernfalls trennen sich hier unsere Wege.“

„Ich versuche dir nur klarzu…“, setzte sie neu an, doch Thorn unterbrach sie.

„Das Problem ist, dass du nicht nur feige bist, sondern auch schwach. Ich will dich nicht beunruhigen, aber ich denke, ohne mich wirst du keine Chance haben zu überleben, und ich schätze, das weißt du auch.“

Er warf sein Bündel ins Gras und öffnete die Schnallen seiner Lederrüstung.

„Wer, wenn nicht ich, soll dich vor den ehemaligen Sklaven schützen, die dir auf dem Weg nach Valianor begegnen werden und sicher keine moralischen Bedenken haben, eine hilflose Frau wie dich – nun, wie soll ich sagen? – gefügig zu machen. Cartius’ Vorhut hat das Emlin-Tal sicher schon verlassen und verteilt sich in diesem Moment über das ganze verdammte Imperium! Sie haben gewonnen, Rosmerta! Wir sind Flüchtige und unsere Chancen, heil nach Valianor zu kommen, stehen so oder so ziemlich schlecht.“

Er schwieg einen Augenblick, dann wies er mit einem kurzen Nicken auf die bewusstlose Elfe und seine Stimme senkte sich zu einem schmerzlichen Flüstern.

„Alles, was mich jetzt noch interessiert, ist, Kitayscha am Leben zu halten. Du, der Senatsvorsitzende, das ganze verfluchte valianische Heer – ihr könnt meinetwegen verrecken!“

Rosmerta starrte Thorn fassungslos an. Was war nur in ihn gefahren? Hatten die vergangenen Erlebnisse, so schrecklich sie auch waren, seinen Verstand denn völlig verwirrt? War das der Waldläufer, mit dem sie vor drei Jahren in Testaceus’ Dienste getreten war, der seine Ziele unerbittlich verfolgte und genau zu wissen schien, wie man seine Leute sicher durch gefährliche Situationen manövrierte? Offensichtlich war er mürbe geworden.

„Armer, verliebter Thorn“, säuselte sie. „Wie sehr dir die Elfe doch das Hirn verbrannt hat. Irgendwie scheinst du mit den Elfen kein Glück zu haben. Hast du darüber schon mal nachgedacht?“

Ihre Augen suchten Thorns Blick, aber er starrte durch sie hindurch. Also setzte sie noch eins drauf.

„Ich versteh dich einfach nicht! Warum wirfst du dein Leben weg, indem du krampfhaft an einem schon verlorenen festhältst? Seitdem du und Kitayscha ein Paar seid, scheinst du all deine Selbstsicherheit verloren zu haben. Und soweit ich mich erinnere, hält sie dich für einen Feigling. Hat sie dich nicht als Feigling bezeichnet, als …“

„Sie hatte allen Grund dazu“, fuhr Thorn aus seiner Trance.

„Ach ja? Weswegen?“

„Ich habe sie an vorderster Front kämpfen lassen, während ich selbst aus sicherer Distanz meine Pfeile abfeuerte.“

Rosmerta zog die Stirn in Falten. „Als wir Testaceus’ Neffen befreiten? Na und? Du bist nun mal ein besserer Bogenschütze als Schwertkämpfer.“

Thorn schüttelte energisch den Kopf. „Darum geht es nicht. Kit war immer die mutigere von uns beiden. Und nun ist sie fast gestorben, weil ich nicht da war, als sie mich brauchte. Es war das letzte Mal, dass ich sie ihm Stich gelassen habe! Und damit ist dieses Gespräch beendet.“

Rosmerta nahm verärgert ihre Kleider und legte sie auf einen flachen Stein zum Trocknen. Schließlich zog sie aus ihrem kleinen Rucksack eine Decke und breitete sie neben ihren Sachen aus.

„Warum bist du eigentlich aus Alba geflohen?“, fragte sie unvermittelt.

Thorn blickte auf.

„Du bist doch sicher nicht bloß losgezogen, um dir die Welt anzuschauen, oder? Irgendwas hat dich aus deiner Heimat vertrieben. Und es war bestimmt nicht der Krieg zwischen den Elfen und den Clans! Hab ich recht?“

Thorn antwortete nicht. Stattdessen wandte er sich ab, befreite die Elfe von ihren nassen Kleidern und kontrollierte ihren Kopfverband.

„Du kennst den Grund“, sagte er nach einer Weile leise.

„Womit wir wieder beim Thema wären“, antwortete Rosmerta und rieb sich bibbernd die nackten Arme. „Die Elfen bringen dir kein Glück. Du hättest gar nicht erst für ihre Freiheit kämpfen sollen. Wäre deine Verlobte nicht gewesen …“

„Auch dann hätte ich mich auf die Seite der Elfen geschlagen, weil es eine Sache des Ehrgefühls ist. Ihr Volk wurde von den Menschen Albas unterdrückt.“

Thorn wusste, dass das nicht ganz der Wahrheit entsprach. Er hatte sich vor allem deshalb der Sache der Elfen angeschlossen und damit seinen eigenen Leute den Rücken gekehrt, weil er sich in die Tochter des Elfenkönigs verliebt hatte. Jaslana war der eigentliche Grund für seinen Sinneswandel. Er hatte sie geliebt, wenn auch auf ganz andere Weise als Kitayscha. Die Erhabenheit des elfischen Volkes, die Ruhe, die sie umgab, und ihre weise Voraussicht hatten ihn stets fasziniert, und Jaslana war die Verkörperung dieser Eigenschaften gewesen. Im Gegensatz zu ihr war Kit geradezu erfrischend menschlich. Wahrscheinlich hatte er sich ihr gegenüber genau aus diesem Grund immer gleichwertig gefühlt. Zumindest bis zu jenem Tag vor etwa einem Jahr, als sie Testaceus’ zweiten Auftrag angenommen hatten. Damals war der Neffe des Senatsvorsitzenden entführt worden und Testaceus beauftragte ihn, den Jungen zurückzuholen. Bei der Befreiung waren sie in arge Bedrängnis geraten. Danach hatte Kit ihn einen Feigling genannt und Thorn spürte, dass in ihrem Vorwurf ein Funke Wahrheit lag.

Wie auch immer – Jaslana war im Krieg gestorben. Ihr Tod hatte ihn aus der Heimat der Elfen vertrieben. Kitayscha lebte noch. Und er würde alles dafür tun, dass dies so blieb.

„Meinetwegen, dann reden wir eben nicht über dich“, bemerkte Rosmerta, als Thorn nichts mehr hinzufügte. „Es interessiert mich sowieso nicht!“

Nervös tastete sie nach ihrer Decke, die auf dem Stein in der Sonne lag, und stellte gereizt fest, dass sie längst noch nicht trocken war.

Thorn schritt langsam am Ufer des Emlin entlang. In der einen Hand hielt er vier fette Rebhühner, in der anderen seinen Dolch. Links von ihm sprudelte das Wasser lebhaft das steinige Flussbett hinab. Thorn legte die Rebhühner auf einen Stein, steckte den Dolch weg, schöpfte mit den Händen Wasser und trank.

Schließlich drehte er sich auf den Rücken und schloss die Augen. Das zurückhaltende Vogelgezwitscher, das Plätschern des Wassers und das leise Säuseln des Windes verloren sich langsam. Ohne sich gegen die Müdigkeit zu wehren, die sich wie dicke Watte über seine Gedanken legte, ließ er sich in die Dunkelheit treiben.

Die Rufe der Kämpfenden drangen zu ihm hoch und die Zeit lief davon. In aller Eile zerriss er sein Hemd und wickelte es notdürftig um Kitayschas Stirn. Irgendjemand schrie am Fuße des Wachturms in Todesqualen. Die Angst, er sei zu spät gekommen, schnürte ihm die Kehle zu. Bleierne Ohnmacht lastete auf seinen Gedanken. Stimmen in seinem Kopf überhäuften ihn mit Vorwürfen: Wo warst du, als sie angegriffen wurde? Dort, wo keine Gefahr drohte? Hattest du Angst um deine eigene Haut?

Fast hätte er aufgegeben, fast den Glauben an Rettung verloren. Er wollte sich einfach neben sie legen und darauf warten, dass man ihn fand und tötete. Wie konnte er so auch weiterleben? Nichts mehr wäre für ihn noch von Bedeutung. Leben – Tod, Wahrheit – Lüge, Chaos – Ordnung: Ohne Kitayscha an seiner Seite war alles sinnlos.

Doch dann, als ob es nie einen Zweifel gegeben hätte, hob er sie hoch und stieg die Stufen hinab. Panik und Angst waren von ihm abgefallen. Mit fast stoischer Ruhe durchschritt er, ihren schlaffen Körper auf seinen Armen, die Menge der kämpfenden Soldaten, als ob keiner von ihnen eine Bedrohung darstellte. Irgendjemand stolperte in einem Ausweichmanöver über seine Beine, bevor er einige Schritte weiter reglos liegen blieb. Ein Schwert krachte direkt neben ihm auf einen Stein am Boden und splitterte. Aus den Augenwinkeln nahm er wahr, dass schräg vor ihm jemand aus einem Loch in der Erde kroch, was ihm seltsam vorgekommen wäre, hätte er nicht jeden Sinn dafür verloren, was um ihn herum geschah.

„Hierher!“, schrie jemand, dessen zarte, für einen Mann ungewöhnlich kindliche Stimme ihm bekannt vorkam. „Ich hab' ihn, ich hab' ihn! Er hat bezahlt, Thorn! Er hat ...“

Die Stimme brach und ging in einen schrillen Schrei über. Ein leises Röcheln folgte. Dann wurde es vom Lärm der Schlacht übertönt. Doch Thorn schritt weiter.

Als er das steinerne Hauptgebäude erreicht hatte, tauchte Rosmerta plötzlich neben ihm auf, ihre Hand gegen eine Wunde an ihrer Schulter gepresst.

„Zum Fluss!“, keuchte sie und rannte los.

Sie hatte ihren Speer nicht bei sich. Auch er trug, abgesehen von seinem Dolch, keinerlei Waffen. Wie sollten sie sich schützen? Bis zum Fluss war es weit. Doch Thorn bahnte sich zwischen den schwitzenden, schlachtenden Körpern seinen Weg, ohne dass er angegriffen oder auch nur von einer Waffe gestreift wurde.

Er folgte Rosmerta über die Böschung, die sich hinter der Garnison der 14. Legion zum Fluss hinabneigte, und ließ die Schreie und das Klirren von Stahl hinter sich. Ohne ihre Gefährten, die im Innenhof der Garnison verbluteten, und ohne die restlichen Soldaten, die für das Imperium ihr Leben opferten, flohen sie vom Schlachtfeld und erreichten unbeschadet den Emlin.

Ruckartig setzte Thorn sich auf. Seine Freunde waren tot. Er selbst hatte aufgegeben und versucht, sein eigenes Leben und das Kitayschas zu retten. Aber dass sie tatsächlich davongekommen waren, obwohl die Sklavenarmee wie eine riesige Gewitterwolke über der Garnison der 14. Legion aufgezogen war, konnte er immer noch kaum glauben.

Cartius' Anhänger waren nicht nur durch das Tor gestürmt, sie hatten auch Tunnel gegraben, durch die sie in die Feste eingedrungen waren.

Verfluchter Liam! Thorn fuhr sich nervös durch sein wirres Haar. *Ich hätte nie damit gerechnet, dass du mich verraten würdest! Niemals!*

Er hatte an Liams Rechtschaffenheit nie gezweifelt. Warum auch? Liam O'Neill war ihm als aufrechter Mann erschienen, mehr noch, er war zu einem engen Vertrauten und Freund geworden. Nie war Thorn in den Sinn gekommen, dass Liam ein Verräter sein könnte. Dabei hätte er jeden Neuankömmling verdächtigen müssen. Und Liam war einer von ihnen gewesen. Doch weil er ihm wesentlich mehr abgewinnen konnte als einem der stets gehorsamen Soldaten, ließ er sich dazu hinreißen, unvorsichtiger zu sein, als es die Situation erlaubte.

Während die Wellen des Sklavenheers gegen die Mauern der Garnison brandeten, hatte jemand von innen das Tor geöffnet. So hatte das feindliche Heer ungehindert einfallen können.

Und der Mann, der an den schweren Holzflügeln seinen Posten bezogen hatte, hieß Liam O'Neill.

Rosmerta fuhr sich missmutig durch ihr verfilztes Haar und flocht es verbissen zu einem Zopf. Ihr Blick löste sich von Kitayschas Körper und glitt durch die Baumstämme, wo sie Thorn ausmachte. Ob er etwas gefangen hatte, konnte sie aus der Entfernung nicht feststellen, aber sein Anblick hob ihre Stimmung sofort.

„Ich sterbe vor Hunger!“, versuchte sie ein unverfängliches Gespräch, als er das Lager erreichte.

Thorn antwortete nicht. Er ließ die vier Rebhühner neben die Feuerstelle fallen und ging neben Kitayscha in die Knie.

„Ihre Stirn ist heiß“, stellte er besorgt fest.

„Wie hast du die Vögel ohne deinen Bogen erlegt?“, fragte Rosmerta scheinbar interessiert.

Thorn hob vorsichtig den verbundenen Kopf der Elfe und träufelte Wasser aus dem feuchten Tuch, das er im Fluss getränkt hatte, in ihren Mund.

„Mit einem Stein“, murmelte er abwesend.

Kitayschas Lider zuckten wild hin und her und ein heftiges Beben erfasste ihren Körper.

„Guter Mann!“, sagte Rosmerta großzügig.

Dann beobachtete sie Thorn widerwillig dabei, wie er den letzten Tropfen aus dem Tuch presste und Kitayscha besorgt musterte. Thorn war so sehr auf die Elfe fixiert, dass es Rosmerta förmlich das Herz einschnürte. Und dabei war es naheliegend, dass Kits Elfenblut der eigentliche Grund für seine Vergötterung war. Dass es sich dabei um Liebe handelte, bezweifelte sie.

Erkannte Thorn nicht auch ihre eigenen elfischen Wurzeln? Wusste er, dass sie nur halb ein Mensch war? Gesagt hatte Rosmerta es ihm nie. Es war ein Geheimnis, das sie sorgfältig hütete – zu Recht, denn Mischwesen galten im Valianischen Imperium als Außenseiter und sie hatte Pläne, die sich damit nicht vereinbaren ließen. Doch um seinetwillen hätte sie den von ihr so wenig geliebten Teil in sich offenbart. Tatsächlich war sie kurz davor gewesen, Thorn in ihr Geheimnis einzuweihen. Doch Kit war ihr in die Quere gekommen, bevor sie sich dazu durchringen konnte. Und vermutlich hätte Thorn der Elfenkriegerin in jedem Fall den Vorzug gegeben. Immerhin war Kit eine vollwertige, sie hingegen nur eine halbe Elfe.

Ein hässlicher Gedanke machte sich in Rosmertas Kopf breit. Vielleicht würde Thorn ihre Zuneigung erwidern, sobald die Elfe das Zeitliche gesegnet hatte. Lange konnte es nicht mehr dauern. Von dieser Idee beflügelt, richtete sie sich auf, schnappte die Rebhühner und begann, sie sorgfältig zu rupfen. Ab und an warf sie einen heimlichen Blick auf den Waldläufer, der Kitayscha in seinen Armen hielt, um ihren kalten Körper zu wärmen und anscheinend nichts um sich herum wahrnahm. Nach einer wortlosen Mahlzeit packten sie zusammen und brachen in Richtung Süden auf.

Das Gebiet, das sich zwischen dem Emlin und der Straße nach Valianor hinzog, war weitestgehend Sumpflandschaft. Vor ihnen taten sich inmitten grüner Wiesen und Büsche zäh vor sich hin brütende braune Moortümpel auf. Thorn wusste, dass es eine gewisse Erfahrung erforderte, ein solches Moor zu durchqueren, doch er wagte es nicht, die Straße, die parallel zum Sumpfgebiet Richtung Süden verlief, schon so früh zu betreten. Zu groß war die Gefahr, dass sich dort bereits die ersten Aufklärer von Cartius' Armee aufhielten.

Gedankenversunken liefen Thorn und Rosmerta unter einer bereits kraftvoll scheinenden Sonne nebeneinander her. Das Sonnenlicht blitzte und glitzerte in den kleinen Tümpeln wie Schmuckstücke auf den Tischen der Händler Valianors.

Thorn, der um einiges größer war als Rosmerta, marschierte nach kurzer Zeit vorneweg, in seinen Armen Kitayscha haltend, so als wöge sie nur wenige Gramm. Verzweifelt mühte sich Rosmerta über den aufgeweichten Boden. Eine leise Unruhe machte sich in ihr breit, nicht nur weil der Matsch bis zu ihren Unterschenkeln hochkroch, sondern auch, weil Thorn nichts tat, um ihr beim Überqueren der gefährlichen Passagen zu helfen. Sie hatte nicht das Geringste für Märsche dieser Art übrig. Thorn hingegen bewegte sich trotz des schlammigen Untergrunds und dem zusätzlichen Gewicht der Elfe erstaunlich leichtfüßig.

Nachdem sich Rosmerta redlich abgeplagt hatte, um Thorn einzuholen, versuchte sie verbissen, mit ihm Schritt zu halten. Ihr lederner Mantel, ein Geschenk des Senatsvorsitzenden, war bis zu ihren Hüften mit Schlamm überzogen.

„Meine Güte, Rosmerta", feixte Thorn. „Da hast du endlich etwas Anständiges anzuziehen und dann wälzt du dich wie ein Schwein im Dreck! Was wird wohl die gehobene Gesellschaft Valianors denken, wenn sie dich in diesen Lumpen sieht?"

Rosmerta warf wütend ihren Zopf in den Nacken.

„Wir hätten diesen verdammten Auftrag gar nicht annehmen sollen!", zischte sie beleidigt.

„Da gebe ich dir ausnahmsweise recht!"

Thorn dachte an ihre alten Spezialaufträge. Sie hatten nichts mit der Schlacht im Emlin-Tal gemein. Letztere war seine erste Mission als Kommandant valianischer Truppen gewesen und es stand außer Frage, dass er für derartige Missionen ungeeignet war. Warum hatte Testaceus ihm den Auftrag überhaupt zugespielt? Er musste doch gewusst haben, dass das Militär nicht sein Ding war?

Der Beweis dafür lag in nüchterner Klarheit vor ihm: Alle waren tot. Die Sklaven hatten gesiegt.

„Nicht nur, dass wir verloren haben“, sagte er nach einer Weile nachdenklich. „Ich bin mir auch gar nicht sicher, ob ich die Sklaven, abgesehen von Cartius selbst, als Feinde betrachten will. Sie kämpfen lediglich um ihre Freiheit und um das Recht, über sich selbst zu bestimmen.“

Er rückte Kitayschas Körper zurecht, sodass ihr Ellenbogen nicht länger gegen seinen Magen drückte, und suchte den sumpfigen Untergrund nach gefährlichen Stellen ab.

„Wieso hast du den Auftrag dann angenommen?“, fragte Rosmerta.

„Testaceus ist ein Freund. Ich habe ihm einen Gefallen getan. Ich bin wütend auf ihn, ja. Immerhin hat er mich in diese beschissene Lage gebracht. Aber ich nehme an, er hatte einen guten Grund dafür, mich ins Emlin-Tal zu schicken, auch wenn es sich im Nachhinein als Fehler erwiesen hat. Ich hätte als Kommandant voll und ganz hinter den Valiani stehen müssen, doch das war nicht der Fall. Ich bin von den valianischen Prinzipien einfach alles andere als überzeugt, besonders im Hinblick auf die Sklavenhaltung. Wie siehst du das?“

Er drehte sich zu Rosmerta um.

„Ich meine, denkst du nicht auch, dass der Aufstand der Sklaven irgendwie seine Berechtigung hat?“

Rosmerta schnaubte verächtlich auf.

„Keine Ahnung! Und überzeugt bin ich nur von Dingen, die sich als nützlich für mich erweisen.“

Sie sah Thorn von der Seite an.

„Oder?“

Als er nicht reagierte, wandte sie sich frustriert von ihm ab.

„Mich kümmern weder die Sklaven, die ihr Schicksal mit Sicherheit verdient haben und in den Minen zu Recht über kurz oder lang verreckt wären, noch liegen mir die Machenschaften des Senats am Herzen. Aber …“

Plötzlich blieb sie stehen, während Thorn ungerührt an ihr vorbeimarschierte. Hastig raffte sie ihren Mantel und eilte ihm hinterher.

„In Valianor bin ich eine angesehene Persönlichkeit. Die Leute, inklusive Testaceus, behandeln mich mit Respekt und nirgendwo sonst führe ich einen solchen Lebensstil. Das kostet mich eben die Kleinigkeit, dem Senatsvorsitzenden ab und zu einen Gefallen zu tun.“

Thorn drehte sich um. Ihre hochgezogenen Augenbrauen spiegelten eine Eitelkeit wider, die ihre Züge zu einer ausdruckslosen Maske verhärteten. Rosmertas Einstellung widerte ihn an.

„Die Ihren bereichern die Götter im Schlaf“, murmelte er leise und setzte seinen Weg fort. „Nun denn, *Heldin des Valianischen Imperiums*“, antwortete er laut und mit unüberhörbarem Sarkasmus in seiner Stimme, „ab jetzt müsst Ihr jeden Eurer Schritte abwägen, denn da vorne wird es wahrlich sumpfig. Also gebt Acht! Wenn Ihr an der falschen Stelle auftretet, seid Ihr verloren.“

Er blickte über die Schulter zurück und auf seinem Gesicht erschien ein eisiges Lächeln.

„Ich werde Kitayscha nämlich ganz sicher nicht fallen lassen, um Euch, Gnädigste, aus dem Dreck zu ziehen!“

Rosmerta biss sich auf die Lippen. Am liebsten hätte sie Thorn angebrüllt, doch dies war der falsche Zeitpunkt. Trotz der Last, die er auf seinen Armen trug, sank er nur halb so weit ein wie Rosmerta, die keine Ahnung hatte, wie er das machte, und sich nur noch mehr ärgerte. Sie kannte sich in natürlicher Umgebung nicht halb so gut aus wie Thorn, der praktisch sein ganzes Leben im Wald zugebracht hatte und mit solchen Situationen vertraut war.

„Worauf muss ich achten?“, schrie sie ihm hinterher.

„Auf deinen Hausverstand, solltest du einen solchen besitzen!“

Er blieb stehen und drehte sich seufzend um.

„Am besten folgst du mir einfach auf dem Fuß.“

Rosmerta beeilte sich, ihn einzuholen, um dann jeden seiner Schritte zu imitieren. Als sie ihren Weg anschließend wesentlich gewandter fortsetzte, stahl sich ein triumphierendes Lächeln auf ihre Lippen.

Weit hinter ihnen lag, von Felsen eingekesselt, das Emlin-Tal, linker Hand wälzte sich der Emlin brausend Richtung Nadrus-Tal. Von dort weg würde Brunius Doridorus Cartius sein Sklavenheer flussaufwärts führen, um seinen Weg über den Isola-Pass Richtung Valianor fortzusetzen. So dachte zumindest Thorn. Da Cartius' Heer den Widerstand vereinzelter Dörfer, sofern deren Bewohner einen solchen überhaupt in Erwägung zogen, ignorieren konnte, würde es ungehindert und schnell auf der Straße nach Valianor weitermarschieren.

Obwohl Thorn kein besonderes Bedürfnis verspürte, nach Valianor zurückzukehren, wusste er, dass ihre einzige Chance, lebend davonzukommen, die Rückkehr in die Hauptstadt war. Er hoffte, dass sie im Nadrus-Tal auf patrouillierende valianische Truppen stießen, die sie in die Stadt geleiten konnten. Wenn sie sich dann erst einmal unter der Obhut des Senatsvorsitzenden befanden, konnte Kitayscha geheilt werden, sodass sie anschließend in ihrer beider Heimat zurückzukehren konnten.

Sie würden ein Schiff nach Chryseia nehmen, von dort die Wälder Albas erreichen und die schrecklichen Geschehnisse weit hinter sich lassen. Vielleicht war der Krieg zwischen den Elfen und den adligen Clans mittlerweile zu Ende. Vielleicht hatte ihre Liebe in Alba eine Zukunft und er eine Möglichkeit, Jaslanas Tod ein für alle Mal zu vergessen.

* * *

Der süßliche Geruch von Blut, durchsetzt vom herben Duft nach Weihrauch, hing in dem fensterlosen Raum und drang in seine Nase, als er die Tür hinter sich schloss. Antonius Virgil Testaceus war die morbide Atmosphäre hier längst gewohnt; die Düsternis der unterirdischen Gemäuer konnte ihn kaum noch beeindrucken. In jedem der vier Winkel stand ein Marmorsockel mit einem Weihrauchkessel umringt von Kerzen. In der Mitte des Raums erhob sich ein Altar aus schwarzem Basalt. Neben dem Altar stand eine Gestalt, deren Augen so schwarz waren wie der Stein.

Testaceus hatten diese Augen mehr als einmal dazu gebracht, sich unsicher und verloren zu fühlen. Er wusste um die bedrohliche Kälte, die der Mann neben dem Altar ausströmte, wusste um die beängstigende Wirkung seines bohrenden Blicks und den Effekt seiner ausgemergelten Gestalt. Darum war ihm auch klar, was seinem kleinen Begleiter in eben diesem Augenblick durch den Kopf schoss: Flucht!

Testaceus umschloss die Hand des Jungen noch fester. Er spürte sein Zögern beim Anblick der dunklen Gestalt. Zitternd presste sich der zarte Körper an ihn, während ängstliche Augen fragend zu ihm aufblickten.

„Du erinnerst dich doch, was ich dir über diesen Mann und sein Zuhause gesagt habe?", flüsterte Testaceus.

Der Junge nickte langsam und warf der Gestalt einen bangen Blick zu, so als erwarte er, dass sie im nächsten Moment wie ein tollwütiges Raubtier über ihn herfallen würde.

„Er sieht zwar böse aus, aber nur, weil er ein sehr einsamer Mensch ist", murmelte er tapfer hinter vorgehaltener Hand. „Und er hat kleine Kinder gern, auch wenn man es ihm nicht ansieht. Und sein Zuhause …"

„Ist nur deshalb so dunkel und beängstigend, weil er nie ein eigenes Zuhause hatte und nicht weiß, wie ein richtiges Zuhause auszusehen hat", setzte Testaceus zustimmend fort. „Richtig, mein Junge!"

Testaceus' Aufmerksamkeit kehrte zur Gestalt am Altar zurück, die, immer noch reglos verharrend, ihre Augen zwischen ihnen hin und her wandern ließ. Schließlich bohrte sich ihr Blick in Testaceus' Kopf und wie schon viele Male zuvor hatte er den Eindruck, sie würde jeden seiner Gedanken kennen.

Ein kaltes Kribbeln kroch seinen Rücken hoch und hinterließ ein Gefühl absoluter Leere in seiner Magengegend. Er musste kurz durchatmen, dann schob er den Jungen, der sich immer noch ängstlich an ihn drückte, auf die Gestalt zu, die schweigend jede ihrer Bewegungen beobachtete.

„Ich bin hier, um Hilfe durch Eure Gabe zu erbitten", durchbrach Testaceus die eisige Stille.

Es war jedes Mal die gleiche Prozedur. Jedes Mal begann er mit genau diesen Worten und jedes Mal musterte ihn der Augur, nachdem er sein Anliegen vorgebracht hatte, mit berechnendem Blick. Es war Teil des Ritus, der die Weissagung eines Auguren gewandete wie die Amtstracht einen Senator, und deshalb war es nicht nur ungebührlich, sondern auch gefährlich, die einleitende Bitte zu unterlassen und die darauffolgende Stille zu unterbrechen. Auguren waren anerkannte Leute. Zwar nicht so anerkannt wie ein Senator, doch sie besaßen etwas, das kein gewöhnlicher Mensch besaß: die Macht des sechsten Sinns in ihrer höchsten Ausprägung. Wenn man sich diese Macht zunutze machen wollte, musste man ihr mit Ehrfurcht und dem gebührenden Respekt begegnen. Auguren arbeiteten niemals im Dienste des Staates oder irgendeines Senators, bis auf jene fünf, die Testaceus in dem Nebengebäude seines Anwesens beherbergte. Wie es dazu gekommen war, daran wollte er im Moment nicht denken.

Die meisten der Senatoren hielten die Befragung eines Auguren für notwendig, um ihr Schicksal zu beeinflussen. Es gab nicht einen unter den Senatoren, der in kritischen Zeiten nicht zu derartigen Mitteln gegriffen hätte. Allerdings gingen die Methoden seiner fünf Auguren über das übliche Maß hinaus. Auch das war ein Punkt, über den Testaceus nicht gerne nachdachte.

Testaceus warf einen Blick auf das bleiche Gesicht des Jungen, der ängstlich zu dem Mann in der schwarzen Robe hochsah. Trotz seiner offensichtlichen Scheu versuchte er, tapfer stillzuhalten, und machte keine Anstalten, davonzulaufen. Testaceus selbst hatte dafür gesorgt, dass der Junge ihm blind vertraute und ganz sicher bis zum Ende durchhielt.

Testaceus warf einen kurzen Seitenblick auf den Altar.

„Zwei Fragen, wenn Ihr gewillt seid, Lestrang“, eröffnete Testaceus mit ehrfürchtig gedämpfter Stimme das Ritual.

„Zwei Antworten, wenn die Dinge günstig stehen“, antwortete der Augur gleichmütig und schritt an Testaceus vorbei zur Tür, woraufhin vier ausgemergelte Gestalten in den gleichen Roben aus hauchdünnem schwarzen Stoff eintraten. Alle hatten diese seltsam schwarzen Augen, deren kalter, taxierender Blick sich auf Testaceus und das Kind richtete.

„Ich nehme an, es geht um die Schlacht gegen den Sklavenführer."

Lestrangs Stimme klang, als ob man trockenes Laub zwischen den Fingern zerbröselte.

„Ganz recht."

Testaceus schob den Jungen, der bei den Worten des Auguren unwillkürlich zwei Schritte zurückgewichen war und nun förmlich mit den Beinen des Senatsvorsitzenden verschmolz, ein Stück von seinem Körper weg. Um ihn zu beruhigen, drückte er seine Hand. Obwohl er den Schrecken des Kindes nachempfinden konnte, wusste er, dass der Augur auf die Angst eines Menschen reagierte wie ein Wolf bei dem Geruch von Blut und er hatte nicht das geringste Bedürfnis, Lestrang zusätzlich zu animieren.

Während sich die anderen Auguren mit raschelnden Roben um den Altar versammelten, trat Lestrang an den Jungen heran. Seine Fingerspitzen strichen sanft über sein Gesicht.

Testaceus bemerkte, wie der Junge zu zittern begann, und stellte mit Abscheu fest, dass seine Angst dem Auguren ein kaum wahrnehmbares Lächeln entlockte.

Schließlich richtete Lestrang sich auf, ging zum Altar zurück und legte seine Hand auf die kalte schwarze Steinplatte.

„Ihr habt wie immer dafür gesorgt, dass wir unser Ritual *ungestört* durchführen können?"

Lestrangs Augen ruhten auf dem Jungen.

Die kleine Hand war schweißnass.

„Natürlich", antwortete Testaceus ungerührt, obwohl sein Magen sich unangenehm zusammenkrampfte.

Lestrangs Aufmerksamkeit wanderte zu den restlichen Auguren, eine Tatsache, die Testaceus kurz aufatmen ließ.

Mittlerweile hatten Lestrangs Gehilfen einen Halbkreis um den Altar gebildet.

„Nun denn, es ist an der Zeit, dass ich mich um Euer Mündel kümmere", begann Lestrang, ohne seinen Blick von den Auguren zu wenden.

Testaceus lief es eiskalt über den Rücken.

„Bereit, die Wächter zu rufen!“, rief einer der Auguren mit hohler Stimme.

Lestrang nickte, schloss die Augen und flüsterte etwas, das Testaceus nicht verstand. Dann warf er dem Senatsvorsitzenden einen Blick zu, den dieser als eindrücklichen Befehl auffasste. Testaceus ließ die Hand des Jungen los und trat zurück. Das Kind erschrak angesichts des plötzlichen Entzugs des Sicherheit spendenden Körperkontakts. Verzweifelt machte der Junge einen Schritt auf Testaceus zu, doch da hatte ihn schon einer der Auguren gepackt, ihn auf den Altar gehoben und ihm zischend befohlen: „Zieh dich aus!“

Testaceus nickte ihm zu, aber der Junge versteifte sich und bettelte aus flehenden Augen um seinen Beistand.

„Tu, was man von dir verlangt!“, forderte Testaceus ihn schroff auf. „Du bist kein Kind mehr! Ich habe dich auf das hier vorbereitet und dir meine wertvolle Zeit geschenkt. Ich habe dich gelehrt, dass es Größeres gibt als das eigene Leben und dass man, um diesem Größeren zu dienen, Opfer bringen muss. Ich dachte, du wärst außergewöhnlich genug, um den Sinn deines jungen Lebens in einem größeren Zusammenhang zu betrachten und dass du die Kraft hättest, einen entscheidenden Beitrag zu leisten. Täusche ich mich, oder warst du nicht Feuer und Flamme, als ich dir von deiner Chance berichtete, dem Wohle der gesamten Menschheit einen Dienst zu erweisen?“

Testaceus wurde bei dieser Unzahl an Lügen schlecht. Die taktische Suggestion, mit der er versuchte, den Jungen zum Gehorsam zu bewegen, war widerlich. Trotzdem fuhr er entschlossen fort: „Offenbar habe ich mich in dir getäuscht, denn im Moment macht die Angst einen Feigling aus dir und du schaffst es nicht einmal, die einfachen Befehle dieses Mannes auszuführen!“

Testaceus wandte sich vom Altar ab. Er ertrug es nicht länger, der puren Verzweiflung in ihr unverfälschtes Gesicht zu sehen. Der Junge verstand seine Geste gewiss als ein Zeichen seiner Enttäuschung. Und richtig, als er sich endlich dazu durchgerungen hatte, zum Opfertisch zurückzublicken, hatte er sich bereits seines Leinenhemdes entledigt und saß nun völlig entblößt, die dünnen Beine von der schwarzen Steinplatte baumelnd, zwischen den Auguren. Tränen rannen ihm über seine Wangen und Testaceus wusste, dass er sich gefügt hatte und sich nicht mehr zur Wehr setzen würde.

* * *

Seit zwei Tagen waren sie nun schon unterwegs, während sich das Moor um sie herum in alle Richtungen auszubreiten schien. Nur mühselig kamen sie voran; Rosmerta war mehrere Male fast versunken. Nachts ließen die unzähligen Mücken den Schlaf zur Tortur werden. Weil sie beide kaum schlafen konnten, hielten sie meist gemeinsam Wache und vertrieben sich die Zeit damit, die lästigen Blutsauger zu erschlagen.

Besorgt hatte Thorn festgestellt, dass Kitayscha noch blasser geworden war. Nicht ein einziges Mal öffnete sie die Augen, sie atmete kaum merklich und ihren Puls konnte er nur erahnen, wenn er Rosmerta dazu aufforderte, ihren Mund zu halten und er selbst sich nicht rührte.

Die Sonne färbte sich blutrot, als sie am zweiten Tag endlich das mittlerweile grüne Nadrus-Tal erreicht hatten und sich der Verbindungsstraße zwischen Valianor und der autonomen Provinz Shemora näherten.

Unter dem schattigen Schutz einiger vereinzelter Felsen schlugen sie ihr Lager auf.

Rosmerta war von dem Marsch durch den Sumpf völlig erschöpft und lehnte sich, ohne ihren Rucksack abzunehmen, sofort gegen einen Felsen.

„Das war das allerletzte Mal, dass ich für Testaceus die Drecksarbeit mache! In Zukunft kümmere ich mich nur noch um Angelegenheiten, die ich von einer Sänfte aus oder zumindest in Begleitung eines standesgemäßen Heeres und den dazugehörigen Annehmlichkeiten erledigen kann. Was gäbe ich jetzt für ein heißes Bad und ein Bett!“

Stöhnend rieb sie sich die schmerzenden Fesseln und deutete mit mattem Fingerzeig an, dass sie ein Lagerfeuer wünschte, doch Thorn schüttelte den Kopf.

„Kein Lagerfeuer mehr, solange wir nicht auf valianische Truppen gestoßen sind. Wir sind gefährlich nahe an der Verbindungsstraße."

Er bettete die Elfe, die im Fieberwahn wieder zu zittern und zucken begonnen hatte, auf eine Moosbank und setzte sich neben sie. Dann teilte er sich das restliche Rebhuhnfleisch mit Rosmerta, die lustlos darauf herumzukauen begann.

Nachdem er Kitayscha etwas Wasser eingeflößt hatte, aß er selbst.

„Wir teilen uns die Wache", forderte er Rosmerta auf, als er den letzten Bissen hinuntergeschluckt hatte.

Sie nickte stumm und zog ihren Umhang enger um ihre Schultern. Langsam kroch die Kälte der anbrechenden Nacht übers Land.

„Denkst du, Cartius' Männer werden uns finden?", fragte sie leise.

Thorn zuckte gleichgültig die Schultern.

„Keine Ahnung", antwortete er. „Einen kleinen Vorteil haben wir: Sie werden nicht nach uns suchen. Für Cartius spielt es keine Rolle, ob ihm jemand durch die Lappen gegangen ist. Das Dumme ist nur, dass sein dreihunderttausend Mann starkes Heer ein großes Gebiet beansprucht und seine Leute deshalb nicht weit von uns entfernt sein können."

Rosmerta zog die Augenbrauen hoch.

„Aber wir sind nur zu zweit … Verzeihung", korrigierte sie sich räuspernd und schielte auf die schwer verletzte Elfe. „Zu dritt! Das macht es doch einfach, sich zu verstecken."

Thorn grinste spöttisch.

„Meinst du?", fragte er und setzte sich auf. „Die haben Späher, meine Liebe. Gut ausgebildete Späher. Brunius Doridorus Cartius ist nicht irgendein heruntergekommener Sklave! Er war der Zenturio der 21. Legion und für seine wohlüberlegten Kampfstrategien bekannt. Er hat sein Sklavenheer, wie du sicher bemerkt hast, zu einer perfekten Kampfmaschinerie ausgebildet. Seine Leute wissen, was sie tun. Und den Blicken eines guten Spähers und Spurenlesers zu entgehen, ist ein schwieriges Unterfangen."

Er schob Kitayscha einen Arm unter den Rücken, den anderen unter ihre Kniekehlen und hob sie zu sich hoch, sodass sie mit dem Kopf gegen seine Brust sank. Die Nächte waren kalt und er musste sie warmhalten.

„Umso verwunderlicher ist es, dass Testaceus, obwohl er Cartius' strategische Klugheit kennt, so tut, als hätte er es mit einem Anfänger zu tun. Er ließ uns im Emlin-Tal regelrecht ins offene Messer laufen! Zumindest hat er uns über Cartius und seine Sklaven weder ausreichend informiert, noch ein entsprechend großes Heer zur Verfügung gestellt."

Rosmerta sah ihn eine Weile schweigend an. Sie hatte ihm nur mit halber Aufmerksamkeit zugehört. Sein zärtlicher Umgang mit Kitayscha irritierte sie. Seine Ignoranz ihr selbst gegenüber reizte sie unbändig. Warum konnte er sie nicht begehren wie andere Männer auch?! Seufzend kramte sie ihre Decke hervor und rollte sich an den Felsen gelehnt zusammen.

„Ich übernehme die zweite Wache", murmelte sie schon halb eingeschlafen.

„Das hab ich mir gedacht."

Rosmerta schreckte jäh aus dem Schlaf. Irgendetwas hatte sie geweckt. Kerzengerade saß sie auf ihrer Decke und starrte in die Dunkelheit. Ihre Augen wanderten über Thorns Lager, das wenige Schritte von ihrem entfernt war, doch sie konnte in der Finsternis kaum etwas erkennen. Lag da jemand, oder war das nur Thorns Decke, die einen umrisshaften Schatten auf dem Boden hinterließ?

In unmittelbarer Nähe hörte sie ein scharrendes Geräusch. Irgendetwas bewegte sich dort, unweit von Thorns Lager. Der Wind, der flüsternd über die Grashalme strich, trieb ihr eine Gänsehaut über den Nacken. Ihr Blick wanderte zu Thorns Lager zurück. Da war niemand. Rosmerta war sich sicher, dass der Umriss von seiner Decke stammte. Von dem Waldläufer fehlte jede Spur. Mit zittrigen Händen schob sie ihre Wolldecke zur Seite und wollte aufstehen. In diesem Moment durchbrach ein pechschwarzer Umriss die Dunkelheit.

Rosmerta zog blitzschnell ihren Dolch und sprang auf die Beine.

„Thorn?“, fragte sie zögernd und umklammerte die Waffe noch fester.

Doch da wandte sich die Gestalt ab und verschwand in der Dunkelheit. Bestürzt blickte Rosmerta ihr nach.

„Thorn?“, rief sie hinterher. Dann begann sie zu laufen.

„Thorn, bleib hier!“

Panik ergriff sie. Hatte er etwa vor, sie hier zurückzulassen und mit der Elfe abzuhauen? Verzweifelt schrie sie in die Dunkelheit: „Wo willst du hin, Thorn? THORN!“

Da blieb sie abrupt stehen. Wenige Schritte vor ihr trottete Thorn schwerfällig über das taufeuchte Gras. Das lange Haar der Elfenkriegerin hing bis auf seine Knie und schwankte bei jedem Schritt hin und her.

„Warte!“

Hastig steckte sie ihren Dolch zurück und lief weiter. Was, bei allen Dämonen, ging hier vor? Hatte Thorn etwa den Verstand verloren?

Als sie ihn eingeholt hatte, griff sie nach seiner Schulter, doch Thorn schüttelte ihre Hand ab und ging einfach weiter. Rosmerta folgte ihm, fing an zu laufen und überholte ihn schließlich. Als sie sich umdrehte, sah sie, dass Thorns Kinn auf seine Brust gesunken war und er die Augen halb geschlossen hatte. Bestürzt blieb sie stehen.

„Thorn“, sagte sie vorsichtig, doch Thorn marschierte wortlos um sie herum.

„Thorn!“

Keine Reaktion. Thorn stapfte einfach weiter.

„Was machst du? Wo, verdammt noch mal, läufst du hin?“

Entschlossen stellte sie sich vor ihn und verschränkte die Arme vor der Brust.

„Sei kein Dummkopf!“

Thorn würdigte sie keines Blickes, als er erneut an ihr vorbeitrottete.

„Ich hab dir gesagt, dass das passieren wird, aber du wolltest nicht auf mich hören! Es ist ein Wunder, dass sie überhaupt so lange durchgehalten hat!“

Langsam geriet Rosmerta in Panik. Was, wenn er wirklich den Verstand verloren hatte? Was, wenn er sich nach dem Tod der Elfe noch mehr in seinen Gefühlen zu ihr verlor? Wie sollte sie das verhindern? Ein derartiger Verlust wandelte sich oft in eine Hingabe wider jede Vernunft. Ein Joch wie dieses konnte wie eine Droge wirken, wie ein Gift, das Gefühle aufkommen ließ, die es gar nicht gab, Gefühle, die den verloren gegangenen Menschen zu einem Bild reiner und wahrer Schönheit hochstilisierten. Thorn würde die Elfe auf einen Sockel heben, von dem sie nie wieder gestoßen werden konnte. Kitayscha würde zu einer Ikone werden, einem Ideal – dem Traum der wahren Liebe.

„Verdammt noch mal! Sei doch froh, dass wir sie los sind!“, rief sie schrill. „Sie hätte uns noch ins Verderben gestürzt!“

Erschrocken schlug sie sich die Hand vor den Mund. Doch es war zu spät. Sie hatte ihre Gedanken laut ausgesprochen.

Thorn hielt abrupt inne. Langsam drehte er sich um.

Rosmerta hielt den Atem an und begann gegen ihren Willen leicht zu zittern. In Thorns Augen hatte sich ein eisiges Funkeln gestohlen, ein Glimmen, das ihr einen kalten Schauer über den Rücken jagte. „Sei vorsichtig!“, zischte er so leise, dass sie es kaum hören konnte.

Rosmerta nahm ihren ganzen Mut zusammen.

„Du weißt, dass ich recht habe“, sagte sie bestimmt. „Ich meine, wenn du vernünftig darüber nachdenkst, sind wir ohne sie besser dran.“

Sein Blick blieb unbeirrt auf sie gerichtet. Rosmerta hob ihr Kinn und drückte ihren Rücken durch. Auf eine Entschuldigung konnte Thorn lange warten. Niemals würde sie ihn um Verzeihung dafür bitten, dass sie die Wahrheit sagte. Es war an der Zeit, Thorn die Augen zu öffnen. Er musste sich mit den Tatsachen abfinden.

„Was willst du, Thorn?“, setzte sie erneut an. „Willst du, dass ich dir sage, dass alles gut wird? Dass ich dir tröstend die Arme um die Schulter lege und dir irgendeinen Müll über bessere Tage erzähle, nur damit du dich weiterhin deinen Illusionen hingeben kannst und die Realität ignorierst? Es ist nun mal, wie es ist. Die Elfe ist tot und je eher du das begreifst, desto besser! Und ich sage dir noch etwas! Ich bin froh, dass sie tot ist! Denn ansonsten hättest du sie bis Valianor geschleppt und ob du's nun glaubst oder nicht, das hätte uns früher oder später selbst das Leben gekostet. Sie ist tot, Thorn! Tot!"

Thorn legte aufreizend langsam den Leichnam auf den Boden und kam auf sie zu.

Rosmerta verfiel in eine Starre. Sie nahm nur noch Thorns wutverzerrtes Gesicht wahr, bevor sie einen harten Schlag gegen ihr Nasenbein spürte und zu Boden ging. Als sie zu ihm aufsehen wollte, wurde ihr schwarz vor Augen. Übelkeit stieg in ihr hoch. Würgend krallte sie ihre Finger in die Erde und spuckte aus, während sie verzweifelt darum kämpfte, sich nicht zu übergeben.

Thorn warf ihr einen letzten, kalten Blick zu. Dann drehte er sich um, hob Kitayschas toten Körper auf und verschwand in die Finsternis.

Wohin er lief, wusste er nicht. Sein Kopf war leer, sein Herz schien zu zerreißen. Das Band, das von Anfang an zwischen Kit und ihm spürbar gewesen war, war gewaltsam durchtrennt worden. Irgendwo ließ er sich einfach ins Gras fallen und sank gegen einen Felsen.

Seine Füße rutschten halb die Böschung hinab, die den kleinen Bach säumte, der nahe am Felsen entlangplätscherte. Thorn fühlte, wie ihn der letzte Rest seiner Kraft verließ und sich sein Verstand gegen die Wahrheit sträubte, die sich erbarmungslos in sein Herz bohrte. Er ertrug diese Klarheit nicht, diese Eindeutigkeit, diese Endgültigkeit. Es fühlte sich an, als müsse er an der Ohnmacht ersticken, die ihm jede Möglichkeit nahm, die Vergangenheit zu ändern.

Zwischen seinen angewinkelten Beinen, den Kopf auf seiner Brust, lag Kitayscha. Ihre Haut war noch bleicher als sonst und ihre Augen, die sie kurz bevor sie starb, noch einmal geöffnet hatte, waren nun starr und gebrochen. Sie hatte ihn noch ein letztes Mal angesehen, sogar angelächelt. Er hatte ihre Hand gedrückt, sie angefleht, durchzuhalten, doch es war zu spät. Er hatte sie nicht retten können. Sie war einfach gestorben.

Gestorben wie Jaslana, die seine Frau hätte werden sollen. Wie lange war ihr Tod her? Vier Jahre? Und nun war mit Kit dasselbe geschehen. Wofür straften ihn die Götter? Was hatte er getan?

Du neigst dazu, den anderen den Vortritt zu lassen, wenn es hart auf hart kommt!, vernahm er Kits Stimme in seinem Kopf. *Du zögerst, zweifelst, wartest ab ... Das mag in manchen Situationen die bessere Wahl sein, Thorn. Aber irgendwann kann dich dein Zweifeln den Kopf kosten. Und nicht nur dich ...*

Ein kleiner Käfer krabbelte über Thorns Daumen, doch er nahm ihn nicht wahr. Er hatte aufgehört, Kitayschas Gesicht zu streicheln, hatte aufgehört, zu weinen. Sein Blick war stumpf und seine Gedanken waren unter einem schweren schwarzen Schleier begraben, der sich einfach nicht heben wollte.

Ich habe sie im Stich gelassen.

* * *

Der blasse schlanke Körper lag auf dem Altar. Die dünnen Ärmchen hatte man ihm zur Seite gestreckt, die Handgelenke mit Seilen an Pfosten festgebunden, die unterhalb der Steinplatte zu diesem Zweck befestigt worden waren. In seinem Mund steckte ein Knebel. In regelmäßigen Abständen schüttelte ein heftiges Beben seinen Körper, der wie ein Stück Rinderhaut wirkte, das man zum Trocknen über ein Holzgerüst gespannt hatte.

„Nun denn, lasst uns sehen, wie die Dinge liegen!"

Lestrangs Blick traf Testaceus, der ihm auswich und stattdessen den Jungen ansah. Der Junge hatte sich ihm zugewandt, als wollte er sich krampfhaft an einem freundlichen Gesicht festhalten – an etwas, das zumindest ein klein wenig Trost spendete. Testaceus sah Tränen ihre feuchte Spur über die Wange ziehen, bevor sie in die kleine Lache auf dem schwarzen Stein tropften.

Er hatte keine Wahl. Er musste wissen, ob seine Pläne aufgingen! Das Leben dieses Jungen stand in keiner Relation zu dem, was auf dem Spiel stand und was alles verloren sein konnte, wenn er versagte. Ein Menschenleben zählte nur, solange es einen entscheidenden Beitrag zum Schicksal aller leisten konnte. Jeder musste sich in seine Rolle, seinen

Daseinszweck fügen, auch er selbst, und zwar solange, bis das Ziel erreicht war. Nur darin lag der Sinn eines einzelnen Menschen, darin das Motiv, jemanden am Leben zu erhalten. Seine Bestimmung war es, das Valianische Imperium wieder zu Ruhm und Glanz zu führen, und dafür galt es, seinen Plan zu verwirklichen.

Unser Ursprung entlässt uns mit einem Plan in diese Welt ...

Testaceus befreite seine Augen aus dem Blick des Jungen und fixierte Lestrang, der nun die Ärmel seiner schwarzen Robe zurückschob, sodass seine sehnigen Unterarme zum Vorschein kamen. Auf der Innenseite des linken Unterarms war ein Symbol eintätowiert. Es war eine gebogene Linie, die in einen kleinen Kreis mündete. Von der Mitte der Linie führte im rechten Winkel ein kurzer Strich weg. Um dieses eine zentrale Symbol gruppierten sich weitere kleinere Zeichen, die zusammengenommen mit dem ersten wie eine Art Formel wirkten. *Was* die Tätowierung bedeutete, wusste Testaceus aber nicht.

Lestrang stand, die Handgelenke an seine Schläfen gelegt, an der Seite des Altars, während die anderen Auguren ihren Kreis um die Steinplatte enger zogen und begannen, ihre nach außen gerichteten Handinnenflächen in die Luft zu strecken.

Zuerst Richtung Norden.

Ein Flüstern erklang.

„*Norari* eto noqui lucor!“

Dann wiederholten sie die Geste in Richtung Osten.

„*Austri* eto noqui lucor!“

Testaceus kannte den Ruf an die Wächter der Himmelsrichtungen, denn er war Teil jeder Weissagung, aber er konnte sich der beklemmenden Wirkung des Rituals nicht entziehen, zumal er genau wusste, was danach geschah.

„*Suari* eto noqui lucor!“, wiederholten sie ihre Aufforderung an den Wächter des Südens.

Als die Auguren endlich auch dem Wächter des Westens ihre Bitte dargebracht hatten, begannen die Flammen in den Weihrauchschalen aufzuflackern, um dann plötzlich zu erlöschen.

Über dem Altar hatte sich ein gräuliches Licht gebildet, das dunstartig über dem blassen Leib schwebte.

Der Junge atmete stoßweise. Seine Augen hatten sich vor Angst geweitet, aber trotz allem schien er sich mit seinem Schicksal abgefunden zu haben, denn er versuchte erst gar nicht, sich aus den Fesseln zu befreien. Lestrang ließ seine Hände von seinen Schläfen sinken und über der Brust des Jungen innehalten. Seine Augen waren geschlossen, während sich seine Finger über dem bleichen Körper krümmten. Dann griff er unter seine Robe, zog ein Messer mit einer Klinge aus Obsidian hervor und öffnete die Augen.

Testaceus wandte seinen Blick ab und stierte auf den Steinboden. Ein Knacken dröhnte von den kahlen Wänden wider, als die Klinge in den Brustkorb gerammt wurde und dabei das Brustbein durchdrang.

Die Augen des Jungen weiteten sich. Im plötzlichen Erkennen seines Schicksals wich alle Farbe aus seinem Gesicht. Sich vor Schmerzen krümmend trat er nach allen Seiten, doch seine Tritte gingen ins Leere. Warme Tränen schossen aus seinen Augen, während Lestrangs Messer sich, ungeachtet des sich heftig windenden Körpers, seinen Weg vom Brustkorb nach unten bahnte. Das schabende Geräusch der Klinge, die durch Knochen und Fleisch schnitt, fuhr Testaceus durch Mark und Bein. Unter dem gewaltsamen Eingriff zuckte der Körper des Jungen in heftigen Krämpfen. Lestrang nahm den Todeskampf seines Opfers gar nicht wahr, sondern führte das Messer mit kalter Präzision vom Brustbein abwärts. Als der Augur endlich den Bauchnabel erreicht hatte, zog er das Messer ruckartig aus dem Fleisch.

Testaceus' Blick ruhte auf dem kleinen Gesicht. Einen nichtigen Moment lang konnte er das gesamte Ausmaß der Qual von den Augen des Jungen ablesen. Dann versiegten die Tränen und die glasigen Pupillen wurden stumpf und leer.

„Wollt Ihr einen Blick darauf werfen?“, fragte Lestrang mit unbeteiligter Stimme.

Testaceus schüttelte den Kopf und hoffte, dass der Augur nicht bemerkte, wie angewidert er war. Sein Blick fiel auf die Klinge, die eben noch im Bauch des Jungen gesteckt hatte. Da war kein Tropfen Blut. Die Klinge war so sauber, als wäre sie gerade poliert worden.

Der Augur legte seine Hände auf die Brust des Knaben. Er ließ seine schlanken Finger in den Spalt im Brustbein gleiten, packte zu und riss den Brustkorb gewaltsam auseinander.

Testaceus wurde schlagartig übel. Er war sich nicht sicher, aber er hatte den Eindruck, als wäre ein kurzes Lächeln über Lestrangs Lippen gehuscht.

Während die anderen Auguren ihre Arme in den Ärmeln verschwinden ließen und einen Blick in das Innere des Jungen warfen, konzentrierte sich Lestrang auf den faustgroßen Muskel im Zentrum. Er pumpte immer noch Blut durch die Adern, als wäre ihm entgangen, dass dies längst keinen Sinn mehr machte.

Lestrang nickte.

„Das Herz“, murmelte er mit tonloser Stimme.

Dann hob er seinen Kopf und fixierte Testaceus.

„Eure Fragen, Senatsvorsitzender!“

Testaceus war ganz danach, sein Mittagessen wieder herzugeben, aber er schluckte die Magensäure, die bitter seine Speiseröhre hochkroch, gewaltsam hinunter und antwortete mit tonloser Stimme: „Wie wirkt sich mein Plan auf das erhoffte Ziel aus?“

Lestrang nickte nur, griff mit seiner bloßen Hand zielsicher in den geöffneten Brustkorb und umfasste das Herz des Jungen, das nur noch ganz schwach in seiner Faust pochte. Die andere Hand drückte er so weit ins Bauchinnere, dass fast der gesamte Unterarm in den Gedärmen verschwand, und ertastete die Wirbelsäure.

Testaceus war heilfroh, dass der Junge bereits dem Tode nahe war.

„Seid Ihr bereit, meinen Rat anzunehmen?“, erwiderte Lestrang, ohne seine Hand von dem roten Klumpen zu lassen, während er die andere aus dem Körper zog und das Blut in seine Robe wischte.

Testaceus nickte stumm.

In Lestrangs Gesicht fand sich nicht die geringste Veränderung, als er mit einem Ruck das Herz herausriss und es vor Testaceus auf den Boden warf. Es schlitterte ein Stück weit und blieb schließlich unmittelbar vor seinen Füßen liegen. Rote Schlieren zogen sich über die grauen Steinplatten.

Hätte Testaceus nicht gewusst, dass es sich um unschuldiges Blut handelte, er hätte den Kontrast als äußerst reizvoll empfunden.

Lestrang zeigte mit ausdruckslosem Blick auf den faustgroßen Muskel zu Testaceus Füßen.

„Das ist es, was in Eurer Sache zählt!“

Testaceus hob ungerührt die Augenbrauen.

„Schön! Würdet Ihr mir die tiefere Bedeutung erklären oder muss ich raten?“

Lestrang ging um den Altar herum auf ihn zu.

„Es ist eine Sache, eine Weissagung zu hören, und eine andere, sie selbst zu sehen. Die Bilder, die ich gesehen habe, sprengen meine sprachlichen Mittel. Wenn ich in Worte fasse, was ich gesehen habe, kann ein Teil der Wahrheit verloren gehen oder aber Ihr versteht die Botschaft meiner Worte nicht so, wie sie verstanden werden will. So oder so, der Inhalt ist verfälscht.“

Testaceus nahm eine angespannte Haltung ein.

„Ich verstehe.“

„Ich werde Euch sagen, was ich gesehen habe und was sich nun, da ich einen Blick in den Jungen geworfen habe, bestätigt hat. Und ich werde Euch verraten, was Euch erwartet und ob das von Euch Erhoffte auch geschehen wird. Aber die genaue Bedeutung dessen, was Ihr hören werdet, wird Euch verborgen bleiben. Dies …“, er zeigte auf den blutigen Klumpen, „… soll Euch verdeutlichen, was genau ich meine.“

Lestrang ging weiter auf ihn zu und seine kalten, schwarzen Augen bohrten sich in die des Senatsvorsitzenden. Als er zu sprechen begann, hatte sich seine Stimme zu einem hohlen, ausdruckslosen Murmeln verfremdet.

„Wenn das Schwert durch die Pforte tritt, dann nur zum Schein. Es kommt wider Erwarten und trifft dort, wo das Herz blind ist.“

Seinen Blick auf Testaceus geheftet, holte er zischend Luft.

„Wenn aber das Herz noch schlägt, dann wird sich das Blatt wenden. Denn das Herz schlägt zweierlei: Der Schlag, der liebt, wird aus Liebe zum Leben zum Mörder. Und der, der herrscht, wird aus Liebe zur Macht zum Sieger. Beide zerschlagen das Schwert.“

Lestrang zeigte mit dem Finger auf das herausgerissene Herz zu Testaceus Füßen.

Von seiner Hand troff Blut.

„Ich habe das Herz auf den Boden geworfen“, fiel er in seine normale Tonlage zurück, „damit Ihr einen Eindruck davon bekommt, worauf ich hinauswill, wenn ich Euch die zweite Frage beantworte. Stellt sie jetzt!“

Testaceus schloss kurz die Augen, bevor er kaum hörbar seine Frage formulierte: „Werden diejenigen, denen ich mich anvertraue, mir auch weiterhin treu ergeben sein?“

Lestrang steckte seine blutverschmierten Hände in die Ärmel seiner Robe zurück.

„Das Herz ist auf dem Steinboden fehl am Platz. Es wurde von der lebensnotwendigen Blutzufuhr getrennt, sodass es nicht länger seinen Zweck erfüllen kann. Somit ist es unerheblich, ob es weiterschlägt oder abstirbt. Wie steht es mit Euren Untergebenen? Erfüllen sie noch ihren Zweck, wenn es um Eure Pläne geht, oder wurden sie bereits von ihren zugewiesenen Plätzen an Eurer Seite gerissen, um sich selbst zur Seite zu stehen? Handeln sie eigenmächtig? Dann nämlich sind sie für Eure Sache bedeutungslos.“

Testaceus atmete schwer.

„Sagt, was Ihr zu sagen habt!“, sagte er müde.

In Lestrangs Augen blitzte ein kaum merkliches Funkeln auf.

„Und beide sind ihrem Blut treu, aber einer von ihnen bricht mit dem maßgebenden Verstand. So verliert der Schlag seinen Takt.“

Thorn Gandir

In weiter Ferne zeichnete sich die Palisade eines kleinen Militärlagers am blauen Firmament ab. Links und rechts davon konnte Rosmerta die Gebäude zweier Landgüter erkennen.

Das Lager war kaum sichtbar, aber Rosmerta rannte so schnell ihre Beine sie tragen konnten.

Weit hinter sich hörte sie leises Hufgetrappel.

Der Wind trug das Stampfen und Schnauben von mindestens zehn Pferden an ihre Ohren heran. Sie waren bestimmt noch weit entfernt, kamen aber bedrohlich schnell näher.

Es waren Cartius' Männer, dessen war sie sich sicher. Vermutlich Späher. Wenigstens musste sie den Waldläufer nicht mehr hinter sich herzerren, wie noch tags zuvor. Rosmerta sah starr geradeaus und versuchte krampfhaft, nicht daran zu denken, was die ehemaligen Sklaven mit ihr anstellen würden, wenn sie sie zu fassen bekämen.

Von Thorn hörte sie nichts. Vielleicht war er unmittelbar hinter ihr, vielleicht auch nicht. Es war ihr egal.

Am Morgen, nachdem die Elfe gestorben war, hatte sie ihn neben dem Grab, das er ausgehoben hatte, schlafend vorgefunden. Sie selbst hatte sich, nachdem die Übelkeit nachgelassen hatte, in ihr Lager zurückgeschleppt und dort vergebens auf Thorn gewartet. Schlafen hatte sie beim besten Willen nicht gekonnt. Die ganze Nacht hatte sie sich unruhig auf ihrer Decke gewälzt, war aufgestanden und hatte Wache gehalten, nur um sich todmüde wieder hinzulegen.

Am Morgen war er immer noch nicht zurück und so hatte sie ihn gesucht. Er lag völlig kraftlos an einem Bachufer. Sein Kopf ruhte am Fuße eines Grabes. Sein Gesicht war voller Erde und seine Hand schloss sich lasch um seinen von Elfenhand gefertigten Dolch. An dessen Spitze klebte eingetrocknetes Blut.

Sie hatte ihn geweckt und versucht, ihn zum Aufbrechen zu motivieren, aber nachdem er endlich wach war, saß er nur völlig lethargisch und bar jeden klaren Gedankens da. Keinen Moment wich er von Kitayschas Grab. Er hatte nicht gegessen und nicht getrunken. Rosmerta konnte ihn schütteln, ihn anschreien, sogar mit den Füßen treten – es war ihm offensichtlich egal.

Schließlich hatte sie begonnen, ihre Kleider zu reinigen, und gehofft, dass er am nächsten Morgen so weit wäre, loszumarschieren. Tatsächlich war er im Morgengrauen aufgestanden, hatte seinen Blick vom Grab abgewandt und wortlos seine wenigen Sachen zusammengepackt.

Sie waren nur langsam vorangekommen, weil er anscheinend nicht die geringste Eile hatte, Valianor zu erreichen, und mit einer Gemütlichkeit dahingeschlendert war, die Rosmerta mächtig an die Nieren ging. Eineinhalb Tage lang waren sie in diesem Schneckentempo unterwegs gewesen. Nicht ein einziges Mal hatte Thorn das Wort an sie gerichtet oder auf ihre Fragen geantwortet. Mit keiner Geste hatte er sich bei ihr für seinen brutalen Schlag entschuldigt. Darüber war sie besonders wütend.

Nun lief sie mit einer dunkelblau-violett schattierten, angeschwollenen Nase durch die Gegend und hasste ihn dafür.

Vor wenigen Augenblicken hatte sie eine Staubwolke ausgemacht, die sich langsam auf sie zubewegte. Offensichtlich hatten Cartius' Männer ihre Fährte aufgenommen und begonnen, in wildem Tempo hinter ihnen herzujagen. Sie hatte Thorn ihre Entdeckung zugerufen und war dann einfach losgerannt, ohne darauf zu achten, ob er ihr folgte.

Nun schoss sie voller Angst auf das Militärlager zu. Der Schweiß lief ihr in Strömen übers Gesicht und ihre Lungen brannten so heftig, dass sie kaum noch atmen konnte.

Rosmerta schloss die Augen, als könnte sie so den Schmerz, der in ihren Beinen und ihrer Brust hämmerte, einfach fortblinzeln.

Ein Pfeil zischte dicht an ihrem Ohr vorbei. Sie schrie leise auf, hielt aber unverdrossen auf das Lager zu. Es war nicht mehr weit! Sie musste es schaffen!

Plötzlich hörte sie unmittelbar neben sich eine Stimme: „Sie haben aufgegeben."

Rosmerta zuckte zusammen und wäre beinahe gestolpert. Doch sie fing sich gerade noch und riss den Kopf herum.

„Thorn!", keuchte sie und kam nach einigen Schritten zum Stehen. Dann brach sie zusammen.

„Wahrscheinlich haben sie das Lager gesehen!", stieß sie hervor.

Thorn nickte stumm und marschierte wortlos an ihr vorbei.

Leise fluchend rappelte Rosmerta sich auf. Würde er jetzt wieder in dieses unerträgliche Schweigen verfallen? Wie lange sollte das noch so weitergehen?

Zwei Wachposten flankierten das Tor zum Lager und stritten gerade heftig, als die beiden auf sie zukamen. Einer der beiden lachte laut auf und tippte sich an die Stirn, woraufhin der andere verärgert sein Gesicht abwandte.

Als sie Rosmerta und Thorn erblickten, nahmen sie Haltung an. Wie auf Kommando kreuzten sie ihre Speere und blockierten den Eingang.

Rosmerta zischte Thorn von der Seite an: „Du hast doch deine Papiere noch, oder?"

Thorn löste wortlos die lederne Rolle von seinem Gürtel, riss ein Schriftstück heraus und hielt es einem der Soldaten vors Gesicht.

Rosmerta hatte sein Schweigen endgültig satt. Unsanft drängte sie ihn beiseite und baute sich hocherhobenen Hauptes vor dem Legionär auf.

Sie zeigte auf Thorn.

„Das ist …"

„Thorn Gandir", vervollständigte Thorn müde lächelnd, als er in das verdutzte Gesicht des Wachpostens schaute.

Rosmerta starrte ihn fassungslos an. Es war das erste Lächeln seit Tagen. Fast hätte sie sich darüber gefreut, doch dann wurde ihr schmerzlich bewusst, dass das Lächeln nicht ihr galt.

„Ich kenne den Mann!", flüsterte der zweite Wachposten. „Das ist einer der Helden des Valianischen Imperiums. Der Waldläufer Tho…"

„Ich *weiß*, wer das ist!“, fauchte der Kollege und richtete sich zu seiner vollen Größe auf; seine Gesichtszüge wirkten wie in Stein gemeißelt, als er vor Thorn salutierte.

„Ave, Thorn Gandir, Oberbefehlshaber der Legionen, Ehrenbürger Valianors und Hel…“

„Schon gut.“

Thorn gab dem Mann einen Klaps auf die Schulter, eine Geste, die den strammen Soldaten schwer aus der Fassung brachte. Dann blickte er zu Rosmerta und in seine Augen stahl sich ein kleines Funkeln.

„Die Dame hier bräuchte eine standesgemäße Körperwäsche und eine Salbe für ihre Nase. Ihr seht ja, wie sie aussieht!“

Sein Blick glitt in die Ferne und verlor sich zwischen den Felsen, die das Nadrus-Tal umschlossen. Abwesend fuhr er sich durch sein verschwitztes Haar, während die Wachmänner ihn erwartungsvoll anstarrten. Rosmerta ahnte, woran Thorn dachte, und hoffte inständig, dass sein sentimentaler Augenblick nicht zu lange andauerte.

„Und jetzt lasst uns passieren!“ Thorn warf den beiden Männern einen letzten Blick zu, umrundete sie und schritt, bevor sie noch etwas sagen konnten, zielstrebig auf das Hauptzelt im Zentrum des Lagers zu.

Das große Zelt hob sich deutlich von den anderen ab. An seiner Spitze prangten valianische Banner in den Farben Grün, Gold und Silber. Eine der Flaggen zierte das Emblem eines goldenen Greifen in einem silbern schimmernden Ring, der mit wachsamen Augen auf den Waldläufer herunterblickte. Widerstrebend nahm Thorn das valianische Wappen zur Kenntnis. Dann schlug er die Plane zur Seite und verschwand im Inneren des Zeltes.

Die Stille macht mich verrückt! Nicht die Stille um mich herum – sie ist mir eine unendliche Wohltat. Es ist die Stille in meinem Inneren. Eine Leere, die eisig schwarze Löcher in alles Leben reißt und das Nichts zu einer grauenhaften Substanzlosigkeit heranwachsen lässt.

Ich dachte, die Leere in mir verloren zu haben. Ich dachte, ich wäre zu neuem Leben erwacht.

Ich bin Thorn Gandir, Ehrenbürger Valianors, Oberbefehlshaber der valianischen Streitkräfte, Held des Imperiums ...

Ich bin Thorn Gandir, ein Waldläufer aus Alba, Freund der Elfen und Feind der Clans ...

Doppelgesichtig ist mein Dasein und doppeldeutig mein Name. Zwiefach stehe ich im Leben und mein Leben spaltet mein Ich.

Es war ihre unverhohlene Lebendigkeit, ihr nicht zu untergrabender Lebensmut und die Art ihrer unverfälschten Natur, die mir mein eigenes Wesen wieder nähergebracht haben. Wie der Wald meiner Heimat mit seinen bewegten Wipfeln und den zärtlichen Gesten seiner Zweige, schützend und tröstend, wie die Flüsse Albas, die wutentbrannt den Kies und die Erde ihres Grundes aufpeitschen und sich bei Regengüssen wild und ungezähmt über ihre Ufer werfen, ihren Grenzen trotzend; gleich der im Wind wogenden Gräser, die sich nicht sträuben, wenn ihnen eine sanfte Hand die Richtung weist; geradeso hat sie sich mit dem Wald, dem Fluss und den Gräsern vereint. Geradeso habe auch ich mich mit der Natur vereint. So sind wir beide einen gemeinsamen Weg gegangen. Doch oder gerade deshalb habe ich nicht nur sie verloren, sondern auch mich selbst.

Die Stille in mir ist greifbares Nichts ...

Ein Windstoß hob das Pergament und ließ es sachte von der Tischkante auf den Teppich gleiten. Als Thorn überrascht seinen Kopf hob, registrierte er eine schemenhafte Handbewegung, die die Zeltplane wieder zurückschob und den kalten Wind nach draußen sperrte.

Niemand würde um diese Zeit unaufgefordert sein Zelt betreten. Es war spät in der Nacht, und da gab es nur eine Störung: wenn Alarm geschlagen wurde. Wer wagte es ...?

Die Gestalt verharrte im zwielichtigen Dunkel der schwach flackernden Kerze.

Thorn zog misstrauisch seine Augenbrauen zusammen und griff nach dem Dolch auf dem Tisch.

„Wer da?“

Als sich die Gestalt leicht bewegte, erhob sich Thorn blitzschnell aus seinem Sessel. Er umrundete den Tisch und blieb in der Mitte des Zeltes stehen. Jetzt konnte er die Umrisse des Eindringlings deutlich erkennen. Er war nicht so groß wie Thorn. Der Schatten nahe dem Eingang zeugte von einem deutlich kleineren Körperwuchs.

Die Kerze flackerte wild, noch einmal züngelte ihre Flamme über den Docht hinaus und erlosch dann.

Es wurde stockfinster.

Während Thorn fieberhaft überlegte, ob er dem Fremden den Dolch ohne Umwege zwischen die Rippen stoßen oder abwarten sollte, hörte er ein Rascheln wie von einem samtigen Gewand und spürte kurz darauf warmen Atem an seiner Wange. Innerhalb eines Herzschlags hatte er den Fremden gepackt, seinen Arm auf den Rücken gedreht und ihm den Dolch an die Kehle gesetzt.

Ein schmerzhaftes Stöhnen brach die Stille und ließ Thorn verwirrt aufhorchen.

Sein Griff lockerte sich. Als er einatmete, stieg ihm ein wohlbekannter Duft nach Rosen in die Nase – zu intensiv für seinen Geschmack.

„Was machst du hier, Rosmerta?“, fragte er kühl.

„Ich muss mit dir reden“, flüsterte sie und Thorn konnte spüren, wie sie erschauerte.

Er ließ sie los, zündete die Kerze wieder an und hob das Stück Pergament vom Boden auf. Mit einem knappen Griff schloss er das in Leder gebundene Buch. Seine persönlichen Aufzeichnungen hätte er nur ungern in Rosmertas Händen gesehen.

„Und warum gibst du dich nicht zu erkennen, wenn du mein Zelt betrittst? Hast du deine Spielchen nicht langsam satt?“

Gereizt sank er auf den Stuhl hinter dem kleinen Tisch, der im entlegensten Winkel des spartanisch eingerichteten Zeltes stand, in welchem sich, abgesehen von zwei Sitzgelegenheiten, dem Tisch und einem Teppich, nur ein paar wahllos verstreute Decken befanden.

„Du bist in letzter Zeit so schweigsam“, antwortete Rosmerta und stützte sich mit beiden Händen auf die Tischplatte. „Ich dachte, ich überrasche dich mit meinem Besuch und sorge dafür, dass sich deine Stimmung hebt. Außerdem: Hätte ich mein Kommen angekündigt, hättest du mich abgewiesen, oder etwa nicht?“

Thorn schwieg, ohne sie aus den Augen zu lassen.

Rosmerta wartete, doch als er keine Anstalten machte, zu antworten, setzte sie sich auf die Tischplatte unmittelbar neben ihn, überkreuzte die Beine und heftete ihren Blick auf seine nackte Brust.

Thorn hatte das Hemd, das bis zu seinen Knien reichte, mit einem dünnen Gürtel locker unter dem Bauchnabel zusammengebunden. Seine Hosen lagen bereits neben seinem Lager, wo er sie fallen gelassen hatte. Er hatte keinen Besuch mehr erwartet.

„Du hast dich also entschieden, mit mir nach Valianor zu kommen“, griff sie die Unterhaltung wieder auf.

„Ohne dich lässt es sich kaum machen.“ Er tippte mit den Fingern ungeduldig auf den Tisch. „Es sei denn, ich nehme mir einen eigenen Trupp als Eskorte, aber ich schätze, dass Dorinius etwas dagegen hat. Er würde sicher nur ungern seine Zenturien aufteilen, damit wir beide unter Geleitschutz heil nach Valianor kommen.“

„Ich hatte eigentlich damit gerechnet, dass du nach … ich meine, ohne Kitayscha …“

„Du dachtest, ich hätte nun keinen Grund mehr, in die Hauptstadt zu reisen.“

Rosmerta nickte.

„Das dachte ich zunächst auch“, sagte Thorn, während er sie unverwandt ansah. „Die Dinge haben sich geändert.“

Es war offensichtlich, dass er ihr die Gründe für seinen Sinneswandel nicht mitteilen wollte. Also wechselte sie das Thema.

„Wie wär’s mit einem Becher Wein?“, schlug sie gutgelaunt vor.

Seufzend holte Thorn zwei Becher und einen Krug Rotwein unter einem weißen Tuch hervor, schob Rosmerta einen der Becher zu und schenkte ihr und sich selbst ein.

Während er seinen Becher in einem Zug leerte, nippte Rosmerta nur daran.

„Ich werde dem Senatsvorsitzenden anbieten, die valianischen Legionen zu befehligen“, bemerkte sie plötzlich.

„Tu das“, antwortete Thorn gleichgültig und starrte auf die Zeichnung, die noch auf dem Tisch lag und eine in feinen Linien gemalte Elfenkriegerin zeigte.

Rosmerta warf einen flüchtigen Blick auf die Skizze.

„Ich denke, ein Posten beim Militär könnte mir liegen. Außerdem ist die Bezahlung nicht schlecht und dank meines Namens dürfte ich auch keine Autoritätsprobleme haben.“

Thorns Blick glitt über ihr nussbraunes Haar, das von einem goldenen Reifen an ihrem Hinterkopf zusammengefasst war und in einem Strang bis in ihren Nacken fiel, wo es sich leicht kräuselte. Sie trug ein Kleid, das eine Kordel an ihrer Taille straffte und dessen Stoff so dünn war, dass man die Wölbungen darunter mehr als nur erahnen konnte. Rosmerta war ganz klar eine Frau, die nicht die geringste Hemmung hatte, ihre körperlichen Reize einzusetzen, um zu bekommen, was sie wollte. Und genau diese Strategie verfolgte sie gerade. Sie wollte etwas und es war überdeutlich, was. Blieb die Frage, ob ihr Begehren bloß körperlicher Natur war oder ob mehr dahinter steckte.

Rosmertas Wangen hatten ein zartes Rosa angenommen und Thorn mutmaßte, dass sie seine Blicke falsch deutete. Und richtig, jetzt stellte sie ihren Becher beiseite und stützte sich mit einer Hand auf seiner Stuhllehne ab, sodass der Ausschnitt ihres Kleides noch weiter nach unten rutschte und die Rundungen ihrer Brüste freigab, die nun unmittelbar vor seinem Gesicht schwebten.

Thorn sah ihr gerade in die Augen. *Oh nein, Rosmerta. Nicht mit mir.*

„Was wirst *du* tun, wenn wir in Valianor sind?“, fragte sie ihn mit einem übertriebenen Augenaufschlag. „Willst du nicht auch bei den Truppen bleiben? Fändest du es nicht effektiver, wieder mit einem Heer loszuziehen, als mit ein paar Handlangern, auf die du dich sowieso nicht verlassen kannst?“

„Wie du weißt, kann ich mit dem Militär nichts anfangen. Und allem Anschein nach habe ich auch kein Talent für das Kommandieren von

Truppen. Ich habe diesen Auftrag bloß angenommen, weil Testaceus mich darum gebeten hat."

Am liebsten hätte sie ihn geschlagen, um ihn aus der Reserve zu locken. Doch stattdessen wurde ihre Stimme wieder sanfter.

„Ich weiß, dass es schwer für dich ist, Thorn. Du hast all deine Freunde verloren. Ich …"

„Es waren auch *deine* Freunde", unterbrach er sie verärgert.

Sie zuckte leicht zusammen, fing sich aber gleich wieder.

„Nun ja, der eine mehr, der andere weniger", gab sie unbekümmert zurück. Dann wurde ihre Stimme eindringlich. „Testaceus braucht dich. Der Kampf gegen die Sklaven ist noch nicht vorbei und er wird nicht ruhen, bis Cartius tot oder in den Händen des Senats ist."

Beiläufig strich sie die Falten ihres Kleides glatt und streifte dabei wie zufällig den schmalen Träger, der ihr Schlüsselbein bedeckte. Der Stoff rutschte über ihre Schulter und blieb in ihrer Armbeuge hängen.

„Testaceus schätzt dich und behandelt dich gut. Was willst du mehr?"

„Als ob ich darauf Wert lege."

Sie überging seinen Einwurf einfach.

„Wir waren ihm mehr als einmal eine große Hilfe, Thorn. Die Zeit, die wir in seinen Diensten standen, war jedenfalls eine Zeit gewinnbringender Veränderungen, für Testaceus ebenso wie für uns."

Rosmerta war nun ganz in ihrem Element. Ihr Zopf pendelte unruhig zwischen ihren Schulterblättern, während sie energisch fortfuhr: „Er braucht dich! Du warst immer derjenige, der uns mit Takt und Vernunft durch die gefährlichsten Situationen manövriert hat. Und ich brauche dich auch!"

Ah, jetzt kommen wir der Sache schon näher.

Thorn konnte deutlich spüren, wie sich Rosmerta zögernd aus ihrem Panzer hinausbewegte. Ihr Mut war gestiegen. Sie sah ihre Chance und ihr stetig näherrückendes Gesicht gab Zeugnis davon.

Thorn hätte sie gewarnt, ihr die Hoffnungslosigkeit ihrer Annäherungsversuche vor Augen geführt, doch sie ließ ihn nicht zu Wort kommen.

„Ja, Kit ist tot, Thorn", fuhr sie sinnlich flüsternd fort. „Aber *du* lebst! *Wir* leben! Wir müssen weitermachen!"

Jetzt war ihr Gesicht so nahe, dass er ihren Atem auf seinem Kinn spüren konnte. Dachte sie wirklich, er würde sie küssen?

„Vergiss, wer alles gestorben ist! Wo gehobelt wird, da fallen Späne! Du wirst neue Freunde finden!"

Sie hatte vor lauter Eifer, sich ihn gefügig zu machen, die bedrohlichen Falten auf seiner Stirn übersehen. Thorn stand so plötzlich auf, dass der Stuhl hinter ihm umkippte und Rosmerta erschrocken zurückfuhr. Einen Lidschlag später stand sie neben dem Tisch und er ihr direkt gegenüber.

„Wo gehobelt wird, da fallen Späne?! … Neue Freunde?! … Und ich soll vergessen?!", zischte er, die Augen zu schmalen Schlitzen zusammengezogen. „Du bist so schwer von Begriff, dass es wehtut! Neue Freunde?! Dass ich nicht lache! Als ob es mich schert, allein zu sein! Besser allein als in *falscher* Gesellschaft!"

Während sie ihn wie paralysiert anstarrte, drängte er sie vor sich her Richtung Zeltwand.

„Ich bin ein Waldläufer! Weißt du, was das bedeutet? Das bedeutet, ich habe kein Problem damit, *allein* zu sein!"

Thorn erhob vor Rosmertas aufgerissenen Augen seine Hand. Doch anstatt sie zu schlagen, hielt er ihr nur seine Handinnenfläche vors Gesicht. Ein langer, tiefer Schnitt klaffte in seiner Haut …

„Verlust, *das* ist mein Problem! Nicht, dass ich allein bin! Dass ich verloren habe, was mir lieb und teuer war, *das* ist es, was mich innerlich zerreißt!"

Jetzt hatte sie die Zeltplane in ihrem Rücken und konnte nicht weiter zurückweichen. Er stand ihr direkt gegenüber, während sie hilflos auf den tiefen Schnitt in seiner Hand starrte.

„Du bist so kalt und leer wie deine Augen – starr und leblos", flüsterte Thorn bitter.

Dann verfiel er in Schweigen, schloss seine Augen und atmete tief durch.

Als er die Augen wieder öffnete, war da nur diese traurige Gewissheit, dass er nicht verstanden wurde, nie verstanden werden würde – von niemandem. Am allerwenigsten aber von Rosmerta. Es tat ihm fast leid um sie. Aber im Augenblick herrschte nur noch ein alles verzehrendes Feuer in ihm und dieses richtete sich gegen jeden, der sich gegen Kit und ihn verschworen hatte. Rosmerta, Testaceus, … *Cartius*. Ja, er würde nach Valianor zurückkehren. Aber ganz bestimmt nicht, um Testaceus weitere Gefallen zu tun!

Als seine Hand zu Rosmertas Gesicht glitt, zuckte sie zurück. Doch zu ihrer Verwunderung strich er ihr zärtlich über die Wange. Rosmerta erzitterte und schloss die Augen.

Thorn lächelte.

„Ich weiß sehr gut, wonach du dich verzehrst. Ich weiß, was dich nachts wach hält und dich am Tag in sanfte Träume lullt."

Behutsam strich er ihr eine Haarsträhne aus dem Gesicht. Dann ließ er von ihr ab und wandte sich um.

„Aber ich werde deine Gefühle nicht erwidern und du wirst das nicht ändern können!"

Er drückte den Kerzendocht aus, während Rosmerta wie gebannt an die Zeltwand gedrückt stand und sich nicht bewegen konnte. Zweifelsohne hatte sie alles erwartet, nur *das* nicht. Sie hatte geglaubt, dass er sie im Endeffekt begehrte, dass er sie haben wollte wie die meisten Männer. Sie hatte sich geirrt.

„Und nun geh. Ich möchte schlafen", sagte er müde.

Es war das Letzte, was sie von ihm hörte, bevor sie nach draußen schlüpfte. Ihre Knie waren weich geworden und ihre Hände zitterten.

Eine Weile blieb sie an der Außenwand des Zeltes stehen und versuchte, sich zu sammeln. Es gelang ihr nur schwer. Doch irgendwann spürte sie, wie die Verzweiflung von ihr abfiel und einem anderen Gefühl Platz machte – brennendem Zorn.

„Du hältst mich für deiner nicht wert?", flüsterte sie, während das Blut heiß durch ihre Venen pulsierte und sie langsam den Weg zu ihrem

Zelt in Angriff nahm. „Ich werde dich eines Besseren belehren, Thorn Gandir!“

Am Nachmittag des darauffolgenden Tages war das Lager abgebaut und der Trupp aufbruchsbereit. Nachdem Thorn widerwillig ein paar Worte der Ermutigung an die Legionäre gerichtet hatte – immerhin war er ihr Kommandant – brachen sie auf. Die Reise nach Valianor verlief ohne Zwischenfälle.

Thorn und Rosmerta gingen sich, so gut es eben ging, aus dem Weg und sprachen nur das Allernötigste miteinander. Während Thorn seinem Schmerz Herr zu werden versuchte, vertiefte sich Rosmerta in Gedanken rein pragmatischer Natur. Doch weil sie wusste, dass sich das Nützliche meist mit dem Nutzlosen verbinden ließ, kurz, mit dem Aufbegehren der Seele, war sie wesentlich besser gelaunt als Thorn.

Am Abend des dritten Tages, als die Dämmerung langsam über dem Valianischen Imperium hereinbrach, sahen sie in weiter Ferne die Dächer Valianors und als die Nacht heraufzog, passierten sie endlich das östliche Stadttor.

Kurz nachdem sie die Stadt betreten hatten, näherte sich noch jemand dem Tor und wurde ohne viel Aufhebens eingelassen.

Der Senat

Antonius Virgil Testaceus stand nachdenklich, die Arme auf dem Rücken verschränkt, vor dem schweren Tisch des Besprechungsraums seiner Villa. Sein weißes Gewand reichte bis zu seinen Knöcheln und verschmolz fast nahtlos mit dem blank geschrubbten weißen Marmorboden. Die lodernden Flammen der Feuerschalen und Kerzen, die sich im Raum verteilten, warfen spielerische Schatten an die hohe Decke und verliehen der ansonsten kalten, fast steril wirkenden Umgebung einen Hauch von Menschlichkeit.

Entlang der Wände reihten sich niedrige Sockel in präzisen Abständen, auf denen Statuetten valianischer Berühmtheiten standen. Zuletzt die Büste von Macorius Paxilus Pentorius, der vor sechs Monden sein Amt als Senatsvorsitzender zugunsten Testaceus' niedergelegt hatte oder, genauer gesagt, niederlegen musste, um kurz darauf zu versterben. Politik war eben ein schmutziges Geschäft.

Testaceus' Blick glitt mit müdem Interesse über die schon tausendmal betrachteten Statuetten, bevor sich seine Aufmerksamkeit auf die schweren hölzernen Türflügel richtete. Es war eine Seltenheit, dass er unter seinem Rang Stehende ohne eine Vorankündigung von mindestens einer halben Trideade empfing. Aber in diesem Fall handelte es sich um äußerst dringliche Umstände und zwei Gäste, die es anzuhören lohnte, selbst wenn das bedeutete, mitten in der Nacht aufzustehen. Außerdem musste er zugeben, dass er sich auf das Eintreffen dieser beiden freute, wenn auch mit einem bitteren Beigeschmack. Denn die Nachricht, die sie vorausgeschickt hatten, war zumindest offiziell keine gute gewesen. Inoffiziell sah die Sache ein klein wenig anders aus. Lestrangs Worte kamen Testaceus in den Sinn: Die Solidarität eines seiner beiden Vertrauten würde zu bröckeln beginnen. Einer könnte ihm zum Verhängnis werden und seine Pläne vereiteln, wenn im Augenblick auch alles bestens zu laufen schien. Wer war es? Und wann könnte das Vorhergesehene eintreten?

Schritte dröhnten den Gang entlang und näherten sich zielstrebig dem Eingang zum Besprechungsraum. Seufzend hielt Testaceus auf das Kopfende der mit Obstschalen gedeckten Tafel zu. Seine Sklavin Cassandra, eine schöne Dunkelhaarige aus Chryseia, die seine Gunst genoss, hatte einen Krug Wein und eine Platte mit kalten, hauchdünn geschnittenen Scheiben Fleisch und Brot aufgetragen.

Testaceus legte seine Hand auf die Stuhllehne und wartete gespannt auf die Ankunft seiner Gäste.

Die Flügel wurden aufgestoßen. Zwei Männer traten ein, machten einen knappen Schritt zur Seite und verkündeten laut: „Thorn Gandir und die edle Rosmerta!“

Dann verbeugten sie sich und verschwanden.

Thorn, der Rosmerta den Vortritt gab, blieb nach dem Eintreten stehen und ließ seinen Blick durch den Raum wandern, während sein Ausdruck zunehmend kühl wurde.

Testaceus ließ sich davon nicht beirren und breitete mit einem warmherzigen Lächeln die Arme aus.

„Ave Valian“, begrüßte er seine Gäste herzlich, wobei seine Augen von Thorn zu Rosmerta wechselten. „Es ist eine Freude, Euch bei guter Gesundheit zu sehen.“

Rosmerta marschierte ohne Zögern auf ihn zu und setzte ein breites, scheinbar ebenso warmherziges Lächeln auf.

Thorn folgte ihr kommentarlos.

„Seid mir willkommen!“, setzte Testaceus sein Begrüßungsritual fort und deutete auf die Stühle an der Tafel.

„Nehmt Platz und speist mit mir!“

Während sich Thorn hinter Rosmerta zur Tafel bewegte, wuchs sein Unbehagen merklich. Der bizarre Kontrast zwischen der vornehmen Umgebung und seinen von Zerstörung und Tod geprägten Kriegseindrücken raubte ihm den Appetit und ließ einen beißenden Zorn in ihm aufsteigen, den er nur schwer in den Griff bekam.

Rosmerta ließ sich ohne Umschweife neben Testaceus nieder, der sich ebenfalls setzte, die Hände auf dem Tisch faltete und Thorn aus ruhigen Augen anblickte.

„Ich weiß, du hast Schreckliches erlitten, Thorn“, bemerkte er und sein Lächeln machte einem ehrlich mitfühlenden Ausdruck Platz. „Ich trauere mit dir um Kitayscha. Aber bitte, setz dich zu uns und versuch, deinen Kummer für heute zu vergessen.“

Thorn brachte ein stockendes Nicken zustande und unterdrückte den Wunsch, sich der Einladung zu widersetzen. Seine Abneigung gegen die zeremonielle Art der Begrüßung, gegen den Luxus und Rosmertas selbstzufriedenes Lächeln auf den schmeichelnden Empfang hin, wollte sich Luft verschaffen. Nichtsdestotrotz setzte er sich schweigend auf den Sessel zur Linken des Senators.

Testaceus schenkte den beiden und sich selbst Wein ein und lehnte sich, seinen Becher schwenkend, zurück.

„Was mein ist, ist auch euer. Bedient euch!“

Rosmerta ließ sich das nicht zweimal sagen, griff ordentlich zu und füllte ihren Teller bis zum Rand mit Fleisch und Obst. Zufrieden an einem Stück Brot kauend sah sie zu Thorn, der die Platten unberührt ließ und sich stattdessen seinen Becher mit Wein griff. Während er ihn in einem Zug leerte, beobachtete Testaceus ihn aufmerksam.

„Wenn ihr soweit seid, bin ich sehr begierig, die Einzelheiten der Schlacht im Emlin-Tal zu erfahren“, kam er schließlich unvermittelt zum Punkt. „Berichtet mir von Cartius, seinem Angriff auf die Garnison der 14. Legion und eurer geglückten Flucht.“

Statt Testaceus’ Bitte nachzukommen, füllte Thorn seinen Becher erneut und stierte auf die Speiseplatten. Rosmerta wiederum plapperte munter drauflos und hatte sichtlich Freude an ihrer ausschweifenden Geschichte über Cartius, sein Sklavenheer, den Fall der Garnison und die Flucht über den Emlin.

Thorn bekam von alldem nichts mit. Während er sich den Wein die Kehle hinunterlaufen ließ, wanderten seine Gedanken zurück zu seiner ersten Begegnung mit Testaceus. Damals war er gerade erst nach Valianor gekommen und auf der Suche nach einem rentablen Auftrag gewesen. Ein Kontaktmann Testaceus' verschaffte ihm einen solchen. Zu jener Zeit galt Testaceus' Interesse einem Zepter, dessen eigentliche Bedeutung Thorn bisher verborgen geblieben war – *Valians Zepter* oder auch *Zepter der Macht* genannt. Es zu finden und nach Valianor zu bringen, war im Bereich des Möglichen gewesen – Grund für ihn, den Auftrag anzunehmen. Dies war nun drei Jahre her und Thorn hatte damals keinerlei Bedürfnis gehabt, die Pläne des damaligen Senators zu hinterfragen. Heute wusste er, dass das Valianische Imperium vor den Zeiten der Chaosherrschaft eines der einflussreichsten und mächtigsten Länder Amaleas gewesen war, um vieles größer als jetzt. Testaceus war als Stimme des Senats bestrebt, genau diese Größe erneut zu erreichen. Thorn war im Laufe der Zeit zu einem seiner Vertrauten geworden, einem jener Spezialisten, die der Senatsvorsitzende bei Bedarf heranzog, um heikle, meist geheime Aufträge auszuführen. Der Aufstand der Sklaven, der gerade erst seinen Anfang genommen hatte, war dem Senat ein gewaltiger Dorn im Auge. Der ehemalige Zenturio Brunius Doridorus Cartius sorgte mit seiner Sklaven-Armee für besorgniserregende Unruhen im Imperium. Warum Testaceus ausgerechnet ihn zur Garnison geschickt hatte, war Thorn immer noch ein Rätsel. Und nun, da die 14. Legion unter seinem Kommando den Sklaven im Emlin-Tal keinen Einhalt gebieten konnte, drohte sich die Gefahr seuchenartig auszubreiten. Doch dies alles ließ Thorn kalt. Kit war tot und seine Freunde, die mit ihm zusammengearbeitet hatten, ebenso. Das Einzige, das ihn jetzt noch bei der Stange hielt …

Er atmete tief ein und drehte nachdenklich den Becher in seiner Hand. Nun, es war ratsam, dass er über seine nicht gerade hehren oder dem Gemeinwohl dienenden Pläne Schweigen bewahrte, zumindest Testaceus gegenüber.

„Es war nur eine Frage der Zeit. Sie war schon so gut wie tot, als wir sie vom Schlachtfeld schleppten", riss ihn Rosmertas Stimme aus seinen Gedanken. „Aber Thorn …"

Sie brach ab und warf Thorn einen vorsichtigen Seitenblick zu.

Er sah an ihr vorbei zu Testaceus und lächelte ein mattes Lächeln. Testaceus nickte verstehend.

Während sich der Senatsvorsitzende den Rest der Geschichte anhörte, widmete sich Thorn mit ganzer Hingabe dem Wein. Der Alkohol breitete sich wohlig warm in seinem Magen aus und betäubte auf angenehme Weise seinen ruhelosen Geist. Selbst wenn Testaceus ihn jetzt entlassen würde, was ihm eigentlich willkommen wäre, hätte er sich beim besten Willen nicht aus seinem Stuhl erheben können. Der Wein und die vielen schlaflosen Nächte, die er damit zugebracht hatte, sinnlose Gedanken zu wälzen, hatten ihm alle Kraft genommen.

Ein sanfter Schleier legte sich über seine Sinne und ließ das Bild von Testaceus und Rosmerta vor seinen Augen verschwimmen. Seine Gedanken begannen erneut zu trudeln und pendelten sich schließlich auf eine Frage ein, die er sich bislang nie gestellt hatte: Wo war das Zepter, das er unter Einsatz seines Lebens nach Valianor geschafft hatte, jetzt? Warum wollte es Testaceus unbedingt in seinen Besitz bringen? Was hatte er damit geplant?

Thorn war mittlerweile so weit in seinen Stuhl gesunken, dass sein Kinn auf der Brust ruhte und seine Haare wie ein Vorhang aus wirren Strähnen vor sein Gesicht gefallen waren.

Rosmerta, die mit ihrer Geschichte zu einem Ende gekommen war und ihn aus dem Augenwinkel musterte, schüttelte den Kopf.

„Eine feine Geste!“, zischelte sie Testaceus zu und zog ein missbilligendes Gesicht.

Testaceus lächelte sanftmütig.

„Lass ihn. Um Thorn kümmere ich mich später.“

Ein leises Schnarchen ertönte. Thorn war weggedöst und das Lächeln des Senatsvorsitzenden verschwand.

„Darauf würde ich nicht wetten“, sagte Rosmerta leichthin.

„Wir werden sehen. Nun gut, da du gewillt bist, in die valianischen Legionen einzutreten, werde ich dich, sofern Thorn mein Angebot ablehnen sollte, zur Befehlshaberin über die Streitmacht gegen Cartius machen. Ich hoffe, du verzeihst mir, wenn du nur die zweite Wahl bist.

Es liegt nicht daran, dass ich es dir nicht zutraue, ein Heer zu führen, aber es ist nun mal Sitte, dass Männer für solche Posten bevorzugt werden, und Thorn genießt mein vollstes Vertrauen.“

In Testaceus Augen war ein kaum merkliches Funkeln getreten und Rosmerta glaubte, aus seinem Tonfall einen gewissen Sarkasmus herausgehört zu haben. Sein Bekenntnis machte sie wütend und unsicher zugleich.

„Natürlich. Neid gehört zu den wenigen Lastern, die ich *nicht* mein Eigen nenne“, log sie gekonnt und rang sich ein nüchternes Lächeln ab.

Testaceus streifte sie mit einem schwer zu deutenden Blick.

„Aber meine Liebe, von Lastern kann hier wohl kaum die Rede sein. Ich gebe dir Bescheid, sobald ich die Sache geklärt habe. Bis dahin genieße deinen Aufenthalt in meinem Heim. Ich habe ein Zimmer in der Gästevilla für dich bereit machen lassen. Fühl dich wie zu Hause.“

Rosmerta stand auf und bedankte sich in aller Form. Danach rauschte sie aus dem Besprechungsraum und schloss die Tür hinter sich.

Testaceus’ Blick wanderte zu dem schlafenden Waldläufer. Die Fingerkuppen aneinandergelegt, saß er da und rührte sich eine ganze Weile nicht, während er sich über Thorn klar zu werden versuchte. Es war ihm bewusst, dass es schwierig werden würde, ihn zu halten. Aber Thorn war unverzichtbar für ihn geworden.

Doch wenn das Herz noch schlägt, wird sich das Blatt wenden. Denn das Herz schlägt zweierlei ...

Testaceus war sich ziemlich sicher, welcher der beiden Schläge aus Lestrangs Prophezeiung Thorn widerspiegelte. Doch dies war unerheblich. Wichtig war, dass *beide* das Schwert zerschlagen würden, wenn er den Zeitpunkt für richtig hielt. Und darum brauchte er beide – Rosmerta *und* Thorn. Davon abgesehen hatte sich Thorn bestens für Spezialaufträge bewährt. Auch in dieser Angelegenheit wollte Testaceus nicht auf ihn verzichten.

Mittlerweile kannte er Thorn recht gut und wusste um seine Abneigung gegen die valianische Politik. Doch er wusste auch, dass Thorn im Augenblick verunsichert war, und dies machte ihn manipulierbar.

Testaceus beugte sich vor und rüttelte seinen Gast sanft an der Schulter. Augenblicklich war Thorn wach. Er setzte sich auf und sah den Senatsvorsitzenden vage an. Dann klärte sich sein Blick und er griff nach dem Krug, um sich noch mehr Wein einzuschenken.

„Ihr habt eure Sache geklärt, nehme ich an“, begann er nüchtern. „Rosmerta wird Oberbefehlshaberin und ich bin von meiner Pflicht als Kommandant entbunden.“

Testaceus seufzte.

„Hast du beabsichtigt, dich von mir zu lösen?“

„Ich habe keine Lust mehr, meinen Kopf für etwas hinzuhalten, das mir nichts bedeutet. Ich habe weder einen besonderen Sinn für Politik, noch weiß ich über die Machenschaften des Senats genügend Bescheid, um mir eine eigene Meinung bilden zu können.“

Thorn warf Testaceus einen prüfenden Blick zu.

„Du tust ja auch alles, um mein Wissen möglichst klein zu halten. Aber das nur nebenbei. Wenn ich mich vom Kriegsspiel fernhalten kann, tue ich das. Ich bin ein Waldläufer, bestenfalls ein guter Bogenschütze und Schwertkämpfer, aber ich bin kein Kriegsstratege. Außerdem“, er gähnte ungeniert, „treibt mich die Stumpfsinnigkeit der stets gehorsamen Soldaten in den Wahnsinn. Du weißt, wie ich über das Militär denke. Es macht mir einfach keinen Spaß, Truppen zu kommandieren. Glaub mir, ich wäre dir keine Hilfe.“

Abwesend griff er nach seinem Becher und trank einen Schluck.

„Lass es mich so formulieren“, fuhr er den Becher schwenkend fort, „ich würde das Valianische Imperium gern so schnell wie möglich verlassen, um … Nun ja, vielleicht kehre ich nach Alba zurück. Aber ich schätze dich zu sehr, Antonius, als dass ich einfach so verschwinden könnte.“

„Das ehrt mich, mein Freund“, antwortete Testaceus und blickte Thorn erwartungsvoll an, doch es kam nichts als ein wohlmeinendes Lächeln zurück.

„Also gut“, sagte Testaceus. „Dann lass mich dir eine Sache erklären, bevor du deine endgültige Entscheidung triffst.“

Thorn studierte Testaceus aufmerksam, während dieser aufstand und langsam durch den Raum zu schreiten begann. Wie würde er ihn wohl zu überzeugen versuchen?

„Ich brauche deine Hilfe aus mehreren Gründen“, folgte die Antwort auf dem Fuß. „Zwar konnte ich bereits feststellen, dass du dich tatsächlich kaum für die Führung eines Heeres eignest, aber darum geht es mir im Grunde nicht. Du bist einer der wenigen Menschen, die sich nicht um ihr eigenes Wohl sorgen. Du bist jemand, der Stabilität und Sicherheit in eine Sache bringt, und zwar deshalb, weil du das Wohl der Allgemeinheit über dein eigenes stellst. Mag sein, dass Rosmerta die begabtere Befehlshaberin ist. Doch die Menschen folgen dir aus anderen Gründen. Sie folgen dir, weil du sie von der Richtigkeit deiner Absichten überzeugen kannst und ihnen das Gefühl gibst, etwas wert zu sein. Wie dem auch sei, ich würde nur ungern Rosmerta allein losschicken.“

Das war zu erwarten gewesen und konnte Thorn nur recht sein.

„Du sprachst von mehreren Gründen“, sagte er. „Welche gibt es denn noch? Denn wenn das alles ist, bin ich noch immer der Meinung, dass du auf mich verzichten kannst.“

„Tatsächlich gibt es noch eine andere Sache, die mir Sorgen macht.“

Testaceus trat an das mit schweren Stoffen verhangene Fenster und öffnete den Vorhang einen Spaltbreit.

„Das Imperium ist geschwächt“, fuhr er mit bleierner Stimme fort. „Nicht nur der Sklavenaufstand bedroht uns, auch lauern unzählige Gefahren von außen. Der Senat kann das Land gegen diese nicht nachhaltig verteidigen, wenn es im Inneren langsam zerfällt. Cartius muss schnellstens vernichtet werden. Dafür muss der Senat Männer opfern, Männer, die wir aber dringend zum Schutz der Grenzen brauchen. Der Senat kann niemanden mehr von dort abziehen. Darum ist er auf jeden Freiwilligen angewiesen. Im Süden sind dunkle Mächte am Werk, Thorn!“ Seine Stimme wurde eindringlich. „Die Bedrohung von dort wird von Tag zu Tag stärker. Der Senat muss das Imperium unbedingt vor ihnen schützen, was er aber nicht kann, wenn er sämtliche Truppen dafür einsetzen muss, Cartius’ Aufstand niederzuschlagen.“

Testaceus wandte sich um und sah Thorn direkt ins Gesicht.

„Ich brauche deine Hilfe, Thorn, wenn ich diese Sache ein für alle Mal aus der Welt schaffen will!"

Thorn stellte seinen Becher ab und stützte sein Kinn auf die Hände.

„Dunkle Mächte? Im Süden?", fragte er neugierig.

„Ja."

„In Aschran? Was gibt es denn dort schon außer Sand?", grinste er. „Was könnte denn bedrohlich genug sein, um dem großen Antonius Angst zu machen?"

Die Augen des Senatsvorsitzenden blitzten zornig auf.

„Verzeih mir, es steht mir nicht zu, deine Sorgen zu belächeln", zügelte sich Thorn augenblicklich.

Testaceus nickte frostig.

„Worum es dabei genau geht, hat dich zu diesem Zeitpunkt nicht zu interessieren und sollte dir auch keine schlaflosen Nächte bereiten."

Thorn seufzte.

„Ganz recht, es hat mich nicht zu interessieren und es ist dein Glück, dass es das auch nicht tut. Andernfalls würde ich nämlich *keinen* deiner Aufträge mehr annehmen. Aber lass dir gesagt sein, dass deine unselige Neigung, alle entscheidenden Fakten vor mir zu verheimlichen, nicht eben vertrauensbildend ist. Ich weiß ehrlich nicht, wofür ich hier eigentlich ständig mein Leben riskiere. Da du mich aber hoffentlich in Zukunft mit einem Kommandoposten innerhalb der valianischen Truppen verschonen wirst, bin ich geneigt, dir entgegenzukommen."

Thorn wollte auf keinen Fall Rosmertas Position. Er wollte aber ebenso wenig, dass Testaceus ihn aus der Sache mit Cartius ausschloss.

Ein unbehagliches Schweigen breitete sich zwischen ihnen aus und schließlich entschied Thorn, dass es an der Zeit war, schlafen zu gehen. Schwerfällig erhob er sich aus seinem Stuhl.

„Lassen wir es für heute gut sein", meinte er leise. „Wir besprechen alles Weitere morgen, wenn es dir recht ist."

Testaceus ging auf ihn zu und legte ihm die Hand auf die Schulter.

„Ich möchte, dass du Rosmerta zur Seite stehst, wenn sie sich Cartius stellt, Thorn. Denk noch mal darüber nach und teile mir morgen, bevor ihr dem Senat Bericht erstattet, deine Entscheidung mit.“

„Wann soll das denn sein?“, fragte Thorn überrascht.

Testaceus seufzte lächelnd.

„Zur Mittagszeit. Vorher werdet ihr noch mit mir frühstücken. Und anschließend besprechen wir uns, bevor die Anhörung vor dem Senat stattfindet.“

Er gab Thorn die Hand und wünschte ihm eine gute Nacht. Als die Tür ins Schloss fiel, wandte er sich erneut der Büste des ehemaligen Senatsvorsitzenden zu. Pentorius sah im flackernden Licht der Kerzen aus, als würden seine Mundwinkel in einem hinterhältigen Lächeln zucken.

Oh ja! Die Politik war zweifelsohne ein hässliches Geschäft.

Der Schatten wuchs zu einer unförmigen Silhouette heran. Hartnäckig kroch er hinter Thorn her, der verzweifelt versuchte, ihm zu entgehen. Doch seine Beine waren zu schwer, die abgeschossenen Pfeile zu langsam und er selbst zu müde und steif, um ihn abzuhängen. Egal, wo er hinlief, wie sehr er sich auch abmühte: Der Schatten blieb dicht hinter ihm und machte alle seine Versuche, ihn abzuschütteln, zunichte.

Thorn spürte, wie ihm der Schweiß den Körper hinablief und wie sich seine Kraft mehr und mehr erschöpfte. Mühsam schleppte er sich über den von Felsen zerklüfteten Wüstenboden. Seine Stiefel waren zerrissen, seine Muskeln brannten und sein Kopf fühlte sich taub und leer an. Doch der Schatten blieb ihm auf den Fersen.

Dann ein Flüstern. Erst leise und sanft, dann immer eindringlicher und lauter und schließlich drohend und wild. Zischende Laute in einer fremden Sprache, eine Botschaft verkündend, die er nicht verstehen konnte. Thorn sank gegen einen Felsen und drehte sich um. Da begann auch der Schatten zu schrumpfen und innezuhalten. Doch die Stimmen flüsterten weiter, drangen aus der formlosen schwarzen Masse zu ihm und fraßen sich in seinen Verstand.

Als Thorn aufstand, streckte sich auch der Schatten und als er weiterlief, tat dies der Schatten ebenso. Und plötzlich war es ihm, als wäre er mit seinem Verfolger untrennbar verbunden.

„Es ist nicht meine Schuld!", schrie er und fuhr hoch. Erst als er seine Augen aufgerissen und eine Weile in die Dunkelheit gestarrt hatte, wurde ihm klar, dass es nur ein Traum gewesen war. Auf seinem Körper lag ein dünner Schweißfilm und sein Herz schlug wild gegen seinen Brustkorb. Schwer atmend wischte sich Thorn über die Stirn und zwang sich aufzustehen.

Draußen war es noch dunkel, aber weil er aus Erfahrung wusste, dass er nicht mehr einschlafen würde, stand er auf und wusch sich Gesicht und Körper in der Schale mit Wasser, die man ihm aufs Zimmer gebracht hatte.

Seine Gedanken kreisten um den Schatten, jenes Traumgespinst, das sich, obwohl fiktiv, dennoch bedrohlich real angefühlt hatte. Vor seinem inneren Auge nahm Kitayschas Gesicht Gestalt an. Da war dieses lebendige Leuchten in ihrem Blick, das er so geliebt hatte. Aber da war auch noch etwas anderes. Da war … ein Vorwurf.

„Nein, Kit!", flüsterte Thorn verzweifelt. „Es war nicht meine Schuld! Wie hätte ich wissen können …"

Ruckartig richtete er sich auf und fuhr sich durch sein schweißnasses Haar. „Cartius!", zischte er leise. „Verflucht seien du und dein Krieg!"

Die gewaltigen Säulen am Eingang und jene, die im Halbkreis um die stufenförmigen Reihen der Senatorenbänke aufragten, trugen zu Recht den Namen *Die Finger des Gesetzes.* Sie machten die ohnehin schon Ehrfurcht einflößende Kuppelhalle zu einer Stätte unverhohlener Macht. Jeder, der den Sitz des Senats zum ersten Mal betrat, konnte nicht anders, als sein Haupt zu neigen und sich angesichts der glatten und erhabenen Architektur klein und unbedeutend vorzukommen. So war es Thorn damals ergangen und so empfand er es auch jetzt, als man die schweren Flügel für ihn und Rosmerta öffnete. Thorn hätte sich am liebsten um die Senatssitzung gedrückt, doch nachdem er Testaceus am Morgen mitgeteilt hatte, dass er bereit war, weiterhin für ihn zu arbeiten, musste er nun wohl oder übel auch dem Senat Rede und Antwort stehen. Als er seinen Blick zu den Senatorenbänken lenkte, ließ ihm eine vage Ahnung davon, was genau ihn hier erwarten würde, flau im Magen werden.

Die Senatoren hatten sich bereits eingefunden.

Thorn überflog flüchtig die Reihen.

Annähernd zweihundert vorwiegend ältere Männer richteten ihre Augen auf die Ankömmlinge. Den einen oder anderen erkannte Thorn wieder. Die meisten von ihnen aber waren ihm fremd.

Testaceus lächelte ihnen auf einem in rotem Marmor gehauenen Stuhl entgegen – der einzige farbliche Akzent in dem ansonsten endlosen Weiß der mächtigen Halle.

Thorn empfand den Anblick des ins Zentrum gerückten Senatsvorsitzenden in seinem pompösen, in Stein gehauenen Sitz als absurd – eine Machtdemonstration, die deutlich machte, dass es Testaceus war, der das Zünglein an der Waage bildete. Zumindest war seine Stimme entscheidend, sofern Unstimmigkeit zwischen den Senatoren herrschte.

„Tretet näher“, begrüßte sie Testaceus feierlich. Seine Stimme hallte majestätisch zwischen den kahlen Wänden wider und verstärkte Thorns Eindruck, dass es sich hier nicht zuletzt um eine Machtdemonstration handelte.

Langsam durchschritt Thorn den Saal. Vor den Senatoren blieb er stehen und registrierte aus dem Augenwinkel Rosmerta, die neben ihm Halt machte. Ihr Gesicht wirkte bleich und angespannt. Vermutlich hatte sie wie er damit zu kämpfen, das nervöse Kribbeln im Bauch zu ignorieren. Die Tatsache, dass er und Rosmerta ihre Männer einfach am Schlachtfeld zurückgelassen und sich abgesetzt hatten, konnte dem Senat nur missfallen und wer wusste schon, wie dieser über ein derartiges Handeln zu richten pflegte?

Testaceus erhob sich von seinem marmornen Stuhl und wandte sich den Senatoren zu.

„Dies sind Thorn Gandir und Rosmerta, beide Helden unseres Imperiums, wie Ihr wisst“, begann er förmlich. „Sie haben gestern Valianor erreicht und sind nun bereit, uns über die Vorfälle im Emlin-Tal Bericht zu erstatten. Ich bitte Euch, sie erst anzuhören, bevor Ihr über mein Ansuchen entscheidet. Auch möchte ich Euch daran erinnern, dass ihre bisherigen Dienste von größter Wichtigkeit für Valianor und unser ganzes Land waren.“

Durch ein knappes Nicken forderte er Thorn und Rosmerta dazu auf, mit dem Bericht zu beginnen.

Rosmerta warf Thorn einen schnellen Seitenblick zu und versteckte trotzig ihre Hände in ihrer Palla.

Thorn, der ihre Andeutung verstand, trat einen Schritt vor, ließ seinen Blick über die Senatoren schweifen und begann dann, vor den Bänken auf und ab zu schreiten.

„Wir erreichten das Emlin-Tal in der Nacht des Criochdags der zweiten Trideade im Draugmond. Ich befahl, Späher auszuschicken, um das Gebiet, durch das wir wandern mussten, abzusichern.“

Die Gesichter der Senatoren ruhten ausnahmslos auf Thorn, während er versuchte, sich aller wesentlichen Details zu entsinnen.

„Der Spähtrupp kam bald zurück. Laut Meldung waren keine Sklaven gesichtet worden. Ich überzeugte mich dennoch selbst davon, dass es ungefährlich war, das Tal zu betreten. Als auch ich keine feindlichen Bewegungen ausmachen konnte, gab ich den Befehl zum Aufbruch. Wir marschierten noch in derselben Nacht los, um vor Tagesanbruch die Garnison zu erreichen.“

Thorn warf einen prüfenden Blick auf die Reihen der Senatoren. Als keiner eine Frage stellte, setzte er seinen Bericht bis zu den Verhandlungsbemühungen mit Cartius fort.

„Die Elfenkriegerin Kitayscha …“

Thorn brach ab und schluckte. Einen Augenblick rang er mit seiner Beherrschung. In den Senatorenbänken vernahm man leises Getuschel, doch dann sprach Thorn mit ruhiger Stimme weiter und das Gemurmel verstummte.

„Kitayscha und ich waren der Ansicht, dass es am einfachsten und effektivsten wäre, den Sklavenführer gleich während der Verhandlung auszuschalten. Er wäre ein leichtes Opfer gewesen, zumal er mit einer solchen Attacke nicht gerechnet hätte. Doch damit stießen wir bei sämtlichen Mitstreitern auf taube Ohren und so blieb Cartius am Leben und hatte Gelegenheit, mit seinen Rebellen in die Garnison einzufallen, die valianischen Legionäre aufzureiben und die Elfenkriegerin zu töten."

Ein unangenehmes Schweigen breitete sich aus.

Thorns Stimme klang bitter, als er fortfuhr.

„Euer Ehrenkodex – oder sollte ich vom Militärkodex sprechen? – verbietet es, während laufender Verhandlungen zuzuschlagen. Fragt sich nur, nach welchen Kriterien solche Regelungen aufgestellt werden, zumal die Ehre, auf die Ihr so viel Wert zu legen scheint, in anderen Situationen nicht die geringste Rolle spielt und jede noch so hinterlistige Strategie erlaubt ist, sofern sie inoffiziell bleibt."

Thorn ignorierte das gereizte Murmeln, das aus den Senatorenbänken drang.

„Wollt Ihr den Sklavenführer aus der Welt schaffen oder nicht?! Wenn ja, würde ich Euch raten, jeden Ehrenkodex in Zukunft aus der Sache rauszuhalten. Hält sich etwa Cartius an die Regeln?"

Einer der Senatoren räusperte sich auffallend laut, doch Thorn setzte ungerührt seinen Bericht fort und schilderte, wie die Sklaven in Scharen gegen das Tor der Garnison brandeten und ihre gewaltige Zahl den valianischen Legionären jede Kampfmoral raubte. Dabei ließ er wohlweislich unter den Tisch fallen, dass er es versäumt hatte, eine jeder Schlacht gebührende Rede an die Legionäre zu halten. Vielleicht hätte dies ihre Moral genug gehoben, um beim Anblick der durch das Tor preschenden Meute die Stellung zu halten.

Der eine oder andere Senator beugte sich, um bei den spannenderen Passagen nichts zu überhören, so weit vor, dass er seinem Vordermann die Knie ins Kreuz drückte. Die meisten Senatoren blieben aber ungerührt sitzen.

Ein hagerer Mann mittleren Alters, dunkelhaarig und mit finsterem Blick, der Thorn gleich zu Beginn wegen seines arroganten Gesichtsausdrucks aufgefallen war, stand auf und räusperte sich laut.

Thorn unterbrach seine Rede.

„Ja?"

„Verzeiht mir, aber es erscheint mir ein wenig eigenartig, dass die Sklaven das Tor, das Ihr, wie Ihr vorhin sagtet, gut gesichert hattet, so ohne Weiteres durchbrechen konnten."

„Das erscheint Euch zu Recht eigenartig, Senator …"

„Marcus Detrivius Clarinius."

„Ich wollte diesen Umstand gerade erklären, Senator Clarinius."

Thorn wechselte einen raschen Blick mit Testaceus und stellte fest, dass dieser verwirrt und beunruhigt wirkte. Also entschied sich Thorn, die Sache sofort klarzustellen.

„Unter meinen Männern gab es einen Spion."

Überrascht sah Testaceus auf. Dass es einen Spion gab, hatte man ihm bislang vorenthalten.

„Er übermittelte uns als offizieller Bote des Senats ein von Cartius gefälschtes Schreiben, mit der Nachricht über eine Verstärkung, die am Morgen des dritten Tages eintreffen sollte …"

„Von *offiziellem Boten des Senats* kann hier wohl kaum die Rede sein", unterbrach ihn Clarinius von Neuem.

„Zu diesem Zeitpunkt gingen wir jedenfalls davon aus, dass uns der Mann, so, wie sein Beglaubigungsschreiben es auswies, vom Senat als Bote gesandt worden war", beharrte Thorn kalt. „Ansonsten hätten wir ihn rasch als Spion identifiziert und gefangen genommen. Wie dem auch sei, jedenfalls …"

„Wie hieß der Bote?", hakte Clarinius nach.

„Er stellte sich uns mit dem Namen Liam O'Neill vor. Dass dies sein wirklicher Name ist, bezweifle ich allerdings. Also wird Euch der Name nicht weiterhelfen, Senator."

Clarinius zog eine Braue hoch und lehnte sich gelassen zurück.

„Fahrt fort", forderte er Thorn auf.

Thorn wurde beim Gedanken an Liam kalt. Er wollte einfach nicht glauben, dass er ein Verräter war. Er hatte ihm vertraut. Liam war ihm auf Anhieb sympathisch gewesen. Er kritisierte ihn nicht, wie es Kit manchmal getan hatte, und er hatte eine Art an sich, die es einem schwer machte, ihn nicht zu mögen.

„O'Neill öffnete die Tore von innen. Ich habe ihn dabei gesehen, konnte das Übel aber nicht mehr aufhalten", sagte Thorn. „Das Tor war allerdings nicht der einzige Zugang zur Garnison, wie sich herausstellte. Die Sklaven nutzten offensichtlich die Zeit der Belagerung, um Tunnel zu graben, durch die sie bei ihrem nächtlichen Angriff in die Feste eindrangen. Das heißt, wir hatten keine Chance, uns angemessen zu verteidigen."

„Woraufhin ihr geflohen seid!", beendete Clarinius mit unverkennbarem Sarkasmus in seiner Stimme die Geschichte. „Nun, lasst uns doch auch an den Einzelheiten der Flucht teilhaben. So wäre es äußerst interessant zu erfahren, wie ihr den Sklaven entkommen konntet."

Thorn ignorierte den bissigen Unterton und schilderte ihre abenteuerliche Flucht in den Fässern, während in der Garnison noch die Schlacht tobte.

„Damit haben wir bewusst unser Leben über jenes der verbliebenen Soldaten gestellt. Es erschien uns einfach sinnlos, mit allen anderen zu sterben. Ich vermute, auch dies widerspricht Eurem Ehrenkodex."

Thorn heftete seinen Blick auf Testaceus, aber das Gesicht des Senatsvorsitzenden blieb ausdruckslos.

„Wohl wahr", setzte Clarinius nach. „Euer Verhalten war alles andere als heldenhaft, meint Ihr nicht? Ihr habt Eure Männer im Stich gelassen, nur um Eure eigene Haut zu retten!"

„Verzeiht, wenn ich mich unaufgefordert zu Wort melde", mischte sich jetzt Rosmerta ein, „aber uns erschien es in dieser prekären Lage als ein notwendiger Schritt, uns am Leben zu erhalten, um den Senat über alle Einzelheiten berichten zu können. Wir haben Informationen, die für das weitere Vorgehen unverzichtbar sind."

„Gut gerettet, Heldin", antwortete Clarinius lächelnd.

Als er sich erneut Thorn zuwandte, war sein Lächeln bereits wieder verschwunden. „Wenn Ihr aus Eurer Situation heil herauskommt, habt Ihr das Eurer Gefährtin zu verdanken!“

„Dass ich meiner Gefährtin irgendetwas zu verdanken habe, wäre mir neu“, konterte Thorn und wechselte einen Blick mit Rosmerta, die ihn zornig anfunkelte. „Meiner Gefährtin liegt nicht sehr viel am Wohle anderer, darum verzeiht mir, wenn ich ihr nicht aus lauter Dankbarkeit um den Hals falle.“

Ein überfallartiges Raunen ertönte von den Senatorenbänken und Testaceus erhob sich, um für Ruhe zu sorgen.

„Hast du uns sonst noch etwas mitzuteilen, Thorn? Oder ist dein Bericht hiermit abgeschlossen?“

Thorn zögerte kurz. Es gab tatsächlich noch etwas, das ihn beunruhigte, und es drängte ihn, es auszusprechen.

„Eine Sache habe ich noch nicht erwähnt“, sagte er schließlich. „Ich weiß nicht, ob es von Bedeutung ist, aber …“

„Ja?“

Der Senatsvorsitzende musterte Thorn mit unverhohlener Neugier.

„Besser du sagst es uns. Lass *uns* entscheiden, ob es von Bedeutung ist.“

„Vielleicht habe ich es mir nur eingebildet, aber ich denke, wir wurden von jemandem verfolgt.“

Tatsächlich hatte Thorn mehrmals den Eindruck gehabt, dass ihnen irgendjemand nach Valianor folgte. Doch es war möglich, dass seine innere Unruhe Schuld an diesem Verdacht war.

„Hast du jemanden gesehen?“

„Nicht direkt. Ich hatte nur das Gefühl …“

„Ihr hattet das Gefühl!“, warf Clarinius mit lieblicher Stimme ein. „Rührend! Und vor allem sehr überzeugend!“

„Das reicht jetzt“, wies Testaceus den Senator zurecht; zu Thorn und Rosmerta gewandt fuhr er fort: „Die Senatoren werden sich nun beraten. Das heißt für euch beide, dass ihr fürs Erste entlassen seid und euch zurückziehen dürft. Thorn, ich respektiere deinen Entschluss, dich vom

Kommandoposten zurückzuziehen, und gebe dir die Erlaubnis, dich bis auf Weiteres in deinem Haus aufzuhalten. Man wird dir Bescheid geben, wenn der Senat zu einem Ergebnis gekommen ist. Ihr könnt jetzt gehen."

Thorn nickte den Senatoren und Testaceus kurz zu und schritt wortlos zum Ausgang. Nachdem zwei Wachen das Flügeltor geöffnet hatten, marschierte er über die Marmortreppe bis zum Vorplatz hinunter, wo er in das Licht der Sonne trat. Von draußen hörte er, wie sich Rosmerta mit einem theatralischen *Ave Valian!* verabschiedete und hinter ihm hereilte. Ohne auf sie zu warten, verschwand Thorn in der Menge der Passanten.

Endlich war er allein.

Fremder

Die *Taverne zum Gladiator* war zum Bersten voll. Obgleich die Kundschaft, die sich normalerweise hier aufhielt, eher zur oberen Gesellschaftsschicht zählte, trieben sich an diesem Abend die unterschiedlichsten Gestalten herum, darunter manch eine, der man nur ungern in die Quere gekommen wäre.

Thorn betrat den Gastraum, gab sein Schwert bei den Türstehern ab, behielt aber den Waffengürtel um. Die Atmosphäre der gepflegtesten Taverne Valianors sollte nicht durch Unruhe stiftende Zwischenfälle gestört werden. Darum wurde zumindest pro forma verlangt, die Waffen am Eingang zurückzulassen.

Thorn mochte weder die auf Hochglanz getrimmte Einrichtung, noch den Umstand, dass die Gaststätte meist überfüllt war. Er schätzte die Ruhe in den kleineren Spelunken am Stadtrand und am Hafen, wo höchstens eine nicht ernstzunehmende Keilerei zwischen zwei Betrunkenen drohte. Doch zum Hafen war es weit. Grund genug, den *Gladiator* aufzusuchen, sofern man sich im Stadtzentrum aufhielt.

In der meistbesuchten Taverne der Stadt wurde auf die Etikette Wert gelegt – dementsprechend elitär waren sowohl die Preise als auch die Gesellschaft. Auf jedem Tisch stand eine kleine Öllampe, die den Gästen den Blick auf die opulenten Speisen erleichtern und das allgemeine Wohlbefinden fördern sollte.

Sanftes Licht hüllte Thorn ein, als er sich einen Weg zwischen den Tischen hindurch bahnte und sich für einen Platz an der Außenwand entschied. Er ließ sich nieder und winkte nach dem Wirt, der ihn umgehend begrüßte und seine Bestellung aufnahm.

Die Wärme der Gaststube tat Thorn gut und er genoss es, dass ihn hier niemand behelligte, wenn sich auch der eine oder andere nach ihm umdrehte. Immerhin war sein Name in Valianor nicht unbekannt.

Nachdem er sein Bier bekommen und einen Schluck davon getrunken hatte, entspannte er sich allmählich.

Die Berichterstattung vor dem Senat hatte ihn wütend gemacht und neuerliche Zweifel in ihm geweckt, die ihn den ganzen Nachmittag über beschäftigt hatten. Jetzt wollte er sich darüber keinen Kopf mehr machen. Es war Zeit, die Gedanken baumeln zu lassen.

Gelassen lehnte er sich zurück und ließ seine Augen durch die Taverne wandern. Die meisten Gäste waren unverkennbar Valiani, aber auch ein paar Südländer, vermutlich Aschraner, waren darunter, außerdem zwei Männer, die aussahen, als kämen sie aus Chryseia und schließlich entdeckte Thorn ein Paar, das allem Anschein nach aus seiner Heimat Alba stammte. Die blasse Haut der Frau und der stolze, aufrechte Gang des Mannes ließen es jedenfalls vermuten. Der Mann war wie für einen Albi üblich in einen grob karierten Kilt gekleidet, während die Frau ein langes, schweres moosgrünes Kleid trug, das unter ihrer Brust von einem seidenen Band zusammengehalten wurde.

Thorns Blick wanderte weiter und fiel auf einen Mann an der Theke, der einen eindeutig südländischen Einschlag hatte, dessen Erscheinung aber nicht in das gepflegte Gasthaus passte. Er sabberte leicht, als er seinen Bierkrug abstellte. Noch anstößiger war die Tatsache, dass sein Hinterteil zu groß für seine zu knapp geratene Leinenhose war, wodurch seine bleichen Pobacken unappetitlich über den Bund hinausquollen. Im Verhältnis zu seinen fast weiblichen Hüften hatte er einen zu schmalen Oberkörper, dafür aber einen umso gewaltigeren Bierbauch. Seine dunklen Haare hatte er in feinen Strähnen über seine Glatze gekämmt. Sein gesamtes Erscheinungsbild wirkte grotesk und Thorn fragte sich, wie er an den beiden Türstehern vorbeigekommen war.

Der Fremde leerte in tiefen Zügen seinen Humpen, während er grinsend über die Theke starrte. Thorn beobachtete, wie einige der Gäste ihn abfällig musterten. Doch der Mann schenkte dem keine Beachtung. Stattdessen wandte er sich seinem Nachbarn zu und zeigte ihm sein zahnloses Lächeln, woraufhin dieser schockiert ans andere Ende der Theke flüchtete.

Der Südländer drehte sich dem Schankraum zu und beobachtete das Treiben der sich gedämpft unterhaltenden Gäste. Thorn verfolgte interessiert, wie er den Türstehern dabei einen abwägenden Blick zuwarf und mit Genugtuung feststellte, dass diese gerade damit beschäftigt waren, einen betrunkenen Bettler abzuwimmeln.

„Euren Greifen in allen Ehr'n!", begann er plötzlich theatralisch und ließ seine Augen über die sich teilweise nach ihm umdrehenden Gäste gleiten.

„Euren Greifen in Ehr'n!", wiederholte er lallend, „aber was nützt Euch Euer Vogel, obwohl'n recht stattlicher, wie ich mein' ..."

Er brach ab und kicherte, wobei er sich fast an seinem Speichel verschluckte.

„Was nützt Euch der Vogel, wenn Ihr – die Gödder mög'n 's verhindern – vor 'ner echt'n Bedrohung steht?"

Der Albi und seine Gefährtin senkten peinlich berührt ihre Blicke, während der Rest der Gäste den Südländer beobachtete.

„Ich mein', kann der Geier auch 'nem schwarzen Magier 's Früchten, äh, Fürchten lehr'n? Einem Mann, der alles sieht un' alles weiß?"

Er stieß sich schwankend von der Theke ab und stolperte in den Gastraum, wobei er mit weit aufgerissenen Augen flüsterte: „*Der Alte, der Alte vom Berg ...*"

Sein irrer Blick veranlasste nun auch die anderen, sich peinlich berührt abzuwenden. Doch letztendlich siegte die Neugier, weshalb nach kurzer Zeit sämtliche Augen wieder gebannt auf das ungewöhnliche Schauspiel gerichtet waren. Inzwischen hatte sich der Südländer unter die Leute gemischt und sich aufdringlich zwischen das Paar aus Alba gedrängt.

„Was nützt Euch Euer Gryphos", nuschelte er bedeutungsschwanger, „wenn *der Alte* – ich mein' *Al'Jeb...*"

Er würgte, brachte den Namen nicht über die Lippen und verstummte.

In der Taverne herrschte plötzlich Totenstille. Alle Augenpaare ruhten auf dem Mann, der sich nun vom Tisch der Albi entfernte und wankend durch den Gastraum schritt.

Mit unheilvoller Stimme setzte er schließlich seinen Monolog fort: „Er streckt seine Finger nach'm Imperium aus! Und er … Er, der die Macht hat, sich der dunkelst'n aller Kreaturen su bedien', bekommt *immer*, was er will! Mag ihm auch nur halb Aschran gehör'n, im Grunde liegt ihm ganz Amalea su Füßen."

Grunzend knallte er seine Handfläche auf Thorns Tischplatte, woraufhin Thorn ein Stück zurückrückte. Es sah ganz danach aus, als würde sich der Mann gleich übergeben.

Doch er schwankte nur, hielt sich erfolgreich an der Tischkante fest und fuhr lallend fort: „Seine Finger hat er überall, meine Herr'n! Und seh'n tut er weider als das Auge Eurer Gödder – bis hinauf zu den verdammten Spitzohr'n in Albion, wenn nich' noch weider!"

Er machte eine kurze Pause, um Luft zu holen, doch bevor er seinen Mund noch einmal aufmachen konnte, schossen die zwei hünenhaften Türsteher, die den Bettler mittlerweile losgeworden waren, auf ihn zu, packten ihn und zerrten ihn zur Tür.

„Denkt an meine Worte!", schrie er, „denkt an Farach, den Händler, der mit sein' eig'nen Augen geseh'n hat, wie *der Alte* mit seinen Feinden abrechnet … Er is'n Hexer, n' Dämon!"

Und dann übergab er sich tatsächlich, noch bevor die Türsteher ihn aus der Taverne schmeißen konnten.

Der Wirt, der das Szenario stöhnend aus den Augenwinkeln beobachtet hatte, wies sofort zwei Sklavinnen an, das Erbrochene wegzuwischen. Anschließend stauchte er die beiden Türsteher zusammen, die den unwillkommenen Gast mittlerweile vor die Tür gesetzt hatten, und nickte entschuldigend in die Runde.

Thorns Blick wanderte von dem Wirt zu den Gästen. Manche von ihnen schüttelten die Köpfe, die meisten aber begannen aufgeregt zu flüstern. Er selbst fühlte sich unangenehm berührt. Er hatte das untrügliche Gefühl, dass hinter dem vordergründig peinlichen Auftritt des Südländers nicht bloß wirres Gerede steckte.

Irgendetwas in seinem Inneren sagte ihm, dass an dieser Geschichte etwas dran war. Testaceus' Worte kamen ihm in den Sinn: *Im Süden sind dunkle Mächte am Werk* ... Die Gefahr aus Aschran hatte offenbar einen Namen.

Gedankenverloren fuhr sich Thorn durch seine Bartstoppeln. Da fiel sein Blick auf den Tisch im hintersten Winkel der Taverne, wo er eine Gestalt ausmachte, deren Gesicht unter einer Kapuze verborgen war. Sie hatte sich von dem Unruhestifter nicht aus der Ruhe bringen lassen und verfolgte ungerührt das aufgeregte Getuschel der Leute.

Thorn wollte sich schon abwenden, um den Gast nicht unangenehm zu berühren, da gewahrte er eine langsame Bewegung und sah aus dem Augenwinkel, wie der Unbekannte seine Hand von der Tischplatte zog und an seine Hüfte legte. Zweifelsohne lag sie jetzt auf einer Waffe.

Neugierig und beunruhigt zugleich nahm Thorn die Gestalt genauer in Augenschein. Es war ein Mann, das stand außer Frage. Nicht nur seine breiten Schultern, die ganze Körperhaltung deutete darauf hin.

Plötzlich begriff Thorn und drehte sich weg.

Obwohl er das Gesicht des Mannes nicht erkannt hatte, spürte er dessen Blick auf sich. Der Mann beobachtete ihn, genauso wie er ihn beobachtet hatte. Nervös nahm Thorn einen Schluck aus seinem Bierkrug und tat so, als würde er interessiert das Treiben an der Theke studieren, das nun, da der Störenfried vor die Tür gesetzt worden war, wieder zur Normalität überging. Doch das Gefühl, von dem Fremden beobachtet zu werden, ließ nicht nach und bereitete ihm allmählich Unbehagen. Unwillkürlich fühlte er sich an seine Beklemmung auf dem Weg nach Valianor erinnert und unverhofft stellte sich eine plötzliche Gewissheit ein. Er hatte sich nicht getäuscht! Sie waren verfolgt worden! Und der Mann dort hinten hatte eindeutig ein Auge auf ihn.

Wilde Überlegungen schossen Thorn durch den Kopf, während er in seinen Bierkrug stierte, als würde er in den kümmerlichen Resten des Gebräus die Antwort lesen können.

Schließlich nahm er einen tiefen Schluck, stand auf und ging mit seinem Becher auf den Fremden zu. Wortlos zog er den Stuhl nach hinten und setzte sich dem Mann gegenüber.

Der Fremde rührte sich nicht.

Thorn konnte ihn immer noch nicht erkennen, weil die Öllampe auf dem Tisch nicht entzündet war und sein Gesicht so im Schatten der Kapuze verborgen blieb.

„Freut mich, dass Ihr es bis hierher geschafft habt!“, schoss er ins Blaue. „Ihr seid ein recht treuer Gefährte.“

Der Mann hob ein wenig seinen Kopf und antwortete mit einem Flüstern: „Wenn ich mich nicht täusche, hat *der Held des Imperiums* keine treuen Gefährten mehr.“

Thorns Augenlider zuckten leicht. Der Mann kannte seinen Titel und wusste von seiner Vergangenheit. Und obwohl er fast flüsterte, lag etwas Vertrautes in seiner zurückhaltenden Stimme.

„Wer seid Ihr?“, fragte Thorn kühl, während sein Blick die Schulterbewegung des Mannes registrierte, der sich zwar unauffällig, aber für Thorns scharfe Augen dennoch erkennbar an seinem Waffengürtel zu schaffen machte.

Als er nicht antwortete, griff Thorn nach der Öllampe, um sie anzuzünden, doch der Mann beugte sich ruckartig vor, fasste sein Handgelenk und drückte es auf die Tischplatte.

„Nicht so schnell, Waldläufer!“

Er hatte seine Stimme kaum angehoben.

Die Tür ging auf und ein Prätorianer betrat die Taverne.

„Ave Valian“, begrüßte er laut den Wirt, durchquerte die Gaststube und lehnte sich lässig gegen die Theke.

Der Fremde hielt immer noch Thorns Handgelenk fest, doch sein Blick verfolgte den Prätorianer.

„Ein Gruß, der uns beiden missfällt, nicht wahr?“, sagte er zu Thorn gewandt.

Mit einem knappen Drehen seines Handgelenks entzog sich Thorn dem Griff des Mannes, der es geschehen ließ, lehnte sich in seinem Stuhl zurück und verschränkte die Arme vor der Brust.

„Also gut, wenn *Ihr* die Spielregeln festlegen wollt, soll mir das recht sein.“

Der Fremde nahm seine Rechte von seinem Waffengurt und legte sie auf den Tisch. „Zwei Fragen, bevor ich mich Euch zu erkennen gebe." Sein Flüstern war kaum zu verstehen.

„Stellt Eure Fragen", antwortete Thorn ruhig.

„Seid Ihr ein Freund des Imperiums oder ein Freund der gerechten Sache?"

Thorn hob verwundert die Augenbrauen. Der Fremde wusste, wovon er sprach.

„Ihr selbst habt eben deutlich gemacht, wessen Freund ich *nicht* bin", erwiderte Thorn. „Ich bin keiner, der die valianische Sitte lebt oder schätzt, und keiner, der das Wohl des Imperiums über das der Menschheit stellt. Ihr kennt mich offensichtlich besser, als mir lieb ist. Ich diene zwar dem Senatsvorsitzenden, aber nur, solange ich sein Ansinnen aus eigener Überzeugung vertreten kann."

Das war eine glatte Lüge. Er zweifelte längst an Testaceus' Absichten, aber ohne diese Zweifel wirklich begründen zu können.

„Ja, das hatte ich vermutet", flüsterte der Fremde mit rauer Stimme. „Aber ich musste sichergehen. Man kann nie genug Fragen stellen – das lehrte mich die Erfahrung. Und Ihr habt recht, ich kenne Euch besser, als Ihr es vermutet, besser jedenfalls als Ihr mich."

Der Mann zögerte.

Thorn wartete geduldig. Noch störte es ihn nicht, dass der Fremde die Kontrolle über den Verlauf des Gesprächs übernommen hatte, solange er nur dahinterkam, wer er war und was er wollte.

„Seid Ihr ein Rächer?", fragte der Fremde plötzlich.

„Was?"

Thorn war irritiert. Worauf wollte der Mann hinaus?

„Wie haltet Ihr es mit Schuldzuweisungen?", fuhr der Fremde fort. „Das ist eine Frage ethischer Natur. Wen macht Ihr für Fehlentscheidungen verantwortlich? Die ausführende Kraft oder den Strategen? Den, der die Befehle erteilt, oder denjenigen, der sie ausführt? Könnt Ihr vergeben, wenn jemand Reue zeigt, oder seid Ihr einer, der stets auf Rache sinnt?"

Thorns Verwirrung blieb. Er hatte keine Ahnung, was der Mann von ihm wollte, und obwohl er seine Stimme nicht einordnen konnte, weil sie kaum mehr als ein Flüstern war, hatte er das Gefühl, als würde ihm sein Name auf der Zunge liegen. Doch jetzt, wo er sich auf das Spiel eingelassen hatte, wollte er es auch zu Ende bringen.

Der Fremde wartete geduldig auf eine Antwort.

Schließlich beugte sich Thorn über den Tisch und meinte: „Wenn Ihr mich kennt, wie Ihr sagt, habt Ihr wahrscheinlich auch *darauf* eine Antwort."

„Hab' ich auch", antwortete der Fremde und Thorn hatte den Eindruck, dass er lächelte. „Aber ich könnte falsch liegen. Ich hatte zu wenig Zeit, um Euch ausreichend zu studieren, auch wenn ich meine Aufgabe sehr gewissenhaft verfolgt habe."

In diesem Augenblick fiel es Thorn wie Schuppen von den Augen. „Verräter!", zischte er und sprang wutentbrannt auf die Beine.

Mit der Linken packte er den Fremden am Kragen seines Mantels, während er mit der anderen Hand seinen Dolch zog.

Sämtliche Gäste fuhren erschrocken herum. Der ohnehin schon strapazierte Wirt winkte alarmiert die Türsteher herbei, doch Thorn, der die allgemeine Aufregung registriert hatte, ließ augenblicklich los und setzte sich zurück auf seinen Platz. Er ließ den Dolch unter der Tischplatte verschwinden und gab dem Wirt winkend zu verstehen, dass alles in Ordnung sei. Dann wandte er sich dem Mann zu, der ungerührt sitzen geblieben war.

„Liam", flüsterte er mit wutverzerrtem Gesicht.

Verräter

„Nenn mir *einen* Grund, warum ich dich nicht auf der Stelle töten sollte, O'Neill!"

Thorn hatte den Dolch immer noch in der Hand, aber Liam machte keine Anstalten, sich abzusichern. Er sah ihn nur mit wachen Augen an.

„Oder möchtest du mir noch sagen, wie dein richtiger Name lautet?"

„Wozu sollte ich unter falschem Namen operieren? An mich erinnert sich hier ohnehin niemand", erwiderte Liam nun mit seiner normalen Stimme.

Als Thorn den Dolch losließ und die Öllampe entzündete, sah er die Blässe in Liams Gesicht, die von seinen müden Augen und seinen hohlen, ausgemergelten Wangen noch verstärkt wurde.

„Also hatte ich unrecht", stellte Liam ruhig fest.

Thorn verspürte nicht die geringste Lust, das Gespräch weiterzuführen. Stattdessen wollte er der Sache ein kurzes Ende bereiten und Liam den Dolch zwischen die Rippen rammen. Doch er versuchte seinen Zorn zu beschwichtigen. Liam wusste Dinge, die er nicht wusste – über Cartius, seinen Freiheitskampf, womöglich sogar über dessen Strategien. Ihn jetzt zu töten wäre nicht nur vorschnell, sondern dumm. Und doch, alles in ihm schrie nach Rache. Endlich könnte er für Gerechtigkeit sorgen und seinem Schmerz Erleichterung verschaffen, wenn auch nur vorübergehend. In ihm war ein Tier erwacht, das nur darauf wartete, losgekettet zu werden. Doch so sehr er sich auch danach verzehrte, es auf Liam loszulassen, seine Neugier zügelte seinen unbändigen Hass.

„*Womit* hattest du unrecht?", knurrte er leise.

Um Liams Mundwinkel zuckte ein anerkennendes Lächeln.

„Damit, dass ich dich für jemanden hielt, der mit voreiligen Schuldzuweisungen vorsichtig umgeht und vergeben kann, wo Reue gezeigt wird."

„Vergeben? Ich habe dir vertraut, Liam. All die Zeit während der Belagerung und der Entbehrungen habe ich dir vertraut“, flüsterte Thorn bitter. Jetzt spürte er deutlich die Folgen des Verrats. Schwer und unverwüstlich lastete das Gefühl auf seinem Herzen, dass ein Freund ihn ans Messer geliefert hatte. Thorn war müde, unendlich müde. Und er hatte keine Lust mehr, sich mit Leuten herumzuschlagen, von denen er annehmen konnte, dass sie nur aus Eigennutz handelten.

„Und Reue kann ich keine finden“, setzte er hinzu. „Du hast das Tor zur Garnison geöffnet und den Feind eindringen lassen. Deinetwegen starb jemand, der mir sehr nahe stand!“

„Kitayscha … Ich weiß.“

Thorn war überrascht, als er in Liams Augen ehrliches Mitleid erkannte.

„Ich habe sie nicht getötet, Thorn. Aber was ich getan habe, bereue ich dennoch. Das musst du mir glauben. Nur vergiss nicht, ich diente einer Sache, wie auch du einer dienst, und ich war davon überzeugt, das Richtige zu tun. Auch du hast einer vermeintlich guten Sache wegen Menschen getötet. Auch durch dein Schwert starben Leute, um die jemand trauert.“

Thorn schwieg. Er wusste, dass Liam die Wahrheit sprach, aber ihm fehlte die Kraft, sich damit auseinanderzusetzen. Noch immer spürte er diesen unbändigen Zorn, der ihn dazu verführen wollte, der Sache ein rasches Ende zu bereiten.

„Gib mir einen Augenblick, um es dir zu erklären“, bat Liam leise.

„Dann sprich, aber mach schnell! Es juckt mich nämlich unbändig, dir den Hals umzudrehen.“

Liam nahm einen kräftigen Schluck aus seinem Becher und fixierte Thorn mit seinem Blick.

„Ich war ein Sklave, Thorn. Ich glaube, du hast keine Ahnung, was das bedeutet. Es bedeutet, kein eigenes Leben zu haben. Unfreiheit, die durch alle deine Poren dringt, bis hin zum völligen Zerfall deiner Identität …“ Liam fuhr sich müde über die Augen. „Cartius zeigte mir einen Weg hinaus aus dieser Sackgasse. Als wir die Minen unter unsere Kontrolle brachten, gab es keinen unter uns Sklaven, der nicht hinter ihm stand. Er war unser Retter, verstehst du?“

„Und wurde zu meinem Verderben“, konterte Thorn unbeeindruckt.

„Versetz dich in *meine* Lage. Ich verschwendete keinen Gedanken an unsere Feinde, zu denen auch du gehörtest. Wieso sollte ich?“ Liam lehnte sich zurück und gab Thorn Zeit, seine Worte wirken zu lassen.

„Es kam anders, als ich erwartet hatte“, fuhr er schließlich fort und Thorn spürte, wie die Trauer, die in seiner Stimme mitschwang, einen Weg unter seine Haut fand. „Ich wechselte als Spion ins Lager der valianischen Truppen und lernte dich und Kit kennen. Und da unterlief mir ein Fehler, der einem Spion nie passieren darf. Während der Zeit der Belagerung begann ich, euch beide zu respektieren, mehr noch, ich schätzte eure Nähe. Mir wurde klar, dass der Kampf für ein bestimmtes, erstrebenswertes Ideal nicht alles rechtfertigt. Das hast du mir beigebracht, Thorn. Wir haben oft darüber gesprochen. Du sagtest: *Wenn wir nicht lernen, eine Situation stets neu zu hinterfragen, können wir zu einem Handlanger des Chaos werden, ohne es zu bemerken.* Erinnerst du dich?“

Thorn nickte zögernd.

„Ich habe lange darüber nachgedacht. Mir wurde klar, dass ich mich noch nie so frei gefühlt habe wie während der Zeit der Belagerung. Ich war kein Sklave mehr und wurde aufgrund meiner Tarnung zu einem der euren. Unter Cartius war ich frei und doch war ich einer, der für seine Pläne über Leichen gehen musste. Ich geriet von einer Versklavung in die nächste. Cartius' Freiheitskampf zwang mich dazu, meine Überzeugungen zu verraten.“ Liam atmete tief durch. „Trotzdem, ich zog die Sache durch – mit dem Resultat, dass jemand über die Klinge sprang, der mir lieb und teuer war. Damit änderte sich alles.“

Thorn spürte, wie die Kälte aus seinem Körper wich und tiefer Trauer Platz machte. Liam hatte recht. Er hatte Kitayscha weder getötet, noch den Befehl dazu gegeben. Wenn jemand für Kits Tod bezahlen musste, dann Cartius selbst. Liam war lediglich ein Opfer der Umstände. So wie er selbst. Was aber sollte er nun mit diesem Wissen tun? Es änderte nichts an seinen Gefühlen. Und es änderte nichts daran, dass diese Gerechtigkeit forderten.

Liam griff nach seinem Becher und nahm einen weiteren kräftigen Schluck. Er wirkte weder nervös noch angespannt. Offenbar hatte er sich damit abgefunden, dass es nicht mehr in seiner Hand lag, was nun, da er seine Identität preisgegeben hatte, mit ihm geschah.

„Thorn“, sagte er leise. „Ich weiß, was ich getan habe. Ich weiß, was du meinetwegen durchgemacht hast. Ich kannte Kitayscha und ich weiß von deinen Gefühlen für sie. Aber ich bin hier. Ich setze mich der Gefahr aus, von dir getötet zu werden. Fragst du dich nicht, warum?“

Thorn blickte Liam in die Augen und schwieg. Sein Zorn auf den ehemaligen Sklaven war noch immer nicht ganz verraucht, doch wahrscheinlich war er ungerechtfertigt. Jedenfalls hatte es der ehemalige Sklave mit seiner entwaffnenden Offenheit geschafft, dass er den Dolch wieder wegsteckte. Zumindest fürs erste.

„Lass uns etwas essen“, seufzte Thorn. In seinem Magen hatte sich ein hämmerndes Gefühl der Leere breitgemacht.

Liam schien verblüfft. „Essen ist gut!“, lächelte er. „Mann, gerade noch hatte ich Angst um mein Leben und nun bietest du mir an, mit dir zu speisen. Du steckst voller Überraschungen, Thorn, das muss man dir lassen.“

Der Abend wurde lang. Während sich beide hingebungsvoll der Fischsuppe widmeten, für die die *Taverne zum Gladiator* berühmt war, erzählte Liam, dass er Thorn und Rosmerta vom Emlin-Tal aus gefolgt war. So sehr er anfangs auch von Cartius' Freiheitskampf überzeugt gewesen sei, die Art und Weise, wie er ihn führte, hätte ihm immer deutlicher missfallen. Cartius hatte keinerlei Erbarmen mit denen, die im Zuge der Kämpfe in seine Gefangenschaft gerieten. Er ließ die valianischen Legionäre, ja sogar die Zivilisten, die seinen Leuten in die Quere kamen, für alles bezahlen, was er, wie er nicht zu betonen müde wurde, unter dem Joch der Valiani selbst erlitten hatte. Er machte seine Gefangenen zu Sklaven oder tötete sie, ohne Gnade zu zeigen. Seine Argumente dafür waren einfach: *Gerechtigkeit. Was ihr den Sklaven angetan habt, wird nun euch zuteilwerden.*

Liam wollte nicht länger ein Mordwerkzeug auf Cartius' Rachefeldzug sein und so folgte er Thorn und Rosmerta nach Valianor.

Doch an seiner wiedergewonnenen Freiheit wollte er festhalten. Darum plante er, sich mit seinem Wissen über Cartius freizukaufen.

Thorn hörte Liam aufmerksam zu. Er war sich nicht sicher, was er davon halten sollte. Liams Kritik an Cartius' Vorgehen gefiel ihm. Davon abgesehen bewunderte er den Mut, mit dem sich Liam seiner eigenen Sache entgegenstellte. Aber da war noch etwas anderes, das ihn versöhnlich stimmte, ohne dass er etwas dagegen tun konnte: Liam war der einzige „Freund", der ihm von den Ereignissen im Emlin-Tal geblieben war, der einzige, den er noch hatte. Und alles in ihm sträubte sich dagegen, auch diesen zu verlieren.

Dass Liam bereit war, seine Fehler wiedergutzumachen, imponierte ihm. Und es ließ sich auch nicht unter den Tisch kehren, dass ihm der ehemalige Sklave bei seinen eigenen Plänen behilflich sein könnte.

„Ein zweifacher Verrat also", meinte Thorn nichtsdestotrotz. „Du hast dir ganz schön was vorgenommen."

„Das Leben schreibt manchmal bizarre Geschichten."

Thorn lächelte schwach.

„Wie dem auch sei", sagte er. „Ich bin für deine Absichten der Falsche. Da bist du bei Rosmerta besser aufgehoben. Sie hat jetzt das Kommando über die Truppen."

Liam schob die leere Schüssel von sich und fuhr sich mit dem Ärmel über den Mund.

„Mag sein, mag sein", sagte er. „Es würde aber schon reichen, wenn du bei Testaceus ein gutes Wort für mich einlegst."

„Warum sollte ich das tun?"

„Weil du mir bereits vergeben hast. Was hindert dich dann daran, mich zu unterstützen? Du würdest damit die Sache deines Senatsvorsitzenden vorantreiben. Ich dachte, du wärst trotz allem sein Freund … und Cartius dein Feind."

Thorn musterte Liam. Er war bestechend sympathisch. Das war es, was ihn von Anfang an Vertrauen zu ihm hatte fassen lassen.

„Man hat dich dazu verurteilt, in den Minen des Emlin-Tals deine Schuld zu verbüßen. Eine Strafe, die nur bei schwersten Verbrechen verhängt wird. Was hast du getan, Liam?“

„Ich habe einen Senator ermordet“, antwortete er emotionslos.

Thorn gab sich unbeteiligt, was Liam leicht aus der Fassung zu bringen schien.

„Willst du nicht wissen, wie es dazu kam?“, fragte er irritiert.

„Nein.“

„Meinetwegen, dann lass uns zurück zum Punkt kommen.“

Thorn nickte und kramte einen Lederbeutel hervor.

„Ich werde dich dem Senatsvorsitzenden vorstellen. Was du dann daraus machst, ist dir überlassen.“

Er legte fünf Goldstücke auf den Tisch und sah Liam an.

„Eines aber würde ich gerne noch wissen. Was ist an den Gerüchten über Cartius dran?“

Liam grinste.

„Keine Ahnung, Mann. Aber wenn du mich fragst, stinkt das Ganze gewaltig nach Intrige. Ich meine, er war Zenturio und verdammt reich und angesehen. Wer setzt das alles so leichtfertig aufs Spiel? Seine Familie … Frau und Kinder wurden versklavt. Sein gesamter Besitz aufgelöst. Er selbst wurde in die Minen geschickt.“

„Ein politischer Schachzug?“

„Möglich.“

„Und warum?“

„Tja, mein Freund, vielleicht wollte man jemandem schaden, der dem Senat ein Dorn im Auge war. Vielleicht seinem Mäzen Savinius. Immerhin hat man nach Cartius’ Verhaftung nichts mehr von ihm gehört. Ich jedenfalls hege starke Zweifel an den Gerüchten um Cartius. Ich bezweifle, dass er den Senat stürmen wollte, um sich selbst zum Diktator zu ernennen. Ich meine, mal ehrlich, der Mann ist nicht dämlich! Nur: Wissen tut das keiner so genau.“

„Aber genau *das* behaupten die Leute. Sie reden davon, dass er größenwahnsinnig geworden wäre und die Macht über das Imperium an sich reißen wollte."

„Mag sein und vielleicht haben sie recht. Aber auf mich wirkte Cartius alles andere als verrückt. Und was sollte er damit gewonnen haben, wo er doch schon alles hatte? Klar, ein Imperium als alleiniger Herrscher zu regieren, ist schon ein verführerischer Gedanke, aber ein solches Risiko einzugehen, bei derart geringen Aussichten auf Erfolg! Ich weiß nicht …"

Die Tür zur Taverne ging auf und Thorn schärfte seinen Blick.

Im Türrahmen stand eine Frau in dunkler Kleidung. Sie war ohne männliche Begleitung, was an und für sich schon ungewöhnlich war, aber das war es nicht, was Thorns Interesse weckte. Die Frau fiel eindeutig aus der Rolle. Sie hatte pechschwarzes, wirres Haar, das ihr knapp bis über das Kinn fiel. Ihre Augen waren so schwarz wie ihre Haare. Unter einem Mantel, der ihr fast bis an die Knöchel reichte, trug sie eine dunkelbraune Lederhose und ein schwarzes Hemd, das locker über ihre Hüften fiel und von einem breiten Gürtel gestrafft wurde.

Aber es war nicht ihre Aufmachung, die Thorns und Liams Aufmerksamkeit und die der anderen Gäste auf sich zog, es waren ihre Statur und ihr Gesicht.

Die Frau war schön. Ihre Gesichtszüge waren von einzigartiger Klarheit und seltener Prägnanz. Die blasse Haut war bar jeden Makels und ihre wachen, dunklen Augen waren von seltsamer Eindringlichkeit. Ihre Statur hingegen hatte nichts von der Zartheit anderer attraktiver Frauen. Sie war athletisch, ja muskulös wie die eines Mannes, was sich deutlich zeigte, als sie ihren Mantel von den Schultern zog und über den Kleiderständer neben der Tür warf. Und trotzdem war ihr Körper weiblich genug, um ihrem wohlgestalteten Gesicht in nichts nachzustehen.

Die Fremde war offensichtlich alles andere als wehrlos, wie die beiden Dolchscheiden an ihrem Gürtel und die Selbstsicherheit, mit der sie den taxierenden Blicken der Leute begegnete, bezeugten.

Ohne Zögern steuerte sie auf die Theke zu.

„Junge, Junge", entfuhr es Liam anerkennend. „Die würd' ich auch nicht von der Bettkante stoßen."

Thorn lächelte.

„Ich weiß nicht. Wenn es die Kraft einer Frau vermag, mir Angst einzujagen, lass' ich lieber die Finger von ihr. Welcher Mann will schon den Kürzeren ziehen, wenn er mit seinem Weib in einen Streit gerät."

„Vielleicht ist sie nicht so stark, wie sie aussieht."

Thorn warf Liam einen zweifelnden Blick zu.

„Ich glaube zwar nicht, dass sie uns überwältigen könnte, aber allein die Möglichkeit reicht mir schon, um ihre Gesellschaft zu meiden."

Die Fremde stützte den Unterarm auf die Theke und winkte den Wirt heran, der sich sichtbar nervös auf den Weg machte und sie willkommen hieß.

Unbeteiligt legte die Frau ein Silberstück auf die Theke und ließ ihre Augen über das Regal mit den Spirituosen wandern.

„Ob sie sich besäuft?", fragte Liam. Offensichtlich gefiel ihm der Gedanke.

Thorn schüttelte grinsend den Kopf.

„Keine Ahnung. Ist mir, ehrlich gesagt, auch egal. Es ist nämlich Zeit für mich zu gehen."

Er stand auf und warf sich den Mantel über.

„Du bist im Übrigen eingeladen."

Liam grinste.

„Dein Edelmut kennt keine Grenzen."

Auch Liam stand auf und warf sich seinen Rucksack über die Schultern.

„Sag mal, hättest du etwas dagegen, wenn ich bei dir nächtige? Mein Geld reicht nicht mal für eine Bleibe bei den Schweinen im Stall, geschweige denn für ein Zimmer."

Thorn runzelte die Stirn.

„Ich nehme an, das hier hättest du auch nicht bezahlen können."

Er deutete auf den Tisch, wo Liams leerer Teller und mehrere Becher standen.

Liam lächelte entschuldigend.

„Du hast es erfasst."

„Für einen Verräter bist du ziemlich frech", fand Thorn.

„Und für jemanden, der verraten wurde, bist du ziemlich großzügig."

Thorn musste lächeln.

„Ja, das ist eine meiner größten Schwächen."

Als er Liam die Tür aufhielt, warf er einen letzten Blick zurück zur Theke.

Die Frau lehnte entspannt am Tresen, in ihrer Rechten hielt sie einen Becher. Bevor er wegsehen konnte, traf ihn ihr Blick und Thorn fühlte, wie sich sein Pulsschlag merklich beschleunigte. Doch dann wanderten ihre Augen weiter durch den Gastraum und der Bann war gebrochen.

Mit leisem Unbehagen folgte Thorn Liam durch die Tür nach draußen.

In den Straßen Valianors herrschte Totenstille. Selbst um diese Zeit war das eigenartig. Thorn lief schweigend neben Liam her, der ehrfürchtig die gewaltigen Säulen des Gryphostempels betrachtete. Das mächtige Gebäude ragte am Rand der breiten Straße empor, die die Hauptschlagader Valianors bildete.

Schon von Weitem zog der atemberaubend schöne Tempel die Blicke auf sich. Die breiten weißen Marmortreppen endeten in einer säulenumrankten Vorhalle und waren von zwei hohen Sockeln flankiert, auf denen jeweils ein aus schwarzem, glatt geschliffenem Basalt gehauener Greif thronte, der mit kalten scharfen Augen auf die Passanten herunterstarrte. Der von Säulen zur Gänze umrahmte Vorbau, der quer zum Hauptgebäude verlief, war von solch enormen Ausmaßen, dass er eher einem Platz, denn einem Gebäudeteil glich. Zwischen den Säulen standen riesige Marmorbecken, bis zum Rand mit klarem Wasser gefüllt, in welchen sich das Licht der unzähligen Fackeln spiegelte, die den Säulengang säumten. Der Tempel war der Stolz ganz Valianors. Er war der Sitz des höchsten aller Götter des Imperiums und dieser stellte aus Sicht eines Valiani alle fremden Götter in den Schatten.

Das Gebäude war so sauber wie alle öffentlichen Bauten in Valianor. Alle zentralen Plätze und Straßen waren gepflegt und von bestechender Symmetrie, doch Thorn wusste, dass der schöne Schein trog.

„Hast du keine Familie hier?“, fragte Thorn.

„Ich war nie verheiratet, falls du das meinst. Meine Eltern leben nicht mehr und ich schätze, die Frauen, die ich irgendwann einmal hatte, wollen heute nichts mehr von mir wissen.“

Thorn nickte stumm und bog in die Via Aquae Gryphus ein, die einem der vier Aquädukte Valianors folgte.

„Wie steht’s mit dir?“, fragte Liam. „Wirst du dich wieder nach Frauen umsehen?“

Thorn antwortete nicht. Er mied Liams Blick und konzentrierte sich auf die Straße.

„Du willst nicht darüber sprechen“, stellte Liam fest.

Thorn schüttelte den Kopf. Also wechselte Liam das Thema.

„Wie weit ist es noch?“, fragte er, während er an der Häuserfront entlangblickte.

Sie waren in einer an mehrstöckigen Häusern entlangführenden schmalen Seitenstraße angelangt, deren nüchterner Baustil sich von dem des Villenviertels am anderen Ende der Stadt deutlich unterschied.

Thorn nickte zu einem kleineren, aber sehr gepflegten Gebäude hinüber, das zwischen zwei wuchtigen Häusern mit vorspringendem Säulengang zwar schmächtig, aber dafür umso einladender wirkte.

„Seit wann bezieht ein Waldläufer eigentlich einen festen Wohnsitz in der Stadt?“, fragte Liam und inspizierte den kleinen Vorgarten.

Vor einem der Fenster wuchs ein Olivenbaum und beanspruchte mit seinen ausladenden Zweigen beinahe den gesamten Garten.

„Das Haus verdanke ich einem glücklichen Händchen beim Würfeln“, antwortete Thorn trocken.

Liam grinste. „Und welcher arme Spieler sitzt nun auf der Straße?“

„Seinen Namen kenne ich nicht, aber er teilt sich mittlerweile einen hübschen, kleinen Abschnitt unter einem Brückenpfeiler mit anderen Obdachlosen.“

Er warf Liam einen Seitenblick zu.

„Scherz beiseite: Ich glaube, er konnte es sich leisten, eines seiner Häuser zu verlieren."

Die Tür ging auf und eine Sklavin eilte auf Thorn zu.

„Meine Güte, Herr, wie schön, dass Ihr wohlbehalten zurück seid! Wir haben uns unglaubliche Sorgen um Euch gemacht!"

Liams Grinsen war wie weggewischt. Er blickte Thorn anklagend an.

„Krieg dich wieder ein. Ich bezahle meine Sklaven. Natürlich weiß niemand davon, sonst würde man mit dem Finger auf mich zeigen und das passiert ohnehin öfter, als mir lieb ist."

„Und du, meine Liebe, nenn mich endlich bei meinem Namen", sagte Thorn in gespielt strengem Tonfall.

Verlegen nickte die Frau, zog dann aber ein besorgtes Gesicht.

„Was ist mit Eurer Gefährtin, Herr? Kitayscha ... Ist sie nicht mit Euch gekommen?"

Als sich Thorns Ausdruck verfinsterte, zögerte sie. Schließlich legte sie Thorn beruhigend die Hand auf den Oberarm. „Es tut mir sehr leid. Sie war eine beeindruckende Frau."

Damit nickte sie Liam kurz zu und eilte geschäftig hinter Thorn und dem ehemaligen Sklaven ins Haus.

Es dämmerte bereits, als Savinia für Liam ein kleines Zimmer herrichtete, das neben Thorns Zimmer lag. Liam fiel sofort ins Bett und realisierte nur noch am Rande, dass ihm die Sklavin mit dem hübschen roten Kleid und den kunstvoll zu einem Knoten zusammengesteckten Haaren gefiel. Einen Lidschlag später war er eingeschlafen.

Thorn starrte ein Zimmer weiter mit offenen Augen an die Decke. In jedem Winkel des Hauses hingen Erinnerungen an Kitayscha. Dieses Zimmer hatte er mit ihr geteilt, bevor sie ins Emlin-Tal aufgebrochen waren. Der Schmerz über ihren Tod lag wie ein Alb auf seinem Herzen.

Warum nur waren sie Testaceus' Anweisungen gefolgt?

Am nächsten Morgen, eigentlich war es schon Mittag, trottete Thorn verschlafen in die Küche, wo neben dem Feuer ein Waschzuber für ihn bereitstand. Obgleich es in Valianor mehr als unüblich war, sich in der Küche aufzuhalten, hatte Thorn darauf bestanden, sich nach albischen Sitten in seinem Haus einzurichten, und so war die Küche zum zentralen Raum geworden. Sie war zwar nicht groß, aber Thorn hatte einen massiven, eichenen Tisch und vier Stühle untergebracht.

Liam war noch nicht erschienen, als Thorn in den hölzernen Waschzuber stieg, der neben dem Kamin auf ihn wartete. Während er sich seinen Bart mit dem Messer entfernte und sich von oben bis unten abschrubbte, deckte Savinia den Tisch mit allerlei Leckereien. Mittlerweile wusste sie um Thorns Vorliebe für die albische Küche und achtete penibel darauf, nur das auf den Tisch zu bringen, was er besonders schätzte.

Nun standen ein Krug mit Ziegenmilch, zwei Becher mit dampfendem Tee und ein Brett, auf dem fünf dicke Scheiben Brot sowie Wurst und Käse lagen, auf dem Tisch.

Als Thorn seine Leinentunika überwarf und sich gerade setzen wollte, betrat Liam laut gähnend die Küche und musterte mit sehnsüchtigem Blick die Wanne auf dem Steinboden. Seine Haut hatte vermutlich schon mehrere Trideaden kein Wasser mehr gesehen.

„Nur zu!“, nickte Thorn ihm auffordernd zu. „Was mein ist, ist auch dein! Ich hoffe, es stört dich nicht, dass du mit meinem Dreckwasser vorliebnehmen musst.“

„Dem Hausherrn, was des Hausherrn ist“, murmelte Liam dankbar und entledigte sich seiner Kleider. Savinia schlug befangen die Augen nieder und wandte sich ab, während Liam sich mit einem genussvollen Seufzen ins Wasser gleiten ließ.

Nachdem Liam mit seinem Bad fertig war und sich abgetrocknet hatte, gesellte er sich zu Thorn an den Tisch.

Eine Weile saßen sie sich schweigend gegenüber und verloren sich in dem seltenen Genuss eines liebevoll zubereiteten Frühstücks. Es war das erste Mal seit Langem, dass Thorn einen Gast hatte, und es war ewig her, dass er die Gesellschaft als angenehm empfand. Es war, als hätte es zwischen dem ehemaligen Sklaven und ihm nie einen Konflikt gegeben.

Thorn konnte es nicht leugnen: Die Gesellschaft gefiel ihm.

Liam sorgte dafür, dass er sich gut fühlte – damals wie heute. Es blieb dabei. Er würde Liam bei seinen Plänen unterstützen. Immerhin war Thorn nicht hinter ihm, sondern hinter Cartius her.

Es war später Nachmittag, als ein Bote des Senatsvorsitzenden auftauchte. Savinia war gerade dabei, das Abendessen vorzubereiten, und hätte beinahe die Schüssel mit dem gewaschenen Gemüse durch die Küche geschleudert, als sie mit übertriebenem Eifer Richtung Tür stürmte.

Liam, der in unmittelbarer Nähe stand, fing das gute Stück geschickt auf und stellte es lächelnd wieder auf den Tisch. Ein freudig erregtes *Danke!* von Savinia war es allemal wert, sich bei einer so plötzlichen Bewegung die Schulter zu verreißen.

„Ave Valian!", begrüßte ein junger Mann im Leinengewand mit roter Schärpe und sauber rasiertem Gesicht Savinia, als sie die Tür öffnete. „Bring dies zu deinem Herrn! Es ist eine Nachricht vom Senatsvorsitzenden Antonius Virgil Testaceus!"

Savinia beeilte sich, das Schriftstück zu Thorn in die Küche zu bringen, wo Liam immer noch lässig am Tisch lehnte und jeden ihrer Handgriffe beobachtete, nachdem sie ihre Arbeit wieder aufgenommen hatte.

Thorn setzte sich und las laut vor:

Lieber Thorn, der Senat hat entschieden. Ich erwarte dich morgen am späten Nachmittag im Besprechungsraum meiner Villa. Testaceus.

„Das ist deine Gelegenheit, Liam", begann er nach einer kurzen Pause. „Bist du bereit dafür?"

„Aber sicher doch!", grinste Liam und ließ sich in den Stuhl gegenüber fallen. Dann beugte er sich über den Tisch und dämpfte seine Stimme zu einem geheimnisvollen Flüstern. „Was denkst du über den Verrückten, der gestern im *Gladiator* für Stimmung gesorgt hat?"

Thorn runzelte fragend die Stirn.

„Wen meinst du?"

„Ich glaube, sein Name war Farach."

Schulterzuckend griff Thorn nach der Ziegenmilch, die Savinia auf den Tisch stellte.

„Keine Ahnung, was ich von seinem Gerede halten soll. Ich weiß nur, dass es in Aschran jemanden gibt, der dem Senat zu schaffen macht. Als ich das letzte Mal bei Testaceus war, sprach er jedenfalls von einer *Bedrohung aus dem Süden*."

„*Der Alte! Der Alte vom Berg!*", flüsterte Liam mit unheilschwangerer Stimme und imitierte den Betrunkenen so gekonnt, dass Thorn laut auflachte.

„Genau der!", grinste Thorn. „Aber ob alt oder nicht, er schafft es jedenfalls das Oberhaupt des Valianischen Imperiums in Angst und Schrecken zu versetzen."

Liam schlürfte geräuschvoll seine Milch aus dem hölzernen Becher und grinste.

„Der Senatsvorsitzende wäre sicher hocherfreut, wenn wir ihm Farach, den Händler, als Berater in Sachen *Bedrohung aus dem Süden* empfehlen würden. Ich kann mir lebhaft vorstellen, wie der hässliche Knilch an einer gedeckten Tafel in Testaceus' Villa lungert und grunzend von den Machenschaften eines schwarzen Magiers berichtet, während ihm der Sabber vom Kinn tropft."

Thorn nickte schweigend. Der Auftritt des Südländers war ihm trotzdem nicht geheuer gewesen und irgendetwas sagte ihm, dass mehr an seinem Vortrag dran war, als es zunächst den Anschein hatte.

Als Thorn und Liam am nächsten Tag in den Besprechungsraum des Senatsvorsitzenden geführt wurden, fühlte sich Thorn plötzlich unbehaglich. Und als er nach Testaceus Ausschau hielt, registrierte er aus dem Augenwinkel, wie jemand durch einen weiteren Eingang zu seiner Linken verschwand. Er erhaschte gerade noch den schwarzen Saum einer samtigen Robe, bevor sich die Tür schloss.

Thorns Blick verfinsterte sich. Das beklemmende Gefühl in seiner Brust war wie ein Mahnmal, das zu ignorieren unklug gewesen wäre. Sein Instinkt ließ ihn selten im Stich. Aber bevor er sich weitere Gedanken darüber machen konnte, steuerte Testaceus breit lächelnd an Pentorius' Büste vorbei auf ihn zu.

„Ave Valian!“, begrüßte er Thorn und schüttelte beherzt seine Hand.

Als sein Blick auf Liam fiel, der etwas unbeholfen im Hintergrund stand, zog Testaceus seine Hand zurück.

„Mit wem habe ich hier *noch* die Ehre?“, fragte er, ohne sein Missfallen über einen weiteren, noch dazu unangekündigten Besucher zu verhehlen.

Bevor Liam antworten konnte, tat es Thorn für ihn.

„Das ist Liam O'Neill“, gab er bekannt, ohne auf Testaceus' Irritation einzugehen. „Ich habe ihn dir gegenüber bereits erwähnt.“

Testaceus' Augenbrauen hoben sich in sichtbarem Erstaunen. Er musterte Liam von Kopf bis Fuß, bis er sich gefasst zu Thorn umdrehte.

„Nun, ich nehme an, du hast einen guten Grund dafür, dass er dich begleitet, als wäre er ein Freund und kein Verräter.“

„Das habe ich tatsächlich.“

„Allerdings“, fuhr Testaceus fort, ohne Thorns Antwort überhaupt zur Kenntnis zu nehmen, „muss ich dich korrigieren. Du hast O'Neill nicht *mir*, sondern dem *Senat* gegenüber erwähnt. Das ist ein feiner Unterschied.“

Der Vorwurf war zu erwarten gewesen und ließ Thorn unbeeindruckt.

„Aber ich denke, du warst zu sehr damit beschäftigt, deine zweifellos aufreibenden Erinnerungen an die Schlacht zu verarbeiten. Und darum will ich dir die kleine Nachlässigkeit verzeihen, den Verräter unerwähnt gelassen zu haben.“

„Sein Name ist Liam“, setzte Thorn neu an.

Testaceus schwieg und wies stattdessen auf die leeren Stühle um den großen Tisch herum.

„Was hat es mit dem Sklaven auf sich?“, kam Testaceus unumwunden zum Thema, nachdem sie sich gesetzt hatten. „Ich hoffe, seine Anwesenheit ist nicht auf deine Neigung zurückzuführen, an das Gute im Menschen zu glauben, Thorn.“

„Nicht ganz.“

Thorn bedachte Testaceus mit einem geringschätzigen Blick, den der Senatsvorsitzende mit leichtem Ärger registrierte.

„Liam …“, Thorn betonte den Namen mehr als nötig und wies mit dem Kinn auf den ehemaligen Sklaven, „… ist mir nach Valianor gefolgt. Wie ich bereits vor dem Senat kundgetan habe, hatte ich so einen Verdacht. Warum er das tat, soll er dir selbst berichten.“

Er wandte sich Liam zu, der sich bislang ruhig verhalten hatte, weil er die valianischen Sitten kannte, zu denen gehörte, in Anwesenheit eines Höhergestellten zu schweigen, bis einem das Wort erteilt wurde. Liam nickte und als Testaceus ihn zum Sprechen anhielt, begann er jene Geschichte auszurollen, die er Thorn im *Gladiator* erzählt hatte.

Thorns Gedanken schweiften ab. Seine Augen wanderten durch den Raum und blieben an der Tür haften, durch die die Gestalt in dunkler Robe verschwunden war. Vermutlich handelte es sich dabei nur um einen von Testaceus' Beratern, aber es gefiel ihm nicht, dass dieser bei ihrem Eintreffen so eilig das Weite gesucht hatte. Testaceus' Verschwiegenheit, sein andauerndes Bemühen, Thorn aus seinen Geschäften rauszuhalten und ihm wesentliche Informationen zu versagen, wäre nachvollziehbar, wäre er nichts weiter als einer von Testaceus' Handlangern. Thorn hingegen war der Ansicht, dass es sich mittlerweile um eine Freundschaft handelte und einen Freund bezog man ein. Vertrauen gedieh nur dort, wo der Boden keine Geheimnisse barg. Testaceus sah das offensichtlich anders oder er legte ganz einfach keinen Wert auf sein Vertrauen.

„Deine Informationen könnten durchaus hilfreich sein“, räumte Testaceus gerade ein. Offensichtlich war Liam zu einem Ende gekommen. „Aber wirklich nützen würden sie Rosmerta. Sie ist schließlich diejenige, die sich gegen Cartius' Armee behaupten muss. Inzwischen ist sie zum Isola-Pass aufgebrochen, um ihn dort mit ihrem Heer zu stellen. Ich werde dich zu ihr bringen lassen. Rosmerta soll dann nach eigenem Gutdünken über dich verfügen.“

Thorn stutzte. Demnach hatte Rosmerta in nur zwei Tagen ihr Amt als Kommandantin übernommen. Davon abgesehen ärgerte es ihn, dass Testaceus Liam keinerlei Respekt entgegenbrachte. Aber zumindest war die Sache soweit geklärt, dass sie sich nun anderen Dingen zuwenden konnten. Er wollte endlich die Entscheidung des Senats hören und erfahren, was Testaceus im Fall *Cartius* noch mit ihm beabsichtigte. Möglicherweise war Liams Auftauchen in dieser Angelegenheit eine glückliche Fügung. Irgendjemand musste ihn schließlich zu Rosmerta bringen.

„Aber vorher wirst du mir alles mitteilen, was du über Cartius weißt", verlangte Testaceus und unterbrach damit Thorns Gedanken.

„Und wer garantiert mir, dass Rosmerta mich nicht liquidieren lässt, nachdem ich Euch alles verraten habe? Wenn Ihr vorher schon alles wisst, habe ich keinerlei Absicherung."

„Mit Verrätern verhandle ich nicht", antwortete Testaceus gleichgültig. „Entweder du richtest dich nach mir oder ich lasse dich hier und jetzt festnehmen."

Liam schwieg, aber Thorn konnte förmlich spüren, wie sich in seinem Kopf die Gedanken überschlugen. Er hätte es verhindern können, dass Liam in diese unangenehme Lage geriet. Liam hätte sich einfach absetzen können, anstatt sich in die Höhle des Löwen zu begeben. Doch dies hatte der ehemalige Sklave selbst offenbar nie in Betracht gezogen, was Thorn wiederum gefiel.

Thorn rückte sich angespannt im Stuhl zurecht. Irgendetwas hier war nicht so, wie es sein sollte. Irgendetwas in seinem Inneren warnte ihn. Nur wusste er weder, was es war, noch, wovor es ihn warnte.

Liam wollte gerade dazu ansetzen, von Cartius zu erzählen, als sich Testaceus eines Besseren besann: „Warte, ich denke, wir klären das unter vier Augen. Kümmern wir uns zunächst um die wirklich wichtigen Punkte."

Liam sah überrascht auf, schwieg aber.

„Du bist entlassen, O'Neill", machte Testaceus deutlich. „Warte draußen, bis ich dich wieder rufen lasse."

Thorn gab Liam einen beruhigenden Klaps auf die Schulter, als dieser sich erhob.

Nachdem Liam in schweigsamer Ernüchterung den Raum verlassen hatte, berichtete Testaceus in knappen Worten, dass der Senat Thorn und Rosmerta die Flucht aus dem Emlin-Tal nicht weiter vorzuhalten beabsichtigte. Offenbar war man zu dem Schluss gekommen, dass sie angesichts der kritischen Umstände richtig gehandelt hatten, wobei der Senator Clarinius hier sicher anderer Meinung war.

Es war Thorn egal. Für ihn zählte im Augenblick nur eine Sache: Er musste so schnell wie möglich zum Isola-Pass.

„Rosmerta hat mich um zwei den valianischen Legionen nicht angehörige Leibwachen gebeten“, wechselte Testaceus ad hoc das Thema. „Hast du eine Ahnung, weshalb?“

„Ich habe damit aufgehört, über Rosmertas Beweggründe nachzudenken“, antwortete Thorn trocken. „Und im Augenblick interessiert es mich viel mehr zu erfahren, was du weiter für mich geplant hast?“

„Genau darum geht es“, sagte Testaceus. Er stand auf, schritt zur Tür und öffnete sie.

Überrumpelt verfolgte Thorn, wie zwei Fremde den Raum betraten und geradewegs auf die Tafel zusteuerten, so als hätten sie schon eine ganze Weile darauf gewartet, eingelassen zu werden. Einer von ihnen war unverkennbar ein Krieger – ein Vallander, wie Thorn vermutete. Er war zwar nicht besonders groß, aber dafür von beeindruckend breitem Körperbau. Seine Muskeln waren erstaunlich und Thorn konnte sich einen bewundernden Blick nicht verkneifen. Zwar bevorzugte er im Kampf den drahtigeren Typ an seiner Seite, der für gewöhnlich gewandter und schneller war, doch dieser Mann war derart respekteinflößend, dass er einem allein durch seine Erscheinung einen entscheidenden Vorteil im Kampf Mann gegen Mann einbringen würde.

Wie bei den nordischen Barbaren üblich, hatte er rotes Haar, das ihm in langen, struppigen Strähnen über seine Schultern fiel und einen langen, in zwei dicke Zöpfe geflochtenen Bart. Er trug eine schwere Kettenrüstung, schien ihr Gewicht aber kaum wahrzunehmen. Obwohl er auf den ersten Blick äußerst bedrohlich wirkte, konnte Thorn in seinem Gesicht nichts Beunruhigendes entdecken. Ganz im Gegenteil: Seine grauen Augen zwinkerten ihm lustig zu.

Neben ihm und von ähnlich muskulöser Statur, wenn auch etwas schmaler, hatte die zweite Gestalt ihren Kopf leicht gesenkt und die Kapuze ihres schwarzen Mantels tief in ihr Gesicht gezogen, sodass Thorn es nicht sehen konnte. Sie sagte nichts und fühlte sich auch nicht dazu veranlasst, ihn anzusehen. Stattdessen ließ sie sich in den Stuhl gegenüber gleiten. Thorn registrierte, dass ihre Bewegungen von einer Geschmeidigkeit waren, die er ihrer kräftigen Statur nicht zugetraut hätte.

Während der Vallander plump auf den Stuhl zu ihrer Linken fiel, begab sich Testaceus an den Kopf der Tafel zurück.

„Dies sind Bargh Barrowsøn aus Valland und Chara Viola Lukullus."

Bei diesen Worten zog die Gestalt neben Bargh ihre Kapuze vom Kopf und nickte Thorn zu.

Thorn sog geräuschvoll die Luft ein. Bei der Unbekannten handelte es sich tatsächlich um eine Frau. Aber nicht um irgendeine. Das schöne Gesicht, der athletische Körperbau, die Geschmeidigkeit, mit der sie sich bewegte … Dies alles war ihm bekannt. Und wäre Liam noch hier gewesen, wären ihm jetzt vermutlich dieselben Gedanken durch den Kopf geschossen wie Thorn. War es ein Zufall, dass sie im *Gladiator* gewesen war und ihm jetzt gegenübersaß? Vermutlich.

Nachdem er den ersten Schreck überwunden hatte, gab er sich so gelassen wie möglich, ohne allerdings verhindern zu können, dass sein Blick interessiert über den unglaublichen Körper der Frau wanderte – von den starken Armen über die breiten Schultern bis hin zu ihren schwarzen Augen, wo er schließlich hängenblieb.

Sie erwiderte seinen Blick, aber ihr Ausdruck war unergründlich.

Bargh dagegen beugte sich überraschend über den Tisch, ergriff höchst erfreut Thorns Hand und riss ihn beinahe vom Stuhl, als er sie kräftig schüttelte. Thorn biss die Zähne zusammen, zwang sich aber ein höfliches Lächeln ab.

„Thorn Gandir!", dröhnte die tiefe Stimme des Barbaren durch den spärlich möblierten Besprechungsraum. „Es ist mir eine Ehre! Besser könnt' ich's gar nich' erwischen, nich'?"

Er grinste den Senatsvorsitzenden euphorisch an und deutete dabei auf Thorn. „Ich meine, einem richtigen Helden unter die Arme zu greifen! Wer hätte das gedacht!"

Testaceus lächelte amüsiert und plötzlich lief es Thorn kalt über den Rücken. Einen winzigen Augenblick hatte er das Gefühl, als wären sie nicht die einzigen Ohrenzeugen im Raum. Irgendjemand hörte mit. Als er aber seinen Blick auf Testaceus heftete, der ein zahmes Lächeln auf den Lippen trug, verlor sich dieses Gefühl. Seine Bedenken entschlossen beiseiteschiebend, griff er nach dem Krug und füllte die Becher der Anwesenden mit Wein.

„Es tut mir leid, Euch enttäuschen zu müssen, Bargh", sagte Testaceus, „aber Ihr seid nicht zu *seinem*, sondern zum Schutz der Oberbefehlshaberin Rosmerta hier."

„Ach so", murmelte Bargh und sein Gesicht nahm einen enttäuschten Ausdruck an, doch als Testaceus hinzufügte, dass Rosmerta auch *Heldin* geheißen wurde, hellte sich seine Miene wieder auf und er griff gut gelaunt nach seinem Becher.

„Dies sind also die neuen Leibwachen für Rosmerta", kam Thorn zum Thema zurück. „Ich bin mir nicht sicher, ob sie deinen Geschmack teilt, Antonius."

„Nach allem, was ich über die beiden in Erfahrung bringen konnte, sind sie bestens für diese Arbeit geeignet."

Testaceus faltete seine Hände, wie er es so oft tat, wenn es um etwas ging, das ihm wichtig war.

„Ich brauche jemanden, der Chara und Bargh zum Isola-Pass bringt … Und natürlich unseren kleinen Spitzel", korrigierte er sich, Thorns forschendem Blick gelassen standhaltend. „Du kennst die Gegend, und, was noch wichtiger ist: Rosmerta vertraut dir. Immerhin wurde sie schon einmal getäuscht."

Ah ja, wunderbar! Er hatte also richtig vermutet. Testaceus hatte nicht vor, ihn aus der Akte *Cartius* zu streichen.

Eine plötzliche Ahnung befiel Thorn und rief Rosmertas Gesicht vor sein inneres Auge. *Leibwächter, die nicht dem valianischen Militär entstammten?* Es gab da in der Tat einen Grund, der Rosmerta zu einer solchen Maßnahme verleiten konnte. Wenn eine Bedrohung von den eigenen Leuten nicht als solche wahrgenommen wurde, brauchte man

Schutz aus einem unvoreingenommenen Lager. Fakt war, dass Thorn unter den Legionären ein großes Ansehen hatte. Immerhin war er ein Held des Valianischen Imperiums. Legionäre als Leibwächter waren keine gute Idee, sofern Rosmerta plante …

Thorn unterdrückte ein Lächeln. Rosmerta traf Vorkehrungen, sich vor *ihm* zu schützen! Hatte sie etwa vor, ihn von seinem Platz innerhalb des valianischen Systems zu verdrängen? Zuzutrauen wär's ihr.

„Ich werde deinem Wunsch nachkommen, Antonius", gab er nüchtern seine Antwort. Die Erleichterung, die daraufhin über Testaceus' Gesicht glitt, blieb ihm nicht verborgen. Ebenso wenig wie der Frau im dunklen Mantel.

Plötzlich spürte Thorn ihren Blick auf sich. Und als er ihn erwiderte, zuckten ihre Augen zu Testaceus weiter. Da war ein unwillkürlich aufkeimendes Interesse, das ihn stutzig machte. Diese Chara war zweifelsohne eine Frau von verwirrender Präsenz. Und das gefiel Thorn ganz und gar nicht. Sie wirkte nicht arrogant, doch machte sie den Eindruck, als würde sie die ganze Sache nichts angehen oder als wäre dieses Gespräch unter ihrer Würde. Ihr Gesicht wirkte teilnahmslos und trotzdem war sich Thorn sicher, dass sie jedes Detail des Gesprächs mitbekam.

Plötzlich sah sie zu ihm zurück und ihr Blick bohrte sich in seinen Kopf. Thorn musste sich abwenden und heftete seine Augen betreten auf Testaceus.

„Du schickst also deine Legionen zum Isola-Pass, um das Sklavenheer dort aufzuhalten", bemerkte er mehr aus Verlegenheit, denn aus Interesse.

Erleichtert stellte er fest, dass sich die Aufmerksamkeit der Fremden erneut auf Testaceus richtete, der nachdenklich seinen Becher drehte.

„So ist es."

Thorn lächelte. Natürlich, der Isola-Pass war ein vorteilhafter Engpass, um dem zahlenmäßig überlegenen Sklavenheer Paroli zu bieten. So hatten Cartius' Männer nicht die Möglichkeit, sich der valianischen Armee mit ihrem gesamten Aufgebot entgegenzustellen. Vielmehr waren sie gezwungen, nach und nach, Reihe um Reihe zu kämpfen, und das bedeutete eine gewaltige Eindämmung ihres Kraftpotentials. Trotzdem würde Cartius nichts anderes übrig bleiben, als seine Leute über diesen Pass zu schicken, denn er war der einzige Weg, der aus dem Nadrus-Tal nach Valianor führte – jedenfalls für ein Heer dieses Ausmaßes.

Testaceus erklärte, dass sich mittlerweile gut drei Viertel der Magiergilde dem valianischen Heer angeschlossen hätten, eine Tatsache, die bisher undenkbar gewesen war. Die Magiergilde Valianors war eine autonome Vereinigung. Sie unterstand niemandem. Ihre Mitglieder hielten sich prinzipiell aus politischen Angelegenheiten heraus. Sie lebten nach eigenen Gesetzen und hatten eigene Probleme zu bewältigen. Die Magier arrangierten sich lediglich mit der valianischen Justiz, der sie wohlwollend gegenüberstanden. Darum war Thorn über diese Neuigkeit mehr als überrascht. Selbst Chara, wenn er ihren Namen richtig verstanden hatte, hob verwundert eine Augenbraue.

„Und wie viele Soldaten hat der Senat zum Isola-Pass geschickt?“, wollte Thorn wissen.

Bargh, der schon seinen vierten Becher geleert hatte, mischte sich neugierig ein: „Genau, wie viele hast du, Verzeihung, habt Ihr denn nu’ geschickt?“

Thorn unterdrückte ein Grinsen und nahm hastig einen Schluck, während Testaceus ihm lächelnd zuzwinkerte. Er ignorierte die Geste.

„Sechs Kohorten der 23. Legion unter Zenturio Gambini“, antwortete Testaceus schließlich. „Darunter eine Kohorte Bogenschützen. Und die 2.400 Magier, wobei der Hohe Rat der Gilde fast vollzählig angetreten ist und mit ihnen der Gildenmeister Albontius.“

Wieder hob sich eine von Charas spitzen Augenbrauen. Ganz offensichtlich war der Leibwächterin klar, dass die Beteiligung eines Gildenmeisters an einem politischen Krieg der Valiani eine noch nie dagewesene Ausnahme darstellte.

Bargh, der anscheinend jedes Detail des Gesprächs mitbekommen wollte, beugte sich jetzt so weit über den Tisch, dass er Chara den Blick auf den Senatsvorsitzenden nahm.

Sie rührte sich keinen Deut.

„Ich möchte dir ja nicht die Laune verderben, aber hättest du etwas dagegen, dich nicht noch breiter zu machen, als du ohnehin schon bist?“, bemerkte sie trocken.

Thorn fiel auf, dass sie eine ungewöhnliche Stimme hatte – heiser und ziemlich tief für eine Frau.

Bargh fiel schwerfällig auf seinen Stuhl zurück und tätschelte zähnebleckend Charas Arm.

„Wisst ihr“, wandte er sich breit lächelnd an die anderen, „meine Begleiterin hier hat was gegen Leute, die sich gelegentlich amüsieren wollen. Aber ich bin mir sicher, sie wird auch noch auf ihre Kosten kommen.“

„Das will ich doch hoffen“, murmelte Thorn und prostete Bargh zu. Er spürte Charas Blick auf sich, lenkte sein Augenmerk aber nichtsdestotrotz auf Testaceus.

„Wie Liam sagte, besteht das Sklavenheer aus etwa 300.000 Mann. Dreihunderttausend! Warum schickt der Senat nicht ein größeres Aufgebot? Denkst du etwa, diese sechs Kohorten einschließlich Bogenschützen reichen, auch wenn sie von den Magiern unterstützt werden?“

Testaceus funkelte Thorn zornig an.

„Ich habe dir bereits erklärt“, antwortete er gedämpft, „dass wir nicht noch mehr Soldaten aufbringen können. Ich sagte es dir bewusst unter vier Augen, wenn du dich erinnerst. Unsere Strategie ist an der geringen Zahl der Soldaten ausgerichtet. Davon abgesehen hat sich erneut ein altes Problem aufgetan. Du erinnerst dich sicher an Admiral Herkul Polonius Schroeder …“

Thorn horchte auf. „Dieser Wahnsinnige von einem Piraten, der dachte, er könne mit nur einem Schiff die Befreiung deines entführten Neffen vereiteln?“

„Es wäre ihm ohne Weiteres gelungen, hätte nicht ein Teil meiner Flotte eingegriffen und euch den Rücken gedeckt“, gab Testaceus zu bedenken. „Und ja, genau der. Er setzt derzeit den valianischen Handelsschiffen böse zu. Seine Piratenflotte kreuzt wieder vor Valianor. Der Senat muss sich jedenfalls dieser Sache annehmen. Du siehst also, wir haben keine Möglichkeit, ein größeres Heer gegen Cartius aufmarschieren zu lassen. Außerdem vertraue ich auf *Rosmertas* Fähigkeiten", setzte Testaceus ihren Namen provokativ ins Zentrum der Diskussion und Thorn musste an sich halten, um keine ironische Bemerkung zu machen. Gleichzeitig versuchte er das Stechen in seiner Brust zu unterdrücken, das bei der Erwähnung seines damaligen Auftrags eingesetzt hatte. Mit der Befreiung des Neffen hatte seine Beziehung mit Kit zu bröckeln begonnen.

„Nun, Thorn, sind jetzt alle Unklarheiten beseitigt?"

„Natürlich."

Thorn konnte die Ironie nicht länger aus seiner Stimme halten. Testaceus hatte das heikle Thema beendet, noch bevor er weiter nachbohren konnte. *Keine weiteren Informationen – alles wie gehabt.*

„Ich werde Chara und Bargh also zu Rosmerta bringen, um am Isola-Pass … was genau zu tun?"

Testaceus antworte nicht gleich und Thorn hatte den Eindruck, er wog seine Antwort genauestens und in stiller Vorsicht ab.

Wieder spürte er Charas Blick auf sich und erneut stellte er fest, dass ihn diese Tatsache verunsicherte.

„Es ist deine Entscheidung, ob du dich an der Schlacht gegen den Sklavenführer beteiligst oder nicht, Thorn", sagte Testaceus schließlich. „Vielleicht betrachtest du dies als eine Gelegenheit, dich für Kitayschas Tod zu rächen … vielleicht auch nicht."

Das Schulterzucken, das er ans Ende seiner Worte setzte, war wie ein Affront gegen alles, was für Thorn noch Bedeutung hatte. Testaceus hatte seine Worte äußerst wirksam eingesetzt. *Ehre, wem Ehre gebührt!* Genau damit, das wusste Testaceus, konnte er ihn ködern.

Thorn stand auf.

„Dann hat sich hier für mich alles geklärt. Du entschuldigst mich, Antonius?"

„Natürlich."

„Wir brechen bei Morgengrauen auf", wandte er sich Bargh und Chara zu.

Beide nickten schweigend und Thorn beeilte sich, aus dem Besprechungsraum zu kommen.

Als er die Tür hinter sich zugezogen hatte, kamen ihm erneut Charas Augen in den Sinn. Wie würde es sich wohl anfühlen, diese Frau ständig um sich zu haben? Genau das würde in den kommenden Tagen nämlich der Fall sein.

Catrudag, 1. Trideade im Trollmond/347 nGF

Kampf

Was tun wir, bevor wir uns entscheiden, zu kämpfen?

Dies ist die erste und grundlegende Frage und die Antwort ist einfach: Wir wägen ab, ob und wofür es sich zu kämpfen lohnt.

Der Waldläufer hatte diese Hürde bereits genommen. Thorn Gandir wusste, wofür es sich zu kämpfen lohnt, doch, bei der Treue zu meinem Herrn, er hatte keine Ahnung, auf welchem Boden sich ein Kampf wie dieser austragen ließ. Er wusste weder, was genau jener wohlgestaltete Begriff der *Ordnung* beinhaltet, in dessen Namen sich alle sonnten, die dem Licht zugetan waren, noch wusste er, ob jene, die auf seiner Seite standen, tatsächlich ein hehres Ziel verfolgten oder ihm wohlgesinnt waren.

Nein, Thorn kannte den Boden nicht, auf dem er sich dazu hinreißen ließ, nach seinem Schwert zu greifen und in den Kampf gegen *das Chaos* zu ziehen.

Die Ordnung hatte und hat längst nicht so lichte Aspekte, wie sie sich gemeinhin darstellt. Sie ist längst nicht so gesetzestreu, wie ihr Name es so vehement zum Ausdruck bringt.

Aber beides, *Chaos und Ordnung,* waren uns damals sinnleere Begriffe und ich will mir nicht schon zu Beginn meiner Reflektionen den Verstand mit haltlosen Gedanken über die beiden Urmächte vernebeln. Thorn Gandir hatte gelebt, geliebt und gelitten und machte das *Chaos* für all sein Leid verantwortlich. So jedenfalls hat er sich mir offenbart.

Was aber wissen wir über Menschen, die sich wie Gandir dem Kampf *für* die Liebe und *gegen* den Tod widmen? Was wissen wir über die, die das *Chaos* in seiner lebensverachtenden Natur ablehnen?

Nun ja, wir wissen, dass sie vor allem eine Sache für sich in Anspruch nehmen: Die Erkenntnis, dass das Gute bewahrt und das Böse vernichtet werden muss.

Und wie gelangen sie zu jener Gewissheit?

Sie alle haben irgendwann einmal geliebt. Und jeder von ihnen glaubte, erkannt zu haben, dass sich in der Liebe das Gute dieser Welt widerspiegelt.

Ich behaupte wiederum, dass die Liebe uns auf uns selbst und unsere Bedürfnisse zurückwirft und dass sie deshalb als gefährlich eingestuft werden muss. Ich behaupte damit *nicht*, dass die Liebe schlecht oder falsch ist. Doch sie ist heimtückisch und jeder, der in ihrem Namen kämpft, ist ein Sklave seiner Gefühle, ein Handlanger seiner naturgegebenen Neigung, glücklich zu sein. Der Waldläufer beweist es uns. Vom Anbeginn der Geschichte wird er von egomanischen Motiven gesteuert – von dem Sinnen auf die Rettung seiner geliebten Elfe, dem Wunsch, mit ihr ein friedliches Leben zu leben, von dem Bedürfnis, sich für ihren Tod zu rächen, dem Drang, seinem ganz persönlichen Dasein einen ganz besonderen Sinn zu verleihen, indem er sich als *Held der Ordnung* zu etablieren gedenkt.

Ich will hier nicht den Wert des Waldläufers schmälern oder seinen guten Willen verunglimpfen. Ich weiß besser als die meisten, wozu Thorn Gandir fähig war oder was er geleistet hat. Ich sehe mich lediglich dazu angehalten, mir ein paar essenzielle Fragen zu stellen, die mich noch lange und nachdrücklich verfolgen werden ...

Das Valianische Imperium ist – wie könnte man es treffend formulieren? – „sauber". Manch einer hält viel von geordneten Systemen wie diesem und legt gesteigerten Wert auf Disziplin, wie sie sich in der Struktur des valianischen Militärs und im Gewand des Senats präsentiert. Thorn nicht, was ihn in meinen Augen sympathisch macht. Seine Suche nach dem höchsten Gut mag zwar die Herrschaft der *Ordnung* zum Ziel haben, doch die *Ordnung* selbst entspricht nicht dem Wesen des Waldläufers. Thorn interessiert vor allem eines: *Er will, dass die Wesen unserer Welt einander lieben.* Ein ehrvolles Begehr, wie man meinen möchte. Und dabei will ich es vorerst auch belassen. Ich belasse es bei der Feststellung, dass Thorn Gandir am Beginn eines Kampfes stand, der einen Sieg der *Ordnung* bezweckte. Und zwar aus dem einfachen Grund, weil er dachte, die Macht der *Ordnung* gewährleiste den Fortbestand des Lebens und damit den Sieg der Liebe über den Tod.

Rosmertas Rache

Schon bei ihrem Aufbruch zeigte sich, dass Bargh und Chara unterschiedlicher nicht sein konnten. Während Bargh das Gespräch mit Thorn und Liam suchte und sie bereits nach einem kurzen Ritt von der höflichen zur freundschaftlichen Anrede übergegangen waren, blieb Chara reserviert und zog es vor, hinter den anderen zu reiten. Das ließ zumindest den Schluss zu, dass sie die Gegebenheiten gern im Blick hatte.

Ansonsten konnte sich Thorn kein genaues Bild von der Söldnerin machen. Sie war zweifelsohne eine Einzelgängerin so wie er, wenn auch mit dem Unterschied, dass er eine gute Gesellschaft der Einsamkeit vorzog. Chara hingegen schien keinerlei Bedürfnis zu haben, sich den anderen anzunähern, eine weitere Eigenschaft, die ihn verunsicherte. Thorn war sehr daran gelegen, zu wissen, wen genau er um sich hatte. Bei Chara würde es schwierig werden, an dieses Wissen heranzukommen.

Liam wiederum hatte sich von Charas Zurückhaltung nicht verunsichern lassen und einen Annäherungsversuch unternommen, bei dem er ganz klar auf Granit gebissen hatte. Die Frau mit dem finsteren Blick hatte ihn ziemlich grob in die Schranken verwiesen, als er sie scherzhaft zu sich heranziehen wollte. Damit waren die Fronten vorerst geklärt.

Während des ersten Tages ihres Rittes zum Pass hatte die Sonne unbarmherzig vom Himmel gebrannt und ihnen den Schweiß auf die Stirn getrieben. Ob der für den Bärenmond unüblich hohen Temperaturen war der Boden staubig und die vereinzelt wachsenden Sträucher hatten aufgrund des ausbleibenden Regens noch nicht begonnen auszutreiben. Thorn hatte sich noch immer nicht an das heiß-trockene Klima seiner neuen Heimat gewöhnt und träumte sich allenthalben in die schattigen Wälder des südlichen Albas zurück. Jaslana pflegte immer zu sagen: *Der Verstand ist ein Schattenkind. Die Hitze lässt den klaren Gedanken vertrocknen, bis das unkontrollierbare Verlangen der Seele Feuer fängt und alle Vernunft verzehrt.*

Elfen waren Geschöpfe des Waldes. Sie mieden heiße Regionen und bevorzugten ein gemäßigtes Klima. Kit war diesbezüglich anders gewesen als ihre Artgenossen. Sie hatte sich gut an die Hitze der Sommermonde im Valianischen Imperium angepasst und beklagte sich nie. Vielleicht weil sie nichts davon hielt, wenn sich die Leute beklagten.

Es war schon dunkel, als sie an einem kleinen Bach das Lager für die Nacht aufschlugen. Mehrere Weiden säumten das flache Ufer. Die Erde war nahe dem Wasser feucht und dicht mit jungem Gras bewachsen. Der schmale grüne Streifen hatte von Weitem wie ein Stück Heimat in der Fremde gewirkt und Thorn magisch angezogen.

Sie schlugen ihr Zelt neben einem glatten Felsen auf, der stellenweise mit Moos und Farnen bewachsen war, wobei sich Bargh und Liam als recht brauchbar erwiesen, während Chara untätig herumstand und schweigend die Gegend begutachtete.

Nachdem Liam Zweige und Laub gesammelt und mit Feuerstein und Zunder ein kleines Feuer entzündet hatte, kümmerte sich Thorn darum, aus den mitgebrachten Vorräten eine Art Eintopf zu kreieren. Seine Kochkünste erzeugten allerdings nur bei Bargh ein genussvolles Stöhnen. Chara und Liam, die den Eintopf zwar runterschlangen – der eine aus Höflichkeit, die andere vermutlich aus Gründen der Selbsterhaltung –, verzogen angesäuert ihre Gesichter.

„Der Gaumen eines Barbaren ist wie das Hirn eines Trolls – nuancenlos“, murmelte Chara, während sie ihre leer gegessene Holzschüssel zur Seite stellte. „Es würde mich wundern, wenn er einen Eintopf von einer Fischsuppe unterscheiden könnte.“

Liam grinste. Die unangenehme Spannung, die vorher noch zwischen ihnen geherrscht hatte, löste sich auf. Charas scherzhafte Bemerkung war eindeutig ein Versöhnungsangebot und Liam nahm es vorbehaltlos an.

Nachdem Thorn seine Schüssel abgewaschen und verstaut hatte, lehnte er sich entspannt gegen den Stamm einer nahe am Feuer stehenden Weide und begann, mit seinem Messer ein Stück Holz zu bearbeiten. Bargh löffelte immer noch andächtig den Eintopf und Liam starrte verträumt in die Flammen.

Chara hatte sich etwas abseits von ihnen auf der anderen Seite des Feuers mit überkreuzten Beinen auf den Boden gehockt und schrieb irgendetwas in ein kleines schwarzes Buch.

Ab und an stierte sie geistesabwesend in die züngelnden Flammen. Sie hatte ihre Kapuze weit ins Gesicht gezogen und sich so tief in ihren Mantel eingehüllt, dass nur noch ihre blassen Hände aus den Ärmeln lugten. Thorn hätte gerne über ihre Aufzeichnungen Bescheid gewusst. Chara sah nicht gerade wie jemand aus, der einen Hang zur Poesie hatte. Führte sie Tagebuch, protokollierte sie jeden ihrer Schritte, versuchte sie sich an einem Entwurf für eine Saga?

„Na, was ist, Thorn Gandir? Fragt Ihr Euch, was ich in mein kleines schwarzes Buch schreibe?“, riss ihn Chara aus seinen Gedanken, ohne von ihren Aufzeichnungen aufzusehen.

Eine ihrer widerspenstigen Haarsträhnen rutschte unter der Kapuze hervor und fiel über ihre blasse Stirn. Sie schob sie geistesabwesend zurück.

Thorn fühlte sich ertappt, hatte sich aber schnell wieder im Griff.

„Lieber möchte ich wissen, was Ihr im *Gladiator* wolltet … an dem Abend, als ich und Liam …“

„Was hattet *Ihr* dort verloren?“, gab Chara zurück.

Thorn kniff die Augen zusammen.

„Ihr wollt es mir nicht sagen, stimmt's?“

„*Was* will ich Euch nicht sagen? Etwa, dass ich Lust hatte, ein Bier zu trinken?“

Thorn seufzte.

„Ihr seid nicht grundlos so verschwiegen, Chara.“

„Wer ist schon grundlos verschwiegen? Niemand breitet gerne sein Innenleben zur Unterhaltung anderer aus. Und diejenigen, die es doch tun, haben meistens keine Ahnung, wovon sie eigentlich sprechen oder hören sich einfach gerne selbst reden.“

„Da habt Ihr recht.“

Chara erhob sich und ging langsam um das Feuer herum auf ihn zu.

„Es ist aber nicht Eure Schweigsamkeit, mit der ich ein Problem habe, sondern die Unbestimmtheit Eurer Rede“, sagte Thorn und konzentrierte sich wieder auf seine Schnitzarbeit.

Chara lächelte knapp und glitt neben ihm zu Boden.

„Das könnte ich als Beleidigung auffassen“, sagte sie.

Thorn blickte auf.

„Nun denn, Held und Sonne Valianors. Wie steht es mit Euch? Ist es nicht so, dass Ihr selbst als eher schweigsam geltet?“

„Sagt wer?“, fragte Thorn und schnitzte weiter an seinem Stück Holz.

„Man hört so dies und das – die Leute sprechen über Euch.“

„Tun sie das? Und Ihr scheint ein offenes Ohr für solchen Tratsch zu haben, oder?“

„Ganz recht. Man kann nie genug wissen, bevor man in die Schlacht zieht.“

Thorn blickte erneut auf. Charas ausdrucksloses, blasses Gesicht erinnerte ihn an einen weißen Marmorblock, der darauf wartete, mit Meißel und Hammer zum Leben erweckt zu werden. „Ihr wollt gegen mich in die Schlacht ziehen?“, fragte er mit genüsslicher Häme.

„Nicht doch, aber wir werden beide kämpfen – Seite an Seite, versteht sich.“

Sein Lächeln verschwand. Er empfand das Funkeln in ihren schwarzen Augen keineswegs als kollegial; vielmehr fühlte er sich provoziert.

Chara lenkte ihren Blick auf das Feuer und der Funke in ihren Augen erlosch. Etwas in ihrer Stimme ließ ihn aufhorchen, als sie sagte: „Ich würde Euch gern eine Frage stellen, auch wenn sie Euch als indiskret erscheinen mag. Habt Ihr etwas dagegen?“

Thorn sah ihr direkt in die Augen.

„Wenn sie mir nicht gefällt, muss ich sie ja nicht beantworten.“

Warum ließ er sich auf ihre Spielchen ein? Eigentlich hatte er keine ihrer Fragen beantworten wollen.

„Sie wird Euch nicht gefallen.“

War das ein Angebot? Er könnte es annehmen und einen Rückzieher machen.

Thorn zögerte.

„Nur zu. Fragt mich."

Chara blickte ihn aus ihren tiefschwarzen Augen an.

„Ich weiß vom Tod der Elfenkriegerin", sagte sie.

„Und?", fragte er hart. Er hätte es wissen müssen.

„Ich frage mich, warum Ihr immer noch hier seid und immer noch Euer Leben für den Senatsvorsitzenden riskiert. Hat Euch dieser Verlust etwa nicht gereicht? Wisst Ihr überhaupt noch, für *wen* oder *was* Ihr kämpft?"

Eine drohende Kluft tat sich vor Thorns Augen auf. Chara hatte ihn an einen Ort gestoßen, der gefährlich nahe am Abgrund lag, denn er barg die alles entscheidende Frage. Fakt war, dass er Testaceus' Motive für diesen Krieg längst anzweifelte. Fakt war, dass er nicht mehr für Testaceus kämpfte, sondern für sich selbst. Aber das konnte er ihr unmöglich anvertrauen. Konnte er es überhaupt rechtfertigen?

„Was bezweckt Ihr mit dieser Frage, Chara?"

Sie hob entschuldigend ihre Hände und hielt seinem stechenden Blick stand. Doch Thorn spürte, dass sie ihn durchschaut hatte, egal, ob er sich ihr anvertraute oder nicht. Stand es ihm so deutlich ins Gesicht geschrieben, dass er vom hehren Ideal zum niederen Instinkt gewechselt war und er nur noch nach Rache gelüstete?

„Eurem Charakter auf den Grund gehen – Euch einschätzen", beantwortete sie nach einer Weile seine Frage.

„Ich habe meine Gründe dafür, dem Senatsvorsitzenden behilflich zu sein. Ich nehme an, die habt Ihr auch!", stieß er verärgert hervor, ohne ihre Antwort überhaupt zur Kenntnis zu nehmen.

„Sicher."

Thorn wandte sich ab. Selbst er spürte die Kälte, die plötzlich von ihm ausging und die Chara gewiss ebenso fühlte.

Sie lehnte sich an den Baumstamm und starrte in den Nachthimmel. Ihre Stimme wurde leiser.

„Was denkt Ihr? Kann es ehrenhaft sein, für eine Sache zu kämpfen, ohne mit Sicherheit sagen zu können, ob die Sache selbst ehrenhaft ist?"

Thorn schwieg und drehte das Holzstück, an dem er geschnitzt hatte, hin und her.

„Das Valianische Imperium steht für Recht und Ordnung. Es kann also nicht falsch sein, für den Senat zu kämpfen."

Zumindest davon war er noch überzeugt. Und darin lag auch die Ehrenhaftigkeit seines Tuns: Er stand und kämpfte auf der Seite der Ordnung.

„Nicht zu wissen, welcher Weg der richtige ist, ist kein Grund, stillzustehen und nichts zu tun", fügte er hinzu.

„Das scheint mir aber die bessere Lösung zu sein", antwortete Chara und hob eine ihrer spitzen Augenbrauen. „Zumindest, wenn man kein klares Ziel vor Augen hat. Besser anhalten, nachdenken und gegebenenfalls eine andere Richtung einschlagen, als am Ende festzustellen, dass man den falschen Weg gegangen ist. Die Konsequenzen wären fatal. Was ich Euch sagen will: Trefft keine Entscheidungen, solange Ihr Euch nicht sicher seid, dass Ihr Euch einfach und schnell umentscheiden könnt."

Thorns Mund fühlte sich trocken an. Seine Stimmung war auf dem Tiefstand. Wütend funkelte er Chara an, doch ihm fiel keine Widerrede ein. Chara maß sich eindeutig zu viel an und er hatte, die Götter wussten es, keinerlei Grund, sich ihr gegenüber für seine Entscheidungen zu rechtfertigen. Sie kannte ihn kaum!

Aufgebracht warf er das Holzstück, das inzwischen die Form eines geduckten Bären angenommen hatte, ins Feuer und stand auf.

„Ihr fragt eindeutig zu viel", sagte er tonlos.

„Ich versuche hier nur, ein Gespräch zu führen. Ist das nicht so üblich, wenn man sich gerade kennenlernt?"

„Schon, aber … Ihr redet, als wolltet Ihr einen Keil zwischen mich und Testaceus treiben …"

Chara schüttelte lächelnd den Kopf.

„Kommt wieder runter, Thorn! Ihr fühlt Euch durch einfache Fragen bedroht. Betrachtet dieses Gespräch doch einfach als das, was es ist – ein erstes Abtasten."

Einen kurzen Moment hatte er den Eindruck, als würde sie sich auf die Zunge beißen, doch dann erhob sie sich, marschierte zu ihrem Platz zurück, zog ihr schwarzes Buch heraus und griff nach ihrer Feder, um ihre Eintragungen fortzusetzen.

„Wenn es euch recht ist, übernehme ich die erste Wache", bemerkte Bargh gerade, der endlich fertig gegessen hatte. Ein leises Schnarchen signalisierte, dass Liam dafür nicht mehr in Frage kam.

„Tu, was du nicht lassen kannst", erwiderte Chara, ohne von ihren Notizen aufzusehen.

Der Anblick, der sich ihnen am nächsten Tag bot, als sie den unwirtlichen Gebirgspfad hinter sich gelassen und den Pass erreicht hatten, war beeindruckend und beängstigend zugleich. Nach der Wachkontrolle waren sie am Lager vorbeigeritten, um die Verteidigungsanlagen auf der anderen Passseite zu inspizieren.

Auf der östlichen Seite der Kuppe ragten dreißig gewaltige hölzerne Plattformen empor, die auf mindestens sechzehn Fuß hohen Stelzen befestigt waren und eine sich über die gesamte Passbreite hinziehende bedrohlich wirkende Barriere darstellten.

Hinter den Plattformen erkannten sie einen Wall mit Palisaden vor einem Graben. Überall wimmelten Soldaten in fieberhafter Vorbereitung auf die Schlacht wie Ameisen herum. Auf der westlichen Seite der Kuppe erstreckte sich das von einer kleinen Palisade geschützte Meer von Zelten – das Lager der valianischen Truppen.

Auf der Innenseite der Palisade patrouillierten pausenlos Wachen über den aufgeschütteten Wall. Es schien alles noch in Vorbereitung zu sein. Cartius ließ ganz offensichtlich auf sich warten.

Liam, der sein Pferd neben Thorn und Chara gelenkt hatte, kniff nervös die Augen zusammen.

„Was ist?", fragte ihn Thorn.

„Keine Ahnung, Mann. Nichts."

Er kratzte sich am Hinterkopf und starrte auf das Treiben am Pass.

„Ich habe nur …"

„Was?", setzte Thorn nach.

„Keine Ahnung. Vergiss es."

Thorn sah stumm zu Liam. Es fiel ihm schwer, die Unruhe des ehemaligen Sklaven zu ignorieren. Und als dieser ihn ansah und sich sein Mund zu einem verkniffenen Grinsen verzog, wurde auch Thorn nervös.

„Hast du's dir anders überlegt?", fragte er.

„Nein."

„Wenn's nach mir ginge, könntest du auch abhauen. Du bist mir keine Rechenschaft schuldig. Unsere Sache ist geklärt. Ob du dich Testaceus verpflichtet fühlst, musst du selbst entscheiden. Jedenfalls würde ich nicht versuchen, dich aufzuhalten."

Liam nickte.

„Das weiß ich. Ich sagte doch, vergiss es. Es ist nichts."

Er fuhr sich durch sein dichtes, rotblondes Haar, während seine Augen die Gegend am Pass absuchten. Dann heftete er seinen Blick auf Thorn.

„Nichts ist von Dauer", sagte er müde lächelnd, „und nichts nur für den Augenblick. Meine Entscheidung steht fest, was auch immer kommen mag."

Für einen kurzen Moment spürte Thorn die Bande, die zwischen ihm und dem Mann, der ihn verraten hatte, entstanden waren.

Dann trabte sein Hengst Sankris gemächlich los, als hätte er ihn dazu aufgefordert, und tänzelte elegant vom Passrücken hinunter auf das Lager zu. Noch einmal drehte sich Thorn um und sah, wie Liam entschlossen sein Pferd antrieb und ihm folgte, ebenso wie Bargh, der seine neugierigen Blicke kaum von den Plattformen lösen konnte.

Chara, die sich seit dem Morgen in Schweigen gehüllt hatte, schloss zu Thorn auf und meinte kaum hörbar: „Der Weg ohne Gabelung also."

Thorn warf ihr einen Blick zu, doch da trieb sie ihr Pferd bereits an und galoppierte den Hang hinab.

Der Wind trug lautes Stimmengewirr, das Klirren von Rüstungen und dumpfe Hammerschläge zu ihnen, als sie sich dem Zentrum des Lagers näherten.

Thorn galoppierte direkt auf die beiden Wachposten vor dem Kommandozelt zu und hielt sein Pferd abrupt an.

„Ave!“, begrüßte Thorn die Soldaten knapp. „Thorn Gandir. Ich will zu Eurer Kommandantin.“

Die beiden Wachposten erkannten ihn sofort und salutierten stramm.

„Und wer sind die?“, fragte der Massigere von ihnen mit Blick auf Chara, Bargh und Liam schroff.

„Reicht es Euch nicht, dass sie mit mir gekommen sind, Soldat?!“

Der Gesichtsausdruck des Mannes blieb hart, obgleich Thorn sah, wie er einen zögernden Blick mit seinem kleineren Kollegen wechselte, bevor er antwortete.

„Ich habe den ausdrücklichen Befehl, jeden zu überprüfen, den ich nicht eindeutig zuordnen kann. Ihr könnt passieren. Die anderen kommen hier nicht durch!“

Thorn funkelte den Wachposten wütend an. Wortlos sprang er aus dem Sattel und marschierte an den beiden Männern vorbei, die hinter ihm ihre Pila kreuzten.

Chara stieg ebenfalls ab. Sie grinste die beiden freundlich an, die sich sichtbar damit abmühten, ihren unverfrorenen Blicken zu entgehen und in ihre übliche Starre zu verfallen. Und zu ihrem Verdruss dachte Chara nicht daran zurückzutreten, um ihnen ihr Bemühen zu erleichtern.

Rosmerta war tief über eine Karte gebeugt, als Thorn ihr Zelt betrat. Beim Geräusch der zurückschwenkenden Plane wirbelte sie erschrocken herum und starrte Thorn verblüfft an. Doch dann setzte sie ihr berühmtes Niemand-bringt-mich-aus-der-Fassung-Lächeln auf.

„Na, sieh mal einer an!“, posaunte sie und verschränkte ihre Arme vor der Brust. „Dass *du* dich herablässt! Ich dachte, du verabscheust jede Form der Kriegstreiberei und alle, die damit zu tun haben!“

Thorn ließ sich träge auf einen der drei Stühle fallen und wuchtete seine Füße auf den Tisch.

„Ich dachte, ich sehe mal nach, was du so treibst und ob du deine Sache auch gut machst.“

Ein ironisches Lächeln kräuselte seine Lippen, was Rosmerta missfallend zur Kenntnis nahm. Sie umkreiste übertrieben langsam den Tisch und nahm hoheitsvoll ihm gegenüber Platz.

„Wie schön. Du siehst, dass ich keine Probleme damit habe, die Soldaten gefügig zu machen“, antwortete sie.

Sein Lächeln wurde breiter.

„Ich hatte auch nicht erwartet, dass du Probleme damit haben würdest, irgendwelche *Männer* gefügig zu machen. Meine Bedenken gingen eher in die Richtung, ob du denn auch willens bist, an der Spitze dieser Männer zu kämpfen, oder ob du es vorziehst, von der letzten Reihe aus Kommandos zu brüllen, während dir einer deiner Verehrer Luft zufächelt.“

Rosmerta erwiderte sein Lächeln, ohne sich ihren Ärger anmerken zu lassen. Sie hatte dazugelernt und wusste, dass sie keine Chance hatte, Thorn ein gutes Wort abzuringen.

Thorns Augen wanderten durch das Zelt, das die Handschrift einer Frau nicht verleugnen konnte, die wie Rosmerta Wert auf ihr Ansehen legte und den Komfort schätzte. Ihr Bett war übersät mit seidenen Kissen und Decken, auf einem kleinen Tisch im Eck standen ein Spiegel und eine Schatulle, die bis zum Rand mit Halsketten, Ringen und anderen bunten, funkelnden Schmuckstücken gefüllt war.

Die Zeltplane wurde zur Seite geschlagen und ein Wachposten trat ein. Er riss seinen Kopf zu Rosmerta herum und salutierte.

„Kommandantin, soeben ist ein Späher eingetroffen!“

„Dann schickt ihn gefälligst rein!“, antwortete Rosmerta schroff.

Mit einem Faustschlag auf sein Herz verließ der Soldat das Zelt.

Kurz darauf erschien ein schlanker Mann in grünem Umhang.

„Kommandantin! Die Sklavenarmee lagert unterhalb des Passes. Sie sind vor Kurzem dort eingetroffen.“

„Wie groß ist das Lager?“, verlangte Rosmerta zu wissen.

„Es ist ein Lager von gewaltigen Ausmaßen, Kommandantin. Wir vermuten, es wurde für etwa dreihunderttausend Mann errichtet!“

„Dreihunderttausend Sklaven also“, murmelte sie gedankenverloren und nahm ihr Kinn zwischen Daumen und Zeigefinger. „Das sind eine ganze Menge … Ihr könnt gehen!“

Als der Späher das Zelt verlassen hatte, warf sie Thorn einen scharfen Blick zu.

„Wenn du an meinen Fähigkeiten zweifelst, dann bleib doch hier und überzeug dich selbst!“

„Ich habe tatsächlich überlegt, mir die Sache anzusehen, zumal ich darauf hoffe, Cartius selbst in die Finger zu bekommen.“

„Schön für dich.“

„Fein.“

„Ist das alles?“

„Nein.“

„Was noch?“

Thorn ließ seine Füße von der Tischplatte gleiten, stand auf und ging auf den Tisch zu, auf dem die Karte ausgebreitet lag. Stirnrunzelnd beugte er sich darüber.

„Draußen warten drei Leute darauf, dass deine *gefügigen* Soldaten beiseitetreten und sie einlassen. Wärst du so gut, das zu regeln?“

„Welche Leute?“

Thorn warf ihr ein gequältes Lächeln zu.

„Meinst du, ich schleppe hier irgendjemanden an, der dir gefährlich werden könnte?“

„Da dir nichts an meinem Wohlergehen liegt, traue ich es dir durchaus zu!“

Dennoch erhob sie sich langsam, ging zum Zelteingang und wies einen der Soldaten an, Thorns Begleiter einzulassen.

Als sie zurückkam, studierte Thorn immer noch intensiv die Karte.

„Es handelt sich um zwei Leibwächter, die Testaceus dir schickt“, sagte er und sah auf. „Einer davon wird dir gefallen. Er ist ein Mann ganz nach deinem Geschmack. Dann habe ich dir noch jemanden mitgebracht. Ich hoffe, er wird dir nützlich sein.“

Sie hielt neugierig inne. Das war ein gutes Zeichen. Wahrscheinlich würde sie ganz wild auf Liams Informationen sein.

„Also wirst du bleiben und mit mir gegen Cartius kämpfen?“

„Ja, das werde ich“, antwortete Thorn und lenkte seinen Blick auf die Karte zurück, die ihn magnetisch anzog.

„Hier“, Rosmerta zeigte auf den Gebirgspass, der ins Nadrus-Tal führte. „Das ist für ein Heer solchen Ausmaßes der einzige Weg nach Valianor. Cartius wird die Sklaven …“

„Ehemaligen Sklaven“, korrigierte sie Thorn.

„Wie auch immer, er wird sie jedenfalls hier heraufführen. Der Pass ist schmal, was für uns bedeutet, dass wir uns nur einem Teil seines gesamten Aufgebots stellen müssen.“

„Ich weiß. Trotzdem …“

Thorn dachte nach. Es beunruhigte ihn jedes Mal, wenn irgendjemand seiner Sache so sicher war wie Rosmerta.

„Du hast bestimmt recht“, sagte er kopfschüttelnd und richtete sich auf.

Von draußen waren Schritte zu hören. Thorn stiefelte zum Eingang, schob die Zeltplane zur Seite und blickte direkt in Charas Gesicht.

„Darf ich?“, fragte sie und schob sich an Thorn vorbei ins Zelt.

Bargh nickte Thorn freundlich zu und folgte ihr. Liam band gerade die Pferde an einen Pfosten, als Thorn aus dem Zelt trat.

„Und? Hast du sie vorgewarnt?“, fragte Liam.

„Nein. Sollte ich?“

„Lass mal. Vielleicht ist es besser, wenn ich ihr gleich leibhaftig gegenübertrete.“

Er klopfte Thorn auf die Schulter und wollte schon an ihm vorbei, als Thorn ihn am Arm festhielt.

„Warte.“

Thorn zögerte und starrte auf den Boden. Dann sah er Liam fest in die Augen.

„Es ist verdammt wichtig, dass du dich gut verkaufst. Sie muss davon überzeugt sein, dass sie Kapital aus dir schlagen kann. Meinst du, du bekommst das hin?“

„Hey, ich bin so biegsam wie ein Schilfrohr im Wind. Sonst hätte ich es nicht geschafft, zweimal Verrat zu begehen.“

Thorn nickte nachdenklich. Als er vor Liam das Zelt betrat, stand Chara gerade schweigend neben Bargh und musterte Rosmerta aus dunklen, kritischen Augen.

„Ihr seid also meine neuen Leibwächter“, kommentierte Rosmerta den Auftritt der beiden. Thorn registrierte, wie ihr Blick verstohlen über Barghs muskulösen Körper glitt.

„Ihr könnt Euch in eines der Zelte neben dem meinen zurückziehen. Ich werde den Soldaten Bescheid geben, dass sie es für Euch räumen sollen. Ihr dürft gehen.“

Mit einem lässigen Schlenker ihrer Hand wies sie Chara und Bargh den Weg nach draußen.

„So, und wo ist Nummer drei deiner kleinen Eskorte?“, fragte sie Thorn, wobei sie sich bemühte, gelangweilt zu klingen.

Liam trat an Thorns Seite und salutierte.

„Ave Rosmerta, Oberbefehlshaberin der valianischen Streitkräfte! Liam O’Neill.“

Rosmerta riss ungläubig die Augen auf. Instinktiv glitt ihre Hand zum Dolch an ihrem Gürtel, während sie mit unverhohlener Abscheu Liam fixierte. Die darauffolgende Stille knisterte förmlich vor Spannung.

„Er hat wichtige Informationen über Cartius“, beeilte sich Thorn zu sagen. „Ich an deiner Stelle würde ihn anhören!“

Misstrauisch lenkte Rosmerta ihren Blick auf Thorn und diesem wurde unangenehm bewusst, dass sie im Begriff war, hinter seine Fassade zu blicken. Irgendetwas nahm sie wahr, das ihre Laune beträchtlich hob und das gefiel ihm ganz und gar nicht.

„Liam O’Neill, ich hätte nicht gedacht, dass ich dich noch einmal zu Gesicht bekomme“, höhnte sie, als sie sich erneut Liam zuwandte, der ihrem taxierenden Blick tapfer standhielt.

Thorn hoffte inständig, dass ihr Spott nur eine ihrer üblichen Inszenierungen war, um Liam ein Gefühl der Schwäche zu vermitteln und nicht etwa die Freude darüber, dass sie nun nach Lust und Laune über ihn verfügen konnte.

„Was soll ich jetzt mit dir machen? Hm, Liam? Sag's mir. Soll ich so tun, als ob nichts gewesen wäre? Oder bin ich als Befehlshaberin des unter valianischer Justiz stehenden Heeres nicht dazu verpflichtet, dich für deine Verbrechen büßen zu lassen?"

Sie tippte mit dem Zeigefinger gegen ihre Oberlippe und tat, als müsste sie angestrengt nachdenken, während Liam schweigend auf ihr Urteil wartete.

Thorn hatte das Gefühl, als entglitten ihm die Zügel. Der Anblick des ehemaligen Sklaven, der hilflos vor Rosmerta stand und ihrem Spieltrieb mit Haut und Haaren ausgeliefert war, machte ihm bewusst, dass er das Leben seines Freundes gerade in die Hände seiner ärgsten Feindin gelegt hatte. Zumindest, wenn man bedachte, wie Rosmerta auf seine Zurückweisungen reagiert hatte. Was konnte er tun, um Liam zu helfen?

„Ich bitte dich, hör dir seine Geschichte an!", sagte er so gelassen wie möglich. „Seine Informationen sind es wahrhaft wert, ihn in Freiheit zu belassen!"

Wieder lag dieser triumphierende Ausdruck auf ihrem Gesicht und plötzlich wurde Thorn klar, dass er Rosmerta noch nie, *niemals*, um etwas gebeten hatte. Es war das erste Mal, dass sie die Kontrolle über ihn hatte. Die Frage war nur, ob sie es auch wusste.

„Ihn in Freiheit lassen? Damit er loslaufen und seinen Sklavenfreunden Bescheid sagen kann? Das scheint mir ein recht riskantes Unterfangen zu sein."

„Dann warte, bis wir Cartius haben!", schlug Thorn etwas zu hastig vor.

Rosmerta wiegte ihren Oberkörper hin und her, während sie Liam nicht aus den Augen ließ und ihren Zeigefinger nachdenklich über ihre Lippen führte. Schließlich überkreuzte sie ihre Arme vor der Brust und richtete sich auf.

„Na gut, Liam, dann erzähl mal, was du weißt! Anschließend werden wir ja sehen, ob sich deine Informationen als brauchbar erweisen."

Thorn warf Liam einen eindringlichen Blick zu. *Das ist deine Chance, aber sei auf der Hut!*

Liam blickte unschlüssig zum Tisch in der Ecke des Zeltes.

„Nur zu! Du bist mein Gast", reagierte Rosmerta mit einladender Geste. „Setz dich doch!"

Liam nahm zögernd Platz. Nichts war mehr von seinem frechen, spielerisch charmanten Zug zu erkennen. Stattdessen blickte Thorn in das Gesicht eines Mannes, dessen Leben auf Messers Schneide stand.

„Cartius plante diesen Aufstand schon längere Zeit", begann Liam, ohne seine Augen von Rosmerta abzuwenden, die lächelnd an ihm vorbei um den Kartentisch schritt, während Thorn neben ihm Platz nahm.

„Er sah in den zahllosen Sklaven in den Minen des Emlin-Tals vermutlich ein riesiges Reservoir potenzieller Rebellen, das es ihm ermöglichen konnte, seinen Plan umzusetzen.

Die meisten der verurteilten Sklaven arbeiten dort ihre Schuld unter misslichsten Umständen ab. Die Hälfte der gesamten Erzversorgung des Valianischen Imperiums geht auf ihre Rechnung. Etwa dreihunderttausend Sklaven sind erforderlich, um den Erzabbau zu bewältigen. Cartius hat sich unter ihnen einen Namen gemacht, weil er sich für die Männer einsetzte und sich gegen die Grausamkeit der Aufseher auflehnte. Die Sklaven entwickelten nach und nach Sympathie für den ehemaligen Zenturio. Seine Führungsqualitäten und seine enorme Zähigkeit gegenüber der harten Minenarbeit beeindruckten vor allem diejenigen, die nur darauf warteten, dass ihnen eine starke Hand den Weg aus dieser Hölle weist.

Schließlich hatte er auch jene Sklaven überzeugt, die bereits ein gewisses Ansehen unter ihresgleichen genossen, und dann war es nur noch eine Frage der Zeit, bis sie seinem Plan einer Revolte zustimmten. Nicht nur, dass er sie von seiner Unschuld hinsichtlich der ihm zur Last gelegten Verbrechen überzeugen konnte, er öffnete ihnen auch die Augen für die Notwendigkeit eines Aufstands."

Thorn konnte sich des Eindrucks nicht erwehren, dass Liam Cartius trotz allem bewunderte. Und obwohl er diesem Aufstand den schlimmsten Verlust seines Lebens verdankte, erwachte auch in ihm eine Spur des Respekts für jenen Mann, der alles daran setzte, seine Ehre wiederherzustellen und für die Freiheit der Sklaven bis in den Tod zu kämpfen; auch unter dem Gesichtspunkt, dass Cartius' Aufstand mittlerweile eher einem Rachefeldzug als einem Freiheitskampf glich.

„Bereits am ersten Tag errangen die Sklaven unter Cartius' Führung die Macht über sämtliche Minen, indem sie alle Aufseher und Posten überwältigten. Cartius selbst tötete unzählige von ihnen. Einen Tag später nahmen sie das Tal in Beschlag und am dritten Tag griffen sie das erste Mal die Garnison der 14. Legion an …"

„Und zwei Monde später griffen sie das letzte Mal an und töteten jeden, der ihnen unter das Schwert kam", beendete Rosmerta seinen Satz.

Liam nickte stumm.

„Auch die Elfenkriegerin", fügte sie mit einem kalten, berechnenden Blick auf Thorn hinzu, der seine Augen schloss und mit seiner Beherrschung rang.

Am liebsten wäre er aufgesprungen und hätte sie geschlagen. Nicht den Mann, der mitgeholfen hatte, Kitayscha zu töten, sondern die Frau, die nur Genugtuung empfand, wenn sie über den Tod der Elfenkriegerin sprach.

Liam sah Thorn direkt in die Augen. Auf seinem Gesicht lag ein Ausdruck der Reue und des Mitgefühls.

„Cartius' Armee besteht aus dreihunderttausend Mann", setzte er seinen Bericht mit ruhiger Stimme fort. „Innerhalb kürzester Zeit hatte er sie zu einer schlagkräftigen Streitmacht geformt. Sie sind bestens gewappnet, stehen den valianischen Legionären in kaum etwas nach und was ausschlaggebend ist: Sie sind ihm bis in den Tod ergeben. Sie werden versuchen, bis Valianor zu kommen und die Stadt einzunehmen. Sie werden vor nichts haltmachen und dank Cartius' strategischen Geschicks die Schlacht zu seinen Gunsten entscheiden. Ich rate Euch daher, ihn nicht zu unterschätzen! Abgesehen davon wird er von einem harten Kern aus sieben Anhängern beschützt, denen er blind vertraut."

„Wie lauten ihre Namen?", wollte Rosmerta wissen.

Liam schwieg einen Moment, doch als sie nicht lockerließ, gab er sich geschlagen.

„Holsa Alrik, ein Wermag, Jussef El'Janin, ein Aschraner, und Hagegard Torafson, ein Vallander wie Bargh. Die anderen, Lisandrus Kelon, Ahon Emkidu, Krius Andares und Worgon Warik habe ich immer nur von Weitem gesehen. Woher sie kommen, weiß ich nicht. Doch wo sie sind, da findet Ihr auch Cartius."

„Ich möchte eine genaue Beschreibung jedes Einzelnen!", verlangte Rosmerta.

Mit einem leisen Seufzen begann Liam damit, Cartius' Vertraute zu beschreiben.

Als er fertig war, lehnte er sich schweigend in seinem Stuhl zurück. Nun lagen die Dinge nicht mehr in seiner Hand.

„Und weiter?", fragte Rosmerta in gespielter Verwunderung. „Das war doch nicht alles, oder?"

„Mehr weiß ich nicht", seufzte Liam und stand auf, während Rosmerta langsam auf ihn zuging.

„Nun, dann sag mir eines, Liam. Warum in aller Welt sollten diese Informationen wohl nützlich für mich sein?"

Thorn sprang auf, als hätte ihm jemand ins Gesicht geschlagen. Erneut blitzte Triumph in Rosmertas Blick auf und Thorn fühlte, wie sich ihr Blick in seinen Kopf bohrte. Er hatte sich verraten. Es war ausgeschlossen, dass sie seine Anteilnahme an Liams Schicksal nicht registriert hatte. Nun hielt sie nichts mehr davon ab, ihren Trumpf auszuspielen.

„Wir können ihn hierbehalten, bis wir Cartius gefasst haben", warf er beschwörend ein, „aber ungeachtet dessen bist du es Liam schuldig, ihn gehen zu lassen. Er hat dir alles gesagt, was er weiß."

Ein sardonisches Lächeln kräuselte Rosmertas Lippen. Sanft streichelte sie über den Knauf ihres Dolches.

„Hm, das bin ich wohl und ich könnte ihn gehen lassen …“

Sie sah Thorn tief und lange in die Augen und da wusste er, dass er verloren hatte.

„Aber ich denke, *nein*.“

Liams Augen weiteten sich. Er sah zur Zeltplane, als würde er mit dem Gedanken spielen, abzuhauen. Seine Schultern zuckten. Mit Griff zu seinem Schwert trat er einen Schritt zurück.

„Wachen!“, bellte Rosmerta, ihren Dolch ziehend.

Sofort betraten zwei Soldaten das Zelt und versperrten den Eingang.

„Nehmt diesen Mann fest, bringt ihn nach draußen und kettet ihn an einen der Pfosten, aber so, dass er sich nicht rauswinden kann!“

Liam war so überrumpelt, dass er sich nicht wehrte, als ihn die Soldaten packten und zum Eingang schleiften.

Thorn wirbelte zu Rosmerta herum.

„Warum tust du das?“, knurrte er hasserfüllt. Seine Stimme zitterte vor Zorn und durch seine Adern pumpte das Blut in heißen Wellen. „Nein, vergiss es, ich weiß warum!“

Bevor sie etwas sagen konnte, drehte er sich um und rannte aus dem Zelt.

Rosmerta blickte auf die Plane, die mit einem schleifenden Geräusch an ihren Platz zurückschwang. Ein sanftes Lächeln wanderte über ihre Lippen, während sie ihren Dolch zurück in die Scheide steckte.

„Nun denn, mein lieber Thorn – das Schicksal hat entschieden. Während ich seine Treppen emporsteige, weise ich dir den Weg nach unten. Ist das Leben nicht grausam unberechenbar? Oder hattest du etwa erwartet, dass es dir alle nehmen wird, die du liebst?“

„Liam!“, schrie Thorn, doch der reagierte nicht und ließ sich widerstandslos abführen. „Halt, wartet!“

Die Soldaten marschierten ohne Zögern weiter.

„Das ist ein Befehl!“

Thorn lief ihnen nach, bis er auf gleicher Höhe war.

„Liam!“, keuchte er und stolperte vor dem ehemaligen Sklaven und den Wachen her, die sichtlich damit haderten, Thorns Befehl zu ignorieren. „Ich werde sie umstimmen! Ich kann sie zur Vernunft bringen! Hörst du mich?“

Liam nickte schwach, doch er wich Thorns Blick aus.

„Glaub mir, ich hol’ dich hier raus!“

„Es war meine Entscheidung, Thorn“, flüsterte Liam. „Meine allein. Es gab immer nur zwei Möglichkeiten: Entweder hätte sie mich begnadigt, dann hätte ich Schande über mich gebracht, weil ich einerseits einen Mann verraten hätte, von dessen Rechtschaffenheit ich überzeugt bin, andererseits aber einen Krieg verhindert, den ich als falsch erachte. Oder ich bezahle für meinen Verrat an dir und Cartius und sterbe. Rosmerta hat diesen Weg gewählt und vielleicht ist es gut so. Nichts ist von Dauer und nichts nur für den Augenblick.“

Thorn blieb abrupt stehen und blickte Liam hinterher. Eine plötzliche Leere machte sich in ihm breit und drohte, sein Herz zu verschlingen. Kurz entschlossen drehte er sich um und stiefelte zu Rosmertas Zelt zurück.

Kalte Wut fraß sich in seine Lungen, während er mit hasserfülltem Blick die Plane zur Seite riss und direkt auf sie zuhielt. Rosmerta wich nicht vor ihm zurück, sondern hob stolz ihren Kopf.

„Ja?“, fragte sie mit eisiger Stimme. „Kann ich noch etwas für dich tun?“

„Allerdings. Lass ihn gehen! Das ist mein Ernst!“

„Sonst?“

Sie schien nicht im Geringsten verunsichert.

„Sonst …“

Er atmete tief durch und rang um seine Fassung. Es hatte keinen Sinn, sie noch weiter zu provozieren. Seine einzige Chance, Rosmerta umzustimmen, bestand darin, ihr das Gefühl zu vermitteln, auf sie angewiesen zu sein und ihr wohlwollend gegenüberzustehen. Das wusste er, aber nun, da sie ihr wahres Gesicht gezeigt hatte, konnte er seinen überschäumenden Hass kaum noch dämpfen. Das Pochen der Adern an seinen Schläfen war beinahe schmerzhaft und Thorn fühlte, wie das in Wallung geratene Blut unkontrolliert durch seine Venen schoss.

„Sonst nichts. Ich verlange sonst nichts von dir. Ich bitte dich nur, es dir noch einmal durch den Kopf gehen zu lassen“, presste er hervor.

„Seit wann interessiert es mich, wonach du verlangst?“, fragte sie mit spitzer Stimme.

„Rosmerta, *bitte*. Er bereut, was er getan hat. Was hast du davon, wenn du ihn umbringen lässt?“

„*Ich verhandle nicht mit Verrätern!*“

Testaceus’ Worte kamen aus ihrem Mund und fraßen sich wie Säure durch sein Gehirn. Dies war ihre letzte Entscheidung und er konnte nicht das Geringste daran ändern.

Rosmertas Stimme wurde weich.

„Ach, und sag mal, bettelst du etwa?“

„Du verdammte Heuchlerin!“, zischte er. Nichts konnte dieses Gefühl absoluter Verachtung jetzt noch unterjochen. „Macht es dir Spaß, mit dem Leben anderer Leute zu spielen?! Als ob du nicht ohne Bedenken mit einem Verräter zusammenarbeiten würdest, solange er *den* Zweck erfüllt, der dir gerade am nützlichsten erscheint!“

Sein Schwertarm zuckte, doch das schien sie nicht zu beunruhigen.

„Du bist das Allerletzte, Rosmerta!“

„Bin ich das?“

Rosmerta tat schockiert. Dann senkte sie ihre Stimme zu einem sanften Säuseln.

„Hm, stimmt, noch vor einiger Zeit hast du mich behandelt, als wäre ich genau *das. Dreck unter deinen Stiefeln.*“

Sie schüttelte ihren langen Zopf zurück und trat einen Schritt auf ihn zu. Über ihr Gesicht legte sich ein Schatten des Zorns. Mit ihren langen Fingernägeln tippte sie gegen seine Brust und flüsterte drohend: „Glaub ja nicht, ich würde dir noch in irgendeiner Weise entgegenkommen! Glaub ja nicht, deine Meinung wäre mir irgendetwas wert oder ich würde dir auch nur den kleinsten Gefallen tun. Du und ich, wir haben uns nichts mehr zu sagen. Wir beide sind uns von nun an feind. Und deinen

Kumpel Liam kannst du abschreiben! Er wird sterben, genau wie die Elfenkriegerin!“

Die Drohung traf auf offene Ohren. Thorn packte Rosmerta an ihrer weißen Palla und zog sie hoch, bis ihr Gesicht genau vor dem seinen war und ihre Füße hilflos in der Luft zappelten.

„Recht so, meine Liebe, recht so. In Zukunft würde ich deine Leibwache verdoppeln und verdreifachen, denn ich bin ganz bestimmt irgendwo in deiner Nähe und du weißt nie, ob ich mich gerade im Griff habe oder nicht. Und wenn ich zuschlage, dann …“

„Wachen!“, brüllte Rosmerta und trat mit ihren Füßen gegen sein Schienbein, während sie versuchte, sich aus seinem Griff zu befreien.

Die beiden Posten, die Liam abgeführt hatten, stürmten ins Zelt, packten Thorn bei den Armen und schleiften ihn rückwärts von ihr weg.

Rosmerta richtete sich mit gleichgültiger Miene auf und streifte ihre Palla glatt.

„Thorn Gandir möchte mich verlassen. Führt ihn bitte zu seinem Zelt!“

Sie wollten ihn nach draußen zerren, aber Thorn entzog sich geschickt ihren Griffen. Mit einem letzten Blick schleuderte er Rosmerta all seine Verachtung entgegen. Dann drehte er sich um und verließ das Zelt.

„Thorn!“

Chara … Mühsam richtete er sich auf seinem Lager auf. Er hatte die Söldnerin nicht kommen hören.

„Es ist soweit.“

Thorn schüttelte den Kopf und ließ sich zurück auf die Decken fallen.

„Ich seh’ mir das nicht an. Aber danke, dass Ihr mir Bescheid gesagt habt.“

Chara nickte und verschwand ebenso lautlos, wie sie gekommen war.

Draußen klirrten die Rüstungen der Soldaten, die Liam zum Exerzierplatz führten, wo er hingerichtet werden sollte.

Rosmertas Befehle schallten herüber.

Thorn griff nach seinem Schwert, stand auf und ging zum Zelteingang. Er trug lediglich sein helles Hemd und eine braune Hose aus weichem Leder. Leise schob er die Plane zur Seite und schlich nach draußen. Es war bereits Nacht. Nur die Fackeln der Soldaten erhellten den Platz und warfen tanzende Schatten an die Zeltwände. Thorn atmete tief ein und schlich um das Zelt herum.

Er meinte, Bargh zu erkennen, der mit gesenktem Kopf an Rosmertas Seite marschierte. Offensichtlich zeigte seine Drohung Wirkung, wenn Rosmerta es sogar bei einer Hinrichtung für ratsam hielt, eine Leibwache mitzunehmen. *Kluges Mädchen!* Es war ihm bitterernst gewesen. Er konnte für nichts mehr garantieren. Sein Hass auf Rosmerta war so groß, dass er ihr am liebsten hier und jetzt einen Pfeil in die Brust gejagt hätte. Still wartete er, bis der kleine Zug aus seinem Blickfeld verschwunden war, dann folgte er geräuschlos.

Die Soldaten steuerten direkt auf das Zentrum des Platzes zu, wo man einen Pfahl aufgestellt hatte. Zwei von ihnen drückten Liam gegen den Pfosten, sodass ihm Rosmerta ungehindert gegenübertreten konnte. Angespannt beobachtete Thorn an eine Zeltwand gepresst das Schauspiel. Seine Augen suchten nach einer Lücke in den Reihen der Soldaten, die über den ganzen Platz verteilt standen und mit teilnahmslosen Blicken das Treiben verfolgten. Ein betäubendes Gefühl der Ohnmacht überkam ihn, während er seine Augen auf Liam heftete.

Sein Herz hämmerte wild gegen seinen Brustkorb. Ihm blieb nur wenig Zeit und er hatte keine Ahnung, wie er es anstellen sollte, Liam aus seiner misslichen Lage zu befreien. Gab es irgendeine Möglichkeit, die Reihen zu durchbrechen?

„Ich muss verrückt sein“, flüsterte er, während seine Augen in alle Richtungen zuckten. „Völlig durchgedreht! Warum, verdammt noch mal, bin ich nicht in Alba geblieben?“

Thorn rammte die Spitze seines Schwertes in den Boden und band sich die Haare im Nacken zusammen.

Er *musste* Rosmerta aufhalten! Irgendetwas musste er tun! Es musste einfach eine Möglichkeit geben, Liam zu retten!

Wie denn?, fragte eine verzweifelte Stimme in seinem Kopf. *Du kannst gar nichts tun!*

„Liam O'Neill“, hallte Rosmertas Stimme über den Platz. „Ihr seid schuldig des Verrats am Senat und Eurem Land!“

Eine Lücke, verdammt!

„Kraft des mir verliehenen Amtes als Oberbefehlshaberin der valianischen Streitkräfte und mit der Vollmacht des Senats, ausgestellt vom Senatsvorsitzenden Antonius Virgil Testaceus, verurteile ich Euch zum Tod durch Erdrosseln.“

Das war das Urteil. Er musste etwas tun und zwar jetzt.

Thorns Augen blieben an Bargh hängen, der unruhig hin und her wippte und offenbar nicht bei der Sache war. Vielleicht konnte er den Barbaren überwältigen und sich zu Liam durchkämpfen.

„Da ich selbst unter Eurem Verrat gelitten habe, bin ich bereit, selbst für Eure Hinrichtung Sorge zu tragen“, fuhr Rosmerta mit kalter Stimme fort. Dann legte sie Liam ihre Hände an die Kehle.

Thorn registrierte, wie sich die Soldaten befremdete, zum Teil entsetzte Blicke zuwarfen. Rosmertas Methode der Hinrichtung war völlig abwegig, fast niederträchtig und gerade das war es, was Rosmerta ein Hochgefühl verschaffte. Sie benutzte nicht einmal ein Seil, um Liam zu strangulieren. Sie tat es mit bloßen Händen.

Thorns Muskeln spannten sich an. Er festigte seinen Griff um das Schwert. Doch noch bevor er irgendetwas tun konnte, spürte er einen harten Schlag gegen seine Schläfe. Ein stechender Schmerz schoss durch seinen Kopf und das Bild der Hinrichtung verschwamm vor seinen Augen. Er sah nur noch vage, wie Rosmertas Hände sich mit festem Griff um Liams Hals schlossen und dessen Augen sich vor Angst weiteten. Dann fiel ihm sein Schwert aus der Hand und er sank auf die staubige Erde. Wie aus weiter Ferne vernahm er ein leises Röcheln. Es war das Letzte, das er von Liam hörte. Unmittelbar hinter ihm kratzte der Saum eines Mantels über den Boden. Dann verstummte alles und Thorn wurde schwarz vor Augen.

Die Schlacht am Isola-Pass

Als Thorn zu sich kam, lag er in eine Decke gehüllt in seinem Zelt. Abgesehen von seinem weißen Baumwollhemd war er nackt. Das Schwert hatte man ihm abgenommen und, wie er benommen erkannte, neben sein Lager geschmissen. Seine Ausrüstung war noch vollständig: Bogen und Köcher, der Kampfstab, sogar der elfische Dolch, den er von Kitayscha bekommen hatte – alles lag auf einem Leinentuch neben dem Zelteingang.

Thorn richtete sich stöhnend auf und presste im nächsten Augenblick seine Hand gegen die linke Schläfe. Ein hämmernder Schmerz drückte ihm von innen gegen das Auge und drängte ihn, sich wieder niederzulegen. Doch er widerstand dem Drang und atmete tief ein. Übelkeit schwappte in ihm hoch. Ihm war, als hätten sich sein inneres Befinden und die äußeren Bedingungen – die stickige Luft im Zeltinneren und die unsägliche Hitze – gegen ihn verschworen, um seinen ohnehin schon üblen Zustand noch zu verschlimmern.

Thorn hatte noch nie einen vergleichbaren Schmerz erlebt; jede Bewegung, auch wenn sie zunächst das heftige Pochen kurzzeitig dämpfte, war fatal, weil sie noch grauenvollere Schmerzen nach sich zog.

Nicht verkrampfen!, ermahnte er sich. *Stillhalten und abwarten!*

Schwer atmend wartete er darauf, dass der Schmerz in seinem Kopf nachließ. Was war geschehen?

Er erinnerte sich, dass er die Exekution mitverfolgt hatte und versuchen wollte, Liams Leben zu retten. Wäre nicht das grauenvolle Hämmern in seinem Kopf gewesen, er hätte über seine Naivität gelacht. Hatte er sich tatsächlich eingeredet, Rosmerta aufhalten zu können? Was für ein törichter Gedanke! Was wäre gewesen, wenn er tatsächlich bis zu Liam durchgedrungen wäre? Man hätte ihn umgehend festgenommen und Liam trotzdem hingerichtet!

Irgendjemand hatte ihn niedergeschlagen, bevor er seine lächerliche Idee in die Tat umsetzen konnte. Wahrscheinlich einer der Soldaten. Wer auch immer es gewesen war, eigentlich musste Thorn ihm dankbar sein. Doch er war es nicht.

Was war nur mit ihm geschehen? Was für ein erbärmlicher Mensch war er geworden, dass er für das Leben eines Halunken sein eigenes einfach wegwarf? Offensichtlich war das Bedürfnis nach einem Freund so stark geworden, dass es jeden Funken Verstand in ihm getilgt hatte. Aber er hatte dem ehemaligen Sklaven trotz allem vertraut und er hätte viel dafür gegeben, ihn weiterhin um sich zu haben. Er hatte sich in seiner Gesellschaft weniger allein gefühlt. Zwischen ihnen war eine Solidarität gewachsen, die er schon lange nicht mehr empfunden hatte.

Thorn fühlte sich unendlich müde. Niemand war ihm geblieben, dem er noch trauen konnte. Weder Chara, die sich nicht einschätzen ließ, noch Bargh, der zwar einen gutmütigen, offenherzigen Eindruck machte, aber den er auch nicht wirklich kannte. Und dann war da noch Rosmerta – ihr traute er am allerwenigsten.

Noch während er trotz unsäglicher Schmerzen versuchte, seine Gedanken zu ordnen, registrierte er, dass es ungewöhnlich still war. Er vernahm weder das Klirren von Rüstungen, noch das Hämmern auf Stahl. Da war kein Hufgetrappel, kein Knarzen von Leder, das man hörte, wenn ein Legionär vorbeimarschierte oder wenn ein Sattel eingefettet wurde; selbst die Exerziergeräusche der Soldaten blieben aus. Da waren nur vereinzelte Stimmen und das Heulen des Windes, der an der Zeltwand rüttelte.

Ein leises Zaudern beschlich seine Gedanken und drängte ihn, trotz der Schmerzen aufzustehen. Die Hand gegen seine linke Schläfe gepresst, schlüpfte er umständlich in seine Hose und griff nach seinem Lederharnisch und seinen Waffen.

Als er sich nach den Stiefeln bückte, presste er vor Schmerz seine Augenlider zusammen. Stöhnend schnappte er nach Luft und versuchte, die wiederkehrende Übelkeit zu verdrängen, bevor er in seine Stiefel schlüpfte.

An den Zeltpfosten gelehnt, wartete er mit geschlossenen Augen auf das Abklingen des Schmerzes und als das Hämmern endlich nachließ und die Übelkeit erträglich wurde, richtete er sich auf. Kalter Schweiß stand auf seiner Stirn. Liams Verlust drückte ihm dumpf gegen den Magen und ließ das Gefühl der Einsamkeit erneut aufkeimen.

Er verdrängte es, schlug die Zeltplane zur Seite und ging nach draußen. Auf dem Weg zum Hauptzelt begegneten ihm einige verstreute Soldaten, die damit beschäftigt waren, Verwundete ins Lager zu schaffen und ihre Kameraden zu versorgen. Einer von ihnen berichtete aufgeregt, dass sich mit der aufgehenden Sonne das Sklavenheer am Pass eingefunden und dort Stellung bezogen habe.

Thorn hatte den Anfang der Schlacht also verpasst. Vermutlich hatte Rosmerta genau das beabsichtigt. Sie würde den Ruhm ganz für sich allein haben wollen und da standen ihr seine Absichten im Wege.

Der Wind pfiff um die Zeltwände, als Thorn auf den Platz hinaustrat, wo die Pferde normalerweise angepflockt waren. Im Moment stand nur eines der Tiere dort und wieherte ihm ungeduldig entgegen, während der Wind an seiner Mähne zerrte.

„Sankris, mein Guter“, murmelte Thorn, als er bei ihm war und tätschelte seinen Hals. „Vermisst du die anderen Pferde? Möchtest du mit ihnen in die Schlacht galoppieren?“

Sankris warf den Kopf zurück und schnaubte, als wollte er deutlich machen, dass er nur allzu bereit war, sich ins Schlachtgetümmel zu werfen.

„Ich weiß, ich weiß“, murmelte Thorn und gab Sankris einen Klaps auf sein Hinterteil. „Ich denke aber, wir lassen Rosmerta den Vortritt.“

Während er Sankris Hufe untersuchte, blitzte ein vager Gedanke in ihm auf: Wenn es ein Soldat gewesen war, der ihn tags zuvor niedergeschlagen hatte, warum war er dann im Besitz seiner Waffen und ohne Bewachung in seinem Zelt aufgewacht?

Als die Sonne blutrot über dem Horizont stand und Thorn sich das vom Trainieren schweißnasse Hemd vom Körper riss, trafen die Soldaten im Lager ein.

Thorn ignorierte sie, tauchte seinen Kopf in den Zuber vor seinem Zelt und klatschte die nassen Haare auf seinen heißen Rücken. Das kühle Nass ließ ihn vor Wonne seufzen. Als er sich erneut über den Zuber beugte, registrierte er aus dem Augenwinkel eine Bewegung.

„Ich lebe noch“, vernahm er eine dünne Stimme wenige Schritte hinter sich. Thorn hielt inne, drehte sich aber nicht um.

„Wie schade“, sagte er knapp und tauchte sein Gesicht ins Wasser.

Rosmerta blieb beharrlich: „Hattest du einen erholsamen Tag?“

„Jeder Tag ist erholsam, an dem ich deine Visage nicht sehen muss!“, seufzte Thorn genervt und begann damit, seinen Oberkörper mit einem Lappen abzuschrubben. Danach streifte er sich mit den Fingern die nassen Haare zurück und wandte sich zum Gehen.

„Wir haben heute eine große Schlacht geschlagen“, kam Rosmerta endlich zum Thema. Thorn hatte sich schon gefragt, wie lange sie ihre Ruhmesrede wohl hinauszögern würde.

„Die Sklaven fielen unter meinen Soldaten wie junge Bäumchen unter der Gewalt eines tosenden Orkans.“

Gleichmütig schob Thorn die Zeltplane zur Seite.

„Und was ist mit dir, Thorn? Woran wird man sich wohl erinnern, wenn man deinen Namen hört?“

„Vermutlich an gar nichts“, antwortete er und hob die Hand gegen die letzten Sonnenstrahlen, die ihm ins Gesicht fielen.

„Aber wie dem auch sei, ich gratuliere dir, *Heldin*! Du hast wieder einmal bewiesen, dass es im Leben nicht darauf ankommt, nach bestem Wissen und Gewissen zu handeln, sondern darauf, die rechte Gesinnung überzeugend nach außen zu tragen, egal, welch niederen Beweggründe sich auch immer dahinter verbergen. Tatsache ist, dass du eine erbärmliche Strategin bist, von deinen alles andere als selbstlosen Motiven ganz zu schweigen. Doch dieses Manöver beherrschst du perfekt: anderen etwas vorzugaukeln – darin bist du echt gut!“

Rosmerta nickte zustimmend. Thorns Worte schienen sie eher stolz zu machen als zu kränken.

„So ist es, Waldläufer, und der morgige Tag wird mir genau *den* Status verschaffen, der mich heute schon auf dich herabblicken lässt."

Als er nicht antwortete, drehte sie ab und stolperte fast in Chara hinein, die plötzlich wie aus dem Nichts aufgetaucht war.

„Ah, meine Leibwache!", rief Rosmerta in gespielter Verwunderung. „Willst du dem Landstreicher einen Besuch abstatten? Ich kann mich nicht erinnern, dir den Befehl dazu erteilt zu haben. Aber wenn du schon mal hier bist, berichte ihm doch von den heutigen Ereignissen. Und zwar in allen Details."

Chara umrundete sie wortlos und schlüpfte an Thorn vorbei ins Zelt, während Rosmerta ihm einen letzten vernichtenden Blick zuwarf und dann davoneilte.

Als Thorn im Zelt war, pfiff er genervt durch seine Schneidezähne und schnappte sich sein Schwert. Wortlos hockte er sich auf sein Deckenlager, zog einen Schleifstein aus seinem Lederbeutel und führte ihn mit sanftem Druck an der schmalen Klinge entlang.

„Wollt Ihr wirklich wissen, was sich abgespielt hat?", fragte Chara, während sie am Tisch Platz nahm und sich unaufgefordert Wein eingoss. „Ich habe wirklich auf jede Kleinigkeit geachtet und brenne darauf, Euch alle noch so unbedeutenden Vorkommnisse in allen Einzelheiten zu schildern."

Thorn antwortete, ohne von seiner Arbeit aufzusehen.

„Ihr habt eindeutige Befehle, Chara!"

„Mag sein, aber ich denke nicht, dass Ihr Rosmerta meine Befehlsverweigerung auf die Nase bindet. Also wenn es Euch nicht interessiert, verschwinde ich wieder."

Thorn blickte auf und musterte sie skeptisch.

„Eine Söldnerin tut, wofür sie bezahlt wird. Seid Ihr eine Söldnerin oder nicht? Haltet Ihr Euch eigentlich an irgendwelche Prinzipien oder tut Ihr grundsätzlich nur das, was Euch gerade in den Sinn kommt?"

„Ich bin Rosmertas Leibwächterin, nicht ihr Laufbursche, und ja, es gibt Prinzipien, an die ich mich halte. Allerdings nicht viele und ich tue mein Bestes, sie gering zu halten.“

Sie blies sich eine ihrer widerspenstigen Haarsträhnen aus dem Gesicht.

„Wollen wir uns jetzt über Prinzipien unterhalten oder soll ich Euch von der Schlacht erzählen?“

Thorn schüttelte den Kopf. Draußen ging die Sonne unter und es wurde dunkel im Zelt. Während Chara eine der dicken Kerzen anzündete, die auf dem Tisch standen, musterte Thorn sie skeptisch. Der Schein der züngelnden Flammen erhellte das Gesicht unter den schwarzen, wirren Haaren und er bemerkte die seltsame Schönheit, die Charas Erscheinung einzigartig machte. Jeder andere im Lager war durch Sonne und Wind wettergegerbt, doch auf der makellosen Haut ihres Gesichts fehlte jegliche Farbe.

„Na gut. Erzählt es mir“, sagte er schließlich. „Aber verschont mich mit Einzelheiten über Rosmertas ruhmvollen Einsatz.“

Chara leerte den Becher in einem Zug, lehnte sich zurück und legte ihre Beine auf den Tisch.

„Wenn Ihr es als ruhmvoll bezeichnen wollt, von hinten Kommandos zu brüllen, dann erspare ich Euch diesen Teil.“

„Ich bitte darum.“

„Die Schlacht erwies sich tatsächlich als Triumph für Rosmerta, auch wenn sie nicht ganz so verlief, wie sie es gerne dargestellt haben will. Zumindest mag Euch das eine oder andere nachdenklich stimmen.“

Sie faltete die Hände hinter dem Kopf und funkelte ihn mit ihren schwarzen Augen an.

„Nachdem einer unserer Späher vor Sonnenaufgang berichtete, dass die Sklavenarmee von ihrem Lager aufgebrochen war, führte Rosmerta ihr Heer zum Pass. Zeitgleich mit den Sklaven bezogen wir knapp unterhalb des Passrückens Stellung, während sich die Sklaven in drei Blöcken über die gesamte Passbreite in einiger Entfernung unseres Walls am Fuß des Passes formierten. Ihr habt ja die Verteidigungsanlage gesehen, die die valianische Armee errichtet hat.“

„Die Plattformen der Magier, der Graben, die Palisade“, zählte er gelangweilt auf. „Die üblichen Maßnahmen eben, abgesehen von den Magier-Plattformen. Die sind neu.“

Chara nickte.

„Die Sklavenarmee bezog also außer Schussweite Stellung. Und dann geschah erst mal gar nichts. Wir haben eine halbe Ewigkeit gewartet, bis sich schließlich drei Reiter aus der Masse lösten und, die weiße Fahne schwenkend, auf uns zuritten.“

Thorn unterbrach seine Wetzarbeit und sah auf.

„Bargh und ich begleiteten Rosmerta.“

„Und?“, fragte Thorn mit ungeduldiger Stimme.

Chara nahm ihre Füße vom Tisch und beugte sich ein Stück vor.

„Cartius war nicht unter den Dreien. Nicht er führte die Verhandlungen, sondern ein Mann mit Namen Holsa Alrik.“

„Einer seiner Vertrauten“, murmelte Thorn gedankenvoll.

„Dieser Alrik forderte jedenfalls unseren Rückzug, woraufhin Rosmerta ihrerseits die Kapitulation der Sklaven verlangte. Wie Ihr Euch denken könnt, ging keiner von beiden auf die Forderung des anderen ein, was uns ein weiteres nutzloses In-der-Gegend-Herumstehen einbrachte, bis sich das feindliche Heer dann endlich auf die Palisade zubewegte.“

„Welche Formation?“, unterbrach Thorn sie.

„Die erste Reihe waren Lanzenträger, die langsam und in einigem Abstand von einer zweiten Reihe gefolgt, vorrückten. Die dritte Reihe bestand aus Bogenschützen. Wir beobachteten, wie sie die erste Hälfte des Weges ohne jede Eile zurücklegten. Erst danach verfielen sie in einen Laufschritt.“

Thorn hatte sein Schwert zur Seite gelegt und schenkte ihr nun seine ungeteilte Aufmerksamkeit.

„Wie haben unsere Leute reagiert?“

„Soweit ich das erkennen konnte, zielte Rosmertas Taktik primär auf die Effizienz der Magier ab. Jedenfalls hatten sie den Löwenanteil zu leisten. Sie beschossen den Feind unentwegt mit ihren Feuerbällen. Schon zu Beginn ihrer Offensive fielen die ersten beiden Reihen. Andererseits wussten sich die Sklaven durchaus zu helfen; offensichtlich waren sie in Sachen Magie nicht ganz unvorbereitet, denn ihre Bogenschützen wehrten den Angriff schließlich ab, indem sie …"

„Ihre Pfeile durch die Feuerbälle jagten und sie zur Explosion brachten, bevor sie ihr Ziel erreichten", unterbrach sie Thorn. „Ich hab Derartiges schon gehört, kann mir allerdings keinen Reim darauf machen."

„Na ja, auch Magie basiert auf den Naturgesetzen", antwortete Chara. „Das Innere der Kugel besteht aus glühender Materie, die so heiß ist, dass sie explodiert, sobald ein Fremdkörper von geringerer Temperatur in sie eindringt. Wie dem auch sei, nachdem die Sklaven mit den Feuergeschossen umzugehen wussten, änderten die Magier ihre Taktik und begannen Blitze auf sie zu schleudern. Dieser Art des Angriffs konnten die Sklaven weniger entgegensetzen. Zwar schützten sie sich so gut es ging mit ihren fast mannsgroßen Schilden und schafften es auf diese Weise sogar bis zum Graben, letztlich wurden sie aber von unseren Bogenschützen in Schach gehalten und schließlich hingemetzelt. Außerdem besaßen Cartius' Männer kein schweres Geschütz. Viel konnten sie uns also nicht anhaben."

„Und ihre Verluste?"

Chara goss sich Wein nach und leerte den Becher erneut in einem Zug.

„Ich schätze, an die zehntausend Mann", sagte sie, knallte den Becher auf den Tisch und stand auf. „So viel dazu." Sie ließ ihre Hände in den Manteltaschen verschwinden und war drauf und dran zu gehen.

„Was hättet Ihr an Rosmertas Stelle getan", versuchte Thorn hastig, sie am Verschwinden zu hindern, „hättet Ihr Liam umbringen lassen?"

Die Frage war völlig aus der Luft gegriffen und im Augenblick alles andere als relevant, doch Thorn musste die Gelegenheit unbedingt nutzen, um mehr über Chara zu erfahren.

Sie sah ihn verblüfft an.

„Was hat das mit Cartius zu tun?“

„Gar nichts. Ich dachte nur …“

„Ich würde mir lieber Gedanken machen, ob dies Euer Krieg ist oder der eines anderen.“

„Tatsächlich?“, fragte Thorn und schielte abwartend zu ihr hoch.

Doch Chara fügte nichts weiter hinzu. Da entschied Thorn, alle Vorsicht über Bord zu werfen.

„Warum erteilt Ihr mir Ratschläge? Sucht Ihr meine Freundschaft?“

Jetzt zuckte ein schiefes Grinsen um Charas Mundwinkel.

„Freundschaft ist ein Luxus, den ich mir nicht leisten kann. Und Ihr auch nicht – zumindest sollten Euch dies die vergangenen Geschehnisse gelehrt haben.“

Thorn spürte einen kleinen Stich der Enttäuschung. Er stieß das Schwert zurück in die Scheide und verfiel in Schweigen. Das war’s. Mehr wusste er nicht zu sagen. Erschöpft lehnte er seinen Kopf gegen den Pfosten und schloss die Augen. Er war müde. Er wollte schlafen und sich keine Gedanken mehr über Vertrauen, Verrat, über Cartius oder die Schlacht am Pass machen.

„Ihr habt ein Talent dafür, Euch in komplizierte Situationen zu verstricken, Thorn Gandir“, sagte Chara plötzlich. „Ich denke, ich bin da Euer geringstes Problem.“

Er schlug die Augen auf. Etwas in Charas Stimme war anders als sonst. Sie hatte ihre Schärfe, ihren Sarkasmus verloren. Fast wirkte sie sanft. Würde sie sich jetzt endlich öffnen?

„Es ist nicht so, dass ich Euch nicht leiden kann“, fuhr sie fort, während sie sich langsam dem Ausgang zuwandte. „Auch wenn Ihr das denkt. Es ist auch nicht so, dass ich allem gleichgültig gegenüberstehe. Ich weiß, ich mache diesen Eindruck. Ich bin auf Eurer Seite, Thorn. Trotzdem kann ich Euch keine Freundschaft anbieten. Nicht, solange ich in Rosmertas Diensten stehe.“

Als sie gehen wollte, sprang er auf, packte sie am Arm und drehte sie zu sich herum.

Doch das stellte sich als Fehler heraus. Chara funkelte ihn so wütend an, dass er hastig seine Hand zurückzog.

„Lassen wir die Förmlichkeiten, Chara. Ich bin Thorn. Nenn mich bei meinem Namen.“

Sie stand eine Weile still, in der sie nachzudenken schien.

„Wie du willst“, antwortete sie schließlich knapp und verließ dann endgültig das Zelt.

Als Thorn am nächsten Morgen aus dem Lager ritt und Sankris über das ansteigende Gelände zur Passkuppe lenkte, fiel sein Blick auf die Soldaten des Kommandoblocks, der am Passrücken Position bezogen hatte.

Die Sonne hatte den Horizont noch nicht überschritten. Noch herrschte fahles Dämmerlicht.

Die Sklaven hatten sich bereits in der Nacht in Position gebracht. Als ein Späher kurz nach Mitternacht ins Lager gestürmt war und sämtliche Soldaten wachgebrüllt hatte, hatte Thorn sich schlaftrunken aufgerappelt und nur halb motiviert zum Kampf gerüstet.

Doch dann waren ihm Charas Worte durch den Kopf gegangen: *Cartius war nicht unter den Dreien. Er war es nicht, der die Verhandlungen mit uns führte.*

Danach war er hellwach gewesen. Die Worte ließen ihn nicht los und die Unruhe in ihm steigerte sich mit jedem Mal, da der Satz durch seinen Kopf geisterte; so lange, bis er auf seinem Pferd saß und Richtung Schlachtfeld ritt.

Mit einem unangenehm bedrohlichen Gefühl trieb Thorn Sankris zu einem harten Galopp an und hielt auf den Passrücken zu.

Als er die Kuppe erreicht hatte, erkannte er die für das valianische Heer vorteilhaften Bedingungen des Ortes. Zu seiner Linken auf der anderen Seite des Kommandoblocks stieg das Gelände, das letztendlich in rauen Fels überging, steil an und bildete einen offensichtlich unpassierbaren Einschluss des Kampfbereichs.

Der Pass wirkte wie ein gewaltiges, ausgetrocknetes Flussbett, das sich in den Berg schnitt – eine Rinne von etwa eineinhalb VALM Breite.

Unterhalb des Passrückens erstreckte sich das gesamte Aufgebot der valianischen Einsatzkräfte und wartete in tödlicher Stille auf den Angriff der Sklavenarmee.

Ein Meer von Soldaten breitete sich wie ein silberner Teppich zwischen den Magier-Plattformen bis zur Palisade aus. Die einzigen Farbkleckse in der homogenen Masse aus silbern schimmernden Helmen waren die grünen Wappen auf den Brustpanzern und Helmen.

Thorns Blick wanderte zu den Plattformen, die zwischen den Blöcken aus Soldaten in den Himmel ragten. Dort oben hatte sich beinahe die vollständige Magiergilde eingefunden und bildete einen harten Kontrast zu den eintönigen Rüstungen der Soldaten. Keiner der Magier harmonierte farblich mit dem anderen. Thorn musste trotz der bedrohlichen Lage beim Anblick des bunten Haufens lächeln. Allerdings wusste er nur zu gut, dass man sich von der chaotischen Erscheinung der Magier nicht täuschen lassen durfte. Sie waren wahrscheinlich die gefährlichste Waffe, die Valianor in dieser Schlacht zu bieten hatte.

Der Morgendunst, der über den Bergkämmen hing, begann sich langsam aufzulösen. Trotzdem würde es noch eine geraume Zeit dauern, bis die Sonne aufging. Die Dämmerung gefiel Thorn so wenig wie die Tatsache, dass Cartius sich bis jetzt noch nicht gezeigt hatte.

Die Sklaven hatten sich außer Schussweite unterhalb der Verteidigungsanlage aufgereiht und rührten sich nicht. Obwohl er ihre Gesichter nicht sehen konnte, spürte er regelrecht die Entschlossenheit, mit der sie der valianischen Armee entgegentraten. Diese Männer würden niemals kapitulieren. Sie würden niemals das Einzige aufgeben, für das es sich lohnte, bis in den Tod zu kämpfen: ihre Freiheit. Ein Recht, das sie sich erst kürzlich hart erkämpft hatten. Es jetzt wieder zu verlieren, empfand selbst Thorn als eine zum Himmel schreiende Ungerechtigkeit.

Beim Anblick der ehemaligen Sklaven zog sich Thorns Magen unangenehm zusammen. Wie aus dem Nichts ergriff ihn ein Gefühl der Scham. Wie kam es, dass er auf jener Seite des Walls Stellung bezog, auf der er sich so fehl am Platz fühlte? Warum stellte er sich einem Heer entgegen, dessen Kampfmotive er mit allen Sinnen nachempfinden konnte, mehr noch, die seinen eigenen nicht unähnlich waren? Doch in diesem Krieg war er weder ein Freiheitskämpfer noch ein *Held des Imperiums* und er kämpfte auch nicht wie damals in Alba für die Freiheit der Elfen. Er kämpfte ausschließlich, um Kitayschas Tod zu rächen und Rosmerta ihren Sieg streitig zu machen.

Thorn trabte das letzte Stück auf die goldene Standarte zu, wo er Rosmerta vermutete, die höchstwahrscheinlich mit blasierter Miene darauf wartete, dass sich das feindliche Heer in Bewegung setzte. Der Kommandoblock war von den restlichen Truppen durch eine Distanz von etwa einem Viertel VALM getrennt.

Als Thorn Rosmertas Schimmel im Zentrum des Blocks ausmachte, sah er, dass sie von Chara und Bargh begleitet wurde. Beide hatten auf ein Reittier verzichtet. Sie standen reglos neben Rosmertas Stute, wobei einer von ihnen, ganz offensichtlich Bargh, ein gewaltiges Schlachtbeil in den Händen hielt.

Während Thorn sich seinen Weg durch die Leibgardisten bahnte, drehte sich der eine oder andere nach ihm um und griff zögernd, aber in Alarmbereitschaft zum Schwert. Doch Thorn setzte ungerührt seinen Weg fort.

Er lenkte Sankris neben Rosmertas Schimmel und verdrängte dabei Chara, die ohne Widerrede ihren Platz räumte und sich hinter ihre Kommandantin stellte.

Rosmerta hob die linke Hand zum Zeichen für die Gardisten, dass sie ihre Schwerter zurückstecken konnten. Ansonsten würdigte sie Thorn keines Blickes, während Thorn nicht ohne Ärger feststellte, dass sie eine recht beeindruckende Kommandantin abgab.

Der metallene Brustpanzer hob ihren Busen leicht an und formte ein äußerst reizvolles Dekolleté. Eine weiße, durchscheinende Bluse verhüllte ihre sonnengebräunte Brust, worüber er fast enttäuscht war. Ihre langen, kastanienbraunen Haare fielen in einem streng gewundenen Zopf auf ihren Rücken. Die Zügel fest im Griff, den Kopf erhoben und die Wirbelsäule durchgedrückt, stand sie einem männlichen Befehlshaber an Würde und Stattlichkeit in nichts nach. In der rechten Hand hielt sie ihren silbernen Helm. Die Ärmel ihrer Bluse blähten sich im Wind. Ihre Miene war wie versteinert, was ihre Schönheit sofort wieder verblassen ließ.

„Alles angetreten, wie ich sehe", begann Thorn.

Rosmerta antwortete nicht. Thorn verdrehte die Augen und zog eine Grimasse.

„Was ist?", fragte sie überheblich lächelnd. „Bereitet dir die kommende Schlacht etwa Unbehagen?"

Thorn band sich die Haare im Nacken zusammen und überging ihre Frage einfach.

„Worauf warten wir eigentlich?"

„Auf eine Regung vonseiten des Feindes."

Nachsichtig setzte sie hinzu: „Wir sind hier, um der Sklavenbrut den Weg abzuschneiden, nicht um mal eben über unsere Verteidigungsanlage hinwegzusegeln und wie eine irre Meute über sie herzufallen. Kurz nach Mitternacht trafen die Späher mit der Nachricht im Lager ein, dass die Sklavenarmee Richtung Pass marschiert. Seither warten wir darauf, dass die Hunde endlich angreifen, aber bisher hat sich nichts getan. Ich schätze, sie wollen ihre endgültige Niederlage so lange wie möglich hinauszögern."

Thorns Augen wanderten über die sechs Kohorten der valianischen Streitmacht hinweg, die sich in dreißig Blöcken zu je zweihundert Soldaten formiert hatten.

„Sag mal, wenn du dich dazu durchgerungen hast zu kämpfen, wieso kommst du dann erst jetzt?", fragte Rosmerta spitz.

„Ich brauchte den Schlaf, um die dunklen Ringe unter meinen Augen wegzubekommen."

Rosmerta schüttelte missbilligend den Kopf. „Du hast einen seltsamen Sinn für Humor. Ich rate dir, die Sache ernster zu nehmen. Wenn du Testaceus in die Hände spielst, hast selbst du noch die Aussicht auf ein halbwegs sinnvolles Dasein."

Thorn musste plötzlich an Charas Worte über einschlägige Wege denken. Hier saß er nun auf seinem Ross, wartete darauf, dem Senat einen Dienst zu erweisen, indem er Cartius' Armee daran hinderte, das Imperium zu durchqueren, und würde womöglich aufgrund dessen endgültig dem valianischen Reich anheimfallen.

Unvermittelt drehte er sich nach Chara um. Sie stand mit vor der Brust gekreuzten Armen hinter Rosmertas Schimmel. Als sie seinen Blick auf sich spürte, hob sie ihren Kopf. Ihre Augen ruhten eine Weile auf seinem Gesicht, bevor sie sich Bargh zuwandte und ihm irgendetwas zumurmelte, woraufhin dieser mit finsterem Blick sein Kriegsbeil absetzte und sich mit den Unterarmen darauf abstützte.

„Jedenfalls müssten sie jeden Moment losschlagen und wie du siehst, sind wir bestens auf sie vorbereitet", sagte Rosmerta.

„Hm?"

Thorn war nicht bei der Sache. Sein Blick haftete immer noch an Chara. Sie trug ihren schwarzen Mantel, die Kapuze tief ins Gesicht gezogen, und schien keine Eile zu haben, sich auf den Kampf vorzubereiten. Für eine Leibwächterin war sie für seinen Geschmack etwas zu passiv.

„Ja. Bestens", antwortete er gedankenverloren und zwang sich, seine Aufmerksamkeit wieder auf Rosmerta zu lenken. „Wo ist eigentlich Zenturio Gambini?"

„Dort, wo er hingehört. Ich habe ihn nach vorn geschickt. Von dort aus kann er die Truppen am besten koordinieren und den Feind in Schach halten."

„Und der Gildenmeister?"

„Albontius feilt sich gerade die Zehennägel."

„Und auf welcher Plattform tut er das?", fragte Thorn gelangweilt.

„Auf der mittleren. Er ist der Gildenmeister, nicht irgendein Anfänger!"

Rosmertas spöttische Ader hatte schon längst ihre Wirkung auf ihn verloren. Mittlerweile perlten ihre Provokationen von ihm ab wie Regentropfen von einem Öltuch.

„Ach, und was ich noch sagen wollte …"

Thorn kratzte sich gleichmütig die Bartstoppeln.

„Du vergisst hoffentlich nicht, was ich dir am Tag von Liams Hinrichtung gesagt habe – ich habe es nämlich ernst gemeint.“

Rosmerta runzelte fragend die Stirn.

„Ich verstehe einfach nicht, wieso du dir die Gelegenheit hast entgehen lassen, mich unschädlich zu machen!“, fuhr Thorn entschlossen fort. „Ich habe erst kürzlich gegen einen deiner Befehle verstoßen, doch du hast nichts dagegen getan! Wieso hast du mich nicht dafür bestraft? Wieso hast du nicht die Gelegenheit genutzt und mir zumindest meine Waffen abgenommen? Immerhin habe ich damit gedroht, dich zu töten!“

Rosmertas Augen irrlichterten in sichtbarer Verwirrung über sein Gesicht.

„Gegen welche Befehle hast du verstoßen? Eine Drohung ist keine Befehlsverweigerung. Warum sollte ich dich entwaffnen, nur wegen dieser kindischen Aufschneiderei? Glaubst du im Ernst, du stellst für mich irgendeine Gefahr dar? Hinter mir stehen die bestausgebildeten Soldaten des Imperiums!“

Thorn zögerte. Hatte Rosmerta etwa nichts von seinem Versuch, Liams Leben zu retten, mitbekommen? Einer ihrer Legionäre hatte ihn doch niedergeschlagen.

„Die Leibwächter, die dich so pflichtbewusst umringen, werden nicht immer an deiner Seite stehen“, sagte er leise. „Meine Drohung ist keine Befehlsverweigerung, aber sie ist Grund genug …“

Thorn fuhr herum, als er unmittelbar hinter sich ein Räuspern vernahm. *Chara!* Sie warf ihm unter ihrer Kapuze einen eindringlichen Blick zu und legte, unmerklich den Kopf schüttelnd, ihren Zeigefinger auf ihre blassen Lippen. In Thorn begann es zu brodeln. Was zum Henker wusste die Söldnerin? Warum hieß sie ihn, den Mund zu halten?

„Wir beide sprechen uns später“, zischte er und drehte sich erneut Rosmerta zu.

Kalte Wut hämmerte gegen seine Schläfen, Wut, hervorgerufen durch die immerwährende Vorherrschaft seines gottverdammten Misstrauens.

Ein Windstoß pfiff durch die Soldatenreihen und blies ihm eine Strähne über die Augen.

Er wischte sie mit einer gereizten Bewegung aus seinem Gesicht.

„Du solltest dir nichts vormachen, Rosmerta. Ich habe zwar nicht geplant, dir in einer Schlacht wie dieser in den Rücken zu fallen. Heute kämpfen wir auf derselben Seite und stellen uns einem gemeinsamen Feind. Dennoch gedenke ich, mich für Liam zu rächen. Ich kann also nicht dafür garantieren, dass ich eine günstige Gelegenheit an mir vorüberziehen lasse."

„Was …", stammelte Rosmerta fassungslos.

„Ich bin noch nicht fertig."

Thorn setzte sich in seinem Sattel zurecht und starrte regungslos über die Köpfe der Soldaten hinweg.

„Möglich, dass ich es irgendwann einmal vergesse. Ich will's für dich hoffen, aber wetten würde ich nicht darauf. Sicher ist nur, dass ich für keinen Menschen so viel Verachtung hege wie für dich. Selbst mein Zorn auf Cartius verblasst im Vergleich dazu. Er mag Kitayscha auf dem Gewissen haben, aber dass er ein Mann ohne Prinzipien, Ehre oder Mitgefühl ist, möchte ich bezweifeln. Ich habe alles verloren und deshalb habe ich auch keine Angst mehr. Du bist mir …"

Er stockte. Blanker Hass sprang ihn an und er musste sich beherrschen, um seine Stimme im Zaum zu halten.

Er fühlte Charas Blick im Rücken. Doch noch bevor er sich um die Söldnerin kümmern oder seinen Satz zu Ende bringen konnte, erscholl das Trompetensignal, das den Angriff des Feindes ankündigte.

Thorn blickte über die valianische Armee hinweg zur anderen Seite der Verteidigungsanlage und hob die Hand gegen das schräg einfallende Sonnenlicht, das in diesem Moment durch den Nebel brach. Halb geblendet sah er, wie sich das mächtige Sklavenheer vor dem Hintergrund der aufgehenden Sonne langsam in Bewegung setzte.

Rosmerta setzte ihren Helm auf und zischte: „Wir beide sind noch nicht fertig!"

Dann drängte sie ihr Pferd zwischen den Soldaten hindurch, um sich an die Spitze des Kommandoblocks zu setzen und das Schlachtfeld zu überschauen.

Bargh, der den Streit tunlichst ignoriert hatte, folgte ihr entschlossenen Blicks.

Die Kämpfer der ersten Reihen schoben sich wie ein undurchdringlicher Panzer vor. Ihre Schilde klappten in einem Ruck nach vorne und schirmten die Körper der Lanzenträger ab. Unaufhaltsam rollte die riesige Welle an Freiheitskämpfern auf die Palisade zu.

Thorn spähte mit zusammengekniffenen Augen zur Front der valianischen Armee, wo er Gambini auf seiner kastanienbraunen Stute vor den zwischen Palisade und Plattformen postierten Männern auf und ab reiten sah, während jenseits des Walls die Sklaven mit ausgerichteten Speeren auf sie zuhielten. Ihre schweren, gleichmäßigen Schritte hallten von den Bergwänden wider, bis sich ein anderes Geräusch langsam durchsetzte und den Lärm der Sklavenarmee übertönte.

Thorn hob seinen Kopf und beobachtete die Magier auf den Plattformen. Ein dumpfer, monotoner Singsang drang von den Holzgerüsten über den Pass und schwoll allmählich an. Die magischen Worte waren ihm unverständlich. Dennoch erzeugten sie ein sonderbares, beinahe betörendes Gefühl in ihm. Wie ein unsichtbarer Schutzwall legten sie sich um sein Bewusstsein und plötzlich wurde ihm leichter zumute. Er fühlte sich gestärkt, ja, fast unbesiegbar.

Gebannt verfolgte Thorn, wie die Magier ihre Arme in den Himmel streckten und ihre Köpfe in den Nacken warfen. Die Luft um sie herum schien sich plötzlich zu verdichten, bis sie mit einem Mal zu knistern begann, als hätte man sie angezündet, und die Vögel, die sich noch vereinzelt in den kargen Sträuchern auf den Berghängen aufgehalten hatten, stoben panisch in alle Richtungen davon.

Einer plötzlichen Ahnung folgend, drehte Thorn sich um.

Chara stand immer noch hinter ihm und beobachtete ihn aus ihren dunklen Augen.

„Du bist ein Narr, Thorn Gandir“, sagte sie leise, als er sie anblickte. „Wieso erzählst du Rosmerta von deinen Plänen? Was denkst du, erreichst du damit?“

„Darf ich dich fragen, was du hier tust?“, schnauzte er sie an. „Warum, verdammt noch mal, stehst du noch hier und nicht dort, wo du hingehörst? An die Seite deiner Befehlshaberin!“

„Noch ist sie nicht in Gefahr. Aber keine Sorge, ich werde an ihrer Seite stehen, wenn es soweit ist. Erklär mir doch bitte trotzdem, warum du deinem Feind offen drohst? Ziehst du nicht in Erwägung, dass Rosmerta nur darauf wartet, dich zu vernichten? Selbst dein vermeintlicher Schutzpatron Testaceus könnte das nicht verhindern! Vielleicht wäre es sogar zu seinem Besten.“

Weiße Blitze zuckten plötzlich über die valianische Armee hinweg und krachten in die Front der Angreifer. Ein sanfter Brandgeruch breitete sich über dem Pass aus. Offensichtlich hatten die Magier ihre Taktik vom Vortag beibehalten, obgleich es ihnen schwer fallen musste, gegen die Sonne blickend präzise zu zielen.

An Chara schien dies alles wirkungslos vorüberzuziehen, denn sie wandte sich um und starrte auf den felsigen Anstieg, der den Pass im Norden begrenzte. Thorn folgte ihrem Blick.

Weit hinter den Bergen verlief parallel zum Isola-Pass ein schmaler Gebirgspfad, der von hier aus nicht sichtbar war. Thorn wusste von seiner Existenz und er wusste auch, dass er gerade mal breit genug war, um zwei Männern nebeneinander Platz zu bieten.

Und doch, irgendetwas warnte ihn beim Anblick des Bergkamms.

„Warum hast du sie nicht einfach getötet, anstatt sie davor zu warnen?“

Thorn versuchte, Charas Worte zu ignorieren, die wie lästige Mücken seine Gedanken umschwirrten und ihn daran hinderten, einen von ihnen zu Ende zu denken. Er wusste nicht, ob er wütend sein sollte, weil sie ihn davon abhielt, diesem bedrohlichen Gefühl auf den Grund zu gehen, oder weil sie ihm seine Schwächen vorhielt. Doch bevor er seine Gedanken ordnen konnte, ertönte ein leises Sirren in der Luft.

Und dann hob sich plötzlich der Schleier, der sich über seinen Verstand gelegt hatte, und die Angst kroch ihm kalt den Nacken hoch.

* * *

Testaceus ruhte mit dem Gesicht zur Tür auf einer Liege des Tricliniums und ging in Gedanken die Ereignisse der letzten Tage durch.

Die Euphorie, die aufgrund von Cartius' stetem Vorrücken unter den Sklaven in Valianor aufgekommen war, hatte zu mehreren Anschlägen auf diverse reiche Bürger und andere angesehene Persönlichkeiten geführt, wobei zwölf Menschen ums Leben gekommen waren. Die Sache hatte sich erledigt, sobald die Prätorianergarde verstärkt in den Straßen patrouillierte. Innerhalb von zwei Tagen waren die aufrührerischen Sklaven festgenommen, gekreuzigt und der Friede in den Straßen Valianors wiederhergestellt. Testaceus hatte sich selbst kaum bemühen müssen, was ihm nur recht gewesen war, zumal er sich um Wichtigeres kümmern musste, unter anderem um die Verwirklichung seines Plans.

In seiner Hand hielt er einen länglichen Gegenstand, der mit roten und schwarzen Edelsteinen besetzt war und golden schimmerte. Auf einem der fünf gezackten Metallblätter am Kopf des veredelten Streitkolbens befand sich ein Symbol – ein Schwert, das mit der Spitze nach unten zeigte. Nur die Klinge des Schwertes war silbern, der Rest des Symbols war, wie der Stab selbst, aus purem Gold. Ohne den Gegenstand anzusehen, wog er ihn in seiner Hand und legte ihn wieder neben die schwarze Kiste, aus der er ihn entnommen hatte. Dann stand er auf und ging zum Fenster.

Der Morgen versprach einen wolkenlosen Tag und die Nacht würde noch auf sich warten lassen – eine Nacht, die Rosmerta und dem valianischen Heer wahrscheinlich bange Augenblicke bringen würde. Aber dies beunruhigte ihn nicht weiter. Die Schlacht am Isola-Pass war unbedeutend. Die eigentliche Schlacht würde erst in ein paar Tagen vor den Toren Valianors ausgetragen werden und dann würde sich zeigen, ob Lestrang mit seiner Vision recht behalten sollte.

Testaceus faltete seine Hände und blickte zurück zu dem goldenen Gegenstand, dessen Edelsteine verführerisch glitzerten. *Das Zepter der Macht*, *Valians Zepter …*

Es würde dafür sorgen, dass er, Testaceus, seinen Plan vollenden konnte.

Thorn Gandir hatte das Zepter in seinem Auftrag nach Valianor gebracht, ohne zu ahnen, welche Bedeutung es in sich barg. Nun würde das Zepter in der Hand von Antonius Virgil Testaceus die Stadt zu neuem Ruhm führen …

Doch wenn das Herz noch schlägt, dann wird sich das Blatt wenden. Denn das Herz schlägt zweierlei: Der Schlag, der liebt, wird aus Liebe zum Leben zum Mörder. Und jener, der herrscht, wird aus Liebe zur Macht zum Sieger. Beide zerschlagen das Schwert.

Und beide sind ihrem Blut treu, doch einer von beiden bricht mit dem maßgebenden Verstand.

Dies waren Lestrangs Worte gewesen. In den nächsten Tagen würde es sich entscheiden und er, Testaceus, würde mit dem Ergebnis zufrieden sein – nicht glücklich, aber zufrieden. Doch nicht das Glück war es, das es zu erstreben galt, sondern die Zufriedenheit und es war nun einmal eine Laune des Lebens, dass es sich nie aller Wünsche annahm.

Einer seiner beiden Vertrauten würde ihn enttäuschen und Testaceus hatte keinen Zweifel daran, wer. Die Frage war lediglich, *wann* es soweit sein würde. Aber da der Sieg greifbar nahe war, würde er dieser kleinen Abweichung seiner Pläne nicht allzu viel Beachtung schenken. Wichtig war, dass die *Helden des Imperiums* die Bedrohung nach Valianor führten. Denn eine Bedrohung wurde nur dann als solche wahrgenommen, wenn sie direkt vor der Haustür ihre demoralisierende Macht entfaltete. Ja, wenn sogar Helden an ihr scheiterten, war diese Macht absolut. Und genauso wollte Testaceus sie haben. Der Fall Cartius' würde Geschichte schreiben. Und Thorn und Rosmerta würden dafür sorgen.

Denn das Herz schlug noch und würde auch morgen noch schlagen, dessen war er sich sicher.

* * *

Die Felsen und Sträucher im Norden des Passes schienen sich plötzlich in Bewegung zu setzen. Gestalten schälten sich unweit von Thorn aus dem ansteigenden Gelände. Mehrere Dutzend Pfeile prasselten auf den Kommandoblock nieder und blieben vibrierend in den Körpern der Legionäre stecken. Kommando- und Schmerzensschreie jagten sich. Thorn sah gerade noch, wie sich die Angreifer direkt auf ihn zubewegten, dann presste er Sankris die Fersen in die Seiten und drängte ihn durch den löchrigen Ring aus Leibgardisten auf Rosmerta zu.

„Hierher!", schrie er wie von Sinnen. „Das ist ein Hinterhalt! Sie kommen übers Gebirge!"

Beim nächsten Pfeilhagel riss Thorn Sankris zur Seite und atmete erleichtert aus. Kein Pfeil hatte ihn getroffen. Doch dann erspähte er aus dem Augenwinkel, wie unmittelbar hinter ihm jemand zu Boden ging und eine schlimme Ahnung ließ ihn den Kopf herumreißen. *Chara!*

Mit hämmerndem Herzen rutschte er von Sankris' Rücken und fiel neben ihr auf die Knie. Sie trug immer noch ihre Kapuze, doch Thorn erkannte entsetzt, dass zwei Pfeile in ihrer Brust steckten.

„Nicht doch!", presste er hervor.

Cartius' Falle schnappte zu und er konnte nicht das Geringste dagegen tun!

„Keine Sorge, Gandir", murmelte Chara und Thorn spürte, wie er sich entspannte. „Alles halb so schlimm. Keine tödlichen Treffer."

„Ich werde dich ins Lazarett bringen. Ich …" Er wollte sie schon hochheben, doch Chara drückte seine Hand fort.

„Verschwinde und tu, weswegen du hier bist. Ich komm' schon zurecht."

Einen Moment lang konnte er sich nicht rühren. Bleierne Ohnmacht hatte sich über seine Glieder gelegt und drohte, seinen Verstand außer Kraft zu setzen.

Doch dann nickte er, atmete tief durch und griff nach Sankris' Zügeln. Er beobachtete, wie sich Chara auf die Beine kämpfte. Danach warf er ihr einen letzten Blick zu und marschierte, Sankris hinter sich herzerrend, zwischen den Soldaten durch den aufgeriebenen Kommandoblock, wobei er immer wieder auf dem Boden liegenden Leichen ausweichen musste.

Nachdem er in der Menge verschwunden war, wandte Chara sich ab und ging über die Kuppe zum Lager hinab. Auf dem Weg brach sie die in ihrer Brust steckenden Pfeile ab. Sie zuckte weder zusammen, noch zeigte sich an ihrer Haltung und Bewegung auch nur der Hauch eines empfundenen Schmerzes.

Unterdessen überschlugen sich Thorns Gedanken. Warum hatte er nicht einmal in Erwägung gezogen, dass Cartius eine andere Strategie verfolgte als die, die man von ihm erwartete? Cartius war nicht dumm. Thorn selbst hatte Rosmerta gewarnt, als sie auf der Flucht gewesen waren: *Die haben Späher, meine Liebe, gut ausgebildete Späher. Brunius Doridorus Cartius ist nicht irgendein heruntergekommener Sklave! Er war der Zenturio der 21. Legion und für seine wohlüberlegten Kampfstrategien bekannt.*

„Ich bin ein verdammter Idiot!“, fluchte Thorn leise.

Rosmertas Schimmel trabte unruhig durch die Reihen der Soldaten und blieb tänzelnd neben Sankris stehen, während seine Reiterin wie wild ins Schlachtgetümmel brüllte, um die Soldaten zur Umorientierung zu bewegen.

Bargh stand breitbeinig daneben, seine Axt fest in beiden Händen, und wartete grimmig darauf, endlich zuschlagen zu können. Wenn Thorn es nicht besser gewusst hätte, er wäre beim Anblick seines furchterregenden Ausdrucks unweigerlich zurückgewichen.

Plötzlich ließ der Vallander sein Schlachtbeil sinken und packte Rosmertas Schenkel.

„Ihr steigt besser vom Pferd, Kommandantin! Sonst erkennen die schon von Weitem, auf wen sie zielen müssen.“

Sein stählerner Blick heftete sich auf ihre Augen, doch Rosmerta starrte ihn nur völlig verständnislos an und schien ihn gar nicht wahrzunehmen.

Soll sie doch bleiben, wo sie ist!, dachte Thorn.

Wenn man sie vom Pferd prügelte, würde ihm das vieles ersparen. Doch Bargh ließ nicht locker. Er schob Thorn sanft zur Seite, packte Rosmertas Arme und hob sie wie eine Feder vom Pferd. Sie ließ es ohne Widerrede geschehen.

Die ersten Angreifer prallten auf die noch verbliebenen Gardisten. Die Soldaten drängten sich um ihre Kommandantin und setzten sich mit ganzer Kraft zur Wehr, doch es waren bei Weitem zu wenige, um dem aggressiven Angriff der Sklaven standhalten zu können. Nahezu ungebremst durchbrachen die Sklaven die Reihen, Schwertklingen blitzten auf und schnitten sich durch Rüstung und Fleisch. Das Klatschen der gegen die Schilde prallenden Gedärme vermischte sich gespenstisch mit dem Geräusch von splitternden Knochen und während ein Gardist nach dem anderen fiel, färbte sich der Boden zu ihren Füßen blutrot.

Thorn ließ Sankris' Zügel los und drängte die anderen soweit wie möglich ins Zentrum des Kommandoblocks. Sein Blick wanderte immer wieder zu den hölzernen Plattformen weiter unten.

Auf der den Pass zu seiner Linken begrenzenden Anhöhe nahm Thorn eine Bewegung wahr. Entsetzt verfolgte er, wie sich langsam ein weiterer gegnerischer Trupp aus dem Berg herauszuschälen begann und in halsbrecherischem Tempo auf den Ausläufer der Magier-Plattformen zustürmte. Am anderen Ende des Schutzwalls offenbarte sich ihm exakt das gleiche Bild. Die Magierplattformen wurden von beiden Seiten aus angegriffen.

All seine Hoffnung lag nun in den Händen der Magier, die im Augenblick ihre Zauber auf die Hauptbedrohung lenkten – auf jene Angreifer, die von den Berghängen aus die äußersten Plattformen angriffen. Aber Thorn wusste nur zu gut, dass sie einen Großteil ihrer Kraft bereits tags zuvor aufgebraucht hatten. Sie konnten die Angreifer höchstens hinhalten, um ihren eigenen Leuten Zeit zu verschaffen, aber nicht mehr lange. Ihre Energie würde sich bald erschöpfen und dann brauchten sie Zeit und Ruhe, um wieder zu Kräften zu kommen. Cartius hatte seine Sache gut gemacht.

Unmittelbar neben seinem Kopf sauste das Schwert eines Sklaven vorbei, der es geschafft hatte, durch den Verteidigungsring zu brechen. Doch bevor er jemandem Schaden zufügen konnte, hatte Bargh ihm den Schädel gespalten. Im Gesicht des Vallanders klebte das Blut des Angreifers und untermalte auf grausame Weise den unheilvollen Ausdruck seiner Augen. Sein sonst so freundlicher Blick und sein lustiges Augenzwinkern waren wie weggewischt. Bargh lechzte regelrecht nach dem Blut des Feindes.

Rosmerta hatte sich unterdessen wieder gefangen und schrie wie von Sinnen Befehle durch die Gegend. Viele der Leibgardisten waren bereits gefallen, noch bevor sie die Gefahr überhaupt erkannt hatten. Ein kleiner Teil der restlichen Armee hatte sich von den Blöcken gelöst und eilte nun im Laufschritt herauf zum Pass, um den Kommandoblock zu sichern, während der Großteil der Armee verzweifelt versuchte, sich umzuorientieren und die Sklaven rechts und links der Verteidigungsanlage in Schach zu halten. Da sich diese ihrem Sieg nun um einiges näher sahen, gingen sie mit wesentlich stärkerem Engagement zur Sache und brachten den imperialen Widerstand an beiden Enden des Walls in große Bedrängnis.

Thorn wirbelte herum, duckte sich unter dem Schwert eines Sklaven weg und stieß diesem sein eigenes in die Seite. Schwerfällig sackte der Mann in sich zusammen. Während Thorn wieder hochkam, schnitt er einem anderen Sklaven die Beine unter dem Körper weg und wehrte einen Schlag von hinten ab, indem er sein Schwert im letzten Augenblick hochriss. Stahl klirrte, als die Schwerter aufeinanderprallten. Thorn zog seine Waffe so schnell unter dem Druck der anderen Klinge weg, dass sein Angreifer das Gleichgewicht verlor und zu taumeln begann. Thorns nächster Schlag trennte dessen Schwertarm ab.

Unter qualvollen Schreien presste der Verwundete seine Hand auf den blutigen Stumpf, brach nieder und stierte wie paralysiert auf seine grauenvolle Wunde. Thorn ließ ihn in seiner Blutlache knien und hielt nach Rosmerta Ausschau, die, umringt von Bargh und dem Rest der Leibwache, langsam abgedrängt wurde.

Rosmertas Kreischen drang an sein Ohr, als er gerade einem weiteren von Cartius' Männern das Schwert in die Rippen stieß.

„Wo zur Hölle bleibt die Verstärkung?!"

Wenig später waren die valianischen Soldaten, die von beiden Passseiten aus zum Kommandoblock hochgestürmt waren, bei ihnen. Sie kamen im allerletzten Moment. Inzwischen hatten die Sklaven die beiden Zenturien der Leibgarde bis auf fünf Männer vollständig aufgerieben.

Thorn setzte seinen Weg durch die schwitzenden Legionäre fort, die alles daransetzten, ihre Angreifer in Schach zu halten.

Plötzlich hörte er Rosmertas erstickten Schrei, gefolgt von dem dröhnenden Fluchen des Barbaren.

Der Schrei ging in ein winselndes Kreischen über, das Thorn das Blut in den Adern gefrieren ließ. Es war wie der Schrei eines wild gewordenen Tiers, das in der Falle saß und angesichts seiner Niederlage und des nahenden Todes vor Wut und Angst tobte.

In dem ringsherum herrschenden Chaos nahm Thorn vage wahr, wie sich die valianische Armee allmählich zu ordnen begann und einen Großteil ihrer Schlagkraft auf die Hauptbedrohung lenkte, die sich immer noch auf die äußeren Magier-Plattformen richtete.

„Sie nehmen die rechte und linke Flanke!", brüllte Zenturio Gambini und Thorn registrierte, wie sich das Hauptkontingent der Sklavenarmee vor dem Schutzwall teilte.

Der Zenturio forderte die Magier auf, die Blöcke an den Flanken zu sichern, und befahl den Schwertkämpfern des mittleren Kampfblocks zu verhindern, dass die feindliche Armee in einen Dreizack-Angriff überging. Offenbar waren Cartius' Männer jenseits der Palisade drauf und dran, einen Keil zu bilden, um die valianische Armee aufzuspalten.

„Haltet die Palisade!", drang Gambinis Stimme über den Lärm der Schlacht hinweg. „Die Palisade darf nicht fallen! Habt ihr verstanden?! Haltet sie!"

Thorn dankte den Göttern, dass es ihm erspart blieb, die Truppen zu kommandieren. Er würde um nichts in der Welt mit Gambini tauschen wollen, schon deshalb, weil es nahezu unmöglich war, sich bei dem Lärm das gewünschte Gehör zu verschaffen. Aber die valianischen Streitkräfte funktionierten auch ohne Befehle wie ein perfekt trainierter Schwertarm. Sowohl die Soldaten als auch die Magier reagierten automatisch auf die Strategie der feindlichen Armee und begannen bereits, ihre Kräfte zu sammeln und gegen die jeweils akute Gefahr zu richten.

Eine plötzliche, sengende Hitze erfüllte die Luft, die von den äußeren Plattformen ausging und sich rasch über den Hang ausbreitete. Mit gegen das Sonnenlicht zusammengekniffenen Augen sah Thorn, wie gewaltige Feuerbälle über den Plattformen tanzten und durch die Luft zischten. Gleißende Kugeln von etwa einem Schritt Durchmesser, geschaffen und genährt durch die Magie der Männer und Frauen auf den äußeren Plattformen, schossen brennend auf die Sklaven zu, während die Magier all ihre Kräfte bündelten, um ihren Flug zu kontrollieren. Eine unerträgliche Hitzewelle breitete sich über den Kriegern aus. Thorn vergaß einen Moment lang, die Sklaven im Auge zu behalten, und starrte ehrfürchtig auf die entfesselte Macht der Zerstörung. Doch während die Magier noch ihr tödliches Feuer auf die Sklaven lenkten, sirrten Hunderte Pfeile von den Felsen zur Rechten und Linken des Passes auf sie nieder. Einige Feuerbälle explodierten, noch bevor sie ihr Ziel erreichten und Thorn sah, wie gut ein Drittel der Magier zusammensackte oder in stummer Todesqual von den Plattformen stürzte.

Im selben Moment gingen die noch intakten Feuerkugeln auf ihre Opfer nieder und ließen die Schmerzensschreie der Sklaven als grauenvolles Echo von den Bergwänden widerhallen. Rauch stieg zwischen den heranstürmenden Freiheitskämpfern auf und schraubte sich in schwarzen Säulen in den azurblauen Morgenhimmel. Thorn versuchte, die Bilder der verkohlten und verstümmelten Leichen abzuschmettern und durch den Rauch und das Sonnenlicht etwas zu erkennen. Seinem Eindruck nach hatten die Magier den Ansturm der Sklaven zwar gebremst, aber nicht aufgehalten.

Ein Soldat der zur Hilfe geeilten Nachhut trat ihm schmerzhaft auf den Fuß, als dieser rücklings dem rasselnden Morgenstern eines Sklaven ausweichen wollte. Noch ehe sich Thorn aus der Gefahrenzone manövrieren konnte, klatschte eine blutige Masse gegen seine Wange und rann warm seinen Hals hinab. Hektisch wischte sich Thorn mit dem Ärmel übers Gesicht. Bilder aus der vernichtenden Schlacht im Emlin-Tal drängten sich vor sein inneres Auge. Er umfasste mit hartem Griff sein Schwert. Und plötzlich überwältigte ihn eine unbändige Wut und versengte jeden vernünftigen Gedanken.

Thorn wehrte sich nicht dagegen. Er ließ sich von dem Gefühl und dem brennenden Verlangen nach Rache überwältigen. Mit hasserfülltem Schrei stürzte er sich auf den Angreifer und trieb ihm sein Schwert unterhalb der Schulterblätter mit einer derartigen Kraft in den Leib, dass es auf der anderen Seite wieder austrat. Danach riss er die Waffe zurück und beobachtete mit kaltem Blick, wie der Mann vor ihm auf die Knie sank und mit dem Kopf hart auf einen Stein aufschlug.

Dann, endlich, entdeckte er Rosmerta und Bargh. Der Barbar trug die Kommandantin wie einen Mehlsack über seiner Schulter, während er mit seiner Rechten auf die Sklaven eindrosch. Wie ein Berserker kämpfte er gegen jeden Angreifer, der ihnen zu nahe kam, und schlug mit seiner Axt gewaltige Löcher in die Front des Feindes. Immer häufiger gelang es Einzelnen, sich bis zu Bargh durchzuschlagen, nur um unmittelbar später blutüberströmt vor seinen Füßen zu liegen.

Thorn wollte seinen Weg fortsetzen, doch da beschleunigte sich sein Herzschlag plötzlich merklich. Er spürte, wie seine Beine weich wurden und sein Atem flacher. Taumelnd blieb er stehen und noch bevor ihm bewusst wurde, was passiert war, ließ er sein Schwert fallen und riss seine Hand hoch. Sie blieb an einem Pfeilschaft hängen, der unmittelbar unter seinem Ohr steckte. Thorn stöhnte auf und biss die Zähne zusammen. Im Strudel seiner gehetzten Gedanken drang die Stimme des Barbaren wie ein unheilvolles Fanal zu ihm durch.

Eine Welle aus Angst schlug über ihm zusammen. Thorn wusste, dass der Vallander in schlimmer Bedrängnis war, doch er sah ihn nicht. Stattdessen fühlte er, wie die Kraft seinen Körper allmählich verließ und seine Knie immer weicher wurden.

Zitternd versuchte er, Barghs Namen zu rufen, aber seine Stimme verpuffte zu einem heiseren Flüstern.

Wieder drangen Barghs verzweifelte Schreie an sein Ohr. Thorn versuchte, der Stimme zu folgen und stolperte über einen blutüberströmten Körper.

„Haltet durch, Kommandantin, bitte!“, hörte er Bargh flehen.

Dann vernahm er das Splittern von Knochen.

„Rosmerta, bitte, sterbt jetzt bloß nicht!“

Thorn rang nach Luft, als sich die Klinge eines Schwertes in seine Seite bohrte. Der Stoß war so gewaltig, dass er spüren konnte, wie die Spitze auf seine unterste Rippe stieß. Ein dumpfer Schmerz kroch von seinen Nieren in Arme und Beine. Jede Ader in seinem Körper begann in plötzlicher Alarmbereitschaft heftig zu pulsieren. Zitternd ließ er seinen Kopf auf die Brust sinken und starrte wie gelähmt auf die breite Klinge in seiner Seite. Es war ein so abartiges Bild, dass er glaubte zu träumen. Dann quälte ihn ein plötzlicher Hustenkrampf und riss ihn gewaltsam in die Realität zurück. In flachen Zügen atmend, wankte er einen Schritt rückwärts, doch eine Woge glühender Schmerzen schüttelte ihn so heftig, dass er sich verzweifelt an der Schwertklinge in seinem Körper festklammerte. Alles um ihn herum hatte sich verlangsamt. Thorn verstand nicht, warum sein Angreifer die Waffe nicht zurückzog, warum nichts geschah. Er fühlte nur den Schmerz, die Angst und das Ausbluten seines Körpers. Er spürte, wie sich der kalte Stahl in seine Handinnenfläche schnitt und sah das Blut von seinen Fingern tropfen. Speichel troff von seiner Lippe auf seine Hand. Würgend spuckte er aus, während er krampfhaft versuchte, sich auf den Beinen zu halten und seinen Geist vor dem grauenvollen Anblick unterhalb seiner Brust zu verschließen.

Dann ging ein Ruck durch seinen Körper. Einen zähen Moment lang trafen seine Augen auf die Augen seines Angreifers, der die blutige Klinge zurückgerissen hatte. Thorn fand keine Befriedigung in ihnen. Auch keinen Hass oder Genugtuung. Schweigend wandte sich der Sklave ab und verschwand in der Menge.

Thorn spürte nichts mehr. Seine Beine gaben nach und er stürzte mit dem Gesicht nach unten auf die Erde. Die Schreie des Barbaren drangen nur noch leise und verhalten zu ihm durch.

„Bargh!", würgte er mit letzter Kraft hervor.

Und dann ertönte ein Surren in seinen Ohren, das immer lauter wurde. Es war vorbei.

Cartius hat seine Sache gut gemacht!

Es war der letzte Gedanke, bevor ihn die Dunkelheit umfing.

Erwachen

Rosmertas verschleierter Blick wanderte über den festen Verband um ihren Bauch bis zu ihren nackten Beinen, die lustlos von der Bettmatratze baumelten. Die Nacht war über den Isola-Pass hereingebrochen und draußen herrschte eine beängstigende Ruhe. Zum ersten Mal seit Langem war Rosmerta nicht zum Sprechen zumute. Im Grunde war ihr nach gar nichts zumute und sie hätte am liebsten ihre Augen geschlossen, sich auf das Kissen in ihrem Rücken fallen lassen und vergessen – vergessen, dass sie die fähigsten Soldaten des Imperiums bei ihrem ersten Einsatz als Kommandantin in eine Niederlage geführt hatte. Mit der verbliebenen armseligen Resttruppe würde sie diese Schlacht nicht mehr gewinnen können.

Und Cartius, wo auch immer er war, amüsierte sich wahrscheinlich blendend darüber, dass der Senat eine Frau zur Befehlshaberin seiner Truppen auserkoren hatte. Er saß ganz bestimmt mit seinen Kumpanen bei einem Fass Wein und schilderte in den schillerndsten Farben, wie er, ehemaliger Zenturio und Stolz des valianischen Militärs, eben diesem einen gewaltigen Strich durch die Rechnung gemacht hatte und das nur deshalb, weil sie alle zu dämlich gewesen waren, seine ach so geniale Strategie zu durchschauen. Einen Trupp seiner fähigsten Leute über die Berghänge zu schicken, auf diesem Weg den Kommandoblock aufzureiben und die Flanken der Verteidigungsanlagen anzugreifen, war in der Tat ein Geniestreich. In dem entstandenen Chaos und mit der Sonne im Rücken konnte er dann mit seiner Hauptstreitmacht ungehindert die Palisade stürmen lassen. Rosmerta wusste, dass sie sich vor dem Senat würde verantworten müssen, falls sie dieses Desaster überleben sollte, und das würde eine höchst demütigende Angelegenheit werden.

Die tiefe Wunde über ihrem Bauch schmerzte noch, hatte sich aber geschlossen. Die Heiler hatten großartige Arbeit geleistet. Trotzdem fühlte sie sich ausgelaugt und durstig und ihre Heilung war nur ein schwacher Trost. Nichts konnte die Schmach der Niederlage erträglicher machen. Nicht einmal die Tatsache, dass sie trotz der schweren Verletzung überlebt hatte. Vielleicht wäre der Tod einer derartigen Demütigung sogar vorzuziehen. Rosmerta schlang sich das Laken um die Brust und stand auf. Abwesend starrte sie auf den reich verzierten Holztisch und trat mit ihren nackten Füßen die Fransen des Teppichs platt. Aus ihrer inneren Leere drängte ein vertrautes Gefühl an die Oberfläche, das sie seit ewigen Zeiten nicht mehr empfunden hatte – der stechende Schmerz absoluter Einsamkeit und das quälende Verlangen nach dem Schutz und der Obhut eines Menschen, der sie liebte. Ihre Schultern begannen zu zittern. Mit einem verzweifelten Schluchzen sank sie zu Boden, rollte sich zu einem kleinen Bündel ein und zog das Laken über ihren Kopf. *Thorn!* Es war alles seine Schuld! Bei all ihren Überlegungen, wie sie sich für seine Beleidigungen rächen konnte, hatte sie den Überblick verloren! Und nun war sie allein *und* gescheitert.

Wie lange sie weinend auf dem Boden kauerte, wusste sie nicht, aber als sie sich gerade aufrappeln wollte, schob Zenturio Gambini die Zeltplane zur Seite und machte große Augen.

Rosmerta raffte das Laken um ihre Brust und erhob sich, so schnell sie konnte. Ihre Haare klebten an den noch tränennassen Wangen und ihre Augen waren rot und verquollen.

Als der Zenturio salutierte, erhob sie stolz den Kopf.

„Verzeiht die Störung, Kommandantin, aber ich habe Euch etwas mitzuteilen."

„Warum lungert Ihr dann noch im Eingang herum?!", fuhr sie ihn wütend an und wandte sich ihrer Kleidertruhe zu.

Mit sicherem Griff zog sie eine weiße Tunika heraus und ließ vor den verlegenen Blicken Gambinis das Laken fallen, bevor sie das weiße Leinen überwarf.

„Worauf wartet Ihr?!", blaffte sie ihn an, während sie sich die Kordel um die Hüften band und ihn dabei keines Blickes würdigte. „Fangt schon an!"

„Natürlich, Kommandantin … Mein Fehler! Verzeiht.“

Er steuerte auf den Tisch zu, wo er vorerst unsicher stehen blieb.

Rosmerta setzte sich auf einen Stuhl, schenkte sich Wein ein und schwenkte lasziv den Becher, wobei sie Gambini bedeutete, sich zu setzen. Nachdem er ihrer Einladung gefolgt war, sah sie ihn erwartungsvoll an.

„Nun, die Lage ist äußerst verdrießlich“, begann Gambini und griff sich auf einen Fingerzeig Rosmertas hin den anderen Becher.

„Was Ihr nicht sagt!“

Rosmerta fühlte sich peinlich berührt. Sie hatte sich eine unerlaubte Blöße vor diesem Mann gegeben und hätte alles dafür getan, die Sache rückgängig zu machen. Nun konnte sie nur noch versuchen, wenigstens einen Teil ihrer Würde zurückzugewinnen. Einen Augenblick lang vergaß sie die Anwesenheit des Zenturios und schloss die Augen. Der Alkohol rann ihr samtig die Kehle hinab und wärmte sie von innen. Die Tränen hatten die Qual der Einsamkeit, die Angst zu versagen und die Sehnsucht nach Verständnis und Geborgenheit weggespült. Es war das letzte Mal gewesen, dass sie sich von derartigen Gefühlen hatte hinreißen lassen und das allerletzte Mal, dass sie eine solche Schwäche zuließ. Die Leute sollten über sie denken, was immer sie wollten, sie würde sie schon eines Besseren belehren. Sie war mehr wert als die anderen und jeder, der daran zweifelte, würde seine Meinung ändern, sobald er ihr persönlich gegenüberstand – und in letzter Konsequenz vor ihr zu Kreuze kriechen, dessen war sie sich sicher. Sie selbst würde dafür sorgen.

„Kommandantin Rosmerta, Ihr habt gestern eine große Schlacht geschlagen, Ihr habt Eurem Namen alle Ehre …“

„Erspart mir die Speichelleckerei und kommt zur Sache!“, unterbrach sie ihn unwirsch. „Was habt Ihr mir zu sagen?“

Gambini sog die Luft ein und versuchte, seinen Ärger hinunterzuschlucken.

„Wie wir feststellen mussten, hat man uns mit dem Lager, das die Sklaven am Fuß des Passes aufgeschlagen hatten, erfolgreich hinters Licht geführt! Die Größe des Lagers deckt sich bei Weitem nicht mit der

Größe der Streitmacht. Das Lager ist auf die Größenordnung einer dreihunderttausend Mann starken Armee zugeschnitten. Tatsächlich ließ Cartius aber höchstens ein Zehntel davon am Isola-Pass gegen uns antreten. Wir haben also höchstens gegen dreißigtausend Mann gekämpft."

Rosmerta klemmte sich eine Haarsträhne hinters Ohr.

„Und wo befinden sich die restlichen zweihundertsiebzigtausend?"

Gambini rieb sich seufzend die Augen.

„Genau das ist es, was ich Euch gerade mitteilen wollte und was mir heftige Kopfschmerzen bereitet. Gerade haben drei unserer Späher berichtet, dass fast ein Drittel des restlichen Sklavenheers auf dem Weg nach Valianor ist. Sie haben am westlichen Fuß des Passes ihr Lager aufgeschlagen. Das bedeutet, wir sind eingekesselt. Wir können weder Richtung Nadrus-Tal, denn dort stehen immer noch fast zwanzigtausend Sklaven, die uns den Weg abschneiden, noch nach Valianor."

Rosmerta spuckte den Wein zurück in den Becher und starrte ihn fassungslos an.

„Wie bitte? Soll das heißen, wir sitzen auf diesem gottverdammten Pass fest?"

Gambini nickte.

„Genau das, ja."

Rosmerta stand, den Becher umklammernd, ruckartig auf, wobei sie etwas Wein auf den prachtvollen Teppich verschüttete und begann, verfolgt von Gambinis sorgenvollen Blicken, rastlos im Zelt herumzuwandern.

„Seid so gut und erklärt mir das. Ich habe nämlich das Gefühl, ich komm' hier nicht ganz mit. Wie bei allen Dämonen finsterster Gestalt kommt Cartius mit *einem Drittel* seines dreihunderttausend Mann starken Heers vom Nadrus-Tal in das Gebiet jenseits des Passes, ohne dass wir Wind davon bekommen?!"

Gambini schluckte und starrte düster auf die Tischplatte.

„Sie haben den Weg über die Berge genommen und sind so um uns herummarschiert."

„Was?! Welchen Weg?!"

„Den alten Bergpfad“, antwortete Gambini so leise, dass Rosmerta ihn gerade noch verstehen konnte.

Sie blickte ihn an, als hätte er den Verstand verloren.

„Diesen Trampelpfad? So ein Schwachsinn, der ist gerade mal breit genug, dass ein oder höchstens zwei Mann darauf gehen können, von Pferden ganz zu schweigen!“

„Richtig, und doch hat er seine Armee dort hinübergeschickt. Dann sind sie eben hintereinander und nicht nebeneinander gegangen – mit leichtem Gepäck, während wir uns zwei Tage lang mit den dreißigtausend Sklaven am Pass bekriegten.“

„Zweihundertsiebzigtausend Männer im Gänsemarsch?!“

„Ganz genau.“

„Das heißt, etwa hundertachtzigtausend Sklaven sind noch unterwegs, während der Rest bereits auf Valianor zu marschiert.“

„So ist es.“

Rosmerta blieb vor dem Tisch stehen und fuhr sich verwirrt durch ihr verfilztes Haar.

„Über die Berge also“, murmelte sie und kaute nervös auf ihrer Unterlippe.

Sie kippte den Wein hinunter, knallte den Becher auf den Tisch und schritt entschlossen zur Karte.

„Kommt her!“, forderte sie Gambini auf, der sich auf der Stelle aus seinem Stuhl erhob.

Mit einem Blick auf die Karte meinte er zögernd: „Ich sehe da nur eine Möglichkeit, Kommandantin.“

„Dann seid so freundlich und teilt sie mir mit!“

Gambini stützte sich mit einer Hand auf den Kartentisch und zeigte mit dem Finger auf einen schmalen Weg, der von der Passkuppe über die Berge Richtung Süden verlief und dann zur Hauptstraße nach Valianor führte.

„Dies ist ein alter Bergweg. Ein Weg, der noch schmaler ist als jener, den Cartius nutzte, aber die einzige Möglichkeit, einen Boten nach Valianor zu entsenden, der dem Senat unsere Lage schildert. In der Zwischenzeit werden wir die Sklaven so lange wie möglich in Schach halten. Unsere Soldaten werden bis zum Tode kämpfen, wenn es sein muss. Vielleicht schickt man uns Verstärkung. Vielleicht halten wir solange durch."

„Pff! Lächerlich! Es gibt keine Verstärkung! Glaubt Ihr, dass man uns sonst mit den wenigen Soldaten hätte losziehen lassen? Ganz sicher nicht." Grübelnd starrte sie auf die Karte.

„Nein, es muss eine andere Möglichkeit geben."

„Es gibt keine andere Möglichkeit", sagte Gambini nachdrücklich.

Rosmerta warf ihm einen verächtlichen Blick zu. Sie verspürte nicht die geringste Lust, mit ihren Soldaten ehrenvoll auf dem Schlachtfeld zu sterben. Dies mochte unter Männern so üblich sein, aber für eine Frau ihres Niveaus war es völlig inakzeptabel. Sie hatte andere Pläne und war noch lange nicht bereit, ihr Leben einfach wegzuwerfen. Gedankenschwer starrte sie auf den Bergweg. Es gab bestimmt eine Alternative. Es gab immer eine Alternative! Besonders in solchen Belangen war sie stets findig gewesen, vor allem, wenn es um ihr eigenes Leben ging.

Und dann kam ihr eine Idee. Eine idiotisch einfache Idee!

Ein Lächeln wanderte über ihr Gesicht, als sie ihren Blick von der Karte hob. Nein, es war noch lange nicht an der Zeit, sich über das Sterben Gedanken zu machen! Die Hände hinter dem Rücken gefaltet, drückte sie sich mit den Fußballen vom Boden ab und sah Gambini fest in die Augen.

„Was Cartius keine Probleme macht, bringt auch mich nicht in Verlegenheit."

„Wie bitte?", fragte der Zenturio verwirrt und Rosmertas Stimme wurde kalt und scharf: „Ich befehle den sofortigen Aufbruch! Das Lager wird genauso belassen, wie es ist. Mit anderen Worten, die Zelte, die Palisade, die Plattformen und so weiter bleiben, wo sie sind! Keiner der Soldaten soll auf die Idee kommen, seine Rüstung anzulegen, sondern diese stattdessen geräuschsicher verpacken, ebenso seine Waffen."

Sie wedelte mit der Hand vor Gambinis Gesicht herum, als wollte sie etwas Nervtötendes abschütteln.

„Sie sollen sie in Tücher wickeln oder was weiß ich! Hauptsache, die Metallteile machen beim Marschieren keinen Lärm! Ich erwarte, dass alle abmarschbereit sind, sobald ich meinen eigenen Krempel zusammenhabe. Bis dahin gilt, sich so leise wie möglich zu verhalten!"

Der Zenturio starrte Rosmerta fassungslos an, die sich lässig in ihren Stuhl fallen ließ.

„*Wohin* sollen wir aufbrechen?"

„Seid Ihr schwer von Begriff?! Ihr habt mir gerade ans Herz gelegt, einen Boten über den alten Bergweg zu schicken. Genau das werden wir tun! Nur, dass *ich* der Bote bin und mich mein Heer begleiten wird. Warum nur einen Boten schicken, wenn wir alle fliehen können?"

„Aber …"

Rosmerta trommelte gereizt mit ihren Fingernägeln auf die Sessellehne.

„Ihr befolgt jetzt auf der Stelle meinen Befehl, habt Ihr verstanden!", fauchte sie.

Gambini steuerte auf den Zelteingang zu, blieb dann aber stehen.

„Und was passiert mit den Verletzten?", fragte er, ohne sich umzudrehen.

„Na, was schon! Die, die laufen können und noch kampffähig sind, kommen mit. Die anderen werden zurückgelassen! Ich hoffe, die Magier haben ihr Bestes getan, um die meisten wiederherzustellen! Und Gambini …"

„Kommandantin?"

„Schickt mir Albontius!"

„Zu Befehl, Kommandantin!"

Als Gambini das Zelt verlassen hatte, lehnte sie sich entspannt zurück und ließ den Kopf auf die Stuhllehne sinken. Vielleicht ergab sich durch die Flucht sogar eine Möglichkeit, die Sache wieder ins Reine zu bringen. Eine neue Schlacht gegen diesen heruntergekommenen Bastard von einem Sklavenführer – das wäre die Chance, das Blatt zu wenden!

Rosmerta stand ruckartig auf und schüttelte ihr langes Haar nach hinten. In der Mitte des Zeltes blieb sie breitbeinig stehen und verschränkte die Arme hinter dem Rücken. Sie würde den Senat schon so weit bringen, ihr diese Chance nicht zu verwehren. Wenn sie es wollte, konnte sie jedem einen Gefallen abringen. Ein Lächeln kräuselte ihre Lippen.

„Albontius, Albontius", murmelte sie in Erwartung des Gildenmeisters. „Da bin ich ja mal gespannt, was deine Heiler bei einem Toten noch zu richten vermochten. Ich fürchte, nicht das Geringste. Mein *armer* Gefährte! Deine Drohung ist auch ohne mein Zutun hinfällig …"

„Wie?", wandte sich Thorn an Albontius und richtete sich unter dem tadelnden Blick der Heilerin, die seine Wunden versorgte, auf.

Albontius stand an Charas Lager und begutachtete mit kritischem Auge den Verband, den man ihr um die Brust gelegt hatte.

„Nun ja, Meister Gandir! Ich denke …"

Er warf Thorn einen unsicheren Blick zu, während er mit dem Zeigefinger hektisch gegen seine Unterlippe tippte.

„… Ihr habt keine Ahnung, wie Magie funktioniert!", brachte er seinen Satz schließlich triumphierend zu Ende. Auf seinem Gesicht breitete sich ein Lächeln aus.

„Wisst Ihr, wir Magier sind aus Fleisch und Blut und auch wenn Magie eine mächtige Waffe ist, so ist der, der sie beherrscht, dennoch ein Mensch wie jeder andere."

Thorn tastete geistesabwesend nach der Einstichwunde unterhalb seiner Rippen. Seine Hand fühlte lediglich eine geschwollene Stelle intakter Haut, wo vorher ein tiefes, blutendes Loch gewesen war, und alles, was an seine entsetzliche Verletzung erinnerte, war eine gewisse Benommenheit und die Schmerzen, mit denen er noch zu kämpfen hatte.

„Schon gut, ich kann alleine aufstehen", ertönte Charas gereizte Stimme aus der anderen Hälfte des Zeltes.

Mittlerweile meinte Thorn, den Grund für Charas seltsames Verhalten während seines Streits mit Rosmerta zu kennen. Es gab nur eine Erklärung dafür, warum Rosmerta nichts von seinem Rettungsversuch Liam betreffend wusste, Chara hingegen schon. Jedenfalls würde er die Sache noch mit der Söldnerin klären müssen.

„Geht es dir gut?“, fragte er sie vorsichtig.

Chara schüttelte Albontius’ Hand ab und wankte noch etwas unsicher zu dem Stapel mit Waffen und Rüstungen.

„Es ginge mir besser, wenn nicht ständig jemand an mir herumfingern würde“, murrte sie, während sie den ledernen Brustpanzer über ihr Hemd schnallte.

„Wieder ganz die Alte“, grinste Thorn, wurde dann aber ernst und lenkte sein Augenmerk auf Albontius zurück. „Ich nehme an, die Magier sind deshalb angreifbar, weil sich auch ihre Kraft irgendwann erschöpft, was im Augenblick ja leider der Fall ist. Ihr braucht Zeit, um wieder zu Kräften zu kommen, richtig?“

Albontius nickte.

„Die Magie kann sich erschöpfen“, murmelte der Gildenmeister geistesabwesend und senkte seinen Blick zu Boden, wobei ihm sein verfilztes graues Haar ins Gesicht fiel.

„Genau das meinte ich“, versuchte ihn Thorn aus seinen Gedanken zu reißen.

Albontius presste nachdenklich die Lippen aufeinander.

„Es ist meine Schuld, dass sich die Sache verwirrt. Schließlich war Eure Frage recht präzise formuliert. Ihr wolltet wissen, wann wir wieder bei Kräften sein werden, richtig?“

Thorn sah ihn fragend an. Er hatte vergessen, was er eigentlich wissen wollte.

„Wir sind bei Kräften, sind wir, ja, ja …“, fuhr Albontius selbstsicher fort, wobei er sich geräuschvoll räusperte.

„Das Dumme ist nur, dass wir deshalb noch lange nicht imstande sind, unsere Magie einzusetzen.“

Thorn beugte sich nach vorne und sah den Magier irritiert an.

„Das heißt …“

„Verzeiht, Meister Gandir!“

Albontius wedelte mit der Hand vor seinem Gesicht, als wolle er eine Fliege verscheuchen und strahlte Thorn mit einem entschuldigenden Lächeln an.

„Seht Ihr, ein Magier ist wie ein Gefäß. Eines, das zumindest im Idealfall bis zum Rand mit der Kraft der Magie gefüllt ist. Das Gefäß wird sich nicht leeren, solange der Magier seine körperlichen Kräfte bewahrt. Magische Kraft und physische Konstitution sind untrennbar miteinander verbunden. Erschöpft sich die Kraft, erschöpft sich die Magie – mit anderen Worten, das Gefäß leert sich. Könnt Ihr mir folgen?"

Thorn wollte gerade anmerken, dass er es so genau gar nicht zu wissen brauchte, doch Albontius fuhr gnadenlos fort und Thorn warf Chara einen hilflosen Blick zu.

Chara zuckte die Schultern und schnappte sich ihr kleines schwarzes Buch.

„Also, wie Ihr ganz sicher wisst, Meister Gandir, besitzt jedes Lebewesen ein, nun, wie soll ich sagen?"

Er kratzte sich an der Wange und schob die Unterlippe vor.

„Ein Fundament … Nein, das ist ein unpassender Ausdruck …"

Summend marschierte er im Zelt auf und ab, während Thorn ihm entgeistert hinterherblickte.

Schließlich hob Albontius triumphierend den Finger.

„Einen Kern – das ist es, was ich sagen wollte! Nun, der Kern ist das, was ein bestimmtes Lebewesen zu eben genau diesem Lebewesen macht, das es tatsächlich ist. Deshalb muss er in jedem Fall erhalten bleiben, damit das Lebewesen selbst erhalten bleibt. Ähnlich verhält es sich mit der Magie. Seht Ihr, wenn der Kern der Magie zerstört wird, wird die Magie als Ganzes zerstört und kann sich nicht regenerieren …"

„Und Ihr habt Euch heute derart verausgabt, dass Ihr kaum noch bei Kräften seid, und darum ist Eure Magie auch nicht einsatzfähig", fasste Chara abwesend zusammen. „Bedeutet, wenn die Magier jetzt in einer Schlacht ihre Zauber wirken würden, würde ihr magischer Kern Schaden nehmen und wäre damit unwiderruflich zerstört."

Sie ließ sich mit ihrem Notizbuch auf ihr Lager fallen und begann zu schreiben.

„Nein, meine Liebe, *nein*!", hauchte Albontius und schlug sich entrüstet auf die Brust. „Ihr scheint meinen Worten nicht folgen zu können!

Der magische Kern *kann* nicht beschädigt werden, beziehungsweise schon … nein … oder …“

Er fuhr sich irritiert durch sein struppiges Haar und warf Chara einen hilflosen Blick zu.

„Ich habe den Faden verloren …“, murmelte er bedrückt. Er begann, verwirrt im Zelt auf und ab zu gehen und verfiel in dumpfes Brüten.

„Was war *das* denn?“, fragte Bargh, der schon des Längeren im Zelteingang gestanden und das Gespräch mitverfolgt hatte.

Seine Axt auf der Schulter, marschierte er zu Thorn, bückte sich zu ihm und murmelte hinter vorgehaltener Hand: „Also, wenn alle Magier so sin’, frag’ ich mich, ob ich auch nur einen von ihnen um mich haben will, wenn’s drauf ankommt. Das is’ ja gemeingefährlich!“

Er legte die Axt liebevoll neben die anderen Waffen und warf Albontius, der wieder leise vor sich hin summte, einen beunruhigten Blick zu.

Plötzlich wurde die Zeltplane beiseite geschlagen und Gambini trat ein.

„Die Kommandantin möchte Euch sprechen, Meister!“, wandte er sich an Albontius und hielt die Plane für ihn zur Seite.

Albontius wirbelte herum und fixierte den Soldaten mit stechendem Blick. Alle Verwirrung war aus seinem Gesicht gewichen. Stattdessen hatte sich eine bedrohliche Falte über seiner Nase gebildet.

„*Möchte* sie das!“, meinte er mit einer Stimme, die klang, als würde man eine Messerklinge über die Kante eines Blatt Pergaments gleiten lassen.

Gambini überhörte den scharfen Unterton und wandte sich den anderen zu.

„Und ihr macht euch marschbereit! Wir brechen in Kürze nach Valianor auf!“

Bargh verschluckte sich fast an seiner Spucke.

„Wu’dn?!“, würgte er hervor, was Thorn als ein verzweifeltes *Warum denn?* interpretierte.

Gambini, der Barghs Einwurf ignorierte, zog die Zeltplane noch weiter zur Seite und nickte Albontius zu.

Bevor er und der Magier das Zelt verließen, drehte sich Albontius noch einmal um.

„Haltet euch möglichst ruhig, meine Lieben, und achtet darauf, dass ihr genug trinkt! Und keine Sorge! In den nächsten Tagen werdet ihr ganz bestimmt wieder einsatzfähig sein!“

„Aber noch lange nicht bei Laune“, murmelte Chara und führte ihre Feder in großzügiger Schrift über das Pergament, während Thorn sich damit abmühte, eilig in seine Lederhose zu schlüpfen.

„Der Befehl lautet: Rückzug bis nach Valianor?“, fragte Bargh fassungslos. „Versteht ihr das? Wir können sie doch schlagen, wenn wir uns ranhalten. Ich bin sicher, wir können. Ihr nich' auch?“

Als weder Chara noch Thorn antworteten, stopfte er missmutig seinen Kram in den Rucksack.

„Verstehst du das?“, fragte er Thorn.

„Wenn ich ehrlich bin, ja. Es wird langsam ganz schön eng hier. Du hast Albontius doch gehört! Die Magiergilde kannst du fürs Erste vergessen! Mehr als die Hälfte der Magier sind heute gefallen.“

Thorn schlug die Zeltplane zurück und hastete unter Schmerzen Albontius hinterher.

„Wie geht es denn unserem Waldläufer?“, fragte Rosmerta mit einem sardonischen Lächeln, als Albontius das Zelt betrat.

„Dem geht's bestens!“, antwortete Thorn, der sich unmittelbar hinter dem Gildenmeister ins Zelt drückte.

Rosmerta riss ungläubig die Augen auf, was Albontius ein leises Lächeln entlockte. Der Gildenmeister trat einen Schritt zur Seite, damit Rosmerta Thorn in seiner vollen Größe bewundern konnte.

„Wie Ihr seht, ist mit Meister Gandir alles in bester Ordnung“, antwortete er sanft.

Rosmerta versuchte, ihre Überraschung zu vertuschen, indem sie sich schwungvoll aus ihrem Sessel erhob und sich mit geschäftiger Miene auf Thorn zubewegte.

„Schön!“, sagte sie mit dünner Stimme.

„Wohl kaum“, antwortete Thorn und musterte sie mit kaltem Blick.

Rosmerta überging seine Bemerkung.

„Dann kannst du dir gleich einen Schwung Soldaten schnappen, um uns auf der Flucht Rückendeckung zu geben!“

„Wie praktisch!“, antwortete Thorn. „Ich nehme an, du reitest an der Spitze des Heeres?“

„Gewiss.“

Thorn warf Albontius einen Blick zu. Der Magier verfolgte lächelnd das Geschehen und kämmte sich mit seinen Fingern das verfilzte Haar.

„Also gut“, sagte Thorn schließlich und drehte sich wieder zu Rosmerta um. „Wenn …“

„Du darfst wegtreten!“, schnitt sie ihm den Satz ab.

Thorn stierte sie hasserfüllt an, doch er sah keinen Sinn darin, noch weiter mit ihr zu verhandeln und verließ mit einem Seitenblick auf Albontius kommentarlos das Zelt.

Der Weg über den Gebirgspfad stellte sich als wesentlich mühsamer und gefährlicher heraus, als Rosmerta angenommen hatte. Anfangs kamen sie noch recht rasch voran, zumal je zwei nebeneinander gehen konnten und sich die Tücken des unwirtlichen Gebiets mit seinen gefährlichen Tiefen und zeitweiligen Geröllabgängen noch in Grenzen hielten. Doch dann wurde es stetig risikoreicher.

Immer wieder trafen sie auf plötzlich abfallendes Gelände und so schmale Passagen, dass der Berg unmittelbar neben ihren Füßen steil abfiel. Viele der Soldaten waren verletzt, der Rest war erschöpft, todmüde und von stetig sinkender Moral.

Die valianischen Legionäre konnten sich nur schwer mit der Tatsache ihrer Flucht abfinden, was Rosmerta schlicht ignorierte. Sie wusste um den Missmut, den ihre Entscheidung unter den Soldaten ausgelöst hatte, doch keiner von ihnen hätte sie dazu bewegen können, anders zu entscheiden. Es widersprach einfach jedweder Vernunft, die Männer inklusive ihr selbst ohne Aussicht auf einen Sieg in einer Schlacht wie dieser zu opfern. Die Verluste wären ebenso inakzeptabel wie der Anspruch, dass eine Frau von ihrem Rang ihr Leben für nichts als die Ehre hingeben sollte.

Zumindest zehn ihrer Männer ließen auch so ihr Leben. Vier von ihnen erlagen auf der anstrengenden Reise ihren Verletzungen. Vier rutschten in einem unbedachten Moment ab, stolperten oder übersahen einen Abgrund und stürzten in die Tiefe. Der Rest fiel Steinschlägen zum Opfer.

Der einzige Lichtblick war, dass während ihres gesamten Fußmarsches keiner von Cartius' Männern gesichtet wurde.

Thorn und Rosmerta kamen sich zu keinem Zeitpunkt in die Quere, weil beide penibelst darauf bedacht waren, ihre Positionen zu halten, der eine am Ende des Heeres, die andere an der Spitze.

Das Heer marschierte zwei Tage und Nächte durch und erreichte am Morgen des dritten Tages völlig abgekämpft die Hauptstadt des Valianischen Imperiums.

Erst dann kam die eigentliche Herausforderung auf Rosmerta zu: Sie musste dem Senat gegenübertreten und sich sowohl für ihre peinliche Niederlage als auch für ihre Entscheidung zur Flucht rechtfertigen. Gleich nach dem Eintreffen ihres noch verbliebenen Heeres in der Hauptstadt folgte eine äußerst qualvolle und für Rosmertas Geschmack viel zu lang andauernde Unterredung. Doch trotz ihrer klammen Vorahnung war das Resultat unerwartet erfreulich, wenn auch mit dem bitteren Beigeschmack, dass ihr nur ein Tag Ruhepause zugesprochen wurde, bevor man sie erneut in die Pflicht nahm.

Testaceus war, all ihren Vermutungen zum Trotz, über ihren Einsatz am Isola-Pass zufrieden gewesen. Er hatte ihr einen herzlichen und standesgemäßen Empfang bereitet, sie mit unangenehmen Fragen über den Ablauf und die Gründe für ihr weiteres Vorgehen gequält und am Ende den Senat dazu gebracht, sie damit zu beauftragen, einen nicht unwesentlichen Teil der Armee in der nächsten Schlacht gegen Cartius zu befehligen, was äußerst überraschend für Rosmerta war. Noch mehr hatte es sie verwundert, dass der Senat es irgendwie geschafft hatte, die Stadt rechtzeitig gegen das anrückende Sklavenheer zu sichern. So kam es, dass sich ein weit über die Stärke der Prätorianergarde Valianors hinausgehendes Heer, bestehend aus rasch aufgestellter Miliz und ebenso rasch zusammengezogenen regulären Legionen, gesammelt hatte.

Rosmerta interessierte weder, warum man nicht von vornherein ein größeres Aufgebot gegen Cartius in den Kampf geschickt hatte, noch, ob es einen Grund dafür gab, dass ihre Niederlage mit einem Schulterzucken abgetan wurde, als wäre diese nichts als ein kleiner Rückschlag, den man locker wegstecken konnte. Für sie war nur eine Sache relevant: Man hatte ihr eine zweite Chance gewährt. Das einzige, das diese erfreuliche Wende etwas trübte, war, dass Thorn keinerlei Absicht zeigte, sich aus der folgenden Schlacht herauszuhalten.

Brunius Doridorus Cartius

„Kommandantin!“, brüllte der Späher schon von Weitem. Er hielt in gestrecktem Galopp auf den Hügel zu, auf den sie im Morgengrauen ihr Pferd gelenkt hatte.

Rosmerta hob gelangweilt eine Augenbraue. Wahrscheinlich hieß es wieder nur, dass irgendeine der anderen Legionen ein paar unbedeutende Kämpfe ausfocht.

Sie hatte das Lager ihrer Truppen, bestehend aus zwei Milizlegionen, einer regulären Legion und dem verbliebenen Aufgebot an Magiern, darunter der Gildenmeister höchstselbst, einen Tagesritt nordöstlich der Stadt aufschlagen lassen. Cartius persönlich zu fassen, blieb trotz allem ein frommer Wunschtraum. Der Sklavenführer würde gewiss nicht ausgerechnet an ihrem Standort aufkreuzen. Nicht umsonst hatte man diesen Bereich vor der Stadt nur halb so gut gesichert wie jeden anderen. Trotzdem würde sie dafür sorgen, dass jede Bedrohung, welcher Art auch immer, gnadenlos zurückgeschlagen wurde. Der Senat brauchte zweifelsohne ihre Hilfe. Die Senatoren hatten alle Hände voll damit zu tun, die seit Cartius' errungenem Sieg am Pass ständig zunehmenden Sklavenaufstände innerhalb der Stadt in den Griff zu bekommen. Täglich gab es Berichte über Anschläge auf die Prätorianer, auf wohlhabende Bürger, aber auch auf die Tempel, ihre Priester und Tempelwachen.

Als der Soldat nach Atem ringend vor ihr haltmachte und die Hand zum Gruß erhob, blickte sie gleichgültig zu ihm hin.

„Ave Rosmerta, Oberbefehlshaberin der valia…“

„Ja, ja, schon gut!“, würgte sie ihn ab, bevor er ausschweifend werden konnte. Er wirkte irritiert, kam dann aber zur Sache.

„Ein Teil der Sklavenarmee marschiert direkt auf Euch zu, Kommandantin. Ihre Zahl konnte ich leider nicht ermessen – es waren zu viele, um sie überblicken zu können.“

„Danke!“, antwortete Rosmerta knapp, aber mit einem deutlichen Gefühl der Erregung in ihrem Bauch. „Ihr dürft wegtreten!“

Der Soldat salutierte erneut und trieb sein Pferd Richtung Lager.

Zwei Tage warteten die valianischen Truppen nun schon auf den Angriff der Sklaven. Zwei Tage, an denen, abgesehen von ein paar kleineren Scharmützeln mit vereinzelten Sklaventrupps, nichts passiert war. Zwei Tage, an denen Rosmerta vor Langeweile fast gestorben wäre.

Mit wild pochendem Herzen wendete sie ihren Schimmel und galoppierte zum Lager zurück.

Thorn atmete tief ein und spürte, wie die kalte Morgenluft in seinen Lungenflügeln kribbelte. Er fühlte sich müde und ausgelaugt. Die letzten Tage hatten ihn mürbe gemacht. Seufzend schob er die Gedanken an Kit beiseite und lenkte Sankris Richtung Tor, wo er Rosmerta auf ihrem Schimmel im Gewirr der Legionäre erspäht hatte. Sie ließ gerade die Armee antreten.

„Ihr seid Soldaten des Imperiums!“, begann Rosmerta, nachdem sie sich mit einer theatralischen Geste ihrer Hand die ihr gebührende Aufmerksamkeit verschafft hatte. Thorn erhaschte einen Blick auf einige Gesichter, auf denen sich bedingungslose Ehrerbietung abzeichnete. Rosmerta offenbar ebenso, denn ein selbstzufriedenes Lächeln tänzelte über ihre Lippen.

„Soldaten unter valianischem Banner, Krieger im Kampf um Recht und Ordnung, Gegner aller chaotischen Mächte, die von außerhalb unserer Lande versuchen, uns zu unterjochen, aber auch Gegner aller, die dem *großen Gryphos* trotzen, indem sie im Inneren ihre dunklen Machenschaften vollführen und die Menschen in Angst und Schrecken versetzen.“

Eine kurze Pause verhalf ihr dazu, die Aufmerksamkeit ihrer Soldaten zu prüfen und die Spannung noch weiter zu steigern. Ausnahmslos alle Augen ruhten auf ihr.

„*Wer* ließ sich als Oberbefehlshaber der 21. Legion hochleben?“, setzte sie ihre Ansprache mit blitzenden Augen fort. „Nur um sich diesen Status für seine niederen Zwecke zunutze zu machen? *Wer* versuchte den Senat zu stürzen, *wer* sich den Imperatortitel anzueignen?“

Rosmerta rückte sich im Sattel zurecht und griff nach ihrem silbernen Helm, der über dem Knauf hing.

„Und *wer*, frage ich euch, vergoss das Blut unzähliger valianischer Soldaten am Isola-Pass? Viele von euch wissen, wovon ich spreche. Einige von euch waren dort und kamen nur um ein Haar mit dem Leben davon. Sie haben ihre Kameraden und Freunde dort am Pass sterben sehen. Mir selbst entriss Cartius’ Sklavenheer drei Freunde im Emlin-Tal!“

Bei diesen Worten hob Thorn, der die Rede bisher nur mit einem Ohr mitverfolgt hatte, seinen Kopf und warf Rosmerta einen vernichtenden Blick zu. Doch ihre Aufmerksamkeit galt einzig und allein den Soldaten, die für sie in die Schlacht ziehen sollten.

Sämtliche Augen verfolgten, wie sie ihren Helm aufsetzte und den Speer entgegennahm, den Zenturio Gambini ihr reichte. Dann fuhr sie mit gedämpfter Stimme fort: „Cartius ist so wenig ein ehrenvoller Oberbefehlshaber, wie ich eine unehrenhafte Diebin oder Hure bin.“

Ein kaum hörbares Raunen ging durch die Reihen, während Thorn angewidert seinen Kopf schüttelte und leise murmelte: „Wenn ich es nicht besser wüsste …“

Rosmerta lächelte beim Anblick der entrüsteten Gesichter, ohne dabei ihre steinerne Miene einzubüßen.

„Wenn ihr erkennt, dass *ich alles* daran setzen werde, das Imperium vor dieser akuten Bedrohung zu schützen; wenn ihr versteht, dass Cartius’ Sieg den Untergang unseres Reiches bedeuten kann, dann wisst ihr auch, worin eure Aufgabe in dieser Schlacht besteht. Es ist *nicht* eure Berufung, unter Einsatz eures Lebens zu *kämpfen*, eure Berufung verlangt von euch, dass ihr *siegt*! Ihr seid hier, um zu siegen! Ihr werdet dieser Sklavenbrut endgültig das valianische Schwert in den verruchten Leib stoßen und das Imperium vom Chaos befreien, in das Cartius es geführt hat! Wir *werden* siegen!“

Rosmerta hob den Speer und stieß ihn in den Himmel: „Sieg der Gerechtigkeit! Sieg der Macht und der Ordnung! Sieg den Valiani und Valianor!“

Die Soldaten streckten ihre Hände aus und antworteten wie aus einem Mund: *„Heil Rosmerta!“*

Thorn schüttelte verächtlich den Kopf und band den Bogen von Sankris' Sattel. Zwei Pferde trabten an ihm vorbei und schlossen zu Rosmertas Schimmel auf. Bargh und Chara nahmen die Befehlshaberin in ihre Mitte und ritten an ihrer Seite auf die Hügel vor dem Lager zu. Die valianische Streitmacht folgte unter Gambinis Führung.

Und wieder sah sich Thorn auf das Schlachtfeld galoppieren. Er sah sich dabei zu, wie er, ohne auch nur die geringste Idee zu haben, ob es sich lohnte und für welche Sache er da eigentlich kämpfte, sein Leben aufs Spiel setzte – im Dienste des Senats, um das Imperium vor einer Bedrohung zu bewahren, welche die hiesige Staatsform zerstören könnte. Zumindest war dies das Motiv, das er wie ein Banner vor sich her trug. Rache machte sich in den Augen der Öffentlichkeit einfach nicht besonders gut. Aber wie hielten es die Valiani mit vorzeigbaren Idealen? Ehre und Gerechtigkeit … Zählte das überhaupt noch etwas? Wenn man es genau betrachtete, war Politik mit solchen Prinzipien unvereinbar, zumindest sofern die Spitze des politischen Systems eine Erweiterung ihres Machteinflusses anstrebte. Und Thorn bezweifelte mit allen Sinnen, dass Testaceus ausschließlich am Wohle des valianischen Volks interessiert war. Ohne mit der Wimper zu zucken, hatte er eine Frau zum Zünglein an der Waage gemacht, die bereit war, für die Befriedigung ihrer eigenen Bedürfnisse über Leichen zu gehen. Liams Hinrichtung war ihm wie eine Metapher für alles, wofür Rosmerta stand: *Absolute Amoralität im Interesse der Selbstinszenierung und Selbsterhöhung*. Oh nein, es gab keine Gerechtigkeit in diesem Staate. Womöglich wurde Cartius selbst ein Opfer dieser Tatsache. Aber dies änderte nichts daran, dass er Kitayschas Tod zu verantworten hatte. Und Thorn war hier, um wenigstens in dieser Sache Gerechtigkeit zu fordern.

„Meister Gandir!“, hörte Thorn eine vertraute Stimme neben sich.

Albontius ging zügigen Schrittes neben Sankris her und blickte lächelnd zu ihm hoch.

„Denkt Ihr, wir werden heute auf Cartius treffen?“

Seine Augen funkelten begeistert und er schien drauf und dran zu sein, vor lauter Tatendrang ein paar Blitze abzufeuern.

Thorn schüttelte lächelnd seinen Kopf. Der Magier gefiel ihm. Ob Albontius' verrückt-zerstreutes Auftreten nun Tarnung und Täuschung war oder ob es sich dabei tatsächlich um charakteristische Eigenschaften des Magiers handelte, es änderte nichts daran, dass er ein wahrer Meister der Magie, hochintelligent und obendrein noch sympathisch war.

„Ich fürchte, Cartius werden wir nicht einmal von hinten sehen“, antwortete Thorn. „Ihr werdet Eure Begeisterung für den Kampf wohl oder übel an den anderen Sklaven auslassen müssen.“

Die bereits von feinen Fältchen umrahmten Augen Albontius' verloren nichts von ihrem aufgeregten Blitzen.

„Aber nicht doch, Meister Gandir! Von Begeisterung kann keine Rede sein! Ich bin nur neugierig, was der Abend bringen mag, nur neugierig …“ Sein Blick glitt ins Leere, während er leise vor sich hin pfiff und dabei den Anschluss an Sankris verlor, der nun vor ihm her trabte.

In der Zwischenzeit hatten sich die Truppen in drei Blöcken formiert. Rosmertas Schimmel war schon von Weitem zu sehen. Er tänzelte vor dem mittleren Soldatenblock der Milizlegion auf und ab. Die Magier hatten sich zusammen mit der zweiten Milizlegion rechts von ihrem Block positioniert, während die linke Flanke aus jenem Teil der Soldaten bestand, die den Kampf am Isola-Pass überlebt hatten. Diesen Block kommandierte Gambini.

Albontius beschleunigte, immer noch pfeifend, seinen Schritt, zwinkerte Thorn kurz zu und schloss sich dann den restlichen Magiern an. Thorn brachte Sankris hinter den Soldaten des mittleren Blocks zum Stehen, legte den Bogen auf seinen Schenkeln ab und fasste sich die Haare im Nacken zusammen. Vom Rücken seines Rappens aus konnte er über die Köpfe der Infanteristen hinweg die Geschehnisse an der vorderen Front halbwegs überblicken.

In weiter Ferne erkannte er einen langsam größer werdenden, dunklen Fleck. Mit einem leisen Gefühl des Unbehagens stellte Thorn fest, dass es sich nicht, wie vermutet, um einen kleinen Ableger des Sklavenheers handelte, sondern um eine beunruhigend große Zahl Freiheitskämpfer, die direkt von Osten her auf sie zuhielten.

Ein unheilverkündendes Schweigen hatte sich über die valianischen Legionen gelegt. Selbst die Natur schien die Spannung in der Luft zu spüren. Es war Stille eingekehrt – als ob sich die Bedeutung dessen, was sich demnächst hier abspielen würde, in jedem Baum, jedem Strauch, jedem Grashalm und jedem zurückhaltenden Plätschern des nahen Flusses niedergeschlagen hätte. Alles harrte schweigend der kommenden Geschehnisse.

Und dann standen sich Feind und Feind gegenüber. Thorn konnte die Unruhe in den Reihen der valianischen Legionäre förmlich spüren. Nicht nur das gewaltige Ausmaß des in drei Blöcke unterteilten Sklavenheers, auch die wilden Erscheinungen seiner Krieger waren furchteinflößend. Am Isola-Pass hatte er keinen so ungetrübten Blick auf den Feind gehabt. Der Aufmarsch der Freiheitskämpfer hatte zu weit entfernt von ihm stattgefunden.

Thorn empfand die blank polierten Rüstungen der Valiani fast als peinlich angesichts der entschlossenen Sklaven, die nicht das geringste Interesse an ihrer Aufmachung hatten, weil nur ein einziger Gedanke sie antrieb: *Freiheit.*

Drei Reiter lösten sich aus dem mittleren Sklavenblock. Diesmal würde sich Thorn die Verhandlungen nicht entgehen lassen. Er drückte Sankris die Schenkel in die Flanken und galoppierte Richtung Rosmerta, Chara und Bargh, die ihre Pferde bereits auf die Parlamentarier zu lenkten. Ein knapper Seitenblick von Rosmerta empfing ihn und machte ihm deutlich, dass sie weder ein Interesse an Verhandlungen, noch an seiner Gesellschaft hatte, aber sie ließ sich nicht dazu herab, eine Diskussion vom Zaun zu brechen.

Zwei Männer auf Schimmeln, der dritte auf einem gewaltigen schwarzen Schlachtross, hielten ihre Pferde unmittelbar vor ihnen an.

Die beiden links und rechts trugen valianische Metallrüstungen und Helme, die sie wahrscheinlich im Zuge ihres Freiheitskampfes erbeutet hatten. Soweit Thorn es erkennen konnte, handelte es sich zumindest bei einem der beiden um einen Barbaren aus Valland.

Der Mann, der von den beiden flankiert wurde und auf dem schwarzen Schlachtross ritt, trug eine schwere Metallrüstung, die auffallend kunstvoll gearbeitet war. Über seinen Schultern hing ein dunkelblauer Umhang. Aus seinem Waffengürtel ragte das Schwert eines valianischen Zenturios. Der Mann war muskulös, sein rabenschwarzes, kurzgeschnittenes Haar wies einen seltenen bläulichen Schimmer auf und er hatte außergewöhnlich wache Augen. Über seine linke Wange zog sich eine lange, hässliche Narbe, die der Attraktivität seines Gesichts aber keinerlei Abbruch tat, sondern diesem im Gegenteil eine ganz besondere Note verlieh.

Thorn kannte die Narbe. Er hatte sie schon einmal gesehen – zusammen mit Kitayscha. Sein Pulsschlag beschleunigte sich merklich, als er von der Narbe in die dunklen, fast schwarzen Augen des ehemaligen Zenturios blickte: Brunius Doridorus Cartius.

Wie kam es, dass der Sklavenführer ausgerechnet hier auftauchte? Hier, wo niemand ihn erwartete!

Da saß er auf seinem Schlachtross, nur zwei, drei Schritt von Thorn entfernt. Doch das Gefühl, das sich angesichts von Kits Mörder in ihm breitmachte, war alles andere als die Euphorie, die er erwartet hatte. Vielmehr schnürte sich ihm beim Anblick der Entschlossenheit in den Augen des Mannes der Magen zu.

Rosmerta war nicht minder erschrocken. Sie ließ sich zwar nichts anmerken, aber in ihr tobte ein wilder Orkan, den sie gekonnt aus ihrem Gesicht zu halten wusste. Da war der Mann, der ihr, wenn es ihr gelang, ihn zu schnappen, genau jene Macht verschaffen konnte, die sie schon so lange begehrte.

Cartius löste seine Rechte vom Sattelknauf und hob sie kurz, bevor er sie auf den Griff seines Schwertes legte.

„Seid gegrüßt, Rosmerta.“

Rosmerta erwiderte seinen Gruß mit auffallend sanfter Stimme, was der Sklavenführer mit einem schwachen Lächeln zur Kenntnis nahm. Dann wurde sein Ausdruck nüchtern.

„Ihr wisst, dass wir in der Überzahl sind und keine größeren Schwierigkeiten haben werden, uns den Weg bis Valianor freizukämpfen. Wir werden keine Gnade zeigen, solltet Ihr tatsächlich vorhaben, Euch uns in den Weg zu stellen. Ich denke aber, Verhandeln ist besser als Blutvergießen. Darum appelliere ich hier und jetzt an Euren Verstand und fordere Euch auf: Zieht Eure Truppen zurück oder schließt Euch uns an! Ich hege keinen persönlichen Groll gegen Euch, Oberbefehlshaberin. Mein Zorn gilt dem Mann, der in der Hauptstadt darauf wartet, dass Ihr hier *seine* Arbeit tut.“

Ein ironisches Lächeln breitete sich auf Rosmertas Gesicht aus. „Hat man Euch in den Minen den Verstand zu Goldstaub zerbröselt, Brunius? Ihr denkt doch nicht allen Ernstes, dass ich vor Eurer ausgehungerten, kurz vor einem Schwächeanfall stehenden Sklavenbrut Angst habe, geschweige denn, dass ich Euch passieren lasse oder, noch abwegiger, mich Euch anschließe?“

Der Mann links neben Cartius griff ruckartig zu seinem Schwert. Mit kalter Abscheu in den Augen ließ er sein Pferd einen Schritt auf Rosmerta zu machen, doch Cartius warf ihm einen knappen Seitenblick zu und schüttelte kaum merklich den Kopf. Daraufhin hielt sich der Mann zähneknirschend zurück. Seine Hand aber behielt er am Schwertknauf.

Schließlich lächelte Cartius matt und nickte.

„Testaceus hat an Euch ganz offensichtlich gute Arbeit geleistet. Ihr seid bestens geeignet für die Führung der valianischen Truppen.“

Dann fiel sein Blick auf Thorn. Einen nichtigen Moment lang lag etwas wie Zweifel in seinen Augen und Thorn hatte den Eindruck, dass Cartius drauf und dran war, sich an ihn zu richten.

Doch dann wandte er sich ab und gab seinen beiden Vertrauten den Befehl zur Umkehr. Ohne ein weiteres Wort galoppierten sie zurück zu ihren Truppen, während Rosmerta ihrer Begeisterung freien Lauf ließ.

„Das darf doch nicht wahr sein!“, stieß sie voller Genugtuung hervor.

„Besser hätte ich es mir nicht wünschen können! Läuft mir doch dieser verdammte Bastard direkt in die Arme! Die Götter sind auf meiner Seite! Wer hätte das gedacht?“

Euphorisch wandte sie sich Chara und Bargh zu, die endlich auch begriffen hatten, *wer* ihnen gerade gegenübergestanden hatte.

„Na, seid ihr soweit, den Sklavenführer dingfest zu machen?“

Bargh nickte stumm, während Chara sich teilnahmslos die Kapuze über den Kopf zog und dabei den Eindruck machte, als hätte sie mit der ganzen Angelegenheit nichts zu tun. Wortlos lenkte sie ihr Pferd hinter Thorn her, der bereits auf halbem Weg zurück zu den Legionen war.

„Also, holen wir uns die Trophäe“, murmelte Rosmerta und trieb ihren Schimmel an, während Bargh einen letzten Blick auf Cartius warf, der gerade zwischen den Reihen seiner Kämpfer untergetaucht war. Als er verschwunden war, ritt auch der Vallander zurück zu den Soldaten.

„Sind wir bereit?“, fragte Rosmerta Gambini, als sie am linken Soldatenblock vorbeikam. „Und seid Ihr absolut sicher, dass die Aufstellung, wie wir sie vorgenommen haben, ihren Zweck erfüllt?“

Gambini, der in vorderster Reihe seiner Soldaten auf seiner kastanienbraunen Stute saß und ein waches Auge auf jede Bewegung in den feindlichen Reihen der Sklaven hatte, nickte.

„Macht Euch keine Sorgen, Kommandantin. Unsere Taktik wird aufgehen. Wir können losschlagen!“

„Also gut.“

Rosmerta tätschelte zufrieden den Hals ihres Pferdes und sah Gambini fest in die Augen.

„Ich bin gerade Cartius begegnet“, bemerkte sie, woraufhin Gambini hörbar die Luft einsog. „Das bedeutet, wir kämpfen heute gegen den Sklavenführer höchstpersönlich. Haltet also Augen und Ohren offen! Sobald Ihr eine Vermutung habt, wo er sich aufhält, meldet Ihr es und sorgt dafür, dass sich die besten Männer der Sache annehmen. Habt Ihr mich verstanden?“

Der Zenturio straffte sich und salutierte.

„Zu Befehl, Kommandantin!“

Mit einem leisen Grollen zog das erste Gewitter im *Bärenmond* nördlich an der beginnenden Schlacht vorbei. Ein grelles Leuchten erhellte für einen nichtigen Augenblick den schwarzgrauen Himmel in der Ferne und Thorn hatte den Eindruck, als ob der metallische Geruch sich entladender Energie über dem Schlachtfeld hing.

Von der letzten Reihe aus beobachtete er, wie sich der mittlere Sklavenblock langsam auf das Zentrum des valianischen Heers zuschob, während sich die anderen beiden Blöcke nicht bewegten.

„Kontrollierter Rückzug!“, erscholl Rosmertas Befehl, woraufhin sich die Legionäre ihres Blocks langsam nach hinten bewegten und Thorn zwangen, Sankris zurückzutreiben.

Die vordersten Reihen der angreifenden Sklaveneinheit verfielen in einen Laufschritt und näherten sich nun beunruhigend rasch Rosmertas Truppen. Dies war der Zeitpunkt, an dem sich auch die anderen beiden Blöcke der Sklavenarmee in Bewegung setzten und, soweit Thorn das erkennen konnte, auf die Lücken zwischen Rosmertas Milizlegion, Gambinis regulärer Legion und den Magiern zuhielten.

Mit seltsamer Gelassenheit verfolgte er das Vorrücken des feindlichen Heeres. Er beobachtete, wie der mittlere Sklavenblock auf die vordersten Reihen der sich im Rückzug befindlichen Milizlegion traf, wie die ersten Soldaten niedergemetzelt wurden, wie die linke und rechte Flanke der Sklaven ihrer Vorhut nachströmten, um Rosmertas Milizlegion von den Magiern und Gambinis Heer zu trennen. Er beobachtete, wie Gambinis Truppen versuchten, dem rechten Sklavenblock den Weg abzuschneiden, indem sie direkt auf die Angreiferwelle in der Mitte zuhielten, die sich bereits gefährlich weit in Rosmertas Truppen gegraben hatte.

Von Thorns Position aus wirkte die Schlacht, als würden Figuren auf einem Spielbrett hin und her geschoben. Seltsamerweise hatte er ganz und gar nicht das Gefühl, als wäre er ein Teil dessen, was sich vor ihm abspielte. Im Augenblick sah er sich selbst vielmehr als einen neutralen Beobachter, der die Taktik der Spieler analysierte. So war beispielsweise Gambinis Intention leicht zu durchschauen. Offensichtlich war es das

Ziel des Zenturios, die Spitze des angreifenden mittleren Sklavenblocks vom Rest abzutrennen, damit diese von Rosmertas Milizlegion eingekreist und aufgerieben werden konnte. Außerdem gelang es seinen Truppen mit diesem Manöver, dem rechten Sklavenblock fürs Erste den Weg abzuschneiden. Thorn hatte keinen Zweifel daran, dass Gambinis Taktik von Erfolg gekrönt sein würde.

Was die Magier zur Rechten von Rosmertas Legion vorhatten, war ihm allerdings ein Rätsel. Doch über das Vorhaben eines Magiers ließen sich normalerweise auch keine Prognosen erstellen. Albontius würde schon wissen, was zu tun war.

Den Bogen lasch in seiner Linken haltend, ging Thorn daran, die sich allmählich ablösende Spitze des mittleren Angreiferblocks in Augenschein zu nehmen, während Gambinis Männer damit beschäftigt waren, die Furche, die sie gegraben hatten, zu weiten.

Thorn strich mit dem Daumen sanft über das Holz seines Bogens, während er die Geschehnisse analysierte.

Da war Rosmerta, die unentwegt Kommandos brüllte, sich aber soweit es ging vom eigentlichen Kampfbereich fernhielt. Da war Gambini, der an der Front seines Soldatenblocks wütete und sich darauf verlassen konnte, dass seine Männer auch ohne konkrete Befehle wussten, was sie taten. Und da waren die Soldaten, die ihr Leben für ihre Kommandanten und ihre eigene Ehre bereitwillig auf dem Schlachtfeld opferten. Und da war er, Thorn, der auf seinem Pferd saß und sein Handeln mit seinen Ideologien nicht in Einklang bringen konnte und, statt sich zu beteiligen, lieber sinnlose Gedanken wälzte.

Plötzlich fiel sein Blick auf eine auffallende Bewegung innerhalb der abgetrennten Spitze der ersten Sklaveneinheit. Mitten im Schlachtgetümmel, dort, wo die isolierte Vorhut der Sklaven alles daran setzte, die valianischen Legionäre auf Abstand zu halten, erkannte er eine ungewöhnlich dichte Ansammlung feindlicher Krieger. Es sah so aus, als würde die eigendynamische Gruppierung den harten Kern der abgetrennten Spitze bilden. Soweit Thorn es erkennen konnte, kam keiner der valianischen Soldaten auch nur annähernd an diesen Kern heran.

Und plötzlich fiel es ihm wie Schuppen von den Augen. Was er dort sah, war niemand Geringerer als Cartius mit seinen Gefolgsleuten. Der Sklavenführer hatte sein schwarzes Schlachtross abgegeben und kämpfte nun zu Fuß. Thorns Blick fixierte die dicht gedrängten Krieger. Aus der Distanz konnte er zumindest den Aschraner El'Schanin und den Vallander identifizieren. Sie hielten sich souverän jeden Feind vom Leibe, gerieten kaum in Bedrängnis. Über mangelnde Treue konnte sich der Sklavenführer wahrlich nicht beschweren. Der stählerne Ring aus Leibwächtern ließ nichts und niemanden durch und vermutlich hätte selbst Bargh Probleme, die lückenlose Barriere zu durchbrechen.

Doch seltsamerweise änderte der Anblick des Sklavenführers nichts an Thorns fast stoischer Ruhe. So gleichmütig er zuvor noch die Schlacht beobachtet hatte, so ungerührt verfolgten seine Augen nun Cartius. Es war ihm selbst ein Rätsel, warum sein Blut in Aussicht auf eine Niederlage des Feindes nicht in Wallung geriet. Trotzdem musste er handeln, das wurde ihm in diesem Moment schmerzlich bewusst. Dies war seine Chance, das Gleichgewicht wiederherzustellen.

Ruhig lenkte er Sankris um Rosmertas Milizlegion herum, die die Sklaven mittlerweile eingekreist hatte, und näherte sich allmählich dem nächstgelegenen Punkt der Leibgardisten um Cartius, wobei er darauf achtete, außerhalb des Schlachtgetümmels zu bleiben. Schließlich brachte er den Rappen zum Stehen.

Von seiner neuen Position aus konnte er den Sklavenführer deutlich erkennen. Cartius verschaffte sich gerade die Möglichkeit, eigenständig für die Dezimierung der feindlichen Legionäre Sorge zu tragen, indem er einen seiner Vertrauensmänner dazu anhielt, ihm aus dem Weg zu gehen. Mit beeindruckend eleganten Schwerthieben metzelte der Sklavenführer in kürzester Zeit fünf valianische Soldaten nieder.

Thorns linke Hand schloss sich fester um seinen Bogen. Die Augen auf Cartius geheftet, zog er mit der anderen einen Pfeil aus seinem Köcher am Rücken, leckte die Federn am Schaft gewissenhaft glatt und legte ohne Hast den Pfeil an. Die Sehnen an seinem Unterarm traten hervor, als er den Bogen spannte und die Pfeilspitze direkt auf Cartius'

Hals ausrichtete. Doch dann lenkte etwas seine Aufmerksamkeit ab. Aus dem Augenwinkel sah er, wie Gambinis Truppen einen Keil gebildet hatten und darangingen, sich einen Weg zu Cartius freizukämpfen. Thorn war also nicht mehr der Einzige, der den Sklavenführer bemerkt hatte. Die Jagd hatte begonnen. Umso besser – Cartius war vorerst voll und ganz beschäftigt. Dennoch, Thorn hatte nur einen Schuss. Ein Schuss und Cartius musste erledigt sein. Verfehlte er sein Ziel, würde man auf ihn aufmerksam werden und die Sache wäre gelaufen.

Thorn atmete tief ein und hielt die Luft an. Seine Hände waren absolut ruhig – die Spitze seines Pfeils verharrte reglos in der Luft.

Es bedarf genau eines Schusses. *Ein Schuss* und Cartius' Schicksal war besiegelt. *Ein Schuss*, dann wäre es endgültig vorbei und Thorn konnte endlich seiner Wege gehen. *Ein Schuss* und der Gerechtigkeit wäre genüge getan.

Seine Augen fixierten ihr Ziel. Zuerst sah er nur verschwommen, dann schärfte sich das Bild langsam. Das Ziel des Pfeils rückte näher, Thorn zog das Bild des Sklavenführers, soweit es seine Sinne und sein Verstand ermöglichten, zu sich heran. Dann ließ er die Bogensehne los und der Pfeil schnellte über die Köpfe der kämpfenden Soldaten hinweg auf sein Ziel zu. Er konnte es fast fühlen, konnte, noch bevor der Pfeil Cartius erreichte, den Treffer regelrecht spüren. Er wusste, dass er exakt dort auftreffen würde, wo er ihn hinhaben wollte. Ohne auf das Ergebnis zu warten, spannte er ein weiteres Mal den Bogen und schoss einen zweiten Pfeil ab, um seinen Erfolg zu sichern.

Der erste Pfeil fand sein Ziel und bohrte sich in den Hals des Sklavenführers. Thorn verfolgte, wie Cartius verblüfft seinen Kopf herumriss. Doch bevor er realisierte, was mit ihm geschehen war oder wer auf ihn geschossen hatte, traf Thorns zweiter Pfeil und grub sich unmittelbar neben seinem Kehlkopf tief ins Fleisch. Zwei Schritte taumelte Cartius in Thorns Richtung, dann stürzte er zu Boden und verschwand in der Menge.

Thorn atmete aus und senkte den Bogen. Es war vorbei. Der Feind war gefallen. Kitayschas Mörder hatte bezahlt. Und Rosmerta? Ein leises Lächeln stahl sich auf seine Lippen. Doch dann verschwand es so plötzlich, wie es gekommen war und Thorn drückte Sankris die Schenkel in die Seite. Er musste sich beeilen.

Während er das Pferd durch die kämpfenden Soldaten auf die Stelle zudrängte, wo er Cartius hatte zusammensacken sehen, preschte Rosmerta von der anderen Seite auf ihrem Schimmel durch die Reihen, dicht gefolgt von Bargh und Chara, die versuchten, mit ihrer Kommandantin Schritt zu halten.

Noch bevor Thorn Cartius erreichen konnte, hatte Bargh einem von Cartius' Vertrauten das Kriegsbeil in die Rippen geschlagen und fiel nun unter furchteinflößendem Gebrüll über den Vallander her, der sich schützend vor den gefallenen Sklavenführer stellte.

„Bring ihn zu Fall!", hörte Thorn Rosmertas hysterische Schreie, während er alles daran setzte, an den dicht gedrängten Legionären vorbeizukommen. Er musste *vor* Rosmerta da sein!

Plötzlich packte ihn jemand und riss ihn brutal vom Pferd. Thorn versuchte, sich am Boden abzurollen, schlug sich dabei aber die linke Schulter schmerzvoll an einer dort liegenden Schwertklinge blutig und musste kurz Luft holen, bevor er fluchend wieder auf die Beine kam. Vor ihm blitzte die Klinge eines in valianischer Rüstung gekleideten Sklaven auf. In den Augen des Mannes funkelte der blanke Hass und Thorn zog augenblicklich sein Schwert. Im selben Moment wurde ihm bewusst, dass er alle Hoffnung der Sklaven mit seinem Schuss zunichtegemacht hatte. Er hatte den Sklavenführer zum Tode verurteilt und damit sämtliche Sklaven ihrer Führung und ihres Glaubens beraubt. Mit dieser Tat hatte er sich zum Hassobjekt aller Freiheitskämpfer gemacht. Doch der Weg zurück war versperrt. Es gab nur noch ein Vorwärts.

Der Weg ohne Gabelung also.

Charas Worte hatten sich gewaltsam Zugriff auf seine Gedanken verschafft und ließen sich nicht mehr abschütteln. Während Thorn seinem Gegner ohne Umwege sein Schwert in die Seite stieß, spürte er, wie ihm die Kontrolle entglitt. Jetzt war er nicht länger Beobachter, sondern Teilnehmer. Er war mittendrin.

Er war zu weit gegangen, um sich noch umentscheiden zu können. Die Weggabelung lag hinter ihm.

Noch während sein Gegner in stummem Schmerz zu Boden ging, nahm Thorn Sankris bei den Zügeln und arbeitete sich weiter durch die Menge.

Als er bis zu Cartius durchgekommen war, sah er, wie Rosmerta neben dem Sklavenführer kniete und ihm mit einem bestialischen Siegeslächeln ihren Dolch an die Kehle setzte. An ihrer linken Seite floss unablässig Blut ihren Körper hinab, aber sie schien es gar nicht wahrzunehmen. Offenbar war ihr völlig gleichgültig, dass man ihr den Arm abgeschlagen hatte und lediglich ein blutiger Stumpf übrig geblieben war. Sie hatte bekommen, was sie wollte und Thorn war zu spät gekommen. Niemals würde sie ihn zu Cartius durchlassen, niemals ihn auch nur in seiner Nähe dulden! Rosmerta teilte ihre Beute nicht.

Wieder vernahm er eine fremde Stimme in seinem Kopf. Diesmal war es der sanfte Klang jener Frau, die er geliebt hatte.

Du siehst den anderen gerne dabei zu, wie sie ihre Entscheidungen treffen. Triff deine eigenen, Thorn! Stell dich nach vorne und verlass die Position im Abseits. Beweise mir, dass du es wert bist, an meiner Seite zu kämpfen.

Thorn ließ die Zügel los. Seine Hand schloss sich fest um den Griff seines Schwertes. Rosmertas Gestalt im Blick, drängte er sich an den Soldaten vorbei und bahnte sich so einen Weg bis zu Bargh durch, der Rosmertas Körper abschirmte. Doch zwischen ihm und dem Soldat daneben war reichlich Platz und Rosmerta nahm ihn gar nicht wahr. Sie konzentrierte sich ganz und gar auf ihre Trophäe.

„Fesselt ihn!“, befahl sie gerade, wobei sich ihre Stimme vor Erregung überschlug. „Und sorgt dafür, dass er mir nicht krepiert!“

Im Abseits stehen – andere Leute entscheiden lassen …

„Wieso hast du sie nicht einfach getötet, anstatt sie zu warnen?“

Das Schwert in Thorns Hand fühlte sich plötzlich an wie ein das Tor in die Freiheit zerschmetternder Rammbock, eine Waffe, die ihn von allen Übeln befreien konnte. Während er einen Schritt an Bargh vorbei machte, der keine Bedrohung in ihm sah, hob er diese Waffe zum Schlag.

Doch bevor er den Schlag ausführen konnte, der Rosmertas Kopf von ihrem verruchten Leib trennen sollte, geschah etwas, das er nicht hätte vorhersehen können.

Die Klinge seines Schwertes krachte fruchtlos gegen den langen Schaft einer Zweihandwaffe. Im selben Moment drängten sich zwei Legionäre mit einem Heiler vorbei und schirmten Thorns Körper und den seines Angreifers von Rosmerta ab.

Thorn starrte wie paralysiert in die schwarzen Augen Charas. Die Söldnerin starrte zurück, ohne dabei ihre Waffe sinken zu lassen.

„Es ist zu spät, Thorn", flüsterte sie. „Du hattest deine Chance."

Thorn brachte kein Wort über die Lippen. Er spähte zu den beiden Klingen, die an den Enden von Charas Waffe blitzten. Dann sah er zurück in ihre Augen. Ohne seinen Blick abzuwenden, ließ er sein Schwert zu Boden fallen und ging in die Knie.

Die Gleichgültigkeit, die seine Gedanken am Beginn der Schlacht noch in kalter Präzision hatte arbeiten lassen, verpuffte. Bar eines klaren Gedankens starrte er Chara hinterher, die sich zu Bargh, Rosmerta und dem Heiler gesellte. In dem Durcheinander hatte keiner den Zwischenfall bemerkt.

In Thorns Kopf herrschte eine gähnende Leere. Seine Augen suchten sich einen Weg zwischen den Leuten hindurch zu Cartius.

Das Gesicht des Sklavenführers war blass geworden und sein Atem ging rasselnd. Er bekam kaum Luft. Der Pfeil in seiner Kehle verhinderte, dass er frei atmen konnte. Auf Cartius' Stirn stand der Schweiß der Anstrengung und des Schmerzes. Seine Augen aber waren offen. Mit wachem Blick musterte er seine Widersacherin, die ihn gar nicht zur Kenntnis nahm und lediglich daran interessiert war, dass ihre Männer ihn so schnell wie möglich in Gewahrsam nahmen.

Zwei valianische Soldaten waren damit beschäftigt, den Sklavenführer an Händen und Füßen zu fesseln, während der Heiler ihm die Pfeile aus dem Körper entfernte.

Als die Männer Cartius auf die Beine hievten, wanderten dessen Augen durch die Menge und blieben schließlich an Thorn hängen. Ein kurzes Aufflackern klärte seinen Blick und Thorns Herzschlag beschleunigte sich. Im nächsten Moment hatten die Soldaten Cartius weggedreht und schleiften ihn hinter sich her durch die zurücktretende Menge.

Thorn schloss die Augen. Es war vorbei. Er hatte Cartius geschlagen. Er hatte Rosmerta den Sieg streitig gemacht, so wie er es geplant hatte. Und jetzt? Was jetzt?

Rosmerta lebte noch und Testaceus würde weiterhin auf ihre Unterstützung bauen, um am Ende … ja, was? Um das Chaos zu bekämpfen? War Cartius ein Handlanger des Chaos?

Thorn griff nach seinem Schwert und richtete sich schwerfällig auf. Plötzlich verdunkelte sich der Himmel. Ein rötlicher Schimmer breitete sich über das Schlachtfeld aus und Thorn sah, wie sich eine riesige, ungewöhnlich rote Wolke in südlicher Richtung am Firmament abzeichnete. Mit einem letzten Blick auf Cartius schritt er zu Sankris, zog sich in den Sattel hoch und spähte über das Schlachtfeld.

Soweit er es ausmachen konnte, war der linke Sklavenblock drauf und dran, zwischen Rosmertas Milizlegion und den Magiern Richtung Valianor durchzubrechen. Vonseiten der Magier wurden immer wieder Blitze und Feuerbälle auf die Sklaven geschossen, aber ihre Magie war zu schwach, um den Feind aufzuhalten.

Thorns Blick richtete sich auf den Durchgang zwischen den beiden valianischen Heeresblöcken, den die Sklaven als ihre Chance auf einen Sieg wahrgenommen hatten. Dort, in einiger Entfernung von den direkt auf ihn zustürmenden Sklaven, baute sich ein Mann exakt im Zentrum der Passage zwischen der Milizlegion und den Magiern auf, die verzweifelt versuchten, die Sklaven aufzuhalten. Der Mann musste lebensmüde sein! Völlig unbeeindruckt von der auf ihn zuströmenden Sklavenmeute stand er da und rührte sich nicht, während über ihm und den vorwärtsdrängenden Sklaven dunkel und bedrohlich die rote Wolke schwebte.

Plötzlich hoben sich die Arme des Mannes in den Himmel und sein Kopf glitt in seinen Nacken. Ein seltsames Säuseln drang an Thorns Ohren. Zuerst ganz leise, aber allmählich wurde es lauter und lauter, bis es zu einem alles durchdringenden Rauschen anschwoll. Zu dem gleichbleibenden, dumpfen Brausen gesellte sich ein unheimliches Knistern. In kurzer Zeit begann sich die Luft rings herum zu erwärmen und Thorn konnte die Energie förmlich spüren, die sich über den Köpfen der Kämpfenden zusammenballte.

Aus dem Rauschen schien ein Flüstern zu dringen. Thorn fühlte, wie sich seine Nackenhaare sträubten. Ihm war, als würden sich in dem monotonen Brausen Worte bilden, Worte, die er nicht verstand, die aber dennoch Sinn zu machen schienen. Als würden die Naturgewalten lebendig werden und in gemeinsamem Bestreben eine Macht entfalten, die gottgleich zu ihnen hinab sprach: *„Caelurai morte, incendor caelurai morte, exidurai!“*

Immer wieder dieselben Worte. Wie Blätter im Wind umtanzten sie die heranstürmenden Sklaven und den Mann, der sich ihnen in den Weg gestellt hatte. Da begriff Thorn, dass er die Quelle der seltsamen Formel war und er erkannte, *wer* dieser Mann war, der sein Leben für das sämtlicher Valiani zu opfern gedachte.

Unter ihm tänzelte Sankris unruhig und wieherte in Todesangst. Die Luft begann zu vibrieren und Thorn versuchte verzweifelt, sein Pferd im Zaum zu halten, ohne dabei seinen Blick von der Gestalt zu lösen.

Langsam verdichtete sich die Wolke und was zuvor noch bloßer Dunst gewesen war, verwandelte sich schlagartig in tropfenförmige Glutherde, die auf den Erdboden zuschossen. Je näher sie kamen, desto größer wurden die Tropfen, bis schließlich ein gewaltiger Feuerregen auf die Sklaven niederging, die den Mann fast erreicht hatten.

Panische Schreie zerrissen die brennende Luft. Starr vor Entsetzen verfolgte Thorn, wie die Sklaven in Flammen aufgingen und einer nach dem anderen brennend zu Boden stürzte.

Albontius ließ sich von den Geschehnissen nicht beirren. Die Arme in den Himmel gestreckt, wiederholte er seine Zauberformel und verharrte in stoischer Ruhe mitten in der von ihm ausgelösten Feuersbrunst, mit der er den Tod über den Feind und sich selbst brachte.

Es wurde still um Thorn. Sämtliche Augenpaare waren auf das Feld der Zerstörung gerichtet. Das Schlachten hatte aufgehört. Die Männer hatten für diesen einen unbegreiflichen Augenblick, da Albontius' Macht die entscheidende Wende brachte, ehrfurchtsvoll innegehalten. Erst nachdem die letzten Schreie verstummt waren, begannen sehr zögerlich die Schwerter wieder zu klirren und der Kampf ging weiter.

Fassungslos starrte Thorn auf die brennenden Leichenreste der Sklaven, bevor seine Augen zum Leichnam des Gildenmeisters wanderten und ihm schlagartig übel wurde. Alles, was von Albontius übrig geblieben war, war ein Haufen glühender Asche.

Thorn wandte sich ab und wischte sich den Schweiß von der Stirn. Ein weiterer Mann, für den er Hochachtung und Sympathie empfunden hatte, war gefallen. Aber der Zweck heiligte ja bekanntlich die Mittel.

Es war ein klarer Sieg für Testaceus. Die Sklaven hatten sowohl ihren Anführer, als auch ihren Mut und ihre Hoffnung verloren und es war nur noch eine Frage der Zeit, bis sie die Tragweite ihres Verlustes erkennen und fliehen würden.

Thorn hingegen wollte nur noch eines: das Schlachtfeld verlassen und schlafen. Schlafen, bis er nichts mehr von alldem wusste. Er wollte vergessen, was er getan hatte, vergessen, *was* geschehen war und warum es geschehen war. Seine Hände zitterten, als er die Zügel griff und durch die toten Leiber, die sich wie ein Teppich vor ihm ausbreiteten, Richtung Lager ritt.

In der darauffolgenden Nacht war Rosmerta zu aufgewühlt, um auch nur für einen Moment dahinzudämmern. Sie hatte alles erreicht, was es zu erreichen galt. Schon am nächsten Morgen würde sie Cartius persönlich nach Valianor bringen und ihren gerechten Lohn erhalten. Es kümmerte sie nicht, dass sie einen Arm verloren hatte. Irgendeiner der Heiler, die den Krieg gegen Cartius überlebt hatten, würde ihr schon einen nachwachsen lassen. Sie hatte Ähnliches bereits gesehen, Wunderheiler, die Derartiges zuwege brachten, und Testaceus würde sich bestimmt um einen solchen bemühen. Was Thorn anbelangte, so hatte sie einen dämonisch guten Plan, wie sie ihm einen weiteren Denkzettel verpassen, ihn vielleicht sogar aus dem Weg räumen konnte. Dass sie ihren Sieg mit ihm teilen musste, machte sie rasend. Sie konnte sich nicht erklären, wie er es geschafft hatte, ihr zuvorzukommen. Thorns Gegenwart und Anteilname an den politischen Vorkommnissen in und um Valianor stellten für die Zukunft keine Option mehr dar.

Nicht nur Rosmerta blieb der Schlaf verwehrt. Unweit von ihr starrte jemand anderes hellwach die Zeltplane an. Dieser Jemand kämpfte mit Gedanken ganz anderer Art, denn die vergangenen Tage hatten seine Pläne heftig ins Wanken gebracht.

Charas Pulsschlag ging gleichmäßig, während sie ihr Resümee zog und in nüchterner Präzision schlussfolgerte.

Die von ihr ausgesuchte Zielperson hatte einen Kurswechsel vorgenommen, der sie für ihre Zwecke unbrauchbar machte. Die Zeit aber drängte – das hatte man ihr überdeutlich, um nicht zu sagen auf schmerzvolle Weise, klargemacht. Sie musste eine neue Möglichkeit finden, um das Vertrauen der Person zu gewinnen. Und dabei durfte sie ihren Posten als Leibwächterin nicht in Gefahr bringen. Beides war essenziell. Beides musste gewährleistet sein. Ein tragender Balken konnte nicht auf nur einer Säule stehen. Er benötigte mindestens zwei.

Charas Strategie verlangte wiederum nach Eigenschaften, für die sie nicht gerade berühmt war. *Feingefühl* war eine davon, *Zurückhaltung* eine andere. Sie musste sich vorsehen. Und sie musste schneller vorankommen.

Am frühen Morgen des nächsten Tages brach Rosmerta mit einer Kohorte Soldaten, ihren beiden Leibwächtern und Thorn, der alles daran setzte, sich während der Reise von den anderen fernzuhalten, nach Valianor auf. Die restlichen Truppen unter Gambinis Kommando jagten den flüchtigen Sklaven hinterher, um sie einen nach dem anderen festzunehmen. Abends wurde Rosmerta von einer Kohorte der Prätorianergarde in der Hauptstadt empfangen, nachdem Cartius in Gewahrsam genommen worden war.

Am nächsten Morgen wurden Thorn und Rosmerta zu Testaceus' Villa befohlen. Zu Thorns Verwunderung wollte Testaceus die beiden getrennt voneinander sprechen, was seinen Argwohn Testaceus gegenüber nicht eben schmälerte. Und das von dem Senatsvorsitzenden an ihn herangetragene Anliegen machte es nicht besser, im Gegenteil. Thorn war fassungslos.

„Ist das dein Ernst?", fragte er Testaceus, der mit dem Rücken zu ihm am Fenster stand und in den Garten hinausblickte. „Du willst, dass *ich* gegen Cartius in der Arena kämpfe und ihm den Todesstoß verpasse?!"

Testaceus rührte sich nicht. Genau in diesem Augenblick wurden Tausende Sklaven in Ketten durch Valianors Straßen getrieben und er wollte dem Triumphzug beiwohnen. Sicher war ganz Valianor auf den Beinen, um die Gefangenen mit eigenen Augen zu sehen. Niemand würde sich dieses Szenario entgehen lassen.

„Ich war der Meinung, du würdest meinen Vorschlag begrüßen." Testaceus drehte sich um. „Es ist deine Gelegenheit, Kitayschas Ermordung zu rächen und die Waage wieder ins Lot zu bringen! Wo liegt das Problem?"

Thorn starrte ihn fassungslos an.

„Das Problem, Antonius", sagte er, „liegt darin, dass ich mich außerstande sehe, Cartius zur Belustigung des valianischen Volkes zu töten!"

Die Tür zum Nebenraum ging auf. Ein Heiler eilte wortlos und mit sorgenvoller Miene durchs Zimmer auf den Gang hinaus.

„Sie sind gerade dabei, Rosmertas Arm wiederherzustellen", erklärte Testaceus, doch Thorn hatte den Auftritt des Heilers kaum zur Kenntnis genommen.

„Ich denke, du betrachtest das Ganze aus der falschen Perspektive", seufzte Testaceus. „Es wäre eine Ehre für dich, *den* Staatsfeind vor den Augen Valianors zu töten. Es ist ein Zweikampf, kein Mord!"

„Es ist Mord! Selbst wenn Cartius den Kampf gewinnen sollte, wirst du ihn zum Tode verurteilen, durch wessen Hand auch immer er dann sterben würde. Ich kann daran nichts Ehrenvolles finden, tut mir leid!"

„Das heißt, du lehnst mein Angebot ab?", fragte Testaceus vorsichtig.

„Dein Angebot …“, begann Thorn, doch dann hielt er plötzlich inne. „Nein, warte …“

Seine Augen glitten zur Tür und wieder zurück zu Testaceus.

„Kann es denn sein, dass sie es sogar schafft, Antonius Virgil Testaceus hinters Licht zu führen?“

Testaceus seufzte und zuckte mit den Schultern. Er wusste, worauf Thorn hinauswollte.

„Der Vorschlag kam von Rosmerta, da hast du recht“, sagte Testaceus. „Aber ich sehe nicht, worüber sie damit hinwegtäuschen wollte. Sie hielt es einfach für eine gute Idee, insofern, als du ihrer Meinung nach auf diesem Weg mit Kitayschas Tod abschließen könntest. Eine Meinung, der ich mich anschließe. Das ist alles.“

„Das ist alles?!“

Thorn starrte Testaceus an, als wäre dieser schwer von Begriff. Doch als sich Testaceus’ Miene kein bisschen veränderte, schüttelte er ungläubig den Kopf.

„Du denkst doch nicht wirklich, dass es ihr dabei um *mein* Wohl geht!“

Testaceus antwortete nicht.

„Also gut. Lassen wir es dabei bewenden.“ Thorn wandte sich ab und schritt auf die Tür zu.

„Thorn, denk doch mal darüber nach …“

„Nein!“, sagte Thorn entschieden und öffnete die Tür. „Das ist mein letztes Wort!“

Auf dem Weg zur Arena begegnete Thorn Chara und Bargh, die schweigend nebeneinander herschlenderten.

„He da, Thorn!“, schrie der Vallander, als er Thorn um die Ecke biegen sah. „Wie wär’s nachher mit einem Humpen Bier im *Gladiator*?“

Obwohl Thorn so rasch wie möglich weiterwollte, blieb er kurz stehen und ließ sich von Bargh freundschaftlich auf den Rücken klopfen.

„Mal sehen, vielleicht komme ich später noch vorbei.“

Bargh grinste breit und stieß Chara in die Rippen, woraufhin sie einen Schritt zur Seite machte, während sie Thorn unter ihrer Kapuze einen abwägenden Blick zuwarf.

„Woll'n doch mal sehen, ob unser attraktives Muskelpaket wie ein Mann trinken kann oder ob die Muskeln bloß Täuschung sind!", johlte Bargh.

Chara enthielt sich jeden Kommentars. Stattdessen lehnte sie sich gegen eine Hauswand und beobachtete schweigend Thorn, der Barghs guter Laune nur ein halbherziges Lächeln entgegenbringen konnte.

„Wo wollt ihr eigentlich hin?", fragte er aus reiner Höflichkeit; in Gedanken war er bereits bei den finsteren Kerkern der Arena.

Barghs Grinsen wurde noch breiter.

„Ich hab da 'n paar Gerüchte gehört, dass man mit Hilfe von irgendeinem dieser Magier, wie heißen die noch gleich …"

Er kratzte sich grübelnd den Bart.

„Tarma… Turmaga…gurgen."

„Thaumaturgen", unterbrach ihn Chara, während sie mit ihren Fingern gegen die Mauer trommelte und Thorn nicht aus den Augen ließ.

„Tramagurten, richtig!", nickte Bargh. „Jedenfalls können die magische Waffen herstellen, mit denen man so richtig aufräumen kann, und das hat doch was, oder? Weißt du, die haben da …"

Thorn winkte ab.

„Schon klar. Ich muss jetzt trotzdem weiter. Das mit den Waffen kannst du mir später erklären!"

Er nickte Chara kurz zu und eilte dann Richtung Arena davon.

„In Ordnung!", schrie Bargh hinter ihm her. „Alles Weitere dann im *Gladiator*!"

Die Stufen zu den Kerkern waren feucht und modrig und der Wachposten am Eingang hatte Thorn nachdrücklich ans Herz gelegt, auf seine Schritte zu achten, immerhin habe sich der eine oder andere beim Treppensteigen schon das Genick gebrochen.

Unterhalb der letzten Stufe verlief ein schmaler, von Fackeln beleuchteter Gang bis zu einer einzigen Zelle am Ende des Kellergewölbes. Eine Ratte schlüpfte zwischen Thorns Beinen hindurch und verschwand in einem Loch in der Wand. Es roch nach Schimmel und Exkrementen. Es war anzunehmen, dass der Kerker noch nie gereinigt worden war, anders konnte er sich den widerlichen Gestank nicht erklären. So sehr die Valiani darauf bedacht waren, die exponierten Bereiche der Stadt sauber und ordentlich zu halten, so wenig kümmerten sie sich anscheinend um die Hygiene an Orten, die ein guter Bürger ohnehin nicht betrat.

Ein Blick in die Zelle bestätigte seine Annahme. Die Gitterstäbe waren zum Teil kotbeschmiert. Wahrscheinlich warfen manche Gefangenen ihre Ausscheidungen nach den Wärtern, um ihnen damit ihre Verachtung deutlich zu machen.

Cartius hing im hintersten Winkel der Zelle. Man hatte ihn mit beiden Handgelenken an die Steinmauer gekettet. Es sah aus, als würde er auf dem Boden knien, doch seine Knie waren nur angewinkelt, ohne dabei den Stein darunter zu berühren. Abgesehen von einer schmutzigen, in Fetzen von seinen Beinen hängenden Leinenhose, war er nackt. Seine Verletzungen am Hals hatte man versorgt und verbunden, aber über seine Schultern und die Brust verliefen tiefe, blutverkrustete Striemen.

Thorn musste angesichts des so veränderten Anblicks des Sklavenführers kurz schlucken. Alles Stattliche, seine beeindruckende Erscheinung und das einschüchternde Äußere, waren verschwunden. Vor sich sah er einen Mann, der vom Leben zum Narren gemacht worden war und der jetzt nur noch darauf wartete, von seiner inneren Qual erlöst zu werden.

„Cartius“, sagte er leise und trat einen Schritt auf die Gitterstäbe zu.

Der Gefangene rührte sich nicht.

„Brunius Doridorus Cartius“, wiederholte Thorn seinen Namen mit etwas mehr Nachdruck.

Mühsam hob Cartius seinen Kopf. Sein Blick suchte in dem dumpfen Schimmer der Fackeln Thorn. Offensichtlich hatte der Sklavenführer

Probleme damit, klar zu sehen, was nicht verwunderlich war, denn er brachte seine Augen kaum auf. Schließlich blieb sein Blick an Thorn hängen. Er musterte seinen Häscher kurz und ließ den Kopf dann wieder sinken.

„Was wollt Ihr?“, flüsterte er kaum verständlich.

Thorn atmete tief ein und starrte an die feuchte Gewölbedecke.

Ich habe nicht die leiseste Ahnung!, schoss es ihm durch den Kopf. *Bei Vana, ich weiß nicht, was ich hier will!*

Cartius hustete. Von seinen Lippen tropfte Speichel. Sicher war er ganz heiß darauf, unter den gegebenen Umständen mit ihm zu plaudern. Thorn spürte, wie ein zynisches Lächeln über seine Lippen glitt.

Und dann riss ihn ein plötzlich wieder auflodderndes Gefühl des Zorns aus seinen trüben Gedanken – ein Zorn, den er schon fast vergessen hatte.

Wahrscheinlich sah Cartius in ihm lediglich einen Mann, der einen Pfeil auf ihn geschossen hatte, der ihn ganz zufällig traf. In Cartius’ Augen war er ein Niemand und dass er Kitayscha verloren hatte, war bedeutungslos. Er war ein Namenloser – ein Gegner unter vielen!

„Ihr habt sie umgebracht!“, presste Thorn unter zusammengebissenen Zähnen hervor und wusste noch im selben Augenblick, dass es nicht nur eine Lüge war, sondern auch ein völlig unangebrachter Vorwurf.

Cartius war kurz davor, in den Tod zu gehen. Was interessierte ihn da Thorns Kummer? Doch zu seiner Verwunderung hob Cartius seinen Kopf und blickte ihm in die Augen.

„Ich weiß“, murmelte er schwach. „O’Neill …“

Er hustete neuerlich und brach ab. Blut troff von seiner Unterlippe.

Thorn musste seinen Blick abwenden. Bitterkeit kroch in ihm hoch und drückte von innen gegen seine Augen. Er konnte es kaum ertragen, Cartius in diesem finsteren, kalten Kerkerloch zu sehen.

„Es ist die Stimme der Liebe, die aus Euch spricht“, flüsterte Cartius. „Ich weiß, wie sich das anfühlt. Man hat mir meine Familie genommen, meine Frau, meine Kinder … Ich weiß, was Ihr durchmacht.“

Seine Stimme brach und der Kopf sank wieder auf seine Brust.

„Ihr habt mich zum Tode verurteilt, ja", murmelte er schwach. „Doch Ihr tatet es, weil Ihr liebt. Solange Ihr diese Liebe fühlt, werdet Ihr das Leben dem Tod vorziehen. Solange Ihr liebt, ist das Leben es Euch wert zu töten. Und solange Ihr töten könnt, fühlt Ihr Leben in Euch. Ihr müsst vergessen, dass Ihr meinen Tod unterzeichnet habt. Ich war bereits tot, als mich Euer Pfeil traf. Das Einzige, das mich noch am Leben hielt, war der Gedanke an Rache. Doch Rache ist ein trauriger Ersatz für die Liebe. Sie hält einen zwar am Leben, aber es ist ein Leben ohne Glück, ein Leben ohne Gefühl. Der Tod ist einem solchen Leben vorzuziehen."

Thorns Hände griffen nach den Gitterstäben und umschlossen das kalte, dreckverschmierte Metall. Seine Stirn sank auf seine Unterarme.

„Dann bin auch ich längst tot. Alles, was ich fühle, ist Hass und Ohnmacht."

Cartius atmete tief ein. Ein Zittern ging durch seine Arme und er stöhnte schmerzvoll auf. Die Wunden der Folter auf seiner Brust und seinen Schultern waren rot und aufgesprungen und seine Gelenke knirschten unter dem Gewicht seines Körpers.

„Was waren das für Tränen?", presste Cartius unter zusammengebissenen Zähnen hervor. „Tränen des Hasses? Ihr liebt noch immer. Das Leben ist Euch näher als der Tod."

Er schüttelte schwach den Kopf und fuhr mit gedämpfter Stimme fort: „Ich habe Euch den Weg nach unten gezeigt, indem ich Euch nahm, was mir selbst genommen wurde. Ihr wolltet wie ich Rache. Doch meine Rache galt den wahren Schuldigen. Eure Rache aber galt einem Mann, der um die Wahrheit, die Freiheit, sein eigenes Überleben und das seiner Gefolgsleute kämpfte. Was tut Ihr nun mit dieser Gier nach Vergeltung? Denn eines ist gewiss, es verschafft Euch keine Befriedigung, mich sterben zu sehen."

Cartius' Blick war verschleiert, doch Thorn hatte das Gefühl, dass er bis in seine Seele sah. Er schauderte.

„Ihr müsst nach einem neuen Opfer Eures Vergeltungsdrangs suchen. Entweder das oder Ihr vergesst endgültig, wen oder was Ihr verloren habt … und warum."

„Aber wer sind die wahren Schuldigen?" Die Frage war da, bevor er einlenken konnte.

Ein plötzliches Grinsen kräuselte Cartius' Lippen.

„Wir wurden beide getäuscht. Könnt Ihr Euch nicht denken von wem? Wisst Ihr denn nicht, was hier für ein Spiel gespielt wird?"

„Ihr sprecht vom Senat."

„Der Senat wurde wie wir hinters Licht geführt. Der Sklavenaufstand war die Bedrohung, auf die der Senat reagierte. Aber wer begünstigte diese Bedrohung? Bei allem, was der Senat tat, um den Aufstand niederzuschlagen, gab es eine entscheidende Stimme."

„Testaceus", murmelte Thorn. „Er hat getan, was er für richtig hielt."

„Ja, das ist wahr. Doch seine Pläne gingen weit über das Abwenden einer Gefahr hinaus. Was denkt Ihr, welchen Effekt der Sieg über die Bedrohung durch die Freiheitskämpfer auf das valianische Volk hat, jetzt, wo es kurz davor war, unterzugehen? Es jubelt lauter denn je. Und wer hat diesen Sieg errungen? Testaceus und diejenigen, die er ins Feld geschickt hat – als allerletzte Rettung. Testaceus wusste genau, was ihm einen echten, wirkungsvollen und andauernden Ruhm einbringen würde und dies war gewiss kein Sieg über einen Aufstand irgendwelcher Sklaven im weit entfernt liegenden Emlin-Tal. Die Bedrohung musste wachsen und gedeihen, damit sie für jeden erkennbar und spürbar werden konnte. Keine Sorge, ich war so blind wie Ihr. Ich wollte an meine eigenen Siege glauben. Ich war überzeugt davon, dass es meine Siege waren, die die Freiheitskämpfer bis zur Hauptstadt vordringen ließen." Cartius schnaubte verächtlich auf. „Es waren die Siege Eures Senatsvorsitzenden."

Thorn hatte das Gefühl, als hätte ihm jemand einen Knüppel über den Schädel gezogen.

„*Meines* Senatsvorsitzenden?", sagte er benommen.

„Ah, vielleicht habt Ihr recht. Testaceus ist nicht *Euer* Senatsvorsitzender, aber Ihr seid *sein* Mann … ein Mittel zum Zweck, nur ein Mittel zum Zweck."

Thorns Kehle war staubtrocken. Mühsam schluckte er, während er versuchte, eine Logik in Cartius' Sicht der Dinge zu finden. Die Erschütterung kam, als er sie gefunden hatte. Alles, was Cartius gesagt hatte, machte Sinn. Testaceus hatte hervorragende Arbeit geleistet und er, Thorn, war dabei nichts weiter als sein Spielball gewesen. Das Chaos war nie ein Akteur in diesem Spiel gewesen. *Ordnung gegen Ordnung* … Was für ein Duell! Da war es nicht verwunderlich, dass der Zweifel seine klaren Richtlinien ins Wanken gebracht hatte. Man hatte ihn gelehrt, das Chaos zu bekämpfen. Aber wo war das Chaos? *Wer* war das Chaos?

„Ich für meinen Teil habe jedenfalls noch eine letzte Chance, mich ein klein wenig für das zu revanchieren, was Testaceus mir angetan hat", fuhr Cartius fort. „Es ist zwar ein schwacher Trost, aber immerhin ein kleiner Spaß, bevor ich sterbe."

Er grinste.

„Testaceus wird viel Freude mit mir haben, da bin ich sicher."

Thorn musste unwillkürlich lächeln. Er konnte sich ungefähr vorstellen, was Cartius plante, zumal er wusste, was Testaceus tatsächlich mit ihm vorhatte.

Eine Weile blickten sie einander schweigend in die Augen. Dann fiel Cartius' Kinn zurück auf die Brust.

„Lebt wohl, Thorn Gandir", flüsterte er mit verebbender Stimme.

Thorn stieß sich von den Gitterstäben ab und trat einen Schritt zurück. Seine Augen ruhten auf der eingeknickten Gestalt des Sklavenführers.

„Ich werde für Euer rasches Ende beten …", murmelte er, dann wandte er sich um und schritt den dunklen Gang entlang.

Der Schmerz in seinem Inneren war verschwunden.

Daradag, 1. Trideade im Draugmond/347 nGF

Der Wille zur Macht

Der Geist mag weise sein, doch das Herz ist schwach. Der Geist mag sich hehre Ziele setzen, doch das Herz hört ausschließlich auf den monotonen Klang seines immerwährenden Rufs nach Leben und Glück. Der Geist mag die Grenzen des Irdischen sprengen, doch das Herz bescheidet sich und strebt nach Lustbefriedigung innerhalb dessen, was diese Welt zu bieten hat. Der Mensch ist das zwiegespaltene Wesen, das ein Ideal des Geistes vertritt, doch an der Realität seiner individuellen Bedürfnisse scheitert. Das Herz ist schwach, denn das Herz ist von egozentrischen Ambitionen geleitet.

Der Wille ist es, der uns steuert und lenkt ... Der Wille ... Er fordert ein, er treibt an, er schreibt vor ... Sein einziges Interesse gilt dem Ego. Seine Botschaft lautet: *Ich will! Ich tu, was ich tu, um meiner selbst willen. Ich will wissen, will haben, will sein. Ich will das Leben, die Liebe, die Macht ... Ich bin das Zentrum, um das diese Welt sich dreht, nein, das Zentrum, um das sie sich zu drehen hat!*

In manchen Fällen mag diese Feststellung gerechtfertigt sein. Es mögen Wesen existieren, die zu Recht als zentral in einer Welt wie der unseren gelten. Wenn man mich fragt (was man in der Regel nicht tut), ist die einzige Daseinsberechtigung für einen Normalsterblichen wie mich, sich einem solchen Wesen zu fügen und dessen Zwecke zu den eigenen zu machen.

Für manch einen mag ein Gott zentral sein. Fragt sich nur, ob die Ehrerbietung einem Gott gegenüber ein erfülltes oder zumindest, wenn ein unerfülltes, so doch sinnvolles Leben zulässt.

Jedenfalls mag es Wesen geben, die wir nicht grundlos als zentral empfinden und die sich als entscheidend für den Rest des existierenden Lebens herausstellen.

Der Rest, das sind wir. Ich, Thorn Gandir, der zweite Soldat von links, der fünfte Bedienstete des Testaceus, der Küchenjunge, der Gildenmeister Albontius. Wir sind der unvollkommene Rest, jene Wesen, die sich um die großen, mächtigen Zentren dieser Welt drängen wie die Mücken zum Licht. Viele unter uns mögen von großem Wissen sein, viele mögen mächtig, stark und weise sein, viele ausgesprochen nutzbringend, doch wir sind gerechtfertigterweise dienend und nicht herrschend.

Es wäre alles einfach und klar, gäbe es da nicht ein Problem, klitzeklein und eigentlich kaum erwähnenswert, für den Großteil der denkenden Seelen nicht einmal vorhanden, geschweige denn augenscheinlich. Das Problem ist folgendes:

Nicht nur die rechtmäßig herrschende Gesellschaft besitzt einen Willen. Jeder einzelne des Rests ebenso. Und kann man von den wirklich Großen unserer Zeit auch behaupten, dass deren Ego dem Wohle oder Übel der Allgemeinheit geopfert oder zumindest untergeordnet wird, so gilt das nicht für einen von uns. Der Rest der Gesellschaft, der kleine Küchenjunge, der täglich die Böden in den Speiseräumen der Villa des Senatsvorsitzenden schrubbt, träumt vor allem von seiner eigenen, ganz persönlichen Karriere als Kommandant der Leibgarde. Wie Untote nach dem Blut der Lebenden hecheln, hechelt der unbedeutende Rest der Befriedigung seiner egomanischen Bedürfnisse hinterher.

Als ein besonders auffälliges Exemplar egozentrischer Vollkommenheit offenbarte sich mir in jenen Tagen die Heldin des *Valianischen Imperiums* und Freundin des großen Testaceus. Wenn ich nur ein einziges Mal den Hauch des Eindrucks hätte, mein eigenes Ego wäre von derart aufgeblasener Präsenz, ich müsste Suizid begehen. Nicht so Rosmerta. Sie hält ihren Eigennutz für selbstverständlich.

„Was wollt Ihr?“, lautete die Botschaft, die ihr von Senatsseite zugespielt wurde. Ihre Antwort darauf, beinhart und hoffnungslos *naiv: „Das Kommando über das valianische Militär." Kurz, eine Machtposition, die unumstritten ihresgleichen sucht.*

Warum wohl bezeichne ich Rosmertas Willen als naiv?

Weil nur ein Mensch von fast grenzenloser Naivität von absoluter Macht träumt, ohne sich darüber Gedanken zu machen, worin eine solche, worin seine ganz persönliche Macht resultieren könnte. Die Konsequenzen sind entscheidend, wenn man nach Macht strebt, doch jemandem wie Rosmerta kommt es nicht in den Sinn, über die Folgen seines Begehrens zu reflektieren. Die „Heldin" strebt nicht eines hehren Zieles wegen nach Macht. Ihr bekundetes Ziel ist die Macht selbst.

Das Ziel des Weisen überschreitet sein Ego. Um über sein Ich hinaus wirksam zu werden, benötigt er Macht. Die Macht ist hier nur Mittel zum Zweck, nicht etwa der Zweck selbst. Rosmerta wollte die Macht um der Macht willen, mit anderen Worten, sie wollte nichts anderes als sich selbst.

Dies war der ausschlaggebende Grund dafür, warum sie auf Cartius' Verderben setzte. An seiner Demütigung vollführte sie ihre Macht. Seine Niederlage verhalf ihr dazu, die Fäden in die Hand zu nehmen und ihre Macht zu demonstrieren, indem sie über sein Schicksal verfügte. Auf ihren *Befehl hin wurde der in Ungnade gefallene ehemalige Zenturio in Schach gehalten;* ihre *Entscheidung wurde in die Tat umgesetzt, als die Soldaten ihre Reihen um ihn schlossen und letztlich dafür sorgten, dass er dingfest gemacht werden konnte. Es lag in* ihrer *Hand, wie die Zukunft des Imperiums aussehen sollte, und dies konnte sie sich selbst und allen Beteiligten deutlich machen, indem sie den Sklavenführer am Leben ließ und dafür sorgte, dass seine Niederlage und ihr Sieg vor den Augen und Ohren der Bewohner Valianors erneut zur Schau gestellt wurden. In der Arena erlebte Rosmerta erst, wie sich Macht tatsächlich anfühlte, und zwar, als die tosende Menge den Tod eines offiziellen und allerorts* bekannten Gegners bejubelte, den sie besiegt hatte. In der abwegigen Situation, als sie neben Testaceus auf der Empore stand und unter dem Beifall der Zuschauer auf Cartius' toten Körper blickte, zeigte Rosmerta ihre Bereitschaft, um ihrer selbst willen und zum Zwecke der Selbstdarstellung über Leichen zu gehen.

Ich würde es nicht in Betracht ziehen, jemandem einen Mord vorzuwerfen, wenn dieser zum Nutzen eines Besseren wäre. Nichts läge mir ferner als das. Es ist nicht die Tat, die hier verwerflich oder zu verurteilen ist. Es ist das Motiv. Ich war zuerst überrascht, fast beeindruckt von ihrer Härte auf dem Schlachtfeld. Doch dann dämmerte es mir langsam, dass Rosmertas Einsatzbereitschaft nichts mit ihrem Verantwortungsbewusstsein dem Imperium gegenüber zu tun hatte. Nein, Rosmerta wollte nur das Eine: sich das Gehör und die Aufmerksamkeit des Senats, des Militärs und des ganzen verdammten Volkes verschaffen. Ihre verzweifelte Hysterie, die sie gewöhnlich an den Tag legte, war danach wie weggeblasen. Rosmerta war wieder fähig, zu handeln, denn sie hatte erkannt, dass ihr Wille die Dinge in Bewegung zu versetzen vermag und dass Macht nicht unbedingt Können voraussetzt. Macht hat derjenige, der Macht vermittelt. Dafür benötigt man lediglich das Talent, sich entsprechend zu präsentieren. Zumindest, wenn man jene Macht erstrebt, wie sie Rosmerta für sich in Anspruch nehmen wollte – eine leere, substanzlose Macht des Scheins.

Rosmerta war und ist gefährlich. Viel gefährlicher, als ich zu Beginn angenommen hatte. Ihr Wille zur Macht ist vom Hass beseelt – vom Hass auf den Rest der Welt, von dem sie sich selbst ausnimmt. Sie wollte zum Zentrum werden, um das diese Welt sich dreht. Genau aus diesem Grund hätte sie nie mehr Macht erlangen dürfen, als sie bereits hatte. Es ist kein Geheimnis, dass jeder, der um der eigenen Macht willen nach vorne strebt, das Leben um sich herum ins Verderben reißt. So, wie es neben Rosmerta auch ein anderer getan hat, indem er mit seinen sogenannten „Freunden" spielte und *sich hinterher daran erfreute, den Thron eines Imperators zu besteigen. Aber dazu später.*

Irgendwann habe ich mir geschworen, mir niemals selbst zum Zweck zu werden, mich niemals selbst in eine entscheidende Position zu begeben. Ich hielt es aufgrund meines bescheidenen Wissens und der Tatsache, dass ich mich dem Tod näher fühlte als dem Leben, für angebracht, mir den Zweck meines Daseins außerhalb meiner selbst zu setzen. Mein *Wille ist zwar nichtsdestotrotz* mein *Wille, doch es ist der Wille zur Macht eines anderen, der mich lenkt. Dieser Jemand herrscht oder sollte zumindest eines höheren Guts wegen herrschen.*

Mir wird allmählich bewusst, dass die bisherigen Vorfälle seltsam willkürlich anmuten und dass ich damals keine Ahnung hatte, was um mich herum eigentlich geschah. Doch heute weiß ich, dass der bloßen Willkür hier nichts, aber auch gar nichts ausgesetzt ist. Vielmehr halten hier einige jener „Zentren", von denen ich zu Beginn dieses etwas ausufernden Kommentars gesprochen habe, die Fäden fest in der Hand und versuchen, die Dinge im Hinblick auf zukünftige Ereignisse zu gängeln und zu lenken.

Das Zepter der Macht

Sieben Tage später verfolgte Thorn, gelangweilt an einer weißen Säule im Festsaal der Villa lehnend, die Ruhmes- und Dankesrede des Senatsvorsitzenden. In seinem Kopf und seinem Herzen fühlte er immer noch Cartius' Präsenz. Der Sklavenführer war tot. Er war in der Arena unter den Augen sämtlicher Bürger Valianors in den Tod gegangen, doch keineswegs so, wie man es von ihm erwartet hatte. Thorn hatte dem Schauspiel nicht beigewohnt, hatte sich aber von Chara die Details schildern lassen, wobei die Umstände seines Ablebens seine trübe Gemütsverfassung ein klein wenig aufhellten.

Testaceus stand in elfenbeinfarbener Festtagstoga mit purpurnem Umhang und charismatischer Führer-Pose auf der breiten Plattform oberhalb der marmornen Treppe, an welcher der Festsaal endete. Hinter der Plattform führten die Stufen weiter zu einer Empore im ersten Stock. Der Saal war dank seiner Größe und der prunkvollen Säulenreihen an den Längsseiten bestens für die von Testaceus inszenierten Feierlichkeiten geeignet, die in ganz Valianor für ihren verschwenderischen Stil und ihre prachtvolle Ausstattung berühmt waren. Die Götter- und Heldenstatuen in den beiden Säulengängen sorgten dazu für eben jenen huldvollen Glanz, der von der valianischen Elite erwartet wurde.

Testaceus blickte von der Plattform auf die elitäre Gesellschaft Valianors hinab. Alle waren sie gekommen, um vom Sieg des Imperiums gegen die aufständischen Sklaven zu hören: die Senatoren, der spärliche Rest des Hohen Rates der Magiergilde, sogar einige Priester aus dem Gryphos-Tempel sowie all jene, die über das nötige Ansehen oder den nötigen Reichtum verfügten – Testaceus enttäuschte keinen von ihnen. Nachdem er den wiederhergestellten Frieden innerhalb des Landes thematisiert hatte, schilderte er die Schlacht gegen den Sklavenführer in allen schillernden Details. Cartius' Kampf in der Arena erwähnte er hingegen mit keinem Wort. Thorn konnte sich denken, warum. Das grandiose Finale hatte ihm Cartius gehörig verdorben. Er hatte sich erst gar nicht auf einen Kampf mit den Gladiatoren eingelassen, sondern sich seine Schwertklinge unter den empörten Blicken der Schaulustigen und mit einem hochzufriedenen Gesichtsausdruck genussvoll über die Kehle gezogen. Die letzte halbe Trideade war Cartius' Ende *das* Thema in Valianor gewesen. Überall in den Straßen konnte man die Leute darüber tuscheln hören. Meistens fielen Worte wie *Feigling* oder *Verräter,* manchmal aber hörte Thorn auch zweifelnde Stimmen heraus, die darüber rätselten, ob die Vorwürfe gegen Cartius wahr oder erfunden waren.

Thorn konnte das Ganze nicht mehr hören. Was immer der ehemalige Zenturio auch getan haben mochte, er war gewiss kein machtbesessener Irrer gewesen und dass es ihm geglückt war, ein rasches Ende zu finden und dem Senat einen Strich durch die Rechnung zu machen, freute Thorn umso mehr.

In diesem Moment kam Testaceus auf den gewichtigen Beitrag der *Helden* zu sprechen. Unmittelbar neben Thorn hob Rosmerta, die förmlich an den Lippen des Senatsvorsitzenden klebte, stolz ihren Kopf. Obgleich ihr immer noch der linke Arm fehlte, wirkte sie überaus zufrieden. Die Heiler konnten nach anfänglichen Schwierigkeiten das Nachwachsen der fehlenden Gliedmaßen einleiten, doch bis Unterarm und Hand wieder vollständig ausgebildet waren, würde noch mindestens ein Mond vergehen.

„Rosmerta, der es als Befehlshaberin der Milizlegionen gelang, den Sklavenführer dingfest zu machen“, sagte Testaceus mit anschwellender Stimme, „hat unserem Imperium damit endgültig zum Frieden verholfen. Ich habe allen Grund, ihr meine größte Hochachtung auszusprechen.“

Mit einem freundlichen Kopfnicken bat er Rosmerta an seine Seite, während sein Blick Thorn streifte.

„Thorn Gandir wiederum bewies im Krieg gegen Cartius seinen meisterhaften Umgang mit Pfeil und Bogen. Er war es, der den Sklavenführer in die Knie zwang und Cartius' Armee ihres Strategen, ihrer Führung, ja, ihres tragenden Pfeilers beraubte. Seinem beispiellosen Einsatz gilt all mein Respekt."

Thorn hatte keine Lust, für Cartius' Niederlage Dank und Bewunderung zu ernten. Trotzdem musste er heute dafür geradestehen und *den Helden* spielen, den die Gäste von ihm erwarteten.

Sichtlich träge stieß er sich von der Säule ab und schlenderte alles andere als heldengleich durch die Menge auf die Treppe zu. Neugierige Blicke folgten ihm, während er die Stufen hinaufschritt und sich zu Testaceus' Linken aufbaute.

Thorn erspähte Bargh und Chara, die unterhalb der Plattform standen und die Zeremonie von dort aus mitverfolgten. Beide sahen ihn an. Er lächelte Bargh freundlich zu, doch als seine Augen Charas trafen, verschwand sein Lächeln. Ihr Blick war nüchtern, skeptisch. Fast schien es, als würden ihre schwarzen Augen zu ihm sprechen und die Botschaft war nicht eben angenehm: *Wieso stehst du dort oben an der Seite des Senatsvorsitzenden und lässt dir huldigen?*

Mit einem Mal verschwanden Langeweile und Missmut und machten einem neuen Gefühl Platz. So schwer es ihm auch fiel, es sich einzugestehen – Chara hatte recht behalten. Sie hatte ihm von Anfang an die essenzielle Frage gestellt: *„Welcher Weg wird der deine sein?"*

Er hatte einen Weg gewählt, von welchem aus es kein Entrinnen gab. Indem er Testaceus gefolgt war, um seine Rachegelüste zu befriedigen, war er auf einen Weg ohne Gabelung gelangt.

„Es ist an der Zeit, meiner Dankbarkeit, der Dankbarkeit des Senats und des gesamten Imperiums Ausdruck zu verleihen", fuhr Testaceus förmlich fort und griff nach zwei versiegelten Schriftrollen, die ihm von einem seiner Leibwächter zusammen mit einer länglichen Kiste auf einem schwarzen Samtkissen dargeboten wurden.

Thorn kannte den Mann. Es handelte sich um Nerus Boratus Lexorius, jenen Krieger, der ihn, Kitayscha, Rosmerta und den Senatorenneffen davor bewahrt hatte, Schroeders Angriff vor Valianors Küste zum Opfer zu fallen. Damals hatte er ein Geschwader der valianischen Flotte kommandiert. Mittlerweile schien er in die Leibgarde Testaceus' aufgestiegen zu sein.

Testaceus überreichte Rosmerta und Thorn je eine Schriftrolle und drehte sich noch einmal nach dem Samtkissen um, bevor er die schwarze Kiste öffnete.

Sorgsam entnahm er dem mit Samt ausgekleideten Kasten einen goldenen Streitkolben. Dann hob er ihn hoch, sodass jeder der Anwesenden ihn sehen konnte, und erklärte mit klarer Stimme: „Dies ist *Valians Zepter*!"

Thorn beugte sich vor, um die feine Maßarbeit des Zepters zu betrachten, die er eigentlich schon kannte. Der Schaft war mit schwarzen Edelsteinen und Rubinen besetzt und mündete in einen goldenen, scharfkantigen Kopf mit einem eingravierten Schwertsymbol. Thorn ging jede Wette ein, dass der kunstvoll gearbeitete Streitkolben ein Werk der Elfen war.

Unter den gespannten Blicken der Menge drehte sich Testaceus zu Rosmerta um und berührte mit der Spitze des Zepters ihre linke Schulter.

„Hiermit soll dir der Titel der *Ehrensenatorin auf Lebenszeit* verliehen werden", erklärte er feierlich. Dann forderte er sie dazu auf, ihm nachzusprechen.

„Ich gelobe, alle Rechte eines Senators anzuerkennen ..."

Rosmerta senkte ehrfürchtig ihren Kopf, während sie die rituelle Formel nachsprach.

„Und die Pflichten eines Senators gewissenhaft und selbstlos zu erfüllen. Ich gelobe, die valianischen Interessen zu wahren, den Wohlstand des Landes zu fördern, das Volk vor jedweder Bedrohung zu schützen und stets im Sinne der Republik und des Valianischen Imperiums zu handeln."

Testaceus hob mit dem Zeigefinger Rosmertas Kinn, sodass sie ihm direkt in die Augen blickte, und beendete die Angelobung mit den Worten: *„Und ich gelobe dem Valianischen Imperium und dem Senat absoluten Gehorsam und absolute Treue."*

Als Rosmerta auch dies mit dem Brustton der Überzeugung wiederholt hatte, wandte er sich lächelnd an Thorn.

Eine bleierne Ohnmacht legte sich über Thorns Verstand. Zu spät! Es war zu spät! Seine Zukunft wurde mit den wenigen Worten, die nun folgten, besiegelt. Wie in Trance brachte er seinen Eid vor, während die Menschenmenge am Fuß der Treppe jedes seiner Versprechen aufnahm und bezeugte. Die öden, blinden Gesichter starrten zu ihm hoch und hielten es auch noch für eine Gunst, zum *Ehrensenator auf Lebenszeit* ernannt zu werden. Viele von ihnen beneideten ihn sichtlich um diesen Titel, während er nur den unbändigen Wunsch verspürte, vom Podium zu stürmen, das Gebäude auf schnellstem Wege zu verlassen und aus dem verdammten Imperium zu fliehen.

Unterdessen stand Chara mit verschränkten Armen am Fuß der Treppe und schüttelte kaum merklich den Kopf. Ihre Gedanken hatten mit denen der Anwesenden nichts gemein. *Ihr* Problem hatte mit Ehrentitel, Lobeshymnen und Eiden nicht das Geringste zu tun. Der Waldläufer war ihr entglitten. Sie hatte versagt, ihn nicht für sich gewinnen können. Er war mehr denn je an Testaceus gebunden. Ein Held im Dienste des Landes … Mit seinem Rachefeldzug hatte er sich nur noch mehr in die Arme des Senats gespielt, ohne sich dessen bewusst zu sein. *Ehrensenator …*

Sie brauchte beides, einen Freund und einen Feind des Imperiums. Ohne den Feind war ihr Glas nur halb voll und die Quelle nicht ergiebig genug, um es aufzufüllen.

Thorn hatte ihren Anspielungen keine Beachtung geschenkt, weil er ihr nicht traute. Nun, dann musste sie eben einen anderen Weg gehen, um ihn aus Testaceus' Schoß zu locken.

Chara wandte sich ab und bahnte sich gemächlich einen Weg durch die Menge. Was soll's, sie war noch lange nicht am Ende ihres Ideenreichtums angekommen.

„Viele Wege führen zum *Bettlerkönig*", murmelte sie leise, während sie nach einem Becher Rotwein griff, der auf einem Tablett an ihr vorbeigetragen wurde. Dann zog sie sich in einen ruhigen Winkel zurück, von wo aus sie die Geschehnisse überblicken konnte. Sie wollte gerade entspannt an ihrem Wein nippen, als sich Bargh unter unendlichen Entschuldigungen zu ihr durcharbeitete und seinen Bierhumpen gegen ihren Becher knallte, sodass der Wein überschäumte und sich etwas davon über ihr Kleid ergoss.

„'tschuldigung", grinste er gutgelaunt und wischte ungelenk über den Ärmel ihrer dunkelgrauen Palla.

Chara schloss die Augen und trank zur Beruhigung einen tiefen Schluck Wein. Nicht, weil es sie störte, dass ihr Gewand nass war – sie hatte ohnehin nichts für die valianische Garderobe übrig –, aber der Vallander stahl ihr jedes Mal die wenigen kostbaren Augenblicke segensreicher Ruhe und das nahm sie ihm allmählich übel.

„Gut siehst du aus!", versuchte Bargh ein ungezwungenes Gespräch aufzuziehen und starrte ungeniert auf ihren Ausschnitt, der einen freizügigen Blick auf ihre wohlgeformten blassen Brüste gewährte.

„Ist mal was anderes – ich meine, du in einem Kleid! Sieht schön aus!"

Chara fuhr sich gereizt durch ihr dichtes schwarzes Haar, stellte ihren Becher auf dem gerade vorbeischwebenden Tablett ab und verschränkte ihre Arme vor der Brust.

„Was willst du?"

Barghs Lächeln verwandelte sich in ein verschmitztes Grinsen. Er beugte sich zu Charas Ohr und flüsterte aufgeregt: „Unsere Waffen sind in Arbeit und werden demnächst fertiggestellt!"

Chara nickte ungerührt.

„Alles klar."

„Ein bisschen mehr Begeisterung wär' nich' schlecht!", grummelte Bargh.

„Wolltest du nicht nach Rosmerta sehen?", fragte Chara und blickte zum Podium.

In diesem Moment flogen die Flügel der beiden Haupttüren auf und vier Männer in Plattenrüstungen stürmten die Halle.

„Was bei *Sverges Äxten …!*“, stammelte Bargh und starrte mit offenem Mund auf die Meute schwerstgerüsteter Krieger.

Der Becher in seiner Hand kippte zur Seite und vergoss den letzten Rest Bier über den Boden, während er aus geweiteten Augen beobachtete, wie die Männer unvermittelt gewaltige Schlachtbeile zogen und auf die nächststehenden Gäste einschlugen.

Noch bevor Bargh zu einer vernünftigen Reaktion fähig war, hatte sich Chara ihrer Sandalen entledigt und rannte durch die kreischende Menge auf das Podium zu. Bargh aber konnte sich von dem bizarren Anblick eines beginnenden Blutbades nicht losreißen, das so völlig unerwartet seinen Lauf nahm. Hatte er irgendetwas nicht mitbekommen?

„Obacht da!“, knurrte er, seinen Becher von sich schleudernd, und setzte sich in Bewegung. „Lasst mich gefälligst zur Treppe! Das is’ wichtig, meine Güte! Bei den Göttern, habt ihr nicht gesehen, was hier vor sich geht?“

Bestimmt schob er einen Zuschauer nach dem anderen aus dem Weg, während er versuchte, Chara nicht aus den Augen zu verlieren.

„Vorsicht, weg hier …! Chara!!!“

Die Axt eines der schwer gerüsteten Krieger krachte unmittelbar neben ihm auf den Boden und zerschmetterte eine Marmorplatte.

Bargh sprang entsetzt zur Seite und trat dem Mann reflexartig gegen das Schienbein. Doch seine nach valianischer Tracht gefertigten Sandalen prallten ab, ohne dass der gepanzerte Fremde auch nur ins Wanken geriet. Stattdessen holte er zu einem neuen Schlag aus. Geistesgegenwärtig warf sich Bargh hinter eine Statue. Er hörte das ohrenbetäubende Krachen von Metall auf Stein und Marmorsplitter hagelten auf ihn herab. Zu seinen Füßen schlug der Kopf eines ehemaligen Senators auf und rollte über den blank polierten Boden.

Auf den Knien rutschend peilte Bargh die nächste Säule an, wobei ihm schmerzlich bewusst wurde, wie übel es für ihn und die anderen stand. Keiner von ihnen war bewaffnet.

Unterdessen setzte Thorn alles daran, Testaceus vom Tumult weg auf die hintere Tür zuzuschieben. Doch zu seinem Leidwesen entriss sich der Senatsvorsitzende seinem Griff und schrie Rosmerta zu: „Das Zepter! Greif dir das Zepter!“

Vergeblich versuchte Thorn, Testaceus dazu zu bewegen, den sicheren Ausgang anzusteuern, doch der hatte anscheinend andere Pläne.

„Mach schon, Rosmerta!“, schrie Thorn. „Wir müssen hier schleunigst verschwinden!“

Rosmerta suchte verzweifelt nach dem goldenen Stab, bis sie ihn schließlich am Fuße der Treppe zur Plattform entdeckte, wo sich Lexorius gerade danach bückte, um ihn in die Kiste zu packen und in Sicherheit zu bringen.

Hastig ihr Kleid raffend, stolperte Rosmerta die Treppe hinunter.

Ein lauter Knall übertönte die hysterischen Rufe der panisch nach draußen strömenden Menschen und sie warf sich instinktiv zu Boden.

In diesem Augenblick materialisierte sich wie aus dem Nichts eine Gestalt am Fuß der Treppe. Sie war in eine purpurne Robe gehüllt und trug eine Kapuze, die ihr Gesicht halb im Schatten verbarg. Aus dem Dunkel blitzten schmale Augen hervor. Die Gestalt hatte beide Hände in die Ärmel ihrer Robe gesteckt und bewegte sich nicht von ihrem Standort weg.

Nur einen Lidschlag später erschienen zwei weitere Gestalten in ebensolchen Roben im Saal und noch während die Menge entsetzt vor ihnen zurückwich, breiteten alle drei ihre Arme aus.

Lexorius, der noch immer bestrebt war, das Zepter zu retten, schien plötzlich von einer unsichtbaren Macht gebremst und blieb wie zur Salzsäule erstarrt stehen.

Unweit von ihm verfolgte Rosmerta, wie ihm einer der gepanzerten Krieger den Ellbogen in die Seite stieß, während er mit der anderen Hand einem sich heldenhaft auf ihn werfenden Gast sein Beil zwischen die Rippen rammte. In dem Moment, in dem der Gast tot niedersackte, ließ Lexorius die Kiste krachend zu Boden fallen. Der Deckel sprang auf und das Zepter rollte scheppernd über die Steinfliesen.

Die schmalen Augen unter den purpurnen Kapuzen beobachteten mit berechnendem Blick jede einzelne Sequenz der Szene. Und schließlich kam Bewegung in eine der drei Gestalten. Zielsicher schritt sie auf das Zepter zu und bückte sich nach dem begehrten Stab.

Doch bevor sie ihn an sich nehmen konnte, rollte sich eine andere Gestalt unter ihren Armen hindurch, schnappte sich das Zepter und kam neben der in purpurne Roben gehüllten Person wieder auf die Beine. Bevor sie jemand aufhalten konnte, schoss Chara zwischen den Leuten hindurch auf einen der Haupteingänge zu.

Als sie sich jedoch der Tür näherte, schienen die Muskeln in Charas Körper allmählich zu erlahmen und jeder ihrer Schritte wirkte bleiern und zäh. Als hätte ihr jemand ein Netz um den Körper geworfen, das sich immer enger zog, wurden ihre Bewegungen langsamer und als sie endlich die Säulenreihe vor dem Ausgang erreicht hatte, blieb sie reglos stehen. In ihrer erstarrten Hand hielt sie das *Zepter der Macht*.

„Wie in Satris Namen kommen die Ianna-Priesterinnen hierher?!“, fluchte Testaceus, der, die Leute aus dem Weg schiebend, von der Plattform nach unten lief und auf Chara zusteuerte, während Thorn hinter ihm herhetzte. „Und wer sind diese gepanzerten Gestalten?“

„Ihre Ordenskrieger!“, keuchte Thorn und versuchte mühsam, mit dem unverhofft agilen Senatsvorsitzenden Schritt zu halten.

Testaceus fluchte.

„Das Zepter!“, schnaufte er und riss Chara den Streitkolben aus den verkrampften Fingern, woraufhin sie heftig zu husten begann und tief Luft holte.

„Was war *das*?!“, stieß sie hervor, während Testaceus, ohne zu antworten, an ihr vorbeizukommen versuchte.

Doch kaum hielt Testaceus das Zepter in seinen Händen, wurde auch er langsam und musste alle Kraft aufbieten, um voranzukommen. Bevor er erstarrte, warf er den Stab Thorn zu, der jedoch ins Leere griff, weil er mit dem plötzlichen Wurf nicht gerechnet hatte. Das Zepter rollte über den Boden und stieß mit einem *Klock* gegen eine Säule, wo es inmitten der in Panik umhertrampelnden Menge liegen blieb.

„Das darf doch nicht wahr sein!“, fluchte Testaceus, der wieder frei atmen konnte. „Das Zepter darf auf keinen Fall in die Hände der Priesterinnen geraten, habt ihr verstanden?! Ihr tut, was immer getan werden muss, um es mir zu bringen! Rosmerta!“, bellte er, „schaff es hier raus!“

Rosmerta, die am nächsten stand, stürzte auf das Zepter zu und riss es an sich, bevor ein anderer es ergreifen konnte. Mit einem Tritt ihrer wohlgeformten Beine wollte sie sich einen der Ordenskrieger vom Leib halten, der gerade zu einem tödlichen Schlag ansetzte. Doch sie holte zu enthusiastisch aus, verlor wegen ihres fehlenden Arms das Gleichgewicht und knallte schmerzhaft auf ihr Hinterteil. Kreischend ließ sie das Zepter fallen und starrte entsetzt auf die Axt, die auf sie niederging.

In diesem Moment erschien Bargh neben ihr und prügelte mit seinen Fäusten wild auf den Ianna-Krieger ein. Als dieser entdeckte, dass der Barbar ohne Waffe war, trat ein grausames Funkeln in seine Augen. Genüsslich hob er sein Beil zum Todesschlag. Bargh hingegen lächelte freundlich, packte blitzartig das Handgelenk des Kriegers und knallte es mit einer derartigen Kraft gegen die danebenstehende Säule, dass Rosmerta die Knochen splittern hören konnte. Ein gurgelnder Schrei drang hohl aus der metallenen Rüstung und das Schlachtbeil glitt aus der zertrümmerten Hand des Mannes. Bevor es zu Boden fiel, fing Bargh es auf und holte aus. Der Ordenskrieger konnte nur noch die Augen aufreißen, bevor Bargh das Beil krachend gegen seinen Helm donnern ließ.

Unterdessen schnappte sich Rosmerta ein weiteres Mal das Zepter und sprang auf die Beine. Doch bereits nach den ersten Schritten begannen ihre Gelenke steif und mürbe zu werden.

„Gib es an Thorn ab!“, schrie Testaceus und duckte sich unter dem Schlag eines Schlachtbeils weg, das in diesem Moment auf ihn zurauschte.

Thorn fing den Streitkolben geschickt auf und steuerte damit auf die Treppe zur Plattform und den oberen Ausgang zu, wobei er aus den Augenwinkeln mitbekam, wie Chara von einem der Ordenskrieger angegriffen wurde. Als er sah, wie sie auf den Angriff reagierte, blieb er ungewollt stehen. Chara versuchte erst gar nicht, dem Krieger die Waffe abspenstig zu machen, wie Bargh es getan hatte. Stattdessen sprang sie behände über das Beil des Angreifers hinweg und wich seinen Schlägen derart geschickt aus, dass der schwerfällige Krieger keine Chance hatte, sie zu treffen. Wütend stürzte der Mann hinter ihr her und holte zu einem neuen Schlag aus, doch bevor er die Waffe durchziehen konnte, machte Chara plötzlich kehrt und setzte zu einem weiteren Sprung an, der sie glatt über den rasenden Krieger hinwegtrug.

„Zu mir!“, schrie sie und hechtete auf Thorn zu, der das Zepter gerade noch an sie übergeben konnte, bevor er in die erwartete Starre verfiel.

Als er sich wieder bewegen konnte, fiel sein Blick auf den oberen Ausgang und plötzlich kam ihm eine Idee.

Während die anderen in die sinnlose Aufgabe verstrickt waren, das Zepter von einem zum anderen zu werfen und sich mit der Frage konfrontiert sahen, wie sie dem Teufelskreis wohl entkommen konnten, stürmte Thorn die Treppe zur Tür hinauf, öffnete diese und warf einen Blick in die Halle dahinter. Zufrieden stellte er fest, dass sie leer war. Er positionierte sich im Türrahmen, sodass er zur Hälfte im Festsaal und zur anderen Hälfte in der Halle stand, und suchte in der Menge nach Chara.

Chara nahm Rosmerta gerade das Zepter ab und warf es Testaceus zu. Als Thorn ihren Namen rief, drehte sie sich abrupt zu ihm um.

„Was?!“

„Sieh zu, dass du das Zepter …!“

„Ich versteh’ kein Wort!“, schrie sie zurück.

Thorn verdrehte die Augen und versuchte es noch einmal: „Du sollst zusehen, dass du nahe genug bei mir stehst, sobald du das Zepter in die Finger bekommst!“

Er deutete auf die offene Tür und setzte brüllend hinzu: „Der Wirkungsbereich der Magie …! Verstehst du?!“

Chara nickte und begann, sich Richtung Treppe durchzuarbeiten. Auf der obersten Stufe blieb sie stehen und wartete darauf, dass man ihr das Zepter zuwarf. Dabei fiel ihr Blick auf die drei Priesterinnen, die sich auf die Winkel des Saals verteilt hatten, sodass sie zusammen eine Art gleichseitiges Dreieck bildeten. Ihre Hände hielten sie mit den Fingerspitzen voran von ihrem Körper weg ins Rauminnere. Sie verharrten reglos an ihren Plätzen, ohne sich an der Jagd nach dem Zepter zu beteiligen, und schienen ihren Beitrag darauf zu beschränken, dass niemand von Testaceus' Leuten mit dem Zepter verschwinden konnte. Doch bislang war es ihren Ordenskriegern nicht gelungen, das Zepter erfolgreich an sich zu bringen und das wiederum war vor allem Barghs Verdienst.

„Verdammt, Chara, pass auf!“

Thorns harsche Stimme riss Chara aus ihren Gedanken.

Chara fuhr herum und konnte gerade noch den Arm hochreißen, bevor das Zepter über ihren Kopf hinwegsegelte. Sie griff sich den Stab und schleuderte ihn mit einem ordentlichen Schwung ihres muskulösen Arms weiter. Thorn musste mit beiden Händen zupacken, um sicherzugehen, das Zepter in seinem Flug bremsen zu können. Er biss kurz die Zähne zusammen, als das harte Metall gegen seine Handinnenflächen prallte. Einen Lidschlag später warf er sich mitsamt dem Zepter durch die offene Tür und landete, die rechte Schulter voran, schmerzhaft auf dem Boden der Halle, wo er ein Stück weit über den harten Stein rutschte. Ohne sich umzusehen, rappelte er sich hoch und rannte auf ein offenes Fenster zu. Ein kurzer Blick hinaus sagte ihm, dass dahinter die prachtvollen Gärten von Testaceus' Villa lagen. Thorn sprang kurz entschlossen aus dem Fenster und landete wohlbehalten in dem entlang der Fensterfront gepflanzten Buschwerk. In gebückter Haltung schlich er durch das feuchte Gras auf fünf Holundersträucher zu, die abseits von der Hauswand dicht aneinandergedrängt wuchsen, und ließ sich hinter ihnen auf den Boden fallen. Dort blieb er erst mal liegen und versuchte, zu Atem zu kommen.

Ein sanfter Lichtschimmer fiel auf den Rasen vor der Hauswand. Im Inneren der Villa war niemand zu sehen. Thorn blieb nichts anderes übrig, als zu warten.

Sein Blick fiel auf das Zepter – *Valians Zepter*, wie Testaceus es genannt hatte. Sachte wog er es in seiner Hand und musterte das eingravierte Schwert am Kopf des Kolbens. Was war wohl so attraktiv an diesem goldenen Stab, dass alle Welt hinter ihm her zu sein schien? Und welchen Nutzen hatte er für Testaceus?

Das Zepter war schwer und Thorn ging davon aus, dass der Schaft aus purem Gold war. Doch es war nicht der materielle Wert, der eine Rolle spielte, dessen war er sich sicher. Vielleicht handelte es sich ja auch nur um ein Symbol, das den Valiani heilig war, aber auch das bezweifelte er. Testaceus hatte keine Ahnung gehabt, *wer* diese Priesterinnen waren, was wohl daran lag, dass er die wirklich essenziellen Dinge nicht selbst erledigte. Dafür hatte er Leute, deren Leben einen geringeren Wert besaßen als seines, Leute wie ihn, Thorn, zum Beispiel.

Es war jetzt etwa drei Jahre her, dass er, Kitayscha, Rosmerta und noch ein paar andere von einem Vertrauten des Senatsvorsitzenden beauftragt worden waren, das Zepter von seinem angestammten Platz bei den Ianna-Priesterinnen zu entwenden. Bei dieser Aktion hatte Thorn Rosmerta und Kit kennengelernt. Damals hatte niemand von ihnen um die eigentliche Bedeutung des *Zepters der Macht* gewusst. Erst jetzt wurde sie Thorn allmählich bewusst.

„Guten Abend, Thorn!“, vernahm er unmittelbar neben sich ein Flüstern.

Erschrocken fuhr er hoch und stolperte rückwärts in den Holunderstrauch, hinter dem er sich versteckt hatte.

„Genießt du den lauen Frühlingsabend?“

Unmittelbar vor Thorn hockte Chara und strich mit ihren Fingerspitzen über die Gräser, während sie ihn lächelnd musterte.

Thorn starrte sie völlig perplex an.

„Was zum …!“

Charas Grinsen wurde breiter.

„Du darfst dich entspannen: Sie sind fort. Es ist alles in bester Ordnung.“

Thorn befreite sich aus dem Strauch und schüttelte sich die Blätter von seiner Toga. Unterdessen nahm ihm Chara das Zepter aus der Hand und legte es lieblos in die mitgebrachte Kiste.

„Wie konntest du dich so an mich ranschleichen?“, fragte Thorn etwas unsicher.

Chara schüttelte lächelnd den Kopf.

„Du warst so sehr darin vertieft, das Zepter zu studieren, dass du weder Augen noch Ohren für etwas anderes hattest.“

Beruhigend tätschelte sie seinen Arm.

„Du hättest mich ganz sicher kommen hören. Du bist doch ein Waldläufer, nicht wahr? Es heißt, Waldläufer hätten recht scharfe Sinne.“

„Das dachte ich auch“, murmelte er, während er Chara einen misstrauischen Seitenblick zuwarf. Dabei streiften seine Augen die schwarze Kiste, die sie gleichgültig in der Hand hielt.

„Lass uns zurückgehen“, meinte er schließlich. „Die anderen suchen uns wahrscheinlich schon.“

Bis zum Tor sprach keiner von ihnen ein Wort. Thorn hatte das drängende Bedürfnis, Chara das Zepter abzunehmen, doch sie schien nicht das geringste Interesse an dem Streitkolben zu haben und das wiederum beruhigte ihn. Seine Augen ruhten auf der dunklen Gestalt, die schweigend neben ihm herschritt, und dabei wollte ihm eine Frage einfach nicht aus dem Kopf gehen: Warum hatte ihn Chara niedergeschlagen, als er versucht hatte, Liams Leben zu retten?

Umbruch

Nach dem Auftauchen der Priesterinnen in Testaceus' Villa überschlugen sich die Ereignisse.

Zwei Tage später, als Testaceus seinen Neffen zum Hafen begleitete, wurden beide trotz ihrer Eskorte auf dem *Forum Mini Pisci* überfallen. Testaceus' Leibwächter setzten alles daran, ihn und seinen Neffen zu schützen und doch wurde der sechzehnjährige Junge brutal niedergestochen und seine Leiche verschleppt. Tags darauf lag der Kopf des Jungen fein säuberlich verpackt auf Testaceus' Schreibtisch.

Die Tür zum Besprechungsraum stand offen. Testaceus hatte seine Hände im Schoß gefaltet und saß am Kopf der Tafel. Vor ihm lag eine Schriftrolle, deren Siegel gebrochen war. An seiner Seite stand ein Fremder in einer schlichten weißen Toga, deren Saum mit kleinen roten Symbolen in Form gekreuzter Kriegshämmer bestickt war.

Als Thorn vor Rosmerta, Chara und Bargh den Raum betrat, wandte sich ihm der Fremde zu. Thorn wäre beim Anblick seines Gesichtes beinahe zusammengezuckt. Der Mann war abgrundtief hässlich.

„Ave!", begrüßte Testaceus sie knapp und forderte sie auf, sich zu setzen, während seine Augen von einem zum anderen wanderten. „Es gibt einiges, das ich mit euch besprechen muss."

Er deutete träge auf den Krug am Tisch.

„Bedient euch und schenkt mir dann eure ungeteilte Aufmerksamkeit!"

Thorn und Rosmerta setzten sich und griffen nach dem Wein. Chara setzte sich neben Bargh und ließ ihren Becher unberührt, während sie den Fremden unverhohlen taxierte.

„Dies ist Telos Malakin, Oberpriester des Agramon, aus Chryseia", begann Testaceus.

„Mit Priestern hatten wir in letzter Zeit schlechte Erfahrungen", bemerkte Chara.

Der Priester lächelte nur. Es war ein freundliches Lächeln, eines, das Thorn warm ums Herz werden ließ, trotz seines abschreckenden Erscheinungsbildes. Der Mann war dünn. Sein Gesicht wirkte durch eine wahrnehmbare Asymmetrie der Wangenknochen entstellt und ausgezehrt. Die blassgrauen Augen saßen in tiefen, dunklen Höhlen. Trotzdem hatte sein Blick etwas Beruhigendes. Es waren ehrliche Augen.

„Ich habe Euch nicht nach Eurer Meinung gefragt!", antwortete Testaceus auf Charas Bemerkung. „Ihr seid nicht eingeladen worden, Chara Viola Lukullus. Ihr seid lediglich als Rosmertas Leibwache hier, also verhaltet Euch entsprechend!"

„Schon gut", beschwichtigte der Priester und bedachte Chara erneut mit einem Lächeln, auf das sie mit einem provokanten Grinsen reagierte, was er entweder nicht wahrnahm oder bewusst übersah. „Ich nehme es jedenfalls niemandem übel, wenn er Fremden gegenüber misstrauisch ist. Ihr habt eine gesunde Einstellung, Chara. Selbst Agramon würde blindes Vertrauen als Schwäche betrachten."

Es war offensichtlich, dass es Chara völlig egal war, was Agramon wie betrachtete.

„Sehr weise, Euer Gott", antwortete sie nichtsdestotrotz. „Verzeiht mir mein loses Mundwerk, Senatsvorsitzender. Es ist mir nicht gegeben, meine Worte mit Bedacht zu wählen. Das ist eher Rosmertas Talent."

Rosmerta warf Chara einen giftigen Blick zu, sagte aber nichts. Testaceus sah auf die Schriftrolle, die er vorher verächtlich auf den Tisch geworfen hatte und die nun wie ein Mahnmal, das er nicht ignorieren konnte, vor ihm lag. Vor seinem inneren Auge blitzte ein Bild auf:

Aus dem halb geöffneten Deckel einer schäbigen Holzkiste starrten ihm die toten Augen seines Neffen entgegen. Jeder Glanz war aus ihnen gewichen und das jugendliche Feuer, das Testaceus an dem Jungen so geliebt hatte, war erloschen.

Der Tod seines Neffen, der zugleich sein Adoptivsohn war, war ein fürchterlicher Schlag für ihn, nicht nur, weil er sein einziger Verwandter war; der Junge hatte ihm sehr nahe gestanden – zu nahe für einen Mann, der sich von Gefühlen nicht beeinflussen lassen durfte.

Das Attentat hatte Testaceus völlig unvorbereitet getroffen. Wie aus heiterem Himmel waren die Händler, die gerade noch um Preise gefeilscht hatten, Amok gelaufen. Gut getarnt hatten sich die Angreifer aus der Menschenmenge geschält und blitzschnell zugestoßen. Schwerter waren aufeinandergeprallt, Bolzen hagelten von den umliegenden Dächern und noch bevor Testaceus die brenzlige Situation bewusst geworden war, war ein Drittel seiner Eskorte gefallen. Nachdem die Angreifer den Jungen ermordet hatten, kämpften sie sich weiter bis zu Testaceus durch. Als einer von ihnen, ein gänzlich in Schwarz gehüllter Mann, ihn mit einem Dolchstich ins Reich der Toten befördern wollte, rettete ihn Nerus Boratus Lexorius, einer der letzten lebenden Leibwächter. Danach hatten sich die Angreifer zurückgezogen.

Die in der Schriftrolle ausgesprochene Warnung war zusammen mit dem abgetrennten Kopf seines Neffen ein Menetekel der feindlichen Durchschlagskraft und hatte Testaceus' Befürchtung aufs Grausamste bestätigt. Nun gab es also klare Beweise dafür, *wer* der wahre Feind des Imperiums war. Und die Beweislast wog schwer.

Testaceus atmete tief durch.

„Warum Telos hier ist, erkläre ich euch später. Zuerst wenden wir uns den aktuelleren Ereignissen zu."

Ohne eine Erklärung schob er Thorn und Rosmerta die Schriftrolle hin, die Rosmerta sofort an sich riss. Doch als sie sah, dass sie in einer ihr fremden Sprache verfasst war, reichte sie sie mit einem fragenden Blick an Thorn weiter.

„Eigentlich hatte ich nicht vor, euch schon jetzt über gewisse Dinge in Kenntnis zu setzen, aber es lässt sich nicht länger hinauszögern. Wir haben eine Bedrohung abgewendet, eine andere nimmt nun leider konkrete Formen an und ich kann sie nicht länger ignorieren. Es gibt, abgesehen von den Ianna-Priesterinnen, noch andere Interessenten an *Valians Zepter* und diese schrecken nicht davor zurück, alle Register zu ziehen, um an die Insignie zu kommen."

Thorn horchte auf. Würde er endlich mehr erfahren oder würde Testaceus sie wie üblich lediglich über die nächsten Schritte in Kenntnis setzen?

Er wollte allmählich wissen, was hier gespielt wurde. Welche Pläne verfolgte Testaceus? Auf welcher Seite stand er und auf welcher standen seine Feinde? Und was hatte es mit diesem Zepter auf sich, für das er und Kitayscha einst ihr Leben riskiert hatten?

„Diese Botschaft wurde auf Aschranisch verfasst", fuhr Testaceus sachlich fort.

Thorn atmete hörbar ein. Einmal zu oft hatte er aus Testaceus' Mund und im Kontext valianischer Konflikte das Wort *Aschran* gehört. Testaceus' Erwähnung einer *Bedrohung aus dem Süden* war ihm zum Zeitpunkt seiner Rückkehr aus dem Emlin-Tal belanglos vorgekommen. Er hatte bezweifelt, dass besagte Bedrohung irgendwann für ihn und sein Leben von Interesse sein würde. Doch in diesem Moment änderte sich seine Einstellung. Thorn spürte, wie das zaghafte Verlangen, mehr über diese Bedrohung zu erfahren, an die Tür seines Bewusstseins klopfte.

„Dabei handelt es sich weniger um eine Botschaft als um eine Drohung", präzisierte Testaceus nüchtern. „Eine Drohung, die dezidiert meiner Person gilt. Eine Drohung, die von einem, nun, wie soll ich sagen …?"

Testaceus machte eine Pause und strich sich mit seinem Daumen nachdenklich über die Unterlippe.

„Einem Widersacher des Valianischen Imperiums stammt."

„*Wem*?", platzte Thorn heraus, der seine Neugier nicht länger zügeln konnte.

Testaceus' Blick zuckte zu ihm.

„Sein Name würde dir nicht das Geringste sagen, Thorn … Allerdings habe ich erwartet, dass du es ganz genau wissen willst."

„So ist es", antwortete Thorn mit schleichend drohendem Unterton.

Chara hob eine ihrer spitzen Augenbrauen.

„Seinen Namen!", verlangte Thorn harsch und Charas Augenbraue wanderte noch ein Stück höher.

„Al'Jebal. Aber der Name wird dir nicht weiterhelfen."

Ein plötzlicher Sturm der Gedanken brach in Thorn los. Hatte er diesen Namen schon gehört? Nein, ausgeschlossen. Der Name sagte ihm nichts und trotzdem: Sein Klang kam ihm irgendwie vertraut vor. Irgendwo in den hintersten Winkeln seines Geistes fand der Name einen angestammten Platz. Krampfhaft versuchte er sich an etwas zu erinnern, das er in Zusammenhang mit diesem Namen bereits gehört hatte, aber je mehr er es versuchte, desto leerer schien sein Kopf zu werden, bis er das Gefühl hatte, dass sein Verstand nichts weiter war als ein noch gänzlich unbeschriebenes Blatt.

„Wie auch immer!", fuhr Testaceus fort. „Dieser Mann, der im Süden Aschrans mit seinen Heerscharen von Orks und seinen verruchten Assassinen für Angst und Schrecken sorgt, trachtet mir nach dem Leben. Das meines Neffen und des Oberkommandanten meiner Leibgarde geht bereits auf seine Rechnung."

„Wer übernimmt eigentlich dessen Posten?", unterbrach ihn Rosmerta neugierig.

„Lexorius", antwortete Testaceus, wobei er gereizt mit den Fingern auf die Tischplatte trommelte und jeden Einzelnen am Tisch herausfordernd musterte.

„Sonst noch Fragen?"

In Thorn stauten sich in der Tat eine ganze Menge Fragen und es war ihm egal, ob er Testaceus damit zur Weißglut brachte. Also setzte er noch eins drauf.

„Nerus Boratus Lexorius? Der ehemalige Seezenturio, der uns vor den Piraten gerettet hat? Ich meine, nachdem Kitayscha und ich und unsere damaligen Mithelfer deinen Neffen aus den Händen der Al'Shejs befreit hatten und kurz davor waren, von diesem Piratenadmiral gefasst zu werden?"

Testaceus gab sich seufzend geschlagen.

„Von Herkul Polonius Schroeder, ja. Im Übrigen gehören er und seine Flotte zu Al'Jebals Leuten", versuchte er zum Thema zurückzukommen.

„Seine Schiffe kreuzen in diesem Augenblick unter dem Kommando Schroeders und dessen Flaggschiff, der …“

„*Seeteufel*“, murmelte Thorn gedankenschwer.

„Richtig“, bestätigte Testaceus ungeduldig. „Seine Flotte kreuzt immer noch in den Gewässern vor Valianor, ein Problem mehr, dessen ich mich annehmen muss.“

„Wie kommt ein Seezenturio eigentlich dazu, Oberkommandant deiner Leibwache zu werden?“

Testaceus hatte sich anscheinend damit abgefunden, dass die Besprechung diesmal länger dauern würde und beantwortete geduldig Rosmertas Frage.

„Ich habe Lexorius, nachdem es ihm gelungen war, euch zu retten und Al'Jebals Flaggschiff in die Flucht zu schlagen, was bislang noch keinem valianischen Seezenturio mit nur vier Schiffen gelang, in meine Leibgarde aufgenommen. Nach seinem heldenhaften Einsatz während des gestrigen Attentats habe ich ihn zum Oberkommandanten befördert.“

„Vier Schiffe der valianischen Flotte gegen *ein* Schiff Al'Jebals – das war doch keine Leistung!“, stichelte Rosmerta. „Was soll denn daran so heldenhaft sein?“

Testaceus schüttelte nachsichtig den Kopf.

„Wir reden hier nicht von irgendeinem Piraten! Es handelt sich um Schroeder, einen der skrupellosesten seiner Art, und um ein Schiff der *Güldenmaidklasse*.“

„*Das* sind Schiffe, Kameraden!“, mischte sich endlich auch Bargh ein, der dem Gespräch bislang nur mit halber Aufmerksamkeit gelauscht hatte. „Dagegen sehen selbst unsere *Drachen* in Valland blass aus!“

„Schiffe der *Güldenmaidklasse* sind die schnellsten und gefährlichsten Schiffe diesseits der Meere“, fuhr Testaceus unübersehbar gereizt fort. „Sie können nur mit den Kampfseglern der anbarischen Flotte verglichen werden. Die *Seeteufel* ist das schnellste, größte und sicherste Schiff innerhalb der Flotte Al'Jebals und Schroeder ist der gefürchtetste Pirat, der im Namen dieses Chaosabkömmlings seine niederen Dienste verrichtet. *Der Alte* schickte also seinen besten Mann, um die Befreiung meines Neffen zu vereiteln. Ich denke, ich muss nicht erklären, warum ihm der Tod meines Erben so am Herzen liegt.“

Testaceus warf Thorn einen prüfenden Blick zu. Thorn aber nahm ihn gar nicht wahr. Plötzlich war die Leere in seinem Kopf verschwunden. Sein Verstand begann wieder zu arbeiten und nach und nach lösten sich die Verstrickungen in seinen Gedanken und ein Bild trat vor sein inneres Auge:

Und er, der die Macht hat, sich der dunkelsten aller Kreaturen zu bedienen ... Mag ihm auch nur halb Aschran gehören, im Grunde liegt ihm ganz Amalea zu Füßen ...

Der betrunkene Südländer im *Gladiator* hatte von einem Schwarzmagier gesprochen. Er nannte ihn *der Alte vom Berg*. Liam und Thorn hatten sich noch darüber lustig gemacht, als sie überlegten, ob besagter Magier wohl *die dunkle Bedrohung aus dem Süden* war, von der Testaceus gesprochen hatte. Bei dem Gedanken, dass die Geschichte des völlig paranoiden Händlers einen Wahrheitsgehalt barg, wurde Thorn unheimlich zumute.

„Er wird auch *der Alte vom Berg* genannt, richtig?“, murmelte er.

„Ganz recht“, antwortete Testaceus.

„Was ist eigentlich an den Gerüchten über ihn dran? Ist er wirklich ein Schwarzmagier?“

Testaceus schüttelte den Kopf.

„*Was* er ist, spielt keine Rolle. Dass er mir droht, hingegen schon. Es heißt, er sei ein Überbleibsel aus der Chaoszeit. Sicher ist, dass die Mittel, die er einsetzt, von erschreckender Grausamkeit und zutiefst chaotisch sind. Und seine häretische Einstellung grenzt an Narretei. Man sagt über ihn, er lehne die Götter ab. Aber das sind nur Gerüchte. Wirklich entscheidend ist, dass er mir die Macht entziehen will, so wie er es vermutlich in Bezug auf jeden plant, der für das Licht und die Ordnung kämpft.“

Testaceus lehnte sich zurück und verschränkte die Arme vor der Brust.

„Ich erzähle euch deshalb von Al'Jebal, weil ich denke, dass er zu einer akuten Gefahr werden könnte und ihr möglicherweise mit dieser Gefahr in Berührung kommt. Außerdem möchte ich dich bitten", fügte er mit einem Blick auf Thorn hinzu, „dass du mir so viele Informationen wie möglich zur Geschichte des Zepters beschaffst, unter anderem ob schon mal jemand versucht hat, es an sich zu bringen. Wenn du dabei auf den Namen Al'Jebal stößt, wäre das begrüßenswert, allerdings ist es mehr als unwahrscheinlich."

Testaceus zeigte auf den Priester, der geduldig an seiner Seite gewartet hatte.

„Telos Malakin ist nicht nur Oberpriester, sondern auch ein Experte für alte Glaubenskulte und ein Spezialist, was das Zepter anbelangt. Er wurde von seinem Orden in Chryseia geschickt, um die Echtheit des Zepters zu überprüfen und die Fakten rund um die Ianna-Priesterinnen und das Zepter ans Licht zu bringen."

Telos Malakin richtete sich auf und rückte die Toga auf seiner rechten Schulter zurecht, wobei Thorn auffiel, dass auch auf dessen breitem Gürtel das Kriegshammer-Symbol angebracht war.

„Thorn, ich möchte, dass du dich um Telos kümmerst. Zeig ihm, wie er sich in der Stadt zurechtfindet. Du wirst ihn bei seinen Nachforschungen unterstützen."

„Gut", begann Telos freundlich. „Es wäre schön, wenn Ihr mich jetzt zum Vermos-Tempel bringen könntet, ich möchte nämlich so bald wie möglich mit meinen Studien beginnen."

Thorn wollte gerade etwas erwidern, als ihm Testaceus dazwischenkam.

„Noch etwas. Ihr solltet euch in Zukunft vorsichtiger durch Valianor bewegen als üblich. Es könnte nicht schaden, einen Leibwächter mitzunehmen, wenn ihr irgendwelchen Erledigungen nachgeht." Der Rat war ausschließlich an Thorn, Rosmerta und Telos gerichtet.

Bargh räusperte sich geräuschvoll, während Chara, die sich bis jetzt zurückgehalten hatte, ihren Finger leicht anhob.

„Habe ich die Erlaubnis zu sprechen?"

„Ja, Chara, das habt Ihr“, antwortete Testaceus betont langsam, „aber hütet Eure spitze Zunge!“

Chara schielte zu Bargh.

„Ich weiß ja nicht, wie Bargh das sieht, aber ich habe nicht vor, ewig Leibwächterin zu spielen. Wenn Ihr keine Einwände habt, würde ich gerne meinen Posten aufgeben.“

Charas Blick stieß auf Thorn, der ihn neugierig erwiderte.

„Was hältst du davon?“, fragte Testaceus Rosmerta. „Sie ist schließlich deine Leibwächterin!“

Rosmerta zuckte mit den Schultern.

„Ehrlich gesagt, ist es mir völlig gleichgültig, was sie macht“, sagte sie mit einem Nicken Richtung Chara. „Sie hat sich ohnehin nicht bewährt.“

„Das bedeutet allerdings“, wandte sich Testaceus an Chara, „dass Ihr Euren Sold verliert.“

„*Das* ist das geringste Übel“, antwortete Chara mit einem zynischen Lächeln.

Die Bezahlung war angesichts der ausgesetzten Gefahren miserabel – das war selbst Thorn klar. Chara konnte zweifelsohne weitaus besser bezahlte Aufträge an Land ziehen. Aber was hatte sie nun vor?

Charas Blick wanderte zu Bargh.

„Wie steht’s mit dir?“

„Gleichfalls“, sagte Bargh.

„Was *gleichfalls*?“, blaffte ihn Rosmerta aus heiterem Himmel an. „Was soll das heißen? Drück dich gefälligst so aus, dass man dich auch verstehen kann!“

„Was ist denn mit dir los?“, fragte Thorn verblüfft, während Bargh knallrot anlief.

Rosmerta antwortete nicht, sondern erhob sich ruckartig aus ihrem Stuhl.

„Wenn du erlaubst, ziehe ich mich zurück!“, sagte sie an Testaceus gewandt.

Testaceus nickte leicht überfordert.

„Soweit ist alles geklärt. Du kannst gehen“, sagte er und lenkte seine Aufmerksamkeit auf Chara und Bargh.

„Dann seid Ihr ab heute auf Euch gestellt.“

Hinter Rosmerta fiel knallend die Tür ins Schloss.

„Schön, dann werde ich mich auf den Weg zum Tempel machen. Es wird Zeit für das Abendgebet“, meinte der Priester und lächelte freundlich in die Runde.

„Ich komme mit!“, murmelte Thorn und erhob sich. „Es war wie immer nett, mit dir zu plaudern, Antonius. Ich wünsche dir eine gute Nacht!“

„Das wünsche ich dir auch!“, erwiderte Testaceus. „Und Telos! Ich wäre Euch dankbar, wenn Ihr mich auf dem Laufenden hieltet.“

Telos drehte sich noch einmal um.

„Ich werde Euch keine Information vorenthalten, Senatsvorsitzender.“

Dann verabschiedete er sich und verließ zusammen mit Chara und Thorn den Besprechungsraum. Bargh erhob sich schweigend aus seinem Stuhl und trottete ohne ein Wort des Abschieds hinterher.

Rosmerta lag auf dem Seidenlaken ihres Gästezimmerbettes und stierte auf den blassgelben Baldachin über ihrem Kopf. Ihre Gedanken kreisten um das Gespräch bei Testaceus.

Testaceus’ Sorge um das Zepter interessierte sie nicht. Es war ihr auch gleichgültig, was Chara oder Bargh in Zukunft vorhatten. Allerdings empfand sie es als persönliche Beleidigung, dass der Vallander völlig grundlos seinen Posten als ihr Leibwächter aufgegeben hatte. Aber was scherten sie die Ambitionen eines primitiven Wüstlings wie Bargh, der für ihre Zukunft völlig bedeutungslos war? Der, der ihr tatsächlich ein Dorn im Auge war, war Thorn. Solange der Waldläufer für Testaceus arbeitete, stand er ihr im Weg. Er erfreute sich einer besonderen Beliebtheit, die sie nicht ihr eigen nennen konnte. Der *Held* wurde von den valianischen Legionären und von allen, die etwas zu sagen hatten, respektiert, wahrscheinlich weil er ein Mann war und Männer dazu tendierten, ausschließlich ihresgleichen mit Respekt zu begegnen. Dabei waren es die Frauen, die in den meisten Fällen im Verborgenen die Geschicke lenkten, ohne je dafür belohnt zu werden. Nun, ihre Pläne sahen etwas anderes für sie vor. Sie würde ihr Schicksal selbst in die Hand nehmen und sich am Tische der Mächtigsten dieses Landes gütlich tun. Sie hatte hart dafür gearbeitet, sich einen guten Ruf zu erwerben. Die Zeit, vor den anderen zu kriechen, war vorüber. Nun war es Zeit, zu herrschen. Und dabei war es entscheidend, dass Thorn ein für alle Mal das Feld räumte.

Thorn schwitzte am ganzen Körper. Der Schatten blieb ihm auf den Fersen, obwohl er alles versuchte, um ihn abzuschütteln. Seine Beine waren zu schwer, seine Glieder waren zu steif, seine Augen zu blind. Die Pfeile, die er abfeuerte, verfehlten ihr Ziel. Er war müde. Alles, was er wollte, war sich hinlegen und schlafen. Er sehnte den Schlaf des Vergessens herbei. Aber er war auf der Flucht und egal, wo er hinlief, wie sehr er sich auch abmühte, der Schatten blieb dicht hinter ihm und machte alle seine Versuche, ihn abzuschütteln, zunichte.

Der Schweiß lief ihm in Strömen den Körper hinab. Er konnte kaum noch Kraft aufbieten. Die zerklüfteten Felsen, auf denen er sich dahinschleppte und an welchen seine Stiefel zerrissen, gingen allmählich in weißen Sand über. Vor ihm tat sich eine Wüstenlandschaft auf – heiß, trocken und endlos. Wo er auch hinblickte, da war nichts als Sand.

Dann ein Flüstern – erst leise und sanft, schließlich immer eindringlicher und lauter, warnend und lockend zugleich. Doch die Worte waren ihm fremd und unverständlich.

Irgendetwas in Thorn sperrte sich dagegen, weiterzulaufen und vor dem Schatten zu fliehen. Er wollte ihm in sein schwarzes Antlitz blicken, wollte sich ihm stellen. Also kroch er langsam auf ihn zu. Doch sobald er sich ihm näherte, wich der Schatten vor ihm zurück, als wäre er es, der Angst hatte.

Acht Monde gingen ins Land, in denen Thorn Telos Malakin bei seinen Dienstgängen begleitete und ihm mit den Nachforschungen über das Zepter half. Mittlerweile war klar, wer hinter den ausschlaggebenden Geschehnissen seiner Vergangenheit stand. Es war ein Mann mit Namen Al'Jebal. Thorn hatte eine Spur, wenn er auch nicht wusste, wohin sie ihn führen mochte. Und es drängte ihn, die Spur aufzunehmen und an ihr dran zu bleiben.

Während sich Thorn und Telos mit dem Zepter befassten, wollte es der Zufall, dass ihre Wege sich immer wieder mit denen von Chara und Bargh kreuzten, die offenbar meist zusammen rumhingen. Mal trafen sie sie auf der Straße, mal im *Gladiator*, einmal begegneten sie den beiden sogar in einem der Badehäuser, wobei Chara, die den Vorzügen eines öffentlichen Bades allem Anschein nach nichts abgewinnen konnte, am Eingang auf Bargh wartete. Als Thorn ihr erzählte, dass Telos und er im Anschluss die Bibliothek des Vermos-Tempels aufsuchen wollten, um die Zepter-Studien voranzutreiben, fragte Chara, ob sie mitkommen könne. Sie wollte in irgendeiner Privatsache nachlesen und Thorn sah keinen Grund, ihr die Bitte abzuschlagen. Während sie mit Bargh, der offenbar nicht lesen konnte, den Großteil der Zeit Karten spielte, wälzten Thorn und Telos Bücher und Aufzeichnungen über das Valianische Imperium, immer auf der Suche nach Hinweisen zum Zepter und dem Ianna-Kult. Abends besuchten sie eine Taverne und tranken einen über den Durst, was zur Folge hatte, dass Thorn Chara und Bargh anbot, für die Zeit ihres Aufenthalts in Valianor in seinem Haus zu übernachten und sich damit das Gold für eine teure Unterkunft zu sparen.

Chara und Bargh hatten die Einladung dankbar angenommen, was ihn, auch wenn er es sich nicht so recht eingestehen wollte, freute, zumal ihm die Gesellschaft dabei half, sich von seinen trübsinnigen Gedanken über Kits Tod abzulenken. Noch immer plagten ihn Schuldgefühle und immer mehr fragte er sich, ob an Kits Vorwurf etwas dran war.

Der Umgang mit Telos war ihm da besonders angenehm. Er fühlte sich wohl in der Gegenwart des sanften, hilfsbereiten Mannes, der alles mit ungewöhnlicher Sorgfalt und Ruhe anging.

Und was Rosmerta anbelangte, so war Thorn dankbar für die Zeit ohne sie.

Die Studien über das Zepter und den Ianna-Kult waren mühsam, aber letztlich ergaben sie, dass die Ianna-Priesterinnen das Zepter nach Valians Tötung an sich genommen hatten. Valian war ein Krieger, der durch die Eroberung großer Ländereien lange vor den Chaoszeiten das Valianische Imperium begründet hatte und anschließend zum Imperator ausgerufen worden war. Sein Tod hatte die Expansion des Valianischen Imperiums gestoppt. Es gab keinerlei Aufzeichnungen darüber, ob das Zepter nach seinem Tod je in andere Hände als die der Priesterinnen gefallen war.

Valians Zepter galt innerhalb des Imperiums als ein Symbol der Macht und wurde in dem einen oder anderen Schriftstück auch als eine magische Waffe zwergischen Ursprungs bezeichnet – welcher Art, das konnten Telos und Thorn nicht ermitteln. Nach Valians Ende verschwand die Insignie und als das Chaos über das Land zog, geriet sie gänzlich in Vergessenheit.

Was sie über den Ianna-Kult sonst noch in Erfahrung bringen konnten, war, dass Ianna die höchste Gottheit der von Valian zerstörten urrutischen Stadt Urukal war. Den Aufzeichnungen zufolge dürfte es diesen ungewöhnlichen Kult, in dem Krieg und Fruchtbarkeit, Leben und Zerstörung in einer Gottheit vereint waren, seit Hunderten von Jahren nicht mehr geben. Es hieß jedoch, dass die Macht der Ianna-Priesterinnen vor dem Niedergang ihrer Religion gewaltig gewesen war.

In der Bibliothek war Thorn in einem stark mitgenommenen, uralten Geschichtsbuch auf eine interessante Stelle gestoßen:

Und über die Jahre hinweg geriet das Zepter in Vergessenheit. Niemand wusste, wo es verborgen lag, niemand, wo er beginnen sollte, danach zu suchen. Valians Ruhestätte war ein Ort jenseits des Imperiums, ein Ort im Kargen-Gebirge. Dort gab es vor den Chaoszeiten eine Heiligenstätte, einen Wirkungsort der Ianna-Gläubigen, und es waren die Priesterinnen der Ianna, die das Grab Valians bewachten.

Nur allmählich gaben die schweren Holzflügel den Blick auf Rosmerta frei, die, ihre Hände auf die Stuhllehne gestützt, hinter der Tafel stand und offensichtlich auf Thorn gewartet hatte. Thorn stellte fest, dass ihr abgeschlagener Arm inzwischen nachgewachsen war und nichts mehr an die schreckliche Verletzung erinnerte, die man ihr in der Schlacht gegen Cartius zugefügt hatte.

Es war der Erste der zweiten Trideade im Trollmond. Am Morgen war ein Bote von Testaceus aufgetaucht, um Thorn mitzuteilen, dass der Senatsvorsitzende ihn zu sehen wünsche. Anscheinend hatte Rosmerta die gleiche Nachricht erhalten.

Nachdem er sich zu Rosmerta an die Tafel gesellt hatte, erschien Testaceus aus einem der Nebenräume und durchquerte raschen Schrittes das Zimmer.

Thorn schob den Stuhl zurück, um sich hinzusetzen, doch Testaceus winkte ab.

„Es dauert nicht lange."

Mit einer knappen Geste schickte er die Sklavin wieder fort, die gerade erschienen war, um etwas Wein und Wasser auf den Tisch zu stellen. Dann blickte er Thorn und Rosmerta prüfend in die Augen.

„In den nächsten Tagen wird es einige Umwälzungen geben", begann er schließlich mit gelassener Stimme. „Die vergangenen Ereignisse machten deutlich, dass es erforderlich ist, manches zu ändern. Dies bedeutet aber auch, dass ich gewisse Vorsichtsmaßnahmen treffen und mir die Solidarität bestimmter Personen sichern muss, was mich zu euch beiden führt."

Thorn nahm eine angespannte Haltung ein. Was würde nun kommen?

„Es ist der Augenblick gekommen, die Spreu vom Weizen zu trennen. Manche der Senatoren sind meinem Vorhaben nicht wohlgesinnt. Sie werden versuchen, mich davon abzuhalten, im Valianischen Imperium für geordnete Verhältnisse zu sorgen. Ihre Namen kenne ich. Es sind bereits Vorkehrungen getroffen worden, um eine Vereitelung der Sache vonseiten entsprechender Personen zu verhindern."

Testaceus fixierte Thorn und Rosmerta mit eindringlichem Blick.

„Wie steht es mit euch? Kann ich mir eurer Solidarität sicher sein?"

Rosmerta rührte sich keinen Deut.

„Du kennst mich, Antonius. Ich habe dir meine Treue mehrfach bewiesen. Ich stehe hinter dir, das weißt du, und daran wird sich auch in Zukunft nichts ändern."

Testaceus nickte zufrieden. Dann wanderte sein Blick zu Thorn, der ihm entschlossen in die Augen sah.

„Was auch immer du vorhast, ich werde dir nicht in die Quere kommen", sagte Thorn. „Ich bin aber nicht gewillt, dir meine absolute Treue zuzusichern; meine Unwissenheit deine Pläne betreffend hindert mich daran. Das bedeutet, ich bin in Zukunft weder für noch gegen dich. Ich weiß, meine Einstellung ist wider die Überzeugungen eines Ehrensenators. Aber nach allem, was …" Thorn brach ab und schwieg. Es wäre unvernünftig gewesen, Cartius' Gedanken über Testaceus' verborgene Strategien zu erwähnen.

Testaceus akzeptierte sein Schweigen und richtete sich zu seiner vollen Größe auf. Er hatte erwartet, dass Thorn eine neutrale Position einnehmen würde. Er vertraute aber auch darauf, dass Thorn Wort hielt und seinem Vorhaben nicht zuwiderhandeln würde. Trotzdem durfte er kein Risiko eingehen. Thorn hatte mehrfach bewiesen, dass seine Entscheidungen gefühlsgeleitet waren und das machte ihn unberechenbar. Wenn es hart auf hart kam, könnte er seinem Vorhaben schaden.

„So sei es denn", beendete Testaceus scheinbar das Thema. „Ich muss euch jetzt leider bitten zu gehen. Ich hab mich um einige wichtige Dinge zu kümmern."

Er wandte sich an Rosmerta. „Ich nehme an, du bleibst weiterhin Gast in meiner Villa?"

„Wenn es keine Umstände macht."

„Natürlich nicht."

Thorn blickte von einem zum anderen. Irgendwie kam er sich plötzlich fehl am Platz vor, so als wäre er einer der Sklaven, der sich nur zufällig im gleichen Raum mit dem Senatsvorsitzenden aufhielt und unaufgefordert dessen Unterhaltung mit seiner Vertrauten mit anhörte.

„Von dir und auch deinen beiden Freunden erwarte ich, dass ihr das Haus ab sofort nicht mehr verlasst“, sagte Testaceus wie nebenbei zu Thorn. „Solange, bis ihr Nachricht von mir erhaltet. Es ist zu eurer eigenen Sicherheit.“

Thorn nickte stumm, weil er nicht wusste, was er hätte erwidern sollen. Was hatte Testaceus vor?

„Gut, dann wünsche ich dir für die nächste Zeit alles Gute. Rosmerta, wir sehen uns beim Abendessen.“

„Natürlich, Antonius.“

Testaceus verabschiedete sich und überließ Thorn und Rosmerta sich selbst. Er hatte alles gesagt. Nun vertraute er darauf, dass sich Thorn an die Abmachung hielt.

Nachdem die Tür ins Schloss gefallen war, wandte sich Rosmerta mit einem überheblichen Lächeln Thorn zu.

„Dann trennen sich hier unsere Wege.“

Thorn fühlte sich mehr als unbehaglich. Alles in ihm bettelte darum, der Gesellschaft Rosmertas so schnell wie möglich zu entgehen und plötzlich bereute er mit jeder Faser seiner Seele, dass ihm sein Anschlag auf ihr Leben nicht gelungen war.

„Was uns sicher beiden zugutekommt“, sagte er leise und spürte dabei den Hass, der seinen Worten eine tödliche Schärfe verlieh. Mit einem letzten Blick auf Rosmerta kehrte er ihr den Rücken und verließ den Raum.

Telos Malakin stand mit dem Rücken zur Wand im Besprechungsraum des Senatsvorsitzenden. In seiner Hand hielt er *Valians Zepter.* Die Spitze des Zepters berührte seine Stirn. Seine Augen waren geschlossen, sein Atem ging stoßweise.

Testaceus lehnte am Fenster und wartete ungeduldig darauf, dass der Priester aus seinem tranceartigen Zustand erwachte und ihm antwortete.

Auf der Stirn des Priesters hatten sich Schweißperlen gebildet. Durch seinen Körper lief ein permanentes Zucken und die Faust, die sich um das Zepter schloss, verkrampfte sich alle paar Augenblicke.

Plötzlich landete das Zepter geräuschvoll auf dem Boden, kurz bevor Telos zusammensackte und neben dem Stab liegenblieb.

Testaceus erschrak.

Blitzartig war er bei der schmalen Gestalt des Priesters und ging neben ihr in die Hocke. Er hob das Zepter auf und überzeugte sich davon, dass es unbeschädigt war. Danach legte er Telos seine Finger an den Hals und spürte seinen schwachen Puls.

„Telos!", flüsterte er und tätschelte seine Wange.

Telos rührte sich nicht.

Testaceus versuchte, ihn aufzurichten. Sein Oberkörper ließ sich ganz leicht anheben, was ihn nicht wunderte – der Mann war an der Grenze zur Unterernährung. Er lehnte ihn gegen die Wand und lockerte seine Toga, damit er leichter atmen konnte.

Endlich öffnete der Priester die Augen und atmete tief ein. Zuerst starrte er Testaceus verwirrt an, doch dann klärte sich sein Blick allmählich und er drückte sich von der Wand weg. Seinen Oberkörper vornübergebeugt, atmete er ein paar Mal tief durch, bis das Blut zurück in seinen Kopf kehrte und seine Wangen rosig färbte.

„Alles in Ordnung, alles gut!", keuchte er.

Testaceus reichte ihm seine Hand und half ihm beim Aufstehen.

Sorgfältig rückte Telos seine hieratische Toga zurecht und nahm eine aufrechte Haltung ein, während Testaceus einen Schritt zurücktrat. Er wollte nicht respektlos erscheinen.

„Habt Ihr etwas herausgefunden?", fragte er vorsichtig.

„Natürlich!", erwiderte Telos wie selbstverständlich. „Agramon war mir wohlgesinnt."

Er faltete die Hände hinter dem Rücken und nickte bedächtig.

„Nun, es gibt keinen Zweifel. Das Zepter ist echt."

Testaceus' Ausdruck blieb ungerührt, was den Priester verunsicherte. Er hatte vermutlich etwas wie Erleichterung oder Dankbarkeit erwartet.

„Ihr haltet ein wahrhaft begehrtes Objekt in den Händen, Senatsvorsitzender."

Nickend wandte sich Testaceus zum Fenster und verschränkte die Arme auf dem Rücken. Über seine Lippen huschte ein kaum merkliches Lächeln.

Eine wahrhaft mächtige Waffe.

Knisternd brannte das Feuer im Kamin und verströmte ein warmes Licht in der Küche. Chara saß, die Beine auf einem Schemel überkreuzt, in einem schweren Holzstuhl und schrieb in ihr schwarzes Buch, während Bargh neben ihr auf dem Boden hockte und schweigend in die Flammen starrte.

Eine halbe Trideade war vergangen, in der weder Thorn noch Chara oder Bargh wussten, was draußen vor sich ging. Die Tage schleppten sich dahin und jeder versuchte, die Zeit auf seine Weise totzuschlagen, was sich angesichts der Situation, in dem kleinen Haus eingepfercht zu sein, als äußerst schwierig erwies.

Schließlich blickte Bargh schwer seufzend auf.

„Was schreibst du da eigentlich immer?", fragte er.

„*Meine* Angelegenheit!"

Chara sah von ihrem Buch auf und legte die Feder beiseite.

„Macht es dir Freude, wie ein Hund zu meinen Füßen zu kauern?"

„Woran arbeitest du denn?", grinste Bargh schon wesentlich besser gelaunt, weil sich Chara offensichtlich provozieren ließ.

Als Antwort griff Chara wieder zur Feder und schrieb kommentarlos weiter.

„Ja, Chara!", rief Thorn, der am Esstisch gerade an einer Zeichnung tüftelte. „Woran schreibst du da eigentlich?"

„Ach, haltet die Klappe!", kam es schroff zurück.

Thorn und Bargh grinsten sich an. Schließlich stand Thorn auf und lehnte sich an die Wand neben dem Kamin.

Chara klappte genervt ihr Buch zu, steckte es zusammen mit Tintenfass und Feder in ihre Gürteltasche, zog ihre Füße vom Schemel und richtete sich im Sessel auf.

Bargh warf Thorn einen vielsagenden Blick zu.

„Da fällt mir ein, ich hab' dich noch nie kämpfen sehen", meinte der Vallander augenzwinkernd.

„Bargh hat recht", sagte Thorn, wobei er wohlweislich ihre kleine Auseinandersetzung während der letzten Schlacht gegen Cartius unter den Tisch fallen ließ. „Wie kommt das?"

„Das kommt *daher*, dass es keine Notwendigkeit dafür gegeben hat." Mit einem provokanten Seitenblick auf Bargh fügte sie hinzu: „Es gibt immer jemanden, der ganz heiß darauf ist, sich im Kampf zu profilieren – natürlich im Interesse derer, die er schützt! Ich werde mich hüten, einem so hochmotivierten Leibwächter im Weg zu stehen!"

Thorn ging auf sie zu, stützte sich mit den Händen auf die Armlehnen ihres Sessels und sah ihr tief in die Augen.

„Und *warum* hast du mich bewusstlos geschlagen, als ich Liam retten wollte?"

Endlich hatte er die Frage gestellt, die ihm schon so lange auf der Zunge brannte.

„Du wechselst ziemlich abrupt das Thema, Thorn."

„Antworte auf meine Frage!"

Ohne dass er es verhindern konnte, bekam seine Stimme den wohlbekannten drohenden Unterton.

„Ich hielt dein Unterfangen für glatten Selbstmord", gab Chara freizügig Auskunft. „Meiner Ansicht nach war es eine aus Verzweiflung geborene Entscheidung, für die ich deine damalige Gemütsverfassung verantwortlich machte. Du hättest keine Chance gehabt, Liam und vor allem dich selbst da jemals wieder heil herauszuholen. Ich dachte, tu ihm doch einen Gefallen und halte ihn von dieser Verzweiflungstat ab, damit er irgendwann nochmal etwas Sinnvolles tun kann."

Thorn wusste nicht, wie er auf ihre plötzliche Offenheit reagieren sollte. Zögernd löste er seinen Griff und richtete sich auf.

„Woher wusstest du, was ich vorhatte?", fragte er leise.

Chara lehnte seufzend ihren Kopf zurück.

„Es war nicht zu übersehen, dass dich Rosmertas Urteil über Liam aus der Bahn geworfen hatte. Dein blinder Zorn auf sie machte dich unberechenbar. Grund genug für mich, dich im Auge zu behalten. Als ich dich dann in besagter Nacht dabei beobachtete, wie du dein Zelt verlassen hast, obwohl du mich kurz davor noch zu überzeugen versuchtest, dass du dir die Hinrichtung ersparen möchtest, konnte ich mir ungefähr zusammenreimen, was du vorhattest. Der Zufall gab mir die Gelegenheit, das Schlimmste zu verhindern, und ich nutzte sie. Das ist alles."

Bargh stand schwerfällig auf und stellte sich breitbeinig vor den Kamin. „Worum geht's hier eigentlich?", fragte er verdattert und blickte von einem zum anderen.

Thorn starrte Chara immer noch zweifelnd an. Er konnte sich des Misstrauens, das in seiner Brust schwelte, nicht erwehren und trotzdem hatte er das Gefühl, dass sie die Wahrheit sagte. Nur wusste er nicht so recht, ob es ihm schmeichelte, dass sie ihn zu schützen versucht hatte, oder ob es ihn beunruhigen sollte.

„Also, was is' jetz'?", riss ihn Bargh aus seinen Gedanken.

„Ich hatte den blendenden Einfall, Liam vor dem Tod zu bewahren!", antwortete Thorn zynisch. „Ich dachte mir einfach, dass es ganz nett wäre, wenigstens einen um mich zu haben, dem ich vertrauen kann."

Bargh hob verständnislos seine Hände.

„Und was ist mit mir?", fragte er beleidigt.

„Ach, komm schon, Bargh!", gab Thorn zurück, stiefelte zum Tisch und widmete sich erneut seiner Zeichnung. „Ich kannte dich kaum und wenn ich es mir recht überlege, weiß ich auch jetzt noch nichts über dich."

„Aber über Liam wusstest du Bescheid, nicht?", meldete sich Chara zurück.

„Nein, trotzdem vertraute ich ihm."

Thorn sah von seiner Zeichnung auf und warf Chara einen intensiven Blick zu.

„Manchen Menschen vertraut man einfach. Liam war so ein Mensch. Bargh ebenso, darum würde ich im Ernstfall auch auf ihn zählen. Du hingegen … ich weiß nicht. Du bist verschlossen, Chara. Käme es darauf an, hätte ich ernsthafte Bedenken, dir mein Leben anzuvertrauen."

Charas süffisantes Grinsen kehrte zurück.

„Doch, das würdest du. Du bist kein Einzelgänger, auch wenn du das gerne von dir glauben möchtest. Sobald dir eine Gefahr von außen droht, richtest du dich ohne Nachzudenken nach innen und suchst nach jemandem, der deine Furcht teilt. Du wirst fraglos die Hilfe desjenigen annehmen, der dir am nächsten steht, egal, um wen es sich dabei handelt."

Sie lehnte sich im Stuhl zurück und schloss entspannt die Augen.

Thorn spürte einen altbekannten Zorn in sich erwachen. Gleichzeitig fühlte er sich auf eine angenehme Weise entlarvt. Erkannt zu sein, bedeutete frei zu sein und genau in diesem Moment spürte er eine Art Vorgeschmack dieser Freiheit. Und trotzdem lehnte sich Chara verdammt weit aus dem Fenster. Was wollte sie von ihm? Warum hatte sie ihn vor dem Tod bewahrt? Warum war sie hier?

Bargh marschierte um Chara herum und setzte sich zu Thorn an den Tisch.

„Dacht' ich's mir doch", lächelte er fröhlich und tätschelte Thorns Schulter so heftig, dass die Kohle, die Thorn in der Hand hielt, brach und einen unschönen Strich auf dem Pergament hinterließ.

„Du magst mich. Der *Held und Ehrensenator* Thorn Gandir hält Bargh Barrowsøn für einen guten Mann, nich'?"

Thorn atmete tief durch.

„Sicher!", grummelte er, ohne seinen Blick von Chara zu lassen.

„Uaaargh", gähnte Bargh und rieb sich die Augen. „Ich mach', dass ich ins Bett komm'."

Thorn nickte gedankenverloren, während sich Bargh auf den Weg nach oben machte. Schließlich packte er seine Zeichenutensilien weg und ließ sich in den Stuhl neben dem Kaminfeuer sinken. Ein leises Schnarchen signalisierte, dass Chara bereits selig schlummerte. Thorn beobachtete sie eine Weile und stellte fest, dass sich der ansonsten harte Zug auf ihrem Gesicht im Schlaf verlor. Schließlich schloss auch er die Augen und wartete auf den Schatten aus seinen Träumen.

Ein lautes Klopfen drang durch den dumpfen Schleier, der sich schwarz und schwer über sein Bewusstsein gelegt hatte. Hinter ihm lauerte der Schatten, vor ihm wurde es plötzlich gleißend hell. Thorn schlug die Arme vor seine Augen und duckte sich noch tiefer in den Wüstensand.

„Bitte lasst mich in Ruhe!“, flüsterte er verzweifelt. „Ich brauche Ruhe ...“

Das Klopfen wurde lauter und nachdrücklicher. Es ließ sich nicht länger ignorieren, also öffnete er verstört die Augen. Ein kurzer Blick zurück sagte ihm, dass der Schatten zwar noch da war, aber langsam vor dem grellen Licht zurückwich.

Thorn drehte sich um und blinzelte. Wenige Schritte von ihm entfernt stand Chara. Verblüfft kniff er die Augen zusammen. Was bei allen Dämonen finsterster Gestalt machte Chara hier in der Wüste?

„Komm schon, wach endlich auf!“

Irgendetwas schüttelte ihn und er versuchte, es wegzudrängen. Dann knallte es und seine Wange begann heftig zu brennen.

„Aufwachen! Da ist jemand an der Tür!“

Thorn hatte das Gefühl, als würde sein Geist verzweifelt dagegen ankämpfen, dass sein Körper die Kontrolle übernahm und seine Gedanken aus dem vagen Sumpf des Unbewussten in die klar strukturierte Welt des Verstandes katapultierte.

Erneut riss Thorn die Augen auf. Diesmal nicht nur im Traum. Charas schwarze Augen funkelten ihn an.

„Na endlich!“

Jetzt erst nahm Thorn das aufdringliche Klopfen an der Tür wahr.

„Und warum öffnest *du* nicht?“, murmelte er schlaftrunken.

„Erstens ist es dein Haus und nicht meines, was es unwahrscheinlich macht, dass, wer auch immer vor der Tür steht, ausgerechnet mich zu sprechen wünscht. Und zweitens …“ Chara zuckte mit den Schultern, „… habe ich Hunger!“

Sie wandte sich um und begann die Küchenregale nach etwas Essbarem zu durchsuchen.

„Gibt es hier eigentlich auch etwas anderes als Käse?“, beschwerte sie sich murrend, während Thorn kopfschüttelnd zur Tür wankte und sie gähnend öffnete.

„Ave Cäsarus!“, scholl es ihm knapp entgegen.

Thorn riss die Augen auf.

Vor ihm stand eine völlig veränderte Rosmerta. Als sie sein verblüfftes Gesicht sah, trat ein triumphierendes Lächeln auf ihre Lippen.

„Überrascht, mich zu sehen?“, fragte sie mit einem unüberhörbar provokanten Unterton. „Ich weiß, es ist noch früh und ich sehe, du bist gerade erst von den Toten erwacht.“

Thorn fing sich langsam, obwohl er sich nur schwer mit ihrem Äußeren abfinden konnte. Noch auffälliger, noch blasierter ging es seiner Meinung nach kaum.

Statt ihrer ohnehin schon übertrieben schmucken Garderobe trug sie jetzt die Toga eines Oberkommandanten der Prätorianer, wobei ihre sich von der männlichen dadurch unterschied, dass der Kragen weiter, die Borte kunstvoller und der Stoff noch edler war. Außerdem war sie an der Taille gerafft und auf dem ledernen Brustharnisch, der ihre Brüste unerhört weit nach oben drückte, blitzten anstatt der Nieten kleine, weiße Edelsteine. Ihren schlichten grünen Baumwollumhang hatte sie gegen einen blauen Samtumhang eingetauscht, dessen Saum mit feinen Stickereien verziert war, und um ihren Hals trug sie das in Gold gefasste Emblem des valianischen Gryphos.

Thorn blickte ihr ungerührt in die Augen.

„Ave *Cäsarus*? Wie es scheint, habe ich einiges verpasst.“

Rosmertas Lächeln verwandelte sich in ein maskenhaftes Grinsen.

„Ganz Thorn eben. Wenn irgendwo der Gryphos steppt, steckst du mit deinem Kopf tief im Sand, grübelst über vergangene Tage nach und sinnierst über Schicksal und Sinnhaftigkeit. Tragisch, wirklich tragisch. Auf diese Weise verschläft man schlicht und ergreifend sämtliche Chancen, die das Leben so bietet.“

„Was willst du?“, fragte Thorn abweisend. „*Wer* Cäsarus ist, muss ich ja wohl nicht fragen. Damit hat sich unser Gespräch erledigt.“

„Cäsarus Antonius Virgil Testaceus lässt ausrichten“, fuhr sie unbeteiligt fort, „dass du und dein Gesindel die Erlaubnis habt, das Haus ab heute wieder zu verlassen. Vielleicht möchtest du ja auf den Markt gehen oder spazieren, oder was man eben so tut, wenn man, hm …“

Sie neigte den Kopf zur Seite und schielte zu ihm hoch.

„… keine Aufgaben hat oder sollte ich sagen: *keinen Nutzen*? Würde mich interessieren, was du in den nächsten Monden so planst. Gebraucht wirst du ja nicht mehr. Ich kann mir nicht vorstellen, dass der Cäsarus noch eine Verwendung für dich hat. Aber du hast ja Freunde, nicht wahr? Das war dir doch immer das Allerwichtigste. Vielleicht hat der Vallander ja Lust, mit dir auf Abenteuer zu gehen. Oder du könntest mit diesem Mannsweib die schöne Stadt Valianor besichtigen und sie zum Essen einladen. Vielleicht schaffst du es ja sogar, ihr ein wenig Etikette beizubringen.“

Sie klimperte mit ihren Wimpern.

„Ich fürchte nur, das ist bei diesem Trampel hoffnungslos.“

Das verschlagene Lächeln in ihrem Gesicht machte ihn rasend, doch Thorn wusste: Würde er versuchen, zurückzuschlagen, wäre dies nicht nur eine Bestätigung dafür, dass ihre Sticheleien ins Schwarze getroffen hatten, sie würde sich obendrein auch noch dazu angehalten fühlen, weiterzumachen. Sie war ein menschenverachtendes, machtbesessenes Weibsstück, das keinerlei Skrupel hatte, dort ihr Gift zu versprühen, wo man sich seiner nicht erwehren konnte. Die Schwachen waren ihre Stützpfeiler, Menschen, die sie befehligen konnte, Menschen, die nicht die Kraft und Mittel hatten, sich ihr zu widersetzen. Thorn wollte nur eines: dass sie auf der Stelle aus seinem Blickfeld verschwand.

„Gut, wir können also wieder auf die Straße. Ich sag Chara und Bargh Bescheid. Auf Wiedersehen!“

Er wollte schon die Tür zuschlagen, da stellte Rosmerta ihren Fuß in den Spalt.

Thorn konnte seinen Zorn kaum noch bändigen.

„Was noch?“

„Ich bin noch nicht fertig!“, antwortete sie frostig.

Mit ihrer Rechten stieß sie so fest gegen die hölzerne Tür, dass Thorn ein Stück zurücktaumelte. Sie stand jetzt mitten im Türrahmen. Hinter ihr brachen die ersten Strahlen der aufgehenden Sonne durch den morgendlichen Dunst, sodass der Schatten ihrer Gestalt in den Eingangsbereich fiel und die sich an den Konturen ihres Körpers brechenden Sonnenstrahlen ein eigentümlich erhabenes Bild erzeugten – ein Gemälde, in welchem ihre Gestalt wie von einem glitzernden Lichterkranz eingerahmt erschien, als wäre Rosmerta von einer göttlichen Aura umschlossen. Ein wahrhaft grotesker Anblick!

„Ich bin Oberbefehlshaberin der Prätorianergarde und für Ruhe und Ordnung in Valianor verantwortlich. Ich bin auserwählt worden, mich der inneren Sicherheit des Imperiums anzunehmen, und habe daher so ziemlich *alle Freiheiten*, die du dir vorstellen kannst. Ich muss an dieser Stelle hoffentlich nicht an deinen Einfallsreichtum appellieren. Meine Macht wird dir im Wege stehen, wo auch immer du hingehen magst, Thorn Gandir. Ich will, dass du das *nie* vergisst."

Abrupt zog sie ihren Fuß zurück und verließ mit wehendem Umhang seinen Vorgarten.

Als sie mit ihrer Eskorte, die auf der Straße auf sie gewartet hatte, hinter der nächsten Hausecke verschwand, atmete Thorn zitternd aus. Seine Hände hatte er so hart zu Fäusten geballt, dass sie völlig blutleer waren und Abdrücke seiner Fingernägel auf der Haut hinterließen. Eine Weile starrte er regungslos auf die Stelle, wo sie gerade noch gestanden hatte. Dann fühlte er, wie sich sein Kiefermuskel entspannte, wie der Zorn langsam von ihm abfiel und sich endlich eine sanfte Gleichgültigkeit um seinen Verstand legte.

Was die Zukunft brachte, war ungewiss und die Freiheit schien greifbar nahe.

„Leb wohl, Rosmerta!", flüsterte er lächelnd.

Tief in Gedanken verstrickt, betrat er die Küche, wo Chara und Bargh gerade beim Frühstück saßen und sich anschwiegen.

„Testaceus hat sich zum Imperator ernannt", erwähnte er beiläufig, als er sich an den Tisch setzte.

„He?“, fragte Bargh und spuckte unabsichtlich einen Brotklumpen auf seinen Handrücken.

Chara unterbrach das Frühstück und sah auf.

„Also doch“, war alles, was sie sagte.

Bargh schnipste mit dem Zeigefinger den eingespeichelten Klumpen von seinem Handrücken, woraufhin dieser auf Charas Käsebrot landete.

„Darf er so was?“, wollte Bargh wissen, ohne das Missgeschick zu bemerken.

Chara beugte sich über den Tisch und klatschte ihr Brot mit der belegten Seite nach unten auf Barghs Schinken.

Als Bargh sie verdattert anblickte, meinte sie ungerührt: „Lass es dir schmecken!“

„Die Entscheidung liegt beim Senat“, sagte Thorn, die unappetitliche Unterbrechung ignorierend. „Wenn mehr als die Hälfte der Senatoren auf Testaceus' Seite steht, dürfte das kein Problem sein.“

„Und wenn nicht, konnten gewisse Senatoren wohl urplötzlich keine Stimme mehr abgeben, sofern es den Senat überhaupt noch gibt“, vollendete Chara seine Erklärung.

Thorn warf ihr einen zweifelnden Blick zu.

„Glaubst du wirklich?“

„Du hast es doch selbst gesagt, als du uns von deinem Gespräch mit Testaceus berichtet hast: *Wir haben bereits Vorkehrungen getroffen, um eine Vereitelung der Sache vonseiten entsprechender Personen zu verhindern*“, wiederholte sie Testaceus' Worte mit bedeutungsvoller Stimme. „Mal ehrlich, so naiv kannst selbst du nicht sein!“

Thorn kratzte sich an der Stirn.

„Wahrscheinlich hast du recht. Das Ganze sieht nach einem Staatsstreich aus.“

„Die neue Regierung müsste dir eigentlich gelegen kommen“, merkte Chara an.

Mit einem vorsorglichen Blick auf Bargh, der laut schmatzend seinen mittlerweile gesäuberten Schinken verschlang, belegte sie eine neue Scheibe Brot.

„Dann bist du deinen Titel höchstwahrscheinlich wieder los und kannst tun und lassen, was du willst."

„So ist es!", bemerkte Thorn aufgeräumt und spürte, wie sich ein Lächeln über sein Gesicht ausbreitete. „Dann habe ich dem Senat gegenüber keinerlei Verpflichtungen mehr, denn der Senat ist höchstwahrscheinlich Vergangenheit."

Entspannt griff er nach dem Ziegenkäse. Erst jetzt registrierte er das Knurren in seinem Magen. Er hatte seit gestern Mittag nichts mehr gegessen, woran seine üble Laune mitschuldig gewesen war. Umso herzhafter biss er jetzt in den Käse.

„Und? Was hast du nun vor?", fragte Chara, wobei sie ihre Neugier sorgfältig hinter einer Maske der Gleichgültigkeit verbarg.

„Weiß ich noch nicht", antwortete Thorn gut gelaunt. „Mal sehen, was die nächsten Tage bringen. Wer kann das schon so genau wissen?"

„Du solltest dir das überlegen. Hast du dir überhaupt schon Gedanken darüber gemacht, *wie* Testaceus es geschafft hat, das Ganze durchzuziehen?"

„Nein, habe ich nicht. Ich bin politisch nicht besonders bewandert. Es interessiert mich auch nicht übermäßig."

„Hm", mischte sich Bargh ein, der sich mit dem Unterarm über seine Lippen wischte, nachdem er den letzten Bissen hinuntergeschluckt hatte. „Mich würd's, ehrlich gesagt, schon interessieren, wie Testaceus die valianischen Legionen auf seine Seite ziehen konnte."

Thorn blickte Bargh fragend an.

„Na ja, ich denk' mal, das valianische Heer wird zwar eigentlich aus der Staatskasse finanziert, aber manche der Senatoren haben sicher einiges an Gold springen lassen, um sich die Unterstützung von einem Teil der Armee zu sichern", erklärte Bargh. „Schon möglich, dass bestimmte Legionen von vornherein aus Testaceus' Tasche finanziert wurden, und die nimmt er automatisch mit, aber das würde trotzdem nur einen Teil aller Legionen ausmachen. Der Rest gehört entweder ganz bestimmten Senatoren oder dem Staat. Das heißt, manche der valianischen Legionen sind neutral, andere sind entweder gegen Testaceus oder auf seiner Seite. Auch wenn Testaceus die Senatoren mundtot macht, die sich gegen ihn verschworen haben, hat er immer noch das Problem, dass ihre Legionen ohne Führung sind. Ich schätze mal, die haben keine Freude mit ihm als neuem Cäsarus. Und was die Prätorianergarde angeht, die gehört ihm ganz sicher nich'."

Thorn und Chara starrten Bargh fassungslos an. Keiner von beiden hätte ihm ein derartiges Wissen zugetraut.

„Was is'?" Bargh zog ein verständnisloses Gesicht.

„Die Prätorianergarde ist in jedem Fall auf seiner Seite", fing sich Thorn als Erster. „Rosmerta ist nämlich die neue Oberkommandantin. Das heißt, Testaceus muss einiges mehr in petto gehabt haben als seinen Titel. So wie ich ihn kenne, war er sich seiner Sache sicher, bevor er loslegte. Das heißt, er wusste, dass er zumindest den Großteil der Legionen auf seine Seite bringen würde und was die Prätorianer anbelangt, so muss er sich absolut sicher gewesen sein."

„Was ist mit dem Zepter?", murmelte Chara mit einem nachdenklichen Blick auf Thorn.

„Könnte sein, dass der Besitz des Zepters die Senatoren von seiner Sache überzeugt hat, ja", antwortete Thorn auf ihre Überlegung. „Ich habe zwar keine Ahnung, worin der Wert der Insignie besteht, aber Testaceus war außer sich, als die Priesterinnen versuchten, es an sich zu reißen. Und Telos ist schließlich auch nicht umsonst hier. Testaceus ließ die Echtheit des Zepters *vor* seiner Machtübernahme überprüfen. Es würde mich wundern, wenn das Ding eine Fälschung wäre."

Chara nickte und Bargh kaute gedankenschwer an seinen Fingernägeln.

„Also gut", unterbrach Chara schließlich die Stille. „Was auch immer Testaceus in Händen hatte oder hat, der Staatsstreich wurde von langer Hand geplant. Soviel ist sicher. Aber was sagt uns das?"

Thorn hatte nicht die geringste Idee. Das Einzige, was er wusste, war, dass es ihn aus dem Imperium wegzog und dass er das drängende Bedürfnis hatte, sich von Testaceus loszueisen. Nach allem, was Cartius ihm anvertraut hatte, war Testaceus nicht mehr vertrauenswürdig.

Das Pergament auf dem dunklen Holztisch wölbte sich leicht unter den feingliedrigen Händen, die versuchten, es glatt zu streifen. In dem kleinen Raum war es bis auf das flackernde Licht der Kerze, die neben einem Tintenfass auf einem mit schwarzen Flecken besprenkelten Tischtuch stand, stockdunkel und bis auf das Knistern des Dochtes, das zu hören war, wenn die Flamme nach Sauerstoff ringend höher schlug, war es still.

Einen Augenblick hielt die Federspitze über dem Pergament inne, bevor sie aufsetzte und zügig über den Bogen glitt.

Eminenz,

eine unerwartete Veränderung der Gegebenheiten:

Quelle Eins ist versiegt. Die zweite ist noch intakt. Ich habe das Gewicht auf Zwei verlagert.

Neue Situation:

Valians Zepter ist ins Spiel gekommen. Es befindet sich in den Händen des erst kürzlich an die Macht gelangten Cäsarus. Offenbar steht das Zepter im Mittelpunkt des Interesses anderer einflussreicher Mächte.

Erbitte neue Instruktionen.

Die in chryseischer Sprache verfasste Botschaft wurde unterzeichnet mit:

Arm und Auge des KdB

Heißes Wachs tropfte auf die Schriftrolle. Sorgfältig wurde das Siegel in die zähe, rote Flüssigkeit gedrückt, bevor diese erhärtete. Dann glitt das Pergament in die Tasche des Umhangs, der über der Stuhllehne hing.

Aonadag, 1. Trideade im Bärenmond/348 nGF

Was wir wussten

Wenn ich heute an die Tage zurückdenke, an denen die Unbedarftheit wie hauchdünne Fäden eines feingesponnenen Netzes meinen Verstand verklebte, muss ich lächeln. Wie naiv wir doch alle waren – wie unwissend und bar einer Vorstellung davon, was um uns herum geschah. Sicher, wir alle verfolgten in jenen Tagen unsere eigenen Ziele, hatten unsere eigenen Richtlinien und Überzeugungen. Und keiner wusste wirklich um die Motivationen des anderen. Doch wir waren Teil der Umwälzung, die im Valianischen Imperium vor sich ging, und bildeten, zumindest offiziell und vorübergehend, einen kleinen Bruchteil dessen, was man als die internen Fraktionen einer ganz bestimmten politischen Machtinstanz bezeichnen könnte. Wir gehörten zu den Valiani – jedenfalls allem Anschein nach. Wir nahmen Teil oder Anteil an der Situation in Valianor.

Und wenn man Teil einer wie auch immer gearteten Gesellschaft und eines ganz bestimmten Systems ist, ist die Perspektive fraglich, aus der heraus man die Dinge betrachtet. Denn man nimmt nur das wahr, was sich unmittelbar vor einem abspielt. So heften wir zwangsläufig den Blick auf den Rücken jener Person, die uns die Sicht verstellt, was nur unerheblich zu einer Klärung der Situation beiträgt.

Ja, mit der Wahrnehmung ist es so eine Sache. Wir können nur dann die Zusammenhänge erkennen, wenn wir unbeteiligt sind, mit anderen Worten unbetroffen von allem, was um uns herum geschieht.

Testaceus war zum Cäsarus geworden. Eine gewaltige Veränderung für die valianische Bevölkerung, aber für die Welt Amalea? Irrele-

vant. Es gab nur einen, der nicht Teil des Imperiums war und zum gegebenen Zeitpunkt dennoch mit Interesse verfolgte, was in Valianor vor sich ging. Nur einen, der die Veränderungen vor Ort nutzte, um einen Weg zu finden, die Welt selbst zu verändern.

Aber lassen wir das.

Ob und inwiefern die Umstände dazu beitrugen, dass alles kam, wie es am Ende eben kam, kann ich auch heute noch nicht mit Gewissheit sagen. Alles, was ich weiß, ist, dass ich auf dem Weg war. Ich wusste nur nicht, wohin er mich führen würde und hätte ich es gewusst, ich wäre vermutlich überstürzt aufgebrochen. Und das bringt mich wieder zum eigentlichen Punkt: Alles geschah so, wie es geschehen musste, um darin resultieren zu können, was danach geschah. Nur war es nicht, wie die meisten annehmen würden, Schicksal, sondern Strategie – ein ausgeklügeltes, voraussehendes und gewissenhaftes Drehen hier, ein winziges Biegen dort – und danach das geduldige Warten auf die Resultate.

Doch diese Erkenntnis ließ unser aller Perspektive nicht zu. Wir sahen nur eines: Antonius Virgil Testaceus hatte sich zum alleinigen Herrscher über das Valianische Imperium aufgeschwungen.

Dem einen von uns mochte diese Tatsache gefallen, dem anderen einen kalten Schauer über den Rücken jagen, wieder ein anderer konnte es nur schulterzuckend zur Kenntnis nehmen, aber wir alle standen kurz davor aufzubrechen und wir alle mussten uns entscheiden, welche Richtung, welcher Weg für uns am geeignetsten war.

Der Auftrag

Nur wenige Tage nach Testaceus' Machtübernahme ereignete sich etwas, das nicht nur den Cäsarus aus der Fassung brachte: Valians Zepter war gestohlen worden! Niemand konnte sich erklären, wie es den Dieben gelungen war, in die privaten Gemächer des Cäsarus einzudringen und das Machtsymbol zu entwenden.

Die Untersuchungen vor Ort ergaben, dass weder Magie noch, wie Telos es nannte, ein von Priestern erwirktes göttliches Wunder im Spiel gewesen sein konnte. Die Art und Weise, wie die Eindringlinge vorgegangen waren, ließ vielmehr vermuten, dass es sich um professionelle Diebe handelte, die es obendrein beherrschten, schnell, lautlos und unbemerkt zu töten. Und es mussten mindestens zwei oder drei gewesen sein. Die zum Schutz des Zepters abgestellten Wachen hatten ihren Mördern nicht das Geringste entgegenzusetzen und offensichtlich einen unerwarteten, schnellen Tod gefunden. Man fand sie mit durchgeschnittenen Kehlen, wobei an ihren Körpern weder Kampfspuren, noch irgendwelche Blutspuren oder Fußabdrücke innerhalb des näheren Umfeldes entdeckt worden waren, die auf den Fluchtweg der Räuber hätten schließen lassen.

Testaceus sah sich gezwungen, die Suche nach den Dieben sofort aufzunehmen. Der Besitz des Machtsymbols hatte ihm zwar längst jenen Dienst erwiesen, der ihm zu seinem augenblicklichen Status verholfen hatte, doch das Zepter war eine Waffe, die sich in den Händen eines Gegners für seine jetzige Position als höchst verheerend erweisen konnte.

Thorn saß, ein Bein über das andere geschlagen, auf einer Liege des Tricliniums und musterte Testaceus, der es sich seinerseits liegend bequem gemacht hatte. Es war nicht zu übersehen, dass Thorn seinem Ersuchen ablehnend gegenüberstand, aber damit hatte Testaceus gerechnet. Es lag nun an ihm, ihn vom Gegenteil zu überzeugen. Rosmertas Argumentation, dass Thorn der einzig richtige Mann für diesen Auftrag wäre, hatte Hand und Fuß. Er war mit dem Zepter vertrauter als jeder andere in Testaceus' Diensten, zumal er den Diebstahl aus Valians Grab durchgeführt hatte. Er konnte eine Fälschung von der echten Insignie unterscheiden und hatte sich obendrein in Sachen Spezialaufträge bewährt. Hinzu kam, dass Testaceus im Augenblick jeden an seiner Seite wissen wollte, der ihm absoluten Gehorsam und absolute Solidarität entgegenbrachte, denn Valianors Straßen waren seit seiner Machtübernahme gefährlich geworden. Thorn war weder gehorsam noch absolut solidarisch, aber wenn er ein Versprechen gab, wenn er eine Zusage machte, hielt er sich daran. Da war er durch und durch verlässlich.

Schick Thorn nach dem Zepter! Du kannst ihn hier entbehren und wirst dort draußen von ihm profitieren. Das waren Rosmertas Worte gewesen und sie waren von bestechender Vernunft.

„Warum sollte ich mich für dich noch einmal in Gefahr begeben, Antonius?“, sagte Thorn nach einer ganzen Weile des Nachdenkens. „Ich sehe weder einen Vorteil für mich, noch eine Möglichkeit, der Welt damit einen Gefallen zu tun. Nachdem ich nicht weiß, was dein eigentliches Ansinnen ist oder warum du denkst, du könntest nur als Cäsarus etwas bewirken, kann ich auch nicht beurteilen, ob deine persönlichen Ambitionen der Allgemeinheit zuträglich sind. Zum Guten oder zum Schlechten? Ich weiß es nicht – nicht nach deiner Machtübernahme.“

Thorn wechselte seine Beinhaltung und wartete schweigend auf eine Antwort.

„Wofür bist du bereit, dein Schwert zu ziehen?“, reagierte Testaceus mit einer Gegenfrage.

„Du weißt, wofür ich zu kämpfen bereit bin. Dort, wo sich das Böse breitmacht, opfere ich, wenn es sein muss, mein Leben, um das Gute zurückzuerobern. Die Welt auf sich selbst gestellt, ist stetig der Gefahr ausgesetzt, vom Chaos zurückerobert zu werden. Dagegen gehe ich an, wenn ich kann.“

Testaceus lächelte und hoffte, dass sich seine innere Wahrnehmung nicht auf sein Lächeln übertrug. Er hielt Thorns Auffassung für reichlich naiv, wenn sie ihm auch sympathisch war. Männer wie Thorn waren nötig, um den Menschen ein Licht zu sein, eine Leitfigur, ja, ab und an konnten sie wahre Wunder bewirken. Aber in der Regel siegte der Stratege und strategische Klugheit war beileibe keine Eigenschaft des Idealisten.

„Das ist es, wofür ich dich bewundere“, sagte er nichtsdestotrotz und freute sich, auf Thorns Gesicht ein winziges Zeichen von Zugänglichkeit zu erkennen. Der erste Schritt war getan.

„Ich habe eine starke Vermutung, wer hinter dem Diebstahl des Zepters steckt und liege ich richtig, haben wir eine Situation, in der sich ganz klar ein Gut-gegen-Böse manifestiert. Es spielt keine Rolle, was ich warum tue, wenn der, der sich gegen mich stellt, ohne den geringsten Zweifel und in aller Offensichtlichkeit ein Mann des Verderbens ist und von allen als das personifizierte Chaos gehandelt wird. Er ist einer der letzten, die unserer Welt gefährlich werden können, Thorn! Wie wichtig ist es unter diesem Gesichtspunkt wohl, ob mein neuer Cäsarustitel aus privatem Wunschdenken resultierte oder ob ich dabei ein hehres Ziel verfolgte? Du weißt, dass ich der Ordnung zugetan bin und dass es letztlich immer das Gute sein wird, das ich, bei allem, was ich tue, im Auge habe. Oder siehst du das etwa anders?“

Nimm ihm nicht die Zügel aus der Hand, sonst steigt er auf ein anderes Pferd und du verlierst ihn!

„Ich weiß, ich weiß … Ich habe nie das Gegenteil behauptet, Antonius.“

„Aber du traust mir nicht, richtig?“

„Doch …“

„Wo liegt dann das Problem?“

Thorn fuhr sich leicht erregt durch sein langes Haar und lenkte seinen Blick gegen die Decke. Es folgte Stille.

„Sag mal, hast du gerade von Al’Jebal gesprochen?“, fragte er plötzlich. „Denkst du, *er* steckt hinter dem Diebstahl?“

Prächtige Entwicklung … Thorn lief ihm geradewegs in die Arme.

„Du hast es erfasst. Und nun weißt du auch, womit wir es zu tun haben oder noch zu tun bekommen werden, wenn er mit seinem feigen Raub Erfolg hat. Ein sehr, sehr mächtiger Gegenstand ist auf dem Weg in die Hände eines sehr, sehr gefährlichen Mannes."

„Ich bin diesem Mann nie begegnet", konterte Thorn und begab sich erneut in eine Position des Widerstandes.

Doch Testaceus hatte ein Argument, gegen das er nicht ankommen konnte, nicht nach allem, was er erlebt hatte.

„Er war es, der den Sklavenaufstand angezettelt hat, Thorn! Es war Al'Jebal, der seine Agenten-Assassinen darauf ansetzte, Cartius gegen Valianor aufzustacheln und die Situation eskalieren zu lassen! Es war ein Aschraner unter Cartius' Vertrauten – aber nicht irgendeiner, er war ein Assassine Al'Jebals! Der Sklavenaufstand war Al'Jebals Beitrag zur Schwächung dieses Landes, seine Initiative, um hier Chaos zu verbreiten und sich so eine Tür in das Valianische Reich zu öffnen. Nun, er hat versagt. Die Alternative liegt auf der Hand. Al'Jebal entreißt mir das Zepter, um mir einen Teil der Macht zu entziehen und sich selbst mit genau diesem Machtanteil zu bereichern."

Thorns Augenbrauen hatten sich deutlich gehoben. Seine Hand war zu seinem Mund geglitten. Er ließ seiner Verblüffung freien Lauf. Verblüffung? Oh nein! Thorn war weit mehr als verblüfft. Er war völlig überrumpelt. Es dabei zu belassen, war dennoch ein Risiko. Es fehlte der letzte Schliff.

„Kitayscha war mir stets treu ergeben und ihr Verlust wiegt auch für mich sehr schwer. Sie wurde zum Opfer dieses Krieges, das ist eine Tatsache, die sich nun nicht mehr ändern lässt. Sie hätte meine Ambitionen hinterfragt, genau wie du. Aber sie hätte keinen Augenblick gezögert, um dich zu rächen, Thorn. Sie hätte auch nicht gezögert, einem Feind des Imperiums die Stirn zu bieten. Ich verstehe, wenn du meinetwegen dein Leben nicht aufs Spiel setzen willst. Aber Kit … tu es für sie, Thorn! Sie ist es allemal wert!"

Thorn atmete tief durch.

Testaceus registrierte, wie seine Augen glitzerten. Die Würfel waren gefallen und er war eindeutig als Sieger aus dem Duell hervorgegangen. Manipulation war keine schöne Sache, aber in Zeiten wie dieser war sie eine unverzichtbare Waffe.

„Du kannst sie nicht vergessen, habe ich recht?"

Telos warf Thorn einen vorsichtigen Seitenblick zu, doch Thorn, der gemächlich neben ihm die Gasse entlangging, starrte stur geradeaus. Er wusste das Interesse des Priesters zu schätzen, aber er konnte und wollte nicht über Kitayscha sprechen. Nicht jetzt! Zu lange versuchte er schon, sie aus seinem Kopf und seinem Herzen zu verbannen und jeder Gedanke an sie schien seine, wie er glaubte, von Erfolg gekrönten Bemühungen in halbherzige und erfolglose Versuche zu verwandeln. Denn mit jeder noch so kleinen Erinnerung an die Elfenkriegerin kamen unzählige Bilder hoch, von denen er sich nur unter seelischen Schmerzen wieder befreien konnte. Er wollte sein Leben wieder leben können, ein einziges Mal nur wieder glücklich sein, und das war nur möglich, wenn er vergaß, dass ihm einst das große Glück gehört hatte, es ihm aber abhandengekommen war. Andererseits wollte er nichts mehr, als Kits Tod zu rächen. Und dafür musste er sie in seinem Herzen bewahren.

„Und du willst nicht darüber sprechen", fügte Telos seufzend hinzu, machte aber dabei nicht den Eindruck, das Thema fallen lassen zu wollen.

Thorn bog um eine Ecke in eine schmale, von glatten, schmucklosen Häuserfronten eingeschlossene Passage, in der sich einfache Leute und Sklaven tummelten, die an abgenutzten Holzständen Eier, Fleisch, Käse und Obst feilboten. Fliegen schwirrten Telos und Thorn um die Köpfe, als sie sich einen Weg durch die dichtgedrängte Menschenmenge bahnten. Viele der Passanten machten einen Bogen um sie, wobei ihre Gesichter verrieten, dass Telos der Grund dafür war. Seine Hässlichkeit und die trotz allem beeindruckende Wirkung seiner gesamten Erscheinung machten den Leuten Angst. Den Priester schien dies nicht zu kümmern und Thorn hatte sich längst an sein Äußeres gewöhnt.

Seitdem sie aufgebrochen waren, kreuzten alle paar Schritte Prätorianer ihren Weg. Auch daran hatte sich Thorn gewöhnt.

Seit Testaceus' Machtübernahme waren die Sicherheitsvorkehrungen um ein Vielfaches verschärft worden. Offiziell hieß es, dass diese Maßnahmen dazu dienten, die Ordnung nach den Unruhen aufgrund der Senatsauflösung und der Änderung der Staatsform wiederherzustellen und aufrechtzuerhalten. Inoffiziell sah die Sache anders aus.

Es war äußerst ratsam geworden, gewisse Gespräche in die privaten vier Wände zu verlegen, denn wer auch nur eine leise Kritik an der neuen Staatsform anmeldete, hatte keine guten Karten. Nicht nur, dass bereits einige ehemalige Senatoren wie vom Erdboden verschluckt waren, Thorn kam auch immer wieder zu Ohren, dass Leute einfach von der Straße verschwanden und nicht wieder auftauchten.

„Mit Erinnerungen ist es so eine Sache …“, fuhr Telos vage fort, während er mit leicht angeekeltem Blick die heruntergekommene Gasse begutachtete, die in hartem Kontrast zur Schönheit der öffentlichen Plätze und Straßen der Stadt stand. Anscheinend war er ein solches Markttreiben nicht gewohnt.

„Was?“, fragte Thorn, während er einer alten Frau eine Münze zuwarf und sich einen Apfel griff, den sie ihm mit einem zahnlosen Lächeln anbot.

„Eine Erinnerung ist nicht bloß eine Erinnerung“, fuhr Telos fort und nickte der Frau freundlich zu, die ein ängstliches Gesicht machte. „Zuallererst ist sie eine Begleiterin.“

Thorn schielte zweifelnd zu Telos, während er herzhaft in den Apfel biss.

„Sie taucht auf an bestimmten Tagen, in bestimmten Augenblicken, immer und immer wieder, bis sie eines schönen oder traurigen Tages verblasst. Vielleicht währt sie auch ewig. Dann wird sie zu einer Gefährtin, einer Partnerin fürs Leben.“

Telos unterbrach sich und sein Blick glitt in den blassen Himmel.

„Eine Erinnerung kann dich entführen. Sie kann dir einen Weg aus den Banalitäten und Unannehmlichkeiten des Alltags weisen, wenn sie der Traum ist, der den Alltag versüßt, oder wie in deinem Fall das Phantasma, welches das süße Leid des Verlustes in facettenreichen Bildern wiedergibt. Dann ist die Erinnerung eine *Bringerin des Dramas*, eines Dramas, das berührt, bewegt und betäubt. Dann ist sie eine Geschichtenerzählerin. Wenn du an die Zeit mit Kitayscha denkst, dann denkst du an diese Zeit nicht so, wie sie war, Thorn. Dein Geist gestaltet die Eindrücke von damals aus, versetzt sie mit liebevollen Details. Die Zeit nach dem Verlust webt aus der Bitterkeit der Trauer ein glitzerndes Kleid, das sich um das Verlorengegangene legt, als ob es immer schon ein Teil von ihm gewesen wäre. Aber tatsächlich ist jenes Kleid ein Entwurf deiner Sehnsüchte und Bedürfnisse. Was mich auf ein anderes Gesicht der Erinnerung bringt."

„Ich kann's kaum erwarten!", bemerkte Thorn sarkastisch, obwohl er sich eingestehen musste, dass die Worte des Priesters eine unleugbare Wirkung auf ihn ausübten.

„Sie ist eine Verführerin", fuhr Telos unbeirrt fort und seine Augen kehrten vom Himmel in die schmutzige Gasse zurück. „Agramon weiß, dass sie das ist. Wenn ihre Erscheinung und Wirkung attraktiver wird als das reale Dasein, wenn ihr Sog dich in tiefes Nachdenken, Nachträumen und Nachsehnen zieht und dich mit Haut und Haar verschlingt. Wenn sie zu einer von deinem Willen unabhängigen Autorin wird, die weitaus bessere Geschichten schreibt als das Leben da draußen, weil sie tiefer nach innen dringt, als dieses es je vermag … Denn vollkommen ist nur ein Bild, das du aus einem Funken Wahrheit und einem Haufen illusionärer Sehnsüchte zusammenbastelst. Die Wirklichkeit ist es nicht und war es nie."

Telos blieb stehen und blickte Thorn von der Seite an.

„Die Welt dreht sich weiter, Thorn. Die Hinterlassenschaften des Chaos gehören immer noch bekämpft und du hast deinen Beitrag noch nicht geleistet. Und glaub mir, obwohl es nicht danach aussieht, gibt es auch jetzt noch genug Schönes, das nur darauf wartet, dass du es entdeckst, auch wenn es sich meist gekonnt hinter den Schattenseiten verbirgt."

Thorn fühlte sich einerseits überrumpelt, andererseits auf eine angenehme Art und Weise erweckt. Telos hatte in wenigen Worten an die Oberfläche geholt, was er selbst möglicherweise bereits geahnt hatte, aber sich nicht eingestehen wollte und sich schon gar nicht hätte bewusst machen können.

Und doch, es machte ihn wütend, dass Telos seinen Schmerz nicht erkannte, dass niemand ihn erkennen wollte! Alle schienen es besser zu wissen als er, aber niemand hatte auch nur annähernd eine Vorstellung davon, was er durchgemacht hatte. Hatte Telos einen geliebten Menschen verloren? Wohl kaum!

„Du versuchst nicht, ihren Tod zu akzeptieren, Thorn“, setzte Telos nach. „Kämpfe nicht gegen die Tatsache an, dass sie gestorben ist. Die kannst du nicht mehr ändern. Besinn dich lieber darauf, was Aphrodia dir durch sie geschenkt hat. Du durftest wahre Liebe kennenlernen und nun kannst du mit der Gewissheit leben, dass es so etwas tatsächlich gibt. Vielleicht sogar noch ein zweites oder drittes Mal.“

Thorn musterte den Priester eine Weile. Telos' Blick hatte nichts Überhebliches oder Selbstzufriedenes. Seine warmen Augen ruhten in ehrlicher Anteilnahme auf Thorns Gesicht.

„Du hast recht“, sagte Thorn leise und zeigte ein schwaches, versöhnliches Lächeln. „Ich lasse mich zu sehr von dem Schmerz vereinnahmen. Es wird langsam Zeit, nach vorne zu blicken.“

„Schön, dass du es so sehen kannst“, antwortete Telos erfreut. „Solltest du irgendwann dennoch verzweifeln, wende dich an Agramon. Er wird dir Kraft spenden.“

Thorn marschierte nickend weiter.

„Ich kenne deinen Gott zwar nicht, aber vielleicht werde ich ihn trotzdem irgendwann um Rat bitten.“

Als sie um die Ecke bogen, zeigte Thorn auf eine mehrstöckige Villa, die schon fast den Charakter eines kleinen Palastes besaß und direkt an die Straße gebaut war.

„Das müsste es sein. Zumindest passt das Gebäude auf Testaceus' Beschreibung.“

Der Bau war in der Tat sehr prunkvoll. Der Eingangsbereich der Villa war von sechs bauchigen Säulen umgeben, die als Träger eines steinernen Flachdaches dienten. Um jede dieser Säulen rankten sich auf den Stein modellierte und vergoldete Weinblätter, durchsetzt von kleinen, weißen Blüten. Die Säulen selbst waren aus weißem Marmor.

Thorn verzog angewidert das Gesicht.

„Die Leute wissen wohl nicht, wohin mit ihrem Gold!“

„Nun ja, Geschmäcker sind verschieden“, meinte Telos nachsichtig. „In Ikonium bevorzugt man Schlichteres, zumal das ästhetische Auge unter einem derartigen Übermaß an Tand und Zier leidet, wo doch das schlichte Weiß des klassischen Marmors viel eher auf Wohlgefallen bei den Menschen trifft – aber andere Länder, andere Sitten, nicht wahr?“

„So wird's wohl sein.“

Thorn stieg vom Gehweg auf die Straße, während Telos das prunkvolle Gebäude noch einmal in Augenschein nahm. Im Unterschied zu den anderen Häusern in Valianor war die Villa der Al'Duris zur Straße hin fensterlos und hatte ein flaches Dach. Zwischen den anderen Gebäuden der Straße wirkte sie daher ungewöhnlich fremdartig.

„Sollten wir uns nicht vorher klar darüber werden, wie wir uns in dieser Gesellschaft betragen wollen?“, fragte Telos zögerlich, doch da war Thorn schon auf der anderen Straßenseite und winkte ihm ungeduldig zu.

Zweifelnd raffte Telos seine Toga und folgte ihm, doch bevor Thorn die Treppen zum Eingang hochsteigen konnte, hielt er ihn an seinem Ärmel zurück.

„Ich weiß nicht, Thorn. Ich habe das Gefühl, wir sollten uns vorher besprechen.“

„Wozu denn? Wir gehen da rein, fragen, ob sie etwas über den Zepterdiebstahl wissen oder wer dahinterstecken könnte, und verschwinden wieder.“

Telos starrte Thorn entgeistert an.

„Du willst doch nicht allen Ernstes einfach da reinmarschieren und gleich mit der Tür ins Haus fallen? *Meine Herren, wir gehen davon aus, dass Ihr oder einer Eurer Leute das Zepter des Cäsarus entwendet hat. Würdet Ihr uns bitte mitteilen, wo Ihr es versteckt habt?*"

Thorn schüttelte gereizt den Kopf.

„Natürlich nicht. Doch wie wir seit der Entführung von Testaceus' Neffen wissen, ist die Familie Al'Shej korrupt und zu einem solchen Diebstahl durchaus imstande. Und der Besitzer dieses hässlichen Palastes", er zeigte auf den Eingang, „Mustafa Al'Duri ist der Schwager Abdallah Al'Shejs und obwohl er im Gegensatz zu seinem finsteren Verwandten ein friedvolles Auskommen mit den Valiani und Testaceus hat, muss man davon ausgehen, dass er seinem Verwandten, wo er kann, unter die Arme greift. Davon abgesehen pflegt der gute Mann Beziehungen zu diversen Untergrundorganisationen, was, für den Fall, dass er mit der Sache wider Erwarten nichts zu tun hat, immerhin bedeutet, dass er etwas über den Diebstahl wissen könnte. Mit etwas Glück gibt er uns ein paar kleine Hinweise. Es wäre ihm jedenfalls anzuraten. Testaceus sieht es nicht gern, wenn man ihm Informationen vorenthält."

Thorn war sich sogar ganz sicher, dass der aschranische Händler Al'Duri etwas wusste und er ging davon aus, dass Testaceus das auch so sah. Wenn tatsächlich Al'Jebal hinter dem Diebstahl steckte, begann hier die Spur. Mustafa Al'Duri war der Schwager Abdallah Al'Shejs, der einst Testaceus' Neffen entführt hatte. Die Al'Shejs wiederum standen in den Diensten Al'Jebals. Logisch, dass Testaceus seine Nachforschungen bei den Al'Duris ansetzte. Bevor er Thorn auf die Suche nach dem Zepter schicken konnte, musste er sichergehen, dass seine Vermutung richtig war und das Zepter sich auf dem Weg zu Al'Jebal befand.

„Aber trotzdem können wir nicht einfach da reinspazieren und Mustafa Al'Duri gleich vorweg mit der ganzen Wahrheit konfrontieren!", riss Telos Thorn händeringend aus seinen Spekulationen.

„Können wir nicht?", gab Thorn zurück, der Telos' Einwände etwas ermüdend fand.

„Also gut. Al'Duri ist Händler …", überlegte Telos.

„Richtig, und weiter?"

Telos starrte gedankenversunken auf die goldenen Weinranken.

Schließlich sah er Thorn an und rieb sich die Hände.

„Nun, jemand, der etwas so Wertvolles wie *Valians Zepter* stiehlt, muss schleunigst aus dem Land fliehen. So jemand braucht Vorräte, Ausrüstung für die Reise, ein Schiff, vielleicht Pferde. Al'Duri ist deiner Schilderung nach *der* Mann in Valianor, wenn es um einen nicht ganz lupenreinen Handel geht, wovon man bei so einem Diebespack ja ausgehen muss. Deshalb werden sich unsere Diebe höchstwahrscheinlich an Al'Duri wenden, wenn sie etwas brauchen. Also fragen wir am besten, ob gestern Nacht oder heute früh irgendjemand bei ihm etwas gekauft hat, der sich verdächtig verhalten hat. Das sieht dann wenigstens nicht so aus, als würden wir ihm vorwerfen, mit dem Diebstahl etwas zu tun zu haben."

Thorn kramte in einem seiner Beutel nach seinem Lederband und fasste sich die Haare im Nacken zusammen.

„Das könnte gehen."

Er ging zum Eingang und winkte Telos heran.

Nachdem Thorn geklopft hatte, erschien ein Auge hinter einem kleinen Fenster in der Tür.

„Ja?", fragte ein Mann mit neugieriger Stimme.

„Wir kommen im Namen des Cäsarus und wollen zu Mustafa Ibrahim Al'Duri."

„Im Namen des Cäsarus, he? Woher soll ich wissen, dass das wahr ist?", antwortete der Mann mit eindeutig südländischem Akzent.

„Spätestens, wenn die Prätorianer vor Eurer Tür stehen, werdet Ihr keine Zweifel mehr haben!", erwiderte Thorn schroff. Er hatte keine Lust auf lange Erklärungen.

„Ihr könnt ja …", setzte er neu an, aber bevor er zu Ende reden konnte, schob sich Telos zwischen ihn und die Tür.

„Agramon zum Gruße, werter Herr. Ich bin Telos Malakin, Oberpriester aus Chryseia, und dies hier ist ein Held des Imperiums, der Ehrensenator, verzeiht, ehemalige Ehrensenator, Thorn Gandir. Wir hätten Dringendes mit dem Hausherrn zu besprechen und wären Euch sehr dankbar, wenn Ihr uns einlassen würdet."

Einen kurzen Moment lang blieb das Auge hinter der Luke an Telos haften, dann wurde ein Riegel zurückgeschoben und ein Mann in ungewöhnlich weiten Hosen mit breiten Bünden, die an den Fesseln nahtlos in lederne Halbschuhe übergingen, öffnete die Tür. Um seine Hüften trug er einen breiten Stoffgürtel, an welchem mit Hilfe einer Kette ein Krummsäbel befestigt war. Um seinen Kopf hatte er ein weißes Tuch zu einem Turban gewickelt, dessen Enden locker um seine Schultern geworfen waren.

Ein höfliches Lächeln breitete sich über sein rundes Gesicht aus.

„Khommt rain, Priester und Held! Ich werde dem Herrn Beschaid geben!“

Dann marschierte er gemächlichen Schrittes davon und ließ Thorn und Telos in der zum Innenhof hin offenen Vorhalle stehen.

Thorn betrachtete skeptisch die exotischen Motive im Fußbodenmosaik.

„Tut mir leid, dass ich mich dazwischengedrängt habe“, entschuldigte sich Telos flüsternd.

Thorn nickte versöhnlich. „Schon gut.“

„Ihr khönnt mir folgen, bitte sehr!“

Der Mann, der sie eingelassen hatte, stand plötzlich im Durchgang und winkte die beiden zu sich. Thorn folgte ihm ohne Zögern, während Telos zwar weniger unbekümmert, aber dennoch entschlossen hinterher marschierte. Sie durchquerten die Vorhalle und traten in einen mit Steinen gepflasterten Säulengang, der um einen rechteckigen Innenhof führte.

Beim Anblick der Begrünung weiteten sich Thorns Augen. Im Vergleich dazu wirkten sogar Testaceus’ Gärten etwas eintönig. Der von der Villa umschlossene Garten hatte ansehnliche Ausmaße und war mit Bäumen und Sträuchern unterschiedlicher Herkunft bepflanzt. Zwischen den bunten Pflanzen belebten große, glatte Felsen und Steine das Ambiente, während ein kreisrunder Springbrunnen sowie die Statue eines aschranischen Kriegers aus rotem Marmor den natürlichen Charakter des Gartens durch meisterhafte Baukunst ergänzten. Die Fenster, die

Telos an den Außenwänden der Villa vermisst hatte, reihten sich in regelmäßigen Abständen entlang des um den Innenhof führenden Ganges. Anscheinend waren die Aschraner ein Volk, das es vorzog, ihre Familien von der öffentlichen Gesellschaft abzugrenzen und ihr Heim nach außen hin verschlossen und unzugänglich zu halten, während es im Inneren offen und einladend wirkte.

„Ħier entlang!“, forderte sie der Wachmann auf, ihm durch den Garten in den gegenüberliegenden Teil des Gebäudes zu folgen. Als sie das Gebäude betreten hatten, öffnete er die Tür zu einem länglichen, mit bunten Steinfliesen ausgelegten Raum, in dessen Mitte sich ein niedriger runder Tisch befand. Auf einem bauchigen Kissen hinter dem Tisch saß ein beleibter Mann in auffällig buntem Gewand. Sein Gesicht versteckte sich zur Hälfte hinter einem dichten schwarzen Vollbart, während um seinen Kopf, ebenso wie bei seiner Wache, ein Turban gewickelt war. Doch sein Kopfschmuck war aus einem feineren, mit Goldfäden durchwirkten Stoff gefertigt und unter dem Tuch schmückte ein Medaillon seine Stirn. Auch er trug diese eigenartig weiten Hosen mit breiten Bünden, die sich eng um die Knöchel schlossen, und eine knielange, flatternde Tunika, die mit einem Stofftuch an seiner Taille gerafft war. Die Säume waren mit zarten goldenen Stickereien verziert. Als Thorn und Telos eintraten, breitete er seine Arme aus und lächelte einladend.

„*Ormut und Alaman in Ainem!*“, begrüßte er sie herzlich.

Mit einem Wink seiner Hand forderte er sie auf einzutreten. „Kħommt, said maine Gäste!“

„Agramon zum Gruße!“, antwortete Telos auf die fremd klingende Begrüßung des Hausherrn und durchquerte mit Thorn den Raum. „Habt Dank für die Einladung!“

Die beiden setzten sich auf die Samtkissen, die um den Tisch herumlagen, wobei Telos sich damit abmühte, seine Toga so um seine Knie zu drapieren, dass sie seine kahlrasierten Unterschenkel bedeckte. Schließlich lächelte er zufrieden und richtete sein Augenmerk auf ihren Gastgeber.

Mustafa Al'Duri klatschte zweimal in die Hände, woraufhin eine Sklavin mit einem Tablett, beladen mit allerlei Früchten, einer Kanne und drei Trinkschälchen, erschien. Als sie das Tablett grazil auf den Tisch stellte, warf sie Thorn einen Blick zu, der ihm augenblicklich die Hitze in die Lenden trieb. Leider konnte er nur ihre Augen deutlich sehen. Den Rest ihres Gesichts verbarg ein hellblaues Seidentuch. Doch zweifelsohne handelte es sich um eine ausgesprochen schöne Frau, soviel konnte er durch den dünnen Stoff erkennen, und die Art wie sie sich bewegte war einfach nur … Nun ja, er hatte eben lange keine Frau mehr berührt.

Räuspernd wischte er sich den Schweiß von der Stirn, während die Sklavin den Raum verließ, und wandte sich Mustafa Al'Duri zu. Der lächelte noch immer und bot ihm mit der rechten Hand eine runzlige, braune Frucht an, die alles andere als appetitlich aussah.

Thorn lehnte dankend ab.

„Was ist das?", fragte er stattdessen.

„Aine Faige. Sie wächst auf Bäumen in der aschranischen Wüste, main Freund. Ist aines der Ħauptnahrungsmittel der *Taqbar.*"

Als Thorn fragend die Stirn in Falten zog, fügte er hinzu: „Ain Wüstenvolk – Nomaden, wie Ihr dażu sagt."

„Ich würde gerne eine probieren, wenn Ihr erlaubt", mischte sich Telos ein und griff nach der Feige, die Mustafa immer noch in seiner ausgestreckten Hand hielt, während Thorn mit den Fingern auf seine Oberschenkel trommelte und so tat, als würde er die Inneneinrichtung begutachten.

Herzhaft biss Telos in die ausgedörrte Frucht und verzog das Gesicht. Das zähe Fruchtfleisch fühlte sich zwischen den Zähnen wie eine ausgetretene Schuhsohle an. Doch als er Al'Duris neugierigen Blick bemerkte, riss er sich zusammen und lächelte verkniffen.

„Schmeckt … interessant", gestand er.

„Ja, das ist nicht die Sache von jedermann, nicht wahr?", lachte Al'Duri. „Ich ħabe mich auch nie ganż mit diesen Dingern anfreunden kħönnen, aber sie sind gesund und nahrhaft."

„Das glaube ich gern und wie sagt schon ein altes Sprichwort? *In der Not ist ein erlesener Geschmack keine Tugend.*“

„So ist es“, antwortete Al’Duri mit einem Anflug von Neugier in seiner Stimme.

Der Priester schien ihm sympathisch zu sein.

„Ihr glaubt also an zwei Götter?“, wechselte Telos abrupt das Gesprächsthema, während er hilfesuchend nach einem Teller Ausschau hielt, auf dem er die angebissene Feige ablegen konnte.

Al’Duri hielt ihm seine offene Hand hin.

„So ist es. Żwai Götter für żwai Saiten des Lebens, nicht wahr?“

„Zwei Götter also …“, wiederholte Telos und entledigte sich der angebissenen Frucht, indem er Al’Duris Aufforderung nachkam. „Nun, der chryseische Pantheon setzt sich aus vielen Göttern zusammen. Es erscheint mir abwegig, die Existenz nur zweier Götter anzunehmen. Das, was ist, lässt sich wohl kaum auf nur zwei Aspekte reduzieren, nicht wahr? Abgesehen von den beiden Grundprinzipien *Chaos* und *Ordnung* lassen sich verschiedene andere Prinzipien in unserer Welt erkennen: der Kampf, die Liebe, die Vergänglichkeit, um nur ein paar von ihnen zu nennen. Auch sie wurden von der Götterwelt in unsere geboren, sodass hinter jedem fundamentalen Prinzip ein Gott oder eine Göttin stehen muss.“

Telos ließ seine linke Faust in seiner rechten Hand verschwinden. Eine Geste, die Thorn schon mehrmals bei ihm gesehen hatte.

„Nur zwei Göttern zu huldigen, besonders, wenn sich diese auch noch dualistisch gegenüberstehen, ist nicht nur fragwürdig, sondern auch verwirrend. Und Verwirrung schwächt bekannterweise die Überzeugungskraft, mit anderen Worten den Glauben, und irritiert auf diese Weise die Gesinnung des Gläubigen.“

Al’Duri ließ Telos’ Abfall in einem kleinen goldenen Gefäß verschwinden und faltete die Hände ineinander.

„Wir glauben aus gutem Grund nicht wie Ihr an mehrere Götter.“

Thorn beobachtete Mustafa interessiert, während dieser den aschranischen Glauben zu erläutern versuchte, was zwar, wie Thorn fand, unnötig aufhielt, aber ihm zumindest die Gelegenheit gab, den Mann einzuschätzen. Zu seinem Ärger schien seine Menschenkenntnis bei Mustafa Al'Duri zu versagen. Der Mann wirkte auf den ersten Blick sehr sympathisch und offenherzig, andererseits konnte sich Thorn des Gefühls nicht erwehren, dass diese Offenheit nicht echt war. Irgendwie wirkte der Aschraner verschlagen, fast ein klein wenig hinterhältig. Während Thorn an dem intensiv schmeckenden Gewürztee nippte, fiel ihm außerdem auf, dass Al'Duri ganz offensichtlich vorhatte, das Gespräch unnötig in die Länge zu ziehen.

„Das ist, wail wir an die Ausgewogenhait glauben, versteht Ihr?", versuchte der Händler gerade, seinen Glauben zu begründen. „*Ormut* ist die lebensspendende Sonne, der Schöpfer der Welt und der Menschen. Er ist Symbol für das Ewige, während *Alaman*, sain Bruder, auch der Ħerr der Nacht gehaißen, als Schöpfer der chaotischen Wesen und Mächte für die Vergänglichkait steht. Die baiden bekämpfen ainander. Das muss so sain, wail die Waage so, wie sagt man? In dem Lot blaibt?"

Telos nickte.

„Ich verstehe. Ihr glaubt also sowohl an das Licht als auch an die Finsternis, an Chaos und Ordnung, und huldigt beiden Göttern, weil das Leben beide Prinzipien eint. Euer Glaube lässt sich demnach als eine sehr vereinfachte dualistische Projektion des Diesseits auf die Welt der Götter begreifen."

„So verhält es sich nicht ganż. Die Schöpfung offenbart uns den Schöpfer. Das Diessaits setżt sich aus Licht und Dunkelhait żusammen. Wail die Dunkelhait und das Licht, das Chaos und die Ordnung, aber nicht żuglaich in ainem Wesen wirken kħönnen, ohne dieses żu żerstören, sind es żwaifelsohne żwai Götter, die unsere Welt erschaffen ħaben. Weder ainer allain noch mehrere Götter sind für die Welt, wie wir sie kħennen, verantwortlich. Der *Din Dhulahi* oder anders ausgedrückt, der Glaube an die göttliche Żwaihait, ist in ganż Aschran verbraitet und wir mainen, es ist ratsam, an diese baiden Götter żu glauben, beziehungsweise kħainen der baiden Götter żu erżürnen. Sie sind es, auf die alle anderen Kħräfte, die in dieser Welt wirken, żurückżuführen sind."

„Nun, ich als ein Priester des Agramon sehe in den Mächten der Dunkelheit und des Chaos eine Gefahr für die Welt und die Menschen, aber ich gebe Euch insofern recht, als die chaotischen Einflüsse zumindest zur Kenntnis genommen werden müssen. Andernfalls lassen sie sich nicht bekämpfen und das eine oder andere Chaoswesen lässt sich möglicherweise doch noch in die rechte Form hämmern. Man darf den Glauben daran nicht aufgeben. Gerade das ist die Aufgabe eines Priesters, nicht wahr? Die verlorenen Seelen auf den rechten Pfad zu führen."

Thorn räusperte sich geräuschvoll und warf Telos einen mahnenden Blick zu, woraufhin der Priester verstummte. Mustafa Al'Duri sah von Telos zu Thorn und lächelte schließlich verständnisvoll.

„Ihr said nicht gekommen, um über mainen Glauben żu debattieren, ħabe ich recht? Also, was kħann ich für Euch tun?"

Thorn stellte seine Teeschale ab und beugte sich ein Stück weit vor.

„Wir wollten Euch fragen, da Ihr ja einer der anerkanntesten und namhaftesten Händler in Valianor seid", kam Thorn unvermittelt zur Sache, „ob Ihr gestern Nacht oder heute früh an jemanden Vorräte oder Ausrüstungen verkauft habt, jemanden, der sich auffallend verhalten hat. Es könnte sich auch um mehrere Leute handeln. Vielleicht suchten sie auch nach einer Mitreisegelegenheit auf einem Eurer Handelsschiffe oder brauchten Pferde."

Telos neigte leicht beschämt seinen Kopf. Es passte ihm nicht, dass Thorn das Thema so unverblümt zur Sprache brachte. So ein Verhalten zeigte keinerlei Respekt.

Al'Duri hob entschuldigend seine Hände.

„Viele Leute kħaufen bai mir ain, gestern, ħeute, wann auch immer. Ich bin für maine vorżügliche Ware und auch maine Diskretion bekannt ħier. Aber unabhängig davon, ich kħann Euch in dieser Sache nicht waiterhelfen, wail main Schwager Haras Al'Shej für den direkten Ħandel żuständig ist. Ich waiß also nicht, wer gestern oder auch ħeute mit uns Geschäfte gemacht ħat."

„Euer Schwager lebt doch mit Euch unter einem Dach", hakte Thorn nach. „Ihr könntet ihn doch herbitten, wenn es keine Umstände macht."

Al'Duri goss sich Tee ein und nippte ohne Eile an dem heißen Getränk.

„Das kħönnte ich, aber laider ist main Schwager im Augenblick nicht im Ħaus", antwortete er schließlich. „Sonst, natürlich, würde ich ihn gern für Euch bitten ħerżukommen."

Er stellte seine Schale ab und hob ein weiteres Mal entschuldigend seine Hände, was Thorn rasend machte. Er hielt die übertriebene Freundlichkeit des Händlers für reine Heuchelei.

„Tut mir laid. Kħann ich sonst etwas für Euch tun?", fragte Al'Duri unschuldig.

Thorn schüttelte den Kopf und warf Telos einen Hilfe suchenden Blick zu.

„Wisst Ihr, wann Haras Al'Shej zurückkommt, oder würdet Ihr uns vielleicht sagen, wo wir ihn finden können? Es ist wirklich dringend", versuchte Telos, das Ruder herumzureißen.

Mustafa Al'Duri beugte sich neugierig vor.

„Worum geht es denn? Viellaicht kħann ich Euch anders behilflich sain?", fragte er zuvorkommend. „Warum ist der Cäsarus, Ormut und Alaman schütżen ihn, an mainen Kħunden interessiert?"

Telos und Thorn wechselten einen abwägenden Blick, doch schließlich schüttelte Thorn den Kopf.

„Leider können wir Euch darüber keine näheren Informationen geben. Der Cäsarus will diese Sache nicht an die Öffentlichkeit dringen lassen."

Schwer atmend lehnte sich Al'Duri in sein Kissen zurück, wobei er ein enttäuschtes Gesicht zog: „Na ja, wie Ihr wisst, muss man żumindest ain kħlain wenig Entgegenkommen żaigen, wenn man Unterstütżung von jemandem erwartet. *Die aine Ħand in die andere*, Ihr versteht?"

„Wie bitte?", fragte Thorn verwirrt.

„Er meint, *die eine Hand wäscht die andere*!", erklärte Telos leise und wandte sich wieder Al'Duri zu: „Da habt Ihr natürlich recht, aber vielleicht können wir Euch auf andere Weise für Eure Bemühungen entschädigen."

„Wie gesagt, main Schwager waiß darüber mehr. Laider ist er nicht żu Ħause."

„Das sagtet Ihr bereits!"

Thorns Stimme nahm einen harschen Ton an.

„Und *wir* fragten Euch, ob Ihr wisst, wo wir ihn finden können."

Mustafa lächelte Thorn freundlich an, schüttelte aber den Kopf.

„Es tut mir laid, aber ich waiß nicht, wann main Schwager nach Ħause kħommt."

Thorn gab nicht auf, während Telos in seinem Polster immer kleiner wurde.

„*Wo* können wir ihn denn finden?"

„Waiß nicht, viellaicht im Ħafen, viellaicht auch nicht …", antwortete Al'Duri schulterzuckend. „Wenn Ihr mir aber erklären würdet, worum genau es geht, kħönnte ich Euch viellaicht ħelfen!"

„Also gut", gab Thorn nach, der registrierte, dass sich das Gespräch im Kreis drehte, was Al'Duri ganz offensichtlich bezweckte. „Dem Cäsarus wurde gestern Nacht etwas entwendet."

Al'Duri blickte ihn fragend an.

„*Was* wurde dem Cäsarus denn entwendet und warum denkt er, dass *ich* etwas darüber waiß?"

Thorn griff sich, ohne nachzudenken, eine Feige und biss gereizt hinein. Erst als seine Zähne in der klebrig-körnigen Masse fast steckenblieben, erkannte er das Missgeschick und sein Gesicht verzog sich zu einer Grimasse. Rasch stopfte er die restliche Frucht in seinen Mund und würgte sie, möglichst ohne zu kauen, hinunter. Al'Duri musterte Thorn lächelnd, während er geduldig darauf wartete, dass er auf seine Frage antwortete.

„*Was* Testaceus gestohlen wurde, hat Euch nicht zu interessieren", stellte Thorn klar und versuchte, mit der Zunge die kleinen Körnchen aus seinen Zahnzwischenräumen zu fummeln. „Aber was die Diebe anbelangt, so gehen wir aus gutem Grund davon aus, dass es Leute sind, die ihr Handwerk verstehen. Es waren keinerlei Spuren zu finden, die uns Aufschluss geben könnten. Außerdem schafften sie es, in eines der privaten Gemächer der Cäsarusvilla einzusteigen, um den Gegenstand zu stehlen. Sie tauchten mitten in der Nacht auf, meuchelten, ohne Spuren zu hinterlassen, die Wachen, schnappten sich, was sie wollten und verschwanden dann wieder."

Thorn beugte sich ein Stück weit vor und fixierte Al'Duri mit eindringlichem Blick.

„Wir beziehungsweise der Cäsarus wissen, dass Ihr Kontakte pflegt, die man – nun, wie soll ich sagen? – nicht gerade als sauber bezeichnen kann." Mit einem Blick auf die kostbaren Teppiche, die den Raum schmückten, fügte er hinzu: „Ich an Eurer Stelle würde reden, wenn ich etwas wüsste. Ihr wollt gewiss nicht, dass Ihr all die hübschen Sachen hier verkaufen müsst. Ich denke doch, dass Euch Eure Handelsbewilligung diverse Annehmlichkeiten bereitet. Wenn sie aufgehoben wird, verliert Ihr alles."

Während Telos beschämt auf den Boden starrte, veränderte sich Al'Duris Ausdruck kein bisschen. Um seine Augen tanzten wie eh und je die kleinen Fältchen, die einen nicht ernst zu nehmenden freundlichen Ausdruck auf sein Gesicht zauberten.

„Aber, aber", sagte er mit Nachdruck. „Ich bin ain ehrlicher Ħändler. Maine Kħunden wissen das und ich ħabe ħier in Valianor ainen allsaits bekannten Namen. Mit Dieben und solchem Pack ħabe ich nichts żu schaffen. Aber natürlich will ich dem ehrenwerten Cäsarus kħaine Informationen vorenthalten. Wenn ich ihm irgendwie ħelfen kħann … Ich würde natürlich alles in mainer Macht Stehende tun! Dażu müsstet Ihr mir aber sagen, worum es geht."

Thorn gab seufzend auf. Es hatte keinen Sinn, den Mann weiter zu löchern. Vielleicht konnte ihnen dieser Haras Al'Shej weiterhelfen, falls er sich tatsächlich im Hafen aufhielt. Außerdem waren auf Telos' Gesicht bereits alarmierende Sorgenfalten erschienen und Thorn wollte ihn nur ungern zu einer neuen Moralpredigt reizen.

„Also gut. Wir wollen Euch nicht länger behelligen", sagte Thorn und erhob sich aus seinem Polster.

Telos raffte seine Toga, stand auf und nickte Al'Duri freundlich zu.

„Habt Dank für Eure Gastfreundschaft und Geduld.“

Als sich auch Al’Duri verabschiedete, gingen sie zur Tür. Bevor sie den Raum verließen, drehte sich Telos noch einmal um.

„Agramon sei mit Euch!“, sagte er und schob dann Thorn vor sich her durch den Türrahmen.

„Ormut in Eurem Leben und Alaman in Eurem Tod.“

„Ist es das?“, fragte Bargh und hob seine Hand gegen die Strahlen der Sonne, die zwischen den unzähligen Masten hindurch schräg in die Hafenanlage fielen.

Dann blickte er hinunter auf die Zeichnung, die Chara entsprechend seiner Beschreibung in ihr schwarzes Buch gemalt hatte, und sah schließlich wieder hoch zum Flaggenmast.

Es roch nach Fisch und dem salzigen Schweiß der im Hafen arbeitenden Matrosen, die immer wieder an ihnen vorbeieilten. Bargh, der eine besonders feine Nase hatte, roch sogar den milden Geruch von Salz, das der Tertos aus den Bergen ins Meer der Ruhe spülte. Er sog die Gerüche tief ein und einen kurzen Augenblick lang sah er sich in einer der felsigen Buchten seiner Heimat Valland stehen und auf das offene Aegirmeer hinausblicken.

Thorn hatte ihn gebeten, im Hafen nach einem Schiff Al’Duris Ausschau zu halten. Bargh war sofort Feuer und Flamme gewesen, nur um der tödlichen Langeweile zu entgehen, die ihn in den letzten Tagen untätigen Rumsitzens mürbe gemacht hatte. Dass Chara ihn begleiten wollte, kam zwar unerwartet, doch er freute sich über ihre Gesellschaft.

Chara hielt das aufgeschlagene Buch in ihrer Linken, kniff ihre Augen zum Schutz vor der blendenden Sonne zusammen und folgte seinem Blick.

„Wenn dir der Kerl von der Hafenmeisterei die Flagge richtig beschrieben hat, dann müsste das eines der Schiffe sein.“

Bargh nahm seine Hand herunter und schlenderte auf den Segler zu.

„Na dann, lass uns denen mal ’n paar Fragen stellen. Vielleicht haben unsere Diebe ja eines der Schiffe da ins Auge gefasst.“

Neben dem Dreimaster, den Chara und Bargh als aschranisches Handelsschiff identifiziert hatten, lagen noch zwei weitere Schiffe mit den gleichen Symbolen auf ihren Flaggen. Über einen tiefroten Grund zogen sich zwei in Gold gemalte Balken schräg über das Flaggentuch.

In Reih und Glied marschierten Sklaven mit Kisten und Säcken beladen über den Kai, wo sie in einer aus Holz erbauten Lagerhalle verschwanden und nach kurzer Zeit wieder zum Schiff marschierten.

„Denkst du, dass die Seefahrer irgendetwas Interessantes zu sagen haben?“, fragte Chara mit einem argwöhnischen Blick auf die etwas heruntergekommenen Gestalten, die unterhalb des gewaltigen Schiffrumpfs standen, um die Fracht aus einem Netz zu befreien, das über einen Flaschenzug vom Schiffsdeck nach unten gelassen wurde.

„Ich kann mir nicht vorstellen, dass sie, abgesehen davon, wie man Kisten aus- und einlädt und das Schiff in Gang hält, irgendetwas von Relevanz wissen.“

Bargh warf ihr einen missbilligenden Blick zu.

„Du hast wohl nicht viel Ahnung vom Leben auf hoher See“, stellte er vorwurfsvoll fest. „Das sind hartgesottene Leute, Schwerstarbeiter, und ihr Schiff in Schuss zu halten, ist bei Weitem nicht alles, was sie leisten. Hast du ’ne Ahnung, was sich auf dem offenen Meer für Viecher rumtreiben! Du würdest blass aussehen, wenn dir eines von diesen Ungeheuern plötzlich dein Schiff umdreht oder deine Masten einknickt, als wären sie nichts als mickrige Zahnstocher!“

„Schon gut“, beschwichtigte ihn Chara, „hast wohl ein Herz für große Schiffe.“

„’türlich. Wir Vallander sind vor allem eins …“

Bargh blieb einige Schritte vor dem Rumpf des aschranischen Handelsschiffs stehen und starrte gedankenverloren zu den Masten hoch.

„Na, was denn?“, fragte Chara endlich, als Bargh nach einer Weile immer noch keinen Kommentar abgegeben hatte.

Bargh war mittlerweile dazu übergegangen, die Bauart des Schiffs zu studieren und es sah ganz so aus, als wäre er kurz davor, an Bord anzuheuern. Er murmelte geistesabwesend: „Wie jetzt?“

„*Was* seid ihr vor allem?“

„Ach, du meinst, was wir Vallander sind?!“

Chara winkte genervt ab.

„Vergiss es! Lass uns lieber zusehen, dass wir den Leuten ein paar Informationen entlocken!“

„*Seefahrer*!“, rief Bargh enthusiastisch aus. „Wir sind vor allem Seefahrer!“

Er grinste von einem Ohr zum anderen, als hätte ihn in diesem Augenblick die Erkenntnis seines Lebens getroffen.

„Interessant“, stellte Chara trocken fest und baute sich dann vor einem der Matrosen auf, der gerade einen Jutesack auf dem Steg absetzte und ihn von einem Sklaven abtransportieren ließ. „Wo ist Euer Kapitän?“, fragte sie geradeheraus und, wie Bargh fand, nicht gerade höflich.

Der Mann dachte wohl ähnlich, denn er sah sie gar nicht an und befreite, die Unterbrechung ignorierend, mit wenigen Griffen eine Kiste aus dem Netz.

„Ich spreche mit Euch!“, versuchte Chara es noch einmal, doch als der Matrose nicht reagierte, schüttelte sie verständnislos den Kopf und drehte sich zu Bargh um.

„Muss ich erst *Ahoi!* schreien, damit mich einer von diesen Wasserträgern versteht?“

„Ein *Guten Tag!* würde schon reichen“, antwortete Bargh verhalten und bedachte sie mit einem verständnislosen Blick.

Dann drängte er sich vor sie und nickte dem Matrosen freundlich zu.

„Bargh Barrowsøn“, stellte er sich höflich vor. „’tschuldigung, dass ich Euch bei der Arbeit stör’, aber könnt Ihr mir sagen, wo ich den Kapitän des Schiffs finde? Würde mir ehrlich weiterhelfen.“

„Aye“, antwortete der Mann mit rauer Stimme und wischte sich den Schweiß von der Stirn. „Der sitzt in der *Weißen Möwe*.“

„Wo?“

Der Mann streckte seinen braungebrannten, von Tätowierungen übersäten Arm aus und zeigte die Hafenanlage entlang.

„Da unten. Die *Taverne zur weißen Möwe*.“

Plötzlich rammte Chara Bargh ihren Ellbogen in die Seite und er wirbelte erschrocken herum.

„Bist du verrückt? Das tut verdammt noch mal weh!"

Chara wies in dieselbe Richtung wie der Matrose, während dieser, ohne ein weiteres Wort zu verlieren, seine Arbeit fortsetzte.

„Was denn?"

„Der Waldläufer und der Priester leisten uns Gesellschaft!", klärte sie Bargh auf und nahm ihren Arm herunter. „Mal sehen, ob sie in der Zwischenzeit etwas herausgefunden haben."

Tatsächlich kamen zwei Gestalten auf sie zu und Bargh fiel zum ersten Mal auf, wie respekteinflößend Telos trotz seiner eher schmächtigen Figur war. Das lag einerseits an seinem einzigartig entstellten Gesicht, aber auch an seinem aufrechten, stolzen Gang und der Art und Weise, wie er den Kopf hochhielt. Man hatte sofort den Eindruck, dass er im Hierarchiegefüge eine Etage höher stand als der Rest. Vielleicht lag es auch daran, dass er der Götterwelt näher war als ein Normalsterblicher.

Thorn besaß zwar einen stattlichen Körperbau, wirkte aber neben dem Priester eher unauffällig. Wie immer war er in seinen gewöhnlichen Umhang gehüllt und erweckte in seinen abgetragenen Hosen und mit dem schlendernden Gang nicht gerade einen heldenhaften Eindruck.

Froh darüber, dass er nicht länger als Einziger Charas schlechter Laune ausgeliefert war, hüpfte Bargh wild winkend auf und ab.

„Huhu! Hier sind wir!", schrie er über die Hafenanlage hinweg.

Thorn, der Chara schon längst gesehen hatte, gab ihm mit einem Wink zu verstehen, dass sie auf dem Weg zu ihnen waren.

„Alles klar?", begrüßte er die beiden, als sie zu ihnen gestoßen waren. „Habt ihr Al'Duris Schiffe gefunden?"

„Aber sicher doch!", grinste Bargh breit. „Du stehst direkt davor."

Telos und Thorn blickten über Bargh hinweg auf die Schiffsflagge.

„Gute Arbeit!"

Thorn hakte die Daumen in seinen Waffengürtel und ließ seinen Blick über die beiden anderen Schiffe mit aschranischer Flagge gleiten.

„Dann müssen wir nur noch diesen Haras Al'Shej finden."

„Wen?“, fragte Chara mit argwöhnischem Blick. „Einen Al’Shej? Sind nicht die Al’Shejs diejenigen, die du als *den Feind* bezeichnest?“

Thorn nickte.

„Schon, aber Al’Duris Schwager ist nun mal ein Al’Shej. Und wie das Schicksal es will, ist er der Einzige, der uns weiterhelfen kann. Zumindest behauptet das Mustafa Al’Duri.“

„So ist es“, fügte Telos überflüssigerweise hinzu und faltete die Hände hinter dem Rücken. „Welches dieser drei Schiffe ist das Hauptschiff?“

„Dieses hier“, stellte Bargh fest und zeigte auf das Schiff vor ihnen.

„Woher weißt du das?“

„Größer, besser, schneller!“, erklärte er in der für ihn bezeichnenden Schlichtheit.

„Na schön!“

Telos rieb sich die Hände und verfiel ins Grübeln.

„Wir sollten uns überlegen, wie wir diesen Haras Al’Shej zum Reden bringen.“

„Verzeih, Priester“, unterbrach Chara seine Gedanken und hob eine ihrer spitzen Augenbrauen.

Thorn verzog in düsterer Vorahnung das Gesicht. Charas Ausdruck verhieß nichts Gutes.

„Denkst du, du findest eine bestimmte Methode, Haras Al’Shej zum Reden zu bringen, wenn du den Mann nicht mal kennst?“, vollendete Chara ihren Satz. „Ich bin dafür, wir sehen ihn uns erst an und entscheiden dann, *wie* wir ihn verhören.“

Telos blickte Chara mit einer seltsamen Mischung aus Herablassung und bestrebter Höflichkeit an.

„Meinst du? Ich halte es für etwas riskant, erst dann eine Taktik zu entwickeln, wenn man sich bereits mitten im Gefecht befindet.“

Thorn überlegte, ob er sich in die Auseinandersetzung einmischen sollte, aber als er zu Chara sah, entschied er sich umgehend dafür, sich herauszuhalten.

Der Blick aus Charas dunklen Augen war eiskalt. Es war ein Blick, der ihm ganz und gar nicht gefiel.

Telos hingegen zeigte keinerlei Regung. Er blieb höflich, aber dennoch kritisch.

Dann, als ob nichts gewesen wäre, nickte Chara, blies sich eine ihrer widerspenstigen Strähnen aus dem Gesicht und meinte gleichgültig: „Meinetwegen. Machen wir's eben, wie der Priester denkt."

Telos nickte zufrieden, während Bargh erleichtert ausatmete.

Thorn zuckte die Schultern.

„Wenn's nach mir ginge, würde ich wie Chara dafür plädieren, dass wir uns diesen Haras einfach vorknöpfen. Dann werden wir schon sehen, ob er auspackt oder nicht."

„Aye!", stimmte Bargh Thorn zu und schaute zur Lagerhalle, in die die Sklaven das Frachtgut des aschranischen Handelsschiffes transportierten. „Ich schätze, wenn er im Hafen ist, finden wir ihn dort drinnen."

Telos schüttelte leicht verdrossen den Kopf.

„Wenn ihr der Meinung seid, dass wir auch ohne Absprache etwas erreichen können, meinetwegen."

Alle drei nickten.

„Also gut, dann eben auf eure Art, aber beschwert euch im Nachhinein nicht, wenn wir doch ins Stottern geraten sollten!"

Im Inneren der Lagerhalle herrschte geschäftiges Treiben. In den Gängen stapelten sich Holzkisten und Stoffballen, prunkvolle Statuen wechselten sich mit weniger auffälligem Kunsthandwerk ab, Sklaven hasteten umher, schleppten Säcke, Kisten, Amphoren und Teppiche und verstauten das Handelsgut an den dafür vorgesehenen Plätzen.

Chara packte einen der Sklaven, der gerade mit einer offenen Kiste mit Amphoren an ihr vorbeihastete, am Ellbogen und zwang ihn dazu, stehen zu bleiben. Der Inhalt der Kiste schepperte bedrohlich und die Augen des Mannes weiteten sich aus Angst, dass einer der Behälter zerbrechen könnte.

„Wo finden wir Haras Al'Shej?"

Der Sklave zuckte unter Charas harschem Tonfall zusammen.

Dann nickte er aber in Richtung des vom Tor in den hinteren Bereich der Halle führenden Ganges.

„Er prüft die neu eingetroffenen Waren, Herrin. Wenn Ihr dem Gang folgt und am Ende der Halle nach links geht, werdet Ihr direkt auf ihn stoßen.“

„Danke“, sagte Thorn und gab Chara einen Klaps auf die Schulter, damit sie die Tunika des Sklaven losließ.

Telos schob sich zwischen Chara und Thorn durch und schritt den anderen voraus den Gang entlang. Chara trat zur Seite und machte Bargh mit einer theatralischen Geste Platz.

„Nach dir!“

Grinsend schlurfte Bargh an ihr vorbei in den Korridor, wobei er vorsichtshalber seine Hand an den Griff seiner Streitaxt legte. Immerhin war dieser Händler ein Al’Shej und nach allem, was Bargh gehört hatte, war diese Familie mit Vorsicht zu genießen.

Ein Mann mittleren Alters, dunkelhaarig, braungebrannt und hochgewachsen, stand zwischen zwei Kisten und redete mit strenger, heiser klingender Stimme auf einen Händler ein, der unter seinen harten Worten immer kleiner wurde.

„Ich sage es Euch jetżt żum letżten Mal! Ihr ħabt mir die falschen geliefert! Wenn ich nicht in ainer Woche bekomme, wonach ich verlangt ħabe, ħabt Ihr ain ernstes Problem!“

Telos warf Thorn einen zweifelnden Blick zu, als sie sich den beiden näherten.

„Das heißt gar nichts“, flüsterte Thorn leise.

„Haras Al’Shej?“, fragte Telos, als sie am Ende des Ganges angekommen waren, wobei er versuchte, so unaufdringlich wie möglich zu wirken.

Der Mann drehte sich um und musterte den Priester von Kopf bis Fuß, wobei sein Blick an den Hammersymbolen auf Telos’ Toga hängen blieb. Dann wanderten seine Augen zu Thorn, der den unangenehmen Eindruck hatte, als würde der Aschraner in seinen Erinnerungen nach einem Bild stöbern, das er schon einmal gesehen hatte. Sein Blick war taxierend, forschend. Schließlich lenkte Haras Al'Shej seine Aufmerksamkeit wieder auf den Händler und Thorn entspannte sich.

„Ihr kħönnt jetżt gehen. Aber seht żu, dass Ihr mir maine Ware beschafft!"

Erleichtert, von Haras wegzukommen, hastete der Mann an Thorn und Telos vorbei und verschwand um die nächste Ecke, wo er fast mit Bargh zusammengestoßen wäre, wäre dieser nicht geistesgegenwärtig zur Seite gesprungen.

„Mit den Hilfskräften ħat man nur Probleme", wandte sich Haras Telos zu. „Ihr kħennt das sicher. Ich nehme an, dass Eure Noviżen Eure Geduld auch ħin und wieder mehr als nötig auf die Probe stellen, ħab ich recht?"

„Agramon ist mein Zeuge", antwortete Telos und verschränkte die Arme hinter seinem Rücken, wobei er Haras direkt in die Augen blickte.

Thorn empfand das Bild des eher schmächtigen, hässlichen Priesters, der dem großgewachsenen Aschraner so unverhohlen in die Augen blickte, irgendwie als belustigend.

Im Gegensatz zu seinem Schwager Mustafa Al'Duri war Haras schlank, hatte aber starke, sehnige Arme und fast überdimensional große Hände. Während der dickliche Al'Duri in seinem prunkvollen Gewand und dem auffälligen Schmuck eher lächerlich ausgesehen hatte, wirkte die nicht weniger teure Aufmachung seines Schwagers recht passend. Haras schien der Kleidung jedoch keine allzu große Beachtung zu schenken. Er wirkte wie ein Mann, der mehr zu bieten hatte, als seine Kleider repräsentierten und dessen schien er sich durchaus bewusst zu sein. Thorn musste sich eingestehen, dass ihn Haras Al'Shej beeindruckte. Seinen Bruder Abdallah konnte er hingegen nicht leiden und er hätte es lieber gesehen, wenn sich auch die anderen Familienmitglieder in dieses Bild gefügt hätten.

In der Zwischenzeit hatten sich Chara und Bargh zu den anderen gesellt und musterten Haras nicht minder interessiert. Nachdem der Aschraner die beiden Neuankömmlinge mit einem kurzen Blick zur Kenntnis genommen hatte, wandte er sich an Thorn.

„Thorn Gandir, nehme ich an.“

„Woher wisst Ihr das?“, fragte Thorn misstrauisch.

Haras lächelte kaum merklich und zuckte dann mit den Schultern.

„Ihr said ħier in Valianor bekannt wie ain bunter Ħund!“

Thorn nickte zögernd und fühlte sich noch unbehaglicher. Natürlich kannte Haras ihn – fast jeder in der Stadt wusste, wer er war, und hatte ihn auch schon das eine oder andere Mal gesehen.

„Ich hoffe, dass Ihr mir eine Auskunft geben könnt“, lenkte Thorn ab. „Hat in den letzten Tagen jemand nach Ausrüstungen und Vorräten für eine längere Reise verlangt? Jemand, der es sehr eilig hatte?“

Haras zog eine Augenbraue hoch, was Thorn unweigerlich an Chara erinnerte.

„Wieso wollt Ihr das wissen?“

Thorn fühlte sich zusehends unsicherer. Eigentlich hatte er sich vorgenommen, diesmal keine Fragen zu dulden, doch Haras eindringlicher Blick zwang ihn regelrecht dazu, mehr zu sagen als er wollte.

„Es geht um eine äußerst dringliche Angelegenheit …“

Thorn warf Telos einen hilfesuchenden Blick zu, doch der Priester schien sich auf ihn zu verlassen, denn er wich seinem Blick aus und fixierte Haras Al’Shej.

„Geht es um aine Person oder mehrere?“, fragte Haras und half Thorn damit, das Gespräch fortzusetzen.

„Wir gehen eigentlich davon aus, dass es mindestens zwei sind“, stammelte Thorn verwirrt.

Der Mann kam ihm geradezu entgegen! Wieso?

„Um żwai oder mehrere Personen, die auf der Flucht sind also. Ħaben sie etwas verbrochen?“

„Das könnte man so sagen“, antwortete Thorn vage.

„Diebe oder Mörder?“, fragte Haras und grinste scheel, während sein Blick in die Runde wanderte.

Thorn folgte seinen Augen, doch bevor Chara in Haras’ Blickwinkel geriet, kehrte dessen Aufmerksamkeit zu ihm zurück, womit er Thorn zwang, ihn erneut anzusehen.

„Diebe?“, wiederholte der Aschraner seine Frage.

Thorn nickte und verschränkte seine Arme vor der Brust, womit er deutlich machte, dass die Fragerei damit ein Ende hatte. Haras nahm die Geste mit einem kurzen Nicken zur Kenntnis, was Thorn erneut aus der Fassung brachte.

„Ihr wollt also wissen, ob jemand Verdächtiges mit mir verhandelt hat. Leute, für die ich mitten in der Nacht Ausrüstung und Vorräte beraithalten sollte, was an sich schon verdächtig ist.“

Haras schien das Gespräch regelrecht voranzutreiben, geradeso, als wollte er keine Zeit verlieren. Dabei musste er sich in einem ausgewachsenen Dilemma befinden: Haras Al'Shej war, wie alle Al'Shejs, ein Untergebener Al'Jebals und mit jedem noch so kleinen Hinweis auf die Diebe des Zepters würde er *dem Alten* zuwider handeln, sollte dieser tatsächlich mit dem Diebstahl zu tun haben. Und nach allem, was Thorn über den Schwarzmagier wusste, würde das äußerst unangenehme Konsequenzen für Haras haben. Andererseits hatte er durch seine offizielle Erlaubnis, in Valianor Handel zu treiben, eine gewisse Verpflichtung Testaceus gegenüber, zumindest wenn er diese Annehmlichkeit weiterhin genießen wollte. Offiziell gab es zwar nur eine Handelsbewilligung für die Al'Duris, aber als ein Verwandter hatte er diesbezüglich freie Hand – eine Tatsache, die Testaceus jederzeit ändern konnte.

„Ihr said nicht nur ein Ħeld des Imperiums, Thorn Gandir“, beendete Haras die kurze Gedankenpause, „man sagt, Ihr said obendrain ain persönlicher Freund des Cäsarus. Euch Informationen żu verwaigern, bedeutet, sich dem Cäsarus żu verwaigern, nicht wahr?“

Ein ironisches Lächeln kräuselte Haras' Lippen.

„Daher sehe ich mich geżwungen, als ain Bürger Valianors und ain Gast im Ħause maines Schwagers, der ħier ain großes Ansehen genießt, Euch bai Eurer Sache żu ħelfen.“

Thorn runzelte überrascht die Stirn. Mit einer Entscheidung zu Testaceus' Gunsten hatte er eigentlich nicht gerechnet. Viel eher hatte er vermutet, dass die Solidarität zu Al'Jebal über Haras' Interesse an seinem Stellenwert in Valianor siegen würde.

„Es waren drai“, fuhr Haras fort und packte mit seinen riesigen Händen einen Stapel Stoffballen, die er mühelos über den Rand einer offenen Holzkiste hob. „Ihre Erschainung war in der Tat auffällig. Alle waren sie schwarż geklaidet, ihre Gesichter bis auf die Augen verhüllt. Sie verlangten, dass ich noch vor Sonnenaufgang acht der schnellsten Pferde und genug Vorräte für mehrere Tage beraitstelle. Ainer von ihnen wollte żusätżlich żwai Dolchschaiden für saine Ħandgelenke.“

„*Wo* solltet Ihr den Krempel für sie bereitstellen?!“, unterbrach ihn Thorn ungehalten, was Telos zu einem kaum sichtbaren Kopfschütteln animierte.

Einen kurzen Augenblick zögerte Haras. Dann huschte erneut ein Lächeln über sein Gesicht.

„Am Südtor der Stadt“, sagte er schließlich. „Jetżt stellt Ihr Euch die Frage, ob dieser Tatbestand raicht, um darauf żu schließen, dass sie Richtung Grenże nach Aschran aufgebrochen sind, nicht wahr?“

Thorn antwortete nicht, sondern wechselte mit Telos einen bedeutsamen Blick.

„Sonst noch etwas?“, fragte Thorn.

„Das war alles. Mehr kħann ich Euch laider nicht sagen. Aber ich wünsche Euch viel Erfolg bai Eurer Jagd nach den Dieben.“

„Ich danke Euch für Eure Kooperation.“

„Es war mir aine Freude!“, log Haras mit einem Zwinkern seiner dunklen Augen.

Telos verabschiedete sich mit einem *Agramon hämmere Eure Feinde!*, während Thorn Chara und Bargh dazu anhielt vorauszugehen.

„Und Ormut und Alaman die Euren, Telos Malakin!“

Als sie gerade um die Ecke biegen wollten, rief ihnen Haras hinterher: „Aines noch, ich würde Euch raten, Euch vor den Tücken der aschranischen Wüste in Acht żu nehmen! Für jemanden, der die Schatten spendenden Wälder Albas gewohnt ist, kħann das raue Meer aus Sand und Stain *mörderische* Auswirkungen ħaben.“

Sein letzter Satz galt allein Thorn. Als er sich umdrehte, kreuzten sich ihre Blicke und Thorn bekam ganz plötzlich eine Ahnung davon, was es heißen mochte, unter einem Mann wie Al'Jebal zu bestehen und welche Eigenschaften es dafür brauchte: eiskalte Berechnung und einen klaren Verstand, der nicht die geringste Regung von sichtbarer Angst zuließ. Exakt diese Voraussetzungen konnte er in Haras' Augen lesen. Der Mann hatte gelernt, jedes Gefühl zu verbergen. *Das* war es, was Thorn gleich zu Beginn wahrgenommen hatte und was Haras diese einschüchternde Aura verlieh. Eine Aura, die Thorn aus der Fassung gebracht hatte und für die er den Aschraner heimlich bewunderte.

Aufbruch

Der Anblick, der sich Thorn bot, als er am frühen Abend aus dem Haus in den Garten trat, zauberte ein Lächeln auf seine Lippen. Chara und Bargh hingen in Leinenhose und Unterhemd an einem Ast seines Olivenbaums und bearbeiteten mit Klimmzügen ihre ohnehin schon beeindruckende Armmuskulatur. Das Ganze hatte beinahe etwas Rührendes, zumal die beiden, abgesehen von ihrer beeindruckenden Statur, unterschiedlicher nicht sein konnten.

„Habt ihr einen Augenblick Zeit?“, begann er und die beiden ließen sich gleichzeitig auf den Boden fallen.

„Was gibt’s?“, fragte Bargh, wischte sich mit dem Hemdsaum den Schweiß von der Stirn und trottete auf ihn zu. Chara folgte ihm schweigend und marschierte auf Thorns Fingerzeig hin ins Haus, wo sie die Küche ansteuerte. Nachdem sich die beiden gesetzt hatten, lehnte sich Thorn gegen den Türrahmen.

„Wie ihr euch denken könnt, werde ich die Verfolgung der Diebe aufnehmen und noch vor Morgengrauen Richtung Aschran aufbrechen. Nachdem sich meine alte Gruppe aufgelöst hat, brauche ich neue Mitstreiter, die mich bei dieser Mission unterstützen und im Augenblick wüsste ich niemanden, der dafür in Frage käme.“

„Abgesehen von uns“, bemerkte Chara und ein schiefes Lächeln hob ihren Mundwinkel.

„Testaceus hält euch für kampferprobt“, gab ihr Thorn indirekt recht. „Ansonsten hätte er euch nicht als Leibwächter angeheuert.“ Er warf Chara einen herausfordernden Blick zu. „Auch wenn du deine Fähigkeiten noch nicht unter Beweis gestellt hast …“

Chara schwieg und wartete ab.

„Testaceus ist bereit, jeden, der mich unterstützt, fürstlich zu entlohnen. Telos wird mich auf jeden Fall begleiten. Die Vermus-Priesterschaft und Testaceus baten ihn darum, mir als Spezialist in Sachen Zepter zur Hand zu gehen. Aber wie es um seine Waffenfähigkeiten steht, weiß ich nicht."

„Ist er nich' ein Kriegspriester?", warf Bargh ein.

„Richtig, aber selbst wenn er sich als guter Kämpfer herausstellt, werden wir zu zweit etwas arm aussehen, wenn wir uns verteidigen müssen."

„Wie viel ist Testaceus bereit zu zahlen?", fragte Chara unverblümt.

Thorn grinste. „Zehntausend Goldstücke für jeden von euch."

„Bin dabei." Chara stand auf und marschierte wortlos aus der Küche.

„Natürlich nur, wenn wir erfolgreich sind!", rief Thorn ihr hinterher.

„Sicher!", kam es knapp zurück.

Jetzt grinste auch Bargh. „Mich hattest du schon in der Tasche, als du davon geredet hast, Valianor zu verlassen." Er stemmte sich hoch und stiefelte zur Tür. „Na dann, packen is' angesagt!"

Die Strahlen der blutroten Abendsonne brachen sich an den Dachgiebeln der Villa des Cäsarus und fielen auf die Pflastersteine der Straße, die an die Gärten des Anwesens grenzte. Neben dem schmiedeeisernen Tor entrollten zwei feingliedrige Hände sorgfältig ein Schriftstück. Einen Augenblick später ging die Sonne unter. Im Schein der Laterne, die auf einem der zwei glatten Steine neben dem Tor abgestellt worden war, glitt ein Augenpaar rasch über die schlampig geschriebenen Worte. Die Botschaft fiel diesmal noch knapper aus als sonst:

Neue Instruktion: Sichert das Zepter der Macht! Es befindet sich in den falschen Händen.

KdB

Es knisterte, als das Schriftstück in die Flamme der Laterne gehalten wurde. Nachdem es zu Asche verbrannt war, trug der Wind die Reste davon. Ein neues Pergament wurde auf dem Stein entrollt, ein Tintenfass aus einem Beutel gezogen und eine Feder in die schwarze Flüssigkeit getaucht. Einen Augenblick später hatte die Antwort auf dem blassgelben Untergrund Form angenommen.

Das Zepter wurde gestohlen. Die Diebe fliehen in den Süden, vermutlich nach Aschran. Bin auf dem Weg …

Arm und Auge des KdB

Die Zeit drängte. Es war unbedingt erforderlich, dass die Nachricht noch vor dem Morgen nach Chryseia ging. Danach würde es keine Gelegenheit mehr geben, sie abzuschicken und der Gedanke daran, was Nachlässigkeiten gewöhnlich für Folgen hatten, war alles andere als ermutigend.

Es herrschte völlige Dunkelheit, als sie die beiden Packpferde beluden, ihre Reittiere sattelten und die Ausrüstungsgegenstände überprüften. Nur die Laterne, die neben den Pferden auf dem gepflasterten Vorhof stand, spendete ein wenig Licht. Die Sterne standen hoch am Himmel und es würde noch dauern, bis die ersten Strahlen der aufgehenden Sonne die Bewohner Valianors auf die Straße lockten. Still und wie ausgestorben lag Testaceus' Villa da. Selbst die Sklaven und Bediensteten schliefen noch fest.

Chara rieb sich die klammen Hände und hielt sie vor die Nüstern ihres kohlschwarzen Hengstes, der seinen Atem warm und feucht in die kühle Nachtluft blies. Dann tätschelte sie seinen Hals und zog sich ihre Lederhandschuhe über.

„Is' sie das?", fragte Bargh und griff nach dem in Leinen gehüllten, länglichen Gegenstand, den sich Chara auf den Rücken gebunden hatte.

„Finger weg!", zischte Chara, wandte sich um und zog sich im Sattel hoch. „*Meine* Waffe!"

Bargh warf ihr einen vielsagenden Blick zu und strich mit einer fast zärtlichen Geste über die Klinge seines neuen Schlachtbeils.

„Deine Waffe könnte mit meiner eine interessante Kombination ergeben, meinst du nicht?"

Chara nickte stumm. Sie schlang die Zügel um den Sattelknauf und spähte zu Thorn und Telos.

„Verquatsch dich aber bloß nicht wieder bei den anderen", ermahnte sie ihn. „Mit ein bisschen Glück kann sich keiner mehr daran erinnern. Immerhin hast du's ja hinbekommen, die Sache kein zweites Mal zu erwähnen. Ich bezweifle, dass der Priester mit Waffen einverstanden wäre, die mit irgendeiner Art von Magie belegt sind."

Barghs Wangen färbten sich rosa.

„Ich wollte doch nur … Ich wusste ja nicht …"

„Schon gut", schnitt Chara ihm das Wort ab. „Sehen wir zu, dass wir hier endlich wegkommen!"

„Seid ihr soweit?", drang Thorns Stimme zu ihnen nach hinten.

Er saß wie Telos bereits im Sattel und hatte die Leinen der Packpferde an seinem Sattelknauf befestigt. Als Chara und Bargh zur Bestätigung ihre Hände hoben, drückte er Sankris die Schenkel in die Seite und preschte, gefolgt von den beiden Packpferden und Telos, über den gepflasterten Vorplatz der Villa durch das Tor auf die Straße hinaus.

„Der scheint's hier auch nicht länger auszuhalten", murmelte Chara Bargh zu, der neben ihr aufgesessen war, und galoppierte los.

Telos setzte zwar alles daran, mit Sankris Schritt zu halten, hatte mit der vorgegebenen Geschwindigkeit aber seine Probleme. Nur mühsam konnte er sich im Sattel halten, als sein Pferd in gestrecktem Galopp neben Sankris herhetzte und dabei in der Kurve leicht ins Rutschen geriet.

Das Klappern der Hufe auf den Pflastersteinen hallte zwischen den Hauswänden wider, während die vier durch die Straßen preschten. Als sie in eine schmale Gasse einbogen, die eine Abkürzung zur Via Meridiana, einer der Hauptstraßen Valianors, bildete, torkelten gerade zwei Milizionäre grölend und in vertrauter Umarmung den Weg entlang. Entsetzt sprangen sie zurück, als sie Thorn auf sich zupreschen sahen, und drückten sich flach an die Hausmauer.

„Die ham wohl auch Stress zu Haus!", lallte der eine mit kreidebleichem Gesicht, nachdem alle vier Reiter an ihnen vorbeigeprescht waren.

Der andere rückte sich aufatmend den Helm zurecht.

„Erinner mich bloß nich' dran, was mich zu Hause erwartet. Mein Weib wird mir 'n Hintern versohlen, da kannste Gift drauf nehmen. Eine Schande isses, wenn die Weiber denken, sie könnten mit einem machen, was sie woll'n un' wann sie's woll'n!"

Eine Weile blickten sich die beiden dümmlich an. Dann brachen sie in schallendes Gelächter aus und setzten ihren Weg fort.

Die Via Meridiana, die durch das Südtor Richtung Aschran verlief, war bis auf ein paar patrouillierende Prätorianer menschenleer. Als sie sich der Stadtmauer näherten, zog Thorn an den Zügeln, um Sankris zu bremsen, doch zu seiner Verwunderung hielten ihn die Wachtposten nicht auf, sondern öffneten das Tor und ließen die Gruppe wortlos passieren.

Thorn lockerte die Zügel und jagte Sankris die Straße Richtung Grenze hinab. Telos, der gehofft hatte, am Tor eine kurze Verschnaufpause einlegen zu können, blieb nichts anderes übrig als dranzubleiben.

Eine ganze Weile hetzten sie die mit groben Steinen gepflasterte Straße entlang, ohne zu sprechen und ohne ihre Geschwindigkeit zu drosseln oder anzuhalten, um Atem zu schöpfen. Thorn gab ihnen keine Möglichkeit zur Rast. Telos schwitzte vor Anstrengung, während er sich verzweifelt damit abmühte, auf dem Pferd zu bleiben und den Anschluss an die anderen nicht zu verlieren. Chara und Bargh hatten ihn längst überholt und zu Thorn aufgeschlossen.

„Bei diesem Tempo treibt's mir die Tränen in die Augen!", schrie Bargh Thorn zu.

Es war kurz vor Morgengrauen und selbst der hartgesottene Barbar hatte den Eindruck, dass Thorn ein wenig übertrieb.

„Haben wir's denn wirklich *so* eilig?!", setzte er schreiend nach.

„Wenn wir auch nur die geringste Chance haben wollen, dann müssen wir schneller und ausdauernder reiten, als jemand, der es *sehr* eilig hat, und das bedeutet, alles aus den Pferden rauszuholen!"

Bargh lächelte breit und hielt dann sein Pferd ein wenig zurück, um mit Chara auf gleicher Höhe zu reiten.

„Die Frage ist, wie viel wir aus *uns* rausholen können!“, brüllte er zu ihr rüber.

Chara grinste ihm zu und drückte dem schwarzen Hengst ihre Schenkel in die Seite. Bargh hatte das sichere Gefühl, dass sie an diesem Auftrag mehr Spaß hatte, als an ihrem Posten als Leibwächterin. Für ihn war es eine reine Wohltat, sie zur Abwechslung mal in guter Stimmung zu erleben. Er hatte keine Lust mehr, jeden Tag ihren Launen ausgesetzt zu sein, zumal er in den letzten Monden mehr Zeit mit ihr verbracht hatte als mit den anderen. Er hatte seit dem Tag, als sie Cartius gefangen genommen hatten, wenig zu lachen gehabt, denn zu Hause herumzulungern, war alles andere als das, was er als „sein Ding“ bezeichnete. Und wenn sich die Stimmung unter ihnen nun besserte, war ihm das nur recht. Außerdem gefiel ihm die Aussicht darauf, das Valianische Imperium zu verlassen, dessen strenge politische und militärische Strukturen ihm unangenehm aufstießen.

Thorn dachte ähnlich wie Bargh. Während er aus den Augenwinkeln die vorbeifliegenden Grabsteine musterte, welche die Via Meridiana säumten, spürte er plötzlich, wie eine Last von seinen Schultern fiel. Er konnte es kaum erwarten, das Land hinter sich zu lassen. Von Anfang an war er den Sitten, den Gesetzen und vor allem der vom vorherrschenden Ordnungsgedanken geleiteten Politik abgeneigt gewesen, hatte sich von der machtbeseelten Gesinnung des valianischen Senats abgestoßen gefühlt und die militärstrategischen Einsätze als Kommandant regelrecht gehasst. Cartius’ Tod hatte seine Solidarität der valianischen Regierung gegenüber endgültig ins Wanken gebracht. Der Gedanke an Testaceus allerdings ließ ihn auch jetzt noch zögern. Der neue Cäsarus hatte ihm anvertraut, dass Al’Jebal den Sklavenaufstand angezettelt hatte und das musste Thorn wohlwollend zur Kenntnis nehmen. Außerdem empfand er noch immer ein Gefühl der Freundschaft für Testaceus.

Die Fragen wollten dennoch nicht zum Stillstand kommen. War Testaceus’ Machtübernahme tatsächlich nötig gewesen, um wieder geordnete Verhältnisse herzustellen? Oder war es Testaceus’ eigener Machttrieb, der ihn dazu verleitet hatte? Testaceus wurde nicht müde zu betonen, dass das Chaos nur durch ein Regime wie das seine davon abgehalten werden konnte, zurück an die Macht zu gelangen. Aber Thorn zweifelte daran. Kämpfte Testaceus für die rechte Sache? Er selbst schien es zu glauben, zumindest wirkte er äußerst überzeugt in seinem Tun für *die gute Sache*, wie er zu sagen pflegte, wenn er über die verheerenden Folgen chaotischen Einflusses referierte.

Das Chaos in Thorns Innerem erschien ihm wie ein Spiegelbild der chaotischen Mächte in Amalea – Kräfte, die seit den Chaoskriegen eigentlich nicht mehr wirksam sein dürften, was aber nur bedingt stimmte. Thorns durcheinandergeworfene Gefühle und Gedanken machten ihm deutlich, wie zerstörerisch diese Mächte tatsächlich waren. Er fühlte, wie das Chaos in seinem Verstand und seiner Seele dafür sorgte, dass er blind um sich schlug. Er spürte, wie die destruktive Kraft der Sinnlosigkeit sich seiner Gedanken bemächtigte und aus seinem Verstand eine Tabula rasa zu machen versuchte. Ein Bedürfnis war in ihm erwacht, das neben der Trauer um Kit eine dominante Stellung eingenommen hatte. Es war das Streben danach, Licht ins Dunkel zu bringen. Was auch immer diese Reise bringen mochte, er war bereit dafür, obwohl eine vage Vorstellung von dem, was alles auf ihn zukommen mochte, seine Entschlossenheit überschattete. Da waren Gedanken, die ihm leise Schauer über den Rücken jagten. Der Name Al'Jebal spukte seit seinem Gespräch mit Testaceus in seinem Kopf herum und zog ihn in einen Strudel aus Wissbegier, Zorn und neuen Rachegelüsten. Wer war er und warum setzte er alles daran, das Valianische Imperium zu Fall zu bringen?

Die Gräber schienen kein Ende zu nehmen. Thorn fragte sich, wie vieler Menschen Gebeine wohl entlang der Straße verscharrt worden waren und welche davon ein ehrenhaftes oder wie Cartius ein bitteres Ende gefunden hatten.

Langsam wurde es hell. Die schwarze Nacht wich dem ersten Tageslicht, das einen trüben Morgen verhieß. Der Himmel war von dichten Wolken verhangen und kaum ein Sonnenstrahl schaffte es, die wässrige Schicht zu durchbrechen. Thorn stellte besorgt fest, dass es hier geregnet haben musste und die feuchten Pflastersteine unter den Hufen der Pferde nicht so schnell trocknen würden. Mehrere Male schon hatte eines der Tiere auf den rutschigen Steinen beinahe den Halt verloren. Thorn wusste, dass es riskant war, sie in diesem Tempo über die nasse Straße zu jagen, andererseits konnten sie es sich nicht leisten, langsamer zu reiten. Es war so schon fast aussichtslos, die Diebe einzuholen. Dabei war ihm klar, was es hieß, ohne die nötige Erfahrung eine Strecke wie diese in einer solchen Geschwindigkeit zurückzulegen. Der Priester musste mindestens das Doppelte an Kraft aufwenden wie ein erfahrener Reiter, um im Sattel zu bleiben. Er würde vorzeitig erschöpft sein und dann blieb ihnen eine Unterbrechung ohnehin nicht erspart.

Zu Mittag machten sie endlich Rast an einem kleinen Bach. Sie tränkten die Pferde und stärkten sich selbst mit einem Stück Brot und Oliven.

Telos, dessen Gesichtsfarbe einen leichten Grünstich angenommen hatte, kaute, die Beine von sich gestreckt und seinen schmerzenden Rücken gegen einen Baumstamm gelehnt, schweigend an einem Stück Brotkruste. Er war zu müde, um auch nur anzudeuten, dass er bei diesem Tempo nicht mehr lange durchhalten würde. Sein Zustand war äußerst bedenklich. Die Augen in dem leichenblassen Gesicht waren kurz davor zuzufallen und seine Hände zitterten leicht, sobald er die Arme hob. Bargh und Chara setzten sich zum Essen gar nicht erst hin, sondern blieben gegen ihre Pferde gelehnt am Straßenrand stehen. Bargh stierte abwesend auf die Grabsteine entlang der Via Meridiana. Er empfand diese Art der Bestattung als äußerst geschmacklos. In seiner Heimat verbrannte man die Körper der Verstorbenen und reihte sie nicht wie Straßenmarkierungen entlang der Wege auf. So erweckten die Grabmäler den Eindruck, als wären sie Warnschilder. Sie schienen sagen zu wollen, dass es zum Wohle eines jeden Reisenden gereichte, die sicheren Straßen und Wege des Imperiums nicht zu verlassen.

Nach der kurzen Pause ritten sie im gleichen halsbrecherischen Tempo weiter. In der frischen, aber aufgrund der südlichen Gegend recht milden Winterluft konnten sie das Äußerste aus den Pferden herausholen, ohne dass diese frühzeitig zusammenbrachen. So schafften sie bis zum Abend drei Viertel des Weges zur Südgrenze und erreichten bei

Sonnenuntergang eine Raststätte, die eine Möglichkeit bot, die Pferde zu wechseln und sich auszuruhen.

Telos hatte bis zum bitteren Ende durchgehalten. Allerdings mussten sie ihn vor dem Gasthaus mit vereinten Kräften aus seinem Sattel hieven. Bargh bot sich an, dem Priester auf dem Weg ins Haus zu helfen. Telos' Füße berührten kaum den Boden, als der Barbar ihn mit einem Arm um seine Hüften durch die offene Holztür zerrte.

In der Gaststube saßen drei Männer, die am Tisch neben dem Kamin Karten spielten. Als Telos und Bargh eintraten, beäugten sie die Fremden misstrauisch und tauschten unbehagliche Blicke aus. Es war nicht oft der Fall, dass sich ein Priester in Gesellschaft eines barbarischen Wüstlings, wie es sein Begleiter allem Anschein nach war, herumtrieb. Außerdem war der Priester von einer derart furchteinflößenden Erscheinung, dass einem bei seinem Anblick richtig unheimlich zumute werden konnte.

„Heiliger Drachenzahn, das war ein Ritt!“, brüllte Bargh euphorisch, als er völlig ermattet neben Telos auf die Bank plumpste und mit einem Wink nach dem Wirt verlangte.

„Wir bräuchten vier Betten! Außerdem einen Humpen Bier für mich und meinen Freund und was auch immer du zu futtern hast!“

„Wir haben nur Lammeintopf!“, erklärte der Wirt grummelnd und zeigte auf einen großen Kessel, der über dem offenen Kamin hing.

„Hauptsache Fleisch, würd' ich sagen. Was meinst du, Telos?“

Er klopfte dem Priester freundschaftlich auf den Rücken, was ihn gefährlich schwanken ließ.

„Schön“, hauchte Telos entkräftet.

Die Tür ging auf und Chara und Thorn betraten die schwach beleuchtete Stube. Wieder rissen die drei Männer neben dem Kamin die Köpfe herum. Als sie den Waldläufer in Begleitung der attraktiven Söldnerin mit ihrem auffallend muskulösen Körper sahen, warfen sie sich vielsagende Blicke zu und in ihren Gesichtern vollzog sich ein skurriles Mienenspiel, das von schlimmer Vorahnung bis hin zu ungedämpfter Faszination reichte.

Der Raum war mit seiner Theke und den vier Tischen eher klein und kümmerlich. Die wenigen Kerzenhalter an den Wänden und auf den Tischen spendeten nur spärliches Licht und auch der kleine Kamin war nicht viel mehr als eine offene Feuerstelle. Aber die Leute, die gewöhnlich das Gasthaus betraten, hatten allesamt eine lange und beschwerliche Reise hinter sich und daher keine besonderen Bedürfnisse, außer sich satt zu essen und ein wenig zu schlafen. Auch Thorn und Chara nahmen das leise Blubbern im Kessel über dem Feuer mit Freude zur Kenntnis und fanden die Räumlichkeiten ausgesprochen einladend.

Als sie sich zu Bargh und Telos an den Tisch setzten, nickten sich die drei Männer am hinteren Tisch bestätigend zu. Ihren Verdacht sahen sie hiermit endgültig bestätigt. Eine Gruppe, die sich aus einem solchen Pack zusammensetzte, noch dazu aus Leuten, die sich unter normalen Umständen gegenseitig die Köpfe einschlagen würden, konnte nur Schereien bedeuten. Kopfschüttelnd widmeten sie sich wieder ihrem Kartenspiel, aber die Neulinge waren zu interessant, als dass man sie hätte ignorieren können. Immer wieder stahlen sich Blicke zu dem Tisch in der Mitte der Stube und diese waren ganz und gar nicht wohlmeinend.

„Die Pferde sind versorgt", begann Thorn, nachdem er sich gesetzt hatte und während der Wirt vier Becher und einen Krug Bier abstellte. „Um Sankris wird man sich hier kümmern, bis wir zurückkommen. Morgen erhalten wir sechs neue Pferde. Ich schlage vor, wir essen, schlafen bis zum Morgengrauen und reiten dann unverzüglich weiter."

„Bis zum Morgengrauen?"

Telos konnte seine Augen kaum offenhalten, als er Thorn entgeistert anstarrte.

„Du glaubst doch nicht etwa, dass ich nach dem bisschen Schlaf wieder gehen, geschweige denn reiten kann?"

„Du musst", sagte Thorn schlicht. „Andernfalls setze ich dich zu Chara aufs Pferd. Dann brauchst du dich zumindest nicht auch noch darum kümmern, das Tier zu kontrollieren und kannst dich darauf konzentrieren, im Sattel zu bleiben. Ich würde dich ja bei mir mitreiten lassen, aber ich habe die Packpferde am Hals."

Chara, die gedankenverloren ihren Becher füllte, hob den Kopf.

„Der Priester kann bei mir mitreiten. Das heißt, wenn er mir nicht unter dem Vorwand, er müsse sich irgendwo festhalten, an die falschen Körperstellen fasst."

Sie sah Telos mit funkelnden Augen an.

„Dann fliegst du schneller vom Pferd, als dir lieb ist!"

Telos grinste ein Grinsen, das ihm Thorn niemals zugetraut hätte.

„Du meinst, wenn ich dir an deine wohlgeformten …"

„… Titten fasse!", beendete Bargh euphorisch seinen Satz. „Nichts für ungut, Chara, aber das hat einfach was! In Valland hat nämlich keiner ein Problem damit, zu sagen, was er denkt, wenn's um Weiber geht. Ganz im Gegensatz zu den Valiani. Das hat mir echt gefehlt!"

„Tu dir keinen Zwang an. Solange du nur die Klappe aufreißt und deine Hände lässt, wo sie sind …"

„Keine Sorge, würde ich nie wagen!" Über Barghs Gesicht huschte ein anzügliches Grinsen. „Obwohl …"

Ein eisiger Blick von Chara reichte, um ihn zum Schweigen zu bringen.

In diesem Moment knallte der Wirt vier große Schalen mit Eintopf und ein Holzbrett mit einem großen Laib Brot auf den Tisch. Schlagartig vergaß Bargh Charas Oberweite und fiel schmatzend über das Essen her.

„Warum hast du mich eigentlich davon abgehalten, Rosmerta zu erledigen?", murmelte Thorn Chara verhalten zu.

Chara antwortete, ohne mit dem Essen aufzuhören.

„Ich war ihre Leibwächterin", nuschelte sie mit vollem Mund.

„Und wie kommst du als Leibwächterin dazu, mir vorher zu raten, deinen Schützling umzubringen, anstatt ihm nur zu drohen?"

Chara antwortete nicht. Erst als sie den letzten Bissen hinuntergeschluckt hatte, lehnte sie sich entspannt zurück und schielte zu Thorn.

„Ein Rat unter Freunden", grinste sie. „Er bezog sich nicht unbedingt auf Rosmerta … sollte dir vielmehr aufzeigen, worin deine Schwächen bestehen."

„Und wieso interessierst du dich für meine Schwächen?"

„Aus demselben Grund, warum du dich für mein kleines schwarzes Buch interessierst. Wir wollen doch alle wissen, mit wem wir es zu tun haben. Und so wie's aussieht, werden wir noch eine Weile gemeinsame Wege gehen."

Thorn studierte Charas Gesicht. Sie sah ihm direkt in die Augen – ein Zeichen dafür, dass sie nichts zu verbergen hatte.

Chara griff nach ihrem Becher und lächelte abschätzig.

„Bei dir weiß man nie, in welch aussichtslose Situation du als nächstes stolperst. Das macht die Sache recht spannend. Du setzt zwar alles dran, dem Tod aus dem Weg zu gehen, schaffst es aber immer wieder, ihm so nahe zu kommen wie kaum ein anderer. Das finde ich äußerst reizvoll."

„Beruhigende Aussichten", murmelte Telos halbherzig. Es war das erste Mal, dass er etwas sagte, ohne direkt angesprochen worden zu sein. „Hoffentlich hast du einen Plan, wie wir uns verhalten sollen, sobald wir auf dieses Diebespack stoßen. Nach allem, was wir über diese Leute wissen, ist mit denen nicht zu spaßen."

Er hatte sein Essen kaum angerührt. Stattdessen hatte er die meiste Zeit einfach nur dagesessen und schwer atmend versucht, seine schmerzenden Glieder zu entspannen und nicht daran zu denken, dass er am frühen Morgen wieder aufs Pferd steigen musste.

„Bis jetzt nicht", antwortete Thorn. „Aber ich bin mir ziemlich sicher, dass das sobald auch kein Thema sein wird. Wir liegen einen vollen Tag hinter den Dieben. Das aufzuholen, wird noch eine ganze Weile dauern."

„Das heißt wohl, wir werden über die Grenze müssen", seufzte Telos schwer. „Ich weiß nicht, wie lange ich diese Hetzjagd noch durchhalte. Außerdem, sobald wir über die Grenze sind, beginnt die Wüste. Hast du einen Plan, wie wir da durchkommen sollen? In der Wüste zu reisen, ist kein Honiglecken. Soweit ich Bescheid weiß, werden wir dort nicht nur das Problem der unwirtlichen Gegend aus Sand und Stein haben. Dort gibt es Räuber, Banditen und gefährliche Tiere, die es ganz besonders auf kleine Gruppen unerfahrener Abenteurer abgesehen haben. Die sicherste Variante wäre, sich einer der Karawanen anzuschließen, die in Aschran auf den üblichen Händlerpfaden reisen."

„Na klar!", meinte Chara. „Da können wir gleich zu Fuß gehen und darauf hoffen, dass die Zepter-Räuber in irgendeiner Oase höflicherweise auf uns warten."

„Nun", begann Telos geduldig, aber mit einer unüberhörbaren Ironie in seiner Stimme. „Wenn du der Meinung bist, ein toter Häscher sei besser als ein achtsamer …"

Chara beugte sich geruhsam über den Tisch und sah Telos direkt in die Augen.

„Nun, Priester, wenn du der Meinung bist, du müsstest den Tod in deine Überlegungen miteinbeziehen: Der Tod ist eine Tatsache, an der wir nicht vorbeikommen. Aber wann und wie wir sterben liegt nicht in unserem Ermessen. Auch dann nicht, wenn du meinst, die göttliche Weisheit für dich gepachtet zu haben."

Sie strich sich eine ihrer widerspenstigen Haarsträhnen aus dem Gesicht und lehnte sich zurück.

„Wir sterben alle irgendwann. Willst du jedes Mal, wenn wir unsere Möglichkeiten abwägen, darauf aufmerksam machen? Unsere Aufträge sind allgemein eher tödlicher Art, oder nicht? Außerdem dachte ich, wir wären uns einig, dass wir das Zepter so schnell wie möglich finden und zurückbringen wollen."

Thorn seufzte entnervt.

„Das ist schon richtig, Chara, aber du vergisst, dass es ebenso sinnlos ist, sich absichtlich in Gefahr zu begeben. Ich muss Telos recht geben. Alleine in der Wüste haben wir nicht die geringste Chance, zu überleben. Da kann man Telos schwerlich den Vorwurf machen, dass er meint, den Tod vorhersehen zu können. Dann ist der Tod nämlich eine naturgegebene Gewissheit."

Chara zuckte gleichgültig die Schultern.

„Wenn du meinst."

„Davon abgesehen finde ich es irgendwie amüsant, dass ausgerechnet du bereit bist, dem Tod offen ins Gesicht zu sehen, wo du doch gewöhnlich ganz hinten in den Schlachtreihen darauf wartest, dass die anderen ihr Leben aufs Spiel setzen."

Thorns Sarkasmus reizte Chara unerwarteterweise bis aufs Blut. Sie konnte nur mit Mühe eine untergriffige Bemerkung zurückhalten, die übereilt und dumm gewesen wäre.

„Torheit ist der Helden Tugend", murmelte sie mit einem Hauch von Ärger in der Stimme und leerte ihren Becher.

„Wir brechen also bei Morgengrauen auf", hielt Thorn fest, „und wir werden, so die Götter wollen, am Nachmittag die Grenze nach Aschran erreichen. Dort können wir sowohl die Grenzposten über die Diebe befragen als auch in Pescarion nach Spuren suchen, bevor wir uns einer Karawane anschließen. Natürlich nur, wenn wir es für wahrscheinlich halten, dass die Diebe weiter in Richtung Süden unterwegs sind."

Er blickte in die Runde.

„Hat das jeder soweit mitbekommen?"

„Wer?", fragte Bargh, der gerade den letzten Bissen schluckte und enttäuscht in seine leere Schale stierte.

Thorn schüttelte seufzend den Kopf und sah Chara hilfesuchend an.

„Ich kläre ihn auf, sobald er mit Verdauen fertig ist", antwortete sie auf seinen flehenden Blick.

„Also gut. Ruht euch aus! Wir treffen uns beim Morgengrauen in den Ställen."

Thorn erhob sich und half Telos, der alles andere als zuversichtlich aussah, beim Aufstehen. Seine Knie zitterten immer noch leicht, als die beiden die Treppe zu ihrem Zimmer hinaufstiegen.

„Also wenn du mich fragst", sagte Bargh plötzlich wie aus dem Nichts heraus, „kann ich auf eine Karawane gut und gern verzichten. Ich meine, mit den Banditen mach' ich kurzen Prozess. Wenn die glauben, sie könnten einem Vallander das Wasser reichen, dann haben sie sich geschnitten."

Chara blickte Bargh skeptisch an. Spielte der Barbar etwa absichtlich den Dummen? Es war offensichtlich, dass er zumindest Teile des Gesprächs mitbekommen hatte und die Tatsache, dass er im Großen und

Ganzen daherredete, als ob er nicht bis drei zählen konnte, war womöglich nur Tarnung und Täuschung.

„Sehen wir zu, dass wir ins Bett kommen“, sagte sie, ohne auf Barghs Bemerkung einzugehen und erhob sich träge von der Holzbank. „Wenn die beiden meinen, wir bräuchten eine Eskorte von Kameltreibern, um uns sicher an unser Ziel zu bringen, dann sei es so.“

Als sie das bescheiden eingerichtete Zimmer betraten, sich müde aus ihren Kleidern schälten und Chara sich, Barghs lüsterne Blicke ignorierend, die Decke über den Kopf zog, hörten sie aus dem Nebenzimmer Telos’ Stimme. Der Priester musste trotz seiner Erschöpfung darauf bestanden haben, ein Abendgebet zu sprechen. Zwischen einem demütig hervorgebrachten *Agramon, führe uns!*, dem ehrfürchtigen Zugeständnis *Ich danke dir, oh Agramon!* und der Bitte, Agramon möge sein Äußerstes tun, damit sie die vom Chaos verblendeten Räuber und damit das Zepter finden konnten, drang Thorns gereizte Stimme durch die Wand: „Telos, ich bitte dich! Hat Agramon nicht bis morgen Zeit? Jetzt will ich schlafen, was auch dir nicht schaden würde!“

Nachdem Telos’ Gemurmel verstummt war, brummte Chara schon halb eingeschlafen: „Da soll noch mal einer sagen, die Götter seien um das Wohl der Menschheit bemüht. Die rauben uns höchstens den wohlverdienten Schlaf.“

Pescarion war ein Küstendorf nahe der Grenze zu Aschran. Abgesehen von zwei Gaststätten, dem kleinen Hafen, in welchem einige Fischerboote und bescheidene Kutter lagen, ein paar Läden und den eher einfach gebauten Häusern der Bewohner, hatte der Ort nicht viel zu bieten. Es konnte ihnen auch keiner Auskunft darüber geben, ob sich irgendwelche vermummten Gestalten im Dorf aufgehalten hatten. Nur einer der Ladenbesitzer sprach von einem in schwarz gekleideten Südländer, der bei ihm Vorräte gekauft hatte. Aber laut den Worten des Zenturios der zehnten Legion, die weiter im Süden die Grenze sicherte, waren die Diebe in Pescarion gewesen. Zumindest hatte er von acht ungewöhnlich gewandeten Männern berichtet, die sich nach dem Fischerdorf erkundigt hatten. Also hatte Thorn die anderen davon überzeugt, das kleine Stück zurück nach Pescarion zu reiten.

Nachdem zwischen Telos und Chara ein neuerlicher Streit darüber ausgebrochen war, ob sie sich nun einer Karawane anschließen sollten oder nicht, und sich selbst Bargh, der sonst kaum aus der Fassung zu bringen war, lautstark Charas Meinung anschloss, entschied Thorn, dass es das Beste wäre, unverzüglich zurück zur Grenze zu reiten, wo sie eigentlich gleich hätten bleiben können, da sie in Pescarion ohnehin keine nützlichen Informationen bekommen hatten.

Telos war alles andere als begeistert davon, schon wieder aufs Pferd zu müssen. Scheinbar damit beschäftigt, seine Vorräte zu überprüfen und die Inhalte sämtlicher Lederbeutel sorgfältig durchzuzählen, marschierte er leise murmelnd um seine Stute herum und trieb die anderen, die längst auf ihren Reittieren saßen, zur Weißglut.

„Jetzt mach endlich, dass du auf deinen Gaul kommst!“, knurrte Thorn schließlich. „Wir sind hier nicht auf einer Vergnügungsreise!“

„Ich denke doch, es ist nicht unerheblich, die Ausrüstung zu überprüfen, vor allem dann, wenn es in die Wüste geht!“, gab Telos belehrend zurück.

Aber als Thorns Augen immer schmaler wurden und sich seine Augenbrauen alarmierend weit nach unten zogen, ließ er sich schließlich überzeugen.

„Zepter hin oder her“, murrte er, als er auf seinen Sattel kletterte, „*wer über Kopf handelt, stürzt kopfüber* – und darauf kann ich gut verzichten.“

Wenig später erreichten sie erneut die Grenze zwischen dem Valianischen Imperium und Aschran. Im Osten lagerte die zehnte Legion und nicht weit von dort, wo sie sich aufhielten, musste laut der Schilderung des Zenturios eine Karawanserei sein.

Thorn blickte in Richtung Süden, wo sich auf dem ohnehin schon öden Land, das sie die letzte Strecke bis zur Grenze beritten hatten, langsam jedes Leben verlor. Die dürren Sträucher und das spärlich wachsende Gras gingen in Stein und Sand über. Hier und da ragten schroffe Felsen aus dem sandigen Boden und verliehen dem ausgestorbenen Landstrich ein zusätzlich bedrohliches Erscheinungsbild.

Angesichts der öden Leere stieg in Thorn ein beklemmendes Gefühl hoch, das er nur schwer in den Griff bekam. Das sich unendlich ausbreitende Meer aus Sand und Stein brachte ihm seine eigene innere Leere neuerlich zu Bewusstsein und beflügelte die Angst vor der Fremde in ihm. Er fürchtete das Unbekannte – das, was ihn in dieser heißen Hölle erwartete. Wie eine unausgesprochene Warnung lag die aschranische Wüste vor ihm und alles in seinem Inneren schrie danach, auf der Stelle umzukehren.

„Und nun?", fragte Chara, während sie Telos ein schiefes Lächeln schenkte. „Wer von uns organisiert jetzt ein paar von diesen lahmen Viechern und einen Karawanenführer?"

Sie schwang sich aus dem Sattel, band ihr Pferd an einen ausgetrockneten Baum und ließ sich in das dürre Gras sinken.

„Ich jedenfalls warte solange hier, wenn niemand etwas Handfestes dagegen einzuwenden hat."

„Das habe ich allerdings!", antwortete Thorn, ohne seine Augen von dem Anblick im Süden abzuwenden. „Wenn du jetzt nicht augenblicklich wieder auf dein Pferd kletterst, lassen wir dich hier zurück. Dann kannst du sehen, wie du alleine zurechtkommst."

Er ließ die Zügel fallen und griff nach seiner Wasserflasche.

„War das handfest genug?!", fragte er kühl und nahm einen ordentlichen Schluck.

„Dort drüben!"

Telos, der die Unterhaltung nur mit halber Aufmerksamkeit verfolgt hatte, zeigte nach Südwesten.

Nachdem er Chara einen vernichtenden Blick zugeworfen hatte, folgte Thorn Telos' Fingerzeig. In einiger Entfernung zu dem ausgetrockneten Flussbett, an dessen Ufer sie haltgemacht hatten, zeichneten sich mehrere Gebäude ab, die, soweit er es erkennen konnte, von einer Mauer umgeben waren. Von ihrem Standort aus wirkte das Ganze wie eine mit Wachtürmen besetzte Festung.

„Also gut“, begann Thorn und lenkte seinen Hengst in Richtung der Gebäude. „Das müsste die Karawanserei sein. Dort werden wir uns nach einer Mitreisegelegenheit erkundigen.“

Er drehte sich zu Chara um.

„Was ist jetzt? Bleibst du hier oder kommst du mit?“

Chara zog ihren Rucksack von ihren Schultern und holte ein Stück Trockenfleisch hervor. Schweigend begann sie, an dem Fleisch zu knabbern, während sie es sich auf dem harten Boden so gut es ging bequem machte. Sie schien keinen Gedanken daran zu verschwenden, mit den anderen aufzubrechen.

Thorn schüttelte verständnislos den Kopf. Wie konnte Chara nur so blauäugig sein? Wusste sie nicht, wie gefährlich diese Gegend für eine Frau war, die alleine herumstreunte? Selbst ein Mann würde es sich zweimal überlegen, seine Gruppe zu verlassen. Aber Chara schien sich keine Gedanken darüber zu machen und Thorn konnte sich des Eindrucks nicht erwehren, dass sie ihm auf diese Weise seine Grenzen aufzeigen wollte. Ob ihre plötzliche Eigeninitiative nur Blendwerk war oder ob sie es ernstlich in Erwägung zog, sich von den anderen zu trennen, konnte er jedoch nicht einschätzen. Doch Charas Schicksal war nicht seine Angelegenheit.

Ohne ein letztes Wort gab er seinem Pferd die Sporen und galoppierte los. Es war ihm egal, ob die anderen ihm folgten oder nicht. Wenn sie es vorzogen, mit Chara hier zu verrotten, sollten sie es seinetwegen tun. Allerdings ging er nicht davon aus, dass Telos Charas Gesellschaft der seinen vorzog. Außerdem hatte der Priester allen Grund, dem Zepter zu folgen. Immerhin hatte ihn sein Orden offiziell abgestellt, um Testaceus in dieser Sache beratend zur Seite zu stehen, und seine Studien konnte er erst fortsetzen, wenn der Stab wieder im Besitz des Cäsarus war.

Die Mauer, die etwa zwölf Fuß hoch und aus massiven Lehmziegeln erbaut war, bildete einen schützenden Wall um die Gebäude im Inneren, deren Dächer flach wie jene der Villa Mustafa Al’Duris waren. Thorn konnte erkennen, dass es sich um drei oder vier Bauten handelte. Vorsichtig ritt er an der Mauer entlang auf das Tor zu und fand es offen vor.

Es hatte allen Anschein, als wäre man um Eindringlinge nicht besorgt. Ein Blick über seine Schulter sagte ihm, dass der Priester und Bargh ihm gefolgt waren.

„Was is' jetzt mit Chara?", fragte Bargh schnaufend, als er sein Pferd neben Thorn anhielt.

„Weiß nicht", antwortete Thorn geistesabwesend, während er das Schild begutachtete, das über dem Torbogen befestigt war.

Unter einem in aschranischer Schrift geschriebenen Wort las er in valianischen Lettern: *Karawanserei.*

„Na bitte!"

Er blickte zu Telos, der sein Pferd gerade noch davon abhalten konnte, ungestüm durch das offene Tor zu preschen. Mit einem kräftigen Ruck an den Zügeln brachte er es im letzten Moment zum Stehen, wobei er fast über den Hals des Tiers rutschte. Verzweifelt klammerte er sich an der Mähne fest.

„Ich glaube, hier sind wir richtig!", bemerkte Thorn.

„Schöne Sache!", presste Telos zwischen zusammengebissenen Zähnen hervor und wischte sich schwer atmend den Schweiß von der Stirn. „Dann lasst uns zusehen, dass wir aus dem Sattel kommen und eine Karawane finden."

Bargh saß im Licht der letzten Sonnenstrahlen grübelnd am Treppenabsatz des niedrigen Gebäudes, in das Thorn und Telos verschwunden waren. Seine Augen wanderten durch den Innenhof, der von herumliegenden Kamelen fast gänzlich in Beschlag genommen worden war. Kurz nach ihrer Ankunft hatten sich zwei Gruppen Kamelreiter in der Karawanserei eingefunden, einen Teil ihrer Kamele im Hof angebunden und waren dann in dem Gebäude hinter Bargh verschwunden, nicht ohne ihn mit einem argwöhnischen Blick zur Kenntnis zu nehmen. Laut dem Schild über dem Eingang sollte das kleine, unscheinbare Gebäude ein Gasthaus sein, aber der Raum im Inneren hatte Bargh eher an eine einfache Küche erinnert, in der man provisorisch einen länglichen Holztisch aufgestellt hatte. Um diesen Tisch herum hatten sich die Kamelreiter in ihren sandfarbenen, weiten Gewändern gesammelt, sich in einer fremd klingenden Sprache unterhalten und vergorene Kamelmilch getrunken.

Bei dem Gedanken an das widerliche Gebräu schüttelte es ihn jetzt noch. Bargh war schon kein Freund von Ziegenmilch, aber die Milch eines spuckenden, stinkenden und obendrein noch faulen Kamels würde er auf keinen Fall anrühren, schon gar nicht, wenn sie nicht mal mehr frisch war.

Es wurde allmählich dunkel und die Kälte der Wüstennächte empfindlich spürbar. Bargh fröstelte, während er missmutig ein Stück Trockenfleisch von dem Teller neben sich zog und lustlos darauf herumkaute. Seine Laune war mittlerweile in den Keller gesunken. Der ganze Tag war ein absoluter Fehler gewesen. Zuerst schienen die Spannungen zwischen Thorn, Chara und Telos kein Ende nehmen zu wollen. Schon am Morgen gingen die Streitereien los, wobei sich Telos noch zurückgehalten hatte. Er schien seinen Groll vom Vorabend vergessen zu haben, war beim Frühstück sogar darauf bedacht, zwischen Thorn und Chara zu vermitteln und schien überraschenderweise bestrebt, so zügig wie möglich loszureiten. Danach saßen sie den ganzen Tag lang fast durchgehend auf den Pferden.

Mittlerweile hatte Bargh es gründlich satt, wie ein Irrer den Spuren nachzuhetzen, die zwar eindeutig waren, aber nichts daran änderten, dass die Diebe einen kaum aufzuholenden Vorsprung hatten. Und nun war auch noch Chara abgesprungen. So schwer er es sich auch eingestehen mochte: Irgendwie fehlte ihm ihre Gesellschaft.

Thorn und Telos traten mit einem Becher aus der Tür und gesellten sich zu Bargh.

„Und?“, fragte Bargh gleichgültig, während er den wollenen Umhang enger um seine Schultern zog. „Haben wir ’ne Karawane gefunden?“

Insgeheim hoffte er, dass kein Karawanenführer bereit war, sie mitzunehmen.

„Wir haben Glück“, antwortete Thorn zu Barghs Leidwesen, setzte sich zu ihm auf die Stufen, nahm ein Stück Brot von seinem Teller und stellte den mitgebrachten Becher neben sich ab. „Kurz nach uns ist eine

Karawane eingetroffen, die morgen früh Richtung Ureb aufbricht. Es hat mich zwar ein wenig Überredungskunst gekostet, aber der Karawanenführer ist bereit, uns mitzunehmen. Allerdings war er an Gold nicht interessiert. Also musste ich uns zu gemeinnütziger Arbeit während der Reise verdonnern. Und sollte die Karawane von Räubern angegriffen werden, sind wir dazu verpflichtet, sie mit Waffengewalt zu schützen."

Barghs Miene hellte sich auf. „Wenigstens kommt mein Beil dann endlich zum Einsatz. So gelangweilt wie in den letzten zwei Tagen hab' ich mich schon lange nicht mehr!"

„Im Übrigen ist Yussef Ibn'Alathir …"

„Wer?"

Bargh blickte von Thorn zu Telos, der, seinen Becher in der einen Hand, mit der anderen seine schmerzenden Oberschenkel rieb.

„Das ist der Karawanenführer der Karawane, der sich anscheinend die Diebe angeschlossen haben", erklärte Telos geduldig.

„Genau", bestätigte Thorn kauend. „Der Wirt erzählte von drei schwarz gekleideten Männern, die sich heute Morgen der Karawane eines gewissen Yussef Ibn'Alathir Richtung Ureb angeschlossen haben. Von den restlichen fünf wusste er nichts. Vielleicht haben sie sich aufgeteilt, vielleicht auch nicht. Jedenfalls haben wir bis jetzt kaum aufgeholt, was ich nicht grade erheiternd finde. Sie sind uns immer noch einen Tagesritt voraus."

„Na toll!" Bargh lehnte sich frustriert gegen den Treppenabsatz und zog eine Grimasse.

„Und trotzdem wollt ihr euch unbedingt an eine Karawane dranhängen, die wahrscheinlich dreimal so lang für den Weg nach Ureb braucht wie wir auf unseren Pferden? Außerdem brechen wir dann erst morgen früh auf, was uns exakt um diesen einen Tag ins Hintertreffen bringt. Wenn wir gleich aufbrechen würden, könnten wir zumindest einen halben Tag wettmachen."

„Natürlich", bestätigte Telos. „Ich will ja nicht schwächeln, aber vielleicht wäre ein bisschen Schlaf doch eine Überlegung wert. Außerdem haben wir nur dann eine Chance, das Zepter zurückzuholen, wenn wir die Reise auch überleben. Und keiner von uns kann vorhersehen, was das Zepter in den falschen Händen für Auswirkungen hat. Ich erinnere daran, dass das Chaos zwar besiegt, aber nicht gänzlich aus dieser Welt verbannt werden konnte. Darum muss *Valians Zepter* umgehend zum Cäsarus zurück! Er verlässt sich auf uns. Wir sind in dieser Sache sein Auge und Arm!“

„Das haben wir doch schon geklärt, oder?“, setzte Thorn hinzu und wandte sich genervt an Bargh. „Was glaubst du, warum selbst die Diebe darauf verzichten, sich alleine durchzuschlagen, obwohl die wirklich allen Grund hätten, sich ins Zeug zu legen?“

„Wieso denn? Die sind doch schon über der Grenze und wahrscheinlich ziemlich zuversichtlich, dass ihnen jetzt nicht mehr allzu viel passieren wird. Da kann ich’s schon eher nachvollziehen, sich schön gemütlich mit Kamel und Sonnenschirm den Rest der Reise zu geben. Würd’ ich auch machen.“

Thorn hob seinen Becher und linste misstrauisch hinein.

„Es ist beschlossen! Ob’s dir nun passt oder nicht! Muss ich mich jetzt auch noch mit dir rumstreiten?“

Vorsichtig hob er den Becher an die Lippen und nippte zögerlich an der gelblichen Flüssigkeit.

„Bei Vana, was ist das für ein widerliches Zeug!“, schnaubte er und spuckte alles über die Treppe.

„Das ist dein Frühstück für die nächsten paar Trideaden“, grinste Bargh spöttisch. „Dazu empfehlen sich ein paar runzlige Dörrpflaumen. Is’ nahrhaft und fördert die Verdauung!“

„Hm, ich find’s nicht schlecht“, verkündete Telos sein persönliches Urteil. „Sehr geschmacksintensiv. Ein Getränk, an das ich mich durchaus gewöhnen könnte.“

Angewidert stellte Thorn den Becher zur Seite.

„Ich schätze mal, der Ehrenkodex eines Priesters verlangt es, die Sitten Fremder zu respektieren. Deswegen kannst du mir aber trotzdem nicht einreden, dass du das Zeug genießbar findest!“

Thorn stand auf und ließ seinen Blick durch den Innenhof schweifen.

„Der Wirt meinte, wir können uns hier irgendwo einen Platz zum Schlafen suchen."

Mit einem suchenden Blick schlenderte Thorn durch den Hof auf die Ställe zu. Dort sorgte ein Holzdach dafür, dass die davor angebundenen Tiere, für die in den Boxen kein Platz mehr war, vor den regelmäßig auftretenden Sandstürmen zumindest ein wenig Schutz fanden.

Neben ihren drei Reittieren und den beiden Packpferden gab es noch Platz für wenigstens drei Leute. Der Boden war zwar gepflastert und dementsprechend hart, aber man hatte ihn mit Stroh zugedeckt, sodass er einen ganz passablen Lagerplatz darstellte. In jedem Fall war es neben den Tieren im Stroh wärmer, als auf den Pflastersteinen im Hof. Ohne es zu wollen, verirrten sich Thorns Gedanken zu Chara. Hatte sie tatsächlich vor, sich abzusetzen? Es fiel ihm unerwartet schwer, sich mit diesem Gedanken zu arrangieren und plötzlich wurde ihm bewusst, dass ihm die Söldnerin alles andere als egal war.

Kurz nachdem sich Thorn niedergelegt hatte, schlug Telos neben ihm sein Lager auf. Bargh war nicht dabei. Der Vallander hatte kein Bedürfnis nach Schlaf.

Der Schatten floss über den sandigen Boden wie heißes Metall aus dem Schmelztiegel, bevor es in eine Form gegossen wurde und erkaltete. Thorn, der auf dem unsteten Grund nur mühsam vorwärtskam, hatte keine Chance, ihn abzuhängen. Er hatte alles versucht – ihn mit seinen Pfeilen zu vertreiben, sogar sich ihm zu stellen und zu sehen, was passierte, wenn er sich ihm näherte, aber keiner seiner Versuche war von Erfolg gekrönt. Der Schatten verschwand, sobald er anhielt und auf ihn zuging, nur um sofort wieder aufzutauchen, wenn er seinen Weg fortsetzte. Nun war er wieder auf der Flucht, aber dem Schatten entkommen zu wollen, schien ein sinnloser Versuch. Er war da, in jedem Augenblick, ob Thorn nun rannte, gemütlich dahinschlenderte oder von den Anstrengungen seiner Flucht schwer atmend im Sand kniete. Die Stimmen waren längst verstummt. Zurück blieben schwarze, vage Schemen mit den Umrissen einer Gestalt, deren Inneres zu pulsieren schien als trüge es Leben in sich. Thorn verfluchte den Sand, die Hitze, die nicht enden wollende gleichförmige Aneinanderreihung einer Düne nach der anderen. Er verfluchte das Gefühl der Hoffnung in seiner Brust – einer Hoffnung, die jedes Mal, wenn er den höchsten Punkt einer Düne erreicht hatte, mit einem Schlag zunichte gemacht wurde. Die aber jedes Mal von Neuem aufflammte, sobald er den ersten Schock überwunden hatte und entschlossen weiterkämpfte. Es war völlig gleichgültig, in welche Richtung er lief: Überall erwartete ihn das gleiche trostlose Bild und kein Schritt brachte ihn weiter von seinem Verfolger weg.

„Was willst du?!“, schrie er wie von Sinnen, während er rückwärts dahintaumelte, seinen Blick auf den schwarzen Umriss geheftet.

Als der Schatten nicht antwortete und ihm die Hitze und die Anstrengung der Flucht die letzten Kräfte raubten, brach er schließlich zusammen.

„Warum bist du hier? Was willst du von mir?“

Schluchzend grub er seine Finger in den heißen Sand und schloss die Augen. Es war hoffnungslos, kein Ende in Sicht, keine Lösung der Rätsel, kein Lichtstrahl, der das Dunkel erhellte, und der Schatten würde nicht weichen.

Plötzlich drang ein sanftes Flüstern an sein Ohr: „Bist du Licht oder Dunkelheit? Retter oder Unheilbringer? Held oder Märtyrer?“

Thorn hob ruckartig seinen Kopf und erwachte in genau diesem Augenblick.

„Fragst du dich, ob dir deine neue Waffe einen Heldentitel einbringen wird?“, vernahm er ein sanftes Murmeln an seiner Wange.

Bargh spürte, wie das Blut aus seinem Gesicht wich. Panisch sprang er auf die Beine und griff nach seiner Axt. Aber bevor er zu einem Schlag ausholen konnte, hatte jemand sein Handgelenk gepackt, sodass er mitten in der Bewegung erstarrte. Es war ihm unmöglich, sich aus dem harten Griff zu befreien.

„Na, na, na!“, tönte eine vertraute Stimme unter einer schwarzen Kapuze hervor. „Wer wird denn gleich zur Streitaxt greifen? Ich dachte, ein Vallander kennt keine Angst.“

„Chara!“, stöhnte Bargh erleichtert auf und riss ihr die Kapuze vom Kopf, nachdem sie sein Handgelenk losgelassen hatte.

Als sich seine Vermutung bestätigte, wurde er wütend.

„Bist du verrückt?! Ich hätte dich fast erschlagen!“

„Wohl kaum“, antwortete Chara ungerührt. Die Arme hinter dem Rücken verschränkt, ließ sie ihren Blick über den Hof schweifen.

„Und wo schlafen die Herren Thorn und Telos?“

Bargh nickte in Richtung der Pferdeställe, ließ sie dabei aber nicht aus den Augen. Schließlich zogen sich seine Mundwinkel nach oben und ein breites Lächeln trat auf seine Lippen.

„Hey!“, versuchte er, ihre Aufmerksamkeit auf sich zu lenken. „Gut, dass du dich anders entschieden hast.“

„Wer sagt dir denn, dass ich mich anders entschieden habe?“

Chara warf ihm einen finsteren Blick zu und ließ sich auf den Treppenabsatz sinken.

„Hast du nicht?“, fragte Bargh unsicher. „Wieso bist du dann hier?“

„Weil ich an meiner Entscheidung festhalte.“

Bargh kratzte sich verwirrt an der Stirn. „Wie jetz’?“

„Ich habe nie behauptet, dass ich mich absetzen will. Ich sagte lediglich, dass ich mich nicht dazu veranlasst fühle, eine Karawane zu organisieren.“

Sie blies sich eine Haarsträhne aus dem Gesicht und stützte sich mit den Ellbogen auf die Stufe in ihrem Rücken.

„Ich dachte mir, ein wenig Abstand wäre gut“, erklärte sie nach einer Weile.

Dann wandte sie sich ab und der finstere Ausdruck auf ihrem Gesicht verschwand.

„Ich habe mich entschieden, euch auf der Suche nach dem *Zepter* zu begleiten und habe nicht vor, diese Entscheidung umzustürzen. Außerdem glaube ich kaum, dass du ohne mich klarkommen würdest, magische Waffe hin oder her."

„Ich mag deine Spielchen nicht, Chara Viola Lukullus!"

Chara hob den Kopf und blickte direkt in Thorns blitzende Augen. Seine Haare waren schweißnass und unter seinen Augen lagen dunkle Ringe.

„Schlecht geträumt?", fragte sie arglos. „Du siehst blass aus."

Thorns Blick verfinsterte sich.

„Du *drohst* damit, die Gruppe zu verlassen und dann tauchst du mitten in der Nacht plötzlich auf und tust, als ob nichts gewesen wäre! Für meinen Geschmack spielst du zu gerne mit dem Vertrauen deiner Freunde!"

Charas Mundwinkel kräuselten sich zu einem kühlen Lächeln.

„Freunde? Seit wann bezeichnest du mich als deine Freundin, Thorn Gandir? Und dein Geschmack ist nichts, woran ich mich orientiere – nicht, solange du davon ausgehst, dass dein Geschmack es ist, der das maßgebliche Kriterium für irgendwelcher Leute Entscheidungen darstellt."

Bargh, der einen weiteren Streit unter allen Umständen verhindern wollte, setzte dazu an, Chara zu verteidigen, aber ein durchdringender Blick von Thorn ließ ihn verstummen.

Thorns Augen kehrten zu Chara zurück und anstelle des wütenden Funkelns trat ein Ausdruck, der keine Widerrede duldete.

„Solange du dich in dieser Gruppe aufhältst, hast du dich an gewisse Regeln zu halten. Eine davon ist es, den anderen gegenüber offen zu sein und dir das Vertrauen zu verdienen, das wir in dich setzen. Wir befinden uns hier auf feindlichem Boden und ich will mich wenigstens innerhalb der Gruppe halbwegs sicher fühlen. Einen Feind in meinen Reihen kann ich nicht gebrauchen."

„*Deine* Reihen …", begann Chara mit einer unüberhörbaren Angriffslust in ihrer Stimme, aber Thorn unterbrach sie, bevor sie weiterreden konnte.

„Davon abgesehen bin ich froh, dass du wieder hier bist."

Er machte auf dem Absatz kehrt und schritt über den dunklen Hof zurück zu seinem Lager, ohne Charas Reaktion abzuwarten.

Chara beobachtete ihn schweigend, während er sich entfernte. Dann wandte sie sich Bargh zu, der entschuldigend die Schultern hob.

„Ich weiß auch nicht, was ihm über die Leber gelaufen ist."

Chara erhob sich und zog sich die Kapuze über den Kopf.

„Nichts, das ist ja gerade das Spannende an Thorn. Mal freundlich, mal unkontrolliert aggressiv", antwortete sie gelassen und wollte sich entfernen.

„Wohin gehst du?", fragte Bargh alarmiert.

„Schlafen", meinte sie knapp und schlenderte zu den Pferdeställen. Dort breitete sie neben Thorn eine Decke aus, während er sie mit einem argwöhnischen Blick dabei beobachtete, und machte es sich darauf bequem.

Die Aschranische Wüste

Die kalten Gemäuer in den Kellerräumen der Villa waren nur vom Schein weniger Kerzen erleuchtet, die auf dem schwarzen Altar vor sich hin flackerten. Dunkle Schatten huschten über die schmucklosen Wände und den steinernen Boden und erzeugten bewegte Bilder in dem sonst gänzlich unbelebten Raum.

Testaceus stierte gedankenschwer auf die glattpolierte Oberfläche des schwarzen Steins, während Lestrang, die Hände in den Ärmeln seiner anthrazitfarbenen Robe, reglos in einem Winkel des Raums verharrte und mit der Dunkelheit hinter sich verschmolz.

Testaceus konnte seine Anwesenheit spüren, auch wenn er mit dem Rücken zu ihm stand. Der Augur hatte eine so einzigartige Aura, dass seine Gegenwart nur selten unbemerkt blieb. In seiner Nähe beschlich Testaceus jedes Mal ein Gefühl sich langsam ausbreitender Leere, das für gewöhnlich in ein inneres Frösteln mündete. Es war, als würde eine eiskalte Hand nach seinem Herzen greifen und nicht selten geschah es, dass er aus diesem Grund vorzeitig das Weite suchte.

Gerade jetzt, erst wenige Augenblicke nach Testaceus' Eintreffen, fühlte er diese grausige Kälte in seinem Inneren und er wusste, dass sich Lestrang darüber im Klaren war, mehr noch, dass er es genoss, diese Wirkung zu besitzen.

Testaceus unterdrückte den Drang, den Raum zu verlassen, drehte sich um und blickte in Lestrangs fahles Gesicht.

„Also", begann er in sachlichem Tonfall, während er den Augur mit seinen Blicken maß, „wie Ihr wisst, habe ich jemanden damit beauftragt, *Valians Zepter* zurückzuholen."

„Den Waldläufer Thorn Gandir", stellte Lestrang gelassen fest und seine schneidende Stimme drängte sich hart und unauslöschlich zwischen Testaceus' Gedanken.

Einen Augenblick hielt Testaceus inne, um seine Konzentration wiederzuerlangen, dann fuhr er mit ruhiger Stimme fort: „Ich habe in dieser Angelegenheit intuitiv entschieden, denn meine Pläne erforderten es, möglichst rasch eine Entscheidung zu fällen. Ich brauche das Zepter! Ohne das Symbol, ohne diese *Waffe* bin ich schwächer, als ich es mir erlauben kann. Mein Vorhaben könnte scheitern – ein Risiko, das ich nicht eingehen kann. Also fällte ich einen Entschluss und im Grunde fiel mir dieser nicht schwer."

Testaceus blickte dem Augur gerade in die Augen. Er hatte die Erfahrung gemacht, dass er auf diese Weise besser mit dessen bedrohlicher Ausstrahlung zurechtkam. Je genauer man die Gefahr im Auge hatte, je mehr man von ihr wahrnahm, umso eher verlor sie ihre beunruhigende Wirkung – das war eine Weisheit, deren Bedeutung er im Laufe seines Lebens begreifen gelernt hatte. Auch wenn Lestrang in seinen Diensten stand, so wusste er nur zu gut, wie gefährlich ihm der Augur werden konnte; über diese Tatsache war er sich stets im Klaren, wenn er sich in dessen Nähe aufhielt.

„Ich habe Thorn aus gutem Grund mit diesem Auftrag betraut", verlieh er seinen Worten Nachdruck.

Lestrang nahm seine Hände aus den Ärmeln und bewegte sich langsam auf Testaceus zu, während die samtige Robe um seine knöchernen Beine raschelte.

„Ja?", hielt er Testaceus kühl dazu an fortzufahren.

Testaceus versuchte seinen Widerwillen gegen Lestrangs Annäherung zu vertuschen und hob seinen Kopf leicht an.

„Ich traue ihm einen Erfolg zu. Aber … Nun, ich denke, es ist auch eine Art Prüfung. Eine Prüfung für seine Solidarität mir gegenüber. Thorn ist ein guter Mann. Ich glaube, dass er das Zepter finden kann und zurückbringt. Doch scheitert er …"

Testaceus stockte, fuhr dann aber mit fester Stimme fort.

„Ihr habt mir bei meinem letzten Besuch klargemacht, dass es einen unter meinen Vertrauten gibt, der mit mir brechen wird oder dessen Treue ins Wanken gerät."

Lestrangs Stimme senkte sich zu einem unheilvollen Flüstern, als er vor Testaceus zum Stehen kam: *„Und beide sind ihrem Blut treu, aber einer von ihnen bricht mit dem maßgebenden Verstand. So verliert der Schlag seinen Takt."*

Testaceus nickte bestätigend.

„Nun, wie sich herausstellte, ist Thorn derjenige, der den Schlag aus dem Takt bringt. Eure Vision hat sich also erfüllt. Nicht nur diese, auch die anderen."

„Richtig", bestätigte Lestrang gleichmütig. „Der Waldläufer wurde aus *Liebe zum Leben zum Mörder* und lieferte Euch Cartius auf dem silbernen Tablett und Eure neue rechte Hand ... Wie hieß sie noch gleich?" Er seufzte gedehnt. „Rosmerta errang ihren Sieg einzig und allein aufgrund der Tatsache, dass sie nichts mehr begehrte als eben diesen. Die *Liebe zur Macht* machte sie zur *Siegerin* und zwar in jeder Beziehung. Was aber bewog Euch zu dem Glauben, dass Thorn eine gute Wahl für diesen Auftrag wäre? Seine Neigung, den eigenen Kopf durchzusetzen? Das scheint mir ein recht seltsames Motiv zu sein."

Lestrangs Lippen kräuselten sich zu einem sardonischen Lächeln.

„Wollt Ihr ihn etwa dem Thanatanen opfern?", fragte er mit süßlicher Stimme und Testaceus lief es eiskalt über den Rücken.

Er schüttelte abwehrend den Kopf, als könnte er diesen Gedanken damit umgehend aus seinem moralischen Bewusstsein katapultieren.

„Natürlich nicht, zumindest nicht so, wie *Ihr* es gerade darzustellen versucht."

Lestrang zog seinen Kopf ein Stück zurück und tat, als wäre er überrascht.

„Nicht?", fragte er, eine Verblüffung vortäuschend, die offensichtlich nicht einmal annähernd vorhanden war.

„Ich habe nicht vor, ihn in den Tod zu schicken! Ich bin davon überzeugt, dass er der Richtige für diesen Auftrag ist. Aber sollte seine Treue mir gegenüber verloren gegangen sein, sollte er sein Wort brechen, dann ..."

„Dann könnt Ihr Euch in jedem Falle sicher sein, dass ihn sein frühzeitiges Ableben davor bewahren wird, Euch Schaden zuzufügen“, vollendete Lestrang den Satz gelangweilt. „Ich habe nichts anderes behauptet. Der Unterschied ist nur, dass ich die Dinge auf den Punkt bringe, wo andere sich um das tatsächliche Motiv ihrer Handlungen winden wie Würmer am Haken. Leider machen mich die ständig auftretenden Fragen der Moral schläfrig …“

Er drehte sich um und ging zurück in den dunklen Winkel, wo er sich offenbar recht heimelig fühlte.

„Also kommen wir am besten zum eigentlichen Grund Eures Besuchs. Ihr wollt also wissen, ob Eure Entscheidung, den Waldläufer mit dieser Aufgabe zu betrauen, richtig war.“

Testaceus nickte und spürte, wie sich seine Glieder anspannten.

„In diesem Fall“, fuhr Lestrang fort, „brauche ich keine Vision, um zu wissen, was weiter geschieht.“ Er heftete seine Augen auf die kalte Wand. „Der weitere Verlauf dieser Geschichte liegt auf der Hand. Allerdings gibt es zwei Konsequenzen Eurer ganz persönlichen kleinen Intrige oder wie auch immer Ihr es nennen wollt – zwei Seiten der Medaille sozusagen.“

Testaceus ignorierte den Spott in Lestrangs Worten und versuchte, sich auf den Inhalt zu konzentrieren.

„Leider kann ich Euch nicht sagen, durch welche der zwei möglichen Türen der Waldläufer gehen wird und welche Tür es ist, die er damit endgültig zuschlägt. Alles, was ich weiß, ist, dass in Thorn Gandirs Händen Eure Zukunft liegt – er ist das auslösende Moment Eures Sieges …“ Seine Stimme senkte sich zu einem Flüstern, was ihren schlangenhaften Charakter noch verstärkte. „Oder der Grund Eurer Niederlage. Ihr wisst, was das bedeutet, nicht wahr?“

Testaceus starrte Lestrang nur an. Er war nicht imstande, auf seine Frage zu antworten.

„Der Waldläufer trägt Euer Schicksal auf seinen Schultern und es ist nicht nur Euer Erfolg oder Eure Niederlage, worüber er bestimmen wird.“

In diesem Moment fiel es Testaceus wie Schuppen von den Augen. Plötzlich wusste er, worauf Lestrang hinauswollte. Er kannte und fürchtete Lestrangs Worte, noch bevor dieser sie aussprach.

„Thorn wird Euch, je nachdem, wonach er sein zukünftiges Handeln richtet, eine Zukunft bescheren, die all Eure Pläne aufgehen und all Eure Hoffnungen wahr werden lässt."

Lestrang richtete sich auf und durchbohrte Testaceus mit seinem Blick.

„Oder aber er bringt Euch den Tod."

Zitternd atmete Testaceus ein.

„Ich kann mich auf dieses Urteil verlassen?", flüsterte er, während er mit seiner Beherrschung kämpfte.

„Seid beruhigt, das könnt Ihr. Ich sagte zwar, dass ich in dieser Angelegenheit keine Vision zu haben bräuchte, aber Tatsache ist, dass ich eine hatte. Was ich Euch sagte, ist absolut gewiss."

Die Gedanken in Testaceus' Kopf begannen auf unübersichtlichen Bahnen durch sein Bewusstsein zu schießen. Konnte er das Schicksal noch beeinflussen, das Ruder noch herumreißen? Sollte er Thorn zurückholen und ihn daran hindern, die falsche Richtung einzuschlagen? Gab es irgendetwas, das er noch tun konnte?

Nein. Es war zu spät. Er hatte keinen Einfluss mehr darauf, was passieren würde.

Thorns Entscheidung würde das Schicksal also besiegeln. Dann würde die Waage schließlich doch noch kippen, zu wessen Gunsten auch immer – Sieg oder Niederlage.

* * *

„Sieben, acht, neun, zehn, elf …"

Thorn saß auf seinem Pferd und versuchte, sich ernsthaft darauf zu konzentrieren, keines der Kamele zu übersehen, aber in dem Durcheinander des Aufbruchs konnte er sich nur schwer einen Überblick verschaffen.

„Thorn!“, schrie Bargh, der gerade dabei war, die beiden Packpferde zu beladen. „Wo ist eigentlich Chara? Hab’ sie seit unserer Ankunft in der Oase nich’ mehr gesehen!“

„Wahrscheinlich versucht sie wieder mal, die Unabhängige zu spielen und ist schon vorausgeritten. Außerdem, es ist mir so was von … verdammt!“

Seine Augen glitten hektisch zwischen den Kamelen hin und her. Er hatte den Überblick verloren! Wo war er stehen geblieben?

„Jetzt kann ich wieder von vorn anfangen!“, stöhnte er genervt auf. „Was für eine dämliche Arbeit!“

„Hast den Faden verloren, he?“, fragte Bargh glucksend. „Is’ auch nicht so einfach, bei einer Karawane von siebenunddreißig Kamelen, was?“

Telos, der mit zwei frisch befüllten Wasserschläuchen von einer kleinen Quelle zurückkehrte, die sich im Zentrum der Oase in ein Wasserloch ergoss, blickte stirnrunzelnd zu Thorn, der das Zählen wieder aufgenommen hatte.

„Dreizehn, vierzehn, fünfzehn …“

„Siebenunddreißig Stück“, stellte Telos fest. „Das kann doch kein Problem sein, die durchzuzählen. Wenn du willst, helfe ich dir!“

„Verflucht noch mal!“, blaffte Thorn, „Könnt ihr mich endlich meine Arbeit machen lassen? Wenn das so weitergeht, sind wir heute Abend noch hier!“

„Verzeihung“, beschwichtigte Telos ihn. „Bin schon weg!“

Er schritt zu den Pflöcken, an denen die Pferde angebunden waren, und befestigte die Wasserschläuche am Sattel seines Reittiers.

Muhammed El’Shabei schlenderte freundlich lächelnd vorbei und drehte sich zu ihm um.

„Wo ist aigentlich Eure Gemahlin?“, fragte er mit einem frivolen Grinsen im Gesicht. „Ihr solltet sie ħier nicht allaine ħerumrennen lassen. Sie ħat żwar Kħörper und Kħraft aines Mannes, aber ħier in Aschran sind ausländische Frauen, die sich ohne Ihre Gatten bewegen, sożusagen Fraiwild, wenn Ihr versteht, was ich maine!“

Sein Grinsen wurde anzüglich und Telos spürte, wie die Ader an seinem Hals zu pulsieren begann.

„Ich werde sofort nach ihr sehen“, antwortete er mit bedrohlich leiser Stimme. „Habt Dank für Euren Rat. Ich bin mir sicher, dass es zu keinerlei unangebrachten Handlungen vonseiten Eurer Männer kommen wird!“

Die letzten Worte sagte er mit einem derartigen Nachdruck, dass der Karawanenführer kurz zögerte.

„Äh, ja. Dann … werde ich jetżt nach Eurem Freund, dem Kħameltraiber, sehen und prüfen, ob er mit dem Żählen żurechtkommt.“

„Tut das“, nickte Telos, trat von seinem Pferd zurück und begann in dem Treiben der zusammenpackenden Leute nach Chara Ausschau zu halten.

Schließlich fand er sie auf einem kleinen Felsen etwas abseits der Oase. Sie hatte ihr Pferd bereits bepackt und war tief in ihr schwarzes Buch versunken. Telos blieb stehen und beobachtete sie. Plötzlich wurde ihm bewusst, dass Charas Anblick etwas in ihm erregte. Zum ersten Mal sah er sie als eine Frau. Schuld an dieser neuen Wahrnehmung war Charas fremde Aufmachung. Statt ihres verschlissenen, über die Lederrüstung getragenen Mantels, dessen Kapuze sie ständig tief ins Gesicht zog, trug sie seit ihrem Aufbruch von der Karawanserei ein einfaches Leinenkleid, das ihr bis an die Knöchel reichte und mit einem geflochtenen Garn an ihrer Hüfte zusammengehalten wurde, was ihre Taille gut zur Geltung brachte. Ihr dichtes, schwarzes Haar fiel ihr in wirren Strähnen auf die Schultern und war zur Abwechslung nicht unter einer Kapuze verborgen. Muhammed El’Shabei hatte darauf bestanden, sie in dieses Kleid zu stecken, was ihr zwar nicht besonders behagte, aber zu Telos’ Verwunderung hatte sie sich nicht dagegen gewehrt. Sie hatte sogar ihr Betragen so gut sie konnte der neuen Garderobe angepasst. Chara verhielt sich innerhalb der Karawane deutlich weiblicher als sonst. Ein weiterer Grund für Telos’ veränderte Wahrnehmung war der Umstand, dass sie Chara als sein Weib ausgegeben hatten, um jeden Verdacht von ihr abzulenken.

Eine ledige Frau allein auf Reisen in Aschran – das wäre zu auffällig gewesen.

„Was tust du da?“, fragte Telos, als er sich zu ihr gesellte.

„Wonach sieht’s denn aus?“, antwortete Chara abwesend.

Telos ging vor ihr in die Hocke und blickte auf ihre schlanken Finger, die fast zärtlich über die Buchseite strichen.

„Könntest du nicht gelegentlich ein wenig offenherziger sein, Chara?“, seufzte er. „Ich weiß, wir beide sind nicht unbedingt vom gleichen Schlag, aber es würde dir guttun, hin und wieder …“

„Moment!“

Sie klappte ihr Buch zu, hob ihren Kopf und kniff die Augen zusammen.

„Willst *du* mir jetzt auch noch einen Vortrag darüber halten, wie man sich in einer Gruppe wie dieser zu verhalten hat?“

Sie sprang auf die Beine, ließ das Buch in ihrem Rucksack verschwinden und fasste die Zügel ihres Pferdes.

„Versteh mich nicht falsch, Priester!“, sagte sie. „Ich hab’ nichts gegen dich. Ich bin sogar dankbar, dich bei uns zu haben. Immerhin bist du der Einzige, der Thorns Jähzorn dämpfen kann und auch der Einzige, dem er vertraut, was mich von der Mühsal entbindet, ihm eine Freundin sein zu müssen. Denn eines ist klar, der gute Mann hält es ohne einen engen Vertrauten nicht aus und es ist offensichtlich, dass alles, was Brüste hat, seiner Meinung nach verschlagen und ganz und gar nicht vertrauenswürdig ist. Zumindest seit die Elfe tot ist. Es war zu erwarten, dass Thorn sein Misstrauen Frauen gegenüber von Rosmerta auf mich übertragen würde, sobald sie weg ist. Und ich denke, ich spiel’ ihm dabei ganz gut in die Hände, was mich irgendwie befriedigt, zumal ich annehme, ihm damit einen Gefallen zu tun. Ich glaube nämlich, er braucht ein Feindbild ebenso sehr wie eine Vertrauensperson.“

„Bist du fertig?“, fragte Telos ruhig. „Du bist eine gute Beobachterin, Chara. Aber dein Zynismus ist nicht gerade hilfreich und er nützt dir ebenso wenig wie uns. Um ehrlich zu sein, auch ich traue dir nicht und das liegt nicht daran, dass ich intolerant wäre, auch wenn das von Priestern oft behauptet wird. Ich zweifle vielmehr an deiner Gesinnung."

Chara blickte ihm unverwandt in seine blassgrauen Augen. Die Hässlichkeit seines Gesichts, die dunklen Schatten unter seinen Augen und die Narben, die seine Haut verunstalteten, änderten nichts an der Tatsache, dass Telos eine fesselnde Ausstrahlung hatte, die sie beinahe anziehend gefunden hätte, wäre er nicht ein Priester und sie nicht die, die sie nun mal war.

„Meine Gesinnung braucht dich nicht zu beunruhigen", antwortete sie mit einem verspielten Lächeln. „Sie wird dir nicht im Wege stehen, wenn du das meinst. Immerhin ziehen wir am selben Strang, zumindest, solange wir wie jetzt das gleiche Ziel verfolgen."

„Das meine ich nicht", antwortete Telos. „Ich spreche nicht von mir, sondern von dir. Wenn du es zulässt, dass sich das Chaos deiner Seele bemächtigt, dann bin nicht ich derjenige, der ein Problem hat, sondern du. Du weißt, dass die dunklen Mächte zerstörerischer Natur sind. Das gilt auch für denjenigen, der ihnen huldigt."

Charas Lächeln wurde breiter. Es war zu erwarten gewesen, dass Telos eines Tages versuchen würde, sie zu missionieren.

„Keine Sorge, ich bin eine Skeptikerin, vielleicht eine Zynikerin, aber keine Chaosanhängerin. Das mag zwar für einen Priester dasselbe sein, für einen Wahrheitssuchenden aber ist es ein gewaltiger Unterschied."

Telos stutzte. Dann sah er sie mit großen Augen an.

„Du bist eine von diesen Leuten, welche die vorherrschenden Weltbilder infrage stellen!", stellte er erstaunt fest. „Jene Leute, die sich selbst als Philosophen bezeichnen."

„Ich hatte die Möglichkeit, mich in jungen Jahren einer recht umfangreichen Bildung zu unterziehen, aber ob man die Wahrheit liebt oder nicht, hat nichts mit Bildung zu tun. Vielmehr wird es einem in die Wiege gelegt oder vom Leben gelehrt."

Telos nickte nachdenklich.

„Wohl wahr."

Er stand auf, zog ein blaues Seidentuch aus einer seiner Gürteltaschen, ging auf sie zu und reichte es ihr.

„Besser, wenn du dir das hier vor dein Gesicht bindest. Du fällst damit nicht so auf und die Kameltreiber fühlen sich weniger provoziert."

Chara nahm das Tuch.

„Kann es sein, dass du mich vor den lüsternen Blicken der Aschraner schützen willst? Wenn ja, dann frage ich mich, ob das bloß eine Geste deiner selbstlosen Sorge ist, oder ob dahinter irgendeine Form von Eigeninteresse steckt. Letzteres allerdings wäre eines Agramonpriesters nicht würdig."

Telos schüttelte schmunzelnd den Kopf.

„Chara, Chara, deine Zunge kennt keine Tabus, nicht wahr?"

„Das eine oder andere Tabu gilt selbst für mich", gab sie nüchtern zurück.

Ihre Antwort klang wie das Schlusswort einer Persönlichkeitsbeschreibung, die nie stattgefunden hatte.

Sie band sich das Tuch um ihr Gesicht, sodass nur noch ihre schwarzen Augen zu sehen waren, packte die Zügel ihres Pferdes und folgte ihm zurück zur Oase, wo Thorn gerade seine Nerven gänzlich über Bord warf.

„Das darf doch wohl nicht wahr sein!", fluchte er ungehalten, ohne sich von einem der Kameltreiber, der ihn offenbar beim Zählen unterbrochen hatte, einschüchtern zu lassen. „Ihr könnt mich doch nicht beschuldigen, meine Arbeit nicht zu machen und gleichzeitig dafür sorgen, dass ich nicht dazu komme!"

Der Kameltreiber hob entschuldigend seine Schultern.

„Kȟann ich nix dafür! El'Shabei sagte, dass ich zu Euch gehen soll, und er sagte, dass ich Euch sagen soll, dass er gesagt ȟat, dass wir jetżt losraiten."

Er verdrehte die Augen und schien über seinen Satz nachzudenken.

„Aber żählt ainfach fertig. Und dann brechen wir auf. Wir sind schon spät dran und der Kȟarawanenführer wird langsam ungeduldig!"

Seinen Turban zurechtrückend stapfte er Richtung Quelle davon und warf Chara im Vorbeigehen einen eindeutigen Blick zu, was Telos dazu veranlasste, sie am Arm zu packen und ein Stück zu sich heranzuziehen. Chara reagierte, indem sie die Augen beschämt niederschlug, so wie es für eine Frau angemessen war.

Als der Aschraner außer Sicht war, sagte sie: „Du kannst mich wieder loslassen."

Telos lächelte und gab ihren Arm frei.

„Keine Sorge, ich hab' nicht vor, dich zu meiner Sklavin zu machen. Auch wenn Frauen hier nicht viel mehr als das zu sein scheinen."

Nachdem Thorn endlich seine Arbeit erledigt hatte, die Kamele durchgezählt und bepackt worden waren und jeder auf seinem Reittier saß, brach die Karawane auf.

Der Nachmittag zog sich unangenehm in die Länge. Die Hitze machte vor allem Thorn zu schaffen, der das kühle Klima Albas gewohnt war und die heißen Sommer des Imperiums schon kaum ertragen hatte. Und dann war da noch der Sand, der sich überall in den Kleidern einnistete und selbst vor Körperöffnungen keinen Halt machte. Immer wieder trafen Thorns Zähne knirschend auf ein Sandkorn und auch seine Augen blieben von den spitzen, kleinen Körnern nicht verschont.

Nach dem Vorbild der Kameltreiber hatte er sich ein Tuch um den Kopf gewickelt, um zumindest einem Sonnenstich vorzubeugen, während sich Bargh, der eine spezielle aschranische Maßnahme gegen Sonnenbrand herausgefunden hatte, am ganzen Körper mit Kamelfett eingerieben hatte, was Chara mit einem verständnislosen *Reicht deine Liebe zum Essen so weit, dass du wie ein Stück Speck rumlaufen musst?* kommentierte.

Tatsächlich hatte Bargh mindestens doppelt so dick Kamelfett aufgetragen als dies üblich war, um, wie er betonte, der aggressiven Wüstensonne endgültig einen Strich durch die Rechnung zu machen.

Thorn, Chara, Bargh und Telos ritten am Ende der langgezogenen Kolonne aus El'Shabeis Kamelen. Muhammed El'Shabei war so gut wie nie in ihrer Nähe, denn sobald sie eine längere Pause einlegten, wie zum Beispiel während der Mittagshitze, zog er sich in sein Zelt zurück.

Zu Thorns Verwunderung ritten sie bis in die Nacht hinein und erst als der Mond schon hoch am schwarzen Himmel stand, erreichten sie eine an einem kleinen Teich gedeihende Palmenoase. Im Unterschied zu ihrer mittäglichen Rast wurden nun auch die Zelte der Kameltreiber aufgeschlagen, nachdem man die Kamele und Pferde getränkt und versorgt hatte.

Thorn und Telos bauten ihre beiden Zelte auf, während Chara und Bargh das Treiben im Lager beobachteten.

Im Zentrum des Lagers wurde eine Feuerstelle in den Sand gegraben, worüber ein riesiger Kessel auf einem gusseisernen Dreibein befestigt wurde. Ein paar der Kameltreiber kamen mit Wasserschläuchen, mehreren kleinen Gewürzbeuteln und einem bis an den Rand mit eingesalzenen Fleischbrocken gefüllten Korb zur Feuerstelle, wo man getrocknete Kamelfladen aufzuschichten begonnen hatte. Während einer der Männer versuchte, das Feuer in Gang zu bringen, gossen die anderen das in den Schläuchen mitgebrachte Wasser in den Kessel.

Chara gähnte herzhaft und verschwand zwischen Thorn und Telos, die gerade die letzten beiden Haken in den Sand schlugen, hindurch ins Zelt.

Kurz danach tauchte sie mit ihrem Reisebesteck und einer Holzschüssel wieder auf.

„Gehst du etwa Essen fassen?“, fragte Bargh, der mit gierigem Blick die Kameltreiber beim Kochen beobachtet hatte, in der Hoffnung, es würde schneller gehen, wenn er sie im Auge behielt.

Chara nickte und schlenderte in Richtung Feuerstelle.

„Warte! Ich komm’ mit!“

Er hastete in das andere Zelt, um sein eigenes Geschirr hervorzukramen.

Telos warf sich seinen Umhang über die Schultern und sah zu Thorn.

„Soll ich dir etwas zu essen mitbringen?“

„Danke, ich habe keinen Hunger“, antwortete Thorn müde.

Er rieb sich die steifen Finger und sah zu Telos hoch. „Ach ja, und vergiss nicht: Du teilst in den nächsten Tagen dein Zelt mit Chara. Nicht, dass du unabsichtlich in mein Zelt gekrabbelt kommst."

Ein schadenfrohes Grinsen trat auf sein Gesicht.

„Chara als Eheweib – das ist nicht gerade ein tröstlicher Gedanke, oder? Bin froh, dass *du* die undankbare Aufgabe übernommen hast."

Telos verzog leicht den Mund, fand den Gedanken dabei aber gar nicht so schrecklich, was er jedoch wohlweislich für sich behielt.

Bargh kam schnaufend und mit seinem Geschirr bepackt aus dem Zelt und hastete an Telos vorbei zum Lagerfeuer, wo er sich unter entschuldigendem Kopfnicken an der sich vor dem Kessel angesammelten Menschenschlange vorbei bis zu Chara vordrängte.

„Beeilt euch mit dem Essen! Wir treffen uns gleich danach mit El'Shabei!", rief Thorn ihnen noch hinterher, als sich auch Telos zur Essensausgabe aufmachte.

„Is' ja echt'n ziemlich heftiges Zeuch", lallte Bargh, machte einen unbeholfenen Schritt zur Seite und stellte Telos unabsichtlich ein Bein.

Der Priester knickte kraftlos ein und fiel auf seine Knie.

„Mann!", grunzte Telos lahm und versuchte, wieder auf die Beine zu kommen, dabei verlor er das Gleichgewicht und begann bedrohlich zu wanken. Einen Augenblick lang kämpfte er mit rudernden Armen um das Gleichgewicht, dann plumpste er wie ein Sack mit dem Gesicht voraus in den Sand, ohne dass seine Hände den Sturz abfangen konnten. Eine Weile blieb er reglos liegen, während Bargh auf ihn hinabstarrte und angestrengt überlegte, wie das passieren konnte. Von unten ertönte ein Schnauben und Husten.

„Pffusst du … päh, pferdammter Sand", spuckte Telos und rappelte sich ungelenk auf.

„Mussu dich so aufführen? Wo issen dein Benehmen hin? Ich bin Temos Lamekin, Oberpiesler des Agramon, un' ich verbitte mir eine solche Behandlung!"

Bargh kratzte sich schuldbewusst den Kopf und hielt ihm dann hilfsbereit seine Hand hin.

„Tut mir leid …“

Plötzlich prustete er laut los: „Lamekin!! Pfahaha! Du Trottel heißt ja Malekin!“

„Hilfsu mir jetz’ oder nich’!“, funkelte ihn Telos wütend an, während er sich an Bargh festklammerte, der leise vor sich hin kicherte, aber keine Anstalten machte, ihm auf die Beine zu helfen.

Als Telos’ zorniges Funkeln ein bedrohliches Ausmaß annahm, riss Bargh sich endlich zusammen und zog den Priester mit einem ordentlichen Ruck auf die Füße. Einen Moment schwankte Telos wie ein Schilfrohr im Wind, dann atmete er tief durch und nahm Haltung an.

„Seid ihr dann fertig?“, rief Thorn, der ein Stück vorausgegangen war, gereizt.

„*Pan daimón Sophad in Noún Deiós edo pan Tèlon Anthrópei in Práxe Nomoin daimóne*“, lautete Telos’ verheißungsvolle Antwort.

„Wie?“, fragte Bargh verdattert.

Telos ordnete behutsam die Falten seiner Toga und blickte ihn belehrend an.

„*Alle göttliche Weisheit liegt im Geiste der Götter und aller Sweck ses Menschen is’ die Ausübung ses göttlichen Gesetzes*“, nuschelte er beflissen, während er Bargh mit einem tadelnden Blick bedachte. „S’is Chryseisch, die Sprache meiner Heimat. Diese Weisheit lehrt man uns Priester schon in den ersten Tagen unserer Ausbildung in den geweihten Hallen ses Agramontempels.“

„Ach so“, murmelte Bargh mit einer wegwerfenden Handbewegung und brach in dümmliches Gekicher aus. Als er sich wieder gefangen hatte, blickte er Telos verständnislos an.

„So’n Müll. Das würd’ ja heißen, die Gesetze der chryseischen Götter wären die einzig wahren. Wozu gibt’s denn dann andere Götter mit anderen Gesetzen? Dann wär’n ja alle Menschen, die die Gesetze von anderen Göttern befolgen, blöd un’ das kann nich’ sein!“

Telos schüttelte energisch seinen Kopf und verdrehte die Augen.

„'türlich nich'. Sie sin' einfach noch nich' so weit, um die wahre Weisheit su sehen. Das heißt aber nich' unbedingt, dass sie blöd sin'."

Bargh schwieg und Telos nickte zufrieden. Als sie endlich zu Thorn aufgeschlossen hatten, wurden sie mit einem tadelnden Blick empfangen.

„Sagt mal, habt ihr auch nur in Ansätzen mitbekommen, was Muhammed El'Schabei uns mitgeteilt hat?", knurrte Thorn übellaunig.

„Wer bei Agramon ist Muhammed Schelbei?"

„Das is' der, von dem wir dieses fiese Zeuch bekommen haben", gab Bargh bereitwillig Auskunft. „*Hasta*, oder wie's heißt. Ich glaub', wir ham uns suviel davon innen Tee gekippt."

Thorn fuhr sich genervt über seine Haare.

„Wir haben gerade erfahren, dass der Karawanenführer Ibn'Alathir, bei dem die Diebe angeheuert haben, zu den Leuten eines gewissen Mustafa Al'Shej gehört. Al'Shej! Sagt euch das irgendetwas?"

Bargh nickte eifrig.

„'türlich. Die Shejs! Sin' die Bösen. Hab' ich gewusst!"

Thorn schüttelte resigniert den Kopf und setzte ohne ein weiteres Wort seinen Weg fort, ohne auf die beiden zu warten.

„Ach was!", meinte Telos leichthin. „Lass' uns lieber zum Teich gehen, Bargh. Mich gelüsset nach Wasser."

Bargh nickte zustimmend, hängte sich bei ihm ein und sang aus vollem Halse: *„Leb wohl, meine Süse, die See ruft mich rauuuus, der Krieg in der Ferne erfüllt mich mit Grauuus; mein Schild un' mein Kriegsbeil, die werden mich füüühr'n, un' nichts kann mich halten, zur Angst mich anrüüühr'n!"*

Als die beiden schließlich erschöpft, aber in bester Laune vom Wasserloch zu den Zelten zurückkehrten, war es totenstill im Lager.

„Pst!", zischte Bargh inbrünstig.

Telos nickte verstehend und legte seinen Zeigefinger an seine Lippen. Dann zuckte er zusammen und starrte Bargh erschrocken an.

„Wir müssen Thorn noch sagen, was us Muhammedelbei gesagt hat."

Sein Zeigefinger schnellte belehrend nach oben, wobei er sich fast das Auge ausstach. Nachdem er seinen Finger ängstlich begutachtet hatte, huschte ein triumphierendes Grinsen über sein Gesicht.

„Hast dir gedacht, ich seh' dich nich' kommen, he?"

„Thorn war dabei, Lamekin!", sagte Bargh belehrend.

„Na dann …" Telos lächelte sonnig, ging in die Knie und robbte ins Zelt.

„Schlaf gut", brummte ihm Bargh hinterher, wobei er sich fragte, ob er Telos hätte in Kenntnis setzen sollen, dass er seit seinem Bad im Teich nichts mehr anhatte.

Unterdessen lag Thorn auf seiner Decke und stierte die Zeltplane an.

„Ein Al'Shej also …", murmelte er abwesend.

Die neue Information war verwirrend. Es war nachvollziehbar, dass die Diebe sich an Al'Jebals Männer hielten, um möglichst sicher an ihr Ziel zu gelangen. Offensichtlich hatte die Familie Al'Shej in jedem verfluchten Nest irgendeinen aus ihrer Sippschaft sitzen. Damit stand für Thorn außer Zweifel, dass Al'Jebal hinter dem Zepter-Raub stand. Was ihn aber irritierte, war die Tatsache, dass ihnen ausgerechnet ein Al'Shej bei ihrer Suche nach dem Zepter geholfen hatte. Haras Al'Shej war zwar an das Haus Al'Duri und damit an Testaceus gebunden, aber dennoch fand Thorn es bedenklich, dass der Mann ihnen gegen Al'Jebals Willen in die Hände spielte.

„*Gegen* Al'Jebals Willen …", sagte er leise vor sich hin, während sich Bargh laut schnarchend zu einem kleinen Bündel einrollte.

Hatten sie Haras die Information trotz dessen Verpflichtung Al'Jebal gegenüber abgerungen? Oder …?

Er atmete zitternd ein. Ein leises Gefühl des Zweifels beschlich ihn. Hatte Haras sie etwa bewusst auf diese Fährte gelockt?

Thorn wälzte sich unruhig auf die andere Seite und stierte gegen die Zeltplane. Schließlich schüttelte er den Kopf und schloss die Augen.

„Schwachsinn!", murmelte er zu sich selbst.

Es war naheliegend, dass Haras in letzter Konsequenz an sein eigenes Wohl dachte, und dieses hing nun mal an seinem Händlerdasein in Valianor. Außerdem hatte er ihnen kaum etwas mitgeteilt. Alles, was er gesagt hatte, war, dass drei vermummte Gestalten acht Pferde verlangt hatten, Leute, die er darüber hinaus mit Ausrüstung und Proviant versorgt hatte und die in den Süden aufgebrochen waren. Das war's. Was hatte er damit schon groß preisgegeben?

Entschlossen schob Thorn alle beunruhigenden Gedanken beiseite und versuchte, sich von der Müdigkeit überwältigen zu lassen. Augenblicke später fiel er in einen unruhigen Schlaf und träumte von gespenstischen Schemen in der Wüste.

Als sich Telos, seine Toga in der Hand und abgesehen von seinen Stiefeln splitterfasernackt, auf seine Decke fallen ließ, murmelte Chara halb im Schlaf: „Da sind wir gerade frisch verheiratet und du kommst schon volltrunken und halb nackt nach Hause. Was soll ich da bloß für einen Eindruck bekommen?"

Telos warf sich auf die andere Seite und brummte ein reumütiges *Verseih mir,* bevor er leise schnarchend einschlief.

Am nächsten Morgen wurde Telos von lautem Fluchen geweckt. Er konnte sich kaum mehr daran erinnern, was am Vorabend geschehen war, außer dass Bargh, Thorn und er bei Muhammed El'Shabei Tee getrunken hatten. Jedenfalls hatte das Getränk seine Laune beträchtlich gehoben. Zu seiner Verwunderung war er so klar im Kopf, wie schon lange nicht mehr, obgleich er nur wenig geschlafen hatte.

„Was ist?", fragte er Chara, die verbissen einen ihrer Stiefel schüttelte, und wollte aufstehen.

Doch da stellte er entsetzt fest, dass er nichts anhatte. Hastig riss er die Decke hoch und schlüpfte darunter in ein Hemd.

Ein schwarzes, etwa maultrommelgroßes Insekt fiel aus Charas Stiefel in den Sand und huschte blitzschnell auf Telos zu, der erschrocken zurückrobbte. Einen Augenblick lang starrte er entgeistert auf das Tier. Dann packte er seinen Kriegshammer und schlug mit einer derartigen Kraft darauf ein, dass die Spitze seines Hammers den schwarzen Panzer zerquetschte und dessen Überreste in den Sand grub.

„Verdammt!“, fiel er in Charas Fluchen ein und sah panisch zu ihr hinüber. „Bist du gestochen worden?“

Chara schüttelte den Kopf.

Im selben Moment erklang ein dumpfer Schrei aus dem Nebenzelt und Telos wechselte mit Chara einen vielsagenden Blick.

„Bargh!“, murmelten beide synchron.

Nachdem sie die Plane von Thorns und Barghs Zelt zur Seite gerissen hatten und Bargh erspähten, der mit bleichem Gesicht seinen nackten Fuß umfasste, blaffte Telos verärgert: „Du sollst deine Stiefel ausleeren, bevor du sie anziehst! Das haben uns die Kameltreiber, Agramon weiß wie oft, gesagt!“

Chara bedachte Telos mit einem kritischen Blick.

„Hast du eine Ahnung, wie man ihm helfen kann?“

Telos antwortete nicht und ging stattdessen neben Bargh in die Knie. Bargh hielt ihm stöhnend seine Zehe unter die Nase und ließ sich rücklings auf sein Lager fallen. Aus seinem Gesicht war alle Farbe gewichen und seine Lippen hatten einen leichten Blaustich angenommen.

„Telos, ich glaube, auch mit Thorn stimmt irgendetwas nicht“, bemerkte Chara, während sie langsam zu Thorns Lager schritt, sich bückte und dem Waldläufer die Hand auf die Stirn legte. „Fieber“, stellte sie fest. „Ziemlich hohes.“

„Nicht jetzt! Wir haben hier ein deutlich schwerwiegenderes Problem! Gib mir deinen Gürtel, schnell!“

Chara zog den Gürtel von ihrem Leinenkleid und reichte ihn Telos. Er begann sofort damit, Barghs Bein abzubinden. Bei dem Anblick wurde Bargh sichtbar bange.

„Was … tust du da?“, fragte er unter heftigen Atemstößen.

„Du hast jede Menge Gift in deinem Körper, Bargh! Es ist wichtig, dass du wach bleibst, hörst du? Rede mit mir!“, forderte Telos ihn auf.

„Heiß heute!“, murmelte Bargh, während er darum kämpfte, Luft zu bekommen. Chara registrierte, wie schwer es ihm fiel, zu sprechen. Es würde nicht mehr lange dauern, bis es ihm unmöglich sein würde, seine Lippen überhaupt noch zu bewegen.

„Du hast keine Chance, Telos“, sagte sie. „Das Gift legt seine Atemwege und Organe lahm. Sein Körper ist bereits dabei zu kollabieren.“

„Nicht einschlafen!“, sagte Telos eindringlich. Er hörte Chara gar nicht zu. „Es ist wichtig, dass du wach bleibst, hast du mich verstanden, Bargh?“

Ein kaum merkliches Kopfnicken war die einzige Regung, die Bargh noch zustande brachte. Telos versuchte, so viel Zuversicht wie möglich in seine Stimme zu legen.

„Das wird schon wieder, aber bitte bleib wach und sprich weiter!“

Unter unsäglicher Anstrengung schaffte es Bargh, ein leises Murmeln über die Lippen zu bringen. Ein dumpfes Pochen, das bei seiner Zehe begonnen hatte, arbeitete sich unaufhaltsam sein Bein hoch, während die Einstichwunde empfindlich zu brennen begann. Die Anstrengung, gegen den Schlaf anzukämpfen, obwohl seine Lider immer schwerer wurden und er sich danach sehnte, in die Ohnmacht zu fallen, trieb ihm Schweißperlen auf die Stirn.

Chara stellte fest, dass seine Muskeln unkontrolliert zu zucken begannen. Nicht mehr lange und Bargh war bewusstlos.

„Wenn du mich brauchst, ruf mich“, bemerkte sie. Dann zog sie die Plane zur Seite und verschwand nach draußen.

Bargh spürte, wie sein Körper taub wurde und der Schmerz durch die Gefühllosigkeit allmählich abnahm. Stattdessen verstärkte sich der Druck auf seiner Brust, der sich langsam bis zu seiner Kehle hinaufarbeitete. Tausend Gedanken schossen ihm durch den Kopf, während er dalag und mit dem Atmen kämpfte. Er spürte, wie das Leben langsam aus seinem Körper wich, wie die Bewusstlosigkeit mit Nachdruck versuchte, sich über seinen wachen Verstand zu legen, und die Ohnmacht immer näher rückte.

Es war zu früh! Jetzt zu sterben, hieße kampflos zu sterben! So war es ihm nicht bestimmt! Er war ein Krieger! Er hatte seine Aufgabe noch nicht erfüllt!

Doch Bargh spürte, dass er es nicht länger in der Hand hatte. Sein Wille begann zu schwächeln, seine Kraft zu versiegen.

Unterdessen versuchte Telos unentwegt, das Gift aus seinem Körper zu saugen. Er konnte förmlich spüren, wie Barghs Lebenskraft mit jedem Atemzug verebbte.

„Bargh! Du musst dich Agramon anvertrauen! Bitte um seine Hilfe! Tu es jetzt!"

„Agramon …", gehorchte Bargh flüsternd. „Hilf …"

Dann erstarb seine Stimme. Seine Lippen waren ausgetrocknet und rissig und Telos sah, dass er dem Tode nahe war. Es war aussichtslos! Wenn er nicht schleunigst etwas unternahm, würde dies Barghs Ende bedeuten. Von Angst getrieben ließ er sein Bein los, erhob sich und kniete sich neben Barghs Kopf.

Während er die Ärmel seiner Toga hochkrempelte, war er in Gedanken bereits bei seinem Gott. Seine Hände legten sich sachte auf Barghs Gesicht. Seine Augen schlossen sich. In diesem Augenblick stockte Barghs Atem. Und noch während Telos seinen Kopf senkte, sich in seinen Geist zurückzog und alles aus seinen Gedanken verbannte, das seinen Glauben trüben und seine Konzentration stören konnte, erlosch das Licht in den Augen des Vallanders.

Thorn warf sich auf seinem Lager hin und her. Wie aus weiter Ferne hörte er Telos' Stimme, die sich wie klebrige Fäden um die illusionären Traumbilder seiner fiebrigen Fantasie spannte und ein Knäuel wirrer, unzusammenhängender Eindrücke in seinem Kopf erzeugte. Das Gefühl, seinen Verstand nicht unter Kontrolle zu haben, war beängstigend. Sein Gehirn fühlte sich an wie Mus, er konnte keinen klaren Gedanken fassen und nicht das Geringste dagegen tun. Wie ein verirrtes Reh stakste er durch sein eigenes Bewusstsein und hatte keinerlei Anhaltspunkte oder Hinweise darauf, welche seiner Impressionen real und welche Fantasie waren. Verzweifelt suchte er nach dem Gedanken, der ihn auf die wache, klare Seite seines Verstandes ziehen würde, doch er fand ihn nicht.

Seine schweißnassen Finger krallten sich schmerzhaft in die raue Wolldecke, die er längst von seinem heißen Körper abgeworfen hatte, während er mit der anderen Hand verzweifelt nach einer tröstlichen, vertrauten Berührung suchte, aber ins Leere griff. Wieder hörte er Telos' Gemurmel, doch es ging in einer Explosion Tausender von Farben unter, die seine Gedanken in einem Lichtfeuerwerk ertränkten. Seine Augäpfel zuckten hin und her bei dem Versuch, all die bunten Punkte in seinem Kopf mit einem Blick zu erfassen. Testaceus' Gesicht erschien vor seinem inneren Auge, bevor ein Schatten darüber fiel und die blauen, ernsten Augen verschluckte.

Das leise Pochen in Thorns Schläfen wurde zu einem unerträglichen Hämmern und eine grauenhafte Übelkeit befiel ihn, woraufhin seine Mundwinkel bedenklich zu zucken begannen. Er musste all seine Kraft aufbieten, um sich nicht zu übergeben. Speichel sammelte sich in seiner Mundhöhle und verstärkte den Reiz, seinen Mageninhalt über das Lager zu speien. Er würgte, schluckte und holte tief Luft.

Mühsam öffnete er seine Augen und sah verschwommen die Zeltplane über sich.

„Telos …", flüsterte er, bekam aber keine Antwort.

Thorn versuchte, sich mit all seinen Sinnen darauf zu konzentrieren, was neben seinem Lager vor sich ging, aber eine Welle der Übelkeit riss ihn aus seiner Konzentration. Ein heftiges Würgen zwang ihn dazu, sich aufzurichten und vornüberzubeugen. Unter hämmernden Kopfschmerzen entleerte er seinen Magen über der Wolldecke, wobei er das Gefühl hatte, an dem plötzlichen Würgeanfall ersticken zu müssen. Kalter Schweiß lief ihm den Nacken hinab, während er sich stöhnend und nach Atem ringend übergab. Er hatte das Gefühl, sein Innerstes stülpe sich nach außen, und er würde die Schmerzen keinen Moment länger ertragen. Doch dann ließ der Druck in seinem Magen endlich nach und das Hämmern in seinem Kopf wurde dumpf und schwach. Erschöpft fiel er zurück auf sein Lager und schloss seine schweißnassen Augenlider.

Da hörte er, wie die Zeltplane zur Seite geschlagen wurde, jemand leise das Zelt betrat und sich neben sein Lager kniete. Ein kühler Lappen legte sich auf seine Stirn und als er seine Augen öffnete, erkannte er Charas Gesicht über seinem.

„Keine Sorge", flüsterte er angestrengt. „Es geht mir schon besser."

„Glaub' ich dir gern!", antwortete Chara. „Mir würd's auch blendend gehen, wenn ich diese grauenhafte Kamelmilch, die sie uns seit gestern einflößen, rauskotzen könnte."

Thorn quälte sich ein Lächeln ab, schloss seine Augen aber wieder. Jeder noch so schwache Lichtstrahl stach wie eine heiße Nadel in seine Augäpfel und ließ den Schmerz in seinem Kopf unerträglich werden.

„Was ist mit Bargh?", flüsterte er schließlich.

„Er wurde von einem Skorpion gestochen."

Thorn suchte in Charas Augen nach irgendeinem Anzeichen von Anteilnahme, fand aber nichts – weder Sorge noch Zuversicht, noch sonst irgendeine Regung.

„Telos wird eine Möglichkeit finden, Bargh zu helfen", murmelte er schwach.

„Das bezweifle ich", erwiderte Chara und flößte ihm etwas Wasser ein, indem sie seinen Kopf leicht anhob. Dann stand sie auf.

Thorn wusste nicht, wie Chara beim Gedanken an Barghs Tod zumute war. Er selbst fühlte sich innerlich ausgetrocknet. War Bargh zu einem Freund geworden? Thorn war sich nicht sicher. Besser, es verhielt sich nicht so. Ein neuer Freund, ein neuer Verlust …

„Waiß man schon was?", fragte einer der wenigen Aschraner, der der valianischen Sprache mächtig war.

„Nein", gab Chara knapp zurück.

Erwartungsvoll stierte der Mann auf Thorns und Barghs Zelt. Die Neugier in seinem Gesicht sprang Chara förmlich an. Offensichtlich erwartete der Mann, dass ein Priester von Telos' Rang ein kleines Wunder vollbrachte.

Chara war bewusst, dass es höchste Zeit war, die Zelte abzubauen und aufzubrechen. Aber sie musste sich eingestehen, dass sich etwas in ihr dagegen sträubte.

In eben diesem Augenblick kam ein weiterer Aschraner auf sie zugestapft. Kurz entschlossen lief sie ihm entgegen und versperrte ihm eisern den Weg.

„Gebt dem Priester noch ein wenig Zeit!“, verlangte sie harsch. „In Kürze werden wir aufbrechen!“

„Wir ħaben kħaine kħurze Żait mehr!“, antwortete der Mann energisch. „Da kħönnen wir glaich bis żur Mittagshitże ħierblaiben, wail dann macht es kħainen Sinn mehr, losżuraiten.“

„Kommt schon, ob wir jetzt oder in ein paar Augenblicken aufbrechen, macht keinen Unterschied!“

„Muhammed El’Shabei befiehlt den sofortigen Aufbruch und wenn Ihr nicht gehorcht, müssen wir Euch ħierlassen. Das ist der Befehl! Tut mir laid!“

Entschlossen stapfte er los. Chara war drauf und dran, ihm hinterher zu laufen, doch da hörte sie Telos’ Stimme hinter sich.

„Chara!“

Sie wirbelte herum.

Telos stand vor dem Zelteingang. Sein Gesicht war blass und wirkte noch eingefallener als sonst. Seine Hände zitterten leicht und seine kurzgeschorenen Haare waren nass vor Schweiß. An seinem Handgelenk baumelte eine Kette mit einem Hammersymbol als Anhänger.

„Wir können Bargh jetzt aus dem Zelt holen und aufbahren“, sagte er müde.

„Also ist er tot!“

Über Telos Gesicht ging ein mattes Lächeln.

„Nein, Chara! Ich meinte damit, wir können ihn für die Reise fertig machen. Es geht ihm soweit gut.“

Chara starrte Telos verblüfft an. Dann glätteten sich ihre Züge und sie nickte. „Das hast du gut gemacht, Telos“, gestand sie trocken.

Telos streifte sich die Kette vom Handgelenk und lächelte gequält.

„Das ist nicht mein Verdienst. Mein Verdienst ist mein Glaube. Und Bargh ist ein Mensch, der offenbar in Agramons Gunst steht. Mein Gott hat ihn gerettet, weil er bereit war, sich ihm anzuvertrauen.“

Chara sah Telos direkt in die Augen.

„Ich halte deine Erklärung für Schwachsinn, aber deine Fähigkeiten für außergewöhnlich. Ich würde sagen, wir belassen es dabei.“

„Chara …“

„Er lebt. Alles andere ist unwichtig.“ Damit stiefelte sie zu Barghs Zelt und verschwand hinter der Plane.

Die Familie Al'Shej

Thorn lag auf seiner Bahre und hatte das Gefühl, als würde sich ganz plötzlich ein Knoten in seinem Magen lösen. Er fühlte sich unverhofft leicht und auf eine erhebende Weise befreit. Bargh lebte! In diesem Augenblick wurde ihm klar, dass er sich jedes Mal, wenn er aus seinem fiebrigen Schlaf erwacht war, innerlich verkrampft hatte. Ein Blick über seine Schulter sagte ihm, dass Bargh noch schlief. Zumindest rührte er sich nicht und hatte seine Augen geschlossen. Die beiden Bahren waren aneinandergebunden und an einem der Packpferde befestigt, dessen Zügel an Telos' Sattelknauf hingen. Eine Weile ruhten Thorns Augen auf Barghs Gesicht, dann ließ er seinen Kopf auf die andere Seite rollen und schlief wieder ein.

„Wir dürften heute Abend in Ureb eintreffen", bemerkte Telos und schielte zu Chara. „Thorn besteht darauf, dass wir uns dort Mustafa Al'Shej vorknöpfen, einen – wie könnte es anders sein? – bekannten Händler. Die Karawane, der sich die Diebe angeschlossen haben, gehört offenbar Mustafa Al'Shej."

„Wieder ein Al'Shej", stellte Chara nachdenklich fest. „Und dieser Mustafa soll uns *was* genau mitteilen?"

Telos zuckte die Schultern.

„Thorn denkt, er wüsste etwas über die Diebe und könnte uns weiterhelfen."

„Ist naheliegend …"

„Ich halte es trotzdem für unangebracht, sich mit den Al'Shejs abzugeben", unterbrach Telos sie. „Wenn Thorn die Wahrheit sagt, ist diese Familie mit dem Bösen im Bunde."

„Meine Güte, Telos!", fuhr ihn Chara gereizt an. „Kannst du nicht ein einziges Mal vergessen, dass du ein Priester bist?! Schön und gut, wenn du deinen von moralischen Normen gepflasterten Weg gehst, solange es sich um *deine* Angelegenheiten handelt. Aber in dieser Sache hängen wir alle mit drin und selbst wenn es ein Dämon aus den tiefsten Tiefen der Unterwelt ist, ich werde seine Hilfe sicher nicht ausschlagen, nur weil er nicht in deine agramondurchwachsene Welt passt."

Telos versetzte ihr einen raschen, missbilligenden Blick, bevor er seine Beherrschung wiedergewann und resigniert seufzte: „Solltest du je in eine Situation wie Bargh geraten, bist du hoffnungslos verloren. Ich könnte rein gar nichts für dich tun, Chara."

Chara spähte lächelnd zu ihm hinüber.

„Bist du dir da sicher?"

„Agramon würde niemals jemanden wie dich aus den Fängen des Todes befreien, nie!"

„Das würde dich irritieren, nicht wahr? Ein Gott wie Agramon, der für Licht und Ordnung steht, rettet einer wie mir das Leben. Ja, das müsste dir zu denken geben. Wenn man einem Gott nicht huldigt, ist man verloren, stimmt's? Demnach hättest du recht und ich wäre verloren. Agramon hätte keinen Grund, mich am Leben zu halten, du vielleicht schon – ich meine, falls ich dir unter Umständen irgendwann einmal am Herzen liegen sollte. Und wenn du mich fragst, ist es nicht Agramon, sondern du, der hier Wunder vollbringt."

„Ich bin ein Priester, kein Magier! Ich kann keine Wunder aus eigener Kraft wirken!"

„Eine indoktrinierte Illusion deiner Glaubensgemeinschaft oder die Wahrheit? Woher willst du das wissen? Man hat dir diese Dinge in deinem Tempel beigebracht, damit man sich deiner Treue und deines Gehorsams sicher sein konnte. Damit man einen gefügigen Diener Agramons aus dir machen konnte. Woher willst du wissen, dass es nicht deine eigenen Fähigkeiten sind, sondern dass es ein Gott ist, der durch dich wirkt? Hat Agramon je zu dir gesprochen, dir je gezeigt, wie er durch dich seine Wunder vollbringt?"

Telos schüttelte heftig den Kopf und seine Augen funkelten zornig.

„Das ist Blasphemie, Chara! Wenn du deine Zunge nicht hütest, werde ich nie auch nur einen Finger für dich krumm machen. Du weißt *nichts* über die Welt der Götter, weißt nicht, wie es sich anfühlt, wenn ein Gott durch dich Wunder vollbringt, hast keine Ahnung davon, was es heißt, wenn sich dir ein Gott offenbart! Anscheinend ist dir die gesamte Götterwelt nicht nur gleichgültig, sie hat auch nicht den geringsten Einfluss auf dein Handeln! Es scheint fast, als würdest du die Existenz der Götter anzweifeln, was der pure Wahnsinn wäre!"

Um Charas blasse Lippen spielte ein zynisches Lächeln.

„Da hast du recht. Das wäre Wahnsinn – ein Wahnsinn, der das Risiko birgt, sich zu täuschen und sich dem Zorn der Götter mit Haut und Haaren auszuliefern. Grund genug, nicht im Traum an ihrer Existenz zu zweifeln, aber andererseits auch kein Grund dafür, *alles*, was in dieser Welt vor sich geht, *ihrer* Macht und *ihrem* Einfluss zuzuschreiben."

Telos sah sie fassungslos an.

„Du zweifelst tatsächlich an ihrer Existenz!", stellte er zutiefst schockiert fest. „Wenn das wahr ist, dann bist du in der Tat wahnsinnig!"

„Schon klar", sagte sie grimmig. „Ein Zweifler ist in deinen Augen ein abtrünniger, vom Chaos zerfressener Geist. Aber vergessen wir das. Ich bin nicht daran interessiert, einen Streit mit dir vom Zaun zu brechen. Was den Besuch bei Mustafa Al'Shej betrifft, bin ich allerdings Thorns Meinung. Einen Versuch ist es sicher wert, den Händler zu befragen, und wenn dir auch daran liegt, das Zepter zu finden, solltest du wie ich kein Problem damit haben, einen weniger ehrenwerten Mann um Hilfe zu bitten. Eine andere Möglichkeit haben wir nämlich im Moment nicht."

Sie fuhr sich durch ihr dichtes, wirres Haar und blickte Telos emotionslos an.

„Wir suchen heute Abend Mustafa Al'Shej auf. Thorn ist doch, auch wenn er im Augenblick unpässlich ist, der Tonangebende, was diesen Auftrag betrifft, oder?"

Telos nickte.

„Tja, dann müssen wir wohl tun, was er sagt, nicht wahr?"

„Als ob du dich je dem Willen eines anderen beugen würdest", brummte Telos.

Charas Ausdruck verfinsterte sich plötzlich und ihr Blick schweifte in die Ferne. *Wenn du wüsstest*, dachte sie bitter. *Wenn du nur wüsstest.*

Die restliche Reise nach Ureb verlief ohne Zwischenfälle. Bargh schaffte es sogar, sich aufzurappeln und auf sein Pferd zu steigen. Er war zwar geschwächt, aber ansonsten schien es ihm gut zu gehen und er war drauf und dran, Telos vor lauter Dankbarkeit zu erdrücken. Für Chara war dieser Gefühlsausbruch Anlass genug, sich mit ihrem Pferd ans Ende der Karawane zu setzen. Thorn hingegen lag immer noch geschwächt und fiebernd auf seiner Bahre.

In Ureb brauchten Telos, Chara und Bargh nicht lange, um Mustafa Al'Shejs Villa ausfindig zu machen. Innerhalb der unscheinbaren Häuserreihen stach sie in ihrer Größe und Dekadenz sofort ins Auge.

Ein flüchtiger Blick reichte, um zu erkennen, dass Mustafa zur Familie der Al'Shejs gehörte. Sein Gesicht zeigte eine verblüffende Ähnlichkeit mit Haras. Zwar war Mustafa kleiner und von äußerst gedrungener Statur – man konnte ihn durchaus als fett bezeichnen –, doch die schmalen, braunen Augen und die gerade Nase erinnerten Telos unweigerlich an dessen Verwandten in Valianor. Sein Blick aber hatte nicht die Eindringlichkeit von Haras' dunklen Augen, die einem das Gefühl vermitteln konnten, selbst klein und unbedeutend zu sein. Mustafas Augen wirkten eher neugierig, fast schon aufdringlich.

„*Ormut und Alaman in ainem*", begrüßte er sie und deutete auf den niedrigen, rechteckigen Tisch in der Mitte des Raums, der wie bei Mustafa Al'Duri von Sitzpolstern umgeben war. Ähnlich wie Al'Duris Villa war die von Mustafa Al'Shej auffallend prunkvoll, wobei die Innenräume weniger bunt und aufdringlich ausgestattet waren. Die Böden bestanden aus weißem Marmor. Farbenfrohe Mosaike, wie Telos sie aus Al'Duris Villa kannte, kamen nur spärlich vor und dienten vor allem der Verschönerung der sonst leeren Wände. Auch mit den Webteppichen war sparsam umgegangen worden. Alles in allem besaß Mustafa Al'Shej einen stilvolleren Geschmack als sein Vetter Mustafa Al'Duri, auch fühlte er sich nicht wie dieser bemüßigt, seinen Wohlstand und sein Ansehen unnötig zur Schau zu stellen. Das einzig Auffallende war die Villa selbst, die in der Handelsstadt Ureb wie ein kleiner Diamant aus einem Haufen Kieselsteine herausblitzte.

„*Agramon zum Gruße*“, reagierte Telos auf Mustafas Begrüßung und schritt auf dessen Handzeichen hin zu dem niedrigen Tisch.

Chara folgte ihm mit gesenktem Blick, wobei sie sehr darauf bedacht war, die Etikette zu wahren und sich erst nach Telos in eines der Kissen sinken zu lassen, was ihr alles andere als leicht fiel. Als auch Bargh Platz genommen hatte, schickte Mustafa seine Wache mit einem knappen Kopfnicken nach draußen und gesellte sich zu seinen Gästen.

„Said mir willkommen, Fremde. Was kħann ich für Euch tun?“ Obwohl seine Frage ausschließlich Telos galt, wanderte sein Blick weiter zu Bargh und Chara.

Telos ließ sich nicht erst bitten und stellte sich und die anderen der Reihe nach vor.

„Nun“, fuhr er dann geschäftlich fort, während Mustafa sein entstelltes Gesicht zu übersehen versuchte und, um etwas Zeit zu gewinnen, nach dem Becher auf dem Tisch griff.

„Oh verżaiht!“, stöhnte Mustafa und fasste sich an die Stirn. „Ich ħabe ja noch gar nicht auftragen lassen!“

Er schüttelte seufzend den Kopf und klatschte laut in die Hände, woraufhin zwei Sklavinnen mit Tabletts erschienen. Nachdem sie jedem heißen Tee eingegossen hatten und zwei Teller mit Früchten, Fladenbrot, Ziegenkäse und kaltem, in dünne Scheiben geschnittenem Kamelfleisch auf dem Tisch abgestellt hatten, hob Mustafa entschuldigend seine Hände.

„Ich ħoffe, Ihr seht über maine schrecklichen Manieren ħinweg. Ich bin in letżter Żait ain wenig neben mir. Die immer ħäufiger werdenden Überfälle auf maine Kħarawanen machen mir żu schaffen, Ihr versteht?“

Telos nickte und griff nach seiner Schale, aus der ihm ein würziger Duft in die Nase stieg. Nach einem kurzen, misstrauischen Blick auf das heiße Gebräu, warf er einen Seitenblick auf Bargh, der bereits einen ergiebigen Schluck genommen hatte. Bargh schüttelte kaum merklich den

Kopf und trank gelassen weiter, sodass Telos zur Überzeugung gelangte, dass diesmal keine Drogen im Spiel waren.

„Also“, begann Telos in einem für ihn untypisch kühlen Tonfall und nahm einen Schluck. „Wir haben gehört, dass die Karawane eines gewissen Yussef Ibn’Alathir zu den Euren gehört. Ist das korrekt?“

Mustafas schmale Augen wanderten ein weiteres Mal in die Runde.

„Das stimmt, ja.“ Er schien abwarten zu wollen, ob Telos noch etwas hinzufügte.

„Nun, wir haben erfahren, dass sich Eurer Karawane drei bis acht Männer angeschlossen haben.“ Telos nahm sich ein Stück Kamelfleisch, was Bargh zum Anlass nahm, ebenso zuzugreifen.

„Und waiter?“, fragte Mustafa ruhig.

„Allesamt bis auf ihre Augen in schwarze Tuniken gehüllt“, fügte Telos gelassen hinzu und biss in das Fleisch.

Mustafa runzelte leicht die Stirn und blickte dann fragend zu Bargh und Chara.

„Das ist nicht gerade aine aussagekräftige Beschraibung. In der Aschranischen Wüste ist es durchaus üblich, sich in schwarże Tuniken żu ħüllen. Das ħält die Sonne davon ab, ainem Gesicht und Ħände żu verbrennen. Worauf genau wollt Ihr ħinaus, Telos Malakin? Redet nicht um den ħaißen Brai ħerum! Was ħaben diese Männer, dass Ihr ħinter ihnen ħer said?“

„Etwas, das sie uns gestohlen haben“, erklärte Telos nüchtern.

„*Was* ħaben sie Euch gestohlen?“

Jetzt sah ihn Mustafa direkt an, wobei er kaum merklich das Gesicht verzog. Entweder war ihm Telos zu hässlich oder seine knappen Beschreibungen waren ihm zu dünn. Aber wie schon Mustafa Al’Duri vor ihm, schien die Geschichte seine Neugier geweckt zu haben und Telos stellte verärgert fest, dass er dem Mann höchstwahrscheinlich nichts entlocken konnte, solange er keine detailliertere Erklärung abgab.

Mustafas Augen ruhten unverwandt auf ihm, während Telos fieberhaft nach einer Möglichkeit suchte, etwas in Erfahrung zu bringen, ohne selbst auszupacken.

Chara bearbeitete mit ihren Fingern ungeduldig die Polsterfransen.

„*Was* uns gestohlen wurde, ist nicht für Eure Ohren bestimmt und sollte Euch auch nicht interessieren“, stellte Telos kühl fest.

„Wie war das?“

Mustafas Blick flackerte.

„Verzeiht“, versuchte Telos hastig sein vorlautes Verhalten zu korrigieren. „Was ich sagen wollte, ist, dass nicht der Gegenstand, der uns gestohlen worden ist, ausschlaggebend sein sollte, sondern die Tatsache, *dass* man uns bestohlen hat und dass die Diebe auf freiem Fuß sind und aus dem Verkehr gezogen werden müssen.“

„Ah!“, kommentierte Mustafa Telos’ kläglichen Versuch, das Ruder herumzureißen, und schüttelte enttäuscht den Kopf.

„Nun will *ich* Euch etwas sagen, Telos Malakin. In Aschran ist es Sitte, ainem Gefallen mit ainem Gefallen żu begegnen. Wenn man ħier jemanden um Ħilfe bittet, ist man auch dażu berait, ihm auf andere Waise entgegenżukommen. Ich für mainen Tail bin der Überżeugung, dass es sich bai dieser Sitte um aine sehr gute ħandelt. Aber davon abgesehen möchte ich Euch ans Ħerz legen, żukünftig, wenn Ihr andere Länder beraist, egal welche Beweggründe Euch in diese Länder führen mögen, Euch mit den Sitten und Richtlinien dort vertraut żu machen. Es wird nämlich nicht immer nur Ärger oder Unverständnis sain, auf die Ihr treffen werdet, es kħann noch viel unangenehmer für Euch enden.“

In Mustafas Worten schwang eindeutig eine Drohung mit und Telos kam kurz der Gedanke, sich für die Gastfreundschaft zu bedanken und einfach zu verschwinden. Vielleicht wäre es auch klüger gewesen.

Dennoch, sie brauchten zumindest eine klitzekleine Orientierung, wenn sie bei ihrer Suche erfolgreich sein wollten und die Zeit drängte. Das Zepter war wichtig. Viel zu wichtig, um jetzt und hier einfach aufzugeben. Und sollten die Diebe hier oder in einer anderen Hafenstadt bei einem Schiff anheuern, um über das *Meer der Ruhe* zu fliehen, war die Chance sie einzuholen für immer dahin. Das konnten sie auf keinen Fall riskieren. Wenn sie das Zepter aus den Augen verlören, könnte das für ganz Amalea verheerende Auswirkungen haben. Es gab genug Geschichten darüber, dass mächtige Artefakte ganze Eroberungszüge zu Gunsten derjenigen entschieden hatten, die im Besitz derselben waren. Nach allem, was sie über Valians Zepter gelesen hatten, war es mehr als ein bloßes Symbol der Macht. Und als solches wäre es in den Händen eines Chaosanhängers eine nicht auszudenkende Bedrohung.

„Ich verstehe“, sagte Telos und versuchte, so viel Sicherheit wie möglich in seine Stimme zu legen, was ihm nach eigener Einschätzung ganz gut gelang.

„Ihr wollt etwas für Eure Hilfe und das ist Euer gutes Recht.“

„*Die aine Ħand in die andere*.“

„So möge es sein.“

Telos tunkte seine Finger in eine Schale mit Wasser, die man zum Reinigen der Hände auf den Tisch gestellt hatte, und trocknete sie anschließend mit einem Tuch ab.

„Also, dann schlagt uns einen Handel vor“, forderte er Mustafa entschlossen auf.

Irgendetwas sagte ihm, dass jemand mit dieser Entscheidung nicht einverstanden war.

Als er sich zu Chara umdrehte, wurde er mit einem warnenden Blick bedacht. Sie war offensichtlich alles andere als erfreut darüber, dass er sich mit diesem Al’Shej auf einen Handel einließ. Andererseits hatten sie keine Wahl. Sie brauchten die Informationen.

„Das gefällt mir schon besser“, ging Mustafa auf Telos’ Angebot ein und wirkte dabei äußerst zufrieden. „Was ich waiß, dürfte interessant für Euch sain. Und es gibt da etwas, dass *Ihr* für mich tun kħönnt.“

„Und das wäre?“, kam Telos unvermittelt zur Sache.

Ein schmallippiges Lächeln umspielte Mustafas Mund.

„Nur kħaine Aile, Telos Malakin. Ihr werdet Euren Baitrag früh genug erfahren. Żuerst will ich Euer Wort, dass Ihr Euren Tail der Abmachung ainhaltet, wenn ich den mainigen erbracht ħabe.“

„Natürlich halte ich meine Versprechen!“

Telos fühlte sich in seiner Ehre verletzt. Er war immerhin ein Kriegspriester und das Wort eines Priesters stellte man nicht infrage!

„Allerdings wäre es interessant zu erfahren, womit wir unsere Schuld bei Euch begleichen können“, fügte er hinzu.

„Das werdet Ihr erfahren, sobald wir den Ħandel vollżogen ħaben und Ihr mir Eure Ħand darauf gebt, dass Ihr das Eure baitragt.“

Dies waren genau die Worte, die Chara ihre Rolle der devoten Gattin vergessen ließen.

Mit blitzenden Augen beugte sie sich vor und zischte drohend: „Haltet Ihr uns etwa für dumm genug, auf Euren abwegigen Vorschlag einzugehen? Ihr könntet der Götter Ende von uns verlangen! Wenn wir Euch etwas versprechen, bevor wir wissen, worum es geht, müssen wir tun, was immer Ihr von uns verlangt. Das ist absolut inakzeptabel!“

Ein kurzer Schmerz in ihrem Oberarm signalisierte ihr, dass Telos sie gekniffen hatte. Sie versetzte ihm einen kurzen, mörderischen Blick. Einen Moment lang starrten sie einander wütend an, dann lenkte Chara ihre Aufmerksamkeit wieder auf Mustafa.

„Sieh an, sieh an“, erwiderte dieser, ohne dass er seine Neugier verbergen konnte. „Da ħabt Ihr ja aine äußerst temperamentvolle Frau an Eurer Saite! Ist es denn möglich, dass Ihr Eurer Gemahlin nicht gewachsen said? Ich würde ihr in jedem Fall schleunigst den Euch gebührenden Respekt baibringen, sonst kħönnte es sain, dass sich das Verhältnis umkehrt, was den ainen oder anderen dażu veranlassen kħönnte, Eure Maneskraft anżużwaifeln.“

„Mein *Weib* ist allein meine Angelegenheit!“, stellte Telos schroff fest, wobei er Chara einen grimmigen Seitenblick zuwarf, auf den sie mit einem herausfordernden Grinsen reagierte.

Jetzt mischte sich endlich auch Bargh ein, der sich bislang mit Essen die Zeit totgeschlagen hatte.

„Ich seh’ eigentlich auch ein Problem darin, etwas zu versprechen, bevor wir wissen, worum es sich genau handelt! Ich meine, das is’ doch ziemlich riskant, oder?“

„Wir brauchen die Informationen“, murmelte Telos gedämpft, bevor er sich wieder auf Mustafa konzentrierte.

„Also gut“, willigte er seufzend ein. „Ihr habt mein Wort. Wenn Ihr uns sagt, was Ihr wisst, werden wir tun, worum auch immer Ihr uns bittet.“

Mustafa streckte seine Hand über den Tisch und Telos schüttelte sie.

Chara schnaubte fassungslos auf: „Du hast vielleicht Nerven, Priester!“

Ihre Unverfrorenheit entlockte Mustafa ein amüsiertes Lächeln. Er war in Aschran niemals einer Frau von solcher Direktheit begegnet. Aber es gab auch noch einen anderen Grund für sein Interesse an der Fremden … Sie war, daran hatte er keinen Zweifel, *nicht* die Gattin des Priesters. Was sie tatsächlich war, ahnte er zwar, doch er hatte keine Anweisungen, jemanden aus der Gruppe auffliegen zu lassen. Es war nicht seine Angelegenheit. Die Sache ging nur einen etwas an und dieser jemand wusste sicher, wie sie zu regeln war.

„Ihr sagtet, dass sich drai bis acht Männer Ibn'Alathirs Kharawane anschlossen“, wandte sich Mustafa wieder Telos zu. „Die Kharawane ist gestern Nacht hier in Ureb aingetroffen.“

Er klatschte in die Hände, woraufhin eine der Wachen den Raum betrat.

„Holt mir Yussef!“, verlangte er knapp.

Chara vergaß augenblicklich ihren Groll und warf Telos einen vielsagenden Blick zu, während Bargh gebannt die Tür im Auge behielt.

Kurze Zeit später erschien die Wache mit einem etwas älteren Mann in sandfarbener Tunika in der Tür.

„*Ormut und Alaman in ainem!*“, grüßte der Mann und trat in den Raum, während die Wache hinter ihm die Tür schloss. „Ihr wolltet mich sprechen, Herr?“

Mustafa nickte und bat den Mann an den Tisch.

„Das ist Yussef Ibn'Alathir“, stellte er ihn Telos vor. „Er wird Euch sagen, was er waiß!“

Der Mann blickte Mustafa zögernd an, schien sich dann aber zu fügen und wandte sich Telos zu, der sofort damit begann, ihn höflich, aber bestimmt mit Fragen zu löchern. Der Aschraner hielt sich zuerst recht bedeckt, wurde dann aber von Mustafa dazu angehalten, offen zu sprechen. Also erzählte er, was er wusste.

„Drai von ihnen wollten nur mitraisen. Die anderen fünf waren Kħameltraiber oder żumindest haben sie sich als solche ausgegeben. Sie ħaben aber nicht den Aindruck gemacht, als gehörten sie żusammen. Allerdings hatten sie die Gemainsamkait, dass sie alle kħaum gesprochen ħaben und sich eher von mainen Leuten distanżierten."

„Wisst Ihr, ob sie noch in Ureb sind?", unterbrach ihn Telos.

„Sie sind ħeute Morgen mit ainer anderen Kħarawane nach Melas aufgebrochen. Ich waiß es, wail ich den Kħarawanenführer kħenne und er mich nach den Leuten gefragt ħat. Na ja, sie waren żwar etwas aigenartig, aber wail sie mir sonst kħaine Unannehmlichkaiten beraitet ħaben, sagte ich ihm, dass sie in Ordnung wären."

„Das heißt, sie sind immer noch einen Tagesritt voraus", stöhnte Telos entmutigt auf. „Wisst Ihr sonst noch etwas?"

Der Mann dachte kurz nach.

„Ja, doch", meinte er schließlich. „Sie schienen bis tief in den Süden Aschrans żu wollen. Ich ħabe gehört, wie ainer von ihnen davon sprach, dass Melas nicht ihr Endżiel wäre."

„Gut, das bringt uns auf jeden Fall ein Stück weiter", sagte Telos.

Nachdem Yussef Ibn'Alathir gegangen war, richtete Mustafa schweigend sein Augenmerk auf Telos.

„Nun", brach Telos schließlich die Stille. „Was können wir also für *Euch* tun?"

Mustafa legte seine Zeigefinger aneinander und bedachte Chara mit einem durchdringenden Blick. Chara sah ihre Befürchtungen auf der Stelle bestätigt: Sie waren dem Al'Shej in die Falle gegangen.

Aonadag, 1. Trideade im Luchsmond/348 nGF

Stille

Einen Auftrag zu erledigen ist eine Sache - sich mit den Mitstreitern zu arrangieren, eine ganz andere.

Ein gemeinsames Ziel verbindet - die unterschiedlichen Alternativen, sprich, die Vielzahl der möglichen Wege zum Ziel trennen.

Eine Überzeugung, die vorherrscht, führt zusammen - divergierende Überzeugungen spalten.

Unsere individuellen Gesinnungen isolieren uns voneinander. So ist es immer schon gewesen und so wird es immer sein.

In der Wüste Aschrans, auf feindlichem Boden und unmittelbar mit den ureigensten Ängsten, Schwächen und Idealen konfrontiert, ergaben die unterschiedlichen Ambitionen und Neigungen eine gefährliche Mischung - eine Bedrohung dessen, was wir zu erreichen suchten. Es lag in der Tat ein Schatten über der Gruppe, aber keiner, der sich erst im Zuge unserer Reise auf uns herabsenkte, sondern einer, der immer schon da gewesen war. Nur begann er erst jetzt damit, Tribut zu fordern. Wir waren alle bestrebt, das Zepter zu finden - jeder von uns aus einem anderen Grund. Und jeder von uns hatte eigene Vorstellungen davon, wie eine solche Suche ablaufen sollte und welchen Gesetzen, Normen oder Prinzipien er sich dabei beugen wollte. Ein Priester, ein Waldbursche, ein Krieger und eine Söldnerin werden im seltensten Fall an einem Strang ziehen. Schon gar nicht, wenn sie sich ihrer eigenen Sache nicht sicher sind. Und so verhielt es sich auch mit uns und unserem Weg ins Unbekannte.

Auch jetzt, und noch vielmehr als damals, spüre ich, wie das Unbekannte Tribut fordert und die Ziellosigkeit unserer eigenen Gedanken uns voneinander isoliert. Sieben Jahre und die Fragen werden drängender. Es ist nicht die Zeit, die quält. Es ist das Wie, das die verstrichene Zeit füllt, das *Was*, das alles bisher Geschehene beschreibt, das *Warum*, welches hinter jedem Ereignis lauert, das wir erlebten. Es ist eine Ära angebrochen, die uns alle an den jeweils zugedachten Platz verweist und uns zwingt, diesen als den eigenen zu akzeptieren, damit wir tun, wozu wir hier sind. Wir leben zum Zweck einer Mission, also erfüllen wir unseren Zweck und leben.

Ich habe einst geschworen, mich still zu verhalten. Ich habe verstanden, dass alles, was ich bin, alles, was unter der Fassade meines gut funktionierenden Körpers noch existiert, behindernd ist. Für mich – für andere.

Ich schweige. Ich schweige über die Gefahren, die uns noch bevorstehen, über die Fragen, welche die meisten von uns quälen, über das *Wie*, das *Was* und das *Warum*. Und ich schweige über den Willen, der viele hier vorantreibt, den Mut, der sie durch die Nebel der Ungewissheit geleitet, die Tapferkeit, die es ihnen erlaubt, im Angesicht des Todes aufrecht zu bleiben. Kein Wort des Lobs, kein Wort darüber, wer sich wie unter Beweis gestellt hat ...

Ich schweige, weil das Schweigen die Starken stark bleiben lässt und die Schwachen zwingt, ihre Schwäche zu offenbaren. Ich schweige, um die Starken zu erkennen und die Schwachen auszuzählen. Ich schweige, weil das Schweigen das Einzige ist, das mich selbst davor bewahrt, schwach zu werden. Ein Wort des Trosts, ein Wort der Zuneigung und ich stolpere – ein Wort darüber, was uns noch bevorsteht und ich lasse lachend meine Waffen fallen und gebe den Befehl umzukehren. Darum schweige ich. Darum habe ich immer geschwiegen, wenn ich keine Hoffnung hatte. Meine Stärke resultiert aus der Stille, die mich umgibt, einer Stille, die jeden Klang meines Ichs verstummen lässt, auf dass mich niemand je hören wird und ich mich nicht hören muss.

Es gibt immer nur eine Sache, die einen in hoffnungslosen Lagen funktionieren lässt: der klare, einfache Befehl – die simplen, klingenden Worte: *Du musst!* Alles, was über diese präziseste aller Regeln hinausgeht, lässt uns stolpern und schließlich stürzen. Schweigen ist die einzige Alternative, die in Zeiten wie dieser zur Wahl steht. Dies und die Folgeleistung des Befehls.

So ist es heute und so war es damals.

Mustafas Forderung

„Unmöglich“, murmelte Thorn unablässig. „Völlig unmöglich!“

Kopfschüttelnd blieb er am Rande des Hügels stehen, von dem aus er einen guten Blick über die schlangenlinienförmige Oase und die dort lagernde Karawane von Hakma Al’Raschid hatte. Er war immer noch blass um die Nase und in seinen Augen glänzten Reste des Fiebers, das ihn tags zuvor noch an die Bahre gefesselt hatte.

„Erklärt mir doch bitte nochmal, wie ihr auf die glorreiche Idee gekommen seid, Mustafa Al’Shej etwas zu versprechen, bevor ihr überhaupt wusstet, worum es geht!“, wandte er sich an Telos und Bargh.

Chara ignorierte er ganz bewusst. Er hatte keine Lust, ihre sarkastische Ader zu reizen, indem er ihr irgendeinen Vorwurf machte.

Bargh und Telos tauschten eindeutige Blicke aus. Thorn war gestern nicht dabei gewesen, als sie die Abmachung mit Mustafa getroffen hatten. Er hatte nicht unter dem Druck gestanden, dem Al’Shej unabdingbare Informationen abzuringen, und er war nicht von einem Mann ins Kreuzverhör genommen worden, der eindeutig wusste, was er tat.

Mustafa hatte sie um den Finger gewickelt und selbst Chara, die Telos’ Einwilligung in die Abmachung laut beanstandet hatte, hatte kein Wort mehr darüber verloren, seit sie von seiner Villa in Ureb aufgebrochen waren. Telos hatte fest damit gerechnet, dass sie ihm seinen voreiligen Entschluss ewig vorhalten würde.

Als sie dann erfahren hatten, *was* Mustafa tatsächlich von ihnen forderte, hätte Telos sich selbst ohrfeigen können und insofern hätte er Charas unterschwellige Anspielungen auch ohne Klage ertragen. Im Grunde hatte er es nicht anders verdient.

„Ich sagte dir bereits, dass ich keine Wahl hatte!“, konterte er nichtsdestotrotz. „Du selbst hast mich schließlich immer wieder daran erinnert, wie wichtig es sei, das Zepter zu finden. Wir brauchten diese Hinweise! Ansonsten hätten wir nicht den kleinsten Anhaltspunkt gehabt! Wie wären wir denn weiter vorgegangen?!“

„Völlig überflüssig, sich jetzt daran hochzuschaukeln, dass der Priester falsch gehandelt hat, meinst du nicht?“, meldete sich plötzlich Chara zu Wort. „Uninteressant!“

Chara hatte bisher schweigend im Abseits gestanden und die anderen aus ihren schwarzen Augen beobachtet. Thorn war froh über ihre Zurückhaltung gewesen. Umso mehr irritierte es ihn jetzt, dass sie sich plötzlich einmischte. Immer wieder erwischte er sich dabei, wie ihn ihre Art, der ständige Wechsel von der kühlen, zynischen Einzelgängerin zu einem ganz passablen Menschen aus der Fassung brachte. Mal war sie zugänglich, mal ablehnend. Das machte ihn verrückt!

„Viel interessanter wäre es, sich darüber zu einigen, wie wir die Sache am besten angehen!“, fuhr sie in einem für sie untypisch sachlichen Tonfall fort. „Wir haben es hier mit recht klaren Verhältnissen zu tun. Mustafa Al’Shej hat uns damit beauftragt, die Karawane Hakma Al’Raschids daran zu hindern, je in Melas einzutreffen. Darum sind wir nun hier. Und eines ist ja wohl jedem hier bewusst: Wenn wir uns nicht an die Abmachung halten, haben wir ein viel schwerwiegenderes Problem, als eine hundertfünfzig Kamele große Karawane aufzuhalten.“

„Da könnte sie recht haben“, meinte Bargh, dessen Laune sich plötzlich hob. In seine Augen trat ein Glanz, der den anderen recht bekannt vorkam. Wie erwartet begann der Barbar liebevoll über die Klinge seiner Axt zu streichen.

„Am einfachsten wäre es“, sagte er, „wir erschlagen die ganze Bande Kameltreiber und jagen ihre lahmen Viecher in alle vier Himmelsrichtungen. Ich möchte meinen, damit hätten wir Mustafas Auftrag nach bestem Wissen und Gewissen erledigt.“

„Ich höre wohl nicht richtig!“, rief Telos aufgebracht und blickte Bargh ungläubig an. „Ihr seid hoffentlich nicht derselben Meinung! Chara? Thorn? Wir können doch nicht einfach unschuldige Männer hinschlachten!“

Thorn nickte zustimmend, ließ dabei aber Chara nicht aus den Augen. Wie stand die Söldnerin zu Barghs Plan?

„Wenn du keine bessere Idee hast, Priester, dann fühle ich mich dazu geneigt, Bargh recht zu geben“, kam es prompt von Chara. „Vielleicht nicht ganz. Ich halte es für glatten Selbstmord, die gesamte Karawane in ein Gemetzel zu verwickeln. Es wäre wesentlich effizienter, den Händler und Kopf der Karawane, Hakma Al'Raschid, zu erledigen. Ich gehe davon aus, dass es dann nicht allzu schwer sein wird, die restlichen Kameltreiber mit irgendeiner haarsträubenden Geschichte davon abzuhalten, ihren geplanten Weg fortzusetzen.“

Telos starrte Chara mit einem Ausdruck blanken Entsetzens an. Seine Enttäuschung über ihren eiskalten Plan stand ihm so deutlich ins Gesicht geschrieben, dass sich Thorn fast an Charas Stelle schämte.

„Du ...“

Telos stockte und atmete tief durch. Dann wandte er sich schweigend von Chara ab und entfernte sich, um kurz darauf doch wieder zurückzukehren. Es war nicht schwer zu erraten, was als Nächstes kam.

„Chara“, versuchte Telos es mit einer Spur mehr Entgegenkommen in seiner Stimme. „Du kannst doch nicht voller Überzeugung einen hinterhältigen Mord, eine meuchlerische Tat wie diese als Plan vorschlagen.“

„Das hab' ich doch gerade getan.“

Telos blickte sie völlig verständnislos an, sodass Thorn sich genötigt fühlte, vermittelnd einzuschreiten, bevor der Priester Agramons Fluch über Chara aussprechen konnte.

„Niemand wird hier irgendjemanden meucheln, Telos. Dessen kannst du dir sicher sein.“

„Kann er das?“, fragte Chara und ihre schwarzen Augen fixierten Thorn. „Was, wenn ich mir in den Kopf gesetzt habe, genau das zu tun? Wie willst du mich davon abhalten? Willst du es mir *verbieten*? Was glaubst du, wie sehr mich das kratzt?“

Sie blickte zu Telos.

„Bleibt nur noch, mich zu töten. Das wiederum widerspricht den Prinzipien des Priesters.“

Chara klatschte in die Hände und lächelte schief.

„Tja, ich habe das Gefühl, ihr habt hier wenig bis gar keinen Einfluss, zumindest, was mich angeht."

„Halt dich zurück!", zischte Thorn. „Du tust rein gar nichts, solange du überstimmt wirst und das wirst du! Bargh!"

Er wandte sich dem Vallander zu, der sich von dem Streit distanziert hatte und auf einem Felsen sitzend hingebungsvoll seine Axt wetzte.

„Ich nehme an, du hast nicht wirklich etwas dafür übrig, es auf Charas Art zu machen, hab' ich recht?"

Bargh warf Chara einen hilflosen Blick zu und zuckte entschuldigend die Schultern.

„Ich bin für einen offenen Kampf, das wisst ihr", sagte er.

„Wie du siehst, Chara", fuhr Thorn fort, „ist sich der Rest von uns einig. Ein Meuchelmord kommt nicht infrage."

„Unser Auftrag ist es, das Zepter zu beschaffen", antwortete Chara. „Und um diesen Auftrag erledigen zu können, ist es erforderlich, Mustafa Al'Shej zufriedenzustellen. *Wie* wir das anstellen, sollte kein Thema sein. Korrigiert mich, wenn ich falsch liege, aber einen Mann zu töten, und zwar ohne viel Aufhebens, scheint mir einfacher zu sein, als achtzig Männer im Kampf herauszufordern."

„In einem Punkt muss ich dir recht geben", antwortete Telos, der sich etwas beruhigt hatte, obwohl ihm Charas kalte Berechnung nach wie vor zu schaffen machte. „Es wäre der pure Wahnsinn, sich den Kameltreibern in einem offenen Kampf zu stellen."

„Und das ist noch untertrieben", sagte Chara, „auch wenn sie im Umgang mit Waffen Amateure sind."

„Stellt sie in einer Reihe vor mir auf und ich werde einen nach dem anderen mit meiner Streitaxt in die Knie …"

„Wie könnten wir also sonst noch vorgehen?", überging Thorn Barghs heroischen Einwurf, woraufhin der Vallander beleidigt fortfuhr, seine Axt zu schleifen.

Telos kratzte sich nachdenklich am Hinterkopf und warf Chara einen misstrauischen Seitenblick zu.

„Lasst uns die Kamele töten.“

Chara lachte freudlos auf.

„Gebt die Welt in Priesterhände!“, rief sie, seine Antwort mit einem Kopfschütteln quittierend. „Sag mal, ist das wirklich dein Ernst? Sollen wir tatsächlich jedes einzelne der etwa hundertfünfzig Kamele töten? Könnte sein, dass die Kameltreiber schon nach den ersten ermordeten Tieren ein klein wenig misstrauisch werden, vor allem wenn sie kurioserweise alle durchgeschnittene Kehlen haben.“

„Wir könnten ihr Futter vergiften!“, schlug Telos unbeirrt vor. Es schien ihm wesentlich sympathischer zu sein, hundertfünfzig Tiere ins Jenseits zu befördern, als einen einzigen Menschen zu ermorden.

„Das wäre eine Überlegung wert“, gab Thorn dem Priester recht.

In Thorns Augen war dies bisher die beste aller Lösungen. Hakma Al'Raschid zu ermorden, war nicht nur unehrenhaft, allein unbemerkt in seine Nähe zu kommen, war ein äußerst schwieriges Unterfangen. Das Zelt des Karawanenführers war, soweit er es bisher mitbekommen hatte, gut bewacht und an den Wachen vorbeizukommen, erschien ihm kaum möglich. Da müsste schon jemand unter ihnen das Handwerk eines Meuchelmörders verstehen. Doch dieses beherrschte, den Göttern sei Dank, keiner in der Gruppe.

„Schön“, meinte Chara gelassen, „und was ist, wenn die Kameltreiber samt ihrem Führer zu Fuß weitermarschieren, was recht wahrscheinlich ist? Ich glaube nämlich nicht, dass sie sich, nur weil ihre Reittiere tot sind, dazu entschließen, in der Wüste zu vertrocknen. Und Mustafa wird nicht begeistert sein, wenn nur ein Teil seines recht eindeutigen Auftrags erledigt wurde. *Die Karawane darf nicht in Melas eintreffen* – das war es doch, was er uns recht unmissverständlich mitgeteilt hat. Er sagte nicht etwa, die Waren dürfen nicht in Melas eintreffen oder die Kamele oder ein paar der Kameltreiber. *Die Karawane*! Meiner Ansicht nach heißt das: *keiner*. Nicht ein Mann aus Hakma Al'Raschids Karawane darf je in Melas aufkreuzen.“

„Es geht hier um eine Angelegenheit zwischen Händlern!“, versuchte Telos Charas Argument zu entschärfen. „Da kann es lediglich eine Rolle spielen, ob das Handelsgut des konkurrierenden Händlers das Ziel erreicht oder nicht. Denn die Ware ist es, die Mustafa Al'Shej schaden kann, nichts sonst. Also ist es ausreichend, wenn wir dafür sorgen, dass die Sachen nicht mehr transportiert werden können!"

„Wer sagt dir, dass es hier nicht um mehr geht als um die Konkurrenz zwischen Händlern?", fragte Chara.

„Es ist keine Frage, dass …"

„Schluss jetzt!", unterbrach Thorn die beiden und begann nachdenklich zwischen ihnen auf und ab zu stiefeln.

Er hatte das Gefühl, in dieser Angelegenheit gegen eine unsichtbare Wand zu laufen. Genervt kickte er einen Stein zur Seite. Es war zum Haare raufen! Unmöglich, die Karawane davon abzuhalten, ihr Ziel zu erreichen.

„Wir brauchen einen Plan", meinte er fahrig, „und zwar einen, der nicht von Anfang an zum Scheitern verurteilt ist!"

„Was weißt du über diesen Al'Jebal, von dem du immer sprichst?", fragte Chara plötzlich wie aus dem Nichts heraus.

Thorn fuhr herum und starrte sie überrascht an. Ein Bild formte sich in seinem Geist. Unerwartet materialisierte sich der Schatten aus seinen Träumen vor seinen Augen und ohne zu wissen warum, fühlte er sich plötzlich einsam und verlassen. Die Wüste, die sie seit Tagen umgab, erschien ihm nicht mehr nur als ein ödes, karges Land: Mit einem Schlag wurde sie zu seinem trostlosen Grab – so, wie sie sich in seinen Träumen offenbarte.

„Ich weiß nicht, wer er ist", murmelte Thorn dunkel.

Er drehte sich um und blickte auf die Oase hinab.

„Alles, was ich von unserem Gespräch mit Testaceus weiß, ist, dass es Al'Jebals Leute waren, die mir und meinen Gefährten in vergangenen Zeiten schwer zugesetzt haben, und dass er für den Sklavenaufstand im Valianischen Imperium verantwortlich ist. Er ist – verantwortlich für Kits Tod."

Thorn brach ab und sein Blick wurde glasig. Er fühlte, wie er durch Chara hindurchsah.

„Gerüchten zufolge ist er ein Schwarzmagier", sagte er tonlos. „Es heißt, er sei einer der gefährlichsten Amaleas. Testaceus erzählte über Al'Jebal, er bediene sich der verruchtesten Methoden, um seine Macht zu mehren: dunkle Magie, Orks, Dämonen, Assassinen … Es heißt, unter seinen Assassinen gäbe es welche, die völlig unmenschlich sind. Sie sollen gelbe Augen haben und so schnell sein, dass man nur einen Schatten sieht, wenn sie zuschlagen. Aber das sind eben nur Gerüchte."

Als sich sein Blick klärte, entdeckte er ein eigentümliches Leuchten in Charas dunkler Iris. Sie wirkte irgendwie entrückt, fern der Realität.

„Dieser Piratenadmiral Schroeder ist einer seiner Leute, nicht wahr?", fragte sie, während ihr Blick unverwandt auf Thorn ruhte.

„Unter anderem, ja. Ein anderer ist Abdallah Al'Shej. Er war es, der Testaceus' Neffen entführt hatte und ihn töten wollte. Das war lange vor dem Attentat auf Testaceus und seinen Neffen. Bei dem Versuch, den Jungen zu retten, machten wir Bekanntschaft mit Schroeder. Aber warum interessiert dich das, Chara?"

„Ich frage mich nur langsam, warum wir ständig auf einen dieser Al'Shejs treffen."

Thorn sah sie einen Moment lang zweifelnd an.

„Eine gute Frage, ja", antwortete er schließlich seufzend.

Die Dunkelheit, die sich in dem Augenblick um seinen Verstand gelegt hatte, als Chara den Namen des *Alten* erwähnte, ließ sich nur mühsam abschütteln, aber allmählich verlor sich das drückende Gefühl in seiner Magengegend.

„Nur hilft es uns im Moment kein bisschen weiter, über den *Alten vom Berg* zu spekulieren", setzte er hinzu.

„Und genau deshalb, weil ein Al'Shej es war, der uns diesen Auftrag erteilt hat", meldete sich Telos zu Wort, „können wir diese Leute unmöglich töten! Nicht einen von ihnen. Wenn die Familie Al'Shej den dunklen Mächten huldigt, und das tut sie, wie du erzählst, dann sind sie unser Feind und wir dürfen ihnen nicht in die Hände spielen!"

„Und was schlägst du vor? Dass wir uns von den Leuten der Al'Shejs verfolgen und ins Totenreich befördern lassen?", bemerkte Chara.

„Sollen wir die Al'Shejs etwa unterstützen?", konterte Telos.

„Sollen wir das Zepter etwa aus den Augen verlieren?", gab Chara zurück. „Denk doch mal einen Augenblick weiter als von deinem priesterlichen Herzen bis an den Saum deines Ordensgewandes! Wenn das *Zepter der Macht* dem Falschen in die Hände fällt, wird es keine Rolle mehr spielen, ob wir moralisch gehandelt haben oder nicht. Dann ist es belanglos, ob wir hier und jetzt diejenigen unterstützen, die du als *das Böse* bezeichnest."

Telos fuhr sich aufgebracht durch sein kurzgeschnittenes Haar.

„Hältst du es tatsächlich für unproblematisch, das Chaos zu bekämpfen, indem wir auf unserer Mission zu dessen Werkzeug werden?"

„Wenn das Endresultat stimmt, ja, dann halte ich es für sinnvoll, den Gegner vorübergehend im Vorteil zu lassen. Das unterstützt nämlich nicht nur seine augenblickliche Lage, sondern auch seinen Größenwahn, was ihn wieder verletzlich macht."

„Wir warten", unterbrach Thorn die Diskussion.

Er musste sich eingestehen, dass Chara nicht ganz unrecht hatte, auch wenn ihm Telos' Gedanken bei Weitem sympathischer waren.

„Worauf?"

Telos sah ihn mit einer Mischung aus Erleichterung und Zweifel an.

„Bis nach Melas sind es noch zwei Tage. Ich schlage vor, wir beobachten im Laufe des heutigen Tages und während der kommenden Nacht die Situation innerhalb der Karawane. Damit meine ich die Bewaffnung der Kameltreiber, den Rhythmus, der im Lager herrscht, die Regelmäßigkeit der Wachablöse um Hakma Al'Raschids Zelt, Möglichkeiten zur Flucht – sollten wir überraschend das Lager angreifen und dann fliehen müssen – und so weiter und so fort. Die Sache ist unglaublich heikel. Ihr drei habt uns in eine äußerst prekäre Lage gebracht." Thorn blickte von einem zum anderen. „Sollten wir es tatsächlich schaffen, die Karawane aufzuhalten, und ich fürchte, wir werden nicht umhin können, dabei ein paar Leute zu töten, dann müssen wir zusehen, wie wir *allein* bis nach Melas kommen. Sollten wir scheitern, werden uns sowohl Mustafa Al'Shej als auch Hakma Al'Raschid an den Fersen kleben *und* wir können zusehen, wie wir allein bis nach Melas kommen."

„Klingt nach mächtig viel Spaß", grinste Bargh und widmete sich wieder seinem Beil.

Chara schüttelte seufzend den Kopf und ging auf ihren schwarzen Hengst zu.

„Ich kann's kaum erwarten."

„Was ist?", rief Thorn Bargh zu, nachdem er sich in den Sattel gezogen hatte. „Bleibst du hier und machst einen auf Chara oder begleitest du uns zurück ins Lager?"

„Komme!"

Chara zog sich die Kapuze ihres schwarzen Mantels noch weiter über ihr bleiches Gesicht und duckte sich tiefer in den Sand. Unmittelbar vor ihr verdeckte ein Felsen ihre Gestalt, sodass sie von den Kameltreibern, die den gegenüberliegenden Rand des Lagers bewachten, ungesehen blieb. Von hinten drang das leise Plätschern eines schmalen Bachs an ihr Ohr. Jene Seite des Lagers wurde nur von zwei Männern am anderen Bachufer bewacht, deren Blicke jedoch von dicht beieinander wachsenden Palmen und Sträuchern verdeckt wurden. Zumindest hoffte sie das.

Das Lager war in Dunkelheit gehüllt. Nur der warme Schein des Feuers im Zentrum der Zelte, die Laterne neben Hakma Al'Raschids Zelteingang und das Leuchten der Sterne am klaren Nachthimmel vertrieben die Dunkelheit etwas. Chara wandte sich um und versuchte, die beiden Wachen auszumachen, die auf der anderen Seite des Baches auf und ab schritten. Soweit sie es erkennen konnte, konzentrierten sie sich auf das Gebiet jenseits der Oase und nahmen das Lager nur ab und an ins Visier. Von hinten drohte ihr also keine allzu große Gefahr. Banditen lauerten ja gewöhnlich auch in der Wüste und nicht inmitten der Karawane.

Was ihr allerdings Kopfzerbrechen machte, waren die Wachen vor Hakma Al'Raschids Zelt. Es waren zwei Männer, beide mit Krummsäbeln ausgestattet, die den Anschein erweckten, dass sie mit ganzer Aufmerksamkeit bei ihrer Arbeit waren. Ihre Blicke waren überall, ihre

Hände ruhten kampfbereit auf den Griffen ihrer Waffen und keiner von ihnen schien auch nur annähernd schläfrig. Es war entmutigend!

Chara studierte den einen der beiden genauer – einen breitschultrigen, großgewachsenen Aschraner mit tief sitzenden Augen. Er stützte sich mit einem Bein auf eine Holztruhe, wobei sein rechter muskulöser Unterarm auf seinem massiven Oberschenkel ruhte. Während er leise auf seinen Kollegen einredete, patrouillierten seine Blicke ständig durch das Lager.

Während Chara ihn und seinen kleineren Kollegen aufmerksam beobachtete, ging sie im Geist ihren Plan durch und kam zu dem Schluss, dass er, wenn alles glatt liefe, durchaus gelingen konnte. Das hieß, sofern sich ihr Partner an seinen Teil der Abmachung hielt.

Ein Blick über die Schulter sagte ihr, dass ihr die Wachen am anderen Ufer den Rücken kehrten. Die beiden Männer am Eingang von Hakma Al'Rashids Zelt unterhielten sich immer noch in gedämpftem Tonfall. Offensichtlich hatte der kleinere der beiden seine Maulfaulheit inzwischen überwunden.

Erst jetzt fiel Chara der ungewöhnliche Klang der aschranischen Sprache auf. Die Sprachmelodie faszinierte sie, obwohl es harte Laute von eher schlichter Klangfarbe waren, die sich von der weitaus diffizileren Sprachmelodie des Valianischen deutlich unterschieden.

Ein verärgertes Zischen des Kleineren der beiden ließ Chara aufhorchen. Der Wachmann schien mit seinem stämmigen Kollegen nicht einer Meinung zu sein, was er deutlich zum Ausdruck brachte. Sein Kollege antwortete mit einem erzürnten Kopfschütteln und zeigte mit dem Finger auf Thorns und Telos' Zelte.

Hatten sie etwa Verdacht geschöpft?

Wenn ja, dann war es Zeit, dass sie loslegte. Doch ohne fremde Hilfe war ihr Plan zum Scheitern verurteilt.

Angestrengt blinzelte Chara über die Felskante und suchte nach ihrer Unterstützung. Und dann entdeckte sie endlich eine Gestalt, die scheinbar gelassen auf die Wachen zuschlenderte, die augenblicklich ihre Unterhaltung unterbrachen und alarmiert die Köpfe hoben.

Chara hielt den Atem an. Er war tatsächlich gekommen. Jetzt würde sich zeigen, ob sie den Richtigen ins Vertrauen gezogen hatte und er die Sache auch durchzog.

Bei Thorns Anblick richtete sich der Stämmige zu seiner vollen Größe auf und überkreuzte seine Arme vor der Brust, während sein Kollege sicherheitshalber zu seiner Waffe griff.

Thorn aber blieb stehen und bückte sich, als hätte er die beiden Männer gar nicht wahrgenommen. Er war nun etwa dreißig Schritte von Al'Raschids Zelt entfernt und erweckte den Eindruck, im Sand nach etwas zu suchen.

Argwöhnisch beobachteten die Wachen, wie Thorn seine Finger über den Boden gleiten ließ, sich dann erhob und leise fluchend begann, mit seinen Stiefeln im Sand zu scharren.

Chara biss sich auf die Unterlippe. Es war unerlässlich, dass die beiden Wachen ihren Posten verließen. Nur so konnte sie unbemerkt ins Zelt schlüpfen. Instinktiv griff sie nach dem Dolch unter ihrem Mantel, zog ihn ein Stück aus der Scheide und strich mit ihrem Zeigefinger über den Rücken der Klinge. Ihre Muskeln entspannten sich, als das kalte Metall ihre Haut berührte, und ihr Atem wurde ruhig und gleichmäßig. Mit kühlem Blick verfolgte sie die Szene vor Hakma Al'Raschids Zelt.

Thorn hatte seine Suche inzwischen intensiviert, indem er erneut auf die Knie gegangen war und mit den Händen hektisch den Sand abtastete. Chara konnte die Anspannung der Wachen förmlich spüren, und tatsächlich: Endlich verließen beide den Zelteingang und gingen auf Thorn zu. Doch als sie schon dachte, ihr Plan wäre aufgegangen, blieben sie plötzlich stehen.

Es entstand ein kurzer Wortwechsel, dann machte der kleinere von beiden kehrt und schlenderte zum Zelt zurück.

Chara verdrehte genervt die Augen.

„Was sucht Ihr da?“, fragte der Breitschultrige schroff, als er vor Thorn trat.

Er war einer der wenigen Aschraner, die so weit im Süden noch Valianisch beherrschten.

Thorn hörte nicht auf, den Boden abzusuchen.

„Tut mir leid“, antwortete er abwesend, „aber ich glaube, das geht Euch nichts an.“

Seine unverfrorene Antwort irritierte den Mann offensichtlich. Unentschlossen trat er zur Seite, als Thorn mit den Händen den Boden um seine Stiefel herum absuchte.

„Was macht Ihr um diese Żait außerhalb Eures Żeltes?“, bohrte der Aschraner etwas energischer nach.

„Wie bitte?“, fragte Thorn, sichtbar genervt von der Unterbrechung. „Was ich hier mache … Ich konnte nicht schlafen …“

„Was ħaißt, Ihr kħonntet nicht schlafen! Ħabt Ihr aine Ahnung, was das für ainen seltsamen Aindruck macht, wenn Ihr nachts durch das Lager schlaicht?! Besonders dann, wenn wir so oft Probleme mit unerwünschten Aindringlingen ħaben und Ihr Euch in der Nähe des Żeltes unseres Kħarawanenführers aufħaltet!“

„Oh, das tut mir leid!“, stutzte Thorn und richtete sich auf.

Er wirkte nun um einiges kooperativer.

„Ich wollte keine Umstände machen. Mir war nur nach etwas frischer Luft, weil mein Zeltgenosse, nun ja, im Schlaf, Ihr wisst schon …“

Der Aschraner runzelte misstrauisch die Stirn.

„Was waiß ich?“, fragte er scharf und bewies damit, dass er keine Lust auf eine lockere Unterhaltung hatte.

Doch Thorn ließ sich weder einschüchtern noch davon abhalten, eine Erklärung abzugeben.

„Wisst Ihr, wenn man das Falsche isst, oder zu viel davon, dann kommt es ab und zu vor, dass der Körper gewisse Lufteinschlüsse nicht halten kann, und das erzeugt dann einen unangenehmen Geruch.“

Chara konnte sich ein Grinsen nicht verkneifen. Sie hatte Thorn noch nie so bedenkenlos unsinniges Zeug daherreden hören. Das sah ihm gar nicht ähnlich.

Die Augenbrauen des Aschraners zogen sich beunruhigend über seinem Nasenbein zusammen.

„Was genau sucht Ihr?!“, fragte er mit gesteigertem Nachdruck. „Sagt es mir! Ich ħelfe Euch, es żu finden und dann seht Ihr żu, dass Ihr wieder in Euer Żelt kħommt, ħabt Ihr verstanden?“

Er sah sich über die Schulter nach seinem Kollegen um. Einen Augenblick schien er darüber nachzudenken, ob er ihn dazu auffordern sollte, bei der Suche zu helfen.

Thorn lächelte höflich und nutzte die Gelegenheit, ihm die Entscheidung zu erleichtern.

„Vielen Dank! Aber ich brauche Eure Hilfe nicht. Es ist ein Gegenstand, der einen persönlichen Wert für mich hat, und ich würde ihn nur ungern in den Händen eines Fremden sehen. Versteht mich nicht falsch, ich bin Euch für Eure Anteilnahme dankbar, aber in meiner Heimat gilt es als schlechtes Omen, wenn ein anderer einen so persönlichen Gegenstand berührt.“

Der Aschraner schien sich etwas zu entspannen. Offensichtlich war er zu dem Schluss gekommen, dass Thorn die Wahrheit sagte, denn er forderte seinen Kollegen auf, sich die Lampe neben dem Zelteingang zu schnappen und beim Suchen zu helfen.

Chara lächelte. Thorn hatte gute Arbeit geleistet. Selbst sie hätte ihm die Geschichte abgekauft, wenn sie es nicht besser gewusst hätte. Beide Wachen suchten jetzt hockend den Boden ab.

„Also gut, aber wenn ihr das Kleinod gefunden habt – nicht berühren!“

Als die Wachen nicht antworteten, sondern sich in ihre Arbeit vertieften, fixierte Thorn einen kurzen Augenblick lang den Felsen, hinter dem Chara kauerte. Dann ging er in die Hocke und setzte seine Suche fort.

Dies war der Augenblick, in dem sich Chara lautlos aus ihrem Versteck bewegte, und sich an das Zelt heranschlich, mit dessen Plane sie im Schutz der Dunkelheit förmlich verschmolz.

Dort hielt sie einen Moment inne, um ihren Herzschlag zu beruhigen und die Kontrolle über ihre leicht zitternden Hände zurückzugewinnen.

Es war immer die gleiche Prozedur. Sobald sie sich mit dem Gedanken angefreundet hatte, bei einem Fehler ihr Leben zu verlieren, fiel die

Anspannung von ihr ab. So war es auch jetzt. Ihre Sinne waren aufs Höchste auf das zu erreichende Ziel konzentriert und die Nervosität verlor sich in der Gewissheit, dass ein Scheitern ihren Tod bedeuten konnte.

Nach einem schnellen Blick auf Thorn und die Wachen setzte sie ihren Weg im Schatten des Zeltes fort. Es waren etwa zehn Schritte bis zum Zelteingang und binnen eines Herzschlags hatte Chara die Strecke hinter sich gebracht.

„Wie sieht denn das Ding aus?“, hörte sie den Stämmigen verärgert fragen. „Viellaicht wäre es ganż gut żu wissen, wonach wir ħier aigentlich suchen!“

Chara blieb stehen und horchte auf. Hatte sich Thorn eine Antwort auf diese Frage überlegt oder würde er nun endgültig ins Stammeln geraten?

„Es ist ein Anhänger“, grummelte er. „Klein, oval, mit einem grünen Stein in der Mitte – ein elfisches Symbol.“

„Von den Spitżohren, he? Wo ħabt Ihr das denn ħer?“

„Das geht Euch jetzt aber wirklich nichts an!“, antwortete Thorn schroff.

Chara atmete aus. Sie hatte es fast geschafft. Leise bewegte sie sich einen Schritt auf den Zelteingang zu. Ein Windstoß blies ihr ein Sandkorn ins Auge, wodurch sie sich gezwungen sah, wieder stehen zu bleiben. Verärgert rieb sie sich das Augenlid und spürte, wie ihr Tränen über das Gesicht zu laufen begannen. Das hatte ihr gerade noch gefehlt! Hastig wischte sie sich mit ihrem Handschuh über die Wange und öffnete ihr Auge. Der Schmerz war weg. Sofort setzte sie ihren Weg fort, wobei sie keinen Moment ihren Blick von den Wachen ließ, was sich als fataler Fehler entpuppte.

Gerade als sie im Zelteingang verschwinden wollte, verfing sich ihr Fuß in einem der Seile, mit denen die Plane an den Haken befestigt war. Die plötzlich abhandengekommene Bewegungsfreiheit brachte sie aus dem Gleichgewicht, sie fiel vornüber und krachte mit dem Ellenbogen gegen den gusseisernen Lampenhalter neben dem Eingang, sodass sich dieser aus seiner Verankerung im Sand löste. Er hätte wahrscheinlich trotzdem gehalten, wenn Chara nicht mit ihrem Ärmel an den Eisendornen hängengeblieben wäre, die eine Art Fassung für die Laterne darstellten. Mit einem dumpfen Schlag landete der schwere Ständer neben ihr im Sand. Kein allzu lautes Geräusch, aber laut genug, dass die Wachen es hörten. Blitzschnell waren sie auf den Beinen und rissen die Köpfe herum. Chara konnte sich gerade noch auf die andere Seite des Zeltes werfen, wo sie vor den Blicken der Wachen geschützt war. Ohne abzuwarten, was als Nächstes geschah, rannte sie auf das Bachufer zu, setzte mit einem Sprung über das Wasser hinweg und ließ sich auf der anderen Seite hinter einem glatten Felsen in den Sand fallen. Dort verfiel sie in eine plötzliche Starre.

Von Hakma Al'Raschids Zelt drangen die wütenden Stimmen der Wachen zu ihr herüber. Verstehen konnte sie nichts, aber es war allzu deutlich, dass Thorn in eine prekäre Lage geraten war. Soweit sie es hören konnte, bombardierten ihn die Wachen mit unangenehmen Fragen und auch wenn seine Worte ruhig klangen, war es nicht zu überhören, dass Thorn Probleme hatte, die Panik aus seiner Stimme herauszuhalten. Sie hörte es, weil sie ihn kannte. Nun hoffte sie inständig, dass dies nicht auf die Wachen zutraf.

Verdammt! Wie blöd kann man sich anstellen?

Chara hockte mit zusammengeballten Fäusten im Sand. Was für ein dummer Fehler! Ihr dürfte so etwas nicht passieren, niemals! Sie hatte gelernt, genau diese Fehler weder zu begehen, noch bei irgendjemandem aus ihren Kreisen, einschließlich sich selbst, zu dulden. *Den Blick immer dorthin wenden, wohin man sich bewegt!* Sie wusste das! Wie oft hatte sie sich dieses Gebot vor Augen gehalten, wenn sie in einer solchen Situation gewesen war! Warum nur hatte sie es jetzt plötzlich vergessen?

Ihr Scheitern war verheerend. Sie mussten weiter. Sollte Thorn es nicht schaffen, die Wachen davon zu überzeugen, dass der Lärm bei Hakma Al'Raschids Zelt nichts mit ihm zu tun hatte, würde man ihn umgehend festnehmen.

Chara warf einen kurzen Blick über den Rand des Felsens, doch in der Dunkelheit konnte sie nichts erkennen. Die Stimmen waren verstummt. Es herrschte Stille im Lager. Entweder hatten die Wachen Thorn mundtot gemacht oder Thorn hatte sich gerade noch aus der heiklen Situation rausgelogen.

Schwer atmend versuchte Chara einen klaren Gedanken zu fassen. Sie musste so schnell wie möglich unbemerkt zu ihrem Zelt zurück. Sie musste dort sein, bevor die Wachen auf die Idee kamen, ihre Zelte zu durchsuchen.

Doch bevor Chara den Gedanken in die Tat umsetzen konnte, hörte sie Schritte, die den Bach entlang auf sie zuhielten. Dann zwei deutlich zu unterscheidende Männerstimmen und das leise Geräusch an Leder schabender Waffen. Es handelte sich um die beiden Wachen, die auf dieser Seite des Bachs das Lager sicherten. Sie befanden sich genau zwischen ihr und dem Weg zu ihrem Zelt. Chara überlegte fieberhaft, was sie tun sollte. Wenn sie jetzt zurück über den Bach sprang und sich durch das Lager stahl, würde sie Gefahr laufen, auf Thorn und die anderen beiden Wachen zu stoßen.

Kurz entschlossen stand sie auf und begann, scheinbar unbedarft den Bach entlangzuschlendern. Dabei streifte sie sich geistesgegenwärtig den schwarzen Mantel von den Schultern und warf ihn zusammen mit ihrem Waffengürtel hinter einen Strauch. Jetzt trug sie nur noch das naturfarbene Unterkleid und sah wieder aus, wie ein aschranisches Eheweib. Und das war auch gut so, denn genau in diesem Moment entdeckten sie die Wachen.

Sofort zogen beide ihre Säbel und als sie mit Chara auf gleicher Höhe waren, bauten sie sich vor ihr auf und schnitten ihr den Weg ab.

„Eine schöne Nacht, nicht wahr?“, begann Chara leichthin, spürte jedoch die Anspannung in ihren Muskeln. „Kein Wölkchen dort oben. Geradezu einladend für einen kleinen Abendspaziergang.“

Eine der Wachen kniff die Augen zusammen und sprach sie mit harter Stimme an. Chara verstand kein Wort. Also zuckte sie mit den Schultern und hob ihre Stimme deutlich an.

„Ich sagte, es sei eine schöne Nacht heute!“, wiederholte sie und betonte dabei jede einzelne Silbe.

Die beiden Männer tauschten fragende Blicke. Sie konnten erahnen, was ihnen Chara sagen wollte, aber was sie damit anfangen sollten, war ihnen trotzdem unklar. Eine Frau, die, ohne sich Gedanken zu machen, nachts im Lager spazieren ging, war ihnen nicht geheuer. Die Fremde könnte gefährlich sein. Sie war zwar eindeutig nur eine Frau, aber eine außergewöhnlich kräftige, die noch dazu eine recht düstere Ausstrahlung hatte.

„*Wàchan chàd radeth hak din nadà*?!", knurrte der größere der beiden Männer.

Chara zuckte lächelnd mit den Schultern.

„Ich verstehe Euch leider nicht!"

Die Wachen wechselten ein paar Worte. Sie schienen sich uneinig darüber zu sein, ob sie den Fall melden sollten oder nicht. Chara hoffte inständig, dass sie sich dagegen entschieden. Andernfalls würde sich rasch herausstellen, dass noch jemand aus ihrer Gruppe nachts im Lager unterwegs war. Und damit hätten sie die Chance endgültig verspielt, sich aus dieser unangenehmen Situation herauszuwinden.

Die Wache mit den sanfteren Augen seufzte und gab sich offensichtlich geschlagen, denn sie nickte und machte eine wegwerfende Handbewegung. Doch nicht so ihr Kollege. Der packte Chara plötzlich am Arm und zog sie gewaltsam zu sich heran.

Chara spürte, wie heißer Zorn in ihr erwachte. Sie wollte den Mann, der ohne eine Vorwarnung Hand an sie legte, kurzerhand niederstrecken, doch zugleich begann ihr Verstand zu arbeiten und untergrub das heftige Bedürfnis.

Einmal tief durchgeatmet und sie wurde wieder ruhig. Sie konnte sich jetzt keine Fehler erlauben. Wenn sie ausrastete, waren sie verloren.

Es stellte sich heraus, dass der Mann weder vorhatte, sie festzunehmen, noch sie zu verletzen. Er wollte sie lediglich dazu bewegen, in ihr Zelt zurückzukehren. Unmissverständlich deutete er auf ihren Lagerplatz und schob sie nachdrücklich in die angezeigte Richtung.

Chara rang sich ein Lächeln ab. Dann setzte sie ihren Weg entlang des Baches fort und wechselte auf der Höhe ihrer Zelte die Uferseite.

Als sie sich noch einmal umdrehte, marschierten die Wachen bereits Richtung Hakma Al'Raschids Zelt.

„So viel zu Plan A", murmelte Chara leise.

Sie hatten keine Wahl mehr. Nun galt es, den Plan des Priesters oder des Vallanders in Erwägung zu ziehen, und das war alles andere als ein erbaulicher Gedanke.

Thorn stand mit grimmiger Miene am Zelteingang und erwartete sie. Chara hatte nicht die geringste Lust, sich seinem Ärger zu stellen, auch wenn er diesmal zu Recht wütend war.

„Alles klar?", fragte Thorn und zu Charas Verblüffung wirkte er weder zornig noch herablassend.

„Haben sie dich ins Kreuzverhör genommen?", lenkte sie von seiner Frage ab.

„Das kann man wohl sagen."

Er warf einen Blick über das Lager und fuhr sich mit der Hand durch seine schulterlangen Haare.

„Ich dachte schon, das war's. Aber irgendwann konnte ich sie davon überzeugen, dass ich lediglich ein Medaillon suchte."

Er grinste schief.

„Und du? Wie erging es dir?"

„Ich war nur spazieren. Das behauptete ich zumindest, als mich die Wachen am anderen Bachufer aufgehalten haben. Aber wie konntest du die beiden Leibwachen Hakma Al'Raschids überzeugen? Die wirkten auf mich alles andere als naiv."

Thorn griff unter seinen Umhang, zog einen Lederbeutel hervor und ließ daraus einen kleinen Gegenstand in seine offene Hand fallen.

„Als ich das hier aus dem Sand fischte, glaubten sie mir meine Geschichte."

Zwischen Thorns Finger baumelte eine silbern schimmernde Kette.

Chara berührte den kleinen, ovalen Anhänger, in dessen Mitte ein grüner Stein blitzte. Er war eindeutig ein Werk der Elfen.

„Aha“, stellte sie anerkennend fest. „Du hast dich vorbereitet. Schade nur, dass ich meinen Teil vergeigt habe.“

„Allerdings“, pflichtete Thorn bei, aber um seine Mundwinkel spielte ein versöhnliches Lächeln. „Was soll's! Nun bekommt Telos seine Chance – vielleicht schafft er es ja tatsächlich, sämtliche Kamele zu vergiften und die Kameltreiber in die Wüste zu jagen.“

Chara grinste schief. „Wenn er das schafft, richte ich in aller Öffentlichkeit ein Dankgebet an Agramon!“

Sie schaute auf den Anhänger in Thorns Hand.

„Ein Geschenk der Elfenkriegerin?“

„Ja. Sie gab es mir vor der Schlacht im Emlin-Tal. Kurz darauf war sie tot.“

Chara musterte ihn nachdenklich. Den Schmerz, den sie in Thorns Augen wahrnahm, begleitete eine Bitterkeit, die man zu jeder Zeit bei ihm feststellen konnte, egal, ob er fröhlich, wütend oder traurig war. Diese Bitterkeit war gefährlich – für Thorn selbst, aber auch für jeden, der sich in seiner Nähe aufhielt.

Chara blickte erneut auf das Kleinod in seinen Händen, bevor sie ihm in die Augen sah.

„Wirf es weg.“

Thorn sah sie verständnislos an.

„Es hält alte Wunden offen.“

„Mag sein, aber darüber hinaus hält es auch Erinnerungen wach, Bilder, die ich nicht verlieren möchte“, gab Thorn zurück.

„Ich verstehe.“

Chara warf ihm einen letzten, prüfenden Blick zu. Dann murmelte sie *Gute Nacht!* und schlüpfte in ihr Zelt.

Thorn stand noch eine Weile im Finstern und wog die Kette in seiner Hand. Schließlich steckte er sie in den Lederbeutel zurück und verstaute diesen unter seinem Umhang.

„Schlaf gut“, brummte er, doch Chara war schon eingeschlafen.

Der nächste Tag begann wie jeder andere, den sie in der Wüste zugebracht hatten. Alle vier leerten sie nach dem Aufstehen grummelnd ihre

Stiefel und stellten wie jeden Morgen gelangweilt fest, dass sich kein Ungeziefer darin eingenistet hatte. Nach dem Frühstück, das aus einem gelblichen, körnigen Brei mit ein paar Datteln und Feigen bestand und das sie schnell hinunterwürgten, brachen sie mit Hakma Al'Raschid in Richtung Melas auf.

Keiner von ihnen verlor ein Wort über Mustafa Al'Shejs Auftrag. Es hatte auch keiner die leiseste Idee, wie sie die Sache angehen sollten.

Thorn hatte Telos und Bargh die Vorfälle in der Nacht verschwiegen. Erst als sie auf ihren Pferden saßen und bereits ein gutes Stück vorangekommen waren, klärte er die beiden über die genaueren Gepflogenheiten der Wachablösung auf und das auch nur, weil Telos Bescheid wissen wollte. Dass Chara und er geheime Sache gemacht hatten, behielt er wohlweislich für sich.

In Gedanken ging er immer wieder alle Möglichkeiten durch, die ihnen jetzt noch blieben, nur um am Ende erkennen zu müssen, dass sie keine andere Wahl hatten, als zu viert gut achtzig Männer im Kampf herauszufordern.

Wie zur Bestätigung ließ Bargh alle paar Augenblicke voller Eifer vermelden: „Greifen wir sie uns doch einfach! Lasst sie uns in den Boden rammen!"

Es war alles andere als ermutigend. Zu allem Überdruss kam auch noch die unbändige Hitze hinzu, die Thorn kaum noch ertragen konnte. Er hatte keine Ahnung, wie die anderen die sengende Sonne ohne Jammern aushielten. Wahrscheinlich, weil sie das trockene Klima eher gewohnt waren als er. Als ob das alles nicht genug war, überfielen ihn immer häufiger quälende Träume. Mittlerweile verfolgte ihn der Schatten jede Nacht. Jede Nacht versuchte Thorn im Schweiße seines Angesichts, ihm zu entkommen, doch keine Strategie hatte bisher geholfen, seinen unheimlichen Begleiter loszuwerden. Wenn dieser wenigstens wieder mit ihm gesprochen hätte! Aber seit der Nacht in der Karawanserei blieben die schwarzen Schemen stumm.

Thorn wusste nicht, was der Traum zu bedeuten hatte. Was er aber ganz klar fühlte, war, dass es mehr war als ein Traum.

„Ich habe einen Plan!“, riss Bargh ihn aus seinen düsteren Gedanken.

„Was du nicht sagst“, knurrte Thorn und rieb sich den Sand aus den Augen, während er mit einer Hand versuchte, sein Pferd zurückzuhalten, das unbedingt nach vorn zu Charas Hengst wollte.

„Lass mich raten. Wir sollen die Kerle angreifen und in den Boden stampfen.“

Bargh lächelte selig.

„So in etwa, aber gekonnt! Wir kämpfen Rücken an Rücken, du verstehst! Sodass sie uns von hinten nicht …“

„Komm schon, Bargh!“, stöhnte Chara eine Reihe weiter vorne. „Fällt dir wirklich nichts anderes ein? Hast du’s so eilig, deinen Schädel zu Brei schlagen zu lassen?“

„Ich sag’s zwar nur ungern, aber Chara hat recht, Bargh!“, pflichtete Telos düster bei. „Um es mal so auszudrücken: Wir sitzen bis zum Hals in der Scheiße!“

Er senkte seine Stimme zu einem reumütigen Murmeln.

„Verzeih mir, oh Agramon!“

„Alle Achtung“, ereiferte sich Chara, „ein Kraftausdruck aus deinem gesegneten Mund? Da kann ich jetzt ja getrost den Löffel abgeben.“

„Das, meine Liebe, werden wir zu verhindern wissen“, widersprach ihr Telos ruhig.

„Wenn ich mich dazu entschließe zu sterben, wirst selbst du es nicht verhindern können.“

„Ich nicht, da hast du recht. Agramon hingegen …“

„Verschone mich!“

Chara blies eine ihrer aufmüpfigen Strähnen nach hinten und wischte sich den Schweiß von der Stirn.

„Ich bin heute nicht in der Stimmung für deine Predigten!“

Telos wollte ihr gerade zu mehr Demut raten, da drang ein eindringliches *Seid still!* zu ihnen vor.

Chara und Telos drehten sich um und sahen, wie Thorn mit zusammengekniffenen Augen nach hinten starrte. Doch keiner konnte etwas Auffälliges erkennen.

„Was is'?", flüsterte Bargh ehrfürchtig. „Was siehst du?"

„Wahrscheinlich eine Elfenprinzessin auf einem weißen Schimmel!", raunte Chara. „Das ist bloß eine Fata Morgana, Thorn!"

„Halt die Klappe, Chara!", konterte Thorn, der immer noch konzentriert den Horizont im Auge behielt. „Zieht lieber eure Waffen!"

Er selbst hatte bereits seinen Bogen in der Hand und spannte gerade die Sehne über das Holz.

„Ich denke, wir bekommen Besuch", sagte er.

„Tatsache?", fragte Bargh aufgeregt und griff nach seiner Axt.

Thorn nickte, hängte seinen Bogen an den Sattelknauf und band sich die Haare im Nacken zusammen.

„Endlich tut sich mal was!", jauchzte Bargh.

Ein Stück weiter vorn griff Telos unter seinen weißen Umhang und brachte einen Kriegshammer zum Vorschein, dessen Kopf auf einer Seite zu einer gefährlich scharfen Spitze zusammenlief.

„Das soll eine Waffe sein?", bemerkte Chara skeptisch. „Taugt die was?"

Telos lächelte vielsagend.

„Wirst du sehen."

Thorns Augen blickten angestrengt in die Ferne und endlich, als Bargh schon fast die Hoffnung verloren hatte, erkannten sie etwas am Horizont. Zunächst konnte keiner von ihnen sagen, worum es sich dabei handelte, denn alles, was sie wahrnahmen, waren eigentümliche Flecken über dem Wüstensand, die im Hitzeflimmern der gleißenden Sonne wie vage Trugbilder aussahen. Schließlich aber wurden die Umrisse deutlicher und die Flecken verwandelten sich in dunkle Punkte, die sich der Karawane langsam näherten.

„*Chadán!*", rief ein Kameltreiber aus den vorderen Reihen, was Thorn und die anderen als ein Alarmsignal interpretierten.

„Also doch kein leerer Wahn!", murmelte Telos verbissen. „Wir werden überfallen."

Alle hatten ihre Waffen gezogen, nur Chara saß ungerührt auf ihrem Rappen und blickte stumm auf die nahenden Angreifer.

Plötzlich kam Bewegung in die Karawane. Die Kamele änderten ihre Gangart und wurden mit Rufen und Schlägen dazu angetrieben, ihre Höchstgeschwindigkeit zu erreichen.

„Pah!“, machte Bargh. „Wollen die etwa abhauen?“

Er schulterte seine Axt und gab seinem Pferd widerwillig die Sporen.

„Was soll das für einen Sinn haben! Diese lahmen Viecher holt ja sogar meine Urgroßmutter ein – die is’ mitsamt ihren Krücken schneller!“

„Das ist unsere Chance!“, schrie Thorn den anderen zu. „Nutzt die Gelegenheit und schaltet so viele von Hakma Al’Raschids Leuten aus, wie ihr könnt!“

Dann trieb er sein Pferd an und arbeitete sich an der äußeren, linken Flanke zur Spitze der Karawane vor. Chara und Bargh lösten sich ebenfalls aus der Kolonne und folgten Thorn, während Telos sich damit abmühte, sein Reittier von seinem Willen zu überzeugen. Doch das Pferd hatte offensichtlich andere Pläne. Von dem angenehmen Tempo der Kamele angetan, hielt es sich stur an die Lastentiere und rückte keine Handbreit von der Karawane ab.

„Mistvieh!“, fluchte der Priester und riss wutschnaubend an den Zügeln.

Als er einen Blick zurückwarf, stellte er fest, dass die Angreifer beängstigend weit aufgeholt hatten. Er erkannte an die achtzig Pferde, die über den Wüstensand preschten, als würden sie sich nirgendwo sicherer fühlen als auf dem unsteten Grund. Jetzt konnte Telos auch die Reiter erkennen und ihr Anblick war alles andere als entwarnend. Die Klingen der Krummsäbel, die sie in ihren Händen hielten, reflektierten das Sonnenlicht, das ihm unangenehm in die Augen stach. Sie hatten alle langes, schwarzes Haar und trugen auffallend lange, dunkle Gewänder, die der Wind über ihre Pferde peitschte.

Als sie knapp hinter der Karawane waren, teilte sich der Reitertrupp.

Telos hielt hektisch nach Thorn und Chara Ausschau und versuchte, sich dabei einen Überblick zu verschaffen.

Genau in dem Moment galoppierten die ersten Banditen an ihm vorbei und hielten auf die Spitze der Karawane zu. Die *Targar* oder *Hunde der Wüste*, wie man die Banditen auch nannte, planten ganz offensichtlich sie einzukreisen.

Barghs Berserkergang

Thorn jagte seine Stute an der Karawane vorbei nach vorn. Jeder Blick zurück machte ihm nur allzu deutlich, dass Hakma Al'Raschids schwer beladenen Kamele viel zu langsam waren, um gegen die Pferde der *Targar* auch nur eine blasse Chance zu haben. Die Banditen hatten sich geteilt, um zur Linken und Rechten der Karawane vorzupreschen, und die ersten würden Thorn bald eingeholt haben. Er versuchte, die herannahende Bedrohung so gut es ging zu ignorieren und an die Spitze der Karawane zu gelangen. Sobald er in Schussweite zu Hakma Al'Raschid war, würde er dem Karawanenführer ein rasches Ende bereiten. Den Rest, so Vana es wollte, würden die *Targar* erledigen und ihr haarsträubendes Unterfangen wäre damit erledigt. Das hoffte er zumindest.

Die Schreie der von Pfeilen Getroffenen jagten Thorn leise Schauer über den Rücken. Die Bedrohung im Nacken erfüllte ihn mit Panik. Nicht zu wissen, wann und wie der Feind auf ihn treffen würde, der ihm noch dazu unbekannt war, hatte etwas Zermürbendes. Das Ganze kam einer Hetzjagd gleich, wobei ihm die *Targar* und deren Strategien völlig unbekannt waren. Davon abgesehen war der Feind nicht einmal klar definiert. Sobald die Kameltreiber herausbekämen, dass sie nicht nur von den *Targar* angegriffen wurden, würden sie sich auch gegen ihn, Telos, Chara und Bargh wenden und dann galt es, an zwei Fronten zu kämpfen.

Mehrere Pfeile sirrten seitlich an seinem Kopf vorbei. Sein Pferd machte einen panischen Sprung zur Seite. Thorn verlor fast das Gleichgewicht, konnte sich aber gerade noch im Sattel halten. Seine Augen suchten hektisch nach einer Schussverletzung und fanden einen Pfeil, der im Hinterteil seiner Stute steckte. Er riss ihn heraus, woraufhin das Tier ein weiteres Mal bockte, was er erwartet hatte und durch eine entspannte Körperhaltung ausgleichen konnte.

Thorn schmiss den Pfeil in den Sand und ließ die Zügel fallen. Dann griff er sich seinen Kurzbogen, der noch immer am Sattelknauf hing, legte einen Pfeil an und drehte sich um. Knapp hinter ihm galoppierte einer der *Targar* mit angelegtem Bogen auf ihn zu. Im Moment zielte er allerdings auf die Kameltreiber zu seiner Rechten und sah Thorn nicht, der den Bogen spannte und seinen Pfeil zielgenau auf dessen Kopf abfeuerte. Die Spitze des Pfeils bohrte sich exakt zwischen Ohr und Haaransatz des Mannes und ließ ihn tot vom Pferd stürzen. Hinter seinem davonstiebenden Reittier drängte der Rest nach vorn. Thorn drückte seiner Stute die Schenkel in die Seite, galoppierte an den Kamelen entlang und feuerte mehrere Pfeile auf die Verfolger ab. Einige verfehlten ihr Ziel, andere verletzten die Angreifer nur, drei stürzten augenblicklich von ihren Pferden und blieben reglos im Sand liegen.

Die Kamele wurden langsamer. Hakma Al'Raschid schrie Befehle, die Thorn nicht verstand, woraufhin seine Leute von ihren Reittieren sprangen und zu ihren Waffen griffen.

Die ersten *Targar* galoppierten, bestrebt, die Spitze der Karawane zu erreichen, achtlos an Thorn vorbei, der sich bis zum vorderen Viertel durchgeschlagen hatte und nun Bargh in der Menge der Kameltreiber erspähte. Der Vallander glitt nicht weit von Hakma Al'Raschid mit seiner Axt vom Pferd und rannte auf eine Gruppe *Targar* zu, die den Kamelen an der Spitze der Karawane erfolgreich den Weg abgeschnitten hatte. Die Männer bildeten mit ihren Pferden einen Halbkreis, von dem aus sie Pfeile auf die Karawane abfeuerten. Ein Blick auf die andere Seite zeigte Thorn, dass inzwischen auch dort die ersten Angreifer den Kopf der Karawane erreicht hatten. Hakma Al'Raschids Leute waren eingekreist. Jetzt begann der eigentliche Kampf.

Während die ersten *Targar* von den Pferden aus mit ihren Krummsäbeln ans Werk gingen, suchten Thorns Augen hastig zwischen den Kämpfenden nach Hakma Al'Raschid. Aus den Augenwinkeln bekam er mit, wie Bargh den ersten Angreifer vom Pferd holte, indem er dem Tier mit seiner Axt die Beine unter dem Körper wegschlug. Der Mann hatte noch nicht einmal den Boden erreicht, da spaltete ihm Barghs Waffe den

Schädel, woraufhin er mit einem dumpfen Aufprall in den Sand stürzte. Im nächsten Augenblick prallte Barghs Axt gegen den Krummsäbel eines *Targar*, der versuchte, den Barbaren von der Seite zu attackieren. Die Klinge seines Säbels splitterte unter Barghs unglaublicher Wucht, und noch bevor der Mann vor dem wutschnaubenden Vallander zurückweichen konnte, trennte ihm Bargh den Schwertarm von seiner Schulter. Der Mann schrie auf und fiel, eine Hand auf den blutigen Stumpf gepresst, hilflos vom Rücken seines Pferdes.

Bargh riss seinen Kopf herum, sodass Thorn einen verschwindenden Augenblick sein Gesicht sehen konnte. Der Ausdruck des Barbaren rief bloßes Entsetzen in ihm hervor. Barghs sonst freundliche, warme Augen hatten sich zu winzigen Schlitzen zusammengezogen. Sein verzerrter Mund ließ gebleckte Zähne aufblitzen und sein Gesicht war von tiefen Falten zerfurcht, die es zu einer vom blanken Zorn entstellten Maske verunstalteten. Im selben Augenblick, in dem Barghs Angreifer zu Boden ging, schlug Bargh auf einen der nebenstehenden Kameltreiber Hakma Al'Raschids ein. Einen Lidschlag später hatte Barghs Axtblatt dem Mann den Bauch aufgerissen.

Ein stechender Schmerz in seiner Lendengegend holte Thorn in die Wirklichkeit zurück. Zwischen seinem rechten Oberschenkel und seinem Geschlecht hatte sich ein Pfeil tief in seinen Körper gegraben.

„So eine verdammte …!“

Thorn leckte sich über die ausgetrockneten Lippen und stierte verbissen auf das Geschoss in seinem Fleisch. Den Pfeil herauszuziehen, würde das Einschussloch vergrößern und die Wunde hemmungslos zum Bluten bringen – also stecken lassen. Thorn gab sein Bestes, den Schmerz zu ignorieren, doch das Stechen in seiner Lendengegend machte ihn rasend. Wutschnaubend spannte er seinen Bogen erneut, ließ ihn über das Schlachtfeld gleiten und feuerte einen Pfeil nach dem anderen ab, wobei sowohl Hakma Al'Raschids Leute als auch einige der *Targar* dran glauben mussten. Während er einen nach dem anderen entweder vom Pferd oder vom Kamel holte, versuchte er seine Beherrschung zurückzugewinnen und schwenkte schließlich seinen Bogen zu Bargh, der sich mittlerweile in schlimmer Bedrängnis befand. Doch dabei wirkte er keineswegs geschwächt. Ohne Unterlass schlug sich die Axt des Vallanders durch den Pulk der Angreifer, während Bargh nicht das geringste Anzeichen von Müdigkeit zeigte.

Thorn schoss zwei seiner Angreifer in deren Hinterköpfe und verschaffte Bargh damit den nötigen Freiraum. Nachdem er seinem Zorn Luft gemacht hatte, atmete er tief durch, brach mit zusammengebissenen Zähnen den Pfeil ab und warf die eine Hälfte in den Sand. Danach suchte er mit den Augen das Schlachtfeld ab.

Wo waren Chara und Telos?

Telos hatte den Überblick verloren. Chara, Bargh und Thorn waren verschwunden. Die *Targar* hatten die Karawane eingekreist und soweit er es ausmachen konnte, war man vorne bereits wild zur Sache gegangen. Laute, qualvolle Schreie drangen zu ihm nach hinten. Dort, wo er sich aufhielt, waren die Angreifer noch damit beschäftigt, nach vorn zu strömen, während die hinteren Männer versuchten, die Karawane zusammenzuhalten, sodass niemand die Möglichkeit hatte, aus der Kolonne auszubrechen.

„Du tust jetzt auf der Stelle, was ich dir sage!“, knurrte Telos seine Stute an und drückte ihr die Schenkel so fest er konnte in die Seite. „Galopp und keine Widerrede!“

Als ob sie den drohenden Unterton in Telos’ Stimme registriert hätte, schoss die Stute so plötzlich los, dass es Telos beinahe rücklings vom Sattel riss und er die Zügel verlor. Er konnte sich gerade noch an der Mähne festkrallen, als die Stute in wildem Galopp nach vorne preschte.

„Na also, es geht doch!“, stöhnte er auf. „Agramon sei Dank!“

Es war nicht zu übersehen, dass sich die *Targar* in erster Linie darauf konzentrierten, die Karawane unter ihre Kontrolle zu bringen. Der Kampf spielte sich vor allem im vorderen und hinteren Bereich ab. Auf Telos’ Höhe legten die Angreifer alles daran, den Kreis enger zu ziehen, sodass sie kaum zu ihren Waffen griffen, was sein Glück war. Die Pfeile, die trotzdem abgefeuert wurden, zielten auf die Kameltreiber.

Telos war klar, dass er die anderen finden musste. Er musste ihnen deutlich machen, dass sie Mustafas Auftrag vergessen sollten. Sie mussten die Karawane retten! Sie konnten Hakma Al'Raschid nicht einfach im Stich lassen!

Ja, sie hatten ein Ziel, das es unbedingt zu erreichen galt, aber er war nicht bereit, sich selbst für dieses Ziel aufzugeben. Das Zepter zu finden und dafür zu sorgen, dass es in die richtigen Hände kam, war eine Sache, aber dabei durfte er nicht von seinem Glauben abkommen und seine Prinzipien verraten. Er war ein Agramon-Priester: Agramon war ein Gott des Krieges, kein Gott des Schlachtens. Seine Gebote hatten höchste Priorität und hilflosen Männern in den Rücken zu fallen, widersprach jedweder Moral. Würde er jetzt Agramons Gunst aufs Spiel setzen, indem er unschuldige Männer tötete und dem Feind in die Hände spielte, wäre nicht nur sein Stellenwert als Priester gefährdet, sondern auch alles, was er als Mensch verkörperte. Denn das Böse mit seinen eigenen Waffen zu schlagen, würde am Ende dazu führen, dass das Böse in jedem Fall siegte. Darum musste in jeder seiner Handlungen Agramons Licht leuchten und nicht nur dann, wenn es ihm gerade nützlich erschien.

Telos' Augen blieben an einer Gestalt hängen, die ihr Pferd in gemäßigtem Trab seitlich der Karawane nach vorne trieb. Sie hatte keine Waffe gezogen, schien aber aufmerksam die Begebenheiten rund um Al'Raschid zu studieren.

„Chara!", schrie Telos, „warte!"

Hastig presste er seiner Stute die Schenkel in die Seite und versuchte zu Chara aufzuschließen. Einen Lidschlag später hatte er sie aus den Augen verloren. Chara war irgendwo in der Menge der Kamelreiter untergetaucht.

Telos arbeitete sich mehr schlecht als recht nach vorne durch. Seitlich der Karawane hatte er keine Chance mehr. Die *Targar* hatten ihren Kreis bereits zu eng gezogen. Also bahnte er sich einen Weg durch die schwitzenden und kämpfenden Männer. Einige Kamele hatten bereits das Weite gesucht. Nur wenige Kameltreiber kämpften noch. Die meisten waren den *Targar* in die Hände gefallen und nur noch einige wenige setzten sich unermüdlich zur Wehr.

Plötzlich hörte Telos Thorns Stimme.

„Das war's, Bargh! Wir verschwinden jetzt und überlassen den Rest den *Targar* – hast du verstanden?!"

„Thorn!", schrie Telos erleichtert. „Agramon sei Dank!"

„Telos, versuch du dein Glück bei Bargh! Er hört nicht auf mich! Und dann raus hier!", befahl Thorn heiser.

Er deutete mit seinem Finger auf eine Stelle, wo der von den Angreifern gebildete Ring eine Lücke aufwies und begann dann ohne ein weiteres Wort, sein Pferd durch die Kämpfenden dorthin zu manövrieren.

„Bargh!", rief Telos energisch. „Wir verschwinden hier!"

Bargh reagierte nicht. Wie in Trance ließ er seine Axt über den Köpfen seiner Gegner kreisen und wuchtete sie einem nach dem anderen in den Körper. Sowohl die *Targar* als auch Hakma Al'Raschids Leute bekamen die Raserei des Vallanders empfindlich zu spüren. Um ihn herum fielen die Männer wie faules Obst aus den Baumkronen – keiner schien gegen den Barbaren auch nur die geringste Chance zu haben.

„Bargh!", brüllte Telos. „Hörst du nicht?! Wir ziehen uns zurück!"

Ein Krummsäbel verfehlte Telos nur knapp. Im letzten Augenblick konnte er seine Stute zur Seite reißen. Nun trabte sie durch die schwitzenden, kämpfenden Leiber auf Barghs Hengst zu, der nervös zwischen den Kriegern hin und her tänzelte. Telos griff sich die Zügel des Tieres und versuchte, an Bargh heranzukommen, was ihm schließlich auch gelang. Doch Bargh schien weder ihn noch sein Pferd wahrzunehmen.

„Wenn du dich jetzt nicht *augenblicklich* auf dein Pferd schwingst, Junge, dann kannst du alleine zusehen, wie du hier rauskommst!", fluchte Telos lautstark. „Nicht mehr lange und wir haben unsere letzte Möglichkeit verspielt!"

Ohne auf Telos' Drohung einzugehen, trieb Bargh einem von Hakma Al'Raschids Leuten das Axtblatt in die Knie. Mit einem qualvollen Schrei brach der Mann zusammen und Bargh wirbelte zu seinem nächsten Gegner herum.

„Bargh!“, schrie Telos wie von Sinnen. „Hör auf! Das sind nicht unsere Feinde!“

Keine Antwort. Telos gab auf. Er hatte keine Wahl. Wenn Bargh nicht hören wollte, hieß es eben, ihn zurückzulassen. Der Vallander hatte ohne Zweifel die Kontrolle über sich und seine Waffe verloren.

Telos ließ Barghs Pferd stehen, ergriff die Zügel seiner Stute und trieb sie zu einem harten Galopp an. Die wenigen Männer, die versuchten, ihn aufzuhalten, kamen zu spät. Telos schoss an ihnen vorbei und hielt auf die Lücke in den vordersten Reihen zu.

In diesem Augenblick erspähte er Chara. Ihr Rappe war in einen langsamen Galopp verfallen und bewegte sich in dieselbe Richtung wie seine Stute. Chara lenkte ihn mit einer Hand, während sie ihre andere gerade hob. Irgendetwas in ihrer behandschuhten Faust reflektierte das Sonnenlicht.

In plötzlicher Alarmbereitschaft trieb Telos sein Reittier an und manövrierte es neben Charas Hengst. Zeitgleich gewahrte er Hakma Al'Raschid, der unweit von der Söldnerin um sein Leben kämpfte. Und da erkannte er den Gegenstand in Charas Hand.

„Chara … *nein*!“

Es war eine blitzartige Entscheidung. Telos ließ mit der Rechten die Zügel los, griff in die Trense von Charas Rappen und riss dessen Kopf mit aller Kraft herum. Die plötzliche Bewegung ließ ihn zur Hälfte vom Pferderücken rutschen, doch er schaffte es, sich mit seiner freien Hand zurück in den Sattel zu ziehen. Aus dem Augenwinkel erspähte er, wie Charas Wurfmesser durch die Luft sirrte und unverrichteter Dinge vibrierend im Sattel von Rashids Pferd steckenblieb.

Dann hatte seine Stute die Öffnung zwischen den Kämpfenden erreicht und preschte noch vor Charas Rappen in die Wüste hinaus.

„Scheiße, Priester!“, vernahm er hinter sich Charas Fluch. Er ignorierte ihn und steuerte geradewegs auf die Gestalt zu, die in respektvollem Abstand zum Ort des Geschehens auf ihn und Chara wartete.

„Was ist mit Bargh?“, begann Thorn sofort, als Telos seine Stute neben ihm zum Stehen brachte.

„Verrückt!“, brummte Telos. „Der hat völlig den Verstand verloren! Aber das ist jetzt nicht unser Hauptproblem.“

„Richtig!“, bestätigte Chara, die ihr Pferd gerade mit einem Ruck an den Zügeln zum Stehen brachte. „Der Priester hat meinen Anschlag auf Raschid vereitelt.“

Telos warf ihr einen warnenden Blick zu und sah zur Karawane zurück. „Ich muss da wieder hin!“

„Was?!“ Thorn traute seinen Ohren nicht.

„Hakma Al’Raschid ist bald Geschichte!“, erklärte Telos fahrig. „Die haben ihn in die Mangel genommen! Er hat keine Möglichkeit, da lebend wieder herauszukommen.“

„Und?“, fragte Thorn verwirrt.

„Ich *muss* ihm helfen. Verstehst du? Ich kann nicht zulassen, dass er und seine Leute von diesen Hunden niedergemetzelt werden!“

Thorn hatte es die Sprache verschlagen. Er starrte Telos ungläubig an.

„Du … Du kannst dich aber hoffentlich noch daran erinnern, worin genau unser Auftrag besteht, oder?“, stammelte er. „Ich meine, bist du dir auch im Klaren darüber, was passieren wird, wenn wir Mustafas Auftrag nicht erledigen? Was alles auf dem Spiel steht, wenn wir scheitern? Bei Vana, Telos, die Götter haben uns ein Geschenk gemacht! Dass die *Targar* angegriffen haben, ist unser Glück!“

„Glück? Wie kannst du nur von Glück sprechen, Thorn? Dort hinten sterben Männer, die niemandem etwas getan haben!“

Seine Stimme überschlug sich fast vor Zorn über Thorns Ehrlosigkeit.

„Sie sterben!“

Er atmete tief ein.

„Ich werde jetzt zurückreiten und zumindest versuchen, das größte Übel noch zu verhindern.“

„Wenn du *das* tust“, knurrte Thorn, „dann muss ich ernsthaft an deiner Vernunft zweifeln. Wir sind wegen des Zepters hier, nicht, um uns gegenseitig auf die Schultern zu klopfen, weil wir ehrenhaft gehandelt haben. Du wirst schwach – dein Mitleid steht dir im Weg!“

„Er ist ein Priester“, kam es gedämpft von Chara.

Telos warf ihr einen düsteren Blick zu.

„Du hast dich gerade ziemlich verausgabt, Chara. Geh besser sparsamer mit deinen Kräften um und vergeude sie nicht für Bemerkungen, die nichts zur Sache tun."

„Telos", versuchte es Thorn ein letztes Mal. „Es ist nicht nur zwecklos, dein Leben für Hakma Al'Raschid zu riskieren! Du arbeitest damit *gegen* deine Gefährten – gegen unser gemeinsames Ziel!"

„Ich weiß, wie wichtig das Zepter ist, wahrscheinlich besser als ihr alle zusammen!", antwortete Telos und seine Stimme war ruhig geworden. „Du brauchst es mir nicht zu erklären! Aber ich bezweifle, dass das einzige Mittel, es zurückzubekommen, darin besteht, mit den Al'Shejs Hand in Hand zu arbeiten."

„Wir haben keine Wahl!"

„Und ob wir die haben", korrigierte ihn Telos halsstarrig.

Dann machte er ohne ein weiteres Wort kehrt und galoppierte zurück.

Als Telos sah, wie die weit in der Überzahl kämpfenden *Targar* versuchten, Hakma Al'Raschid und seine Gefolgsleute zu töten, erwachte ein glühender Zorn in ihm.

„Agramon hämmere euch, feiges Pack!", brüllte er und riss seinen Kriegshammer aus dem Gürtel.

Die mörderische Spitze der Waffe ging auf den Ersten nieder, noch bevor dieser realisierte, dass sich ein neuer Gegner ins Spiel gebracht hatte und er diesem im Wege stand. Es knackte, als Telos' Hammer seinen Schädel durchschlug und Teile seines Gehirns über den weißen Sand schleuderte.

Ohne Zögern schritt Telos' Stute über den zusammengesunkenen Körper hinweg, während sie der Priester durch die Kämpfenden lenkte und in dem Moment seinen Hammer hochriss, als ein weiterer *Targar* blitzartig den Krummsäbel in seine Richtung stieß. Doch der Angreifer war einen winzigen Augenblick zu langsam. Telos rammte ihm die Spitze des Hammers in sein Kinn, sodass der Kiefer knirschend splitterte. Noch während der Verletzte schreiend seine Hände auf das gewaltige

Loch presste, aus welchem dickes Blut sickerte, holte Telos ein weiteres Mal aus und zertrümmerte dem danebenstehenden Banditen mit einer raschen Bewegung die Schulter.

Jetzt waren die restlichen Banditen gewarnt. Zwei der *Targar*, die gegen Hakma Al'Raschid und seine Leibwächter gekämpft hatten, wandten sich von ihren ursprünglichen Opfern ab und ritten mit erhobenen Krummsäbeln auf Telos zu. Ihre schweißglänzenden Gesichter, die Kampfeslust in ihren Augen und ihre gezückten Waffen hätten Telos zu einem anderen Zeitpunkt Respekt eingeflößt, doch jetzt pulsierte in ihm nur der unbändige Zorn darüber, dass die Männer allein aus Gier Unschuldige überfielen und töteten. Es war der Zorn eines Kriegspriesters, der Zorn des Gerechten, und dieser galt unter Eingeweihten als ein Gegner, dem man am besten aus dem Wege ging.

Die beiden *Targar* trennten sich und nahmen Telos' Stute in die Zange. Telos verfolgte ihre Bewegung mit seinen Blicken, während er seine Hand fest um seinen Hammer schloss und abwartete. Er spürte, wie seine weiße Tunika sanft um seine Fesseln flatterte, als plötzlich ein heißer Wüstenwind aufkam, der ein paar Sandkörner über den Boden fegte. Sein Blick wechselte zwischen den beiden *Targar*. Konzentriert prägte er sich ihre Position und ihre Haltung ein, dann ließ er das Bild vor seinen Augen verschwimmen. Jetzt blickte er durch sie hindurch und das Szenario verlor mehr und mehr an Schärfe. Zurück blieb Telos' Intuition, die in solch einem Moment, das wusste er, die weitaus bessere Waffe war als seine Wahrnehmung.

Einen nichtigen Augenblick passierte gar nichts, dann schien Telos' Kriegshammer plötzlich wie von selbst nach rechts zu schnellen, während sein Bein nur einen Lidschlag später nach links austrat. Im nächsten Moment hatte einer der beiden Angreifer einen zertrümmerten Schädel, während der andere sein Pferd nur mit Mühe daran hindern konnte, ihn abzuwerfen. Telos riss seine Stute herum und schlug dem Mann kurzerhand den Hammer in die Brust. Mit einem überraschten und zugleich entsetzten Blick glitt der *Targar* leblos vom Pferderücken. Doch Telos hatte keine Zeit durchzuatmen. Fünf weitere *Targar* griffen ihn an und ehe er sich versah, kämpfte er an der Seite des Karawanenführers um sein eigenes Leben.

„Ihr müsst hier raus!“, schrie er Hakma Al’Raschid vom Pferd aus zu, während er verzweifelt versuchte, die Schläge seiner Angreifer abzuwehren. „Steigt auf! *Jetzt!*“

Hakma Al’Raschid war ein fähiger Kämpfer, schnell und gewandt. Aber es war klar, dass er früher oder später überwältigt werden würde, zumal ihm nur noch seine zwei Leibwächter zur Seite standen.

Verzweifelt versuchten sich die wenigen noch verbliebenen Kameltreiber gegen die *Targar* zur Wehr zu setzen. Doch der Kampf war entschieden. Das wusste auch Hakma Al’Raschid. Dennoch kämpfte er verbissen weiter und zwang den Priester dazu, es ihm gleichzutun. Seufzend ergab sich Telos seinem Schicksal und drängte seine Stute so nahe wie möglich an den Karawanenführer.

„Kommt nur! Kommt her!“, schrie er tobend vor Zorn, wobei er sich den sieben *Targar* zuwandte, die ihn und Al’Raschid eingekreist hatten. „Agramon wird Euch in die rechte Form hämmern! Er wird euch zeigen, was es heißt, die Gesetze des Kriegs zu missachten!“

Beflügelt von seinen eigenen Worten und seinem Glauben, hielt er seinen Kriegshammer zum Schlag bereit und stierte voll hasserfüllter Leidenschaft auf die Banditen, die sich ihm nun mit gebleckten Zähnen näherten. In einem nichtigen Augenblick hatte er zwei von ihnen mit seinem Hammer klaffende Wunden in die Köpfe geschlagen. Nachdem sie tot zusammengebrochen waren, versuchte er noch einmal, Hakma Al’Raschid zur Vernunft zu bringen.

„Auf mein Pferd!“, forderte er und diesmal schwang in seiner Stimme eine unüberhörbare Autorität mit.

Der Kampf, das Blut, seine Siege und das Gefühl, Agramon an seiner Seite zu haben, versetzten Telos in eine Art Rauschzustand. Er fühlte sich unbesiegbar, unantastbar, auserwählt.

Doch Hakma Al’Raschid ließ sich davon nicht beeindrucken. Er kämpfte weiter als gäbe es kein Morgen und Telos blieb nichts anderes übrig, als ihm beizustehen.

Thorn starrte wie gebannt auf das sich vor seinen Augen abspielende Szenario.

„Hast du Telos je so kämpfen gesehen?“, flüsterte er ehrfürchtig.

Chara, die mit geschlossenen Augen gegen einen Felsen gelehnt saß, schüttelte den Kopf.

„Ich hab’ den Priester noch gar nicht kämpfen sehen. Was ist das eigentlich für ein Zeug?“, fragte sie leicht gereizt und kratzte sich über den Verband um ihre Schulter, „das juckt zum Verrücktwerden!“

„Das Kraut heißt *Centaurium umbellum*“, antwortete Thorn abwesend. „Es wird den Heilungsprozess beschleunigen.“

Chara hatte einen Schnitt von einem der Krummsäbel abbekommen, aber jede Hilfe abgelehnt und das Verbinden der Schulter selbst übernommen.

„Was meinst du, wie lange es noch dauern wird, bis die *Targar* den Priester und Bargh zusammen mit dem Rest fertiggemacht haben?“, fragte sie.

Thorn zuckte gleichgültig die Schultern. „Ich weiß es nicht. Aber im Grunde spielt es keine Rolle. Wir werden auf jeden Fall *alle* hier sterben. Du und ich, wir kennen den Weg nach Melas nicht und können in der Wüste allein höchstens ein paar Tage überleben.“

„Beruhigende Prognose“, murmelte Chara und schloss erneut die Augen.

Thorn hörte sie nicht mehr. Er hatte gerade etwas wahrgenommen, das ihn aufmerken ließ.

„Bargh!“, rief er und machte ein paar zögerliche Schritte auf das Kampfgetümmel zu.

Offensichtlich hatte der Vallander jeden Einzelnen der *Targar*, die es auf ihn abgesehen hatten, niedergemacht. Thorn trat augenblicklich das von Kampfgier zerfressene Gesicht des Vallander vor Augen und er spürte, wie sein Mund trocken wurde.

„Chara“, murmelte er kaum hörbar, als er den mächtigen Krieger auf sich zulaufen sah. „Ich fänd’s beruhigend, wenn du auf die Beine kommen würdest.“

„Wieso das?“, murmelte Chara schon halb dösend.

Ohne dass Thorn es realisierte, legte sich seine Hand auf den Schwertknauf. Mit der anderen schlug er seinen Umhang nach hinten.

„Bargh!“, sagte er nur und Charas Augen öffneten sich.

Je näher der Vallander kam, desto deutlicher wurde, dass er sich kaum noch aufrecht halten konnte. Zwar kam er mit rasanten Schritten auf sie zu, doch ein Betrunkener wäre wahrscheinlich eine geradere Linie gelaufen. Sein Schlachtbeil hielt Bargh immer noch mit beiden Händen umschlossen, obwohl er sich augenblicklich nicht in Gefahr befand. Er schien die schwere Waffe kaum noch halten zu können.

Als Bargh ihn fast erreicht hatte, riss er seine Axt plötzlich hoch, als ob er irgendwo ungeahnte Kraftreserven versteckt hatte. Thorn hatte sein Schwert bereits in der Hand.

„Bargh!“, schrie er mit schneidender Stimme, doch der Krieger antwortete nicht, sondern holte mit einem gurgelnden Laut zum Schlag aus. Beim Anblick des sich in Barghs Augen widerspiegelnden Wahnsinns wich Thorn das Blut aus dem Gesicht. Ihm blieb nichts anderes übrig, als sein Schwert hochzureißen, um den Axthieb abzuwehren.

Der gewaltige Schlag hätte ihn beinahe einknicken lassen. Thorn hatte das Gefühl, als würden sämtliche Nerven in seinem Körper vibrieren, während durch seine Arme ein stechender Schmerz schoss. Fast hätte er sein Schwert fallen lassen, doch seine Hände packten erneut zu.

„Bargh!“, schrie er noch einmal. „Bist du wahnsinnig geworden?! Ich bin es, Tho…“

Doch er konnte seinen Satz nicht beenden, denn nun drehte sich Bargh um seine eigene Achse und das Schlachtbeil raste von der Seite auf Thorns Körpermitte zu. Zu seinem Glück hatte die Wendigkeit des Barbaren durch den Kampf gegen die *Targar* nachgelassen, sodass er zu langsam war und Thorn im letzten Moment zurückspringen konnte. Rückwärts taumelnd stolperte er auf Charas Sitzplatz zu. Doch Chara hatte die prekäre Situation längst erkannt, sich auf ihr Pferd geschwungen und Thorns an den Zügeln gepackt.

„Steig auf!“, rief sie, während sie das Tier an ihn herandrängte.

Bevor Thorn Gelegenheit hatte, sich in den Sattel zu schwingen, griff Bargh erneut an und Thorn wurde schmerzlich bewusst, dass er im Zweikampf gegen den Vallander blass aussah. Bargh würde vermutlich erst dann aufhören, wenn er tot umfiel. Und das wäre wiederum *sein* endgültiges Todesurteil. Eine Weile würde er Barghs Schläge abwehren können, aber schon jetzt spürte er, wie seine Arme unter den schmetternden Hieben zu erlahmen begannen.

„Bei Vana, was tust du da?!", schrie er, doch Bargh reagierte nicht. Die Klinge des Schlachtbeils blitzte im Sonnenlicht auf, als die Waffe erneut auf Thorn niederging und er wusste, noch bevor er es spürte, dass dieser Hieb der letzte sein würde. Es war zu spät, ihm auszuweichen, zu spät, das Schwert hochzureißen.

Da taumelte Bargh plötzlich und stolperte zur Seite.

Verwirrt blickte Thorn hoch und sah, wie Chara gerade ihren Fuß in den Steigbügel zurückschob. Sie hatte Bargh mit ihrem Stiefel einen harten Tritt gegen die Schläfe verpasst.

„Komm schon!", zischte sie und drängte Thorns Stute weiter an ihn heran. „Zeit abzuhauen!"

Einen kurzen Moment lang starrte Thorn sie nur an. In diesem Augenblick wurde ihm bewusst, dass Chara ihm zum zweiten Mal das Leben gerettet hatte.

Ohne sein Schwert loszulassen, schwang er sich in den Sattel und galoppierte los.

„Danke", murmelte er, nachdem sie sich ein gutes Stück entfernt hatten und angehalten waren. Bargh stolperte mit erhobener Axt hinter ihnen her, aber auf halber Strecke ließ er die Waffe sinken. Seine Knie knickten ein und er fiel zu Boden, wo er reglos liegen blieb.

„Was für ein Beschiss!", murmelte Chara schwach. „Erst wird der Priester verrückt, stürzt sich in den sicheren Tod, nur um den Feind zu retten, und dann hat Bargh nichts Besseres zu tun, als einen von uns zu Brei zu schlagen."

„Ich denke, er ist bewusstlos", stellte Thorn leise fest. Er warf Chara einen Blick zu und ritt dann zu Bargh.

„Hilf mir, ihn zum Felsen zurückzuschleifen“, rief er Chara zu. Dann sah er zurück zum Kampfgeschehen.

Es war nur noch eine Frage der Zeit, bis die *Targar* die Karawane besiegt hatten. Danach würden sie sich entweder um die wenigen kümmern, die abgehauen waren, oder sie würden sie in der Wüste zurücklassen. Beides bedeutete den sicheren Tod. Es war vorbei. Und es war seltsam – es war ihm nicht egal.

Seit er Kit verloren hatte, hatte es keinen Augenblick gegeben, in dem er sich wirklich glücklich fühlte. Oft hatte er sich sogar danach gesehnt, jemand möge sich seiner erbarmen und seinem Leben ein Ende setzen, doch nun, da das Ende absehbar war, sträubte sich etwas in ihm ganz vehement dagegen. Auf einmal erschien das Leben doch irgendwie lohnenswert. Selbst sein Körper schien dieser Meinung zu sein, denn sein Herz schlug heftiger und sein Atem ging schneller als üblich.

Thorn schloss die Augen. Bilder nahmen in seinem Kopf Gestalt an: Eine Elfenkriegerin, die sich todesmutig ins Schlachtgetümmel warf, sodass er sich selbst daneben feige und schwach vorkam; ein Sklavenführer, der inmitten seiner Freiheitskämpfer wie ein Licht leuchtete, das jedem Mut machte und selbst diejenigen noch berührte, die im Schatten darauf warteten, es auszulöschen; Testaceus, wie er freundschaftlich seine Schulter tätschelte, der Priester, Bargh und …

Thorn öffnete die Augen und blickte Chara an, die gerade aus dem Sattel glitt. Die Söldnerin war ihm das Rätsel, das er nicht lösen konnte, und so wenig er wusste, wie es in Chara tatsächlich aussah, so wenig wusste er, ob sie ihm etwas bedeutete oder nicht.

Thorn blickte zurück zum Schlachtfeld. Er sah Telos auf seinem Pferd immer noch auf die *Targar* einschlagen. Es war kaum noch jemand übrig, den die Banditen hätten angreifen können. Fast alle waren gefallen und Telos würde bald zu ihnen gehören.

Thorn schloss die Augen. Er wollte nicht mitansehen, wie der Priester starb.

Und dann plötzlich hörte er fremde Laute. Er hörte panische Zurufe, hektisches Klirren und knappe Befehle und als er die Augen öffnete, sah er, wie die *Targar* nacheinander ihre Waffen zurücksteckten und ihre Pferde sowie die Kamele, die sie erbeutet hatten, zu einem harten Galopp antrieben. Thorn fuhr sich verwirrt durch sein schweißnasses Haar. Die Banditen jagten ihre Tiere in die Wüste, fort von den wenigen Überlebenden, die erschöpft zusammengebrochen waren, fort von Telos, der ihnen verwirrt hinterherblickte, und fort von Thorn, Bargh und Chara.

Während Thorns Blicke die kleiner werdenden schwarzen Punkte verfolgten, nahm er aus den Augenwinkeln noch etwas anderes wahr: Entlang des Grats der kahlen Hügel im Westen zog sich eine schwarze Linie.

Thorn kniff die Augen zusammen und erkannte eine Kette von Reitern, deren Pferde Kopf an Kopf auf der Düne ausharrten. Es war ein kurioses Bild. Wie eine schwarze Mauer zog sich die Reihe von mindestens achtzig Reitern in Formation hin.

Einen Moment lang dachte Thorn, das Ganze wäre eine *Fata Morgana*, wie die Aschraner es nannten. Doch dann begannen die Pferde, langsam die Düne hinab auf das Schlachtfeld zu schreiten, wobei hier und dort ein Wiehern aus den schwarzen Reihen drang. Eine *Fata Morgana* aber war eine lautlose Sinnestäuschung.

Die magischen Waffen

Telos ließ kraftlos seinen Hammer sinken und starrte ohnmächtig auf den herannahenden Reitertrupp. Hakma Al'Raschid lag neben seiner braunen Stute. Quer über seinen Bauch zog sich eine tiefe Schnittwunde, aus welcher unaufhörlich Blut quoll. Der Karawanenführer war tot. An seiner Seite knieten seine beiden Leibwächter. Nachdem sie seine Augen geschlossen hatten, standen sie auf und blickten voller Respekt zu dem Priester auf, doch Telos nahm sie nicht wahr. Seine Augen waren in die Ferne gerichtet, sein Blick war leer und ausdruckslos. Ein einziger Gedanke beherrschte seinen Geist: Hakma Al'Raschid war gefallen und er, Telos, hatte nichts dagegen tun können. Eine Menge unschuldiger Menschen waren unter dem Schutz eines Agramonpriesters gestorben!

Wie ein Banner flatterte die Bedeutung dieser unbarmherzigen Wahrheit vor Telos' Augen im Wind. Er hatte zum allerersten Mal erlebt, was es heißt, Agramons Gesetze außerhalb des sicheren Tempels zu leben. Er war gescheitert – die erste schwierige Situation und er hatte vergessen, wofür er als Kriegspriester einzustehen hatte. Die Probleme innerhalb der Gruppe und der völlig irrwitzige Auftrag Mustafas waren ihm über den Kopf gewachsen! Die Realität hatte mit der Theorie, die er sich während seines Tempeldaseins angeeignet hatte, nichts gemein! Er war ein Theoretiker, ein Prediger, nicht mehr! In diesem Moment schämte er sich der Tatsache, dass er im Kopf klar und weise, im Herzen und Handeln aber ein unwissender Feigling war.

Einer der beiden Leibwächter sprach ihn an, aber die Worte klangen dumpf, als kämen sie aus weiter Ferne. Unbeirrt blickte Telos über den Wüstensand, während die Reiter ihre Pferde anhielten und in einer fremden Sprache auf ihn einredeten. Als Telos auch auf sie nicht reagierte, wechselten sie ein paar Worte mit Al'Raschids Leibwächtern. Einer der Reiter griff in Telos' Zügel, während zwei weitere den beiden

Leibwächtern zu sich in den Sattel halfen. Telos wehrte sich nicht, als sie ihre Pferde antrieben und, seine Stute und ihn im Schlepptau, auf Thorn, Chara und Bargh zuhielten.

Bei den dreien angekommen, beobachtete er emotionslos, wie Thorn und Chara ohne Widerrede auf ihre Pferde stiegen, wie die Fremden Bargh zu Chara auf den Rappen hievten und zusammen mit ihm, Chara, Bargh und Thorn losgaloppierten.

Telos hatte den Eindruck, sie ritten in den Westen, aber er war sich nicht sicher.

Die niedrigen Gebäude des kleinen Dorfes, in welches Nassan Al'Shaik und die *Talan* sie gebracht hatten, waren nicht viel mehr als Ruinen. Sie boten gerade mal Schutz vor der aschranischen Sonne und bildeten einen fixen Standort, an den das Wüstenvolk sich zurückziehen konnte.

Mittlerweile hatte Thorn herausgefunden, dass die *Talan* ein Badawidenstamm waren. Die *Badawiden* beherrschten einen Teil des Gebirges im nordwestlichen Aschran und verteidigten diesen vehement gegen die *Targar*, die ihre erbittertsten Feinde waren. Thorn hatte festgestellt, dass keiner von ihnen Valianisch sprach, eine Tatsache, die ihn rasend machte. Keine Frage, sie waren den *Talan* zu großem Dank verpflichtet, aber im Augenblick konnte er nur daran denken, dass die Zeit gegen sie spielte und die Zepterdiebe ihren Vorsprung Stück für Stück ausbauten.

Sie saßen bereits einen ganzen Tag in dem Dorf fest und es fehlte ihnen ein Plan, wie sie ohne Karawane durch die Wüste kommen sollten. Thorns Wunde hatte man versorgt, aber sie brannte noch immer und er fühlte sich ausgelaugt und resigniert. Außerdem erschwerte die sprachliche Barriere die Möglichkeit, Nassan Al'Shaik klarzumachen, dass sie eine Wegbeschreibung nach Melas brauchten. Nicht nur das: Sie brauchten darüber hinaus auch Lebensmittel und ein Pferd für Bargh. Bargh … der ihr aller Vertrauen missbraucht hatte. Das war das Verstörendste an den Ereignissen des vergangenen Tages.

Thorn seufzte leise, während er in einen schmalen Weg, der zwischen zwei noch halbwegs intakten Steinhäusern hindurchführte, einbog und sich danach duckte, um durch den niedrigen Eingang in das linke der beiden Gebäude zu gelangen. In einer Ecke des einzigen Raums, den das Sandsteingemäuer umschloss, lag Chara auf einer Decke und schlief. Neben ihr hockte Telos an die Wand gelehnt und war tief in Gedanken versunken.

Thorn ließ sich auf einen der hölzernen Stühle fallen und wuchtete seine Füße auf den niedrigen Tisch davor.

„Wie geht es dir?“, fragte er, nicht ohne eine gewisse Feindseligkeit aus der Stimme halten zu können. „Du hast es hoffentlich überwunden, dass du unseren Feind nicht retten konntest.“

Telos antwortete nicht, sondern zog Chara wie selbstverständlich die Decke über die Brust und richtete sich auf. In sein Gesicht hatte sich eine seiner bekannten Sorgenfalten gegraben.

„Wir haben keine Zeit, uns zu streiten, Thorn“, antwortete er ruhig. „Das Zepter – wir dürfen es nicht aus den Augen verlieren!“

„Ach, siehst du das auch so? Ich hatte schon die Befürchtung, dein neues Bestreben sei es, arme, hilflose Seelen zu retten.“

Telos biss sich auf die Lippe und atmete durch.

„Wir müssen uns darauf vorbereiten, den Weg nach Melas ohne Karawane zurückzulegen.“

„Soweit war ich auch schon“, antwortete Thorn bissig. „Fragt sich nur, wie.“

„Wolg und Tarmin …“

„Wer?“, unterbrach ihn Thorn harsch.

Telos holte Luft und Thorn sah, wie ihm das Blut in den Kopf schoss. Es war wohl an der Zeit, versöhnlich zu werden.

„Die beiden Leibwächter Al’Raschids“, fuhr Telos entschlossen fort. „Ich konnte ihnen das Leben retten. Nun denken sie, sie stünden in meiner Schuld und sehnen sich danach, mir einen Gefallen zu tun. Sie sind mit dem Leben in der Wüste vertraut. Wenn sie uns begleiten, sehe ich kein allzu großes Problem darin, bis nach Melas zu kommen.“

Thorn sah den Priester eine Weile schweigend an. Dann nickte er und erhob sich.

„Dann können wir nur hoffen, dass wir nicht noch einmal überfallen werden.“

Mit einem letzten Blick auf Chara schlurfte er zur Tür.

„Ich werde Nassan Al'Shaik aufsuchen und ihm Proviant und ein Pferd abluchsen. Außerdem muss ich mit diesem verrückten Barbaren sprechen!“

„Vergiss nicht: Al'Shaik hat uns das Gastrecht ausgesprochen! Das heißt, wir werden versorgt, aber nicht, dass wir irgendwelche Befugnisse haben, die darüber hinausgehen!“, rief ihm Telos hinterher, aber da war Thorn bereits verschwunden.

Während Thorn die staubige Straße entlangschritt, dachte er darüber nach, was mit Bargh passiert war. Warum hatte der Barbar die Kontrolle verloren und war auf sie losgegangen? Bargh war im Grunde ein friedliebender Mensch, der nur dann zum Tier wurde, wenn man ihn oder seine Freunde bedrohte. Doch während der ganzen Reise hatte Bargh von nichts anderem gesprochen als davon, in die Schlacht zu ziehen. Er hatte nach einem Kampf gelechzt, doch Thorn hatte ihn bis zum gestrigen Tag nicht ernst genommen. Er hatte sich nichts dabei gedacht. Und auch jetzt konnte er sich keinen Reim darauf machen.

Als er um die Ecke bog, sah er den Vallander, im Schatten einer Hausmauer sitzend, seine Axt wetzen.

„Bargh“, begann Thorn, als er bei ihm war und lehnte sich neben ihm an die Mauer.

„Hm?“, machte Bargh, ohne von seiner Arbeit aufzublicken.

Thorn wurde wütend. Anscheinend hatte Bargh tatsächlich nichts anderes im Kopf als sein verdammtes Kriegsbeil.

„Wir müssen reden!“

Bargh ließ den Wetzstein langsam über das Axtblatt gleiten und testete mit dem Daumen die Schärfe der Kante.

„Was gibt's?“, fragte er abwesend und klemmte sich sein rotes, strähniges Haar hinters Ohr.

„Was ist mit dir los, Bargh?“, versuchte Thorn es vorerst mit einer neutralen Frage; vielleicht kam Bargh ja von sich aus zum Thema.

„Was meinst du?“

„Du weißt, was ich meine!“

Bargh blickte auf. Er wirkte verwirrt.

„Du hast mich gestern fast umgebracht! Du bist mit deinem verdammten Kriegsbeil wie ein Irrer auf mich losgegangen und wenn dir Chara keinen Tritt verpasst hätte und du nicht ohnmächtig geworden wärst, wäre ich jetzt bestimmt nicht hier, um mit dir ein Pläuschchen zu halten!“

Bargh starrte Thorn bestürzt an.

„*Was*?“, war alles, was er über die Lippen brachte.

Thorn zauderte. Hatte Bargh nicht mitbekommen, was passiert war?

„Du hast mich gestern angegriffen“, begann er noch einmal und diesmal versuchte er, seine Stimme ruhig zu halten. „Nachdem du alles niedergemacht hast, was dir im Weg stand, und keiner mehr da war, den du noch hättest umbringen können, bist du auf uns losgegangen und mit dem Beil über mich hergefallen! Alles, was ich tun konnte, war, mein Schwert gegen dich zu erheben. Dein Angriff hätte mich fast meinen Kopf gekostet. Ich wäre draufgegangen, hätte Chara mir nicht geholfen.“

Thorn fühlte, wie sich bei diesem Gedanken etwas in ihm sträubte.

„Was?!“, schnaubte Bargh in blanker Fassungslosigkeit. „Wie kannst du …? Ich könnt’ nie …! Wovon redest du?!“

Thorn musterte ihn aufmerksam.

Das Entsetzen in Barghs Augen war echt.

„Ich weiß nicht, was genau mit dir passiert ist, aber du warst offensichtlich nicht du selbst“, versuchte er, Bargh zu besänftigen.

Dann fiel sein Blick auf Barghs Kriegsbeil und plötzlich dämmerte es ihm. Er erinnerte sich an den Tag, an dem er Cartius im Kerker aufgesucht hatte. Auf dem Weg zur Arena war er Bargh und Chara begegnet. Bargh hatte von einer mit Magie versehenen Waffe gesprochen. Thorn hatte ihm nicht wirklich zugehört. Er war in Gedanken bereits bei Cartius gewesen und Barghs Begeisterung für Waffen war ihm zum damaligen Zeitpunkt belanglos und oberflächlich erschienen.

„Bargh, was ist mit diesem Beil nicht in Ordnung?“

Bargh zog seine Waffe näher zu sich und stierte Thorn trotzig an.

„Sag es mir!“, verlangte Thorn mit harter Stimme. „Wurde es magisch hergestellt?!“

„Ja, schon“, murmelte Bargh so leise, dass Thorn ihn kaum verstand.

Dann flackerte ein plötzlicher Zorn in seinem Gesicht auf. „Na und?“, bellte er. „Es is’ das beste Beil, das ich je geführt habe! Du hast ja gesehen, wie viele Leute ich damit niedergemacht hab’, oder?“

„Ich habe vor allem gesehen, wie du *mich* damit fast umgebracht hast!“, brüllte Thorn, der sich nicht mehr zurückhalten konnte. „Hast du noch nie davon gehört, dass Magie unerwünschte Nebeneffekte auslösen kann, wenn man sich ausschließlich ihre Macht zunutze machen will? Vor allem, wenn sie von nicht magisch Begabten zu eigenen Zwecken missbraucht wird, die keine Ahnung haben, wie man mit einer solchen Macht verfährt? Ich verbiete dir, dieses Kriegsbeil je wieder einzusetzen!“

Er griff nach der Axt, doch Bargh zog sie verärgert zurück.

„Du kannst mir gar nichts verbieten! Ich gehorche keinen Befehlen und du bist nich’ mal ein Vallander!“, knurrte er halsstarrig. „Chara hat recht, wenn sie sagt, dass du deine Gefühle nicht im Griff hast! Das macht dich so unbeherrscht.“

Thorn stutzte und blickte Bargh aus schmalen Augen an.

„*Was* genau hat Chara gesagt?“, flüsterte er.

Bargh wandte sich ab. Schließlich kämpfte er sich auf die Beine, warf Thorn einen letzten, trotzigen Blick zu und ging.

„*Warte!*“, schrie Thorn und lief ihm hinterher. „Was hat sie gesagt?!“

„Hör auf!“, wimmerte Bargh gequält und umklammerte das Schlachtbeil noch fester. „Nichts hat sie gesagt, nichts!“

„Ihr beide! Du und Chara, ihr habt beide eine magische Waffe, hab’ ich recht?!“

Thorn packte Bargh am Ellbogen und riss ihn zu sich herum.

„Ich will, dass ihr diese Waffen hier im Dorf lasst, wenn wir aufbrechen, hast du mich verstanden?!“

„Ich lass' meine Waffe nicht hier!", bellte Bargh und riss sich aus Thorns Griff los. „Du bist vielleicht in Valianor einer, der das Sagen hat, aber nich' hier! Was Chara tut, geht mich nichts an, aber ich schätze, sie wird dir was singen!"

Thorn glühte vor Zorn. Was dachte sich Chara dabei?! Warum versuchte sie, Bargh gegen ihn aufzubringen?! Warum weigerte sie sich, ihn, Thorn, als Führer zu akzeptieren?! Warum?! Einer musste nun mal den Ton angeben, anders funktionierte ein Einsatz wie dieser nicht! Und er war der Einzige unter ihnen, der ein klares Ziel vor Augen hatte – das Chaos bekämpfen! Zwar wollte Telos das auch, aber er hatte nicht Thorns Erfahrung, nicht seinen Sinn dafür, die Menschen von der Wichtigkeit und Richtigkeit einer Sache zu überzeugen, sie mittels Einsicht zu führen. Ein Priester predigte und das war's dann!

Thorn starrte in Barghs glasige Augen. Er sah in ihnen ein Misstrauen, das er nur zu gut von sich selbst kannte. Langsam beschlich ihn ein Zaudern. Wenn ihm Bargh nicht vertraute, ein Mensch, der absolut vertrauensselig war, wer sollte dann Vertrauen in ihn haben? Hatte er sich etwa verändert? Früher waren ihm die Menschen freiwillig gefolgt. Taten sie es immer noch?

Chara folgte ausschließlich sich selbst. Das war nichts Neues. Aber Telos und Bargh, die beiden hörten auf ihn, respektierten ihn! Oder täuschte er sich etwa?

„Tu, was du für richtig hältst", knurrte Thorn, „aber über eines sei dir im Klaren: Wenn es wieder zum Kampf kommt, kämpfst du im Alleingang! Ich werde Chara davon überzeugen, ihre Waffe abzugeben. Bis jetzt hat sie sie ja noch nicht einmal benutzt und ehrlich gesagt bezweifle ich, dass sich das in nächster Zeit ändern wird."

Ohne ein weiteres Wort schlug er den Weg zu Nassan Al'Shaiks Haus ein. Er musste sich um ihre Ausrüstung kümmern und dann musste er schleunigst mit Telos sprechen. Thorn hatte den leisen Verdacht, dass der Priester ebenso wenig erfreut über Barghs und Charas Waffen war wie er. Vielleicht würde er ihn in dieser Angelegenheit unterstützen.

Als Chara erwachte, blickte sie in Telos' sanfte Augen. Aus dem Augenwinkel nahm sie Thorn wahr, der vornübergebeugt an einem Tisch saß und zeichnete. Als sie ihren Kopf anhob, um sich im Raum umzusehen, sprach Telos sie an.

„Du hast einen gesunden Schlaf", sagte er lächelnd und lehnte seinen Kopf an die Wand.

Chara warf ihm einen forschenden Blick zu. Telos sah angespannt aus. Als sie zu Thorn hinüberspähte, der schweigend ein Stück Kohle über einen Bogen Pergament führte, bestätigte sich ihr Eindruck: Es hatte Ärger gegeben. Da war eine gewisse Kälte im Raum, die nichts mit der Außentemperatur zu tun hatte.

„Wo ist Bargh?", kam sie ohne Umschweife zum heiklen Thema.

Telos schwieg und Thorn blickte nicht auf, als er antwortete: „Der Barbar und sein magisches Beil ziehen es vor, sich vom Rest der Gruppe fernzuhalten."

Chara richtete sich auf und hielt Telos mit kühlem Blick davon ab, ihr eine helfende Hand zu reichen. Sofort zog der Priester sich zurück.

Als sie den Raum durchquerte, stellte sie fest, dass sie abgesehen von einem zerschlissenen Hemd, das knapp bis an ihre Schenkel reichte, nichts anhatte. Thorn hatte einen kurzen Blick riskiert, wandte sich aber sofort wieder ab, als seine Augen Charas streiften.

„Es hat nichts mit Barghs Kriegsbeil zu tun, was gestern geschehen ist", stellte Chara fest und zog sich ihre Lederhose über.

Thorn sah erneut auf und registrierte, wie Chara lieblos ihr Hemd in den Bund ihrer Hose stopfte, während sie mit den Augen nach ihren beiden Dolchscheiden suchte. Als sie diese zwischen ihrem Mantel und dem Lederharnisch liegen sah, glitt eine gewisse Befriedigung über ihr Gesicht. Sie band sich einen Dolch um ihren linken Unterschenkel und knotete den anderen an ihrem Gürtel fest.

Danach blickte sie sich um und stutzte.

„Wo ist meine Zweililie?", fragte sie.

„*Ich* habe sie", antwortete Thorn ruhig und hielt ihrem Blick stand, der eindeutig Ärger verhieß. „Du führst ungewöhnliche Waffen, Chara –

Wurfmesser, eine Zweihandwaffe, wie ich sie noch nie zuvor gesehen habe …"

„Und?"

„Nichts weiter … Ich frage mich nur, nach welchen Kriterien man sich solche Waffen aussucht?"

„Effizienz. Und jetzt gibt mir die Zweililie zurück!"

Aus dem Augenwinkel sah Thorn, wie Telos aufstand und auf Chara zuschritt. Der Priester wirkte alarmiert.

„Deine Waffe ist gefährlich", sagte Thorn und ließ das Kohlestück auf den Tisch fallen.

„Richtig", antwortete Chara leise und schob Telos, der sich ihr in den Weg stellen wollte, beiseite.

„Chara!", sagte Telos warnend und griff nach ihrem Arm, doch Chara wich seiner Hand aus und strebte auf den Tisch zu, an dem Thorn saß.

Ein Knirschen ertönte, als Thorn aufstand und den Stuhl mit seinem Fuß über den rauen Steinboden nach hinten schob.

„*Wo* ist sie?", zischte Chara.

Einen kurzen Augenblick lang hatte Thorn das Gefühl, sie würde ihn anspringen. Doch Chara blieb unmittelbar vor ihm stehen und fixierte ihn mit berechnendem Blick.

„Ich sagte, sie ist *gefährlich*", wiederholte Thorn.

Seine Stimme war ruhig, doch er spürte ein heißes Lodern in seiner Brust.

„Gefährlich …", wiederholte Chara leise und ihr Blick drang so tief, dass Thorn unmittelbar der Schweiß ausbrach.

„Ich fürchte, du hast keine Ahnung, wie *gefährlich* es ist, sich in meine Angelegenheiten einzumischen."

Thorn spürte, dass er nur einen Hauch davon entfernt war, angegriffen zu werden, und zog unvermittelt sein Messer.

Binnen eines Herzschlags hatte Chara ihren Dolch in der Hand und hielt ihm die Klinge direkt unter sein Kinn.

Thorns Puls beschleunigte sich ins Unermessliche, doch Charas Haltung blieb entspannt.

„Ich frage dich jetzt ein allerletztes Mal", sagte sie heiser. „*Wo* ist meine Waffe?"

Ihr Atem ging ruhig und gleichmäßig und wurde auch nicht schneller, als die Spitze ihres Dolchs seine Haut berührte.

„Gib sie ihr!", rief Telos alarmiert und Thorn spürte, wie ihm die Kontrolle über die Situation entglitt.

Charas Augen wirkten wie zwei kalte, schwarze Diamanten, hart und schneidend, und zum ersten Mal sah er sie so, wie sie tatsächlich war. Sie war gefährlich – gefährlich für ihn, gefährlich für die Sache, für die sie kämpften, und gefährlich für jeden, der sich ihr in den Weg stellte. Und plötzlich wurde ihm klar, warum: Chara war skrupellos. Sie war ohne Prinzipien und das machte sie unberechenbar, ja beängstigend. Chara war ein immerwährendes Risiko und diese Tatsache konnte niemand ändern, am allerwenigsten er.

„Draußen ist ein Stall", sagte er leise und fühlte sich plötzlich erschöpft. „Dort haben wir unsere Ausrüstung untergebracht und dort liegt auch deine Waffe."

Chara steckte ihren Dolch zurück, drehte sich um und verließ ohne weiteren Kommentar das Haus.

Thorn hörte Telos erleichtert aufatmen, während er selbst darum kämpfte, das Beben in seinem Inneren in den Griff zu bekommen.

„Wenn das so weitergeht, machen wir uns gegenseitig fertig, lange bevor wir das Zepter finden", murmelte Telos.

Thorn nickte stumm. Er fühlte sich krank. Chara hatte ihm endlich ihr wahres Gesicht gezeigt und alles, woran er im Moment denken konnte, war, dass er dieses Gesicht nie wieder sehen wollte.

Seit dem Angriff der *Targar* hatte sich über ihre Gemeinschaft ein dunkler Schatten gelegt. Thorn spürte, wie sie sich mehr und mehr voneinander entfernten. Es war, als würde keiner dem anderen mehr trauen, als würde jeder seine eigenen Ziele verfolgen und nichts mehr sie verbinden. Hatte sie je etwas verbunden? War er einfach nur blauäugig gewesen, vertrauensselig, wie Rosmerta es ihm einst vorgeworfen hatte?

Du wirst neue Freunde finden, hatte sie im Nadrus-Tal gesagt. Waren dies seine neuen Freunde? Bargh, Telos, Chara?

Thorn hatte Charas Gegenwart auf eine seltsame Weise beruhigend gefunden, auch wenn er ihr nie ganz über den Weg getraut hatte. Sie hatte immer den Eindruck erweckt, dass sie vor nichts Angst hatte – wahrscheinlich, weil nichts für sie von Bedeutung war.

Entschlossen begann Thorn, seine Zeichenutensilien in seinem Rucksack zu verstauen.

„Es wird Zeit, dass wir von hier wegkommen und unsere Suche fortsetzen!“, stellte er bitter fest. „Vielleicht konzentrieren wir uns dann alle wieder auf das, wozu wir eigentlich hier sind, und holen uns endlich dieses verdammte Zepter!“

Telos nickte zustimmend.

„Wir haben viel Zeit verloren! *Valians Zepter* könnte bereits an den Falschen geraten sein und was das bedeutet, will ich mir gar nicht ausmalen.“

„Denkst du, dass Testaceus’ Hände besser dafür geeignet sind?“, fragte Thorn plötzlich und biss sich auf die Lippen.

Telos sah ihn an, schwieg aber. Hatte der Priester etwa auch Geheimnisse?

„Bei Vana! Bin ich hier der Einzige, der mit offenen Karten spielt?!“

Telos hob abwehrend die Hände.

„Ich habe doch nur darüber nachgedacht, ob der Cäsarus die rechten Werte vertritt! Keine Sorge, ich bin ein Priester Agramons und auf Seiten der Ordnung und kein Spion, der von dunkler Macht nach dem Zepter gesandt wurde!“

„Ach nein?“, warf Chara ein, die gerade, ihre Zweililie in der Hand, durch die Tür trat.

Der bedrohliche Zug um ihre Augen war wie weggewischt. Stattdessen umspielte ein vertrautes, zynisches Lächeln ihre Lippen.

„Ich wäre mir da nicht so sicher, Thorn. Mir schien der Priester von Anfang an nicht ganz lupenrein zu sein. An deiner Stelle würde ich ihn im Auge behalten.“

Thorn fand Charas plötzliche Wandlung alles andere als erheiternd. „Ich schätze, ich bin besser damit beraten, mein Augenmerk einzig und allein auf dich zu richten!“

In seiner Stimme lag nichts Versöhnliches, sie war im Gegenteil kalt und abweisend, sodass selbst er unter seinen Worten fröstelte. Doch Chara grinste unbeeindruckt.

„Tu dir keinen Zwang an.“

Sie legte die Zweililie neben ihre Sachen und wandte sich wieder zum Gehen.

„Ach ja“, hielt sie kurz inne. „Bargh versucht gerade, einem der Stammesbrüder mit Händen und Füßen zu erklären, wann wir aufbrechen wollen. Vielleicht will ihm jemand von euch dabei unter die Arme greifen. Wenn ich es richtig verstanden habe, hat Bargh einen krähenden Hahn imitiert, um dem Aschraner klarzumachen, dass wir im Morgengrauen losreiten. Der hat das allerdings falsch aufgefasst und ein paar Hühner als Proviant angeschleppt.“

Thorn fuhr sich genervt durch sein verfilztes Haar, während Chara durch den niedrigen Türrahmen nach draußen schlüpfte.

„Wolg und Tarmin werden uns bis Melas begleiten“, versuchte Telos seine Laune zu heben. „Wir werden also kein Problem haben, den Weg zu finden und in der Wüste zurechtzukommen. Von Melas bis Icarian ist es noch eine Tagesreise – auch darin sehe ich kein Problem. Die Frage ist nur, wo die Diebe hinwollen und ob wir sie erwischen, bevor sie ihr Ziel erreichen.“

„Ins Gebirge weiter südlich, dort wollen sie hin. Ins Zentrum Aschrans …“, murmelte Thorn geistesabwesend.

Telos umfasste das Kriegssymbol, das an der Kette um seinen Gürtel baumelte.

„Wie kommst du darauf?“

„Mittlerweile wissen wir, wohin die Diebe sich bewegen. Also kennen wir auch Al’Jebals Aufenthaltsort. Die Räuber bringen ihr Diebesgut zu ihrem Auftraggeber“, sagte Thorn mit etwas mehr Nachdruck. „Sie bringen das Zepter zu Al’Jebal.“

Der Weg nach Melas kostete sie nicht mehr als einen halben Tag und zu Thorns großer Erleichterung brachten sie die Strecke ohne weitere Verzögerungen und ohne Streit hinter sich. Es war allerdings nicht zu übersehen, dass sich Bargh und Chara vom Rest der Gruppe distanzierten, und auch Telos verhielt sich den Großteil des Weges schweigsam und zurückhaltend. Er sprach nur das Allernötigste und begnügte sich ansonsten damit, die Gegend im Auge zu behalten, um rechtzeitig Banditen auszumachen. Wolg und Tarmin ritten ihnen still voraus. Je weiter sie in den Süden kamen, umso schwerer wurde es Thorn ums Herz. Er ahnte, dass mit jeder Stadt, jedem Ort, den sie von nun an aufsuchen würden, die ohnehin schon trübe Stimmung noch düsterer würde. Der Name Al'Jebal nahm seine Gedanken mehr und mehr in Beschlag.

Al'Jebal war Testaceus' erklärter Widersacher, ein Mann, der den Ruf hatte, fleischgewordenes Chaos zu sein. Es war nicht Testaceus' Wille gewesen, der Thorn dazu gebracht hatte, dem Zepter hinterherzureisen, sondern die Offenbarung, dass Al'Jebal bei allem, was in seinem Leben schiefgelaufen war, die Finger im Spiel hatte. Noch immer spürte er dieses Aufbegehren in seinem Inneren, das nach Rache schrie. Cartius hatte ihn davor gewarnt, doch die Gebote der Vernunft waren schwache Wegweiser, wenn das Gefühl den Kopf beherrschte. Hinter allem, was er erlebt hatte, schien eine Botschaft zu lauern und Thorn fühlte sich mehr und mehr dazu getrieben, ihr auf den Grund zu gehen. Intuitiv zog es ihn tiefer in den Süden, so, als würde die Quelle allen Übels irgendwo in dem kargen Gebirge zu finden sein, das sich vor seinen Augen über den Horizont zog.

Melas war, anders als Ureb, eher bescheiden. Die Straßen, durch die sie ritten, waren weitgehend menschenleer. Es war ruhig und Thorn konnte sich des Eindrucks nicht erwehren, dass die Kälte der Wüstennächte schon um die Mittagszeit zwischen den Häuserfronten auf sie zukroch. Wahrscheinlicher aber war es, dass ihm seine fröstelnde Stimmung einen Streich spielte.

Wolg und Tarmin hatten sich vor der Stadt von ihnen verabschiedet und waren weiter in den Süden geritten, wo sie in einer Karawanserei die Nacht verbringen wollten. Laut ihrem Abkommen mit Mustafa Al'Shej sollte ja keiner aus Hakma Al'Raschids Karawane Melas erreichen und da die beiden in Telos' Schuld standen, konnten sie ihm die Bitte nicht abschlagen, Melas zu umgehen.

„Und nu'?“, fragte Bargh, der hoffnungsvoll die menschenleeren Straßen nach einer Taverne absuchte.

„Ich habe da so eine Idee“, begann Chara abwesend und ließ ihre Augen über die zum Teil baufälligen Häuser wandern.

Thorn und Telos drehten sich zu ihr um und blickten sie erwartungsvoll an.

„Darf ich fragen, wonach du suchst?“, fragte Thorn leicht gereizt.

„Ein Händlerhaus“, erklärte sie knapp.

Telos warf Thorn einen fragenden Blick zu, den dieser mit einem Schulterzucken erwiderte. Doch dann hellte ein plötzliches Verstehen seine Miene auf. Chara suchte nach einem ganz bestimmten Händlerhaus. Bislang hatten sie in jeder Stadt von Valianor bis hierher Kontakt mit einem Al'Shej gehabt und immer waren sie so an neue Informationen gekommen. Auch wenn sich der Preis dafür, zumindest einmal, als völlig unangemessen und beinahe tödlich herausgestellt hatte.

„Du denkst, wir finden auch hier einen dieser gottverdammten Al'Shejs, nicht wahr?“, fragte Telos.

„Sicher!“

Jetzt nahm auch der Priester die Gebäude in Augenschein, während Bargh ein angeödetes Seufzen hören ließ.

„Nich' schon wieder! Müssen wir wirklich? Ich meine, was soll uns einer dieser Blödmänner groß Neues erzählen?“

„Ich weiß nicht“, kündigte auch Thorn Zweifel an. „Ich denke, ich weiß ohnehin, wohin die Diebe wollen.“

Chara warf ihm einen skeptischen Blick zu.

Als sie in eine Straße bogen, die breiter war als die Gassen, durch die sie bisher geritten waren, sahen sie einige Leute im mittäglichen Sonnenlicht noch diverse Einkäufe erledigen, bevor sie sich zum Essen und Ruhen in ihre Häuser zurückzogen.

Unvermittelt sprang Chara von ihrem Rappen und steuerte auf einen Mann zu, der gerade aus einer Schmiede kam und mit glänzenden Augen seinen neuen Dolch bewunderte. Als sie ihm gegenübertrat, schrak er zurück. Sein Blick blieb an Charas schwarzem Mantel und der Zweililie auf ihrem Rücken haften, bevor er in ihre dunklen Augen blickte.

„Wir suchen jemanden!", erklärte Chara knapp. „Wo finden wir den angesehensten Händler der Stadt?"

Der Aschraner schien kein Wort zu verstehen. Als er sich aus Charas Griff winden wollte, packte sie noch fester zu und zwang ihn, ihr in die Augen zu sehen.

„Al'Shej!", sagte sie und es klang wie ein Peitschenknall.

Da zeigte der Mann mit leicht zitternder Hand die Straße entlang, in die sie gerade eingebogen waren, und brachte ein leises *Hakin!* über seine Lippen, was höchstwahrscheinlich so viel hieß wie *Dort!* Chara ließ ihn los, drehte sich ohne ein weiteres Wort um und stieg auf ihr Pferd.

Telos schnaubte auf. Es wollte ihm nicht in den Kopf, wie Chara jegliches Taktgefühl vermissen konnte. Sie hatte sich bei dem Mann nicht einmal bedankt! Vielmehr schien ihr alles, was über ihr unmittelbares Ziel hinausging, eine sinnlose Vergeudung von Zeit und Kraft zu sein.

Während der Mann Chara hinterherblickte, trieben auch die anderen ihre Pferde zu einem langsamen Trab an.

In einiger Distanz zu dem breiten, metallbeschlagenen Tor stiegen sie von ihren Pferden und ließen instinktiv ihre Blicke umherschweifen. Einige wenige Aschraner hielten sich auf dem öffentlichen Platz vor dem Händlerhaus auf, wo sie ihren alltäglichen Geschäften nachgingen. Manche von ihnen verschwanden in kleinen Läden, aus denen andere wiederum mit Lebensmitteln bepackt in die Sonne traten; wieder andere standen in kleinen Gruppen zusammen und unterhielten sich gedämpft.

Als sie ihre Aufmerksamkeit zurück auf das Tor richteten, wurde es plötzlich aufgestoßen und eine Gestalt betrat den gepflasterten Vorplatz.

Sie war vollkommen in schwarzes Leinen gehüllt. Ein schwarzer Schal verdeckte das Gesicht, sodass lediglich die Augen sichtbar waren. Der einzige Farbklecks war ein rotes Stoffband, das sie um ihren Oberarm gebunden hatte. Einen Augenblick lang reagierte keiner von ihnen auf das beängstigend vertraute Bild, doch dann zog Thorn sein Schwert und im selben Moment hielt Bargh sein Kriegsbeil in der Hand. Wie in Trance bewegte sich Thorn auf die Gestalt zu, aber bevor er bei ihr war, packte Chara ihn am Handgelenk.

„Vergiss es!", flüsterte sie und zog ihn zurück.

„Bei allen Dämonen …!", zischte Thorn, während er beobachtete, wie der Mann auf ein Pferd sprang, über den Platz preschte und wie ein schwarzer Schatten in einer schmalen Gasse verschwand.

„Das war …"

„Ja. Aber es hat keinen Sinn, ihn anzugreifen. Das würde nur Aufmerksamkeit erregen."

Thorn hörte Chara gar nicht zu. Wie in Trance steckte er sein Schwert weg und wollte Chara beiseiteschieben, um aufzusitzen und den schwarzen Reiter zu verfolgen. Da trat ein Passant vor ihn hin.

„Das ist ain Bote Al'Jebals und ainem Boten Al'Jebals stellt man sich besser nicht in den Weg!", murmelte er verhalten.

Der Mann sprach eine ihnen bekannte Sprache, eine, die die meisten in *Amalea* lebenden Händler und Reisenden zur Verständigung in fremden Ländern nutzten: *Comentang*. Es war wohl nicht zu übersehen, dass sie nicht von hier waren.

Ohne auf den Passanten zu achten, der kopfschüttelnd seiner Wege ging, fuhr Thorn Chara an: „Wieso hast du mich zurückgehalten?! Das war einer von denen! Einer der Diebe!"

Chara starrte Thorn an, als wäre er geisteskrank.

„Das war ein Bote, nicht mehr und nicht weniger!"

„Aber einer von Al'Jebals Männern!"

Thorns Augen flackerten vor Erregung. Endlich hatten sie einen dieser Hundesöhne vor ihrer Nase und dann ließen sie ihn laufen! Es war ihm egal, ob der Mann ein Dieb war oder ein simpler Bote – er war ein Handlanger des Feindes, einer von Al'Jebals Männern!

„Was tut diese Ausgeburt des Chaos in Al'Shejs Haus?!", bellte er. „Er lässt dieses Pack in sein Haus?! Was machen wir hier eigentlich?!"

„Thorn!“, fauchte Chara. „Hast du vergessen, dass die Al'Shejs mit Al'Jebal zusammenarbeiten?! Das waren deine eigenen Worte!“

Thorns Blick schnellte zu Telos.

„Er war einer von ihnen, Telos“, rief er außer sich. „Einer von Al'Jebals Assassinen!“

Da packte Chara Thorn am Kragen seiner Lederrüstung und zog sein Gesicht ruckartig an ihres heran.

„Wenn du dich da drinnen nicht unter Kontrolle hast ... Wenn du auch nur ein Wort darüber verlierst, dass Al'Jebals Leute in diesem Haus verkehren, dann ...!“

Sie holte tief Luft und bändigte ihren Zorn.

„Wenn wir uns da drinnen nicht still verhalten, brauchen wir gar nicht erst hineinzugehen! Hast du mich verstanden?!“

Thorn stierte Chara schwer atmend an. In seinem Kopf rangen Zorn und Vernunft miteinander.

„Ist gut“, sagte er schließlich und wischte sich mit dem Handrücken den Schweiß von der Stirn. „Alles in Ordnung – ich hab mich im Griff.“

Er nickte Chara zu, woraufhin sie zögernd seinen Lederharnisch losließ.

„Ich werde mich da drinnen ruhig verhalten – ich versprech's.“

Charas und Telos' Blicke kreuzten sich.

„Das will ich hoffen“, sagte Chara, drehte sich um und schritt zum Tor.

Sie ließen sich die Pferde von einem Sklaven abnehmen, nachdem sie am Tor ihre Namen und den Grund ihres Besuchs angegeben hatten. Keiner von ihnen wehrte sich, als zwei der Wachleute ihre Waffen an sich nahmen, abgesehen von Bargh, der sich verzweifelt an sein Schlachtbeil klammerte und es erst ablegte, nachdem Chara ein Machtwort gesprochen hatte.

Mittlerweile kannten sie die Gepflogenheiten im Haus eines Al'Shej. Sie wussten, dass es letztlich die Höflichkeit war, die auf fruchtbaren Boden fiel, und dass die Bereitschaft, etwas zu geben, das einzige Mittel war, etwas zu bekommen. *Die aine Ħand in die andere!* Der Leitsatz schien sie zu verfolgen, seit sie hinter dem Zepter her waren, und die Grußformel *Ormut und Alaman in Ainem* begleitete das Willkommen oder den Abschied eines Aschraners wie *Agramon sei Dank* den Oberpriester Telos Malakin.

Wie gewohnt bat man sie, sich wie zu Hause zu fühlen, und hielt sie dazu an, um einen reich gedeckten Tisch Platz zu nehmen. Wieder einmal versuchten sie, es sich auf den samtenen Sitzpolstern bequem zu machen, und wie immer war Bargh der Erste, der nach dem dampfenden Ziegenfleisch griff, das eine der Sklavinnen aufgetragen hatte. Und auch der Mann, der kurz darauf den luxuriös ausgestatteten Raum betrat, wirkte auf eine seltsame Weise vertraut, obwohl sie ihn noch nie gesehen hatten. Es war unleugbar das Gesicht eines Al'Shej: die schmalen dunklen Augen, der eindringliche Blick, das etwas süffisante Lächeln …

Breit grinsend ging Naran Al'Shej auf den Tisch zu, händeklatschend und ohne ein Wort des Grußes.

„Ihr ħabt gut gearbaitet", sagte er gedehnt.

Schlagartig wurde Telos übel. Er legte sein Fladenbrot zurück auf den Teller und faltete mit angewidertem Gesicht seine Hände im Schoß. Neben ihm musterte Chara ihren Gastgeber aufmerksam. Narans Provokation war ohne Zweifel auf fruchtbaren Boden gefallen.

Chara hatte darauf verzichtet, sich nach aschranischer Sitte zu kleiden, und saß in ihrem Lederharnisch und in männlicher Manier mit gekreuzten Beinen auf dem Polster. Das Versteckspiel erschien ihr mittlerweile sinnlos. Keiner unter ihnen glaubte noch daran, einem Al'Shej irgendetwas vormachen zu können. Vielmehr ließen sie sich einfach von einem zum anderen weiterreichen, als wären sie ein netter Spaß, mit dem sich die Familie Al'Shej ihre Zeit vertrieb. Wie halb verhungerte Straßenköter waren sie den ausgelegten Happen hinterhergelaufen und ließen sich von ihren offiziellen Feinden den Weg weisen. Doch damit hatte Chara kein Problem. Im Gegensatz zu Thorn. Narans Zufriedenheit und sein ungeniertes Auftreten ließen seinen Groll in unkontrollierte Höhen steigen.

„Gut gearbeitet?!“, fuhr er Naran erbittert an und Chara befürchtete, er würde, seinem Wort zum Trotz, endgültig ausrasten.

„Gut gearbeitet?! Ihr seid wohl nicht ganz bei Sinnen! Wir wären fast draufgegangen! Wären die *Talan* nicht gekommen, wir wären jetzt tot! Lediglich der Zufall wollte, dass wir die Sache unbeschadet überlebt haben!“

Naran lächelte weiter.

„Żufall? Ich ħalte nichts von Żufällen. Eure Rettung mag aine für Euch glückliche Fügung gewesen sain, aber bestimmt kħain Żufall.“

Telos und Bargh wechselten fragende Blicke. Keiner von ihnen konnte mit dem Gesagten etwas anfangen, doch Chara spürte, dass an den Worten etwas Wahres dran war.

„Ich nehme an, ihr ħaltet die Forderung maines Bruders, Hakma Al’Raschids Kħarawane aufżuhalten, für unangemessen …“

„*Unangemessen*?!“, knurrte Thorn. „Was haben wir denn bekommen, außer einem Hinweis, der lediglich unsere Vermutungen bestätigte?!“

„Thorn“, versuchte Telos ihn mit sanfter Stimme zu beschwichtigen. „Das bringt uns jetzt keinen Schritt weiter.“

Thorn hörte ihm nicht zu. Er war noch lange nicht fertig. Diesem selbstgerechten, verlogenen Hundesohn würde er am Liebsten sein süffisantes Grinsen aus dem Gesicht schneiden!

Doch bevor er weiter auf Naran losgehen konnte, riss Chara das Gespräch an sich.

„Wo sind die Diebe?“, kam sie unvermittelt zum Punkt.

Narans Blick zuckte von Thorn zu Chara.

„Ihr müsst an Icarian vorbai und dann waiter Richtung Süden, aber ich denke, das wusstet Ihr beraits. Mehr kħann ich Euch nicht sagen.“

Mit einem letzten Blick in die Runde drehte er sich um und verließ den Raum.

Bargh blieb kurzzeitig der Mund offen stehen. Doch er fing sich am schnellsten und setzte sein gediegenes Mahl schweigend fort.

„War’s das jetzt oder kommt da noch was?“, fand Telos als Erster die Sprache wieder.

Thorn stierte immer noch auf die Tür. Ihm war, als ob unmittelbar vor seinen dürstenden Augen das lebensspendende Wasser im Wüstensand versickert wäre. Er hatte von Naran Al'Shej Antworten erwartet, die Klarheit in seinen durcheinandergeworfenen Eindrücken schaffen sollten. Und jetzt hatte er nichts, abgesehen von einer Wegbeschreibung. War das etwa alles?

„Ich denke, das war's", bestätigte Chara seine Befürchtung gelassen, nahm Bargh sein letztes Stück Fleisch aus der Hand und biss gedankenverloren hinein.

Der Saft rann ihr das Kinn hinab und tropfte auf das rote Samtkissen, während sie kaute und dabei aussah, als wäre sie schwer am Nachdenken.

Bargh verfolgte verdattert, wie Chara sein Fleisch verschlang, und warf Telos einen hilfesuchenden Blick zu, so, als könne der Priester die leergegessene Platte wieder füllen.

„Wir müssen weiter!", bemerkte Thorn, der sich offenbar gefasst hatte.

Die Blicke der anderen schwenkten erwartungsvoll zu ihm.

„Ich denke, im Moment liegen unser aller Nerven blank. Ich denke aber auch, es wäre ein fataler Fehler, wenn wir jetzt dem aufgestauten Frust nachgäben. Ich weiß, wir alle sind müde und die aussichtslose Lage, in der wir uns befinden, macht es nicht gerade leichter. Machen wir uns nichts vor, ihr glaubt wie ich, dass wir keine Aussicht mehr darauf haben, das Zepter zu finden."

Telos wollte widersprechen, doch Thorn versetzte ihm einen raschen, durchdringenden Blick.

„Aber davon abgesehen, glaube ich, dass es dennoch unsere Pflicht ist, alles zu tun, um dieses Machtsymbol demjenigen zurückzubringen, dem es zugedacht ist."

Thorn spürte, wie die ausgesprochenen Worte seine eigene Entscheidung festigten: Das Zepter gehörte niemand anderem als Antonius Virgil Testaceus. Erleichtert spürte er, wie die Klarheit endlich zurückkehrte und unweigerlich Besitz von seinen wirren Gedanken ergriff. Das Ziel war wieder näher gerückt, obgleich es immer noch in weiter Ferne war. Um es zu erreichen, mussten sie wieder alle an einem Strang ziehen.

„Es ist noch nicht alles verloren!“, fuhr er selbstsicher fort. „Wir sind noch lange nicht am Ende und, bei Vana, ich werde nicht aufgeben, bevor ich nicht tot unter der Erde liege! Und das solltet auch ihr nicht!“

Der Aufruf brachte ihm ein anerkennendes Lächeln von Telos ein und in Barghs Grinsen spiegelte sich erneut die Vorfreude auf einen ordentlichen Kampf. Doch Charas Blick war abwägend, nachdenklich und distanziert.

Thorn ahnte, dass sich ein Keil zwischen Chara und ihn geschoben hatte. Die ihrer konträren Natur geschuldete Distanz wuchs zusehends und er wusste, dass er darauf keinen Einfluss hatte. Alles, was er dagegen tun konnte, war, sich auf das gemeinsame Ziel zu konzentrieren und er hoffte inständig, dass Chara es genauso machen würde.

„Dann sehen wir zu, dass wir nach Icarian kommen“, unterbrach Telos die Stille und stand auf.

Auch Bargh und Chara erhoben sich, wobei sich Chara den Fleischsaft von den Fingern leckte und anschließend ihre Hände an ihrem Hemd trocknete. Mit einem letzten kritischen Blick auf Thorn verließ sie vor den anderen den Speiseraum und ließ sich von den Wachen zur Tür geleiten.

Vor dem Haus nahmen sie von einem Sklaven ihre Pferde und Waffen entgegen.

Telos, der neben Thorn aufsaß, schielte ihn aus den Augenwinkeln an.

„Alles in Ordnung mit dir?“, fragte er ihn zögernd.

Thorn nickte stumm und griff mit der Rechten nach den Zügeln.

„Alles bestens.“

Doch Telos war nicht überzeugt.

„Ich weiß, dass du wegen diesem Dunkelmagier einiges mitgemacht hast, aber das Einzige, was im Augenblick zählt, ist das Zepter. Vergiss Al’Jebal!“

Thorns Mundwinkel verzogen sich zu einem verkniffenen Grinsen.

„Du hast recht, Telos: Das Zepter ist das Wichtigste. Doch Al'Jebal werde ich trotzdem nicht vergessen."

Nach einem letzten sorgenvollen Blick von Telos presste Thorn seiner Stute die Schenkel in die Seite und trabte, gefolgt von den anderen, auf die Gasse zu, in welcher die schwarze Gestalt verschwunden war und von der er vermutete, dass sie aus der Stadt hinaus Richtung Icarian führte.

Basilisk

Die Zeit drängte. Es würde auffallen, wenn einer aus der Gruppe zu lange wegblieb. Die Seitengasse war dunkel, leer und bestens dafür geeignet, unentdeckt zu bleiben. An eine Hausmauer gelehnt, ein Bein angewinkelt, wurde das Pergament auf dem Oberschenkel entrollt und die knappe Botschaft nahm Gestalt an:

Ein Überfall auf unsere Karawane brachte den Zepterdieben einen zusätzlichen Vorsprung von einem Tag ein, sodass sie uns nun zwei Tagesritte voraus sind. Wir haben Icarian erreicht und reisen weiter in den Süden Aschrans. Unstimmigkeiten in der Gruppe lassen den Zusammenhalt langsam bröckeln. Könnte sein, dass die Gemeinschaft auseinanderbricht. Sollte es dazu kommen, werde ich auf eigene Faust weiterziehen und das Zepter zu Euch bringen.

Arm und Auge des KdB

Der Morgen graute, als eine Gestalt aus der schmalen Gasse auf die von Städtern bevölkerte Straße Icarians hinaustrat und einen Mann zu Pferd aufhielt, an dessen Sattel eine Ledertasche voller Schriftrollen hing.

„Bringt diese Botschaft auf dem schnellsten Weg zum nächsten Hafen!“, befahl die Gestalt auf *Comentang*. „Sorgt dafür, dass sie auf ein Schiff nach Chryseia kommt und vom Hafen in Ikonium in die Stadt Kresopolis gebracht wird!“

Dem Mann wurden zwanzig Goldmünzen in die Hand gedrückt, die er mit einem gierigen Blick begutachtete.

„Habt Dank für Eure Mühe!“

Noch bevor der Mann sein Einverständnis deutlich machen konnte, verschwand die Gestalt in der schmalen Gasse, aus der sie gekommen war und bestieg ein Pferd, das dort im Schatten der Gemäuer auf sie wartete.

Ein heißer Wüstenwind trieb ihnen Sand in die Augen und peitschte die feinen Körner in kaskadenartigen Wellen vor ihnen über das Land. Es war Mittag. Sie hatten Icarian umritten und hielten weiter auf das weitläufige Gebirge am Horizont zu. Die Hitze erschwerte ihnen das Atmen, sie zehrte an ihren Kräften und machte ihre Muskeln mürbe und zäh. Auch die Tücher, die sie sich um Gesicht und Hals gewickelt hatten, ließen die sengende Sonne kaum erträglicher werden. Sie verhinderten lediglich, dass ihre Haut verbrannte. Da Wasser rar und schwer zu finden war, hatten sie sich seit ihrem Aufenthalt bei den *Talan* nicht mehr gewaschen – der Geruch von Schweiß und Staub hing in der Luft und stieg ihnen unangenehm in die Nase.

Sie hatten in einer Karawanserei nahe bei Icarian übernachtet. Thorns kleine Motivationsrede hatte nicht lange vorgehalten. Keiner von ihnen schien die Gegenwart des anderen als angenehm zu empfinden. Vielmehr mieden sie einander. Jeder fand einen Schlafplatz weit weg von einem der Gefährten und niemand suchte mit einem der anderen das Gespräch.

Das änderte sich nicht, als sie früh morgens aufbrachen und auch nicht während des Vormittags, wo keiner ein Wort über die Lippen brachte.

Thorn konzentrierte sich darauf, die Sonne im Auge zu behalten, so wie es ihm Wolg geraten hatte, und führte die Gruppe immer weiter in den Süden. In seiner Brust pochte das Verlangen so unerbittlich wie der Schlag seines Herzens. Der Anblick eines Handlangers Al'Jebals hatte ein Feuer in ihm zum Lodern gebracht, das jeden Gedanken an Aufgeben flächendeckend verzehrte. Die zerklüfteten Felsen, die im Süden und Westen die Grenze des Wüstenlandes bildeten und, wie Thorn wusste, im Süden das Gebiet des *Alten* ankündigten, zogen ihn an wie die sanften Rundungen einer weiblichen Silhouette es taten, wenn seine Manneskraft ihn drängte.

Die Wüste, die sich vor ihnen erstreckte, änderte langsam ihr Erscheinungsbild. Das Gelände wurde steiniger. Ab und an ragten kleinere Felsen aus dem Sand und hin und wieder ritten sie über Abschnitte aus Geröll und Steinen. Im Westen zog sich die Gebirgskette dahin und stellte eine unüberwindliche Barriere zwischen Wüste und Meer dar.

Thorn hielt sein Pferd an und griff nach dem Wasserschlauch, der seitlich an seinem Sattel hing.

„Weiß einer von euch, welchen Ort wir als Nächstes erreichen müssten?“, fragte er, während er sich mit dem Unterarm den Schweiß von der Stirn wischte.

„Keine Ahnung“, stöhnten Telos und Chara synchron.

Thorn setzte den Schlauch an und trank die letzten verbliebenen Reste des Wassers. Es rann ihm angenehm die Kehle hinunter und seine aufgesprungenen Lippen fühlten sich einen nichtigen Augenblick weniger trocken und taub an.

„Warum haben wir nicht danach gefragt?“, wollte er wissen, als er den leeren Wasserschlauch zurück an seinen Sattel hing.

Telos seufzte müde.

„Weil uns Naran Al'Shej keine Zeit zum Fragen gelassen hat.“

„Weil es im Grunde irrelevant ist, wie das verdammte nächste Kaff heißt“, ergänzte Chara müde.

Thorns Augen wanderten über das von Gestein durchzogene Gebiet, das vor ihnen lag. In der Ferne wuchs ein hoher, nach oben hin schmal zusammenlaufender Felsen aus dem Wüstenboden. Die Felsen hier sahen völlig anders aus als jene, die er aus dem Norden kannte. Sie waren nicht so scharfkantig, wirkten vielmehr, als hätte man sie rundgeschliffen und ihre Gipfel abgeflacht.

„Also gut“, meinte er dumpf. „Dann weiter.“

Er ließ sein Pferd antraben und hielt in langsamem Galopp auf den Felsen zu. Wenn er die Entfernung richtig einschätzte, würden sie in der Abenddämmerung dort sein. Vielleicht war dies ein guter Ort für ein Nachtlager. Vielleicht gab es dort sogar Wasser. Es war egal. Hauptsache, sie kamen weiter.

Das Valianische Imperium lag weit hinter ihm und es kam ihm vor, als wären es viele Monde, die zwischen ihm, der Suche nach dem Zepter und der Zeit im Dienste des Cäsarus lagen. Nichts in ihm sehnte sich ins Imperium zurück und doch wusste er, dass er, sobald er das *Zepter der Macht* in den Händen hielt, dorthin zurückkehren würde. Es war seine Pflicht, seine Aufgabe, der Grund, warum man ihn losgeschickt hatte. Es war sein Beitrag zur Erhaltung der Ordnung.

Es erschien ihnen wie eine halbe Ewigkeit, bis sich die Sonne endlich gen Horizont neigte und auf den schmalen Grat zuwanderte, der den Himmel von der Erde trennte. Wie ein schwarzer Finger erhob sich der Felsen vor ihnen – drohend und beängstigend, doch in seinem Schatten wuchsen Sträucher und verliehen dem kargen Landstrich einen Hauch Lebendigkeit. Erleichtert stellte Thorn fest, dass es dort eine Quelle geben musste. Doch bevor sie den Felsen erreichten, entdeckten sie im kümmerlichen Schatten einiger ausgedörrter Sträucher und verkrüppelter Bäume eine dicht beisammenstehende Menschengruppe, die ihnen erwartungsvoll entgegenblickte.

Thorn warf Telos einen fragenden Blick zu, doch der Priester zuckte nur die Achseln. Also lockerte Thorn sicherheitshalber sein Schwert in der Scheide, was Bargh zum Anlass nahm, sich ebenfalls kampfbereit zu machen.

Als sie nur noch wenige Schritte entfernt waren, kam ihnen ein hagerer Mann in schlichten Leinenüberwürfen entgegen.

Thorn hielt sein Pferd an, woraufhin auch die anderen haltmachten. Nachdem der Mann einen kurzen, prüfenden Blick auf Chara, Bargh und Telos geworfen hatte, sprach er Thorn auf Aschranisch an.

Thorn schüttelte den Kopf, zeigte nach Norden und antwortete: *„Nac conad ech satim.“* Es war das Einzige, das er bisher gelernt hatte, und bedeutete: *Ich spreche Eure Sprache nicht.*

Der Mann wirkte enttäuscht. Er blickte in die sorgenvollen Gesichter seiner Begleiter und wandte sich wieder an Thorn.

„Basilisk!“, sagte er laut und deutlich und zeigte auf den Felsen, auf den sie zugehalten hatten.

Thorn und Telos wechselten fragende Blicke, doch Bargh richtete sich aufgeregt im Sattel auf.

„Wisst ihr nich', was'n Basilisk is'?"

„Äh, nein", stellte Thorn trocken fest.

Bargh riss ungläubig die Augen auf.

„Ihr wisst nich', was'n Basilisk is'?!"

„Nein", wiederholte Thorn im gleichen Tonfall und schenkte Bargh einen vernichtenden Blick. „Aber vielleicht sagst du's uns einfach, anstatt wiederholt dieselbe Frage zu stellen."

„Das ist 'ne riesige Schlange, riesig, sag' ich euch! Mit Zähnen so groß wie dein Schwert hier", sprudelte es aus ihm heraus, während er auf Thorns Waffe zeigte. „Sie kann dich nur mit dem Blick ihrer Augen in Stein verwandeln!"

„Komm runter", stöhnte Chara, „und sag uns lieber, woher du das weißt!"

Bargh drehte sich zu Chara rum.

„Mythen, Geschichten … Ihr kennt keine Geschichte, in der von einem Basilisken …?"

„Nein!", riefen Thorn und Chara im Chor.

Der Mann sah unsicher von einem zum anderen und versuchte zu ergründen, wovon die Rede war. Schließlich räusperte er sich lautstark, um sich Aufmerksamkeit zu verschaffen und wies auf die gebannt das Szenario verfolgende Menschengruppe, bevor er wieder auf den Felsen zeigte, unter dem nun deutlich Vegetation zu erkennen war. Er griff nach der Wasserflasche, die an Thorns Sattel hing, schüttelte sie und deutete mit ihr ein weiteres Mal zum Felsen. Schließlich zeigte er nach Westen, wo sich die Häuser eines kleinen Dorfs abzeichneten.

„Die holen sich dort ihr Wasser", murmelte Chara gelangweilt. „Schätze, dort gibt es eine Quelle."

„Eine Quelle, die von einem Basilisken in Beschlag genommen wird!", brabbelte Bargh.

„Seid doch mal ruhig!", rief Thorn. Er wusste immer noch nicht, was das Ganze mit ihnen zu tun hatte und hob fragend seine Hände. Der

Mann stieß ein Seufzen aus, deutete auf Thorns Schwert und auf Barghs Kriegsbeil und verschränkte dann trotzig die Arme vor der Brust.

„Der will, dass wir das Vieh bekämpfen!", brüllte Bargh nun völlig außer sich; er war von der Idee so begeistert, dass er kaum ruhig sitzen konnte.

Doch zu Barghs Leidwesen schien Thorn alles andere als überzeugt. Er runzelte nachdenklich die Stirn und blickte hilfesuchend zu Telos.

„Als ein Priester Agramons …", begann Telos, doch Chara unterbrach ihn unwirsch.

„Nachdem der Rest von uns nicht aus Priestern besteht, ist es unbedeutend, wozu du dich *als Priester* berufen fühlst. Wenn wir den Leuten helfen, verlieren wir noch mehr Zeit, was schlicht und ergreifend keine Option ist."

Thorn wusste nicht, ob es sein moralisches Bewusstsein war oder der Drang, Chara eine Abfuhr zu erteilen. Vielleicht wollte er Kit aber auch nur beweisen, dass er kein Feigling war.

„Wir machen es", erklärte er ohne weiteren Kommentar und gab dem Mann ein Zeichen, dass sie verstanden hatten.

Als er sich den anderen zuwandte, spürte er Charas Augen auf sich ruhen, doch er vermied es tunlichst, ihrem Blick zu begegnen.

„Wir müssen unsere Wasserflaschen unbedingt auffüllen und wer weiß, wann die nächste Oase kommt. Also holen wir uns diese Bestie und dann lagern wir unter dem Felsen."

Als der Mann wider Erwarten Hilfe angeboten bekam, trat ein dankbares Lächeln auf seine Lippen. Mit erhobenen Armen kehrte er zurück zu seinen Leuten, die sich um ihn scharten und aufgeregt auf ihn einredeten. Als Thorn und die anderen an ihnen vorbeiritten und ihre Pferde Richtung Quelle lenkten, warfen sie ihnen verstohlene Blicke zu.

„Wie wollen wir die Sache angehen?", wollte Telos wissen.

Es war eher ein berechtigter Zweifel denn eine Frage und Thorn hatte plötzlich das Gefühl, dass sie in eine Falle liefen.

„Als ein Priester Agramons ist es doch unerheblich, ob du draufgehst. Entscheidend ist doch nur das ehrenvolle Motiv", meinte Chara und fuhr mit erhobenem Zeigefinger fort: „Wichtig, dass du nie vergisst, was des Priesters Weisung ist!“

Telos warf ihr einen drohenden Blick zu, entschied sich dann aber, es dabei bewenden zu lassen. Er sah in dem Einsatz noch einen anderen Sinn als den, anderen Menschen zu helfen. Vielleicht halfen sie sich damit ja auch selbst. Eine gemeinsame Bedrohung schweißte Menschen oft zusammen. Es war ein ganz simpler Mechanismus. Der Feind innerhalb ihrer Gruppe wurde durch einen Feind von außerhalb ersetzt und all die negativen Gefühlsregungen, die sich in den letzten Tagen ihrer Vernunft bemächtigt hatten, könnten sich im Kampf gegen einen übermächtigen Gegner in Nichts auflösen. Der Basilisk würde ein gutes Auffangbecken für ihre Angst, ihren Zorn und ihren Missmut geben.

„Also gut“, begann Telos, doch Thorn unterbrach ihn.

„Einer von uns muss die Bestie ködern“, sagte er grimmig. Seine Augen glitten über die vor ihnen liegende Oase, die in der tiefstehenden Sonne und vor dem Hintergrund des hellen Felsens in einem satten Grün leuchtete.

Charas Mundwinkel hob sich zu einem schiefen Lächeln.

„Ich nehme an, dass Bargh oder ich das tun sollen.“

„Ich habe dabei eher an dich gedacht. Im Grunde hast du bis jetzt nichts getan, das uns irgendwie weitergeholfen hätte, hab’ ich recht?“

Sein Blick war eisern auf Chara geheftet.

„Wirklich? Und wenn ich dir jetzt sage, dass du mich mal kannst?“

Bargh, der seine Augen nicht vom Felsen ließ, wollte sich gerade bereit erklären, die undankbare Aufgabe zu übernehmen, als sich Telos einschaltete: „Wir machen es folgendermaßen: Wir bilden eine Kette. Wir kämpfen Schulter an Schulter. Wenn diese Bestie einen von uns zu attackieren versucht, schlagen die anderen zu. Das Vieh kann uns nicht alle gleichzeitig angreifen und wenn wir zusammenbleiben, können wir es vielleicht gleich zu Beginn tödlich treffen.“

Thorn runzelte die Stirn. Die Taktik könnte aufgehen. Die Schlange besaß mit Sicherheit eine beachtliche Länge und möglicherweise konnte sie auch mit ihrem Schwanz einen tödlichen Schlag ausführen. Und wenn sie es machten, wie Telos es vorschlug, konnte die Bestie sie nur entweder mit dem Kopf oder mit dem Schwanz attackieren und nicht zwei mörderische Angriffe zugleich ausführen.

„Meinetwegen“, stimmte er schließlich zu und bedachte Chara mit einem eisigen Blick, den sie schlicht übersah.

Während sie weiter auf die Oase am Fuß des Felsens zuritten, senkte sich die Sonne auf den Wüstenboden herab und verbarg ihr goldenes Haupt hinter den Bergen im Westen. Der Himmel war blutrot und der schmale hohe Felsen erhob sich unheilverkündend aus dem sandigen Grund.

Eine kleine Oase aus eher spärlich wachsenden Pflanzen schloss sich um die Quelle, deren Plätschern sich mit dem Rascheln der im Blattwerk noch aktiven Kleintiere zu einem erquickenden Geräusch verband.

Und dann sahen sie noch etwas anderes. Nicht weit vor ihnen, zwischen dem Felsen, der sich hinter der Oase in den Himmel schraubte, und der Quelle, wuchsen eigentümliche Steingebilde aus dem Sand.

Thorn hatte sein Pferd angehalten, woraufhin auch die anderen stehen blieben. Verwirrt starrten sie auf die sonderbaren mannsgroßen Gebilde.

Sie sahen auf den ersten Blick wie Statuen aus, doch irgendetwas daran war seltsam und Thorn stellten sich bei ihrem Anblick die Nackenhaare auf. Die Statuen waren so lebendig, als wären sie …

„*Menschen!*“, hauchte Bargh.

Lähmendes Schweigen legte sich über sie, bis Bargh die Stille endlich brach.

„Die Augen des Basilisken … Was hab’ ich euch gesagt! Die wurden zu Stein – von dem Vieh bei lebendigem Leib versteinert!“

Fassungslos starrten Thorn, Telos und Chara auf die etwa fünfzig Statuen einstmaliger Männer, die wohl wie sie versucht hatten, den Basilisken zu töten.

Jetzt sahen sie aus wie in den Sand gesetzte Mahnmale. Einige Männer zeigten eine gebückte Haltung, andere erhoben ihre Waffen zum Schlag, wieder andere knieten, als hätten sie im letzten Augenblick noch um ihr Leben gebettelt.

Thorns Kehle war ausgetrocknet. Der Anblick der mitten im Kampf erstarrten Gestalten war geisterhaft, makaber und dennoch, so abstoßend er das Ganze auch fand, auch imposant, fast Ehrfurcht einflößend.

„Fällt euch etwas auf?“, flüsterte Chara so leise, dass die anderen sie kaum hören konnten.

„Was denn?“, murmelte Thorn, wobei ihm seine Stimme unangenehm laut erschien.

Er sah sich um, konnte aber nichts Auffälliges feststellen. Doch dann verstand er plötzlich, was Chara meinte.

Es war still geworden, totenstill. Das Geraschel in den Sträuchern war verstummt. Nichts regte sich mehr im Geäst oder auf dem Boden. Selbst das Plätschern des Wassers wirkte gedämpft.

Thorn wollte aus seinem Sattel rutschen, doch da stieg die Stute vorne hoch und stieß ein angstvolles Wiehern aus. Im selben Augenblick begannen die Pferde der anderen unruhig zu tänzeln, wobei sich ihre Augen panisch in alle Richtungen bewegten.

Noch bevor einer von ihnen reagierte, war Chara von ihrem Pferd geglitten und gab ihm einen Klaps auf den Hintern, woraufhin es pfeilschnell davongaloppierte. Zur allgemeinen Verblüffung hatte sie mit wenigen Griffen ihre Zweililie vom Rücken gebunden und mit beiden Händen umschlossen.

„Worauf wartet ihr?“, flüsterte sie.

Ohne auf Thorns und Telos’ Reaktion zu warten, drehte sie sich um und ging auf die Steinfiguren zu.

Jetzt sprang auch Bargh von seinem Pferd und schickte es wie Chara in die Wüste.

Thorn und Telos wechselten verwunderte Blicke. Schließlich folgten sie Charas Beispiel und stiegen ebenfalls ab.

Thorn zog sein Schwert, während Telos den Kriegshammer aus der Schlaufe an seinem Gürtel löste. Kaum hatten sie sich bewaffnet, preschten ihre Pferde wie von Sinnen den anderen beiden hinterher.

Bargh hatte Chara längst erreicht, als Thorn und Telos zu ihnen stießen. Wortlos schritten sie auf die versteinerten Gestalten zu.

Plötzlich kam Thorn Barghs magische Waffe in den Sinn. Ohne seinen Blick von den makabren Skulpturen zu lassen, packte er den Barbaren am Oberarm und zog ihn von Chara weg an den äußeren Rand der Reihe. Jetzt stand Bargh neben ihm und hielt sein Kriegsbeil in einem sicheren Abstand zu den anderen. Wenn er zuschlagen sollte, dann war es höchst unwahrscheinlich, dass er einen von ihnen traf. Und Thorn würde auf der Hut sein, dass er nicht selbst dran glauben musste.

„Nicht in seine Augen sehen!“, murmelte Bargh beschwörend und jedes einzelne Wort betonend.

Thorn nickte bestätigend, um Bargh keinen Anlass zu geben, sich ständig zu wiederholen.

Schweigend und Schulter an Schulter setzten sie ihren Weg fort, während ihre Blicke alarmiert zwischen den versteinerten Kriegern und der Umgebung hin und her wechselten.

Thorn hob sein Schwert und versuchte, im fahlen Licht der Dämmerung eine Bewegung auszumachen – vergeblich!

Zu allem Überdruss wurde es rasch dunkel. Der letzte Rest Sonnenlicht zeichnete einen blutroten Streifen über den Grat des Gebirges im Westen. Immer noch war kein Laut zu hören. Die Stille machte Thorn verrückt. In ihr lauerte etwas, ein Feind, der ihnen unbekannt war. Die Stille war wie die Vorbotin des Todes, ein sich in den letzten Schatten entfaltendes, alles Leben verschlingendes Omen.

Mittlerweile waren Fels und Stein in weißen, feinen Wüstensand übergegangen. Es war ein eigentümliches Bild: Der sich drohend vor ihnen in den Abendhimmel schraubende dunkle Fels ruhte auf einem Teppich aus weißem Sand und erschien wie die menschlichen Statuen seltsam wirklichkeitsenthoben ohne ein steinernes Fundament.

„Bargh!“

Es war Telos’ Schrei, der die Stille zerriss. Der Priester zog seinen Hammer so knapp vor Charas Gesicht nach oben, dass diese gerade noch zurückweichen konnte.

„Hinter dir!“, rief Telos panisch und wirbelte in die Richtung, in der er eine Bewegung wahrgenommen hatte.

Telos' Warnung ließ Bargh erschrocken herumfahren. Kopflos holte er mit seinem Schlachtbeil zum Schlag aus. Doch der Schock beim Anblick des riesigen, schuppigen Leibes, der sich vor ihm aus dem Wüstensand schälte, ließ ihn vergessen, wie man kämpfte.

Wie in Trance starrte er auf den grau-schwarz gemusterten, gewaltigen Schädel des Basilisken, der sich in berechnender Ruhe auf ihn zubewegte. Zwischen messerscharfen, dolchklingengroßen Eckzähnen schob sich eine gespaltene Zunge aus dem schmalen Maul. Ein Zischen ertönte, das Bargh durch Mark und Bein fuhr, und als er entsetzt seinen Blick hob, hatte er längst vergessen, wovor er die anderen noch vor wenigen Augenblicken so eindringlich gewarnt hatte.

Bevor Telos irgendetwas unternehmen konnte, trafen die gelben starren Basiliskenaugen Barghs Blick. Es war das Letzte, das der Barbar zu sehen bekam. Im nächsten Moment schoss es ihm eiskalt durch seine Lungen und sein Herz hörte auf, Blut durch seinen Körper zu pumpen. Bargh fühlte, wie sein Kampfarm und der Rest seiner Gliedmaßen erstarrten und obwohl er mit aller Kraft darum rang, beweglich zu bleiben, konnte er nichts dagegen tun, dass seine Muskeln immer steifer wurden. Einen Augenblick später war er mit erhobenem Kriegsbeil zu Stein geworden.

Ein nicht enden wollender Körper schob sich unaufhaltsam aus dem Sand und eine Kälte stieg aus dem Wüstenboden empor, die wie eine eisige Faust nach Thorns Herz griff. Allein diese unwirkliche, ihm unerbittlich zu Leibe rückende, von Angst begleitete Kälte ließ seinen Körper erstarren und die Zeit wie zähes Blut dahinfließen, langsam und dennoch unaufhaltsam, wie der verruchte Schlangenkörper, der vor ihm aus dem Sand kroch. Die Augenblicke verstrichen, ohne dass einer von ihnen in der Lage war, seine Waffe zu erheben und zuzuschlagen.

Selbst als der drachenähnliche Kopf in seine Richtung schnellte, konnte Thorn nichts tun, außer stillzustehen und auf den Tod zu warten.

Chara war die Erste, die sich gegen die Angst behaupten konnte. In dem Moment, als der Kopf des Basilisken auf Thorns Gesicht zuglitt, wurde sie aktiv. Mit einem Schritt aus der Reihe baute sie sich vor der

Bestie auf und verdeckte den wie gelähmten Thorn mit ihrem Körper. Zwischen sich und den gewaltigen Schädel brachte sie ihre Zweililie, die sie mit beiden Händen fest umschloss, während ihre Augen in Windeseile die Anatomie des Tieres erforschten.

Der Kopf des Basilisken schoss vor, doch die messerscharfen Zähne trafen nicht wie erwartet auf Fleisch und Knochen. Geräuschlos schnitt sich die Klinge der Zweililie durch den Schuppenpanzer und riss eine Wunde, die sich von der Kehle des Basilisken über ein Drittel seines gesamten Körpers zog.

Der Schnitt war so tief, dass die dicke Reptilienhaut auseinanderklaffte und dunkles Schlangenblut über Charas Gesicht spritzte, bevor eine sonderbare grünlich-weiße Substanz unter der schuppigen Haut hervorquoll. Ein grauer, mit blutigen Fäden überzogener Fleischklumpen fiel aus dem sich windenden Leib in den Sand.

Das widerliche Zischen des Basilisken wurde zu einem nervenzerfetzenden Kreischen. Seine Augen suchten voller Hass die seiner Angreiferin, aber Charas Lider waren geschlossen. Der tödliche Blick blieb aus. Doch zu Thorns und Telos' Entsetzen sackte Chara in sich zusammen wie eine Marionette, deren Fäden gekappt wurden und blieb wie tot im Sand liegen. Durch ihr Hemd sickerte dunkles Blut.

Mit einem hasserfüllten Zischen schoss der Basilisk auf Charas reglose Gestalt zu, aber bevor er seine spitzen Reißer in ihren Körper schlagen konnte, griff Telos an.

„Agramon hämmere dich!“, schrie er wie betäubt von dem Drang, die Kreatur zu töten, die versuchte, sie alle in *Orkchos' Reich* zu verbannen.

Mit all der Kraft, die er aufbieten konnte, trieb er die Spitze seines Hammers in den flachen Kopf der Schlange und riss ein weiteres Loch in ihren Panzer.

Fast hätte er seine Waffe an den Basilisken verloren. Telos schaffte es gerade noch, den Hammer zurückzureißen, bevor die Schlange damit zurückweichen konnte.

Ein unheimliches Gurgeln ertönte und ein weiteres Kreischen durchdrang die Nacht.

Telos war durch den Schwung, mit dem er seine Waffe aus dem Kopf der Bestie gerissen hatte, aus dem Gleichgewicht geraten und taumelte rückwärts von dem Basilisken fort.

Jetzt war es Thorn, in den Bewegung kam. Mit einem Satz war er bei Telos, der verzweifelt versuchte, seinem Verfolger zu entkommen. Während der Priester rückwärts durch den Sand robbte, um sowohl dem Blick als auch dem Biss der Schlange zu entgehen, sprang Thorn über ihn hinweg. Hinter Telos blieb er abrupt stehen, sodass der Priester mit dem Rücken gegen seine Beine stieß und unfreiwillig zum Stillstand kam.

Über Telos' Kopf erschien der gewaltige Schädel des Basilisken und hob sich weiter in den Himmel, während die leblosen Augen Thorn ins Visier nahmen und sich der Schwanz langsam um Telos wand. Thorn registrierte, wie sich der weiße Sand unter dem Schlangenkörper dunkelrot färbte. Charas Angriff war zweifelsohne tödlich gewesen.

Das Schwert fest im Griff, versuchte er, mit den Füßen eine sichere Stellung im Sand einzunehmen. Die Augen der Bestie zuckten jetzt zwischen ihm und dem Priester hin und her. Beide wichen ihrem Blick gerade noch rechtzeitig aus.

Und dann stieß Thorn zu, schnell und hart, und die Klinge seines Schwertes bohrte sich zwischen die todbringenden Augen des Basilisken. Der hässliche Reptilienkopf erstarrte und während Telos stumme Gebete zu Agramon schickte, hielt Thorn den Atem an.

Der Schädel der Bestie zuckte. Dann ging er auf Thorn nieder, der mit geschlossenen Augen zurückstolperte. Er war verloren! Der Basilisk würde ihn in einem allerletzten Aufbäumen mit in den Tod reißen. Doch der gewaltige Schädel erschlaffte, bevor er sein Ziel erreichte und landete mit einem dumpfen Aufprall an Thorns Seite, wo er reglos liegen blieb. Es war vorbei.

Ein heftiges Gefühl der Erleichterung durchströmte Thorns Körper. Die Bestie war tot!

Aber noch bevor er sich entspannen konnte, nistete sich ein anderes Gefühl in seiner Brust ein und begann, seine Gedanken in die Dunkelheit zu ziehen. Wie durch einen Schleier blickte er auf die schattenhaften Umrisse des versteinerten Vallanders und der unmittelbar daneben liegenden Gestalt und eine klamme Hand griff nach seinem Herzen.

„Komm“, hörte er Telos wie aus weiter Ferne. „Wir müssen Bargh da rausholen und Chara …“

In dem schwachen Licht der Sterne sah Thorn vage, wie Telos zu Charas zusammengesunkenen Körper eilte und sich voll banger Hoffnung neben sie kniete.

„Sie lebt!“, hörte er ihn rufen, doch Thorn stand immer noch wie erstarrt da und blickte stumm auf Charas reglose Gestalt.

Chara war tot. Er wusste, sie war tot.

„Mann, Thorn, sie lebt! Komm schon, hilf mir!“

Telos riss hastig an den Schnallen ihrer Lederrüstung und befreite ihren Oberkörper aus dem aufgeschlitzten Brustpanzer. Darunter war alles dunkelrot und durchnässt. Charas Hemd hing in Fetzen von ihrem aufgerissenen Körper, aus dem unaufhörlich frisches Blut hervorquoll.

Telos löste das durchweichte, festgeklebte Hemd von ihrer Haut und versuchte fahrig, mit dem Ärmel seiner Toga das Blut aufzusaugen, um die Wunde reinigen zu können.

Es war ein furchtbarer Anblick. Von Charas Hals zog sich ein so tiefer Schnitt bis zu ihrem Bauchnabel, dass er befürchtete, dass jeden Augenblick ihre Eingeweide austreten würden. Es war eine Verletzung, die eindeutig von einer Klinge herrührte.

Wie kam Chara zu einer solchen Wunde? Sie war von dem Basilisken nicht verletzt worden!

„Thorn!“, schrie Telos noch einmal, aber diesmal schwang in seiner Stimme unverhohlener Ärger mit. „Willst du nur rumstehen oder hilfst du mir?!“

Thorn starrte immer noch wie in Trance auf Chara. Dann fiel sein Blick auf Bargh und das Entsetzen befiel ihn von Neuem. Sie waren tot! Er hatte nicht das Geringste dagegen tun können. Die Angst vor dem Basilisken hatte ihn gelähmt. Und danach war es zu spät gewesen!

Feige …, echote es durch seinen Kopf. *Feige ... feige ... feige!*

Er, Thorn, hatte sie in diese Situation gebracht, nur weil er Chara und sich selbst etwas beweisen wollte! Wie blind liefen sie seit Wochen einer Illusion hinterher und glaubten, sie würden die Welt retten, wenn sie dieses verdammte Zepter nur seinem wahren Besitzer zurückbrachten. Wie dumm sie alle waren! Wie naiv, wie selbstverherrlichend! Wie waren sie nur auf die Idee gekommen, dass ausgerechnet sie einen entscheidenden Beitrag zum Guten in Amalea leisten konnten? Was für eine Farce! Sie waren nichts! Sie waren ein unorganisierter Haufen Individualisten, in dem jeder nur um seiner eigenen Ambitionen willen kämpfte, nicht etwa, um einem großen, noblen Zweck zu dienen.

Während Thorn mit Tränen des Zorns und der Trauer kämpfte, kämpfte Telos mit Charas zerfetztem Körper.

„Verdammt nochmal!“, fluchte er lauthals, während er Verbandszeug aus seiner Gürteltasche zerrte, Charas Rücken mühsam hochstemmte und damit begann, ihr einen Druckverband anzulegen.

Er biss sich vor Anspannung auf die Unterlippe, während ein Gedanke wieder und wieder durch seinen Kopf wirbelte: *Ich kann sie nicht heilen. Ich kann es nicht!*

Nachdem er die Bandage fest um Charas Oberkörper gewickelt und auf ihrem Rücken verknotet hatte, fiel sein Blick auf den zu Stein gewordenen Vallander.

„*Ein* Wunder“, flüsterte er verbissen. „Mehr wird Agramon mir nicht gewähren!“

Behutsam legte er Chara zurück in den Sand und breitete eine Decke über ihrem Körper aus. Dann hielt er mit energischen Schritten auf Thorn zu, der ihn anstarrte, als wäre er nicht bei Sinnen.

„Was ist?! Bist du noch zu irgendetwas fähig oder muss ich ganz auf dich verzichten?!“, blaffte Telos ihn an. „Falls du es nicht bemerkt hast: Chara lebt und dem Barbaren kann ich helfen!“

Thorns stumpfer Blick ruhte unverwandt auf Chara.

„Es ist doch alles hoffnungslos …“, murmelte er leise.

„Ist das Grund genug, die beiden sterben zu lassen? Mit dieser Einstellung bist du nicht weit von einem Diener des Chaos entfernt.“

„Na und? Chaos, Ordnung, die Leute handeln doch alle nach den gleichen egoistischen Motiven – alles, was zählt, ist, zu herrschen. Hier genauso wie dort. Es ist doch nur der Name, der die Motive edler erscheinen lässt.“

Thorn hob zaghaft seine Schultern, als wolle er sich dafür entschuldigen, dass es keinen Sinn ergab, doch Telos strafte ihn mit einem verächtlichen Blick.

Kopfschüttelnd wandte er sich ab und stakste zu Barghs versteinertem Bildnis, wo er damit begann, den Stein abzutasten. Dann trat er einen Schritt zurück und schloss die Augen. Er streckte die Hände nach vorn, seine Handinnenflächen nach oben gewandt. Seine schlanken Finger spreizten sich, während er leise vor sich hin sprach, als betete er Barghs versteinertes Abbild an.

Thorns Augen wanderten von Chara zu Telos und seinem Ritual. Und obwohl er am liebsten laut geschrien hätte, weil nichts, aber auch gar nichts so lief, wie er es sich erhofft hatte und von der Geschichte mit Cartius bis hierher alles aus dem Ruder gelaufen war, fühlte er, wie Wut und Verzweiflung langsam von ihm abfielen.

Als ein Lichtstrahl aus Telos' Händen brach, weiteten sich Thorns Augen vor Verblüffung. Das Licht schien direkt aus Telos' Körper zu fließen, umspielte dann sanft seine Gestalt und wob ein kaum sichtbares Band zwischen Bargh und ihm, bevor es bis zu Thorn drang und wohlig seinen Körper durchströmte.

Und dann erklang ein Name: *Agramon.*

Plötzlich kam Leben in die erstarrte Steingestalt. Grauer Stein verwandelte sich in Haut, Haare, Kleider, Waffen und dort, wo kurz zuvor noch ein steinerner Krieger gestanden hatte, stolperte Bargh nach vorne und fiel auf seine Knie.

Mit weit aufgerissenen Augen verfolgte Thorn das sich vor ihm abspielende Wunder. Die Macht, die von Telos ausging, war überwältigend. Umso beschämender empfand er jetzt die Tatsache, dass er derart die Nerven verloren hatte.

Als Bargh schwer atmend Telos' Hand ergriff, stapfte Thorn, die Hände in den Hosentaschen vergraben, auf die beiden zu. Er fühlte sich zutiefst unbehaglich.

„Du bist ein großer Mann, Telos Malakin", begann er leise. „Wenn ich gewusst hätte …"

„Lass gut sein", antwortete Telos völlig geschwächt. Seine Hände zitterten und seine Knie schienen kurz davor nachzugeben. Der Priester hatte alles aus sich herausgeholt, was ihm möglich war.

„Es tut mir leid, ich habe dich im Stich gelassen, Telos. Das ist unverzeihlich … Ich … habe mich in meiner Angst verloren, in meiner Wut auf mich und die Welt! Seit Kits Tod …"

„Du hast mir vor wenigen Augenblicken das Leben gerettet!", unterbrach ihn Telos. „Du bist mir keine Rechenschaft schuldig, Thorn."

Telos lächelte müde und drehte sich zu Bargh um, auf dessen Lippen sich allmählich ein breites Lächeln abzeichnete.

„Ich bin nicht tot. Ich bin Bargh Barrowsøn. Ich bin am Leben …", stammelte der Krieger und öffnete und schloss dabei seine Faust, als bräuchte er eine Bestätigung für seine Worte.

„Mensch, Telos, du bist …! Wo ist Chara? Ist alles in Ordnung mit ihr?"

Doch zu Barghs Bestürzung schüttelte Telos schwach den Kopf.

„Sie ist schwer verletzt, Bargh. Und ich glaube nicht, dass ich ihr helfen kann."

Bargh schwieg, tätschelte ihm dann aber tröstend den Unterarm.

„Mach dir keine Sorgen, die is' zäh wie Leder. Sie schafft es auch ohne deine Hilfe."

„Das hoffe ich", antwortete Telos und warf Thorn einen ernsten Blick zu.

„Charas Verletzung verwirrt mich. Sie wurde ganz offensichtlich von einer Klinge verwundet, aber ganz sicher nicht gebissen oder von dem Basilisken so zugerichtet."

Als Thorns Blick auf Charas Gestalt fiel, kehrte das hämmernde Schuldgefühl sofort zurück.

„Bist du dir sicher?“, fragte er, während er versuchte, zu vergessen, dass *er* es war, der die Söldnerin in diese Situation gebracht hatte.

„Absolut. Es ist ein sauberer Schnitt – von ihrer Kehle bis zu ihrem Nabel.“

Thorn runzelte nachdenklich die Stirn.

„Ihre Zweililie ist eine Stabwaffe, mit einer scharfen Klinge auf jeder Seite. Mit einer solchen Waffe umzugehen, erfordert ein hohes Maß an Präzision. Womöglich hat sie sich die Wunde selbst zugefügt.“

Telos blickte Thorn skeptisch an.

„Glaubst du denn, dass Chara mit einer Waffe kämpft, mit der sie nie umzugehen gelernt hat?“

Thorn lächelte freudlos.

„Keine Ahnung, ich werde nicht schlau aus ihr. Jedenfalls habe ich sie bislang nicht damit kämpfen sehen. Vielleicht kann sie es ja schlicht und ergreifend nicht.“

„Dem widerspricht allerdings die Tatsache, dass sie den Basilisken mit nur einem Schlag derart zurichten konnte. Die Wunde, die sie der Bestie zugefügt hat, zeigt, dass sie zumindest weiß, wie sie schnell und effizient tötet.“

„Ein Zufall?“

„Möglich.“

Bargh blickte schweigend von einem zum anderen. Schließlich räusperte er sich lautstark und stieß mit dem Brustton der Überzeugung hervor: „Chara ist ’ne Kriegerin! Da besteht überhaupt kein Zweifel. Da is’ Magie im Spiel – ein Basilisk ist ein magisches …“

Weiter kam er nicht, denn Thorn schnappte plötzlich nach Luft, marschierte zu Chara und kniete sich neben sie und ihre Waffe.

„Natürlich!“, stieß er hervor: „Wieso hab’ ich nicht früher daran gedacht?!“

Er hob die Zweililie auf und rollte sie in der Handfläche hin und her.

„Charas Waffe ist magisch, genau wie deine!“

Er fixierte Bargh und seine Augen blitzten in der Dunkelheit auf.

„Ihr beide wolltet ja nicht hören! Und nun ist Chara kurz davor, den Löffel abzugeben!“

„Ach was“, rechtfertigte sich Bargh grimmig, „die Waffen – is’ doch lächerlich!“

„Bargh“, stöhnte Thorn gereizt. „Du hast gesagt, Magie könnte der Grund für Charas Verletzung sein – da hast du recht, aber wie bei allen Göttern Amaleas soll ein Basilisk mit seinen Zähnen eine Wunde zufügen, die nur eine Klinge zustande bringt?!“

Bargh wandte sich trotzig ab und stiefelte zu dem Leichnam des Basilisken, während Thorn Telos einen vielsagenden Blick zuwarf. Es war zu erwarten gewesen, dass Bargh nichts davon hören wollte.

„Eine Waffe, die dem Angreifer dieselben Wunden zufügt wie dem Opfer … Interessant“, murmelte Telos gedankenvoll und ließ sich dann endgültig in den Sand fallen. Er hatte keine Kraft mehr.

„Eine Waffe, die einen Sinn für Gerechtigkeit hat“, setzte Thorn den Gedanken fort. „Das nenne ich Ironie.“

„Er wird zu Stein!“, rief Bargh plötzlich und Thorn und Telos hoben überrascht ihre Köpfe.

„Bargh! Nicht!“, schrie Thorn, doch es war zu spät.

Der Barbar hatte sich über den Basilisken gebeugt, seinen Zeigefinger in dessen Blut getaucht und inspizierte neugierig seinen Finger.

„Sieht normal aus“, stellte er etwas enttäuscht fest.

„Idiot!“, murmelte Thorn, trat an den Basilisken heran und begutachtete die Wunde, die ihm Chara zugefügt hatte. Sie wirkte in der Tat, als würde Chara etwas von ihrem Handwerk verstehen.

Mittlerweile war fast der gesamte Basiliskenkörper zu Stein erstarrt, nur noch Teile der schuppigen Haut schimmerten schwarz-grau, ansonsten erweckte der Körper den Eindruck eines unheimlichen Monuments.

Thorn erhob sich und ging zu Chara und Telos zurück.

„Dort!“, murmelte Telos schwach und zeigte in die Richtung, aus der sie gekommen waren.

Eine Gruppe von Leuten stand in respektvoller Distanz zu ihnen im Sand und beobachtete sie.

„He! Wir brauchen eure Hilfe!“, schrie Thorn ihnen zu, doch da drehten sie sich um und liefen davon.

„So eine verdammte …“

Thorn blickte erst auf Charas leblosen Körper und dann zu Telos. „Kannst du ihr wirklich nicht helfen?“

Telos schüttelte traurig den Kopf.

„Nein, Thorn. Sie hat den Göttern den Rücken gekehrt und ich könnte auch dann kein zweites Mal ein solches Wunder wirken, wenn dem nicht so wäre. Agramons Kraft würde mich zerschmettern.“

„Dann können wir nur darum beten, dass Charas Lebenswille so unerschütterlich ist wie ihre Sturheit.“

Thorn hockte im Sand und versuchte, das Feuer in Gang zu halten. Er hatte sich vorgenommen, den Morgen mit einem ausgiebigen Frühstück freundlicher zu gestalten, als es in den letzten Tagen der Fall war.

Chara schwebte immer noch in Lebensgefahr, war aber zumindest einmal aus der Bewusstlosigkeit aufgewacht. Sie hatte nur einen kurzen Blick in die Runde geworfen, bevor sie wieder ohnmächtig wurde. Am frühen Morgen war eine Gruppe von Leuten aus dem Dorf zu ihrem Lager gekommen und hatte ihnen jene zwei Pferde gebracht, die sie in der Nacht nicht mehr gefunden hatten. Außerdem schenkten sie ihnen Weihrauch als Dank für ihren *heldenhaften* Einsatz.

Thorn wusste nicht, was er mit diesen eigenartig duftenden Steinen anfangen sollte, doch weil Telos so getan hatte, als würde es sich dabei um eine ausgesprochene Kostbarkeit handeln, hatte er geschwiegen. Die Dankbarkeit der Leute hatte ihn irgendwie wütend gemacht, zumal er nicht das Gefühl hatte, er hätte etwas Gutes vollbracht. Tatsächlich hatte er damit nur seine eigenen Leute gefährdet und ihre Mission behindert.

Neben Thorn saß Bargh, der hin und her gerissen war zwischen der Hoffnung, dass Thorns Eintopf endlich Gestalt annahm, und der Angst um Charas Leben. Chara lag zwischen ihm und dem Priester in eine Decke gehüllt. Ihre Haut war mittlerweile so fahl, dass nichts mehr darauf hindeutete, dass sie noch unter den Lebenden weilte.

Telos hatte den ganzen Morgen damit verbracht, Chara zu beobachten und ihre Wunde zu versorgen. Tief in seinem Herzen fühlte er, dass die Söldnerin verloren war und doch wollte er sich mit diesem Gedanken nicht abfinden. Aber was konnte er tun? Selbst wenn er genug Kraft hätte, Agramon würde seine Bitte nie erhören – nicht bei einer wie Chara, die an nichts und niemanden glaubte.

„Hat jemand Salz dabei?“, fragte Thorn in die Stille.

„Ach was“, brummte Bargh, „schmeckt sicher auch so!“

Er beugte sich über den Topf, den Thorn auf ein paar Steinen im Feuer platziert hatte, und sog den heißen Dampf ein.

„Is’ doch schon fertig, oder nich’?“, meinte er hoffnungsvoll und kramte seine Metallschüssel aus dem Rucksack.

„Telos!“

Chara!

Thorn und Bargh rissen die Köpfe herum.

Voller Hoffnung ergriff Telos Charas Hand und beugte sich zu ihr hinunter.

„Chara“, sagte er leise, aber bestimmt, „du musst versuchen, ruhig zu bleiben.“

Charas glasige Augen ruhten auf seinem Gesicht.

„Wie wär’s mit einem kleinen Wunder, Telos?“, fragte sie schwach. „Im Augenblick hätte ich nichts dagegen.“

Telos schüttelte resigniert den Kopf. „Wir haben darüber gesprochen. Agramon wird niemanden retten, der nicht an ihn glaubt. Aber vielleicht …“ Er holte tief Luft. „Vielleicht wenn du ein Gebet an ihn richtest …“ Telos brach ab. Es war hoffnungslos.

Eine Weile atmete Chara schwer, ohne antworten zu können. Doch dann teilte ein schiefes Lächeln ihre Lippen.

„Agramon huldigen?“, flüsterte sie heiser. „Nur um mich zu retten? Wäre das nicht erst recht unehrenhaft? Hilft dein Gott etwa nur jenen, die aus einer Notlage heraus zu ihm beten, die aus Angst davor, in *Orkchos’ Reich* überzugehen, seinen Namen rufen?“

Sie hustete und schloss völlig entkräftet ihre Augen.

„Wenn er eine solche Heuchelei erwartet, dann *will* ich nicht von ihm gerettet werden. Einem solchen Gott will ich nicht mein Leben verdanken.“

Anstrengung und Erschöpfung standen ihr so deutlich ins Gesicht geschrieben, dass Telos dachte, sie wäre wieder bewusstlos geworden, doch dann öffnete sie noch einmal ihren Mund und flüsterte: „Ich sage dir, Priester. Es ist nicht dein Gott, der Wunder wirkt, sondern du selbst. Wenn du es willst, dann rette mich, wenn nicht, lass mich sterben.“

Erschrocken ließ Telos Charas Hand los. Doch dann wurde er zornig. Dieses sture Weib brachte ihn noch um den Verstand! Wie konnte Chara nur so verblendet sein?! Wie verrückt musste man sein, um die Macht der Götter infrage zu stellen?! Jeder Idiot wusste, dass einem Gott zu trotzen tödliche Konsequenzen hatte. Doch Chara schien in einer anderen Welt zu leben – sie verhielt sich geradezu so, als gäbe es keine Götter!

Telos spürte Barghs und Thorns Blicke im Nacken. Sie erwarteten, dass Agramon noch einmal ein Wunder durch ihn wirkte. Sie hatten ja keine Ahnung! Er war kein Heiler, sondern ein Kriegspriester und Agramon gab nun mal nicht jedem seinen Segen!

Verbissen versuchte Telos seinen Ärger zu unterdrücken. Er konnte nichts tun, gar nichts!

Doch dann spürte er, wie seine Hand nach der Kette griff, an der das Hammersymbol baumelte. Seine Augen schlossen sich und seine Hand umfasste unwillkürlich Agramons Zeichen. Ohne es zu beabsichtigen, berührte er Charas Brust. Er fühlte das kalte Metall des Kriegssymbols zwischen seinen Fingern und Charas schwachen Herzschlag unter seinen Händen. Irgendetwas fühlte sich fremd an – als wäre sein Wille auf einmal verstummt und sein Geist nicht länger befehlsgebend.

Sein Ärger über Charas Unglauben war verschwunden. Die kniende Haltung, die Kette in seiner Hand und Charas regelmäßiger Atem beruhigten ihn. Intuitiv begann er für jene Frau zu beten, deren Herzschlag sanft gegen seine Handinnenfläche pochte, aber kurz davor war, zu verstummen. Er spürte Charas unbändigen Willen, am Leben zu bleiben und fühlte, wie erneut Verzweiflung in ihm aufstieg. Sie war noch nicht bereit! Telos spürte, dass sie auf dem Weg in die Dunkelheit war und ihr dieser Weg keine Angst machte. Und doch hörte er den Schrei in ihr, der das Licht und das Leben wählte.

Plötzlich fiel die Dunkelheit, die sich um seinen Verstand gelegt hatte von ihm ab. Ein heftiger Ruck ging durch seinen Körper. Wärme begann von seinem Herzen über seine Hände in Charas erstarrte Brust zu fließen. Telos fühlte, wie Charas Wille zum Kampf den Tod besiegte und wie seine eigene Seele dabei lebendig wurde.

Die Häscher

Dunkel ...

Dunkel und erdrückend ... Eine Leere, schwarz und grausam und jedes Gefühl vernichtend ... Tag und Nacht hatten aufgehört zu existieren. Alles, was blieb, war die blasse Inhaltslosigkeit des Nichts.

Ein Frösteln schüttelte ihn und verbannte mit einem Schlag die verzehrende Hitze der Wüste. Die Schwärze um ihn herum pulsierte heftig. Sie drängte sich gegen seinen Körper und jagte eine Reihe Schauer über seinen Rücken. In seiner Brust verkrampfte sich der Muskel, der Blut durch seine Adern pumpte, und im nächsten Augenblick stockte sein Atem. Er fühlte keine Schmerzen – er fühlte gar nichts und dennoch wand er sich auf dem Boden, während sich jeder Muskel in seinem Körper verkrampfte. Verzweifelt trat er um sich. Seine Finger gruben sich in den Sand und suchten nach einem harten Gegenstand, irgendetwas, das eine klare, eindeutige Form besaß – ein Stein, ein harter, kantiger Stein, mit dem er sich bewusstlos schlagen konnte, damit die Dunkelheit diese entsetzliche Leere fortwusch. Doch er fand keinen. Stattdessen löste sich die Schwärze plötzlich auf und Thorns Herz begann, aufs Neue zu schlagen. Kalte Luft strömte zurück in seine Lungen. Ein erbärmlicher Husten schüttelte ihn.

Die Schwärze war verschwunden. Stattdessen flossen dunkle Schatten über den Sand und umspielten seine am Boden kauernde Gestalt sanft, fast zärtlich. Zwischen ihren schwarzen Schemen blendend weißes Licht. Die plötzliche Helligkeit stach Thorn brutal in die Augen. Fast wünschte er sich zurück in das Nichts. Die zuerst noch vorherrschende Gefühllosigkeit verwandelte sich in den unbändigen Drang, das Licht zu löschen, ein Verlangen, das immer stärker wurde. Während das farblose Nichts ihn innerlich gequält und fast erstickt hatte, tat ihm das Licht auf der Haut und in den Augen weh. Die Angst vor der Gefühllosigkeit, die ihn von innen her quälte, wurde mit einem Schlag von dem Schmerz verdrängt, der ihn von außen zu überwältigen drohte.

Und inmitten des grausamen Spiels, das ihn fast um den Verstand brachte, begann etwas in ihm zu rebellieren und aus seinem tiefsten Inneren drang ein gellender Schrei: „Du!“

Thorn verbarg seine Augen hinter seinen Händen, doch das Licht stach durch seine Finger hindurch.

„Wo bist du?! Du warst doch immer hier!“

Das Licht verschwand, die schwarzen Schemen formierten sich. Zurück blieb ein Schatten, der wenige Schritte vor ihm über dem Sand schwebte.

„Du suchst mich? Wie das?“

Das vertraute Flüstern tanzte über die weißen Sandkörner auf Thorn zu und glitt prickelnd über seinen Körper hinweg. Der Schatten aus seinen Träumen. Da war er und Thorn spürte, wie ihn Erleichterung durchströmte.

„Ja“, war alles, was er antworten konnte, und im selben Moment fragte er sich, warum. Ihm schien, als würde er schon sein ganzes Leben lang vor diesem Schatten fliehen, der sich irgendwann einmal seiner Träume bemächtigt hatte. Und nun wollte er auf keinen Fall, dass er wieder verschwand. Voller Dankbarkeit blickte er über den Sand hinweg auf den klaren, schwarzen Umriss.

„Wieso hast du mich verlassen?“, flüsterte er zitternd.

„Weil du mich nicht wolltest“, antwortete der Schatten und begann, die Umrisse einer menschlichen Gestalt anzunehmen.

„Weil du die Dunkelheit fürchtest und hasst. Du liebst es, im Licht zu stehen. Du suchst das Licht, nicht den Schatten. Eine Neigung, die dich blind macht, eine Gewalt, die gegen mich kämpfte – bis jetzt.“

Thorn kniff die Augen zusammen.

„Was ist passiert?“

„Du hast dich entschieden.“

„Entschieden? Wofür?“

Die schwarze Gestalt schwebte langsam auf ihn zu.

„Für uns."

Unmittelbar vor ihm hielt sie inne und Thorn erhob sich. Hätte die Schwärze ein Gesicht gehabt, er hätte es direkt angestarrt.

„Wer sind wir?"

„Wir sind du."

Thorn erschauerte, zwang sich aber dazu, stillzustehen, obwohl er panische Angst hatte, von der Schwärze, die vor ihm schwebte, aufgesaugt zu werden.

„Ich habe Angst!"

„Vor der Dunkelheit? Dann bist du ein Kind – nicht mehr! Du willst eine Lichtgestalt sein und vergisst, dass das Licht nur leuchten kann, wenn Dunkelheit es umgibt. Licht und Dunkelheit – das eine ist ohne das andere wirkungslos – das eine ohne das andere ist Nichts. Du weißt, wie sich das Nichts anfühlt – du hast es gerade erlebt."

Thorns Hand glitt auf den Schatten zu und stieß auf feste Substanz. Bestürzt zog er sie zurück. Vor ihm begann sich der Schatten zu konkretisieren und plötzlich starrte Thorn in blitzende, grüne Augen. Entsetzen packte ihn.

Ungläubig wich er zurück und keuchte: „Bei Vana!"

Vor ihm stand Thorn. Vor ihm stand das Abbild seiner selbst. Er war nackt. In seiner ausgestreckten Hand lag sein Messer – blutverschmiert. Ein Lächeln umspielte sein Gesicht, doch es war nicht freundlich, sondern kalt und berechnend.

„Wo werden wir sein?", fragte Thorn und Furcht griff nach seinem Herzen.

„Wo ich jetzt bin."

Chara nestelte an ihrem Gürtel und zog den Dolch aus der Scheide. Sie lehnte an einem niedrigen, oben abgeflachten Stein, die Kapuze tief in ihr Gesicht gezogen. Den linken Fuß hatte sie von sich gestreckt, das rechte Bein angezogen. Die Finsternis, die sie umgab, war wie die tröstende Umarmung des Todes, der ihr schon so nahe war, und der es dennoch nicht geschafft hatte, sie zu sich zu holen.

In ihrer Hand wog Chara die Waffe. Das kalte Metall der Klinge auf ihrer Haut löste wie immer ein beruhigendes Kribbeln aus.

Der Dolch – er war die Waffe, die sie einst gewählt hatte, die Waffe, die sie liebte, ein Symbol dessen, wofür sie lebte. Ihn einzusetzen bedeutete, einen Zweck zu erfüllen. Einen Zweck zu erfüllen hieß, dass sie nicht umsonst da war – es bedeutete, dass sie ein Anrecht darauf hatte zu leben. Und sie lebte immer noch. Warum, war ihr ein Rätsel. Chara hatte nie daran gezweifelt, dass ihr Leben von sehr kurzer Dauer sein würde. Sie hatte ihren Tod längst akzeptiert, mehr noch, sie hatte ihn eingeplant.

Sollte ihr Dasein je seinen Zweck verlieren, war der Tod eine unausweichliche Konsequenz. Doch noch hatte sie eine Berufung. Noch war sie zweckdienlich. Sie war das Mittel zum Zwecke dessen, was ein anderer zu erreichen suchte. Eine Tatsache, die sie nicht störte und Rechtfertigung genug, dass sie noch lebte.

Sie hatte nicht das Bedürfnis gehabt zurückzukehren, aber nun, da sie dasaß und atmete und ihren Herzschlag spürte, fühlte sie einen Hauch von Dankbarkeit. Sie hatte die Chance zurückgewonnen, ihrem Zweck gerecht zu werden. Was sie allerdings irritierte, war der Gedanke an die Schuld, die sie damit auf sich geladen hatte. Der Priester hatte sie gerettet und sie war jemand, der seine Schulden beglich. Schulden waren bindend. Sie konnte es sich jedoch nicht leisten, an jemanden gebunden zu sein. Gebunden war sie nur an einen einzigen.

Ein Lächeln zuckte um Charas Mundwinkel.

Der Priester … Er hatte es doch tatsächlich geschafft, dass sie ihm verpflichtet war, zumindest dankbar musste sie ihm sein. Und eines war gewiss: Früher oder später würde er erneut versuchen, sie zum *wahren Glauben* zu bekehren.

Dann wollen wir doch mal sehen, wie lange er darauf warten lässt …

Telos hatte seinen Glauben auf die Probe gestellt, indem er ihr entgegen seiner eigenen dunklen Ahnung Rechtschaffenheit zugesprochen hatte – ein Wesenszug, der ihr ganz und gar nicht eigen war –, nur um sie zu retten. Charas Lächeln weitete sich. Sie mochte den Priester und trotzdem war auch er nur eine winzige Marionette in dem skrupellosen Ringen der wirksamen Mächte Amaleas. Eines Tages würde diese Welt sie alle verschlingen. Nur der Klügste und Raffinierteste würde die Macht haben, dies zu verhindern, indem er sich diese Welt und den Rest der verbliebenen Seelen untertan machte. Nur der Weiseste unter allen …

Ihre Genesung vollzog sich unerwartet rasch. Auch das war ein seltsamer Umstand, ließ sie aber ungerührt. Kurz nachdem Telos auf wundersame Weise ihre Wunde geschlossen hatte und neues Leben in ihren Körper geflossen war, waren sie auch schon aufgebrochen. Chara hatte es abgelehnt, sich auf eine Bahre betten zu lassen. Sie hatte sich unverhofft gut gefühlt. Die lange Narbe fühlte sich an, als wäre sie schon mehrere Wochen alt und selbst die Mattheit, die nach einer derartigen Heilung unvermeidbar war, hatte sich in Grenzen gehalten. Sie waren einen Tag lang weiter in den Süden geritten, ohne dass es ihr etwas ausgemacht hatte. Und auch jetzt fühlte sie sich gesund, energiegeladen und fast wie neu.

Ein leises Klackern riss Chara aus ihren Gedanken und ließ sie unvermittelt aufspringen. Die Hand fest um ihren Dolch geschlossen, blickte sie über die im Dunkeln liegende Wüstenlandschaft. Doch nichts bewegte sich.

Die Nacht war schwarz und wie in den beiden Nächten davor mondlos und sternenklar. Doch die Sterne erhellten die Finsternis nicht ein Jota. Dennoch hielt es Chara für eine schlechte Idee, eine Fackel anzuzünden. Die Gegend war gefährlich und obwohl sie nicht wie Thorn konstant eine „dunkle Bedrohung spürte“, war ihr bewusst, dass der Boden, auf dem sie sich nunmehr bewegten, ein unsicheres Terrain darstellte. *Al’Jebal* … Der Name war ihr so vertraut, als wäre er der eines Blutsverwandten und doch wusste sie nichts über diesen Mann. Sie kannte lediglich die unzähligen Gerüchte, die Leute ihres Schlags über ihn verbreiteten.

Wieder vernahm sie ein leises Klackern – diesmal von hinten. Chara ging in die Hocke und horchte in die Finsternis. Doch alles blieb still. Regungslos verharrte sie neben dem Stein und überlegte fieberhaft, woher das Geräusch kommen konnte.

Das eigenartige Klackern ertönte von Neuem. Es klang, als ob kleine Steinchen geworfen wurden. Allerdings war es unwahrscheinlich, dass jemand, der sie überfallen wollte, auf die Idee kam, Steine nach ihnen zu werfen.

Viel wahrscheinlicher war, dass es sich lediglich um ein harmloses Tier handelte. Trotzdem, es wäre leichtfertig, die Sache herunterzuspielen.

Chara schlüpfte leise in Thorns und Telos' Zelt und rüttelte den Priester wach.

„Kann sein, dass wir Besuch kriegen", flüsterte sie knapp, als sich Telos schwerfällig aufrichtete und etwas gereizt in ihr blasses Gesicht sah, das sich im Dunkeln nur schemenhaft abzeichnete.

Neben ihm wachte Thorn schweißgebadet auf und starrte Chara an, als wäre sie eine Erscheinung aus der Unterwelt.

„Wer, was … Wo bin ich?"

„Keine Bange", antwortete Chara, „deine Träume sind nur Träume und jetzt bist du wach. Also mach, dass du in die Gänge kommst!"

Sie robbte zum Zelteingang.

„Und du auch, Priester!"

Als Thorn und Telos mit verschlafenen Gesichtern vor das Zelt traten, stand Chara einige Schritte entfernt und horchte in die Nacht hinein. Im Nebenzelt schnarchte Bargh laut vor sich hin.

„Ich bin völlig entkräftet", murrte Telos und holte seinen Kriegshammer hervor. „Wenn es keinen wirklich guten Grund dafür gibt, dass du uns geweckt hast, dann …"

„Sei still!"

Chara versuchte krampfhaft, irgendeinen Laut auszumachen, doch nichts regte sich.

„Was war denn?", wollte Thorn wissen.

Ihm war höchst unwohl in seiner Haut, zumal der Traum noch wie ein erdrückender Nebel über seinen Gedanken hing. In der Dunkelheit schien etwas zu lauern.

Chara starrte immer noch in die Finsternis.

„Ich habe etwas gehört. Es klang, als würde jemand mit Steinen werfen."

„Wer würde denn dumm genug sein, mit Steinen zu werfen, wenn er uns überfallen will?", grummelte Telos.

„Das habe ich mich auch gefragt – ich habe keine Ahnung! Aber Tatsache ist, dass ich etwas gehört habe, und es hat nun mal geklungen, als ob jemand mit Steinen wirft."

Thorn stiefelte an Chara vorbei und verschwand in der Dunkelheit.

„Was hat er vor?", fragte Telos irritiert.

Chara schwieg und spitzte ihre Ohren, doch Thorns Schritte waren nicht mehr zu hören.

„Also gut. Ich höre nichts und ich denke, du hast dich getäuscht oder es war einfach nur eine Wanze", mutmaßte Telos gereizt. „Aber da ich schon mal auf den Beinen bin, übernehme ich die nächste Wache."

„Meinetwegen", antwortete Chara leise, blieb aber ungerührt stehen und starrte weiter in die Dunkelheit.

„Im Übrigen danke ich dir dafür, dass du mich zurückgeholt hast", sagte sie leise. „Irgendwann werde ich mich dafür erkenntlich zeigen."

„Noch einmal", antwortete Telos gereizt und auf seinem Gesicht zeichnete sich deutlich die Empörung ab, „nicht ich, sondern Agramon hat dein Leben gerettet. Also wenn du dich bei jemandem erkenntlich zeigen willst, dann bei ihm."

Chara schüttelte halb lächelnd den Kopf.

„Es tut mir leid, wenn wir unterschiedliche Ansichten haben. Aber wenn du von mir erwartest, dass ich vor einem Gott, der sich persönlich noch nicht bei mir vorgestellt hat, vor lauter Dankbarkeit auf den Knien rutsche, muss ich dich leider enttäuschen."

„Lassen wir das, Chara", wehrte Telos ab. „Es ist mir zwar ein Rätsel, wie Agramon jemanden wie dich vor dem Tod bewahren konnte, aber irgendetwas an dir muss ihm wohl gefallen, auch wenn ich keine Ahnung habe, worum es sich dabei handeln könnte."

Telos fuhr sich angespannt über seine Stoppelglatze.

„Was hat er bloß vor?", fragte er gereizt.

Ihm war nicht wohl bei dem Gedanken, dass sich einer von ihnen vom Lager entfernte.

„Sich vergewissern, dass kein böser alter Mann da draußen lauert", antwortete Chara trocken. „Ich denke, er wird jeden Moment auftauchen – beruhigt und wohlauf."

Doch Thorn kam nicht. Die Zeit verging und keiner von ihnen konnte damit aufhören, blind in die Dunkelheit zu starren.

„Verdammt noch mal, was soll das?!", fluchte Chara schließlich. „Muss Thorn ausgerechnet mitten in der Nacht einen auf *Waldläufer* machen und Spuren suchen?!"

Telos stiefelte ein paar Schritte in die Dunkelheit.

„Sollen wir ihn suchen gehen?"

„Tolle Idee! Ich kann kaum die Hand vor Augen sehen. Du etwa?"

„Thorn!", schrie Telos unvermittelt und Chara fuhr verärgert auf. „Bist du verrückt?! Wenn da draußen tatsächlich jemand ist …"

„Dann weiß er, dass wir hier sind und spielt ein Spiel mit uns."

„Da hast du recht", gestand sie zu.

„Meine Güte, Thorn!", seufzte Telos erleichtert, als Thorn unvermittelt aus der Dunkelheit getrottet kam.

„Keine Bange, da draußen ist nichts", erklärte er selbstsicher, während er sich seinen Umhang von der Schulter zog.

„Sicher?", fragte Chara wenig überzeugt.

„Ich sage dir, da ist nichts! Du hast dir das Geräusch ganz bestimmt eingebildet."

„Na dann", meinte Chara kühl und stapfte zum Zelt, in welchem Bargh immer noch laut schnarchte. „Wenn uns jemand gefunden hat, dann nur, weil dieser verfluchte Barbar schnarcht wie ein alter Drache!", grummelte sie und schlüpfte ins Zeltinnere, wo sie sich mitsamt der Lederrüstung auf ihr Lager fallen ließ.

Als auch Thorn in sein Zelt gekrochen war, steckte Telos seufzend seinen Kriegshammer weg und setzte sich auf den flachen Stein neben dem Zelt. Er verschränkte die Arme vor der Brust und schloss seine Augen. Chara hatte sich getäuscht – da war nichts. Doch nach allem, was sie durchgemacht hatten, konnte man es ihr nicht verübeln, wenn sie die Nerven verlor.

Schließlich verfiel Telos in ein meditatives Gebet, wobei er sein Kinn auf seine Brust sinken ließ und seine linke Faust mit seiner rechten Hand umschloss. Um ihn herum lag die Wüste still und schwarz. Nichts regte sich.

„Bei Agramon …!“, schreckte Telos hoch und sprang auf die Beine.

Irgendjemand hatte einen Stein nach ihm geworfen, der schmerzhaft gegen seine Stirn geprallt war. Aufgebracht stierte er in die Wüste. Wer wagte es, einen Oberpriester derart brüsk aus seinem Gebet zu reißen?!

„Gebt Euch zu erkennen, Elender!“, rief er, während seine Augen hektisch die Finsternis durchforsteten.

„Feigheit dulde ich nicht! Ich bin ein Oberpriester Agramons!“

Ein leises Rasseln ertönte und Telos spürte, wie sich die feinen Härchen in seinem Nacken aufrichteten. Der Laut war kein menschlicher, er klang wie der rasselnde Atem eines Raubtiers. Telos holte tief Luft und versuchte in seine Stimme so viel Selbstsicherheit wie möglich zu legen: „Zeigt Euch!“

Es folgte ein hohles Gurgeln, das annähernd wie Gelächter klang. Die Stimmen waren heiser und tief und Telos kam der unangenehme Gedanke, dass etwas völlig Unbekanntes dort draußen lauerte.

„Thorn!“

Seine Stimme schnitt sich durch die Stille wie eine geschliffene Sichel durch Gras.

„Wacht auf, alle!“

Hinter ihm begann sich langsam etwas zu regen. *Macht schon!*, dachte Telos verbissen, *macht, dass ihr auf die Beine kommt!* Noch bevor Thorn einen Fuß aus dem Zelt strecken konnte, stand Chara an Telos Seite. In ihrer Hand hielt sie die magische Zweililie.

„Was ist?“, flüsterte sie und blickte sich alarmiert um.

„Wo ist Bargh?“, wollte Telos wissen.

„Kommt gleich“, antwortete sie beunruhigt. „Nun sag schon!“

Ein leises, hohles Knurren ertönte und wurde langsam lauter und eindringlicher.

Charas Augen glitten in alle Richtungen.

„Was war das?!“, fragte sie und ihre Stimme wirkte belegt.

Das Knurren ging in ein Scheppern wie von aneinanderschlagendem Metall über und wieder sträubten sich Telos' Nackenhaare.

„Was bei Agramon ist das?“

In diesem Moment kam Bargh, sein Kriegsbeil hinter sich herschleifend, aus dem Zelt gekrochen.

„Bereit, wenn ihr mich braucht!“, brabbelte er noch halb im Schlaf.

Thorn hatte sein Schwert fest im Griff, als er zu Chara und Telos trat.

„Also doch kein falscher Alarm“, begann er heiser.

Chara warf ihm einen eindeutigen Blick zu, woraufhin Thorn entschuldigend die Schultern hob. Dann kniff er die Augen zusammen, um in der Finsternis etwas erkennen zu können, doch auch er sah nichts, abgesehen von den dunklen Umrissen vereinzelter Steine im Sand.

„Wer ist da?!“, rief er mit harscher Stimme.

„*Wak sedan eleq udun!*“, kam es grollend zurück und Thorn wurde so bang zumute wie kurz zuvor Telos.

Und dann schälten sich Gestalten aus der schwarzen Nacht und augenblicklich wurde Telos klar, dass er sich gewaltig verschätzt hatte. Zwanzig Schatten huschten auf sie zu – etwa so groß wie Menschen, aber schneller, als ein Mensch laufen konnte, und obwohl auf zwei Beinen, so doch in einer Art sich fortzubewegen, die unmenschlich war.

Beim Anblick der nahenden Kreaturen wurde Bargh urplötzlich hellwach. Er umfasste sein Kriegsbeil mit beiden Händen und schritt den huschenden Schatten ohne Zaudern entgegen. Chara wollte hinter ihm her, doch Telos packte sie an der Schulter und hielt sie zurück: „Vergiss nicht, was deine Waffe anrichtet, wenn du sie einsetzt, um zu töten!“

Chara versetzte ihm einen raschen, durchdringenden Blick.

Dann schüttelte sie seine Hand ab und folgte Bargh.

„Bleib hinter dem Barbaren!“, rief Telos ihr nach.

Er wusste nicht, ob sie ihn gehört hatte, aber er hoffte, dass sie sich noch an Barghs Raserei beim Angriff der *Targar* erinnerte.

„Also los!“, wandte er sich an Thorn, der schweigend nickte und sich vorsorglich seine Haare im Nacken zusammenband.

Kleine, blassgrüne Augen blitzten in der Dunkelheit auf, begleitet vom Klang rasselnden Atems, dem Klirren von Kettenhemden und aneinanderschlagendem Metall. Die Kreaturen waren wie Menschen bewaffnet. Telos erkannte Krummsäbel, Kurzschwerter, primitive Morgensterne und Kriegskolben. Sie wurden langsamer und schlurften in leicht gebückter Haltung auf den Vallander zu, der angesichts der wuchtigen Körper zögernd stehen blieb.

Nun wurden auch ihre Gesichter erkennbar. Etwas Hässlicheres hatte Telos noch nicht gesehen und als er Thorn einen Seitenblick zuwarf, stellte er fest, dass dieser ebenso entsetzt war.

Unterdessen blickte Bargh nicht minder erschrocken auf die herannahenden Gegner. Mit einem unsicheren Blick über die Schulter vergewisserte er sich, ob die anderen ihm folgten, und als die abartigen Kreaturen direkt auf ihn zuhielten, machte er einen zaudernden Schritt zurück.

Die kleinen, schweinsähnlichen Äuglein, die in tiefen Höhlen saßen, starrten ihn unerschrocken an. Eine runzlige, grünlich-grau schimmernde Haut spannte sich wie spröde gewordenes Leder über hohle Wangenknochen. Ihre Nasen sahen so aus, als hätte man sie mit der Faust nach innen geschlagen und lediglich die beiden deformierten Löcher bezeugten, dass sie so etwas wie ein Riechorgan besaßen. Ein absonderliches Aroma nach feuchtem Keller, toter Ratte und vergorenen Früchten stieg Bargh in die Nase. Er würgte und stolperte fast beim Versuch, noch weiter zurückzuweichen.

Als er bei Chara war, griff er nach ihrem Arm und zog sie mit sich. Chara blickte ihm verblüfft in seine vor Entsetzen geweiteten Augen.

Der Barbar hatte Angst! Zum ersten Mal hatte Bargh Angst vor irgendetwas!

Kurz entschlossen drehte sie sich zu Thorn und Telos um.

„Stellt euch mit dem Rücken zum Zelt!“, rief sie, während sie Barghs Finger, die sich schmerzhaft in ihren Arm gekrallt hatten, gewaltsam öffnete. „Sie dürfen uns nicht einkreisen!“

Thorn und Telos blickten Chara an, als hätte sie den Verstand verloren. Seit wann hatte Chara einen Sinn für Kampftaktik?

„Sie hat recht“, knurrte Telos und positionierte sich unverzüglich vor seinem Zelt.

Thorn folgte ihm und machte dann Chara Platz, die sich in einem respektvollen Abstand neben ihn stellte und mit beiden Händen ihre Zweililie umfasste. Bargh hielt wenige Schritte vor ihnen inne und starrte wie gebannt den schleichenden Schatten entgegen.

Die gebückten Gestalten näherten sich langsam dem Lager, wobei immer wieder ein leises Rasseln aus ihren Reihen ertönte. Telos fand den widerwärtigen Klang nervenaufreibend und als die leuchtend grünen Augen bösartig aufblitzten, überfiel ihn der entmutigende Gedanke, dass diese Kreaturen in der Dunkelheit besser sahen als ein Mensch.

Vor ihm ließ Bargh ein sonderbares Grunzen hören, das selbst den unmenschlichen Geräuschen der nahenden Angreifer Konkurrenz machte. Dann hob er sein Kriegsbeil und fiel wie ein wildgewordener Bulle über sie her. Mit einem ohrenbetäubenden Brüllen ließ er seine Axt auf die ersten drei Kreaturen niedergehen, die sich ihm in den Weg stellten, und riss mit einem einzigen Hieb zwei von ihnen nieder. Blut spritzte über ihre hässlichen Gesichter und über Bargh, der ohne mit der Wimper zu zucken erneut zuschlug.

Mit bestialischem Kriegsgeschrei griffen die Wesen Bargh an. Gleich vier auf einmal stürzten sich auf ihn und versuchten, ihn mit ihren Klingen, Zähnen und klauenähnlichen Händen zu zerfetzen, doch sie kamen nicht dazu. Bargh wütete derart, dass nur einer nahe genug an ihn herankam, nur um im nächsten Augenblick tot in sich zusammenzusacken.

Grölend und grunzend stürmte die restliche Meute auf Telos, Thorn und Chara zu und Thorn befürchtete, er würde in der Dunkelheit keinen von ihnen treffen.

Ein brennender Schmerz in seiner Schulter bewies, dass seine Sorge berechtigt war. Eine der Kreaturen war ganz plötzlich vor ihm aufgetaucht – er hatte nichts davon mitbekommen. Nun zog sich über seine Schulter ein blutiger Schnitt. Ohne seine Augen von den restlichen Schatten zu lassen, stieß Thorn in Richtung des ihn bedrängenden Angreifers und hörte kurz darauf ein gurgelndes Gelächter und einen dumpfen, schweren Aufschlag. Von der Klinge seines Schwertes tropfte Blut. Thorn verfluchte die Finsternis. Sie waren eindeutig im Nachteil. Diese Bestien sahen im Dunkeln ebenso gut wie sie bei Tag.

„Verdammt, Mann, ich kann überhaupt nichts erkennen!“, hörte er Telos neben sich fluchen.

Der Priester ließ seinen Hammer gerade nach vorn sausen. Zuerst hörte man ein leises Knacken, dann klirrte es und zwei dunkle Schatten wichen gurgelnd zurück. Neben ihm ließ Chara die zwei Schaftenden ihrer Zweililie mit einem knappen Drehen ihres Oberkörpers gezielt vor- und zurückschnellen und wehrte so zwei weitere Angriffe ab, ohne dabei die Klingen ihrer Waffe zum Einsatz zu bringen.

Ein gepresster Laut ertönte. Telos schrie vor Schmerzen auf und Thorn sah, wie er sich eine Hand auf den Oberschenkel presste. Doch dann ließ Telos seinen Kriegshammer in mehreren kurzen Schlägen niedergehen. Zwei Angreifer fielen zu Boden, zwei weitere stiegen über die toten Körper hinweg und versuchten, mit ihren Morgensternen Telos' Kopf zu zerschmettern.

Bevor die mörderischen, mit spitzen Metalldornen versehenen Kugeln auftrafen, hatte Telos beiden die Schädel eingeschlagen.

Unaufhörlich überdeckte das Brüllen des Barbaren den Lärm der auf Schilde schlagenden Waffen und das rasselnde Gurgeln der herankeuchenden Meute. Soweit man es erkennen konnte, hielt Bargh sich seine Angreifer fast mühelos vom Leib. Thorn konnte sich, trotz seiner Abscheu gegenüber Barghs Waffe, einen bewundernden Blick nicht verkneifen. Der Krieger war wie ein gepanzerter Schild. Er war von unschätzbarem Wert für sie alle. Ohne Bargh würden sie jetzt um einiges blasser aussehen. Doch mit ihm hatten sie zumindest eine geringe Chance! Und glücklicherweise schienen die Kreaturen nicht die geschicktesten Kämpfer zu sein. Trotz ihrer Überzahl gab es etwas Hoffnung.

Von links drang ein Würgen zu ihm durch. Thorn blickte über seine Schulter und sah, wie sich Chara ihre Hand auf den Hals presste. Unmittelbar vor ihr stürzte eine der Kreaturen mit aufgeschlitzter Kehle zu Boden. Zwischen Charas Fingern quoll Blut hervor.

„Dein Tuch!“, presste sie zwischen zusammengebissenen Zähnen hervor und streckte ihre Hand nach Thorn aus.

Thorn riss sich das weiße Tuch vom Hals. Chara nahm es, presste es mit der einen Hand auf den Schnitt, der sich über ihren Hals zog, und band es mit der anderen in ihrem Nacken so fest zusammen, dass sie gerade noch Luft bekam.

„Danke!“, stöhnte sie und bückte sich nach ihrer Zweililie.

„Willst du etwa weiterkämpfen?“, fragte Thorn fassungslos und wehrte im letzten Moment einen unbeholfenen Schlag eines Angreifers ab, der mit seinem Krummsäbel direkt zwischen seine Augen zielte.

Thorns Gegenschlag brachte den Angreifer zu Fall. Eine plötzliche Verzweiflung packte ihn. Sie waren zu wenige! Hektisch wehrte er die nächsten Angriffe ab, während er Chara neben sich stoßweise atmen hörte. Offenbar hatte sie sich einen so festen Druckverband gemacht, dass sie kaum Luft bekam. Aber anstatt aufzugeben und sich hinter ihm und Telos in Sicherheit zu bringen, kämpfte sie mit eiserner Entschlossenheit weiter.

Die Zeit verstrich und Thorn hatte das Gefühl, er würde wie eine Puppe an Fäden tanzen und geistlos einen Angriff nach dem anderen abwehren. Er versuchte nicht daran zu denken, wie viel Blut Chara verlor, weil keiner die Zeit hatte, ihre Wunde ordentlich zu verarzten oder wie tief Telos’ Verletzung war. Wie in Trance kämpfte er weiter und hoffte auf ein Wunder. Neben sich hörte er den Priester schnaufen und stöhnen, und wenige Schritte vor ihnen wütete unermüdlich der Barbar. Es stand außer Frage: Sollten sie die Nacht überleben, dann nur, weil Bargh mit seinem magischen Kriegsbeil einen unbesiegbaren Gegner darstellte. Und Chara hatte sich wieder einmal durch die Klinge ihrer eigenen Waffe verletzt und sie wollte wie Bargh einfach kein Wort davon hören. Ihre Besessenheit war zweifelsohne eine Begleiterscheinung der Magie, die an die Waffen gebunden war.

Thorns Muskeln brannten und als er schon dachte, die Nacht würde kein Ende nehmen und sie zwingen, bis zum Umfallen zu kämpfen, erwachte der Morgen und mit ihm das fahle Licht der Dämmerung, das einen Funken Hoffnung auf Rettung in sich trug.

Und endlich kam das Zeichen, auf das er so sehnsüchtig gewartet hatte.

„Sie verschwinden!“, hörte er Telos rufen und allmählich wurde ihm bewusst, dass keine der Kreaturen sie mehr angriff.

Als er sich umsah, blieb sein Blick an Bargh hängen, der sein Beil in den Himmel stieß und den letzten fünf Gestalten ein lautes Brüllen hinterherschickte. Stöhnend ließ sich Thorn in den Sand fallen und warf sein Schwert von sich.

„Bei den Göttern – ich dachte schon, das nimmt kein Ende mehr!“

Telos nickte und ließ seinen Hammer in den Sand fallen.

„Danke gleichfalls.“

Thorn beobachtete Chara, die sich das blutdurchtränkte Tuch vom Hals zog und danach die Wunde ordentlich verband.

„Wieder die magische Waffe“, sagte er eindringlich, doch Chara tat, als hätte sie nichts gehört.

„Ist nur ein Kratzer“, meinte sie, während Telos daran ging, den Schnitt in seinem Oberschenkel zu verbinden. Chara schnappte ihre Zweililie und verschwand im Zelt.

Unterdessen gesellte sich Bargh wankend zu Telos und Thorn. Es war nicht zu übersehen, dass er sich völlig verausgabt hatte – zu ihrem Glück. Anstatt über sie herzufallen, wie nach dem Kampf gegen die *Targar*, sank er unmittelbar vor ihnen auf die Knie, fiel kopfüber in den Sand und fing an, laut zu schnarchen.

„Den Göttern sei Dank – ich hätte nicht die Kraft gehabt, auch noch gegen Bargh zu kämpfen“, bekannte Thorn und bückte sich, um ihm das Kriegsbeil aus seiner schlaffen Hand zu ziehen.

„Ich denke, wir lassen ihn liegen, bis wir zusammengepackt haben und bereit sind aufzubrechen."

„Ist wohl das Beste", bestätigte Telos, zog seinen Rucksack heran und ließ das Verbandszeug darin verschwinden.

Nachdem sie ihre Ausrüstung zusammengepackt hatten, ging Telos neben einer der toten Kreaturen in die Hocke und begutachtete mit kritischem Blick den blutigen Körper.

„Was bei Agramon ist das?", fragte er leise und rümpfte bei dem seltsamen Gestank, der von dem Leichnam ausging, angewidert die Nase.

„Orks", antwortete Thorn mechanisch, als er die Leiche gedankenverloren musterte. „Denke ich jedenfalls. Ich habe noch nie welche gesehen. Aber nach allem, was ich über sie weiß …"

Er nickte in Richtung des südlichen Gebirgsstreifens.

„Soweit ich weiß, befinden wir uns mittlerweile in Al'Jebals Gebiet", fuhr er fort. „Das sind seine Handlanger – seine ekelhafte Waffe. Das sind Orks, ganz bestimmt! Und offensichtlich wurden sie vom *Alten* geschickt, um uns fertig zu machen. Al'Jebal weiß, dass wir hier sind."

Telos warf Thorn einen skeptischen Blick zu. Irgendetwas gefiel ihm nicht an dem Waldläufer. In seiner Mimik fand sich eine skurrile Mischung aus Angst und Besessenheit.

Konnte er sich darauf verlassen, dass das, was Thorn behauptete, ein objektives Urteil war? Er bezweifelte es, obwohl Thorn in Bezug auf die Kreaturen recht haben konnte. Was Telos nicht gefiel, war Thorns Fokus auf diesen Dunkelmagier.

„Sehen wir zu, dass wir hier wegkommen", versuchte Telos Thorn abzulenken. „Wir sollten keine Zeit mehr verlieren."

„Da bin ich ganz deiner Meinung!", stimmte Chara zu, die gerade mit ihrem Rucksack aus dem Zelt kam.

„Ich sage euch das jetzt zum letzten Mal – eure Waffen sind ein unkontrollierbares Risiko!"

Thorn schüttelte so energisch den Kopf, dass sich das Lederband aus seinen Haaren löste und auf seine Schulter fiel.

„Dass ihr so verdammt halsstarrig sein könnt! Ich meine, das kann doch nicht sein! Ihr habt doch mitbekommen, was passiert ist, Bargh …"

Er lenkte sein Pferd zwischen Bargh und Chara.

„Du bist mit dem Kriegsbeil auf mich losgegangen!"

Bargh wandte sich zu Telos um, der schräg hinter ihm ritt. Telos nickte ernst, woraufhin Bargh sich wieder umdrehte und ein zerknirschtes Gesicht zog.

Thorn setzte unbarmherzig nach: „Du hättest mich fast umgebracht! Und wenn du jetzt nicht auf mich hörst, tötest du womöglich noch uns alle!"

„Bist du endlich fertig?", rief Chara. „Du neigst zu maßlosen Übertreibungen!"

„Chara! Meine Güte, du warst dabei, als Bargh mich angegriffen hat! Wie kannst du jetzt daran zweifeln, dass die Waffen gefährlich sind?!"

„Entspann dich, Thorn! Nicht die Waffe, Bargh ist gefährlich. Außerdem verstehe ich nicht, was du gegen Barghs Kriegsbeil hast! Hast du nicht mitbekommen, wie er damit kämpft? Wenn Bargh nicht gewesen wäre, wären wir wahrscheinlich gar nicht mehr am Leben. Also, falls er uns, wie du befürchtest, tatsächlich tötet, dann hat er die Gelegenheit nur, weil er uns zuvor gerettet hat. Wenn du mich fragst, gleicht sich das aus. Sollte es tatsächlich so kommen, wie du es prophezeist, was ich bezweifle, kannst du es ihm demnach nicht zum Vorwurf machen."

Thorn starrte Chara sprachlos an.

„Ein Ausgleich? Bist du verrückt geworden?!"

Sein Blick wechselte zwischen Chara und Bargh. Die beiden hatten keine Angst – zumindest sah man ihnen nichts dergleichen an. Sie wollten nur eines: das Zepter, zumindest traf dies auf Chara zu, auch wenn ihm schleierhaft war, welches Interesse die Söldnerin daran hatte.

Thorn wollte das verfluchte Zepter auch, doch mehr als das wollte er endlich Al'Jebal in die Finger bekommen. Und immer noch spürte er die leise Ahnung, dass dort im Gebirge Antworten warteten. Wer war Al'Jebal? War er tatsächlich das, wofür die Welt ihn hielt – ein Überbleibsel aus der Chaoszeit? Und wieso bekämpfte er Testaceus? Gerade wollte Thorn Chara ein für alle Mal seine Meinung klarmachen, da kam ein bestürztes *Agramon steh uns bei!* von Telos Lippen.

Als sich die anderen zu ihm umdrehten, zeigte er nach vorne. Ein dunkler Fleck näherte sich langsam von Südwesten. Er war noch weit entfernt und doch konnte man unschwer erkennen, dass die Zahl der nahenden Gestalten beängstigend war.

„Orks!", rief Thorn.

„Wie willst du das wissen?", grummelte Telos. „Das kann wer weiß was sein!"

Thorn warf ihm einen müden Blick zu.

„Wer soll uns in dieser Gegend sonst angreifen?"

„Banditen, die wahrscheinlichste aller Möglichkeiten eben."

„Sie wollen ihr Werk von letzter Nacht zu Ende bringen, Telos."

„Also gut", fuhr er betont distanziert fort, während er sich die Haare mit dem Lederband im Nacken zusammenband, „da ihr ohnehin nicht auf mich hört, bin ich dafür, dass wir Bargh vorauskämpfen lassen. Wir sind zwar alle fix und fertig, aber so haben wir vielleicht trotzdem eine Chance. Der Rest von uns kämpft Rücken an Rücken. So können wir zumindest verhindern, dass sie jeden Einzelnen von uns einkreisen. Chara kann meinetwegen sich selbst verstümmeln. Wenn sie denkt, sie muss unbedingt mit der Zweililie kämpfen, ist das ihr Problem!"

Beschämt stellte er fest, dass er von Chara sprach, als wäre sie gar nicht anwesend, doch sein Gesicht blieb unverändert hart. Er hatte im Augenblick keine Zeit dafür, umgänglich zu sein.

„Schaden kannst uns nur du, Bargh", wandte er sich an den Vallander. „Darum wirst du in einem sicheren Abstand zu uns kämpfen, hast du mich verstanden?"

Bargh nickte, aber seine Augen funkelten zornig.

Thorn atmete tief durch und blickte auf die nahenden Angreifer, während er darüber nachgrübelte, wie sie wohl dieses Mal davonkommen sollten.

Die Gruppe kam rasch näher.

„Orks!", wiederholte Thorn, als kein Zweifel mehr bestand.

Jetzt war es unübersehbar, dass sich die Kreaturen tatsächlich schneller bewegten als Menschen, auch wenn man es ihnen auf den ersten Blick nicht zutraute. Ihre wuchtigen Körper schienen sie nicht zu behindern.

Telos starrte mit einer Mischung aus Zorn und Angst auf die unmittelbare Bedrohung.

„Meine Güte, das sind bei Weitem mehr als gestern Nacht!“

Thorn nickte verbissen und glitt vom Rücken seines Pferdes.

„Da hat irgendjemand etwas dagegen, dass wir Zeit haben, wieder zu Kräften zu kommen, und offensichtlich hat er ein starkes Interesse daran, uns ein für alle Mal zu erledigen.“

Telos warf Thorn einen argwöhnischen Blick zu. Doch er hielt sich mit seiner Meinung zurück und stieg ebenfalls ab. Bargh stiefelte bereits den Orks entgegen, während Chara ihre Zweililie vom Rücken band und sich wortlos zu Thorn und Telos stellte.

„Kämpf mit einer anderen Waffe“, versuchte es Telos ein letztes Mal. „Ich werde Agramon nicht noch einmal um dein Leben bitten!“

Doch Chara ignorierte ihn, ließ ihre Kapuze in den Nacken gleiten, sodass ihr wirres, schwarzes Haar zum Vorschein kam, schloss beide Hände um ihre Waffe und baute sich neben Telos und Thorn auf. Dann blickte sie gen Südwesten.

Es waren mindestens vierzig Orks, die sich jetzt auf Bargh zubewegten, und ihr Anblick war ganz und gar entmutigend. Mit erhobenen Äxten, Krummsäbeln und Morgensternen näherten sie sich dem Vallander, der diesmal nicht vor ihnen zurückwich.

Thorn musste schlucken. Er stand mit Telos und Chara Schulter an Schulter und erwartete den Angriff der Orks. Acht von ihnen gingen mit ihren Waffen auf Bargh los, der sie mit ohrenbetäubendem Kampfgebrüll empfing. Die restlichen Orks teilten sich und umfluteten Bargh wie tosende Wellen einen Fels in der Brandung. Mit gebleckten Zähnen, die ihnen den Anschein grinsender Monster verliehen, stürmten sie auf Telos, Chara und Thorn zu. Als die ersten Angreifer auf sie prallten, schlossen die Drei ihren Kreis, sodass sie Rücken an Rücken standen. In einer einzigen, einheitlichen Bewegung rissen sie ihre Waffen hoch und wehrten die ersten Schläge ab.

Thorn fühlte plötzlich, wie ihm die gemeinsame Kraft, mit der sie ihren Angreifern entgegentraten, Mut machte. Die unterschiedliche Art und Weise, wie Chara, der Priester und er kämpften, ihre völlig verschiedenen Techniken, sie schienen plötzlich ineinanderzugreifen. Die Schwächen der einen Waffe wurden durch die Stärken der anderen ausgeglichen. Charas starker Körper, der mit ihrer Waffe zu verschmelzen schien, und der Priester, der seinen Hammer mit einer Kraft führte, die man dem schmächtigen Mann nie zugetraut hätte, waren so verschieden von der gedrillten Gleichförmigkeit der valianischen Legionen. Thorn fühlte eine Verbundenheit wie schon seit langem nicht mehr. Nicht mehr seit damals, vor Kitayschas Tod. Die Einheit in ihren gemeinsamen Bewegungen riss ihn förmlich mit. Mühelos führte er sein Schwert, spürte, wie die anderen beiden auf jede seiner Bewegungen instinktiv reagierten und er selbst jede ihrer Handlungen mitmachte. Als hätte jemand die Zeit verlangsamt, sah er rings um sie herum einen Ork nach dem anderen blutend zu Boden stürzen. Kaum einer schien tatsächlich eine Bedrohung darzustellen. Wie ein steinernes Mühlrad drehten sie sich Stück für Stück im Kreis und töteten, was immer sich ihnen näherte.

Nur Chara tötete keinen der Angreifer – sie achtete penibelst darauf, die Angriffe der Orks nur abzuwehren, sie aber nicht mit den scharfen Enden ihrer Waffe ernsthaft zu verletzen. Instinktiv schien sie die Klingen ihrer Zweililie von ihren Angreifern fernzuhalten. Stattdessen schlug sie mit dem Schaft derartig brutal zu, dass so mancher Ork seine Zähne im Sand zurückließ. Geschickt schob sie ihre Gegner Telos und Thorn zu, die ihnen anschließend den endgültigen Todesstoß verpassten.

Sie waren eins. So kämpften sie, so schienen sie zu denken und so empfand es Thorn mit jeder Faser seines Körpers. Seine Gedanken verflüssigten sich, während er sein Schwert führte, als wäre es sein rechter Arm. Dankbarkeit überflutete ihn. Zwei Menschen standen hinter ihm und das nicht nur im wortwörtlichen Sinne. Sie kämpften an seiner Seite, sie hielten ihm den Rücken frei und er tat es umgekehrt genauso.

Telos und Chara, beide sorgten jetzt dafür, dass ihm der Feind nichts anhaben konnte. Plötzlich bereute Thorn jeden einzelnen seiner Vorwürfe, jedes Wort, das er im Zorn gesprochen hatte und all die unsinnigen Streitereien. Er vergaß sogar Charas beängstigendes Verhalten, als sie ihn mit dem Dolch bedroht hatte. Das Gefühl, das ihre und Telos' Nähe hervorrief, betäubte wie eine Droge alle hässlichen Gedanken. Und mit ihnen verschwand das bedrohliche Traumbild seines eigenen, vom Schatten befallenen Spiegelbilds, welches ihn in der Nacht zuvor heimgesucht hatte. Er war wieder Lichtgestalt, er war der Waldläufer Thorn Gandir.

Und dann wurden sie getrennt. Einer der Orks ließ die gewaltige Kugel seines Morgensterns zwischen ihnen niedergehen und sie waren gezwungen auszuweichen. In wenigen Augenblicken war jeder Einzelne von ihnen umzingelt und auf sich gestellt. Während Bargh fast ohne besonderen Aufwand die Meute von sich fernhalten konnte, begann für Thorn, Chara und Telos der unerbittliche Kampf um ihr Leben.

Wie ein plötzlich aufziehendes Gewitter stürzte panische Angst über Thorn herein. Obwohl er sich mit all seinen Sinnen auf den Kampf konzentrierte und seine Gegner vorerst in Schach halten konnte, wusste er, dass die Erschöpfung ihn bald in die Knie zwingen würde – und noch vor ihm den Priester. Telos wankte bereits bedenklich und konnte seinen Hammer nur noch unter größter Willensanstrengung heben. Thorn kämpfte verbissen weiter. Auch dann noch, als jeder Muskel in seinem Körper brannte und der Schweiß in Strömen an ihm hinunterlief.

Aus dem Augenwinkel sah er, wie die Orks, die sich um Chara kümmerten, ihre Waffen sinken ließen und höhnisch grinsten. Sie hatten lange gebraucht, doch nun hatten selbst sie erkannt, dass Chara sie nicht ernsthaft angriff.

Chara nutzte ihrerseits die kurze Unterbrechung, um sich ihres schweren Ledermantels zu entledigen. Als sie ihre schmerzenden Arme streckte, traten ihre Muskeln hervor. Auf ihrer hellen Haut glänzten Schweißperlen und Strähnen ihres kohlschwarzen Haares klebten an ihren nassen Wangen.

„Wirf die Zweililie weg!“, schrie Thorn beherzt und hoffte, dass sie seinen Rat befolgte. „Nimm eine andere Waffe – mach sie fertig!“ Doch seine Worte gingen in einem markerschütternden Hornstoß eines Orks unter.

Einen kurzen Augenblick war Thorn abgelenkt.

Im selben Moment spürte er, wie sich die Klinge eines Krummsäbels schmerzhaft in seinen Oberarm schnitt und seine Aufmerksamkeit kehrte zu seinen Angreifern zurück. Mit einem zornerfüllten Schrei trieb er sein Schwert in das hässliche Gesicht vor ihm, woraufhin der Ork knurrend und sabbernd zusammensackte.

„Thorn!“, drang Telos’ aufgebrachte Stimme zu ihm. „Reiter – dort!“

Thorn hatte keine Gelegenheit, in Telos’ Richtung zu blicken. Mit knirschenden Zähnen kämpfte er weiter, hoffte aber aus ganzem Herzen, dass der Priester keinem Trugbild erlag. Die *Talan*, vielleicht würden sie sie ein weiteres Mal retten! Thorn hoffte aus ganzem Herzen, dass es so war.

Dann hörte er ein Wiehern und atmete erleichtert aus – der Priester hatte recht gehabt!

Jetzt konnte auch Thorn die Reiter erkennen, die in gestrecktem Galopp auf sie zuhielten. Sie trugen Kettenrüstungen. Thorn wusste es, weil das Sonnenlicht von den Metallringen reflektiert wurde. Die *Talan* konnten es demnach nicht sein. Wer dann? War es denn möglich, dass Testaceus ihnen Verstärkung schickte?

Die Reiter preschten zwischen den Orks hindurch und teilten sich. Der vorderste der Männer hielt auf Bargh zu, doch bevor er in den Kampf eingreifen konnte, wirbelte Bargh zu ihm herum. Völlig im Blutrausch holte er mit seiner Axt aus und schnitt dem Pferd beide Vorderbeine unter dem Körper weg.

„Bargh, neiiin!“, schrie Telos verzweifelt.

Doch es war zu spät.

Der Reiter konnte nicht mehr verhindern, dass das tödlich verletzte Tier zusammenbrach und sich hilflos blutend im Sand wälzte. Doch bevor ihn Bargh angreifen konnte, war ein zweiter Reiter an Ort und Stelle und schlug Bargh mit dem Griff seines Schwertes gezielt auf den Hinterkopf. Offensichtlich wusste der Mann, was er tat, denn Bargh stürzte im nächsten Augenblick bewusstlos zu Boden und war endgültig außer Gefecht gesetzt.

Und dann passierten mehrere Dinge gleichzeitig. Einer der Reiter trabte auf Chara zu, ein anderer auf Telos – beide waren noch immer in einen Kampf mit den Orks verstrickt.

Thorn beobachtete verwirrt, wie die Orks zur Seite wichen und den Mann passieren ließen. Zuerst dachte er, dass sie fliehen wollten, doch zu seiner Bestürzung blieben sie ungerührt stehen. Benommen verfolgte Thorn, wie Telos dem Mann fragend entgegenblickte und dann genauso wie Bargh bewusstlos geschlagen wurde. Kurz darauf sackte Chara zu Boden. Erst danach registrierte er, dass auch die Orks um ihn herum längst aufgehört hatten, ihn anzugreifen und stattdessen reglos dastanden, als würden sie auf etwas warten.

Als Thorn über ihre Köpfe hinwegsah, erblickte er eine Gestalt zu Pferd. Sie war völlig in Schwarz gekleidet. Ihr Gesicht war in ein schwarzes Tuch gehüllt, sodass lediglich ihre Augen sichtbar waren. Ohne Hast glitt sie vom Pferderücken und landete geräuschlos im Sand. Dann kam sie mit geschmeidigen Schritten auf ihn zu.

Thorn atmete zitternd ein. Er nahm den Dolch wahr, der an der Hüfte der Gestalt hing und dessen metallbeschlagener Griff im Sonnenlicht blitzte. Seine Augen wanderten aufwärts, vom Gürtel zu dem verhüllten Gesicht. Einen kurzen Moment lang kreuzten sich ihre Blicke. Dann trat die Gestalt vor ihn hin und Thorn wurde schwarz vor Augen.

Gefangen

„Ich habe Angst!“

„Vor der Dunkelheit? Dann bist du ein Kind – nicht mehr!

Licht und Dunkelheit – das eine ist ohne das andere wirkungslos – das eine ohne das andere ist Nichts. Du weißt, wie sich das Nichts anfühlt ...“

Thorn schreckte jäh aus dem Schlaf und presste die Hände gegen seine Schläfen. Eine Flut eiskalter Angst brach über ihn herein und in seinem Kopf tobte ein hämmernder Schmerz.

Es war stockdunkel. Thorn war umschlossen von einer Finsternis, die so schwarz war, dass er sich nicht sicher war, ob er die Augen offen oder geschlossen hatte. Es war so dunkel, dass es ihm das Gespür dafür raubte, ob er überhaupt da war oder ob er sich in irgendeinem entrückten Zustand befand und sein Dasein nur fantasierte. Die Schwärze veränderte sich nicht, egal ob er seine Augen öffnete oder schloss. Tat er es überhaupt? Bewegten sich seine Augenlider oder träumte er das nur?

Doch dann spürte er kaltes Metall um seine Handgelenke und stellte bestürzt fest, dass er an beiden Armen angekettet war. Wo war er? War er wach? Schlief er?

Irgendwo zwischen Wirklichkeit und Traum, Wachzustand und Schlaf taumelte er hilflos dem Nichts entgegen. Wohin sollte er schauen? Woran sich festhalten?

Wo werden wir sein? Die Frage folgte unmittelbar auf den Traum, aus dem er erwacht war, und verschärfte das schmerzhafte Pochen hinter seinen Schläfen – den einzig fassbaren Hinweis darauf, dass er überhaupt existierte. *Wo werden wir sein? Wo werden wir sein?*

Thorn musste würgen. Er kannte diesen Schmerz. Es war der gleiche, der ihn damals am Isola-Pass heimgesucht hatte, nachdem Chara ihn bewusstlos geschlagen hatte. *Wo werden wir sein?* Die Frage ließ ihn nicht los und die Angst in seinem Herzen ließ sich nicht abschütteln. Er kannte die Antwort, doch die Antwort sagte ihm nichts. Sie lag nur schwer und unverwüstlich auf seiner Seele und verschärfte die Panik, die seinen Verstand zu verwirren drohte.

Allmählich realisierte er, dass es kalt und feucht um ihn herum war. Langsam spürte er nicht nur die harten Metallringe an seinen Handgelenken und das Hämmern in seinem Kopf, sondern auch die raue Oberfläche von Stein unter seinen nackten Füßen. Thorn fröstelte. Er drückte sich so eng wie möglich an die schroffe Wand, an der er lehnte, und zog seine Beine dicht an seinen Körper.

Wo werden wir sein?

Wo war er jetzt? Er konnte sich nur schemenhaft daran erinnern, wie die Reitertruppe in ihren heftigen Kampf gegen die Orks eingegriffen hatte. Wenn er sich richtig entsann, hatte man ihn bewusstlos geschlagen. Man hatte sie einfach überfallen und mitgenommen. Aber wo hatte man sie hingebracht?

Wo werden wir sein?

Die Antwort auf die Frage war simpel und erschreckend zugleich. Thorn wollte nicht enden wie sein Spiegelbild aus den Träumen! Die Antwort versprach Dunkelheit und Kälte – die Antwort kündigte die Geburt eines Waldläufers an, der Hand in Hand mit dem Chaos kämpfte – *Wo ich jetzt bin.*

„Was?“

Telos’ Stimme drang aus der Dunkelheit und Thorn wurde bewusst, dass er den letzten Satz laut ausgesprochen hatte. Endlich, endlich keimte ein Funke Leben auf und verdrängte das Nichts, das ihn umgab. Unter qualvollen Schmerzen öffnete er seine Augen, doch die Finsternis, die ihn umgab, blieb dieselbe. Nicht einmal dunkle Schemen zeichneten sich in ihr ab.

„Thorn?“

Der Klang von Telos’ Stimme war wie das beruhigende Murmeln der Mutter, wenn man sich im Fieberwahn in seinem Kinderbett wälzte.

Seinen Namen aus dem Mund des Priesters zu hören, verdrängte endgültig den Gedanken daran, dass er fantasierte.

„Wo bist du?", fragte er hoffnungsvoll.

„Ich weiß es nicht. Ich kann nichts sehen."

Telos klang schwach – offenbar litt auch er unter Schmerzen.

„Telos", das Reden verschlimmerte das Hämmern in Thorns Kopf und er presste die Hände noch fester gegen die Stirn, „wo sind wir?"

Telos hustete. Es klang, als würde er ausspucken. War er schwer verletzt?

„Ich glaube, in einem Kerker", brachte Telos schließlich mühsam hervor. Wieder hustete er und Thorn war es, als würde etwas Flüssiges auf den feuchten Steinboden klatschen.

„Was ist los mit dir?", fragte er. Erneut kroch ihm Angst den Rücken hoch.

„Nichts. Mir ist nur übel."

„Mir auch!", vernahm Thorn eine tiefe Stimme zu seiner Linken.

„Bargh …"

„Ich hab' Hunger", beschwerte sich der Barbar grummelnd, der offensichtlich nicht ganz so schlimm zugerichtet war wie Telos.

„Ist sonst alles in Ordnung, Telos?", fragte Thorn angestrengt. Er wollte einfach nur schlafen, die Augen schließen und vergessen.

„Mir fehlt nichts, abgesehen von diesen unerträglichen Kopfschmerzen", antwortete Telos schwach.

Ein lautes Schnarchen ertönte und kündigte an, dass Bargh eingeschlafen war.

„Der ist wirklich zu beneiden", stöhnte Thorn.

Mehr brachte er nicht über die Lippen. Fast hätte er sich übergeben, konnte aber den hochkommenden Magensaft gerade noch hinunterwürgen. Telos antwortete nicht.

Schweigen legte sich über die beiden, lediglich Barghs Schnarchen war noch zu hören. Thorn versuchte so gut es ging, eine bequeme Stellung auf dem harten Boden zu finden und hoffte, dass er trotz der Schmerzen und der Kälte einschlafen konnte. Gleichzeitig befürchtete er, dass der Schatten aus seinen Träumen zurückkehrte. Falsch: Er befürchtete, dass *er selbst* zurückkehrte, kalt und herzlos lächelnd, das blutverschmierte Messer in seinen Händen und sich, seinem Ebenbild, erzählte, dass sie dort sein werden, wo *er* bereits war. Und diese Aussicht war beängstigend.

Als Thorn eine Weile still dalag, ließ das Tosen in seinem Kopf endlich nach. Er versuchte, sich gegen die feuchte Kälte zu wehren, indem er sich noch enger zusammenrollte und seine Arme fest um seinen Oberkörper schlang. Die verworrenen Gedanken, die sich um Tod und Chaos rankten und diese kalte Angst in sein Herz pflanzten, verloren sich. An ihre Stelle trat das vage Bild einer Elfenkriegerin. Thorn seufzte selig und versuchte das Bild näher zu sich heranzuziehen.

Sie saß auf einem gewaltigen Streitross, einem Grauschimmel, dessen schwere Hufe den Schnee unter sich aufwirbelten. Weiße Flocken hingen in ihren schwarzen Haaren, die bis auf ihre Hüften hinabfielen. Ihre Hand schloss sich um einen Krummsäbel und auf ihren Lippen lag ein sanftes, warmes Lächeln.

„Thorn", flüsterte sie und der Wind spielte mit ihrem langen Haar und zerrte an der Mähne des Pferdes. „Thorn! Beruhige dich, sei still ..."

Der Grauschimmel tänzelte unruhig und wirbelte noch mehr Schnee auf, doch die Kriegerin brachte das Tier spielerisch unter ihre Kontrolle. Sie ließ das Pferd sich einmal um seine Achse drehen, dann trafen ihre Augen erneut auf Thorn und wieder lächelte sie dieses beruhigende Lächeln.

„Du lebst, Thorn, du lebst ..."

Thorns Augen zuckten wild unter seinen geschlossenen Lidern. Er fasste nach der betörenden Erscheinung, doch seine Hand griff ins Leere. Panik ergriff ihn.

„Kitayscha, Kit ... bleib hier!"

Doch die Elfenkriegerin lenkte ihr Pferd langsam von ihm fort. Der Wind heulte und trug ihre seidenweiche Stimme an sein Ohr.

„Solange du lebst, liegt es in deiner Hand ... Was immer du sein willst, wirst du sein. Lass nicht zu, dass Er dich verändert! Entscheide dich! Immer wieder, immer neu ... jeden Tag."

Der Schimmel fiel in einen langsamen Galopp und die Elfenkriegerin verschwand im Schneegestöber.

„Und fürchte die Frau in Schwarz ..."

Es war das Letzte, das Thorn von Kitayscha hörte. Unruhig drehte er sich auf die andere Seite. Seine Schulter schmerzte unter dem Druck des harten Bodens. Er versuchte, im Halbschlaf über den felsigen Grund zu rutschen, doch er verfing sich in den Ketten, die an den Metallringen um seine Handgelenke befestigt waren, und als er sich endlich freigekämpft hatte, dröhnte sein Kopf erneut vor Schmerzen. Irgendwie schaffte er es trotzdem, sich zusammenzurollen und eine halbwegs erträgliche Stellung zu finden. Er bekam nur entfernt mit, dass sich Bargh neben ihm unruhig wälzte und Telos sich abermals übergab. Dann fiel er endgültig in einen tiefen, traumlosen Schlaf.

„Hat irgendjemand von euch noch seinen Rucksack? Ich sterbe vor Hunger!", hallte Barghs dröhnende Stimme von den nackten Wänden wider.

Dann erklang eine andere vertraute und unverwechselbare Stimme: „Die haben uns alles abgenommen! Ich trage nur noch dieses lächerlich dünne Hemd an meinem Körper und frier mir hier den Arsch ab!"

Thorn riss die Augen auf und begann unvermittelt zu zittern. In der Zelle war es eiskalt.

„Bist du das, Chara?", fragte er heiser.

„Wer sonst?"

Charas belegte Stimme schien von der gegenüberliegenden Wand der Zelle zu kommen. Dann ertönte ein Kettenklirren von der hinteren Wand der Zelle. Telos war offenbar aufgestanden und bewegte sich, soweit Thorn das Geräusch einschätzen konnte, in die Mitte des Verlieses. Nach fünf Schritten tat es einen Ruck und Telos stand still.

„Weiter komm' ich nicht", brummte er. „Ist mit dir alles in Ordnung, Thorn?"

„Alles bestens. Abgesehen von der verdammten Kälte. Die Kopfschmerzen sind jedenfalls weg."

„Hab' ich mir gedacht – meine auch."

Thorn kämpfte sich auf seine vom Herumliegen geschwächten Beine und versuchte, auf Telos zuzugehen. Seine Knie zitterten leicht. Doch auch er war an den Fußgelenken gefesselt.

„An Armen und Füßen festgekettet – da ist wohl jemand besonders sorgfältig! Wir sitzen doch schon hinter Gittern, ohne Waffen, ohne irgendetwas, das uns helfen könnte, hier herauszukommen!"

„Die wollen sichergehen, dass wir nicht die Möglichkeit haben, uns mit Hilfe von Magie zu befreien!", antwortete Telos. „Metall ist meines Wissens magieresistent."

Thorn schnaubte auf. „Es ist aber niemand von uns Magier."

„Das wissen die aber nicht", meinte Chara knapp und wuchtete sich auf ihre Beine.

Thorn meinte zu hören, dass sie sich an der Verankerung ihrer Kette zu schaffen machte.

„Was denkt ihr, wie lang sind wir schon hier?", meldete sich Bargh mürrisch aus der Dunkelheit schräg hinter Thorn.

Thorn hustete und machte noch einen klirrenden Schritt nach vorne.

„Meinen steifen Gliedern nach zu urteilen, sicher länger als eine Nacht."

Chara schlug mit der Faust gegen die Wand und fluchte ungehalten.

„Wir sitzen hier fest! Das Zepter können wir vergessen!"

„Was du nich' sagst", antwortete Bargh griesgrämig.

Aus seiner Stimme drang die pure Hoffnungslosigkeit.

Thorn hätte gern einen Blick auf ihn geworfen, doch die pechschwarze Finsternis machte ihm einen Strich durch die Rechnung.

„Bist du verletzt?", fragte er.

Womöglich hatte Bargh Schmerzen und traute sich nicht, es den anderen zu sagen.

„Nö. Ich will einfach hier raus!“, antwortete Bargh mit weinerlicher Stimme. „Ich bin nich’ gut für so was – ich meine, in engen Räumen festsitzen. Ich bin doch keine Ratte!“

Thorn hätte ihm gern ein paar tröstende Worte gesagt, aber im Moment war er selbst bar jeder Hoffnung. Sie waren gefangen in einem Kerker – ohne Waffen, ohne Nahrung. Er trug nichts, abgesehen von einem Unterhemd und der Bruche um seine Hüften. Und da hatte er es noch gut gegenüber Chara, der sie offenbar nur ihr Hemd gelassen hatten. Es war feucht, kalt, stockdunkel und der Geruch war alles andere als erträglich. Mittlerweile lag ein säuerliches Aroma nach Erbrochenem in der Luft und Thorn wurde auf unangenehme Weise bewusst, dass das erst der Anfang war.

„Ich will zurück nach Valland!“, jammerte Bargh, als wollte er Thorns trübe Gedanken bestätigen. „Ich will zur See, ich will … auf einem vallandischen Drachen über die Meere schiffen und Seeschlachten schlagen … So, wie es sich für einen Vallander gehört!“

„Reiß dich zusammen, Bargh!“, kam es von Chara. „Mag sein, dass wir hier die nächsten Tage ausharren müssen, aber immerhin leben wir.“

„Stellt sich die Frage, wie lange noch.“

Thorn stand nun nach eigener Schätzung etwa in der Mitte der Zelle.

„Telos?“

„Bin direkt neben dir“, hörte er Telos’ beruhigende Stimme.

Eine kalte Hand streifte Thorns Gesicht, tastete sich weiter Richtung Oberkörper und tätschelte dann freundlich seinen Unterarm. Die Berührung war so wohltuend, dass Thorn den Priester am liebsten umarmt hätte. In dieser trostlosen Umgebung wäre ihm sogar Charas Umarmung recht gewesen. An diesem Ort war der einzig rettende Gedanke der, dass er nicht allein war.

„Die werden uns sicher nicht einfach umbringen, nachdem sie sich die Mühe gemacht haben, uns unbeschadet hierherzuschleppen!“, bemerkte Chara.

Es schepperten erneut Ketten. Chara hatte sich wieder auf den Boden fallen lassen.

„Schön. Denkst du etwa, die lassen uns laufen?", hakte Thorn nach, während er sich auf den Boden setzte und sich fröstelnd die Arme rieb. „Die werden uns in jedem Fall töten – nur nicht kurz und schmerzlos. Die haben uns mitgenommen, um uns einen möglichst qualvollen Abgang zu bescheren."

„Wieso?"

Die Frage war simpel und typisch für Chara, die selten nur eine Antwort zuließ.

Thorn fuhr sich verbittert durch sein verfilztes Haar. Er wollte selbst nicht an das glauben, was er gesagt hatte, aber schon gar nicht wollte er sich irgendwelchen Illusionen hingeben.

„Meine Güte, Chara. Sei nicht so blauäugig! Wir waren hinter dem Zepter her! Was glaubst du wohl, *wer* uns hier gefangen hält?"

„Diejenigen, die das Zepter gestohlen haben und es nun als ihren Besitz beanspruchen. Und?"

„Diejenigen?"

Thorn schnaubte verächtlich auf.

„Wie auch immer. Eines ist jedenfalls gewiss: Er oder sie sind Feinde von Testaceus. Wir sind dessen Abgesandte und damit sind wir so gut wie tot. Außerdem hat *Er* damit die außergewöhnliche Chance, dem Cäsarus einen Denkzettel zu verpassen."

Thorn starrte erneut vergeblich in die Finsternis. Diese absolute Blindheit war zum Verrücktwerden!

„Hier geht es nicht um Rache", sagte Chara leise. „Hier geht es darum, welches Kapital man unter Umständen noch aus uns schlagen kann. Wenn Al'Jebal dahinter steckt, wie du zu betonen nicht müde wirst, sind wir nur deshalb noch am Leben, weil er davon ausgeht, dass wir ihm nützlich sein könnten. Ansonsten wären wir längst tot. Und wenn dem so ist, ergeben sich für uns noch Möglichkeiten."

Thorn schwieg. Bei dem Gedanken an den Magier schwoll umgehend eine grauenhafte Angst in seiner Brust. Es war vorbei! Sie waren diesem Wahnsinnigen mit Haut und Haaren ausgeliefert und es gab niemanden, der ihnen jetzt noch helfen konnte.

Selbst Testaceus hatte nun keine Möglichkeit mehr einzugreifen.

„*Al'Jebal*, ich kann diesen Namen nicht mehr hören!", sprudelte es plötzlich aus Telos heraus. „Was will dieser Schwarzmagier eigentlich mit dem Zepter? Und warum bist du so besessen von ihm?"

„Du verstehst das nicht!", zischte Thorn.

Er fühlte sich von Telos hintergangen. Normalerweise war der Priester der einzig Verlässliche, wenn es darum ging, dass jemand aus der Gruppe seine Meinung vertrat.

„Keiner von euch weiß, was ich weiß. Keiner hat erlebt, was ich erlebt habe!"

Thorn atmete tief ein und stierte in die pechschwarze Dunkelheit. Er wusste, dass Telos unmittelbar neben ihm stand und auch Chara und Bargh nicht weit entfernt waren, aber er sah sie nicht. Er sah gar nichts. Es fühlte sich an, als wären die anderen nur da, wenn sie sprachen oder sich bewegten und damit ein Geräusch verursachten. Und danach herrschte wieder Stille, Finsternis – das Nichts. Thorn wollte sich ihrer Gegenwart gewiss sein und noch mehr als das wollte er, dass sie ihn verstanden, dass sie bei ihm waren. Hier in diesen kalten, erdrückenden vier Wänden brauchte er Freunde und keine Besserwisser, die ihm in den Rücken fielen. Er hatte das Bedürfnis, den anderen von seinen vergangenen Erlebnissen zu erzählen, wollte darüber sprechen, warum ihm der Name des *Alten* nicht losließ.

„Seitdem ich in dieses Imperium geraten bin, seitdem ich einen Fuß in diesen verfluchten Landstrich gesetzt habe, begleitet mich etwas, egal, wo ich hingehe, egal, was ich tue – wie ein Schatten, der sich nicht abschütteln lässt. Von dem Tage an, da ich ein Vertrauter des heutigen Cäsarus wurde, folgte es mir auf Schritt und Tritt. Nachdem Kitayscha und ich Testaceus' Neffen aus der Gefangenschafft befreit hatten, griff uns Herkul Polonius Schroeder mit der *Seeteufel* an! Natürlich wusste ich zu diesem Zeitpunkt nicht, *wer* hinter all dem steckte. *Der Alte vom Berg* … Ich hörte das erste Mal im *Gladiator* von ihm. Erst im Gespräch mit Testaceus, damals, als wir dich, Telos, das erste Mal getroffen haben, erfuhr ich seinen wahren Namen. Doch die Sache mit Cartius ließ mich ihn vorerst vergessen. Und in Cartius fand ich ein Opfer, das ich für all meine Verluste, all mein Leiden verantwortlich machen konnte. Denn er nahm mir die Liebe meines Lebens und innerhalb seines Freiheitskampfes fielen all meine Freunde. Ich hätte Cartius nicht für alles verantwortlich machen dürfen. Auch wenn er ein Feind des Imperiums war, am Ende kämpfte er für die Gerechtigkeit und für die Freiheit seiner Leute. Er nahm mir nichts, was ich mir nicht selbst genommen habe, indem ich mich an Testaceus' Macht beteiligen wollte."

Während Telos schweigend zuhörte, Chara an der Felswand lehnte und jedes Wort von Thorn aufnahm und im Geiste versiegelte und Bargh mit den Tränen kämpfte, wanderten Thorns Gedanken in die *Taverne zum Gladiator*, wo er auf Liam getroffen war:

„Bevor wir in die vorletzte Schlacht gegen Cartius gezogen sind, traf ich auf diesen Mann im *Gladiator*, der von einem Schwarzmagier sprach. Er war betrunken, ein Händler und nicht gerade einer jener Leute, deren Geschichten man glaubt. Doch als ich aus Testaceus' Mund erfuhr, dass es diesen Schwarzmagier tatsächlich gibt, kamen mir die Worte des Trinkers wieder in den Sinn und mir wurde klar, dass es Al'Jebal war, der hinter all den Begebenheiten meiner Vergangenheit steckt. Seitdem Kit und ich in die Dienste Testaceus' getreten sind, verfolgt mich sein verruchter Geist. Al'Jebal war der Mann, der die Al'Shejs damit beauftragte, Testaceus' Neffen zu entführen und uns Admiral Schroeder hinterherschickte, als wir uns auf der Flucht befanden. Er war es, der den Sklavenaufstand anzettelte, bei dem Kitayscha ums Leben kam. Al'Jebal spielte eine Rolle, nachdem Testaceus das Sklavenheer in die Knie gezwungen hatte und bevor er seinen Imperatortitel annahm. Denn *Er* war es, der die Mörder schickte, die Testaceus' Neffen beseitigten und dem Senatsvorsitzenden den einzigen Erben nahmen. *Er* war da, als der Cäsarus das Symbol seiner neu errungenen Macht für die Herrschaft der Ordnung einzusetzen gedachte. *Er* war es, der das Zepter stahl, bevor der neue Cäsarus davon profitieren konnte. Und als wir uns aufmachten, um *Valians Zepter* zurückzuholen, fand er einen Weg, um uns genau dorthin zu bekommen, wo er uns haben wollte, indem er seine Leute, die Al'Shejs, auf uns ansetzte, die von Valianor bis hier ihre Finger im Spiel hatten. Wir sind den ausgelegten Brotkrumen wie blinde Hühner gefolgt. Er hatte uns zu jedem Zeitpunkt genau dort, wo wir seiner Meinung nach sein sollten!"

„Thorn", begann Telos im Versuch, ihn sanft zum Schweigen zu bringen, doch bevor er fortfahren konnte, unterbrach ihn Chara.

„Wenn Al'Jebal tatsächlich so mächtig ist, wie du sagst, dann muss ich mich wundern, dass er derartig viel in uns investiert. Deine Theorie hinkt, wenn du mich fragst. Dieser Mann, dieser Dunkelmagier, oder was auch immer er ist, konnte nur ein einziges Interesse an uns haben: Nämlich uns daran zu hindern, das Zepter in unsere Gewalt zu bekommen. Dafür aber musste er nicht das Geringste tun. Er wusste, dass er uns ganz locker vernichten könnte, falls wir es tatsächlich schaffen sollten, in sein Gebiet vorzudringen. Dass wir überhaupt so weit gekommen sind, ist das reinste Wunder. Wahrscheinlich ging er davon aus, dass wir irgendwo auf der Strecke verrecken würden. Immerhin hatte er, soweit wir das beurteilen können, äußerst fähige Männer nach dem Zepter geschickt, und dass wir es ihnen abnehmen könnten, war von Anfang an unwahrscheinlich. Wozu sollte er uns also bis hierher locken? Was hätte er davon? Er hat uns gefangen genommen, ja. Aber nur, weil wir in sein Gebiet eingedrungen sind und nicht, weil er uns hier haben wollte."

Chara seufzte leise.

„Deine Theorie hinkt, Thorn, und zwar deshalb, *weil* du seinetwegen so viel durchmachen musstest. Weil er der Albtraum *deines* Lebens ist, weil *du* nicht aufhören kannst, an ihn zu denken, glaubst du, es müsste auch umgekehrt so sein. Du glaubst, er hat ein besonderes Interesse an dir. Vergiss es – für einen Mann von dieser Größe, wie du es über ihn behauptest, bist *du*, sind *wir*, völlig bedeutungslos. Er hat uns also nicht hierhergelockt, wir sind ihm schlicht und ergreifend in die Arme gelaufen. Und nun hält uns einzig und allein die Tatsache am Leben, dass er uns Informationen entlocken oder für irgendeine Drecksarbeit nutzen will. Aber wie ich bereits sagte, diese Tatsache eröffnet uns zumindest eine klitzekleine Chance."

Ein Wassertropfen, der sich irgendwo von der Felsendecke gelöst hatte, platschte zu Boden. Dann war es wieder still.

Thorn spürte den sanften Luftzug, als Telos rechts von ihm in die Knie ging und sich setzte. Nun saßen sie nebeneinander, waren einander nahe, und trotzdem fühlte sich Thorn allein und unverstanden von allen, die mit ihm diese finstere, kalte, in den rohen Fels gehauene Zelle teilten und keine Ahnung hatten, in welcher Lage sie sich befanden.

Neben der Einsamkeit, die er in diesem Augenblick so deutlich fühlte wie schon seit Langem nicht mehr, kämpfte sich unvermittelt ein anderes, höchst unangenehmes Gefühl durch die Barrieren seines Unterbewusstseins.

Thorn spürte unwillkürlich einen Drang, den er lieber nicht laut aussprechen wollte. Allein der Gedanke daran, dem unausweichlichen Instinkt in der Gegenwart der anderen nachzugeben, ließ ihn erschauern. Andererseits ging es Chara, Telos und Bargh wahrscheinlich nicht besser. Es würde der Zeitpunkt kommen, wo sie die natürliche Hemmung, dieses Geschäft öffentlich und im selben Raum zu verrichten, in welchem sie sich wer weiß wie lange aufhalten würden, ganz einfach ablegen mussten. Und er hatte Durst, schrecklichen Durst, was die Sache nicht eben erleichterte.

Ein tiefes Grummeln ertönte. Barghs Magen rebellierte laut.

„Ich halt' das nich' mehr aus! Ich sterbe vor Hunger! Is' da niemand, der dafür sorgt, dass wir was zu futtern kriegen? Wenn die wollen, dass wir das hier überleben, müssen sie dafür sorgen, dass wir nich' verhungern, oder?“

„Das werden sie auch“, versuchte Telos ihn zu beschwichtigen. „Wie Chara schon sagte, sie haben uns bis hierhergebracht, da werden sie uns jetzt nicht verhungern lassen.“

Das Rasseln von Telos' Ketten signalisierte Thorn, dass er sich ihm zuwandte.

„Lass uns abwarten, was passiert“, sagte Telos leise. „Vielleicht sind deine Befürchtungen umsonst und vielleicht haben wir ja auch die Möglichkeit, mit denen zu verhandeln, die uns hier festhalten.“

An den letzten Teil glaubte Telos vermutlich selbst nicht, doch als Kriegspriester hatte er gelernt, nicht so schnell aufzugeben.

Telos saß ihm schräg gegenüber und schien, wie er, keinen Gedanken daran zu verschwenden, zurück in seinen Winkel zu gehen. Thorn empfand seine Nähe als beruhigend. Chara und Bargh verharrten noch immer an dem Ort, an dem sie erwacht waren, und hingen ihren eigenen Gedanken nach, wobei Barghs wahrscheinlich trüber waren als Charas.

Nach einer Weile des Schweigens nahm Thorn wahr, dass Telos betete. Das leise Murmeln des Priesters war ihm mittlerweile nur allzu bekannt. Doch Agramon würde ihnen aus ihrer hoffnungslosen Situation nicht helfen können, auch wenn Telos das anders sah.

Plötzlich sprang der Priester auf und begann verzweifelt vor sich hinzustammeln: „Er ist weg! Er … Nein, das kann nicht sein, das ist völlig unmöglich!“

Thorn erschrak so heftig, dass er vergaß, dass er angekettet war und sprang wie Telos auf die Beine. Dabei verlor er das Gleichgewicht und kippte nach vorn. Die Ketten spannten, die Fesseln schnitten sich in seine Haut und rissen ihn hart zurück. Unsanft landete er auf dem kalten Steinboden.

„Bist du verrückt geworden?!“, rief er, während er sich aufrappelte.

Charas Ketten klirrten. Es war nicht zu überhören, dass auch sie sich auf die Beine gekämpft hatte.

„Er ist … weg!“, stotterte Telos völlig verstört. „Wo ist er? Wie kann das sein?“

„Wo ist wer?!“, herrschte ihn Thorn an.

Der Stille nach zu urteilen stand Telos nun völlig reglos da. Eine Weile sagte keiner etwas, dann begann der Priester, aufs Neue vor sich hinzustammeln.

„Ich verstehe das nicht. Das ist nicht möglich. Es *kann* nicht sein …“

„*Was* kann nicht sein?!“, schrie Thorn nun völlig außer sich.

Bei allem, was sie in den letzten Tagen durchgemacht hatten und im Augenblick ertragen mussten, konnte er es einfach nicht verkraften, dass nun auch noch der besonnene Priester die Nerven verlor.

„*Wer* ist weg, Telos?“, fragte Chara mit ruhiger Stimme, während sie sich kettenklirrend näherte.

„Agramon“, flüsterte der Priester mit blankem Entsetzen in seiner Stimme. „Agramon ist fort!“

Telos’ Atem klang so laut und schwer, dass Thorn die Befürchtung hatte, der Priester würde jeden Moment kollabieren.

Es wurde still und einen Augenblick lang hatte Thorn das Gefühl, als existierte nichts außer ihm selbst und seinem wild pochenden Herzen.

„Was soll das bedeuten?“, fragte Chara schließlich und Thorn atmete auf. Doch Telos antwortete nicht.

„Was ist los mit dir?“, hakte Chara nach und klang dabei eindeutig verwirrt, was Thorn noch nervöser werden ließ. Wenn sogar eine Frau von derart blasphemischer Ader an der augenblicklichen Situation irgendetwas seltsam fand, dann war das höchst alarmierend.

Ein heiseres Räuspern ertönte. Ketten klirrten und schlugen in regelmäßigen Abständen auf dem Steinboden auf. Telos humpelte schwerfällig in seinen Winkel zurück. Ein weiteres Klirren signalisierte Thorn, dass er sich niedersetzte. Danach herrschte wieder Stille. Offensichtlich war der Priester in dumpfes Grübeln verfallen.

„Was stimmt nicht mit ihm? Was meint er mit *Agramon ist fort*?“, fragte Thorn Chara flüsternd. „Ein Gott kann doch nicht einfach verschwinden oder lieg ich da etwa falsch?“

„Woher soll ich das wissen?“, antwortete Chara. „Vielleicht spürt er die Verbindung nicht mehr, von der er dauernd spricht. *Ihr* seid doch diejenigen, die sich mit der Götterwelt verbunden fühlen! Also sag *du* mir, was hier vor sich geht!“

Es folgte betretenes Schweigen und schließlich zog sich Chara scheppernd in ihre Ecke zurück.

„Mich beunruhigt, dass der Priester derart ausrastet“, murmelte sie, wobei es ihr anscheinend egal war, dass Telos sie hören konnte. „Jedenfalls mehr, als die Tatsache, dass ein Gott verschwunden ist, dessen Existenz ich ohnehin bezweifle. Doch er wird schon reden, sobald er sich wieder beruhigt hat.“

Thorn stand unschlüssig in der Mitte der Zelle, während Bargh nur mit halber Aufmerksamkeit verfolgt hatte, was geschehen war. Der Barbar war scheinbar schwer damit beschäftigt, seinen Geist vor der Tatsache zu verschließen, dass sie in einem winzigen stockdunklen Kerker festsaßen – die Götter wussten, wo.

Unterdessen hatte sich in Telos eine grässliche Leere breitgemacht. Da war dieses Unbekannte, das hinter allem zu wuchern schien und allmählich die Gewissheit zersetzte, die er seinem unerschütterlichen Glauben zu verdanken hatte. Noch nie hatte er gehört, dass ein Priester den Kontakt zu seinem Gott verloren hatte. Es sei denn, der Priester hatte in den Augen seines Gottes unwürdig gehandelt oder gar versagt und wurde für seine Tat bestraft. Telos war mit Geist und Seele ein Agramonpriester. Ja, er hatte Fehler gemacht! Er hatte unschuldige Menschen sterben lassen, doch hätte Agramon ihn dafür bestrafen wollen, dann hätte er es unmittelbar danach getan und nicht erst jetzt. Was war geschehen?

Telos spürte, wie ein Beben durch seinen Körper ging.

Was ist das für ein Ort, wenn ihn sogar ein Gott meidet?

Die Frage ließ sich nicht abschütteln und der plötzliche Verlust seiner inneren Überzeugungen war so schockierend, dass sich Telos völlig nackt fühlte. Alles in ihm hatte sich bislang auf seinen Glauben, seine Liebe zu Agramon und dessen Lehre konzentriert. *Seine* Gebote hatte er stets vor Augen, *sein* Licht war das Einzige, das er wahrnahm und dem er folgte, seine Waffe war die einzige, die er im Kampf führen wollte. Er war ein Krieger im Feldzug für seinen Gott. Für ihn gab es nichts außer Agramon.

Und nun gab es *nichts* mehr. Telos fühlte sich, als hätte man ihn ausgeweidet, als wäre nichts von ihm zurückgeblieben als eine hohle, bedeutungslose Hülle. In seinem Inneren war es kalt geworden und selbst der Schlag seines Herzens hatte seine Kraft verloren, als wollte sein Körper ihm deutlich machen, dass sein Leben nun keinen Sinn mehr hatte. Die wohltuende Wärme seines Gottes, die normalerweise dafür sorgte, dass seine Seele lebendig und sein Geist rege blieb, die seinen

Körper mit Kraft und Energie versorgte, war verschwunden. Die schwarze Finsternis, die ihn umgab, konnte der Dunkelheit in seiner Seele nicht einmal annähernd das Wasser reichen. Er war allein! Und er war nicht mehr allein gewesen, seit er zu einem Priester Agramons geweiht worden war. Telos presste seine Handinnenflächen gegen seine Augen und atmete zitternd ein.

Was soll ich tun? Ich weiß nicht mehr, wer ich bin, wohin ich gehen soll, worauf ich hoffen darf. Wer bin ich, wenn nicht dein Krieger? Wofür kämpfe ich, wenn nicht dafür, dass die Menschen deine Weisheit schauen und deine Kraft spüren?

Eine nie dagewesene Hoffnungslosigkeit befiel ihn, während er in dieser dunklen, kalten Zelle hockte und sich so verloren fühlte wie ein Kind, dem die vertraute Hand des Vaters in der Menschenmenge entrissen wurde. Agramon war, aus welchen Gründen auch immer, hier nicht anwesend, und er, Telos, war einer seiner verlorengegangenen Diener. Hier an diesem Ort war er verloren, womöglich für immer!

Oh, Agramon, erhöre mich! Wenn du hier bist, erhöre mich! Gib mir ein Zeichen ... Telos umfasste mit seinen Händen das Symbol des agramonischen Kriegshammers, das an der Kette um seinen Hals hing.

Irgendetwas ... Ich muss wissen, dass du hier bist ... Ein Zeichen, Herr, ein Zeichen ... Wo kein Du *ist, ist kein* Ich*!*

Doch die Leere in seinem Inneren verschwand nicht und alles, was diese gnadenlose Stille durchbrach, waren die Wassertropfen, die sich seit einiger Zeit in regelmäßigen Abständen von der Decke lösten und auf den Steinboden klatschten.

Zäh flossen die Augenblicke dahin. Keiner sprach ein Wort, keiner wagte es, den anderen aus seinen Gedanken zu reißen und ihn in die Realität zurückzuholen, der sie ausgeliefert waren. Es gab auch nichts zu bereden, nichts, das sie weitergebracht hätte. Jedes Wort, das sie im Augenblick aussprechen konnten, war ein Wort der Hoffnungslosigkeit.

Thorn hatte sich wieder hingesetzt und jedes Zeitgefühl verloren. Er war ein Waldläufer und normalerweise fühlte er intuitiv, wie lange sie an welchem Ort waren oder für eine bestimmte Aktion brauchten. Doch nicht hier. Nicht an diesem dunklen, zeitenthobenen Ort, einem Ort, der die seltsame Stimmung vermittelte, all dem fern zu sein, was in der Welt da draußen geschah. Es war, als hätte man sie bewusst aus dem Weltgeschehen ausgeschlossen.

Und dann war da noch das Warten. Ein Warten, das für sich genommen schon die reinste Folter darstellte. Thorn konnte es kaum noch ertragen – nicht zu wissen, was mit ihm geschah oder noch geschehen würde, ob er verhungern oder verdursten, gefoltert oder hingerichtet werden würde, ob er schlicht und ergreifend zum Leben auserkoren oder zum Sterben verurteilt war!

Es gab keine Ablenkung von den quälenden Fragen, denn alles, was sie in diesem verdammten Kerker wahrnahmen, waren die elende Kälte, das nervenzerreißende Geräusch der Wassertropfen, der einschnürende Hunger und der Durst, der ihnen die Kehlen austrocknete. Hinzu kam der wachsende Drang, sich seiner körpereigenen Giftstoffe zu entledigen, der langsam immer unerträglicher wurde.

„Es ist nicht möglich!“, drang Telos Stimme wie aus dem Nichts hervor und Thorn hob den Kopf. Er hatte den Eindruck, als hätten sie mindestens einen Tag lang schweigend dagesessen.

„Wovon genau sprichst du?“, fragte Chara ruhig.

„Ich habe keinen Kontakt mehr zu Agramon“, erklärte Telos in plötzlich sachlichem Tonfall.

„Und? Welche Gründe kann es dafür geben?“, fragte Thorn.

Telos seufzte schwer.

„Normalerweise kommt so etwas nur dann vor, wenn ein Priester sein Amt missbraucht oder die Gesetze seines Gottes nicht befolgt oder sich gegen ihn auflehnt. Dann kann es sein, dass sein Gott sich von ihm abwendet. Doch das hier ist etwas anderes. Es ist nicht etwa so, dass Agramon nicht mit mir kommunizieren will: Er ist gar nicht hier. Es ist, als ob er an diesem Ort einfach nicht existiert!“

„Wie kannst du dir da sicher sein?“, fragte Chara. „Woher willst du wissen, dass dein Gott nicht einfach nur keinen Bock hat, mit dir zu plaudern oder was auch immer ihr gemeinsam so treibt.“

Hätte Chara Telos' Blick gesehen, sie wäre unwillkürlich zurückgewichen.

„Ich weiß es einfach", antwortete er mit schneidender Stimme.

„Erklär mir, wie! Erklär mir, worin der Unterschied besteht! Ich nehme doch an, es fühlt sich unterschiedlich an, ob ein Gott seinen Diener verlassen hat, weil er ihn bestrafen will, oder ob er aus irgendeinem anderen Grund nicht anwesend ist, denn gibt es diesen Unterschied nicht, ist es fraglich, wie du auf deine Schlussfolgerung kommst!"

Telos atmete tief durch.

„Der Unterschied ist spürbar, doch nicht erklärbar."

„Na wunderbar!", schnaubte Chara auf. „Heil den Göttern! Sie sind geniale Puppenspieler, das muss man ihnen lassen! Ihre braven Diener tanzen marionettengleich durch die Welt und predigen ihren Glauben aus vollster Überzeugung und alles, was ihre Götter ihnen mit auf den Weg geben, ist ein vages Gefühl von absolut *gar nichts*. Ihr Priester seid echte Spinner! Verfolgt blind irgendwelche Ideale, deren Schöpfer euch nicht zugänglich sind. Ihr schwebt irgendwo im Nirgendwo und jagt einem Traum hinterher – einer Illusion, die niemals Wirklichkeit wird, einem Phantasma! Wie kann man nur so kleingeistig sein?!"

Thorn war kurz davor, Chara den Mund zu verbieten, doch sie unterließ weitere Beleidigungen. Eines aber wurde ihm in diesem Augenblick schmerzlich bewusst: Wenn man sie zu lange hier eingesperrt ließ, würde sich keiner mehr die Mühe machen müssen, sie hinzurichten, denn dann würden sie sich früher oder später gegenseitig umbringen. Sie waren so konträrer Ansichten, ihr gegenseitiges Unverständnis reichte so weit, dass daraus mühelos Hass entstehen konnte.

Bevor Telos auf Charas Provokation antworten konnte, drang ein Geräusch in die Zelle, das wie Schritte klang.

Thorn und Chara waren zuerst auf den Beinen, wobei Chara sich ruhig verhielt, während Thorn mit klirrenden Ketten so weit wie möglich in Richtung des schlurfenden Lautes humpelte. Doch weit kam er nicht. Nach fünf Schritten strafften sich seine Fesseln und Thorn stand still. Blind starrte er in die Finsternis und hoffte auf ein Wunder.

Ein schrilles Quietschen, als würde Metall über Metall rutschen, dann öffnete sich eine Luke am Fuß einer Tür und ein schwacher, warmer Lichtstrahl fiel wenige Schritte weit in die Zelle.

Thorn, der der Luke am nächsten stand, ließ sich auf seine Knie nieder, um in das Licht zu sehen und durch die kleine Öffnung nach draußen blicken zu können, doch die Helligkeit stach ihm so schmerzhaft in die Augen, dass er sich auf der Stelle abwenden musste.

Als er mit zusammengekniffenen Augen zurückblickte, erschien eine Hand in der Zelle, die eine hölzerne Schüssel auf den Boden fallen ließ, sodass der Inhalt über den Rand schwappte. Dann zog sie sich zurück, und eine zweite Schüssel wurde durch die Öffnung nach innen geschoben.

In Bargh kam urplötzlich Leben. Er hechtete auf die erste Schüssel zu, kam allerdings nicht an Thorn vorbei. Wimmernd bettelte er um Thorns Hilfe, der die Schüssel zähneknirschend zu ihm schob und dann wieder zur Luke zurückkroch. Bargh begann, den Inhalt, ohne ihn zu untersuchen, gierig mit der Hand in seinen Mund zu schaufeln und war erst mal beschäftigt.

Nachdem die letzte Schale abgestellt worden war und eine Holzflasche mit Wasser folgte, wurde die Luke geschlossen und quietschend der Riegel vorgeschoben.

Thorn konnte nicht fassen, dass die Sache damit erledigt war. Wollten die sie etwa noch länger hier sitzen lassen? Sollten sie in dieser verdammten Zelle verrotten?

„Hey, du! Wo sind wir?! Wer hält uns hier gefangen?!", schrie Thorn durch die verschlossene Zellentür, wobei sich seine Stimme vor Zorn und Enttäuschung überschlug.

Niemand antwortete. Stattdessen hörte er sich allmählich entfernende Schritte.

„Bleib hier! Ich will wissen, wieso man uns gefangen hält! Hey! Ich … Verdammt!"

Thorn trat mit dem nackten Fuß in die Dunkelheit und verschätzte sich. Anstatt wie erwartet ins Nichts zu treten, trafen seine Zehen auf die harte Steinmauer. Thorn stöhnte vor Schmerz auf und ging keuchend in die Knie.

„Dieser verdammte Bastard!“, fluchte er verbissen. „Was will er von uns?! Wieso tötet er uns nicht einfach?!“

Chara, die inzwischen einen der Näpfe ergattert hatte und die dickflüssige Brühe so gut es ging mit ihren Fingern und ihrer Nase inspizierte, verzog das Gesicht.

„Widerlich ist diese Pampe, aber zumindest müssen wir nicht verhungern“, sagte sie, setzte die Schüssel an und trank sie in einem Zug leer.

„Also mich bringt niemand dazu, das Zeug zu essen“, meinte Telos angewidert, während er in den Napf hineinroch, den Chara ihm übergeben hatte.

Thorn ließ seine Hand über den schmutzigen Boden wandern, bis er an die noch übrige Schale stieß. Er hob sie auf, steckte kurz seine Nase hinein und schleuderte sie dann mit ganzer Wucht in die Dunkelheit. Das Gefäß prallte gegen die Wand, dass das Holz nur so splitterte und die Brühe in alle Richtungen spritzte.

„Was, verflucht noch mal, soll das für ein Fraß sein?!“

„Bei Agramon, reiß dich zusammen, Thorn!“, bellte Telos. „Du solltest langsam lernen, deinen Zorn zu bändigen!“

„Was soll daran schlecht sein, hin und wieder die Fassung zu verlieren?! Das ist immer noch besser, als seine Schwächen hinter heuchlerischen Glaubensreden zu verbergen!“

Schweigen legte sich über die Zelle. Thorn und Telos starrten blind in die Dunkelheit. Thorn wusste, dass er zu weit gegangen war. Er war Telos in den Rücken gefallen. Er war auf Charas Wagen aufgesprungen und hatte Telos dort getroffen, wo er am verletzlichsten war.

„Telos“, begann er leise, doch der Priester schnitt ihm das Wort ab.

„Sei still, Thorn!“

„Bevor du völlig ausrastest“, bemerkte Chara, „könntest du unter Umständen die Wasserflasche, die irgendwo in deiner Nähe stehen müsste, in die Mitte der Zelle stellen?“

„Isst du deins nich', Telos?", fragte Bargh.

„Nein", murmelte Telos so leise, dass Bargh raten musste, was er gesagt hatte, sich aber schleunigst für die erhoffte Antwort entschied. Ein leises Schmatzen erfüllte den Raum, als Bargh erneut zu essen begann. Ansonsten blieb es still. Die Stille brachte die Angst zurück, die Thorn zumindest für eine Weile vergessen hatte.

Nicht nur, dass die Gefahr, die ihnen von außerhalb des Kerkers drohte, mit Händen greifbar war, auch die bedrohlichen Schatten des Chaos lauerten mitten unter ihnen. Es war die Angst und das beklemmende Gefühl des Ausgeliefertseins, das jeden Einzelnen von ihnen reizbar und aggressiv machte. Von Augenblick zu Augenblick wurde es gefährlicher zwischen ihnen. Das war nicht nur Thorn bewusst. Es gab nur einen Gefangenen innerhalb der vier Wände, der diese Gefahr zwar kannte, aber nicht fürchtete.

Nachdem Thorn auf Charas Bitte die Wasserflasche in die Mitte der Zelle gestellt und die anderen ermahnt hatte, nur wenige Schlucke zu trinken, und sich jeder wieder in seinen Winkel zurückgezogen hatte, begann die Zeit erneut zu kriechen. Die Stimmung wurde immer drückender.

Der Geruch von Urin und Fäkalien breitete sich in der Zelle aus. Beim Gedanken daran, wovon er umgeben war, musste Thorn in regelmäßigen Abständen würgen. Keiner von ihnen kämpfte mehr gegen den Drang an, seinen Darm oder seine Blase zu entleeren. Bargh war der Erste, der hemmungslos seine Bruche runterließ. Da die Ketten nicht allzu weit reichten und keiner den anderen mit seinen eigenen Ausscheidungen zu nahe treten wollte, waren sie gezwungen, ihre Notdurft nahe ihrer Schlafplätze zu verrichten, sodass sie nur etwa zwei Schritte von ihren Aborten getrennt waren. Hinzu kamen der säuerliche Geruch von Telos' Erbrochenem, den vergammelten Essensresten und das salzige Aroma von eingetrocknetem Angstschweiß. Der Gestank schien jedoch mit der Zeit nachzulassen. Die Sinne passten sich an die Umgebung an, sodass selbst der schlimmste Geruch nach einer Weile erträglich wurde.

Neben der undurchdringlichen Finsternis, der beklemmenden Stille und der Angst, die ihnen im Nacken saß, war der Gedanke an den Dreck, der sie umgab, eine regelrechte Folter. Telos ging es da kaum anders als Thorn und selbst Bargh mochte nicht gern daran denken, was sich neben ihm im Zellenwinkel abspielte. Nur Chara nahm die abartige Situation gelassen, auch wenn sie keine besondere Freude daran hatte, dass sie ihre bloßen Füße fast in ihre Ausscheidungen tauchte, wenn sie sich schlafen legte.

Charas in das stete Tropfen des Wassers hineintrommelnde Finger brachten einen Funken Leben in die Zelle. Thorn hatte sich längst an dieses Geräusch gewöhnt. Ihm war, als würden sie bereits eine Ewigkeit in diesem finsteren Drecksloch sitzen und jede abweichende Regung empfand er als beruhigend. Telos und er hatten sich seit ihrem harten Wortwechsel weiterhin angeschwiegen und Bargh schlief offenbar ohne Unterbrechung – auch eine Möglichkeit, die aussichtslose Lage zu ertragen, in der sie sich befanden. Und Chara? Thorn hatte keine Ahnung, was in der Söldnerin vorging.

Und während er sich Gedanken darüber machte, woran Chara wohl dachte, dachte Chara an Dinge, die Thorn nie in den Sinn gekommen wären: *Ich fühle mich seltsam euphorisch. Keine Ahnung, warum. Wir sitzen nackt in einem Kerker irgendwo im Süden Aschrans und trotzdem ... es geht mir gut.*

Chara lehnte mit von sich gestreckten Beinen an der Felswand und störte sich wenig daran, in einem engen, finsteren Raum eingeschlossen zu sein. Unfrei zu sein, war sie gewohnt. Der Umstand, hier festzusitzen, war eine Gelegenheit, die Dinge neu zu hinterfragen.

Da war dieses Gefühl einer nahenden Veränderung, einer Umstrukturierung, einer Neuerung. Alles, was sie bislang war, schien ihr zu entgleiten, während sie in dieser finsteren Zelle hockte. Doch zu ihrer Verwunderung haderte sie nicht damit. Ganz im Gegensatz zu den anderen, von denen sie annahm, dass sie ihre Situation mehr als nur bedauerten.

Thorn brütet vor sich hin. Bargh träumt sich in eine andere, bessere Welt und Telos ... Na ja, wie wird sich ein Priester schon die Zeit ver-

treiben? Ich nehme an, er betet zu seinem verloren geglaubten Gott und klagt diesen dunklen Ort an, der ihn seiner inneren Stimme beraubt.

Ich bin der Gesellschaft überdrüssig. Der Priester ist mir zu priesterlich, der Waldläufer zu verbittert und Bargh ist ... Was auch immer. Sie haben noch nicht begriffen, dass die Welt nicht auf sie wartet und ihre Taten ohne jede Bedeutung sind. Sie sitzen hier und hoffen auf ein Wunder oder warten auf ihren unvermeidlichen Tod und fragen sich, warum sie hier sind und worin der Sinn ihres Lebens bestanden haben soll.

Es gibt ihn nicht, diesen Sinn! Ihr seid hier, weil der Zufall es so wollte! Was ihr bis heute getan habt oder womöglich noch tun werdet, ist bedeutungslos und war nie maßgeblich!

Ich fühle nichts. Immer noch, immer mehr fühle ich nichts. Was ich bin, bin ich längst nicht mehr. Es ist lange her, dass Chara Chara war.

Chara schloss ihre Augen und lehnte den Kopf gegen die Wand, während ihre Finger unaufhörlich auf den Steinboden trommelten.

Es ist richtig, hier zu sein. Hier wartet eine Veränderung auf mich. Komm! Reiß die falsche Chara nieder und erschaffe mich neu! Komm und lass mich ein neues Leben beginnen und sei es im Tod. Es ist vorbei – ich will erwachen!

Chara öffnete die Augen. Ihre trommelnden Finger hielten inne.

„Wie viel Zeit ist verstrichen, seitdem die Wache mit unseren Fressnäpfen da war?“, fragte sie in die Dunkelheit.

Thorn seufzte.

„Keine Ahnung. Ich hab jedes Zeitgefühl verloren. Ich weiß weder, ob es Tag oder Nacht ist, noch wie oft ich da schon in den Winkel gepinkelt habe. Wenn das so weitergeht, wird mein Gehirn hier drin zu Mus.“

„Kann ich dir nicht verübeln.“

Thorn war erleichtert, endlich wieder eine vertraute Stimme zu hören, doch es wäre ihm lieber gewesen, Telos hätte ihn angesprochen. Er hatte das dringende Bedürfnis, sich mit dem Priester auszusöhnen. Doch Telos schwieg beharrlich und Thorn hatte bereits versucht, sich zu entschuldigen, was Telos aber schlicht abgeblockt hatte.

„Ich sterbe langsam vor Hunger“, versuchte Thorn das Gespräch wieder aufzugreifen.

„Du hättest die Pampe essen sollen – wer weiß, ob und wann wir das nächste Mal zu essen bekommen.“

„Soweit war ich auch schon.“

Thorns Magen begann bei dem Gesprächsthema unwillkürlich zu knurren.

„Was denkst du, warum die uns so aushungern und warum sie uns unsere Kleidung weggenommen haben?“, fragte er. „Auf der einen Seite wollen sie uns offensichtlich nicht verhungern lassen, auf der anderen Seite geben sie uns so wenig zu essen, dass wir knapp davor sind, genau das zu tun. Außerdem werden wir hier über kurz oder lang sowieso krank. Wir sind fast nackt, es ist schweinekalt und wir befinden uns inmitten eines regelrechten Sumpfes aus Abfall und Fäkalien!“

„Sie wollen uns nicht umbringen“, antwortete Chara, „zumindest nicht auf diese Weise. Die wollen uns mürbe machen und uns aushungern, damit wir ganz unten sind, wenn sie uns vorführen. Wir sollen danach winseln, dass man uns aus der Zelle lässt, es soll der einzige Gedanke sein, den wir noch denken können, wenn es soweit ist. Nur dann werden wir ihnen bereitwillig alles sagen, was sie hören wollen.“

Chara hatte recht. Thorn wollte es sich nicht eingestehen, aber seine Angst wuchs mit jedem Augenblick, den sie länger hier ausharrten, und es war ihm schleierhaft, warum Chara so ruhig bleiben konnte. Wahrscheinlich aber spielte sie die Gelassenheit nur.

Ein leises Murmeln ertönte und Thorn und Chara nahmen zur Kenntnis, dass Telos erneut versuchte, Kontakt zu Agramon herzustellen. Er tat es in regelmäßigen Abständen, doch bislang erfolglos.

Plötzlich hörte Thorn neben sich ein unterdrücktes Wimmern. Zuerst dachte er, er hätte sich verhört, doch es war eindeutig Bargh. Der Valander war offenbar wach geworden und Thorn traute seinen Ohren nicht. Bargh weinte! Der furchtlose Krieger schluchzte wie ein Kind leise vor sich hin. Vorsichtig tastete Thorn nach Barghs Arm und tätschelte ihn sanft.

„Schon gut, Bargh. Alles gut.“

Doch da sprang Bargh plötzlich auf die Beine und Thorn zog erschrocken seine Hand zurück.

„Ich will hier raus!“, brüllte Bargh völlig kopflos und preschte wie ein wild gewordener Bulle nach vorn, bis die Ketten spannten und ihn mit einem brutalen Ruck rücklings zu Boden warfen.

Chara und Telos waren so schnell auf ihren Füßen wie Thorn. Das schwere Atmen und das tapsige Geräusch nackter Füße auf dem Steinboden verrieten ihnen, dass Bargh sich hochkämpfte. Es folgte ein weiteres Klirren und ein Knirschen, als würde jemand mit einem Eisen in der Felswand stochern.

„Bargh!“, rief Thorn entnervt, „versuchst du etwa, die Ketten aus der Wand zu reißen?“

Dem Geräusch nach zu urteilen, hatte sich die Verankerung zumindest teilweise aus dem Stein gelöst. Doch weiter würde es der Barbar nicht bringen.

„Das ist doch sinnlos!“

Doch Bargh hörte Thorn nicht. Wie ein Tier, das in eine Falle geraten war, kämpfte er gegen seine Fesseln an. Thorn hörte Barghs schweren Atem, als er sich mit seinem ganzen Gewicht in die Ketten hing und machte einen Schritt auf ihn zu.

„Hör auf, Bargh! Du verletzt dich nur!“

Die Metallringe mussten sich längst in Barghs Haut gegraben haben, so heftig, wie der Barbar versuchte, sich aus ihnen zu befreien. Thorn überlegte fieberhaft, wie er ihn beruhigen konnte, doch er wagte es nicht, sich auf den durchdrehenden Krieger zu werfen. Doch dann fiel Bargh schwer atmend in die Knie und es wurde still. Nach einer Weile aber klirrte es erneut und Bargh schien sich wieder aufzurappeln. Ein Brüllen ertönte, dann klatschte nacktes Fleisch gegen Stein. Es war unüberhörbar, dass Bargh sich mit der Schulter gegen den Felsen geworfen hatte.

„Lasst mich raus!“, tobte er wie besessen und stürzte in die Zellenmitte in der Hoffnung, die Ketten mit genug Schwung zerreißen zu können. Wieder gab es einen Ruck und Bargh wurde erneut zu Boden gerissen.

Dies war der Moment, in welchem Chara und Thorn aktiv wurden. Fast zeitgleich stürzten sie in die Richtung, in der sie den Barbaren vermuteten. Dabei trat Chara in ihre eigenen Exkremente und rutschte fast aus. Sie konnte es gerade noch verhindern, das Gleichgewicht zu verlieren und auf dem Boden aufzuschlagen. Fluchend versuchte sie, die Mitte der Zelle zu finden, indem sie dem Klirren von Barghs Ketten entgegenstolperte.

Sobald sie sich unmittelbar vor ihm glaubte, streckte sie ihre Hände aus, um ihn in der pechschwarzen Dunkelheit rechtzeitig fassen zu können.

Barghs nächster Versuch ließ ihn geradewegs in Charas Arme laufen. Chara packte seine Handgelenke und drückte sie so hart nach hinten, dass er vor Schmerz aufstöhnte. Thorn nutzte die Gelegenheit, übernahm Charas Griff auf Barghs Rücken und zwang den Barbaren, sich vornüberzubeugen, indem er seine Arme noch weiter nach oben bog. Dadurch bekam Chara die Möglichkeit, Bargh mit einem Würgegriff zu Boden zu reißen.

Durch den schmerzhaften Griff, mit dem sie Bargh die Luft abschnürte, schaffte sie es, den wuchtigen Krieger auf dem Felsboden festzuhalten. Bargh hatte keine Chance, sich aus ihrer Umklammerung zu befreien.

„Bist du jetzt fertig?!“, presste sie schwer atmend hervor. „Oder willst du dich umbringen?! Wenn ja, sag’s einfach – ich helfe dir gern dabei!“

„Bargh!“

Telos hatte sich hingekniet und redete leise auf den Krieger ein.

„Du bist hier sicher! Es kann dir nichts passieren!“

Ein verhaltenes Schluchzen schüttelte Barghs Körper, unterbrochen von heftigen Atemstößen.

„Bargh!“, wiederholte nun Thorn seinen Namen und ging neben dem zitternden Körper in die Hocke. „Das ist nur eine Zelle und man wird uns jeden Moment hier herauslassen. Die wollen uns nicht auf ewig hier gefangen halten! Sie wollen mit uns verhandeln, verstehst du?“

Chara spürte, wie sich Barghs Puls verlangsamte. Sein Atem wurde ruhiger, seine Muskeln entspannten sich und Chara lockerte ihren Griff ein wenig.

„Ich kann nich’“, schluchzte er. „Ich halt’ es hier nich’ aus … Ich …“

Seine Stimme brach und ein Schütteln ging durch seinen Körper.

„Ich will so nich’ sterben – nich’ so … Bin dafür geboren, in der Schlacht zu fallen, bin ein Krieger …“

„Du wirst im Kampf sterben – so, wie es für dich bestimmt ist“, murmelte Telos sanft und legte so viel Zuversicht wie möglich in seine Stimme.

Er wusste, dass es eine Lüge war, wusste, dass sie an diesem Ort sterben würden. Agramon hatte ihn verlassen und der Grund dafür war ihm mittlerweile klar. Es lag an diesem Ort selbst. Agramon war hier ein Fremder. Irgendetwas hielt ihn von hier fern. Dies war ein durch und durch dunkler Ort und Telos war hier als Priester so verloren wie ein Geschöpf der Nacht im Tempel Agramons.

„Lass mich los, Chara!“, stöhnte Bargh. „Ich werd’ mich zusammenreißen, ich versprech’s!“

Chara zögerte, doch dann ließ sie Bargh los und erhob sich.

„Für einen Priester lügst du äußerst gekonnt“, sagte sie leise.

Telos ignorierte ihren Kommentar. Dass er gelogen hatte, diente lediglich dazu, Bargh zu beruhigen, und der Zweck heiligte bekanntlich die Mittel.

Während Bargh sich hustend aufrichtete und sich seine schmerzenden Arme und Handgelenke rieb, zog sich Chara wieder an ihre Wand zurück. Erschöpft ließ sie sich auf den Boden fallen und streifte den Kot an ihren Fußsohlen am rauen Steinboden ab. Dann legte sie die Stirn auf ihre Unterarme und schloss die Augen. Sie war längst nicht mehr anwesend, als Bargh sich zitternd an die Felswand drückte, Thorn sein Gesicht in seinen Händen vergrub und Telos nachdenklich in der Zelle auf- und abmarschierte und dabei immer nur fünf Schritte weit kam.

Barghs Schnarchen dröhnte vertraut durch die Zelle und Thorn war gerade dabei, sich trotz des undankbaren Geräuschs in den Schlaf gleiten zu lassen, als ein anderer Laut die schwere Holztür durchdrang.

Thorn war auf der Stelle hellwach und hob seinen Kopf. Tatsächlich, es näherten sich Schritte.

„Es kommt jemand“, murmelte Chara ungerührt.

Offenbar schlief die Söldnerin so gut wie gar nicht.

„Denkst du, die bringen uns was zu essen?“, fragte Thorn und kämpfte sich auf die Beine.

„Möglich.“

„Ich weiß nicht, wann sie uns den Fraß gebracht haben. Es kommt mir jedenfalls vor, als wäre es mindestens zwei Tage her.“

Vor dem Zelleneingang ertönte das Klimpern von Schlüsseln. Jetzt hob auch Chara ihren Kopf und Barghs Schnarchen ging in ein genussvolles Schmatzen über.

„Jemand macht sich am Schloss zu schaffen“, meinte Telos dumpf. „Die holen uns – es ist soweit.“

Thorns Herz begann, wie wild zu rasen. Nun, da er den Tod unmittelbar vor Augen hatte, war die Aussicht darauf, noch länger in dieser stinkenden Zelle zu hocken, gar nicht mehr so erschreckend. Es war zu früh zum Sterben. Er war noch nicht bereit. Doch dann verdrängte ein anderer Gedanke die peinigende Angst, die sich in kalten Wellen über Thorns Bewusstsein warf, und auf einmal konnte Thorn es kaum erwarten, abgeführt zu werden. Er würde endlich die Antwort auf die Frage finden, die ihn schon so lange quälte: *Wer war Al'Jebal?*

Cuindag, 1. Trideade im Einhornmond/348 nGF

Schicksal oder Zufall

Wir waren kurz vor dem Ziel, kurz davor, das Ende des Anfangs zu beschließen und dem Anfang vom Ende entgegenzutreten. Wir waren kurz davor, einen einschlägigen Weg zu beschreiten, von dem aus es kein Entrinnen mehr gab. Doch vor sieben Jahren, am Dosandag der zweiten Trideade im Draugmond/ 341 nGF, zählte für uns nur eine Sache – *am Leben zu bleiben.*

„Wenn es nun sein soll, dann lasst es sein, wie es ist. Jeder ist dort, wo er sein muss ..."

Diese Worte begleiten mich seit jenem Tag, als ich sie das erste Mal vernommen hatte. Es sind *seine* Worte. Und sie enthüllen *seine* Art zu denken.

Es ist die Offenbarung der Weisheit eines Mannes, der es für sich genommen wert ist, in seinem Sinne zu handeln.

„Jeder ist dort, wo er sein muss ... "

Wahre Worte. Damals, drei Jahre später – und auch heute noch.

War es Schicksal? Ich bezweifle es. Ich bezweifle, dass das Schicksal existiert oder eine Art Vorbestimmung dessen, was in einer Welt wie dieser passiert. Ich bezweifle außerdem, dass es Zufall war, der uns in jenen Tagen diese Wege beschreiten ließ. Weder Schicksal noch Zufall brachten uns an den einen Punkt der Geschichte Amaleas, der bedeutend war. Weder das Schicksal noch der Zufall führten den entscheidenden Augenblick einer Entwicklung herbei, die von da an ihren Lauf nahm.

Es gab Zeiten, meine Seele kann es bezeugen, in denen ich mit jeder Faser meines Herzens glauben wollte, dass es das Schicksal war, welches mich zu Ihm führte.

Doch das Herz sucht verzweifelt nach der Lüge, die seine Wunden zu heilen vermag, und die Wahrheit findet es nur in der Liebe, einem Zustand, der ein Wahr *oder* Falsch *gar nicht kennt …*

Der Alte vom Berg

„Ich bin hier."

Testaceus drehte sich um. Im Türrahmen des Besprechungsraums seiner Villa stand der Augur und wartete darauf, hereingebeten zu werden.

„Tretet ein, Lestrang."

Lestrang trat mit raschelnder Robe durch die Tür auf den glatt polierten Marmorboden. Einen Moment musterte er den Raum, bevor er, bedächtig die schwere Holztafel umrundend, auf Testaceus zuging.

„Ich bat Euch mich aufzusuchen, sollte sich irgendeine Veränderung abzeichnen", begann Testaceus förmlich.

Lestrang blickte dem Cäsarus unbeeindruckt in die Augen.

„Was hat das zu bedeuten?", versuchte Testaceus den Auguren zum Sprechen zu bewegen, wobei er nur zu gut wusste, dass Lestrang selten unvermittelt zum Punkt kam. Lestrang zeigte keinerlei Regung.

„Ich erbitte Hilfe durch Eure Gabe", seufzte Testaceus resigniert.

Die Bitte war Bedingung einer jeden Augurenbefragung, doch jedes Mal sträubte sich etwas in ihm sie auszusprechen, vor allem jetzt, da er Cäsarus war und prinzipiell um nichts zu bitten hatte.

„Zwei Fragen, wenn Ihr gewillt seid, Lestrang."

„*Eine* Antwort, da sich die Dinge komplizierter verhalten als sonst", säuselte Lestrang salomonisch.

Testaceus hob überrascht die Augenbrauen. Diese Reaktion war ihm neu. Bislang hatte der Augur die Antworten auf die gestellten Fragen parat gehabt.

Lestrang strich mit dem Zeigefinger über sein spitzes Kinn und Testaceus registrierte mit Abscheu, dass sich unter dem Fingernagel ein blutiger Rand gebildet hatte – der Augur hatte erst kürzlich seines Amtes gewaltet, das war nicht zu übersehen.

„Stellt Eure Fragen“, verlangte Lestrang tonlos und Testaceus begab sich ans Fenster, um sich dem Anblick der blutigen Nägel zu entziehen.

„Wie wird er sich entscheiden und …“

„Zu konkret!“, schnitt ihm Lestrang das Wort ab, wobei sich seine Stimme kaum hob.

Testaceus versuchte es erneut.

„Was ist mein Schicksal und kennt Ihr den Zeitpunkt, da es sich entscheidet?“

Lestrang nickte und steckte seine Hände zurück in die Ärmel seiner schwarzen Robe.

„Besser“, antwortete er und Testaceus wurde unangenehm bewusst, dass die eigentliche Antwort noch länger auf sich warten lassen würde. „Das Schicksal ist zweierlei Gestalt“, fuhr Lestrang gedehnt fort. „Wie alles diesseits der Götterwelt. Je nach Betrachtung wechselt es seine Erscheinung. Einerseits ist es bestimmend, und zwar in jeder erdenklichen Hinsicht, auf der anderen Seite entscheidet es *nichts*.“

Testaceus unterdrückte das heftige Verlangen Lestrang anzubrüllen, er möge endlich zum Punkt kommen, während er den Abmarsch der Prätorianertruppe beobachtete, die unter Rosmertas Führung vom Vorplatz seiner Villa in die *Via Imperia* einbog.

„Das Schicksal entscheidet nichts, das nicht auch der Zufall entscheiden könnte. Wir halten das Schicksal zwar für ein göttliches Gesetz, eines, das unbedingte Gültigkeit besitzt, doch letztlich könnte das Schicksal lediglich als ein anderes Wort für die Möglichkeit gelten, ein zufälliges Ereignis aufgrund der vorher eintretenden eindeutigen Hinweise vorherzusagen. Wenn wir ein Ereignis vorhersagen können, neigen wir dazu, das Ereignis als vorherbestimmt zu betrachten und ihm damit eine gewisse Art von Schicksalhaftigkeit zuzusprechen.“

Lestrangs Finger trommelten jetzt leise auf die Tischplatte und Testaceus schloss entnervt seine Augen.

„Es gibt Menschen wie ich, denen es kraft ihrer Intuition gelingt, zukünftige Ereignisse vorauszusehen“, fuhr Lestrang unbarmherzig fort. „Müssen wir aber deshalb davon ausgehen, dass jene Ereignisse unbedingten Gesetzen folgen und daher vorbestimmt sind? Dann wären wir gezwungen, den Menschen und allen vernunftbegabten Wesen jede Form der Eigenverantwortung und die Möglichkeit des freien Willens abzusprechen. Wollen wir das? Ich denke nicht. Also lasst uns das Schicksal einerseits als einen Namen für die Vorhersagbarkeit jener Ereignisse, die der Zufall herbeiführt, betrachten. Lasst uns andererseits die Tatsache zur Kenntnis nehmen, dass jedes Ereignis Ursache anderer Ereignisse ist und damit eine gewisse Form der Vorbestimmung jedweder Entwicklung vorhanden ist. Wenn Ihr so wollt, könnt Ihr also jede Ereigniskette als schicksalshaft bezeichnen, doch meist sprechen wir nur dann von Schicksal, wenn einer Kette von Ereignissen eine gewisse Sinnhaftigkeit zugrunde liegt. Eine sinnvolle Entwicklung ist eine, die in Sinnvollem resultiert. Wenn also ein Ereignis eine Reihe bedeutungs- oder sinnvoller Ereignisse in Bewegung versetzt, neigen wir dazu, diese Ereignisse als schicksalhaft zu bezeichnen."

In Testaceus' Kopf hatte sich ein Knoten gebildet, doch das war in Lestrangs Gesellschaft nichts Ungewöhnliches und er hatte sich längst daran gewöhnt.

Das leise Trommeln der Finger verstummte.

„In Kürze wird eine ganze Flut neuer, bedeutsamer Ereignisse durch eine simple Entscheidung ausgelöst werden. Euer Schicksal und das Schicksal all derer, die auf Eurer Seite stehen, entscheidet sich *heute*."

Lestrang ließ seine blassen Hände in seinen Ärmeln verschwinden und trat so nah an Testaceus heran, dass dieser seinen warmen Atem im Nacken spürte.

„Und beide sind ihrem Blut treu, aber einer bricht mit dem maßgebenden Verstand", flüsterte er.

Testaceus drehte sich um.

„Thorn!", murmelte er und wurde blass.

„Hört mir zu!", zischte Lestrang und griff sich unvermittelt an sein Herz. „Euer Schicksal entscheidet sich heute und es ist die Entscheidung des Waldläufers, die es maßgeblich beeinflusst, doch ... Wie auch immer er sich entscheiden mag, ob zum Guten oder zum Schlechten, wir wissen nicht, und zwar, weil *ich* es nicht weiß, *wie* sich seine Entscheidung auf Euer Schicksal auswirken wird. Ich konnte nur *das* sehen, nur sehen, dass meine damalige Weissagung sich heute erfüllt. Der Waldläufer bricht heute mit seinem maßgebenden Verstand. Dies ist *seine* Entscheidung und er trifft sie aus *freien* Stücken. Es war nie vorherbestimmt, welche Entscheidung er trifft, aber die Entscheidung selbst entscheidet alles andere, das für Euch von Belang ist. Von diesem Zeitpunkt an, was auch immer noch geschehen mag, ist Eure weitere Entwicklung besiegelt. Es *gibt* für Euch nur noch *eine* Zukunft."

Die Worte schlugen auf Testaceus' Nerven ein wie ein Hagel spitzer Steine.

„Der Waldläufer ist es, der diese Zukunft einleitet. *Sein* Wille führt zu jenen Ereignissen, die nun kommen werden. Und ich sehe noch etwas", betonte Lestrang, „es liegt eine tiefere Bedeutung darin, dass sich die daraus resultierende Entwicklung exakt so vollzieht, wie sie sich letztlich vollziehen wird, und deshalb mögen wir sie als schicksalhaft bezeichnen, doch ob sie bringt, was Ihr Euch erwartet oder erhofft, oder ob sie herbeiführt, was Ihr befürchtet, kann ich nicht sagen."

Während Lestrang mit diesen Worten seine Zukunft besiegelte, wuchs in Testaceus unaufhaltsam die Erkenntnis, dass sich alles, was nun geschah, zur Gänze seinem Einfluss entzog. Er konnte nur noch warten, hoffen und bangen.

Sein Leben lag in Thorn Gandirs Händen, und er selbst hatte es hineingelegt, wenn auch ohne sich dessen bewusst zu sein. Denn er hatte ihn nicht etwa deshalb losgeschickt, um das Schicksal des Imperiums und damit sein eigenes zu entscheiden, sondern weil er über ihn das Zepter zurückerobern wollte. Vielleicht wollte er ihn auch aus Gründen der Sicherheit aus dem Weg haben, aber dies war nur ein positiver Nebeneffekt gewesen.

Wie zynisch waren die Götter doch, dass sie ausgerechnet *den* Mann zum möglichen Fiasko für den Cäsarus auserkoren hatten, dem der Cäsarus in nicht unerheblichem Maße seinen jetzigen Status verdankte – ein instabiler Baustein seines Machtsitzes zwar, aber einer, ohne den das

Gebäude nie hätte erbaut werden können. Doch nun war es nicht mehr aufzuhalten. Er konnte nichts mehr tun. Es war zu spät …

* * *

Mit einem kreischenden Ächzen öffnete sich die metallbeschlagene Zellentür. Ein schwacher Lichtstrahl fiel in das Verlies und zwang Thorn, Chara und Telos dazu sich abzuwenden. Die plötzliche Helligkeit stach ihnen brutal in die Augen. Erst nach einer gewissen Zeit schafften sie es, zum Zelleneingang zurückzublicken.

Ein lederner Stiefel schob sich durch die schmale Öffnung. Ein Wachmann stemmte sich gegen die schwere Tür, drückte sie vollständig auf und trat in die Zelle. Ein warmer Lichtkegel, der von den Fackeln im Gang herrührte, fiel durch den Eingang auf den verschmutzten Boden und warf einen unnatürlich schmalen, langen Schatten ins Zelleninnere. Der Mann im Licht bewegte sich nicht.

Thorn starrte mit zusammengekniffenen Augen auf dessen schwere Rüstung. Sein Gesicht konnte er aufgrund der Lichtverhältnisse nicht ausmachen.

Offenbar machte sich der Mann ein Bild von der Situation. Und offensichtlich konnte er nur mit Mühe ein Würgen unterdrücken, was Thorn nicht weiter verwunderte.

Als der Mann die Situation in der Zelle für ungefährlich befunden hatte, winkte er nach draußen, woraufhin ein weiterer Wachmann in Kettenrüstung die Zelle betrat. Seine rechte Hand umschloss einen Krummsäbel. Seine Linke schlug er sich zum Schutz vor dem Gestank vor Mund und Nase.

Schweigend verfolgte Thorn, wie der erste Wachmann auf Chara zuging, wobei er penibel darauf achtete, die schlüpfrigen Örtlichkeiten zu meiden und nicht in irgendwelche Fäkalien zu treten. Ohne Chara eines Blickes zu würdigen, kniete er sich vor die Söldnerin und schloss ihre Fußfesseln auf.

Die zweite Wache, die sich in die Zellenmitte begeben hatte, beobachtete wachsam das Szenario und hielt ihren Säbel in Bereitschaft. Nachdem Charas Füße befreit waren, löste der Mann die Metallringe an ihren Händen. Dann brachte er sie wortlos zum Eingang. Auf dem Weg taxierte Chara den Mann in der Zellenmitte, bevor sie durch die Tür nach draußen geschoben wurde.

„Wie viele von Euch sind hier eigentlich noch angetreten?“, drang ihre Stimme in die Zelle zurück. „Wäre doch nicht nötig gewesen, zumal ich davon ausgehe, dass Euer Herr wie die meisten unter einem empfindlichen Personalmangel leidet!“

Sie erhielt keine Antwort. Stattdessen wurde nun auch Telos von den schweren Ketten erlöst und nach draußen geführt. Erst, als die Wache sich um Bargh kümmerte, wurde es laut.

Bargh, der langsam zu sich kam und endlich aus seinen verworrenen Träumen schreckte, sprang schlagartig auf die Beine und zielte mit der Faust auf den Kopf des Wachmanns.

„Bargh!“, schrie Thorn warnend, doch Barghs Faust stieß ohnehin ins Leere. Der Mann wich ihm so geschickt aus, dass Bargh an ihm vorbeistolperte und es ihm damit leicht machte, ihm die Arme auf den Rücken zu drehen. Stöhnend biss Bargh die Zähne zusammen. Seine Augen funkelten vor Zorn, als er die Wache in der Zellenmitte fixierte, die ihn mit einem drohenden Blick abstrafte.

„Bargh“, versuchte Thorn ihn zu beschwichtigen, „die holen uns hier raus! Wir kommen endlich aus dieser Scheißzelle raus! Wir werden das Tageslicht sehen und wieder frische Luft riechen und nicht den Gestank unserer eigenen Ausscheidungen!“

Thorns Worte halfen. Das wütende Funkeln in Barghs Augen verglomm.

„Macht schon, nehmt mir diese verdammten Dinger ab!“, knurrte er die Wache an.

Der Mann warf seinem Kollegen, der immer noch angespannt in der Zellenmitte stand und alles mitverfolgte, einen fragenden Blick zu. Als dieser nickte, machte er sich ans Werk und öffnete mit einem leisen

Klacken das Schloss an Barghs Ketten. Bargh hielt still und ließ ihn gewähren. Dann wurde auch er abgeführt.

Nachdem man auch Thorn aus seinen Fesseln befreit hatte, rieb er sich erleichtert seine schmerzenden und wunden Handgelenke.

Eine plötzliche, tiefe Dankbarkeit breitete sich in ihm aus. Endlich konnte er seinen Körper wieder spüren, sich wieder frei bewegen und endlich, endlich durfte er diesen verfluchten Kerker verlassen.

Sehnsüchtig stolperte er der Wache voraus zum Ausgang, wo er sich erneut abwenden musste, weil ihm das Licht der Fackeln direkt ins Gesicht fiel. Erst nach einer Weile konnte er unter Schmerzen seine Augen einen Spaltbreit öffnen, sodass er zumindest sehen konnte, wohin er trat.

„Zieht Euch die Sachen über!“, befahl der erste Wachmann auf Comentang, aber mit eindeutig aschranischem Akzent, warf ein Bündel Kleider in einen höhlenähnlichen, offenen Raum gegenüber der Zelle und schloss anschließend die Zellentür ab.

Telos war der Erste, der sich auf die Kleider stürzte und mit einem Seufzer der Erleichterung feststellte, dass es sich dabei um seine Sachen handelte und sein Priestergewand soweit unversehrt war. Wenigstens *das* war ihm geblieben.

„*Wo* ist mein Elfenanhänger?“, knurrte Thorn, während er die Sachen am Boden durchstöberte.

Chara hielt ihm die Kette baumelnd vors Gesicht und er nahm sie dankbar entgegen. Auch ihm war geblieben, was er am meisten vermisst hatte. Nachdem er sich die Kette über den Kopf gestreift hatte, schlüpfte er in seine Lederhose und warf sich seinen wollenen Kapuzenumhang über die Schultern. Langsam strömte ein wenig Wärme in seinen steifgefrorenen Körper zurück.

Nachdem sich auch Chara und Bargh angekleidet hatten, wurde jeder von ihnen von zwei Wachmännern in die Mitte genommen und den schmalen Gang entlang abgeführt.

Thorn erkannte die schroffen Wände, die sie umgaben, als rohen, nackten Felsen. Sie bewegten sich eindeutig durch einen Berg. Den Tunnel hatte man schlicht aus dem Fels gehauen.

Auch wenn es ihm in den Augen schmerzte, empfand er das Licht der Fackeln nach der langen Zeit in absoluter Finsternis als tröstlich. Doch der Gedanke daran, was sie erwartete, wenn sie den Weg durch den Berg hinter sich gebracht hatten, zog ihn unweigerlich zurück in die düstere Bilderwelt, die ihn seit ihrer Gefangennahme begleitete. Zweifelsohne war die Zeit in der Zelle ein Honiglecken gegenüber allem, was sie noch erwartete.

Das Klirren der Rüstungen hallte von den kahlen Wänden wider. Der Gang schlängelte sich wie ein Rinnsal durch den schroffen Fels und endete schließlich an einer schweren, mit Metall beschlagenen Holztür. Eine von Thorns Wachen steckte einen großen Metallschlüssel in das Schloss. Es klickte und die Tür öffnete sich knirschend. Dahinter setzte sich der Gang fort und begann nach einer Linkskurve leicht anzusteigen.

Charas Räuspern durchbrach die Stille.

„Also gut“, begann die Söldnerin ein scheinbar ungezwungenes Gespräch, „jetzt könnt ihr uns ja verraten, *wer* uns hier gefangen hält! Unser Waldläufer ist nämlich der festen Überzeugung, dass wir einem mächtigen Dunkelmagier in die Falle gegangen sind. Ich hingegen halte es für viel wahrscheinlicher, dass euer Herr, wer auch immer er sein mag, nicht besonders viel zu bieten hat. Wenn er uns von sage und schreibe acht Wachen abführen lässt, dürfte er mit ziemlicher Wahrscheinlichkeit die Hosen voll haben. Wahrscheinlich befürchtet er, dass wir ihn mit unseren bloßen Hä…“

Weiter kam sie nicht, denn ein heftiger Schlag gegen ihren Wangenknochen brachte sie abrupt zum Schweigen.

„Haltet Euren Mund!“, befahl eine ihrer Wachen harsch, während Chara sich verbissen die Backe rieb und zu dem Schluss kam, dass ihre Provokationen hier eindeutig fehl am Platz waren.

Schweigen legte sich über die Gruppe, nur ihre Schritte und das Klirren der Rüstungen waren noch zu hören, während sie weiter bergauf durch den Tunnel liefen.

Thorn überlegte, was genau Al’Jebal mit ihnen vorhaben könnte, doch als er das eine oder andere höchst beunruhigende Szenario vor seinem geistigen Auge durchspielte, entschied er, es zu lassen. Derartige Überlegungen unterhöhlten letztlich nur die eigene Moral und Al'Jebal sollte seine Angst weder sehen noch vermuten. Immerhin hatte sich Thorn im Laufe der Jahre einen Namen gemacht. Er war mehr als ein gewöhnlicher Waldläufer, er war Thorn Gandir, Ehrensenator Valianors, einstiger Oberkommandant der valianischen Legionen und ein *Held des Imperiums*. Trotz seines Schmutzes und seines zweifellos ekelerregenden Geruchs wollte er seine Würde bewahren und Al'Jebal mit erhobenem Haupt entgegentreten.

Unvermittelt schloss sich seine Hand um den Elfenanhänger an seinem Hals. Der Traum kam ihm in den Sinn, in dem ihm Kitayscha erschienen war, und obgleich er wusste, dass er nur geträumt hatte, hatten sich die Worte der Elfenkriegerin fest in seinem Kopf und seinem Herzen eingenistet. Es fühlte sich an, als ob sie ihm leibhaftig gegenübergestanden wäre und mit ihrer Gegenwart war die Sehnsucht nach der Frau, die er so sehr geliebt hatte, wieder mächtig gewachsen. Vielleicht wäre er heute nicht hier und würde nicht durch diesen düsteren Gang seiner Hinrichtung entgegenlaufen, wäre die Elfenkriegerin nicht gestorben. Möglicherweise hätten sie das Valianische Imperium längst verlassen und wären nun irgendwo in seiner Heimat Alba, wo sie eine Familie gegründet hätten.

„Und fürchte die Frau in Schwarz", tänzelte Kitayschas Stimme erneut durch seinen Kopf, wurde dann aber von einer anderen jäh übertönt.

„He, ihr!", rief Bargh den Gang entlang nach vorn. „Ihr werdet uns jetzt doch nich' wirklich umbringen, oder? Telos hat mir versprochen, dass ich im Kampf sterbe und ich glaub' an das Versprechen eines Priesters!"

Telos' Magen verkrampfte sich. Ein Mann wie Bargh akzeptierte nur eine Art zu sterben: mit erhobenem Haupt und erhobener Waffe im Kampf. Doch die Wahrheit sah anders aus.

„Sagt schon!", drängte Bargh weiter. „Ich bin ein Krieger aus Valland! Ich hab' ein Recht darauf …"

„Hast du nicht mitbekommen, dass die nicht zum Reden aufgelegt sind?“, schnitt ihm Chara das Wort ab.

Sie warf einer ihrer Wachen einen forschen Seitenblick zu.

„Die sind nur dazu da, für irgendjemanden die Drecksarbeit zu machen – da würd’s mich auch nicht jucken, mich auf Diskussionen einzulassen.“

Offensichtlich hoffte sie, ihre Wachen aus der Reserve zu locken, doch die Männer blieben unbeeindruckt. Anscheinend hatten sie lediglich ein Problem damit, wenn man ihren Herrn beleidigte. Es war das Einzige, worauf sie bislang reagiert hatten. Sie hatten es mit treuen Anhängern zu tun – das wurde Thorn in diesem Moment klar. Ebenso wie Chara, deren Blicke unaufhörlich zwischen den Gesichtern ihrer beiden Wachmänner hin- und herzuckten, um darin Antworten zu finden.

Der Gang endete am Fuß einer Wendeltreppe. Während sie sich über die Stufen schleppten, die endlos nach oben zu laufen schienen, zählte Thorn mehrere Etagen, von denen weitere Gänge wegführten.

Als sie die letzte Etage erreicht hatten, trafen sie auf eine massive Holztür. Es knarrte, als sie einer der Wachmänner aufschob. Ein Windstoß drang in den stickigen Gang und Thorn atmete tief ein. Die Luft war warm, frisch und roch salzig. Er hatte das Gefühl, seit Monden keine vergleichbare Befriedigung erfahren zu haben. Der Geruch unverbrauchter Luft in seiner Nase und die Tatsache, seine Lungen endlich wieder ganz füllen zu können, waren berauschend.

Doch als er durch die Tür nach draußen trat, wandte er vor Schmerz sein Gesicht ab. Einen kurzen Augenblick sehnte er die finstere Zelle herbei. Dort draußen war es blendend hell!

Thorn drängte in den Gang zurück, doch die Wachen stießen ihn unsanft nach draußen, folgten ihm und hielten ihn dann mit harten Griffen an beiden Armen fest, sodass er sich nicht bewegen konnte. Unbarmherzig knallte die Sonne auf ihn hernieder, während ihr gleißendes Licht durch seine geschlossenen Lider stach. Es war wohl kurz vor Mittag.

„Bei Vana, das ertrage ich nicht!“, fluchte er auf *Comentang*. „Lasst mich, verdammt noch mal, zurück!“

Verzweifelt versuchte er, sich aus der harten Umklammerung der Wachen zu befreien, doch sie hielten ihn eisern fest.

Hinter sich hörte Thorn Bargh und Telos vor Schmerzen aufstöhnen, während Charas schwerer Atem klang, als würde sie mit aller Kraft versuchen, ihre Wachen zu überwältigen.

„Habt ihr auch nur die leiseste Ahnung, wie sich das anfühlt?!“, knurrte sie, nachdem sie erkannt hatte, dass es kein Entkommen gab, „als würde euch jemand mit einem glühenden Dolch in die Augäpfel stechen!“

Statt einer Antwort schleiften die Wachmänner sie vom Eingang weg und endlich konnte Thorn seine Augen einen Spaltbreit öffnen. Obwohl der Schmerz fast unerträglich war, schaffte er es, den Priester zu erkennen, als er an ihm vorbeigeführt wurde. Telos drehte sich zu ihm um.

Sein hässliches Gesicht war blass, schmutzig und von der schroffen Felswand des Kerkers zerkratzt. In seinen Augen lag die nackte Angst und während sie einander ansahen, machte sich in Thorn ein beunruhigender Gedanke breit – von diesem Zeitpunkt an war jeder von ihnen allein. Telos, Chara, Bargh – alle würden sie jetzt für sich selbst und ihre eigenen Interessen kämpfen. Die missliche Lage, in der sie sich befanden, isolierte sie voneinander und Thorn wurde schmerzlich bewusst, dass er vergessen musste, dass sie bislang seine Gefährten gewesen waren, Menschen, die zumindest teilweise hinter ihm gestanden hatten.

Der Priester spürte die bedrohliche Wirkung dieses Ortes ebenso wie er, das konnte Thorn in Telos’ Gesicht ablesen und er wusste: Telos war wie er bereit, fast alles zu tun, um mit dem Leben davonzukommen.

Das ferne Rauschen gegen Felsen brandender Wellen drang an Thorns Ohren. Das *Meer der Ruhe*. Sie waren zweifellos in einer Hafenstadt oder einer Bucht.

Im Augenblick befanden sie sich neben einem breiten Rundbogen aus Stein. Am anderen Ende des überwölbten Durchgangs und nur wenige Schritte von ihnen entfernt, erkannte Thorn ein zur Gänze mit Metall beschlagenes, doppeltes Flügeltor – das Tor, das in die Freiheit führte. Jedenfalls vermutete er, dass es das Haupttor war.

Sie befanden sich zweifelsohne in einer Festung.

Die Tür zum unterirdischen Gang wurde verschlossen. Dann führte man sie vom Tor fort in einen weitläufigen Innenhof, der von einer massiven Wehranlage umgeben war. Nach dem Wehrgang zu urteilen, hatten die aus Sandstein erbauten Mauern eine Breite von etwa fünf bis sechs Schritt. Zwei Rundtürme erhoben sich in den blassblauen Himmel, der eine etwas niedriger und von geringerem Durchmesser als sein robustes Gegenüber. Anders als die Festungen, die Thorn aus Alba kannte, verjüngten sich die Türme zu ihren Plattformen hin. Sie fügten sich aus drei Sandsteinzylindern zusammen, wobei der unterste der drei den größten Durchmesser hatte. Die beiden oberen waren von Stuckaturen in Form von Rundbögen eingefasst. Eine Plattform, umschlossen von wehrhaften Zinnen, bildete den höchsten Punkt der beiden Türme.

Thorn mutmaßte, dass die Festung weithin sichtbar war, zumal sie, den unterirdischen Gängen und Verliesen nach zu urteilen, auf einem Felsen errichtet sein musste. In ihrer Schlichtheit war sie eindrucksvoller als all die prunkvollen Bauten, die er aus Valianor kannte, und mächtiger als die meisten Burgen Albas. Thorn fühlte sich plötzlich klein und unbedeutend und das Gefühl des Stolzes, um das er gerade noch so heftig gekämpft hatte, verblasste unweigerlich.

Das grelle Sonnenlicht fiel steil in den gepflasterten Innenhof. Die unsägliche Mittagshitze schlug ihm wie heißer Dampf ins Gesicht und raubte ihm kurzzeitig den Atem. Der gesamte Hof lag in der prallen Sonne. Es gab lediglich einen schmalen Streifen Schatten an der gegenüberliegenden Mauer.

Während sie über den Platz geführt wurden, blickte Thorn hoch zum Wehrgang, wo eine Gruppe schwer bewaffneter Krieger auf sie hinunterstarrte. Dabei erregten vor allem deren Armbrüste seine Aufmerksamkeit. Fernkampfwaffen dieser Bauweise hatte er noch nie gesehen. Nicht nur, dass sie um einiges größer und schwerer waren als gewöhnliche Armbrüste, sie hatten darüber hinaus einen speziellen Aufsatz über dem Schaft, dessen Zweck er nicht ausmachen konnte. Thorn zweifelte dennoch keinen Augenblick daran, dass sie effektiver und todbringender waren als andere Fernkampfwaffen – und man zielte damit direkt auf ihn, Telos, Chara und Bargh.

Hinter den Kriegern schritt ein Mann bedächtig über den Wehrgang und beobachtete die Geschehnisse im Burghof aus sicherer Entfernung. Irgendwie kam Thorn die Erscheinung des Mannes vertraut vor. Er kannte dieses finstere, vernarbte Gesicht! Er kannte es von unzähligen Steckbriefen, die überall in Valianor die Gaststätten, Hausmauern und Tempelsäulen verunstalteten. Dort oben schritt jener Piratenadmiral, der sie mit seiner *Seeteufel* verfolgt hatte! An der Wehrmauer entlang ging mit im Wind flatterndem Umhang Herkul Polonius Schroeder und verfolgte aus misstrauischen Augen das Szenario im Innenhof – *der* Mann, den Al'Jebal ihnen hinterhergejagt hatte! In diesem Moment verdrängte der blanke Zorn die Angst, an die er sich schon fast gewöhnt hatte.

Inmitten dieser massiven Mauern waren jene Männer versammelt, die dazu beigetragen hatten, sein Leben zu zerstören. Mit Al'Jebals Leuten hatte alles begonnen. Sie hatten Testaceus' Neffen entführt, sodass sich dieser hilfesuchend an ihn gewandt hatte. Dieser erste Auftrag hatte einen Keil zwischen ihn und Kit getrieben. Wäre Al'Jebal nicht gewesen, wäre er nie in die politischen Machtkämpfe des Valianischen Imperiums hineingeraten. Ohne Al'Jebal wäre Kit noch am Leben und er hätte nicht mit dieser grauenvollen Schuld leben müssen, die ihr Tod in ihm ausgelöst hatte. Der Sklavenaufstand hatte ihm schließlich alles genommen, was ihm lieb war und Al'Jebal war der Schlüssel zu seinem Leid.

Nun stand er hier, gefangen an einem Ort der Hoffnungslosigkeit, ohne die Solidarität seiner einstigen Freunde, ohne die Frau, die er liebte, und an eben diesem Ort würde auch er letztendlich sein Leben lassen.

Mit funkelnden Augen suchte Thorn nach seinem Häscher, suchte den Mann, der ihn schon so lange verfolgte, und fand einen steinernen Stuhl, der im Zentrum eines Podests stand.

Die etwa sechs mal zehn Schritt große Plattform erhob sich vor einem Sandsteingebäude, das Thorn als Haupthaus der Burg identifizierte, und auf welches sie geradewegs zuhielten. Es war der einzige Bereich des Innenhofs, der im Schatten lag.

Links von dem seltsam anmutenden Steinstuhl stand mit überkreuzten Armen ein hünenhafter Mann in schwerer Plattenrüstung. In seinem um die Hüften geschnürten Gurt steckten jede Menge Waffen, von einem einfachen Dolch über eine Axt und einen Streitkolben bis hin zu einem schweren Langschwert und einem Morgenstern. Thorn konnte einen kurzen, braunen Stoppelbart unter dem visierlosen Helm erkennen. Das Gesicht des Mannes konnte er allerdings nur schemenhaft ausmachen.

Viel beunruhigender aber war die Erscheinung, die sich zur Rechten des Stuhls erhob und nur umrisshaft erkennbar war, obwohl sich das Schwarz ihres Gewandes hart von dem hellen Sandsteingemäuer in ihrem Rücken abhob. Die Gestalt stand völlig regungslos da. Der schwarze Mantel um ihre Schultern verwischte die Konturen des Körpers und die darunter hervorschimmernde schwarze Lederrüstung konnte Thorn nur erahnen. Selbst ihr Gesicht war bis auf die Augen hinter einem schwarzen Schal verborgen. Sie waren das Einzige, das Thorn deutlich sehen konnte.

Die Augen der Gestalt waren gelb. Sie sahen aus wie die Augen eines Reptils, wenn die Pupillen auch rund und nicht geschlitzt waren. Thorn musste unwillkürlich sein Gesicht abwenden und doch zwang ihn die Faszination schließlich, zurückzublicken. Entsetzen packte ihn, als er feststellte, dass diese unmenschlichen Augen direkt auf ihn gerichtet waren.

Etwa sieben Schritt vor der Plattform hielten die Wachen sie dazu an stehen zu bleiben. Da erst wurde Thorn gewahr, dass der steinerne Stuhl nicht länger leer war und als sich seine Augen auf die zwischen den beiden beängstigenden Erscheinungen sitzende Gestalt richteten, fühlte er, wie sein Herzschlag plötzlich aussetzte. Er spürte, wie seine Knie weich wurden und seine Muskeln erschlafften, als wollte ihn eine unsichtbare Macht zu Boden zwingen. Nur mithilfe seiner bloßen Willenskraft schaffte er es, dagegen anzukämpfen. Gleichzeitig fühlte er, wie sein Wille zu bröckeln begann und sein Stolz verpuffte.

Als er schon glaubte, dem bleiernen Gewicht auf seinem Herzen nicht länger standhalten zu können, fiel der Druck plötzlich von ihm ab und er konnte wieder frei atmen. Gebannt starrte er zu dem steinernen Stuhl hoch.

Dort saß ein Mann mittleren Alters. Er war schlank, obwohl die Schultern vermuten ließen, dass er von kraftvoller Statur war. Eine dunkelrote, an seiner Taille mit einem schmalen Gürtel gestraffte, schlichte Robe verhüllte seinen Körper bis zu den Stiefeln. An seinem Gürtel hing ein einfacher Dolch in einer Lederscheide.

Das Bestechendste an dem Mann aber war sein Gesicht. Thorn konnte sich nicht erinnern, je so detailliert gezeichnete Züge gesehen zu haben. Dabei waren es ohne Zweifel die klaren Prägungen um seine Augen und seinen Mund, die am meisten faszinierten. Und was auch sonst noch in diesem Gesicht lag, es nahm Thorns Blick so sehr gefangen, dass er unfähig war, seine Augen abzuwenden.

Die silbergrauen Schläfen, die das dunkle, kurze Haar bis zur Stirn des Mannes hin aufhellten, der von Grau durchwachsene, dunkle Bart, der bis knapp über sein Kinn wuchs, und seine gereiften, aber nicht auffallend zerfurchten Gesichtszüge ließen ihn nicht älter als fünfzig erscheinen. Doch in seinen Augen lag etwas Zeitloses und die Art und Weise, wie er die Umgebung maß und aufnahm, überzeugte Thorn davon, dass er älter war, als sein Äußeres vermuten ließ. In seinem Blick lag ein ungewöhnlicher Scharfsinn, eine Wachheit, die Thorns Selbstsicherheit über Gebühr beanspruchte.

Ihm war, als stünde er vor einem übermächtigen Gegner, dessen Anblick allein genügte, um ihn zur Kapitulation zu bewegen. Dabei waren es die Augen, die ihn derartig aus der Fassung brachten. Die stahlgraue Iris, die eine schimmernde Aura um die schwarzen Pupillen bildete – ihr war ein kaum wahrnehmbares metallisches Blitzen zu eigen, wodurch sein Blick etwas Stechendes bekam. Die leichten Schatten darunter, die bei den meisten Menschen eher einen kränklichen Eindruck erzeugten, verstärkten die Eindringlichkeit seines Blicks nur und ließen darauf schließen, dass der Mann auf dem steinernen Stuhl selten schlief.

War er es? War dies Al'Jebal?

Thorn drehte sich zu Chara um, als könnte sie ihm Antworten geben. Dabei bemerkte er, dass sich ihr muskulöser Körper angespannt hatte und sich ihre Brust hob und senkte, als würde sie mit Atemnot kämpfen. Irgendetwas wühlte sie auf und der Grund dafür war ein anderer als seiner.

Unerwartet traten die Wachen, die sie aus der Zelle begleitet hatten, zurück, sodass Thorn nun Schulter an Schulter mit den anderen vor der niedrigen Plattform stand, während ihnen die heiße Sonne auf die Köpfe brannte und ihnen Schweißperlen auf die Stirn trieb.

Sechs der Wachmänner verließen schweigend den Innenhof. Nur zwei von ihnen blieben zurück, um die Gefangenen auf beiden Seiten zu sichern.

Thorns Blick glitt zu dem Mann auf dem steinernen Stuhl zurück. Die Worte eines Betrunkenen drängten sich in sein Bewusstsein: *Und er ... Er, der die Macht hat, sich der dunkelsten aller Kreaturen zu bedienen, bekommt immer, was er will! Mag ihm auch nur halb Aschran gehören, im Grunde liegt ihm ganz Amalea zu Füßen!*

Jetzt, da er diesen Mann vor sich sah, einen Mann, der allein durch seine Gegenwart ein Gefühl von Macht und Gewalt verbreitete, wurde Thorn bewusst, was genau der Betrunkene im *Gladiator* gemeint hatte und warum er so außer sich gewesen war, als er über *den Alten vom Berg* gesprochen hatte. Dieser Mann war anders. Dieser Mann war von einer unergründlichen Einzigartigkeit und einer erschreckenden Unberührbarkeit.

Die gelben Augen der schwarzgekleideten Gestalt fixierten Thorn und rissen ihn abrupt aus seinen Gedanken. Im selben Augenblick begann der Mann auf dem Stuhl zu sprechen.

„*Wer* seid Ihr und *was* wollt Ihr hier?"

Seine Stimme war tief. Es lag etwas Samtiges darin und dennoch hatte sie eine Schärfe, die kein Zögern duldete. Es waren valianische Worte und sie hallten in Thorns Kopf wider, als wäre es seine eigene, innere Stimme, die zu ihm sprach. Einen Moment lang fühlte er sich so benommen, dass er nichts sagen konnte und seine Fassung, die er unbedingt wahren wollte, geriet noch stärker ins Wanken. Er schluckte. Doch dann riss er sich zusammen und antwortete so selbstsicher, wie er konnte: „Ihr *wisst*, wer wir sind!"

Die stahlgrauen Augen richteten sich auf Thorn und wieder fühlte er diesen seltsamen Sog, der ihn in die Knie zu zwingen drohte.

Tu ich das?

Es war nicht mehr als ein Flüstern in seinem Kopf und Thorn starrte wie gebannt auf die Lippen des Mannes. Sie hatten sich nicht bewegt.

„Ihr wisst, wer wir sind", wiederholte Thorn, während sich eine grauenhafte Beklemmung in seiner Brust breitmachte. „Ihr habt uns schließlich hierher gebracht!"

Die Gestalt auf dem steinernen Stuhl rührte sich nicht.

„Dies ist *mein* Gebiet! Ich frage Euch *noch* einmal: *Wer* seid Ihr und was wollt Ihr hier?"

In diesem Moment kam Telos zu sich, der mit dem hämmernden Gefühl, von seinem Gott verlassen worden zu sein, bislang regungslos vor dem Podium gestanden hatte.

„Wir suchen *Valians Zepter*", sagte er. „Wir haben die Diebe bis an diesen verfluchten Ort hier verfolgt und wurden dann von Euren Männern gefangen genommen!"

Thorn hatte den Eindruck, als würden die Augen des Mannes kurz aufflackern, als er sich Telos zuwandte. Doch er antwortete dem Priester nicht. Stattdessen richtete er seinen Blick auf Chara. Mit einem knappen Fingerzeig bedeutete er ihr, dass sie sich auf jene Seite des Podiums bewegen sollte, die sich zu seiner Linken befand.

„Von Euch nehme ich an, dass Ihr mir noch nützlich sein werdet", stellte er lakonisch fest, während er Charas Gestalt mit seinen Blicken maß.

Thorn drehte sich überrascht zu Chara um.

Wieder bemerkte er, wie sich ihre Muskeln anspannten, wobei ihr Blick förmlich an den Augen des Mannes zu hängen schien. Sie sagte kein Wort. Stattdessen nahm sie widerspruchslos den ihr zugewiesenen

Platz ein. Obgleich ihre Schultern leicht bebten, glaubte Thorn ein seltsames Leuchten in ihren Augen zu sehen. Chara wirkte weder verwirrt noch unsicher. Sie erweckte den Anschein, als wüsste sie, wo sie war und warum. Nur das Leuchten in ihren Augen und die offensichtliche Anspannung ihres Körpers verrieten, dass sie einen eigenen, inneren Kampf austrug.

Thorns Selbstsicherheit geriet ins Wanken. War der Mann auf dem steinernen Stuhl tatsächlich *der*, für den er ihn hielt?

„*Wer* seid Ihr?", fragte er leise.

Der stählerne Blick drang in seinen Verstand ein und bemächtigte sich seiner Gedanken, ohne, dass er es beeinflussen konnte.

Ihr kennt meinen Namen, Thorn Gandir, doch bin ich nicht der, für den Ihr mich haltet. Mein Name ist ohne Belang.

Wieder starrte Thorn auf den Mund des Mannes und wieder musste er erkennen, dass seine Lippen bewegungslos blieben. Doch trotz allem hatte er jetzt Gewissheit: Der Mann vor ihm *war* Al'Jebal!

In diesem Augenblick wurde Telos wie von Geisterhand von den Füßen gerissen und durch den Innenhof geschleudert. Ächzend schlug er einige Schritte weiter hinten auf dem gepflasterten Steinboden auf und blieb reglos liegen.

Thorn wollte etwas sagen, wollte ihm helfen, doch er konnte sich nicht bewegen. Die Situation war zu abstrus, um noch klar denken zu können.

Al'Jebals linke Augenbraue hob sich kaum merklich, als er mit nüchterner Stimme sagte: „Versucht nicht noch einmal, Eure Kraft gegen mich zu richten, Priester. Ihr habt hier keine Macht – weder Ihr noch Euer Gott."

Er klang nicht aufgebracht, auch nicht überrascht. Seine Stimme war ruhig geblieben und dennoch hatte sie eine Kälte angenommen, die Thorn innerlich frösteln ließ.

Unterdessen kämpfte Telos mit dem Schmerz, der ihn am Boden festhielt. Es war kein körperlicher, vielmehr rührte er von der Leere in seinem Herzen her und der Demütigung, die alles, was er war, schamlos verunglimpfte. Telos versuchte aufzustehen, doch die Last auf seiner Seele hielt ihn fest. Agramon war fort. Er war allein. Und dieser Mann dort oben konnte mit ihm tun und lassen, was er wollte.

Doch trotz dieser niederschmetternden Tatsache regte sich ein letzter Funke Würde in ihm. Er war ein Kriegspriester. Er durfte nicht aufgeben. Er würde nicht im Dreck liegen bleiben, sondern aufstehen und seinem Feind entgegentreten.

Also kämpfte er sich hoch und humpelte auf schwachen Beinen an seinen Platz in der Reihe zurück. In seinem Inneren loderte unverändert die panische Angst vor einem Dasein ohne seinen Gott. Wo *war* Agramon? Warum hatte er ihn verlassen? Sie waren verloren! In den Gemäuern, die sich wie die Finger einer eisernen Faust um sie schlossen, deutete nichts auf die Gegenwart seines Gottes hin.

Telos sah zu Thorn, in der Hoffnung, dort Trost zu finden. Doch der hatte ihm den Rücken zugewandt. Wie Bargh war er von Al'Jebal in seinen Bann geschlagen.

Thorn hatte recht behalten, dieser Mann dort war die dunkelste aller Gestalten, die Telos je gesehen hatte. Dieser Mann war das Chaos selbst. Sie standen vor dem leibhaftigen Bösen und was Al'Jebal auch immer sonst noch verkörperte, es würde das Letzte sein, das sie je zu Gesicht bekamen. Und trotzdem, es war absolut unfassbar, wie ein menschliches Wesen, wenn auch eines von zweifelloser Macht, in der Lage war, einen Gott zu vertreiben oder abzuschotten!

Agramon, ich flehe dich an, gib mir ein Zeichen, wenn du mich hörst!, rief er im Stillen. In diesem Augenblick hatte Telos den einsamsten Punkt seines Daseins erreicht: Er war ein Priester auf der Suche nach seinem Gott. Doch sein Gott antwortete nicht.

Agramon ... wie kannst du mich in der dunkelsten meiner Stunden verlassen? Was habe ich getan, dass du mich so schwer bestrafst? Was habe ich getan ...?

„*Was* wollt Ihr hier?“

Die Frage schnitt sich in Telos' Bewusstsein wie ein glühendes Messer durch Wachs und verdrängte jeden anderen Gedanken.

Doch sie war nicht an ihn gerichtet, sondern an Thorn.

Thorn blickte unsicher in Al'Jebals Gesicht. Er hatte das Gefühl, dass der Mann dort oben nicht *das* hören wollte, was Telos ihm bereits erklärt hatte. Das Zepter interessierte ihn im Augenblick nicht. Trotzdem antwortete er: „Telos sagte bereits, dass wir das Zepter …"

„*Nein!*"

Thorn zuckte unter der Härte der Stimme zusammen. Al'Jebals Blick war wie eine tödliche Umklammerung. Thorn konnte sich weder rühren noch atmen. Es war, als wäre er in eine unnatürliche Starre verfallen, die nicht nur seinen Körper unbeweglich machte, sondern auch seinen Verstand. Es war ihm unmöglich, einen klaren Gedanken zu fassen.

„Ich frage Euch *ein letztes Mal.*"

Die metallisch schimmernden Augen verengten sich.

„*Was* wollt Ihr hier?"

Seine Stimme klang plötzlich weich und eindringlich und Thorn fühlte, dass sie einen Weg in seinen Geist fand, um dort nach der Antwort zu suchen, die er selbst nicht einmal kannte, geschweige denn aussprechen konnte.

„Keine Antwort?", flüsterte er. „Dann werde ich Euch jetzt eine *letzte* Frage stellen und danach überlasse ich Euch Eurem Schicksal."

Ein unheilvolles Schweigen folgte, in welchem Al'Jebals Augen über jeden Einzelnen von ihnen glitten.

Thorn hielt den Atem an.

Bargh rührte sich nicht. Telos hatte die Augen geschlossen. Und Chara fixierte stumm die schwarz gekleidete Gestalt, während in ihren Augen dieser seltsame Funke glomm.

„Ich will nur das Eine von Euch wissen … Seid Ihr dazu bereit, den Cäsarus zu töten?"

Thorns Blick weitete sich vor Bestürzung und Fassungslosigkeit. Er konnte nicht glauben, was Al'Jebal da von ihm verlangte. Er hatte mit allem gerechnet. Mit quälenden Fragen über die Vorkommnisse im Valianischen Imperium, mit Fragen über Testaceus, über seine Pläne, seine Ziele.

Er hatte mit Folter gerechnet und mit Tod. Doch *das* hatte er nicht erwartet.

Seine Stimme war hohl und ausdruckslos, als er antwortete.

„Niemals.“

Al’Jebals Blick schwenkte zu Telos.

„Wie steht es mit Euch, Priester?“

Die Frage verblüffte Telos. Er starrte Al’Jebal entgeistert an. Wie durch einen Nebel realisierte er, *was* der Dunkelmagier von ihm wissen wollte und nur mit Mühe schaffte er es, sich mit der Frage auseinanderzusetzen.

Eine Weile rang er mit der Antwort, doch dann überkam sie ihn wie eine unantastbare Erkenntnis.

„Ich folge ausschließlich Agramons Order!“

Thorn schaffte es nicht, sich zu Telos herumzudrehen. Er hätte es gerne getan. Er hätte ihm gerne ins Gesicht gesehen. Denn er bewunderte Telos’ Überzeugung. Telos wusste genau, was er wollte. Er war ein Priester und verkörperte das Wort seines Gottes.

Auf Al’Jebals Lippen trat ein kaum merkliches Lächeln, was Thorn noch mehr verblüffte als Telos’ Selbstsicherheit.

„Nun denn, fragt Euren Gott, wie er dazu steht.“

„Aber …“, antwortete Telos mit gebrochener Stimme. „Ich denke, Ihr wisst, dass ich den Kontakt zu Agramon verloren habe!“

„Fragt ihn“, wiederholte Al’Jebal, ohne dass seine Stimme an Sanftheit verloren hatte.

„Und Ihr?“, wandte er sich plötzlich an Bargh, den Einzigen, der bisher geschwiegen hatte.

Es war klar, dass es für Bargh nur noch zwei Dinge gab: Er wollte leben und er wollte unter keinen Umständen mehr in diese Zelle zurück.

„Ich schätze, ich habe keine Wahl“, brummte er. „Und Kampf ist Kampf – ich bin dabei.“

Während Thorn ihn wie vor den Kopf gestoßen anstarrte, kehrte Al’Jebals Blick zu Telos zurück, der im selben Moment seine Augen aufschlug.

„Ich werde es tun“, sagte Telos ohne Umschweife und Thorn wirbelte zu ihm herum. Der Priester sah aus, als wäre gerade der göttliche Funke auf ihn übergesprungen. „Ich werde den Cäsarus töten, wenn es sein muss“, erklärte er gefasst.

In Telos war eine seltsame Ruhe eingekehrt. Agramon war zurück. Agramon hatte zu ihm gesprochen. In seinem Inneren loderte wie eh und je die Flamme seines Glaubens – hell, stark und unauslöschlich. Die Kälte hatte sich verloren. Stattdessen breitete sich eine wohlige Wärme in seiner Brust aus.

Thorn wiederum konnte nicht fassen, was gerade passierte! Irgendetwas war ganz schrecklich aus den Fugen geraten! Gerade hatten sich zwei seiner Gefährten dazu bereit erklärt, dem schlimmsten aller Verbrecher ihren Dienst zu erweisen!

Als Al'Jebal Telos und Bargh auch noch dazu anhielt, sich auf Charas Seite zu stellen und sie ihm ohne Einwände folgten, bestand kein Zweifel mehr daran, dass Thorn allein war. So, wie er es vorhergesagt hatte. Und doch, nun, da es tatsächlich so gekommen war, konnte er es nicht begreifen. Um ihn herum schien der Innenhof wie leergefegt. Plötzlich hatte Thorn den Eindruck, es gäbe nur noch ihn und diese gottlose Gestalt auf dem steinernen Stuhl. Und die Wachen, die reglos auf dem Wehrgang standen und ihre Armbrüste auf ihn richteten, während Admiral Herkul Polonius Schroeder auf und ab schritt und die Geschehnisse aus berechnenden Augen verfolgte.

Thorn stand völlig verlassen vor dem Podium und blickte zu dem steinernen Stuhl zurück.

Wieder schoss Al'Jebals Blick wie eine stählerne Lanze durch ihn hindurch. Wieder spürte er, wie seine Knie weich wurden und sich sein Magen zusammenkrampfte. Thorn wollte nicht in diese Augen sehen. Er wollte sich abwenden, doch er konnte nicht.

„Nun, Thorn, Ihr seid allein“, sagte Al'Jebal und bestätigte auf grausame Weise seine Gedanken. „*Was* mache ich jetzt mit Euch?“

Die Frage machte Thorn Angst, denn in ihr schwang bereits die Alternative mit – für den Fall, dass er sich nicht fügte. Doch die Ausweglosigkeit seiner Situation durfte in keinem Fall seine Entscheidung beeinflussen.

Gewaltsam löste er sich aus dem Blick des *Alten*. Sofort fiel ihm das Atmen wieder leichter und sein Körper fühlte sich weniger kraftlos an. Seine Stimme war ruhig, als er das Wort an Chara, Telos und Bargh richtete.

„Ich kann nicht begreifen, was hier passiert", sagte Thorn und spürte Trauer und Enttäuschung. „Wisst ihr nicht, wer er ist? In seinen Händen liegt das Böse. Männer wie er nähren die Macht des Chaos. Ich dachte, ihr seid auf meiner Seite! Ich dachte, ihr steht auf der Seite des Lichts."

Telos' Ausdruck war traurig, doch der Priester konnte und wollte nicht antworten. Bargh wiederum hob zögernd seine Hände, so, als wollte er Thorns Vorwurf von sich fernhalten.

Nur Chara, die sich bis zu diesem Zeitpunkt in völliges Schweigen gehüllt hatte, warf Thorn einen langen, eindringlichen Blick zu.

„Du willst es nicht begreifen, oder?", sagte sie mit ungewöhnlich sanfter Stimme. „Das Böse ist selten von so simpler Gestalt, dass du es erkennen kannst. Es ist zu facettenreich, als dass du es auch nur annähernd *fassen* kannst! Du denkst, du weißt, wohin du gehörst. Du denkst, du hast in diesem Augenblick das Böse gesehen und als solches entlarvt. Tja, du täuschst dich."

„Chara", begann Thorn, doch Chara unterbrach ihn.

„*Gut, Böse, Chaos*, *Ordnung*, das sind Begriffe, nicht mehr. Wir konstruieren sie, um, wie es der Name schon sagt, zu *begreifen*. Doch begreifen tun wir nichts. Wir denken, der Name gibt das Wesen der Sache preis, die wir benennen. Wir denken, wenn wir dem Bösen einen Namen geben, verstehen wir, was es damit auf sich hat, doch sein Wesen entzieht sich unserem Verständnis. Das Böse ist nichts, auf das wir zeigen können, nichts, das wir benennen können. Es ist ebenso wenig bloß ein Mensch oder ein Dämon, wie es mit dem Begriff *Chaos* gleichgesetzt werden kann. Das wäre zu einfach! Doch genau das ist es, was wir wollen – wir hätten es gerne einfach. Wenn wir das Böse in eine Gestalt projizieren oder in einen Namen, dann simplifizieren wir sein eigentliches Wesen, wir entfremden es. Gut, Böse, Liebe, Hass, Chaos, Ordnung, was auch immer regiert, regiert. Wir sind sicher nicht dazu imstande, das eine vom anderen zu unterscheiden. Nicht *einer* von uns. Dazu bedarf es mehr als eines simplen Ideals."

Chara schüttelte halb lächelnd den Kopf.

„Die Welt ist voller Scheinwahrheiten und Sarkasmen, Thorn, diese, um uns in die Irre zu führen, jene, um anschließend über uns zu lachen. So ist es und so ist es gut. Doch *du* denkst, die Welt *könnte* dich nicht in die Irre führen. Du suchst nach wahren und klaren Richtlinien – Prinzipien, Ideale, die dir weitere Fragen ersparen, und glaubst an sie. Du *willst* die Lüge, weil sie einfacher ist als die Wahrheit. Du bist dem Bösen unzählige Male begegnet und wusstest es nicht. Das Licht, von dem du sprichst, ist umgeben von Dunkelheit und wenn du deine Augen öffnest, dann wirst du erkennen, wie finster es in deiner eigenen Seele aussieht."

Ich habe Angst.

Vor der Dunkelheit? Dann bist du ein Kind – nicht mehr!

In Thorns Kopf drehte sich alles. Was trieb Chara für ein seltsames Spiel? Sie tat geradezu so, als würde sie auf einen Augenblick wie diesen gewartet haben, als würde sie endlich dort sein, wo sie immer hinwollte. Thorn versuchte, seine Gedanken zu ordnen. Er musste seine Überzeugungen bewahren. Er wusste, was *falsch* und was *richtig* war!

„Wir sind von Valianor hierhergekommen, weil Testaceus uns damit beauftragt hat, das Zepter zu beschaffen. Wir stehen in *seinen* Diensten!"

„*Du* stehst in seinen Diensten!", korrigierte ihn Chara.

Thorn ließ sich nicht beirren.

„Er kämpft für das Gute in Amalea, für die Macht der Ordnung!"

„*Du* bist es, der für die Ordnung kämpft, ohne dabei ihre wahre Natur erkannt zu haben!"

Eine Bewegung auf der Plattform riss Thorn aus seiner leidenschaftlichen Argumentation und brachte Chara dazu, auf der Stelle in Schweigen zu verfallen.

„Ich warte auf eine Antwort“, sagte Al’Jebal ruhig. Da trat Chara einen Schritt nach vorne.

„Ich bin nicht frei, diese Entscheidung zu treffen“, erklärte sie leise aber bestimmt. „Ich bin jemandem verpflichtet.“

Das Leuchten in ihren Augen war verschwunden. Stattdessen hatte sich ein Schatten über ihren Blick gelegt. Sie sah aus, als hätte sie mit ihrer Antwort all ihre Hoffnung verloren.

„Ich weiß“, antwortete Al’Jebal.

Er wechselte einen Blick mit der schwarzen Gestalt zu seiner Linken, deren gelbe Augen während der Anhörung vorwiegend auf Chara gerichtet waren.

„Der *Bettlerkönig* hat jede Eurer Botschaften erhalten“, sagte er schließlich.

Plötzlich waren Thorn, Telos und Bargh hellwach. Sie starrten Chara an, als wäre sie ein Trugbild, ein böser Traum, der unmöglich real sein konnte. Wer bei allen Dämonen war der *Bettlerkönig* und was hatte Chara mit ihm zu tun?

Al’Jebal ignorierte die Unruhe.

„Er weiß, dass Ihr hier seid. Ihr werdet meiner Obhut übergeben. Dies ist ein Abkommen. In Zukunft gehören Eure Dienste mir!“

Da war es wieder, dieses seltsame Glimmen in ihrem Blick! Als würde sich etwas in ihrem Inneren regen, als würde etwas in ihr zum Leben erwachen. Thorn verstand gar nichts mehr, ebenso wenig wie Telos und Bargh.

„Chara!“

Thorn presste den Namen mühsam hervor, doch Chara reagierte nicht und dass der Priester und der Barbar sie anstarrten als wäre sie ein dämonisches Licht, das sie in die Irre geführt hatte, schien sie nicht weiter zu stören.

„*Wer* ist der *Bettlerkönig*?“

„Jemand, der mich bei sich aufgenommen und ausgebildet hat“, antwortete Chara knapp, woraufhin Thorns Zorn neue Dimensionen erreichte.

„Ausgebildet *wozu*?“, zischte er.

Thorn machte einen drohenden Schritt in ihre Richtung. Eine Geste, die Telos dazu veranlasste, Chara ein Stück zurückzuziehen.

„Ich bin eine Assassinin“, antwortete sie emotionslos.

Thorn schluckte. Er konnte nicht glauben, was er da hörte – Chara, eine von diesen Meuchelmördern?! Eine von denen, deren einzige Bestimmung im Leben es war, auf Befehl hin zu töten und ihrem Herrn willenlos ergeben zu sein – wie der Bote vor Naran Al'Shejs Haus, wie die vermummten Gestalten, die das Zepter gestohlen hatten? Das konnte unmöglich wahr sein! Chara eine Mörderin, eine Informantin – mit anderen Worten: der Feind?!

Charas Antwort brachte selbst Telos aus der Fassung, der unweigerlich vor ihr zurückwich. Nur Bargh schien ihre Aussage nicht allzu sehr aus der Bahn zu werfen. Trotzdem behielt er Chara im Blick.

Thorn verlor gänzlich die Beherrschung. Instinktiv wollte er nach seinem Schwert greifen, registrierte dann aber, dass er keines mehr hatte. Er vergaß die Gegenwart des Dunkelmagiers, die scharfen Blicke der Wachen und die Armbrüste, die vom Wehrgang aus auf ihn gerichtet waren, und schritt voller Zorn auf die Frau in dem schwarzen Mantel zu. Doch weit kam er nicht. Auf ein knappes Zeichen der schwarzgewandeten Gestalt mit den gelben Augen packte ihn einer der beiden Wachmänner an der Schulter, riss ihn zurück und drehte ihm den Arm gewaltsam auf den Rücken.

„Schon gut“, presste Thorn hervor. „Ich tue ihr nichts.“

Er warf dem Mann mit den gelben Augen einen flehenden Blick zu, woraufhin dieser erneut ein Zeichen gab. Der Wachmann ließ Thorn los, wich aber nicht von seiner Seite.

Thorn richtete sich auf. Die Sonne brannte unbarmherzig auf ihn nieder und der Schweiß lief ihm in Strömen den Körper hinab. Aber nichts davon nahm er wirklich wahr.

Er konnte einfach nicht glauben, was Chara ihm gerade offenbart hatte. Sie war schwer zu durchschauen gewesen, ja, doch er hatte nie den Verdacht gehegt, dass sie eine Gegenspielerin sein könnte. Zwar hatte er vermutet, dass sie ihre eigenen Interessen verfolgte, doch darüber hinaus hielt er sie für eine halbwegs anständige Söldnerin. Außerdem hatte sie ihm mehrfach das Leben gerettet! Sie war mit ihnen zusammen losgezogen, hatte an seiner Seite gekämpft und mit ihm im Kerker gelitten!

Thorns Stimme zitterte: „Eine Assassinin also … Dann passt du ja hervorragend hierher. Was hattest du in Valianor verloren?! Herumspionieren? Den Senat beobachten und seine Pläne dokumentieren?“

Chara blies sich eine ihrer widerspenstigen Strähnen aus dem Gesicht.

„Mein Auftrag lautete, über eine Vertrauensperson an den Senatsvorsitzenden heranzukommen, mit anderen Worten an Testaceus. Ich hatte Befehl, die Vorkommnisse in Valianor zu beobachten, Bericht zu erstatten, in letzter Konsequenz, das Zepter zu finden und nach Chryseia zu bringen, damit sich die richtige Seite seine Macht zunutze machen konnte. Der Posten als Rosmertas Leibwächterin ebnete mir den Weg zur Obrigkeit Valianors. Du warst mir die Vertrauensperson, die mir geheime Informationen über Testaceus zuspielen sollte. Deine Feindseligkeit dem Senat gegenüber empfand ich als eine gute Ausgangssituation. Es sah für mich aus, als hättest du die Bereitschaft, mir in die Hände zu spielen. Letztlich hatte ich dank dir die Möglichkeit, mich auf meiner Suche nach dem Zepter dieser Gruppe anzuschließen, was mir meinen aktuellen Auftrag erheblich erleichterte.

„Im *Gladiator* …“, begann Thorn fassungslos.

„Es war meine erste Gelegenheit, Kontakt zu dir herzustellen.“

„*Verrat* …“, flüsterte Thorn. „Du hast mich, unser beider Freundschaft, unsere ganze Gemeinschaft verraten … Und wie immer war ich unfähig, es zu erkennen.“

Chara zuckte die Schultern.

„Du liebst eben nichts mehr, als geliebt zu werden. Folgt dir jemand aus freien Stücken, dann vertraust du ihm wie selbstverständlich. Zu gefallen gefällt dir so sehr, dass du blind für alles andere wirst.“

Thorns Schultern bebten vor Zorn. Wie konnte Chara es wagen! Sie hatte nicht die blasseste Ahnung, wie er war!

„Chara Viola Lukullus“, mischte Telos sich plötzlich ein. „Ich nehme an, das ist nicht dein richtiger Name.“

„Nein, ich habe einen chryseischen Namen, so wie du, Priester.“

Charas Antworten waren knapp und ohne jede Gefühlsregung – eine Tatsache, die nicht nur Thorn erschütterte. Auch Telos konnte nicht begreifen, wie sie allem so gleichgültig gegenüberstehen konnte. Die Chara, die sie in diesem Moment erlebten, hatten sie zuvor nur in wenigen, winzigen Augenblicken zu Gesicht bekommen. Doch nun sah es so aus, als wäre diese kalte, reglose Maske ihr einziges, ihr wahres Gesicht.

„Ich habe dir vertraut“, sagte Thorn anklagend. „Ich dachte, du stündest wie wir auf Seiten des Guten.“

Al'Jebal, der den Schlagabtausch schweigend beobachtet hatte, beugte sich kaum merklich vor. Bei dieser unerwarteten Regung brach Thorn unvermittelt der Schweiß aus.

„Ihr kämpft für das Gute? Für die Macht der Ordnung?“

Al'Jebals Blick nagelte Thorn fest. In diesem Augenblick spürte Thorn, dass er dem Mann mit Leib und Seele ausgeliefert war. Er hatte keine Ahnung, worauf Al'Jebal hinauswollte, doch tief in den verborgenen Bereichen seines Verstandes regte sich etwas. Seine Gedanken gerieten abermals ins Trudeln und wieder stand er verwirrt und unsicher vor dem Mann, der für all sein Leid verantwortlich war. Er würde ihm niemals trauen, ihm niemals zustimmen oder gar für ihn arbeiten!

„*Cartius*“, sagte Al'Jebal schlicht und Thorn fühlte, wie ihm der Boden unter den Füßen wegglitt.

„Offiziell lautete der Grund für seine Versklavung, er habe sich gegen den Senat aufgelehnt, weil er die Macht an sich reißen wollte. *Offiziell …*“

Al'Jebal schwieg und Thorn wusste, warum. Mehr brauchte er nicht zu sagen. Mehr war nicht nötig, um seine Überzeugung zu zerschmettern. Nun wusste er, worauf das Gespräch hinauslief. Er wusste, was ihm Al'Jebal zu sagen versuchte und er fürchtete die Wahrheit mehr als die Tatsache, dass er dem *Alten* nicht entkommen konnte.

„Cartius *war* kein Aufrührer, kein Mörder oder Rebell gegen den Senat“, murmelte Thorn so leise, dass man ihn kaum hören konnte. „Er war unschuldig, ein Zenturio, der den Senatoren lediglich ein Dorn im Auge war, habe ich recht?“

Al’Jebal hob kaum merklich die Schultern.

„Aber Ihr wart es doch, der den Sklavenaufstand provoziert habt, bei dem Cartius fiel!“, brach es aus Thorn heraus. „Ihr habt das Valianische Imperium ins Chaos gestürzt und dabei unzähliger Leute Leben geopfert!“

„Behauptet Testaceus. Was ist die Wahrheit?“

Thorn spürte, wie ihm die Luft wegblieb. Eine grausame, neue Perspektive war in ihm gewachsen, der unverschleierte Blick auf die nackte Tatsache, dass Cartius unschuldig gestorben war und er selbst den entscheidenden Beitrag geleistet hatte.

Er hatte es gewusst. Zumindest hatte er es immer gefühlt, doch er wollte es sich nicht eingestehen. Lieber wiegte er sich in der Gewissheit, dass sein „Freund“ Testaceus nur Gutes im Sinn hatte. Cartius hatte ihn gewarnt. Unter Testaceus’ Thron entrollte sich ein gewaltiger Teppich aus Intrigen und Thorn selbst bildete einen Teil des Gewebes.

„Fragt Euch eines, Thorn Gandir“, holte ihn Al’Jebals einzigartige Stimme in die Wirklichkeit zurück. „Wie stand es um Eure Solidarität Testaceus gegenüber, als Ihr Cartius in seinem Namen den Todesstoß verpasst habt.“

Damit lehnte er sich zurück und überließ Thorn seinen quälenden Gedanken. Thorn spürte einen dumpfen Schmerz in seinem Herzen. Dies waren also die Antworten auf seine Fragen – Antworten, nach denen er sich gesehnt hatte, die aber nun, da sie da waren, keine Befriedigung brachten. Vielmehr zogen sie ihn in eine neue tiefe Dunkelheit.

„Thorn“, hörte er Telos seinen Namen sagen, doch es klang, als wäre der Priester in weiter Ferne.

„Es wird alles gut. Ich weiß es. Agramon ist hier. Er ist zurück.“

„*Wer* seid Ihr?“, keuchte Thorn. Seine Augen waren immer noch auf Al’Jebal gerichtet.

„*Wer* ich bin, ist nicht von Bedeutung. Begreift Eure Situation, denn sie hat lediglich zwei Seiten. Entweder Ihr seid für mich oder Ihr seid gegen mich. *Ja* oder *nein*."

Der Blick aus den metallischen Augen haftete nach wie vor auf ihm. Schweigen hatte sich über den Innenhof gelegt. Die Stille war fast noch beängstigender als die Stille in der stockdunklen Zelle. Thorn konnte die Anspannung kaum noch ertragen. Aber was sollte er tun, wie sich entscheiden? Dort standen sie, seine vermeintlichen Freunde – alle an der Seite seines schlimmsten Feindes. Doch wer war *nicht* sein Feind? Im Grunde hatte er nie Freunde gehabt, im Grunde hatte Chara recht, wenn er sie in diesem Moment auch abgrundtief hasste. Testaceus hatte nie hinter ihm gestanden – er hatte ihn belogen und unter Vorgaukelung falscher Tatsachen zur Zusammenarbeit bewegt. Al'Jebal hatte ihm die Augen geöffnet. Doch was verkörperte *er*?

Der Alte vom Berg ist ein Überbleibsel aus der Chaoszeit, einer der wenigen, die unserer Welt noch gefährlich werden können.

Jemand, der mit Orks zusammenarbeitete und Assassinen losschickte, um jene zu beseitigen, die ihm nicht in seine Pläne passten, konnte kein Anhänger der Ordnung sein. Oder etwa doch?

„*Ja* oder *Nein*. Entscheidet Euch!"

Al'Jebals Worte besaßen Endgültigkeit und Thorns Zeit lief ab. Es war vorbei – es sei denn …

Er trat einen zögernden Schritt auf das Podium zu. Weder Al'Jebal noch die beiden Gestalten links und rechts von ihm bewegten sich. Einen Moment hielt Thorn inne und fühlte sich Al'Jebals Blick auf Gedeih und Verderb ausgeliefert. Dann riss er sich mit Gewalt los und sah zu Chara.

Sie hatte ihre Hände in die Taschen ihres schwarzen Mantels gesteckt und musterte ihn aus ihren dunklen Augen. Eine Zeit lang blickte er sie schweigend an und versuchte, sich mit der Tatsache zu arrangieren, dass sie ihn hintergangen hatte.

Sie war schön, selbst jetzt noch hatte sie diese faszinierenden Züge, trotz des Schmutzes in ihrem Gesicht und der Härte, mit der sie ihn anblickte. Ihr schwarzes, wirres Haar umspielte ihr blasses Gesicht. Ihre schwarzen Augen funkelten leicht. Er konnte immer noch nicht begreifen, *wer* Chara tatsächlich war, doch er musste sich damit abfinden.

Als er sich schon abwenden wollte, erregte etwas an ihr erneut seine Aufmerksamkeit. Seine Augen glitten über ihr schwarzes Haar, ihre schwarzen Augen, ihren schwarzen Mantel. Einen Moment zögerte er. Irgendetwas irritierte ihn an diesem Bild, doch er kam nicht dahinter, was es war. Schließlich sah er Chara ein letztes Mal in die Augen.

Chara erwiderte seinen Blick und einen Moment lang spürte er, wie dieser Blickwechsel eine Grenze zog, die Endgültigkeit besaß. Von nun an gab es nichts mehr, das sie noch verband.

Telos hatte Distanz zu Chara gewahrt. Er nickte Thorn schweigend zu und Thorn fand, was er suchte. In Telos' vernarbtem Gesicht spiegelte sich jene Treue wider, die er brauchte, um weiterzumachen. Der Priester würde trotz allem hinter ihm stehen. Telos blieb sein Freund, auch wenn sie von nun an durch ein finsteres Tal wandern würden und die einzige Hoffnung darin bestand, das Tal auf einem geheimen Gebirgspfad verlassen und einen neuen Weg beschreiten zu können, einen Weg, der aus der tiefen, befremdlichen Finsternis ans Licht führte. Kitayschas Worte glitten flüsternd durch seinen Geist: *Du lebst, Thorn, du lebst ... Solange du lebst, liegt es in deiner Hand ...*

Er sah zu Al'Jebal zurück. In diesem Moment spürte er, wie der Druck auf seinem Herzen verschwand.

Thorn atmete tief durch.

Dann öffnete er seine Lippen und sagte:

„Ja."

* * *

Ihre Hände zitterten, ihr Atem ging stoßweise und ihr Herz klopfte unkontrolliert gegen ihren Brustkorb. In dem Augenblick, als sie die Tür hinter sich ins Schloss gezogen hatte, brach es aus ihr hervor wie die Wale durch die dicke Eisschicht der nördlichen Ozeane und verschaffte sich Luft. Keinen Moment länger hätte sie es unterdrücken, keinen Atemzug länger kontrollieren können.

Was konnte sie nicht länger kontrollieren?! Was, bei allen Dämonen, war mit ihr passiert?

Schwer atmend starrte sie auf das breite Bett, das in der Mitte des Zimmers stand und dessen Decken und Polster mit schwarzem Stoff bezogen waren. Es war ihre Farbe. Ganz so, als hätte sie den Bezug selbst ausgesucht.

In dem plötzlichen Gefühl, keine Luft zu bekommen, riss sie sich das Hemd vom Körper und ließ es zu Boden fallen. Ihre zittrigen Finger nestelten hektisch an dem Verschluss ihrer Hose, bis sie die Geduld verlor und das Metallteil einfach aus dem Stoff riss. Sie schlüpfte aus ihren Stiefeln, schälte sich aus den engen Beinkleidern und warf beides neben die Tür. Dort lagen auch ihr Rucksack und ihr Mantel.

Allmählich beruhigte sich ihr Atem und das Zittern ihrer Hände ließ nach. Der steinerne Boden unter ihren Füßen fühlte sich angenehm kühl an. Ihre blasse Haut spannte sich um die Muskeln an ihren Oberarmen, als sie sich streckte und durch den Raum auf die Wanne zuschritt, die man im hinteren Bereich vor einem Kamin bereitgestellt hatte. Langsam tauchte sie einen Fuß ins Wasser.

Es war warm. Das hatte sie nicht erwartet. Andererseits hatte sie auch nicht damit gerechnet, dass sie einen Raum für sich bekam. Sie war es gewohnt, sich ein Zimmer mit mindestens fünf ihres Schlags zu teilen. Doch hier herrschten offenbar andere Sitten.

Chara war nicht mehr in der Burg, in der man sie gefangen gehalten hatte. Der Mann mit den gelben Augen hatte sie von dort fortgebracht. Sie waren mit Pferden aufgebrochen und nach einem Tagesritt durch gebirgiges Land zu einer anderen, größtenteils in einen Berg gebauten Festung gelangt.

Während des Ritts hatten sie kein Wort gewechselt, was es Chara erheblich erleichterte, ihren inneren Aufruhr soweit in den Griff zu bekommen, dass sie sich nicht auf ihren Körper übertrug.

Nachdem sie zwei in schwarz gewandete Gestalten durch das hohe, eiserne Tor der Festung gelassen hatten, hatte der Mann mit den gelben Augen das erste Mal das Wort an sie gerichtet.

„Mein Name ist Assef El'Chan", hatte er mit merkwürdig rauer, fast flüsternder Stimme gesagt. „Ich bin von jetzt an für Euch und Eure Ausbildung verantwortlich. Ab heute seid Ihr eine Assassinin Al'Jebals. Warum Euch der Meister aufgenommen hat, weiß ich nicht."

Dann hatte er sie aus seinen seltsamen Augen angesehen und hinzugefügt: „Bis heute gab es unter seinen Assassinen keinen, der von außerhalb kam. Diese Entscheidung ist ungewöhnlich, doch es steht mir nicht zu, sie zu hinterfragen. Ich hoffe aber, Ihr enttäuscht ihn nicht."

Danach verschwand er. Jemand anderes hatte sie zu diesem Zimmer geleitet. Und nun war sie hier.

Chara ließ sich in die Wanne gleiten. Während sie die Arme aus dem Wasser hob und auf die Seitenränder des Zubers legte, sah sie sich im Raum um. Die Einrichtung war ganz nach ihrem Geschmack. Sie bestand lediglich aus dem Bett in der Mitte des Zimmers und einem massiven, für sie allein viel zu großen Tisch, auf dem zwei Kerzenhalter aus Silber standen. Hinter dem Bett stand ein Waffenständer und auf der anderen Seite der Wanne ein gepolsterter Stuhl vor einem Kamin. Ihr Zimmer war in den nackten Fels geschlagen und glich vielmehr einer Höhle als einem normalen Raum. Auch das gefiel ihr.

Chara atmete ein, tauchte tiefer ins Wasser und ließ ihren Kopf auf den Boden des Zubers sinken. Nur die Knie ragten noch über die Wasseroberfläche hinaus, da die Wanne zu kurz war, um die Beine darin auszustrecken.

Von unterhalb des Wasserspiegels blickte sie zur felsigen Decke empor. Der graue Stein wankte, als wäre er nicht real. Von da unten sah alles anders aus. Die Wasseroberfläche bewegte sich leicht und mit ihr der Raum über Chara.

Alles hatte sich in Bewegung gesetzt. *Alles* wankte. Das Vibrieren in ihrem Inneren, das in jenem Moment einsetzte, als sich der Blick aus seinen metallischen Augen auf sie gerichtet hatte, schien sich auf ihre

Umgebung übertragen zu haben. Plötzlich schien alles beweglich, verformbar, neu und unbekannt.

Sein Blick … Er war wie eine Lanze in sie eingedrungen und bis zu jenem Ort vorgestoßen, von dem Chara dachte, dass er in ihr nicht existierte. Es war der Ort, den andere *Seele* nannten. Jetzt noch konnte sie spüren, wie dieser Blick etwas in ihr zerschmetterte, nur um etwas anderes zum Leben zu erwecken. *Was* hatte er zum Leben erweckt?

Chara fühlte, dass sie am Beginn einer Wandlung stand, am Beginn von etwas Neuem. Sie stand an der Schwelle zu einer Zukunft, die die Eindrücke ihrer Vergangenheit in eine blasse, geschmacklose Aneinanderreihung unbedeutender Ereignisse verwandelte – eine Zukunft, die sie mit einem unverrückbaren Ziel vor Augen beschreiten würde. Und Schuld daran war *er*.

Al'Jebal hatte mit einem einzigen Blick ihre Fassade zerschmettert und alles, was sie bisher war, was sie sein wollte und sich über die Jahre hinweg mühsam aufgebaut hatte, aus dem Gleichgewicht gebracht.

Der Alte vom Berg war ungleich mehr als der *Bettlerkönig* je sein würde. Al'Jebal war …

Chara wusste es nicht. Alles, was sie wusste, war, dass ein Funke Leben in ihren toten Körper zurückgekehrt war. Sie wusste außerdem, dass ihr neuer Meister jemand war, der so überzeugend herrschte, dass die Tatsache seiner Herrschaft keine Bedeutung hatte. Und sie wusste, dass, was auch immer dieser Mann von ihr verlangte, sie es ihm gewähren würde. Nicht deshalb, weil er ihr Herr war und sie gar keine andere Wahl hatte, sondern deshalb, weil *er der Weisheit letzter Schluss* war.

Allmählich fiel jegliche Anspannung von ihr ab. Ihr Puls wurde ruhig und gleichmäßig und das Zittern ihrer Hände verebbte. Chara tauchte auf und strich sich das nasse Haar aus ihrem Gesicht.

Ich wusste es!, dachte sie. *Ich fühlte es! Die Veränderung ist da. Ich bin nicht mehr länger Auge und Arm des Königs der Bettler. Er gehört zu meiner Vergangenheit – so wie Agyra, so wie die schmutzigen Straßen meiner Heimatstadt und so wie der valianische Senat und sein unseliges Imperium.*

Ihre Finger glitten über den hölzernen Rand des Zubers. *Ich bin hier. Hier bin ich, was ich bin. Hier bin ich Chara Pasiphae-Opoulos.*

Während sie aus der Wanne stieg, griff sie nach dem Handtuch auf dem Stuhl hinter dem Zuber und rieb sich ohne jede Hast trocken. Ihre alten Kleider lagen immer noch neben dem Eingang. Auf dem Tisch standen ein Krug mit Wein, eine Schüssel, in der sie Hühnersuppe zu erkennen glaubte, und ein Korb mit Brot. Vor dem Tisch stand ein Sessel, über dessen Lehne jemand neue Kleidung gehängt hatte.

Chara schlenderte nackt über den kühlen Steinboden und warf einen Blick auf die Kleider über dem Stuhl. Mit wenigen Griffen hatte sie sich das Hemd übergeworfen, die Hose hochgezogen und den Gürtel um ihre Hüften geschnallt. Ihre Füße glitten in weiche Lederstiefel, ihre Hände griffen nach den ledernen Handschuhen und steckten sie in den Gürtel.

Charas Blick fiel auf drei schmale, einfache Dolche, die auf dem Sessel lagen. Ein Lächeln huschte über ihr Gesicht. Sie nahm eine der Waffen und ließ sie in die Scheide an ihrem Gürtel gleiten. Dann griff sie nach der zweiten. Die Klinge verschwand in der Innenseite ihres Stiefels. Den dritten Dolch befestigte sie an ihrem Unterarm und ließ den Ärmel ihres Hemdes darübergleiten.

Als sie sich umschaute, blieben ihre Augen an dem hohen, schmalen Fenster hängen, durch das das Mondlicht ins Zimmer fiel. Die Kerzen hinter ihr knisterten leicht, als die Flammen höher schlugen und schwarzen Ruß gegen die Felsendecke spien.

Dort, in der Fensterscheibe, spiegelte sich eine Frau mit pechschwarzem Haar. Sie hatte schwarze Augen und war von Kopf bis Fuß in weiches, schwarzes Leinen gehüllt.

Die Frau lächelte.

Chara war zu Hause.

Aonadag, 1. Trideade im Nixenmond/348 nGF

Nachwort

Die Chaoskriege lagen Hunderte von Jahren zurück. Nur die ältesten der Wesen Amaleas kannten den geschichtlichen Hergang unserer Welt und wussten um die Umwälzungen, die einst dafür sorgten, dass sich die Völker Amaleas aufspalteten.

Ich aber hatte keine Ahnung. Ich wusste nichts über jene Kriege, über die Ursachen oder Konsequenzen derselben. Ich wusste nur dies:

In jenem Augenblick, als meine Augen auf die Gestalt auf dem steinernen Stuhl gerichtet waren und (wenn auch nur für einen nichtigen Moment) ihre auf mich, fiel die Entscheidung von selbst. Nicht, dass ich eine Wahl gehabt hätte. Ich hatte keine Wahl und wählte dennoch. Ich wählte die absolute, endgültige, unwiderrufliche Knechtschaft, statt der schlichten, der gewerblichen und notwendigen Dienerschaft. Ihm und nur ihm wollte ich in Zukunft folgen – ihm allein gehören. Mein Wille sollte sich seinem Willen beugen. So wollte ich es, unabhängig davon, was mir aufgetragen worden war.

Ich knechtete nicht nur meinen Körper und meine erlernten Fähigkeiten, sondern alles, was ich war, was ich heute bin und in Zukunft sein werde. Alles sollte ihm gehören.

Ewige Treue – Ewiges Licht und ewige Verdammnis …

Register

Namen:

Abdallah Al'Shej	*Aschran*. Namhafter Händler in *Chan.* Sohn Mustafa Al'Shejs, Bruder Haras Al'Shejs, Neffe Naran Al'Shejs, Schwager Mustafa Al'Duris, entführte Antonius Virgil Testaceus' Neffen.
Al'Jebal	*Thanatos*
Antonius Virgil Testaceus	*Valianisches Imperium*. Senator, Senatsvorsitzender, Cäsarus, Mäzen von Thorn Gandir und Rosmerta.
Assef El'Chan	Meisterassassine. Linke Hand Al'Jebals.
Bargh Barrowsøn	*Valland*. Krieger, Söldner, Leibwache Rosmertas.
Brunius Doridorus Cartius	*Valianisches Imperium*. Ehemaliger Zenturio der XXI. Legion, verurteilt zum Sklavendasein in den Minen des *Emlin-Tals,* Sklavenführer.
Enge Vertraute von Heerführer Cartius:	
Holsa Alrik	*Wermland*
Jussef El'Janin	*Aschran*
Hagegard Torafson	*Valland*
Lisandrus Kelon	*Valianisches Imperium*
Ahon Emkidu	

Andares *Worgon Warik* *Krius*	*Wermland*
Chara Viola-Lukullus	*Valianisches Imperium*. Söldnerin. Leibwache Rosmertas.
Dorinius Philippus	*Valianisches Imperium*. Dekurio. Geleitet Thorn und Rosmerta aus dem *Nadrus-Tal* nach *Valianor*.
Farach, der Händler	*Küstenstaaten* (*Tevarra)*. Händler. Betrunkener in der *Taverne zum Gladiator* in *Valianor*.
Giovani Albontius	*Valianisches Imperium*. Magus Priorus. Gildenmeister der Magierakademie *Valianors*, kämpfte am *Isola-Pass* und in der Schlacht vor *Valianor* an Rosmertas Seite.
Hakma Al'Raschid	*Aschran*. Karawanenführer. Reise von *Ureb* nach *Melas*, Karawane der Gefährten, die aufgehalten werden sollte.
Haras Al'Shej	*Aschran*. Händler. Sohn Mustafa Al'Shejs, Bruder Abdallah Al'Shejs, Neffe Naran Al'Shejs, Schwager Mustafa Al'Duris, Händler in *Valianor*.
Herkul Polonius Schroeder	Pirat. Admiral der Seeflotte Al'Jebals.
Jaslana	*Albion*. Elfe. Tochter des Elfenkönigs Asthartasan, Verlobte Thorn Gandirs, verstorben im Krieg zwischen den Elfen und den Clans *Albas*.

Kitayscha Fahib Ticlipb Manruti	*Albion*. Elfe. Heldin des *Valianischen Imperiums*, Geliebte Thorn Gandirs, im Dienste von Antonius Virgil Testaceus, gestorben in der Schlacht im *Emlin-Tal*.
Liam O'Neill	*Erainn*. Sklave. Vertrauter Brunius Doridorus Cartius, Spion in den Reihen der Helden während der Schlacht im *Emlin-Tal*, öffnete die Tore der Garnison der XIV. Legion von innen.
Marcorius Julius Gambini	*Valianisches Imperium*. Zenturio der XXIII. Legion, kämpfte unter Rosmertas Kommando am *Isola-Pass* und in der Schlacht vor *Valianor*.
Marcorius Paxilus Pentorius	*Valianisches Imperium*. Testaceus' Vorgänger als Senatsvorsitzender.
Marcus Detrivius Clarinius	*Valianisches Imperium*. Senator. Kritiker Thorns in der Anhörung vor dem Senat.
Muhammed El'Shabei	*Aschran*. Karawanenführer. Reise von *Pescarion* nach *Ureb*.
Mustafa Ibrahim Al'Duri	*Aschran*. Händler. Schwager Abdallah Al'Shejs und Haras Al'Shejs, Schwiegersohn Mustafa Al'Shejs, namhafter Händler in *Valianor*.
Mustafa Al'Shej	*Aschran*. Händler. Oberhaupt der Al'Shejs, Vater von Abdallah und Haras Al'Shej, Bruder von Naran Al'Shej, Schwiegervater von Mustafa Al'Duri, lebt und handelt in *Ureb*.

Naran Al'Shej	*Aschran*. Händler. Bruder Mustafa Al'Shejs, Onkel Haras und Abdallah Al'Shejs, lebt und handelt in *Melas*.
Nassan Al'Shaik	*Aschran*. Stammesführer. Oberhaupt der *Talan*, rettet die Gefährten vor den *Targar* auf der Reise nach *Melas*.
Nerus Boratus Lexorius	*Valianisches Imperium*. Seezenturio, Leibwächter, Kommandant der Leibwache. Rettet als Seezenturio Thorns, Kitayschas und Rosmertas Leben auf ihrer Rückreise von *Chan* vor dem Piratenadmiral Herkul Polonius Schroeder; wird Leibwächter von Antonius Virgil Testaceus, vereitelt ein Attentat auf diesen und wird zum Kommandanten dessen Leibwache ernannt, später Kommandant der Leibwache des Cäsarus.
Paxus Fredericus Savinius	*Valianisches Imperium*. Ehemaliger Senator. Verstorbener Mäzen des ehemaligen Zenturio Brunius Doridorus Cartius.
Rosmerta	*Moravod*. Halb-Elfe. Heldin des *Valianischen Imperiums*, im Dienste von Antonius Virgil Testaceus, Kommandantin am *Isola-Pass* und in der Schlacht vor *Valianor*, zuletzt Kommandantin der Prätorianergarde.
Savinia	*Erainn*. Sklavin in Thorn Gandirs Haus in *Valianor*.
Sören Lestrang	*Valianisches Imperium*. Oberster Augur im Dienste Antonius Virgil Testaceus'.

Telos Malakin	*Chryseia (Kroisos)*. Oberpriester des Agramon.
Thorn Gandir	*Alba/Albion*. Waldläufer. Held des *Valianischen Imperiums*, im Dienste von Antonius Virgil Testaceus'.
Wolg und Tarmin	*Aschran*. Leibwächter Al'Raschids, geleiten die Gefährten nach *Melas*.
Yussef Ibn'Alathir	*Aschran*. Karawanenführer. Reise von *Pescarion* nach *Ureb*, Karawane der Zepterdiebe.

Welt:

Amalea	Bestehend aus den Kontinenten *Amina, Anaru, Leanaca, Malan.*
Amina	südöstlicher Kontinent
Anaru	nordwestlicher Kontinent
Leanaca	südwestlicher Kontinent
Malan	nordöstlicher Kontinent

Meere:

Aegir Meer	Zentrales Meer, an die Kontinente *Anaru*, *Malan* und *Amina* grenzend.
Meer der Ruhe	Zentrales Meer, an die Kontinente *Anaru*, *Leanaca* und *Amina* grenzend.

Länder:

Ahan

Östliches *Amalea.*
Kontinent: *Amina.*
Altes Königreich, dessen Pharao nur noch nominell herrscht; die *Mahaf*, bestehend aus mehreren Priesterschaften, regiert das Land. Wurde von seinem Erzfeind *Anbar* in mehreren Kriegen besiegt.

Alba

Nördliches *Amalea.*
Kontinent: *Anaru.*
Königreich, unterteilt in Clanate, die von adeligen Clans beherrscht werden.
Städte: *Fiorinde* (bis 336 nGF).

Albion

Nördliches *Amalea.*
Kontinent: *Anaru.*
Von *Alba* abgespaltenes Elfenkönigreich, ehemalige Wälder *Albas.*
Städte: *Fiorinde.*

Anbar

Östliches *Amalea.*
Kontinent: *Amina.*
Von einem Fürsten regierter Stadtstaat bestehend aus *Anbar* und den umliegenden Schwesterstädten. Wurde ursprünglich von Piraten gegründet und hat sich zur größten Stadt *Amaleas* entwickelt. Ist mit seinen Handels-, Kriegs- und Piratenflotten die größte Seemacht. Konnte sich in mehreren Kriegen gegen seinen Erzfeind *Ahan* behaupten.

Aschran	Südliches *Amalea*. Kontinent: *Amina*. Wüstenland, unterteilt in den Feudalstaat *Hadramir* im Nordwesten (beherrscht von Adelshäusern, Großgrundbesitzern und Händlern) und das Königreich *Yartim* an der Südostküste. Die *Targar* bewohnen die Wüstengebiete von *Hadramir* und *Yartim* und bilden einen lockeren Stammesbund. Das Nomadenvolk der *Badawiden* besiedelt den Norden und Osten *Aschrans*. Über weite Teile des mittleren und südlichen Gebirges herrscht Al'Jebal. Städte: *Ureb, Melas, Icarian.*
Chan	Zentrales *Amalea*, Insel. Kontinent: *Amina*. Einst Teil des *Valianischen Imperiums*, Bevölkerung bestehend aus einfachen Bauern und Fischern.
Chryseia	Zentrales *Amalea*. Kontinent: *Anaru*. Aus unabhängigen Stadtstaaten bestehendes, wohlhabendes Land. Städte: *Ikonium, Agyra, Kresopolis, Kroisos*.
Dharduanain	Nördliches *Amalea*. Kontinent: *Anaru*. Königreich, von einem der fünf Dun Tara-Stämme bevölkertes Land.

Erainn	Westliches *Amalea*. Kontinent: *Anaru*. Aus unabhängigen frühfeudalen Fürstentümern bestehendes Land.
Küstenstaaten	Südliches *Amalea*. Kontinent: *Amina*. Drei nominell zum *Valianischen Imperium* gehörende, aber de facto unabhängige, wohlhabende Fürstentümer (*Tevarra, Leeum, Tremon*).
Moravod	Zentrales *Amalea*. Kontinent: *Malan*. Unabhängige Dorfgemeinschaften in ausgedehnten Wäldern, die offiziell von einem Großfürsten regiert werden.
Rawindra	Zentrales *Amalea*. Kontinent: *Malan*. Aus einem Bund von Fürstentümern bestehendes Tropengebiet.
Thanatos	Zentrales *Amalea*, Insel. Kontinent: *Anaru*. Vom sagenumwobenen Volk der *Thanatanen* bewohnte Insel. Durch magische Sicherungen ist es Außenstehenden nicht möglich, die Insel zu betreten.
Urruti	Zentrales *Amalea*. Kontinent: *Amina*. Hochebene *Aminas*, in unabhängige Stadtfürstentümer unterteilt.

Valland	Nördliches *Amalea*. Kontinent: *Malan*. Von vier Stämmen bewohntes, karges Land, deren Bewohner vor allem vom Fischfang leben.
Valianisches Imperium	Südliches *Amalea*. Kontinent: *Amina*. Republik, die sich als Kaisertum ursprünglich über ganz *Amina*, Teile *Malans* und *Anarus* ausbreitete, deren Macht aber während der Chaoskriege zerstört wurde und nie mehr die alte Größe erreichte; besteht aus einzelnen Provinzen. Der Senat herrscht nominell auch über das *Wermland* und die *Küstenstaaten*. Städte: *Valianor* (Hauptstadt). Dörfer: *Pescarion*. Provinzen: *Shemona*. Regionen: *Emlin-Tal, Nadrus-Tal, Isola-Pass*. Flüsse: *Emlin, Nadrus, Tertos*. Stadtteile und Straßen in *Valianor*: *Forum Mini Pisci, Via Imperia, Via Aquaeducta, Via Meridiana*.
Wermland	Südliches *Amalea*. Kontinent: *Amina*. Nominell zum *Valianischen Imperium* gehöriges Königreich. Die Bevölkerung unterteilt sich in unzählige Sippen.

Götter:

Agramon	*Chryseia.* Krieg. Symbol: Hammer; Heiliges Tier: Pferd, Hund; Ehemann Aphrodias, Bruder von Belugos und Sagros, Chryseischer Pantheon.
Alaman	*Aschran.* Vergänglichkeit, Chaos, Finsternis, Leid, Krankheit. Symbol: Schwarze Flamme, Mund, Mond; Bruder von Ormut.
Aphrodia	*Chryseia.* Liebe. Symbol: Herz; Ehefrau von Agramon, Chryseischer Pantheon.
Belugos	*Chryseia.* Meer. Symbol: Welle, Dreizack; Bruder von Agramon und Sagros, Chryseischer Pantheon.
Großer Gryphos	*Valianisches Imperium.* Herrschaft. Symbol: Greif, Sonne.
Ianna	*Urruti.* Liebe, Fruchtbarkeit, Krieg, Zerstörung. Symbol: Stier, Löwe.
Orkchos	*Chryseia.* Tod, Schlaf. Symbol: Kleines, schwarzes Boot.
Ormut	*Aschran.* Herrschaft, Leben, Schöpfung, Feuer. Symbol: Weiße Flamme, Auge, Sonne; Bruder von Alaman.
Sagros	*Chryseia.* Herrschaft. Symbol: Blitz, Pferd; Bruder Agramons und Belugos', Chryseischer Pantheon, oberster chryseischer Gott.
Vana	*Alba.* Heilung, Fruchtbarkeit, Leben, Erde. Symbol: Kornähre, Sichel.

Lexikon

Völker:

Badawiden	Volksstämme in den Hügeln und Bergen des nordwestlichen *Aschran*, Kontrahenten der *Targar*.
Dun Tara	Fünf Volksstämme, die große Teile *Anarus* bevölkern, z. B. *Dharduanain*.
Talan	Badawidenstamm.
Targar	Volksstamm in den Wüsten *Aschrans*, Kontrahenten der *Badawiden*.

Maßeinheiten:

1 Handbreit	Entspricht einer Länge von 0,1 Meter.
1 Fuß	Entspricht einer Länge von 0,38 Meter.
1 Elle	Entspricht einer Länge von 0,5 Meter.
1 Schritt	Entspricht einer Länge von 0,8 Meter.
1 VALM	Valianisches Längenmaß; entspricht der Seitenlänge eines valianischen Legionslagers (1.830 m).

Zeitrechnung:

Jahr	Zeitspanne von 13 Monden.
Mond	Zeitspanne von 2 Trideaden (28 Tage); entspricht einem Monat.
Bärenmond *Luchsmond* *Einhornmond*	Die 3 Monde des Frühjahrs.
Nixenmond *Schlangenmond* *Feenmond*	Die 3 Monde des Sommers.
Hirschmond *Drachenmond* *Kranichmond*	Die 3 Monde des Herbsts.
Rabenmond *Trollmond* *Draugmond* *Wolfmond*	Die 4 Monde des Winters.
Trideade	Halbmond; Zeitspanne von 14 Tagen; entspricht zwei Wochen.

Tage einer Trideade:
Ceaddag
Daradag
Triudag
Catrudag
Cuindag
Sedag

Seachdag
Oachdag
Naondag
Deachdag
Aonadag
Dosandag
Criochdag
Ljosdag

Sonstiges:

Alt-Chryseisch	Alte Sprache in *Chryseia*, nur mehr von Gelehrten verwendet.
Anbari	Bewohner von *Anbar.*
Chryseisch	Sprache in *Chryseia.*
Hadramir	Feudalstaat im Nordwesten *Aschrans*, beherrscht von Adelshäusern, Groß-grundbesitzern und Händlern.
Mahaf	Zusammenschluss aller ahanitischen Priesterschaften.
Marenisch	Sprache in *Anbar.*
nGF (= nach Gründung Fiorinde)	Zeitrechnung nach dem Gründungsdatum von *Fiorinde.* Mit der Einwanderungswelle in Alba begann sich das Chaos auszubreiten. Mit der Gründung der albische Stadt Fiorinde und der zeitgleich stattfindenden ersten Königswahl, konnten auch die letzten Bereiche Albas vom Chaos befreit werden.

Thanatane	Bewohner von *Thanatos*.
Yartim	Königreich an der Südostküste *Aschrans*.

Danksagung

Ein herzliches Danke:

Unseren Familien, die nicht müde geworden sind, aufrichtige Anteilnahme zu zeigen.

Unseren Testlesern, für ihr Engagement und ihre Direktheit in der Ausübung ihrer Kritik.

Allen Freunden, die uns bis heute den Rücken gestärkt haben.

Unserer Verlagsleiterin und Lektorin Daniela Sechtig, für ihren Glauben an unsere Geschichte, die Zeit und Arbeit, die sie in unser Projekt investiert hat und ihre liebevolle Betreuung.

Dem gesamten Team von acabus und Bilandia.

Chroniken von Chaos und Ordnung

Du möchtest mehr über die Welt der Chroniken von Chaos und Ordnung erfahren?
Auf *www.chaosundordnung.com* findest Du Hintergrundinformationen, erfährst, was Chara in ihr kleines schwarzes Buch schreibt und bist stets auf dem Laufenden über die weiteren Entwicklungen der Chroniken.